Für Henry – Für Jonathan

07. September 2120 – Zuhause

»Was für ein schöner Tag, Dino! Willst du ein bisschen fliegen?« Dino antwortete nicht. Mia nahm das große weiche Kuscheltier. Ihr bester Freund begann aufgeregt durchs Zimmer zu hüpfen – hoch und runter, drei Mal im Kreis, über den Tisch, auf den Stuhl und haarscharf an der verwelkten Zimmerpflanze vorbei. Ihre kleinen dribbelnden Sprünge kannten jede Richtung und kein Hindernis. Wie ein Flummi hopste sie von Ecke zu Ecke. Der Fußboden erzitterte. Dann ließ sie sich krachend auf die Knie fallen und schlitterte jauchzend über den Boden, während ihr Dino weiter den Hausflur entlang flog. Ein Herzklopfen später wurde das Tier erneut nach oben katapultiert und setzte seinen wilden Ritt durch die Lüfte fort. In der Küche angekommen umkreiste Dino einige schiefe weiße Stinkeberge. Immer wieder kam er den schmierigen Tellern nah, doch die Monster erwischten ihn nicht. Todesmutig schrammte er an kleinen Müllbergen vorbei, leitete den Sinkflug ein und landete schließlich vor dem Kühlschrank. Das trübe Licht aus dem Inneren des riesigen Apparats färbte Dino grau. Mia ärgerte sich und schimpfte mit piepsiger Stimme: »Oh, oh – du hast wieder vergessen die Tür zuzumachen. Das kann ich gar nicht leiden – du Nichtsnutz. Da kommen doch die Fliegen!«

Mit ernster Miene griff sie ihr geliebtes Kuscheltier am Schwanz und schlug es gegen die geflieste Seitenwand. Immer wieder hämmerte sie den weichen Kopf auf den kalten Stein. Die Kunststoffaugen des Tiers klackerten vernehmlich, als sie über die Fliesen schabten. Endlich hatte es Dino begriffen und Mia hörte auf. Interessiert wandte sich das Mädchen erneut dem grauen Klotz zu und stieß den Türspalt auf. Eine Woge kräftiger Gerüche schwang ihr entgegen. Doch die Ausdünstungen kamen nur von wenigen Speisen, denn der Bauch des grauen Riesen war beinahe so leer wie Mias. Enttäuscht musterte sie die kläglichen Häuflein, die ihr unappetitlich entgegenlachten. Schließlich entschied sich Dino für eine angefangene Dose Cola aus dem Seitenfach und Mia stimmte dieser Wahl zu. Gemeinsam gingen sie mit ihrer Beute zurück in die Richtung, in der Mias Höhle lag. Als sie die geöffnete Tür zum Schlafzimmer ihrer Eltern passierten, blieb Mia stehen und auch Dino lauschte. Hatten sie da eben die laute Stimme ihrer Mutter gehört? Mia spitzte die Ohren und drückte Dino an ihren Bauch. Es kam so selten vor, dass Mutter laut sprach, dass es sich um etwas sehr, sehr Wichtiges handeln musste. Eigentlich hörte sie ihre Mutter fast nie sprechen.

»Das war meins. Robert hat mir das Geld gegeben!«, schrie ihre Mutter aufgebracht, bewegte sich dabei aber keinen Zentimeter vom Bett herunter.

»Es ist mir egal, wem du das gestohlen hast. Ich brauchte es dringender als du. Du liegst eh nur hier rum, schlafwandelst durch die Virtual Reality und frisst eine abgeschmackte Geschichte nach der anderen in dich rein«, brüllte ihr Papa.

Ihre Mutter hatte es geschafft, ihren Kopf zu heben.

»Das war das Letzte, das wir hatten, du Egoist! Wir müssen etwas zu essen für Mia bestellen und ich brauche neue Tabletten.«

»Als ob du es dafür ausgegeben hättest«, entgegnete Papa gehässig. »Du willst dir die Birne vernebeln, genau wie ich. Also hör auf mit der Heuchelei!«

»Du Mistkerl! Es ist nichts mehr da. Verstehst du mich. Wir haben nichts mehr!«

Die Stimme ihrer Mutter klang wie die des bunten Vogels aus dem Zoo. Ihr Papa zuckte nur mit den Achseln und lächelte gequält. Er machte ein Gesicht wie die böse Robbe Pepe in ihrem Lieblingsfilm.

»Ich wollte ein letztes bisschen Spaß haben. Mehr nicht. Jetzt kann ich sterben.«

»Na dann geh, verschwinde endlich!«, fuhr ihre Mutter ihn an.

Mia hielt sich zitternd an Dino fest, während sie sich mit dem Rücken an der Wand neben der Schlafzimmertür niederkauerte. Das war der schlimmste Streit seit Langem.

Mia spähte um die Ecke. Papa zog jetzt die Mundwinkel schief wie ein gruseliger Clown. Inzwischen hatte sich auch ihre Mutter mühsam im Bett aufgerichtet. Ihr zerknittertes Hemd spiegelte die tiefen, dunklen Falten in ihrem jungen Gesicht.

»Hast du einmal an mich oder die Zukunft deiner Tochter gedacht?«, keifte sie mit so viel Energie, wie Mia es ihr gar nicht zugetraut hätte.

»Ich vergesse die Zukunft. Denn ich habe keine mehr, Danielle. Und du hast auch keine. Wir sind tot. Alle! Genau wie Mia.«, sagte Papa böse lächelnd. Kurz blitzten seine Augen wie ihr Glitzerpony, doch schon einen Augenblick später sah er so aus, als würde er Fliegen zählen. Fliegen zählen war sehr langweilig.

»Dann geh… Hau ab. Du bestiehlst uns nur und bringst nichts ein«, entgegnete ihre Mutter und ließ sich matt zurück in die Kissen sinken.

Einen Moment lang war es still. Dann hörte Mia, wie Papa sich umdrehte und ohne ein weiteres Wort das Zimmer verließ. Als er um die Ecke bog, wäre er beinahe über sie gestolpert. Immer noch saß sie, ihren Dino fest umklammert, mit angewinkelten Beinen an der Wand. Schnaufend wich er aus und trat auf eine ovale Verpackung, die zusammen mit vielen anderen Gegenständen auf dem Boden verstreut lag. Es knackte hörbar. Er warf ihr einen müden Blick zu. Ohne einen weiteren Laut schritt er an ihr vorbei und ging zur Eingangstür.

Er reagierte nicht – er sah sie nicht einmal an, als er die Tür hinter sich schloss. Mia hasste es, wenn ihre Eltern sich stritten. Aber noch mehr hasste sie es, wenn sie sie ignorierten. Und sie ignorierten sie oft. Sie hatte Dino erklärt, warum sie es taten. Denn sie wusste es. Papa hatte es immer wieder gesagt. Sie waren alle tot. »Es hat keinen Sinn. Wir sind alle so gut wie tot«, sagte er ständig. Und auch Mutter hatte es gesagt.

Aber Mia wollte nicht aufgeben. Sie wollte nicht tot sein. Sie fühlte sich auch nicht tot. Auch wenn sie nicht wusste, wie sich das genau anfühlte. Sie fühlte sich traurig und einsam, oft war sie auch wütend. Aber tot fühlte sie sich nie. Sie wollte leben. Am besten für immer.

Dino war zum Fenster gegangen und sie folgte ihm. Von ihrem Arm hinab sah er auf die Straße vor dem Haus. Papa stand vor ihrem alten Auto am Straßenrand und sah scheinbar nachdenklich auf etwas, das auf dem Rücksitz lag. Vielleicht betrachtete er aber auch bloß sein eigenes Spiegelbild in der Scheibe, so wie sie und Dino es gerne taten. Beinahe reglos stand er da, fuhr sich mit seinen Fingern über den Bart und trommelte mit der anderen Hand auf dem Dach. Plötzlich drehte er sich zum Haus um. Er schien durch es hindurch in weite Ferne zu blicken. Mia und Dino winkten schüchtern vom Fenster, ernteten jedoch keine Reaktion. Ihr Papa drehte sich wieder um und sah angestrengt nach links und rechts auf die Straße. Eine kleine Ewigkeit schien zu vergehen. Entschlossen machte er zwei zügige Schritte hinter seinem Wagen hervor.

Mia musste an die braunen Käfer denken, die sie so gerne wegschnippste, als der Bus ihn von vorne traf. Dino schrie und fiel lautlos zu Boden. Papa schrie nicht.

01. Dezember 2122 – Im Kinderheim

Zwei Jahre später

Mia legte das alte Bilderbuch auf den leeren Tisch. Es war genauso klebrig und verdreckt wie die Tischplatte. Also machte es sicher nichts, wenn sie es darauf legte. Sie hatte es heimlich aus der grauen Kiste geklaut. Aber sie stellte sich vor, sie hätte es geschenkt bekommen. Die anderen Kinder störte es nicht. Sie spielten nur auf dem Boden oder im Hof. Aber Mia hatte Geburtstag und zum Geburtstag bekam man etwas geschenkt. Frau Nagel schaute ins Zimmer. Ihr Blick glitt über die dichtgestellten Stockbetten, den fettverschmierten Spiegel, die breite Kommode, das abgesessene Sofa und heftete sich schließlich auf Mia. Hastig ließ Mia das Buch zwischen ihren Beinen verschwinden. Mit Frau Nagel war nicht zu spaßen, sie war die gemeinste ihrer Erzieherinnen.

»Du hast Besuch, Mädchen. Jemand will dich sehen«, sagte Frau Nagel in einem Ton, der Mia zum Zittern brachte.

»Ja, ich komme.« Rasch nickte sie mit dem Kopf. Bei Frau Nagel musste man schnell antworten, sonst bekam man eine Ohrfeige. Ihre Erzieherin wandte sich ab und ging hinaus, ohne auf Mia zu warten. Das war ihr ganz recht, denn so hatte sie Zeit, das Buch zu verstecken. Wer sie wohl sehen wollte? Seit dem Tod ihrer Mutter hatte sie niemand mehr besucht. Behutsam schlich sie den Gang entlang zum Aufenthaltsraum der Erzieher. Sie konnte sehr leise sein, wenn sie wollte. Vorsichtig spähte sie um die Ecke. Frau Nagel und Frau Eschenburg tranken Kaffee und schnitten Gemüse, während die Nachrichten im Hintergrund liefen. Der alte Bildschirm war beinahe so groß wie die Fensterwand und beleuchtete auch in der Nacht den halben Korridor.

»Die Meldung haben sie heute schon zehn Mal gebracht«, beschwerte sich Frau Nagel, während eine gutaussehende Nachrichtensprecherin etwas vorlas. Gebannt blickte Mia auf das große Display.

»In New York haben heute 52 Gründungsmitglieder einen Kooperationsvertrag zur Verhinderung des Asteroideneinschlags gegründet. Die neu geschaffene Organisation mit dem Namen Phönix Initiative soll Wege entwickeln, mit Hilfe von Zeitsprüngen gegen die drohende Vernichtung der Erde vorzugehen. Dabei wollen die Wissenschaftler auf den revolutionären Studien des Forschers Shen Guo-Xima zur Elementarteleportation aufbauen.« Das Gesicht des chinesischen Wissenschaftlers und das Modell einer kompliziert aussehenden Anlage wurden im Hintergrund eingeblendet, während die Sprecherin routiniert ihren Text vortrug. Mia staunte und spitzte die Ohren.

»Da bisher alle Strategien zur Abwehr des für 2134 vorhergesagten Asteroideneinschlags gescheitert sind, verfolgen die Forscher nun einen radikalen Ansatz. Ihr Ziel ist es, eine Gruppe von Menschen durch die Zeit zu schicken. Diese Auserwählten sollen die technologische und kulturelle Entwicklung der Menschheit in der Vergangenheit vorantreiben. Ihre Hoffnung ist, dass durch fortschrittliche Technologien die nahende Kollision verhindert werden könnte.«

Eine kurze Computeranimation versuchte die Worte zu untermalen und nachvollziehbar zu machen. Ein Steinzeitmann mit Faustkeil verwandelte sich in wenigen Sekunden zu einem modernen Menschen mit Kleidung, Brille, Werkzeug und Computer.

»Kritik äußerten die Vertreter zahlreicher Weltreligionen. Sie verurteilen im Besonderen die Absicht, die Zeitreisenden in der Vergangenheit als Götter auszugeben. Die Gründungsinitiatorin und Vorstandsvorsitzende Gabriela Mistral Parral bekräftigte hingegen die unbedingte Bereitschaft und Fähigkeit ihrer Organisation, die selbst gesteckten Ziele realisieren zu können. Die im Vorfeld geäußerten Bedenken zu Konzept, Finanzierung und Zielstellung der Initiative wies sie umfassend zurück und betonte die herausragenden Chancen des Projekts.« Frau Nagel schnaubte und stellte den Ton lautlos.

»Was für ein Unsinn! Als wenn es möglich wäre, die Vernichtung der Welt zu verhindern, indem man den Urmenschen ein dickes Lexikon in die Hand drückt.«

Mia fand die Idee ganz und gar nicht unsinnig. Vielleicht war das eine Möglichkeit, allen Menschen zu helfen und doch zu überleben. Frau Eschenburg nickte jedoch zustimmend, während sie geräuschvoll einen Rosenkohl köpfte.

»Das ist nicht nur albern, sondern auch lästerlich! Den Leuten einzureden, ein paar als Götter verkleidete Spaßvögel könnten der Entwicklung der Menschheit einen Schubs geben – das ist Sünde. Der liebe Gott lässt sich nicht ersetzen.«

Frau Nagel verzog skeptisch den Mund. Sie mochte die frommen Ansichten ihrer Kollegin nicht, trotzdem meinte sie: »Ich wette, es handelt sich um einen PR-Gag oder eine Beruhigungspille der Regierung. Ganz nach dem Motto: ›Wir können den Asteroiden nicht aufhalten, aber wir haben da diese geniale Idee von einer großen Zeitreisemaschine, die uns alle retten wird.‹ Absoluter Humbug!«

»Ich finde die Idee gut!«, sagte Mia, ohne sich darüber im Klaren zu sein, was sie gerade tat. Demonstrativ baute sie sich im Türrahmen auf und behauptete: »Ich werde zur Felix Initiative gehen und die Welt retten!«

Die zwei Frauen wandten ihr überrascht den Kopf zu. Frau Nagel schnaubte wieder verächtlich. »Mach dich nicht lächerlich, Mädchen. Sei dankbar, dass du hier ein Dach über dem Kopf hast, an mehr ist nicht zu denken.«

»Es braucht keine Rettung. Das Ende ist die Erlösung«, ergänzte Frau Eschenburg.

»Nein!« Mia stemmte die Arme in die Hüften und stampfte mit dem Fuß auf. »Ich will nicht sterben. Ich werde nicht sterben. Ich gehe zur Felix Initiative.«

Sie hasste das Gerede der Erwachsenen vom Tod. Nie sprachen sie über etwas anderes.

Frau Nagel lachte böse und zeigte mit dem Schälmesser auf Mia.

»Dein Trotzkopf wird die Welt nicht ändern. Auch wenn draußen ›Kinderheim‹ dransteht, könnten wir ebenso gut

›Bestattungen‹ dranschreiben. Denn etwas anderes als euch zu waschen und eure Kleidchen zu richten hat keinen Sinn mehr.«

»Ach, Helga«, mahnte Frau Eschenburg ihre Kollegin mit einem tadelnden Blick. »Sprich doch nicht so vor dem Kind.«

»Es bringt nichts, wenn sich die Kinder Illusionen machen oder leichtgläubig jeden Schwachsinn glauben. Wir leben in einer harten Welt, da haben Träumereien nichts verloren«, entgegnete Frau Nagel und kam nun direkt auf Mia zu. Doch Mia ballte die kleinen Fäustchen und starrte ihrer Erzieherin trotzig in die Augen. Sie wollte keine Angst haben. Sie wollte nicht stillsitzen. Sie wollte nicht aufgeben, so wie es Mama und Papa getan hatten.

»Du brauchst mich nicht so finster anzuschauen«, sagte Frau Nagel gelassen und packte Mia grob am Arm. »Du wirst schon sehen, wie das Leben läuft. Und jetzt komm mit! Am Eingang wartet eine alte Schachtel, die nach dir gefragt hat.« Unsanft zerrte sie Mia bis zum Empfangsbereich hinter der Eingangstür. »Einmal Böckchen für Sie«, sagte Frau Nagel lachend und schob Mia der alten Frau beinahe in den Schoß. Dann drehte sie sich um und ging, ohne einen weiteren Blick auf Besucher und Kind zu verschwenden. Mia trat einen Schritt zurück und blickte in das runzlige und fleckige Gesicht der Frau vor sich. Sie schien uralt zu sein und roch wie bittere Medizin. Immerhin leuchteten ihre Augen hell und freundlich.

»Hallo Mia, ich bin deine Urgroßmutter«, sagte die Fremde und Mia ahnte, dass sich ihr Leben von nun an ändern würde.

10. November 160 – Tag der Ankunft
Vor dem Morgengrauen

Beklemmende Enge, Dunkelheit, Angst. Keine Kontrolle. – So mussten sich die ersten Raumfahrer gefühlt haben. Unter sich tausende Tonnen hochexplosiven Treibstoffs. Die Hülle begann heftig zu vibrieren. Kleine rote Ziffern tanzten vor ihren Augen. Der Countdown zählte… Fünf, Vier, Drei, Zwei, Eins - Null!

Ein Lichtstrahl durchbohrte sie. Er war so gleißend, dass er durch die dunkle Außenwand drang. Dann… ein kurzes Gefühl der völligen Schwerelosigkeit. Nichts schien Gewicht zu besitzen… endlich ging ein kräftiger Ruck durch ihren Körper. Doch sie strebte nicht zu den Sternen, sondern fiel hinab in die Tiefe. Sie spannte alle Muskeln an und verkrallte sich in den Griffen. Ein kurzes Kribbeln im Magen.

Platsch! Sie spürte den Stoß, als sie auf der Wasseroberfläche aufschlug und blies erleichtert den Atem aus.

Sie war… am Leben! Ihre Transportkapsel schaukelte hin und her und schüttelte sie kräftig durch. Für einen Augenblick hatte sie Schwierigkeiten, sich zu orientieren. Das Wanken und Schlingern in der Dunkelheit hatte ihr Gehirn einen Gedanken lang aus dem Takt gebracht. Doch nun wusste sie wieder, wer und wo sie war. Sie nannte sich jetzt Diana. Ihren alten Namen hatte sie abgelegt. Die Kapsel, in der sie klemmte, war wie ein Beiboot, das man aus der Höhe zu Wasser ließ. Es hatte sie durch die Zeit geschleust und war mit einem kräftigen Schmatzen im Morast gelandet.

»Verdammt. Es hat funktioniert! Und ich hänge nicht in einem Baum oder Felsen fest«, dachte Diana erleichtert. Man hatte sie zwei Meter über der Oberfläche eines Sees durch die Zeit geschickt, damit sich ihre Kapsel nicht versehentlich in einem Objekt materialisierte. Jetzt steuerte ihre Zeitkapsel langsam und vollautomatisch zum Rand des Gewässers. Sie wirkte wie ein abgerundeter Sarg, der still und unheimlich durch die Dunkelheit trieb. Diana ruhte darin – festgegurtet, mit verschränkten Armen, den Blick nach innen gerichtet.

Am schlammigen Ufer des kleinen Weihers angekommen, öffnete sich die schwarze Kapsel und Diana sah hinauf zum leuchtenden Firmament, das silbern durch die Wolkendecke schimmerte. Sie richtete sich auf und kletterte ins seichte Wasser. Sofort versank sie mit beiden Beinen im Schlamm. Bis zu den Knien steckte sie im Morast und hatte Mühe, sie wieder herauszuziehen. Die Suppe war kalt und stank. Sie musste gleichsam energisch wie behutsam vorgehen, um nicht vollends im gefräßigen Grund zu versinken.

Diana kämpfte eine halbe Stunde, bis sie die Kapsel mitsamt ihrer wertvollen Ausrüstung zum Ufer des kleinen Weihers geschleppt hatte. Erschöpft ließ sie sich auf den Boden fallen und streckte die schlammbedeckten Beine aus. Ihre Rast weilte nicht lange.

Ein leises Knacken im Gebüsch schreckte sie auf. Näherte sich da jemand? Diana erhob sich und spähte in alle Richtungen. Nichts war zu sehen.

Genauso, wie sie es im Training geübt hatte, setzte sie ihre Spezialbrille auf und aktivierte die integrierte Wärmebild- und Infrarotkamera. Nicht ein einziges Tier, geschweige denn ein Mensch, war zu erkennen. Um sicherzugehen, nahm Diana eine schwarze Kugel von der Größe eines Apfels aus ihrer Transportkapsel. Sie legte sie auf ihre flache Hand und warf sie senkrecht in die Höhe. In dem Augenblick, in dem die Schwerkraft die Oberhand gewann und die Kugel die Bewegungsrichtung änderte, blinkte ein winziger Lichtpunkt auf. Geschickt fing Diana sie wieder auf. Der kleine Ball sendete, ähnlich einer Fledermaus, eine schnelle Folge von Impulsen. Der Computer analysierte die Strukturen und schickte ihr ein dreidimensionales Abbild ihrer Umgebung auf die Brille.

»Es ist hier sicher! Im Umkreis von ca. 3,4 km ist niemand«, flüsterte ihr Cassandra, ihre Künstliche Intelligenz ins Ohr. Bei diesen Worten entspannte sich Diana. Ihr Computer machte keine Fehler. Sie war nicht davon ausgegangenen, nach ihrer Ankunft auf eine Bedrohung zu stoßen.

Trotzdem beruhigte sie der Gedanke, dass sie sich unbeobachtet und ungestört ans Werk machen konnte. Den richtigen Ort hatte sie erreicht.

Als Nächstes galt es zu prüfen, ob sie in der richtigen Zeit gelandet war. Sie zog einen handtellergroßen Würfel aus einem Seitenfach ihrer Zeitkapsel und legte ihn auf einen nahegelegenen Baumstumpf. Das Gerät verfügte über ein außergewöhnliches Objektiv und begann sofort damit, den nächtlichen Himmel abzulichten. Nach 15 Minuten Wartezeit teilte ihr Cassandra ihre Erkenntnisse mit: »Die Analyse der Sternenkonstellationen ist abgeschlossen. Möchtest du das Ergebnis hören?«

Sie hatte einen eigenwilligen Charakter und sprach mit der angenehmen Stimme einer alten Filmschauspielerin.

»Ja, na klar. Jetzt mach es nicht so spannend, Cas!«, sagte Diana. Sie hatte versucht, zur Ruhe zu kommen, war dabei aber immer aufgeregter und ungeduldiger geworden.

»Willkommen in der Kreidezeit!« Diana zuckte und sah sich erschrocken um.

»Cassandra!«

»Entschuldige, es war einfach zu verlockend. Wir befinden uns sehr wahrscheinlich im Jahr 160 im angepeilten Gebiet. Auch wenn es keinen Schnee gibt, legen Temperatur und Vegetation nahe, dass der Winter bereits begonnen hat. Eine genaue Bestimmung des Datums ist mir mit den gegebenen Daten noch nicht möglich. Aber mir scheint, wir sind pünktlich«, sagte die Künstliche Intelligenz.

Diana schloss die Augen und versuchte, in sich hinein zu hören. Sie kannte den Humor ihrer KI. Manchmal benahm sich der Computer wie ein listiger Kobold, der ihr kleine Streiche spielen wollte. Ein Knoten, breit wie ein Schiffstau, löste sich. Sie war in der richtigen Zeit angelangt! In den Wochen vor ihrem Aufbruch hatten sie wilde Alpträume verfolgt. Mehrfach war sie ein paar Millionen Jahre zu weit in die Vergangenheit gereist und im Bauch eines gigantischen Sauriers gelandet. Diesem Schicksal schien sie entkommen zu sein. Dianas Panik verblasste. Doch nun regten sich andere Gefühle in ihr. Am stärksten wucherten Zweifel, Trauer und Einsamkeit. Noch vor wenigen Minuten war sie umgeben von Menschen, die sie kannte. Menschen, die auf sie bauten und hofften. Menschen, die nun unerreichbar waren. Der Abschied steckte ihr noch immer in den Knochen. Man hatte sie wie eine Kriegsheldin behandelt. Dabei hatte sie noch nichts getan, nichts erreicht. Alle Welt setzte Hoffnungen und Erwartungen in sie. Wie konnten sie glauben, sie könne diesen jemals gerecht werden? Diana erinnerte sich an die Blicke im Kontrollraum. Sie waren voller Zuversicht, aber auch voller Trauer und Angst. Ihre Ausbilder, Lehrer, Klassenkameraden, die Wissenschaftler, die Techniker und die Ingenieure – keinen dieser Menschen würde sie jemals wiedersehen. Sie war einsam und allein in diesem düsteren Sumpf – verloren in der Zeit.

»Ist alles in Ordnung?«, fragte eine körperlose Stimme in ihrem Ohr.

»Alles ist gut! Kontrolliere deine Gedanken!«, dachte Diana und ballte die Fäuste, dass die Finger knackten. Auch vor diesem Schock hatte man sie gewarnt. Auch darauf war sie vorbereitet. So, wie sie auf alles vorbereitet war. Sie hatte ihr Leben lang trainiert. Sie war eine Löwin unter Lämmern. Sie war eine Göttin im alten Germanien.

»Entschuldige, Cas, ich hatte einen kurzen Blackout«, teilte sie ihrer KI mit.

»Kein Problem, das kenne ich nur zu gut«, erwiderte der smarte Rechner.

Diana stand auf und ging zu der großen Hülle, die sie hergebracht hatte. Auf den ersten Blick sah es so aus, als würde das Gebilde aus einem Guss bestehen. Betrachtete man die Konstruktion genauer, erkannte man jedoch, dass sie aus zahlreichen Komponenten zusammengesetzt war. Einige der Module beinhalteten Gegenstände, die ihr bei der Erfüllung ihrer Mission helfen sollten. Andere Bauelemente ließen sich bewusst entfernen und neu anordnen.

Diana löste sechs Module und zerlegte sie in wenige Einzelteile.

»Cas, öffne die Bauanleitung für den Streitwagen.«

»Dein Wunsch ist mir Befehl«, flötete die KI.

Auf dem Display ihrer Brille erschien unverzüglich die gewünschte Anleitung. Natürlich hätte sie diese nicht gebraucht. Sie hatte das Deltasegel unzählige Male montiert, die Kapsel immer und immer wieder umgebaut. Der Umbau war so simpel, dass ihn Diana innerhalb von fünf Minuten zustande brachte. Nicht umsonst hatte eine ganze Kompanie von Ingenieuren daran gearbeitet. Doch sie nahm es eben genau. Das Training zählte nicht. Das Hier und Jetzt zählte.

Nach wenigen Handgriffen hatte sich das Boot in ein kleines Flugzeug verwandelt. Die Form ihres Fluggeräts erinnerte an einen alten Eindecker aus der Anfangszeit der Luftfahrt. Mit dem feinen Unterschied, dass ihr Wandelflugzeug über vier seitlich angebrachte Rotoren und die Technologie des 22. Jahrhunderts verfügte. Auf einen Knopfdruck hin fuhren die Triebwerke aus ihrer Verankerung und der Computer vollendete die Transformation der Kapsel.

Der Akku zeigte die volle Kapazität von 2000 kWh und die Bordsysteme verkündeten: »Volle Funktionsfähigkeit«.

»Wenn wir noch zwei Stunden mit dem Aufstieg warten, verbessert sich die Thermik und wir sparen jede Menge Energie«, schlug Cassandra vor. »Die Wartezeit könnte ich für einen Systemcheck nutzen.«

»Ich dachte, du kannst Systemprüfungen nicht leiden«, meinte Diana, während sie Armaturen und Display überprüfte.

»Ja, das stimmt schon. Aber ich möchte sichergehen, dass meine Hardware durch den Zeitsprung nicht beschädigt wurde.«

»Abgesehen von der großen Delle neben der CPU, sieht alles gut aus«, sagte Diana mit einem Lachen auf den Lippen.

»Solche billigen Tricks locken mich nicht aus der Reserve«, entgegnete Cassandra und ließ ein künstliches Gähnen hören. Diana grinste immer noch und kletterte aus der halboffenen Pilotenkanzel.

»Bitte mach gleich eine doppelte Systemprüfung. Ich habe das Gefühl, dass deine Systeme etwas eingeschlafen sind«, sagte sie mit Unschuldsmiene.

»Sklaventreiberin!«, empörte sich die KI.

»Und was das Energiesparen angeht: Die Energie deines Akkus kann durch die Sonne wieder aufgeladen werden, Cas. Die Funktionsfähigkeit meines Systems ist mir momentan wichtiger. Denn an Schlaf ist nicht zu denken. Daher will ich so weit wie möglich kommen, bevor ich schlapp mache. Ich kann nicht noch stundenlang warten.«

»Dann empfehle ich, in südöstlicher Richtung gegen den Wind zu starten«, sagte Cassandra und blendete einen Vektor auf dem Brillendisplay ein. Seufzend schob Diana das ultraleichte Flugzeug zurück in jenen Tümpel, der sie so viel Schlamm und Schweiß gekostet hatte. Das umgebaute Fluggerät verfügte über flache schwimmfähige Kufen, die sanft ins Wasser glitten. Nachdem sie den Gleiter südöstlich ausgerichtet hatte, schwang sie sich ins Cockpit, startete die Motoren und fuhr die Flügel zur Gänze aus. Der Elektromotor summte leise, als sie den Antrieb auf volle Leistung stellte. Die Rotoren brausten auf und der Flieger schoss über das Wasser, als würde ein Riese Steineflitschen spielen.

Das Flugzeug war in der Lage, senkrecht wie eine Drohne oder ein Helikopter zu starten. Gleichwohl entschied sich Diana für die energiesparendere Variante. Und so beschleunigte der Gleiter, hüpfte ein Mal, zwei Mal, drei Mal – dann endlich lösten sich die schmalen Kufen von der Wasseroberfläche und das Gefährt stieg den Wolken entgegen.

Diana lehnte sich zurück und übergab dem Computer die Kontrolle über das Flugzeug. Cassandra berechnete eine günstige Route zu ihrem Ziel. Ein Berg mit einer unverwechselbaren Form bildete ihren Treffpunkt.

»Baue so schnell wie möglich eine Verbindung zu den anderen auf«, befahl sie ihrem Flaschengeist und genoss das Rauschen in ihren Ohren. Während ihre KI den Gleiter steuerte, betrachtete Diana die Welt von oben. Die Erde schimmerte matt und konturlos im fahlen Mondlicht. Ein immer gleicher Brei aus Bäumen und Wiesen floss unter ihr dahin. Teiche und Seen durchbrachen zuweilen wie störende Kleckse das eintönige Bild. Es schien kaum sehenswerte Wegmarken zu geben. Die Erde war ein einziger grauer Wald.

Dann aktivierte Diana die Nachtsicht und spähte erneut nach unten. Wo eben noch konturlose Schatten herrschten, sah sie nun klare Formen, Schnitte und Details. Sie entdeckte nachtaktive Tiere, erkannte versteckte Bäche und Senken, registrierte einsame Höhlen und Hütten. Und ganz allmählich, wie eine Gänsehaut, überkam sie ein Gefühl der Macht. Ein Mantel der Euphorie legte sich auf ihre Schultern und ein Lächeln breitete sich auf ihrem Gesicht aus. Wenn sie jetzt ein alter Germane sehen könnte – er würde sie wahrlich für eine Göttin halten – eine Göttin in ihrem fliegenden Streitwagen.

Cassandra zerschlug ihren Traum von Allmacht und Glanz. Sie brauchte dafür nur vier Worte:

»Ich bekomme keine Verbindung.«

Diana zuckte zusammen und starrte auf das Display ihres Gleiters.

»Was soll das heißen?«, fragte sie entgeistert.

»Ich empfange keinerlei Signale und kann keinen der anderen Götter erreichen. Es herrscht absolute Funkstille.«

Diana brauchte einen Moment, um die Nachricht zu verdauen. Sollte das etwa heißen, dass sie allein war? Die einzige Zeitreisende in diesem Jahrtausend? Wo zum Teufel steckten die anderen?

26. Juli 2127 – Der Aufnahmetest
Vormittag

»Warum seid ihr hier?«, fragte Henry ohne ein Wort der Begrüßung und in strengem Ton. Die Kinder verstummten und schauten ihn betreten an. Keiner wagte zu antworten. Oder waren sie zu sehr mit sich selbst beschäftigt und hatten nicht zugehört? Henry seufzte und wiederholte seine in Latein formulierte Frage: »Warum seid ihr hier?«

Nach einem kurzen Moment des Zögerns antwortete ein kleines Mädchen: »Weil wir gut in der Grundschule waren und jetzt den Test machen dürfen. Wir wollen Götter werden. Ich finde Minerva und Diana am coolsten. Meine Omi ist ein Fan von Apoll.« Das Mädchen hatte helle Haut, dunkelbraune Haare und einen schmalen Mund. Obwohl ihr Tonfall eher beiläufig war, verrieten die leuchtenden Augen ihre große Erregung. Henry merkte sich das Gesicht und gab ihr 5 Zusatzpunkte, die er sich gleich notieren würde. Sie hatte es als erstes von 15 Kindern gewagt, zu antworten und dabei flüssig und sachlich gesprochen.

»Weil wir gut in Latein gespickt haben«, ergänzte ein Junge auf Englisch, dem die Frechheit ins Gesicht geschrieben stand. Er schien nur darauf gewartet zu haben, einen provokanten Witz reißen zu können. Nachdem sich eine andere Schülerin aus der Deckung gewagt hatte, war er mutig geworden. Einige Kinder grinsten verstohlen und zwinkerten in die blendende Morgensonne.

»Ihr habt beide recht. Ihr gehört zu einer Auswahl der besten Schüler unserer 12000 Partnerschulen«, sagte Henry gelassen. »Im Übrigen bitte ich euch, euch zu melden und Latein zu sprechen, auch wenn es holprig klingt. Ihr alle wart in verschiedenen Ländern an Grundschulen, die mit dem Phönix-Projekt kooperieren. Manche haben sogar im Kindergarten am Phönix-Programm teilgenommen. Ihr alle lernt seit der ersten Klasse intensiv Latein. Und ihr alle wart die leistungsstärksten Schüler eurer jeweiligen Klassenstufe. Jetzt möchten wir eure Fähigkeiten noch ein bisschen genauer testen. Denn für das Phönix- Programm brauchen wir nicht nur die klügsten, sondern auch die ausdauerndsten, vernünftigsten und motiviertesten Jungen und Mädchen.«

Die Kinder brauchten einen Moment, um die Worte zu übersetzen, auch wenn Henry sehr langsam und mit vielen Pausen sprach.

»Sie sehen ziemlich… anders aus… als unser Lateinlehrer«, meldete sich der freche Junge erneut ungefragt zu Wort. Diesmal verwendete er ein stockendes Latein.

»Melde dich bitte, wenn du etwas sagen möchtest! Dies gehört hier zu unseren Grundregeln. Ich bin übrigens kein Lateinlehrer, sondern Lehrer für Sport. Ihr habt in den letzten beiden Tagen ja schon verschiedene Untersuchungen und Tests gemacht und euch hervorragend geschlagen. Heute möchten wir mit euch zum Abschluss zwei Sporttests machen. Bitte zieht eure Sportkleidung an und erscheint in 15 Minuten wieder hier an dieser Stelle.«

Ohne ein weiteres Wort wandte sich Henry von den verdutzten Schülern ab und stapfte zu einer Hütte am Rande des Sportgeländes. Diese diente nicht der Erholung, sondern der Überwachung des weitläufigen Sportplatzes.

Das Areal, das ihnen für den Sport zur Verfügung stand, umfasste Dutzende Hektar. Gleichwohl bildete es nur einen bescheidenen Teil des Außengeländes der Akademie. Der Campus mit seinen schillernden Gebäuden lag im Zentrum dieser ringförmig gefassten Anlage. Ihn umgaben nicht nur die großzügigen Sportstätten. Auch ein ausgedehnter Park, moosbewachsene Wiesen, Felder sowie ein kleiner See boten den Schülern die Möglichkeit, sich frei in der Natur zu bewegen. Eingerahmt wurde das Terrain durch die weite schroffe Landschaft der schottischen Highlands. Gräser, Flechten, Moose und Stein prägten das Bild des unbewaldeten Heidemoors, das die Akademie einrahmte wie der Ozean eine kleine Insel.

Henry liebte die raue Schönheit der Natur, die hier so deutlich im Kontrast zur monumentalen Architektur des

Campus stand. Die Gebäude waren im Stil eines radikalen Neoklassizismus errichtet. Während die Fundamente aus bewährtem Stahlbeton bestanden, schillerten die Fassaden, Plätze und Säulengänge in Marmor, Tuffstein, Alabaster und Porphyr. Die Ästhetik des gewaltigen Gebäudekomplexes war eindrucksvoll. Nur wenige Besucher konnten sich ihrem Charme entziehen.

Die Jungen und Mädchen, die sich um eine Aufnahme in die Akademie bewarben, hatten indes keinen Blick für die schlichte Eleganz des Bauwerkes übrig. Nach fünfzehn Minuten standen sie erneut am Startpunkt des ersten Sporttests und flüsterten aufgeregt.

Henry erklärte den Kindern, was sie erwartete.

»Ihr müsst heute einen langen Hindernisparcours bewältigen. Hat schon mal einer von euch einen Kletterwald oder Abenteuerspielplatz besucht?« Henry versuchte, die Fremdwörter zu umschreiben. Mehrere Schüler meldeten sich.

»Ich habe auf einem Parcours für Profis geübt«, protzte die freche Bohnenstange und sah Aufmerksamkeit heischend in die Runde.

Ein schmächtiger Junge mit einer auffälligen Narbe am Kinn murmelte: »Ich habe mit meinen Geschwistern Fangen gespielt…«

»Das hat doch nichts mit einem Hindernislauf zu tun. Fangen spielen ist für Babys!«, fiel die Nervensäge ihm ins Wort. Einige Kinder lachten. Der kleine Schüler mit der gebräunten Haut sah verlegen zur Seite.

»Hör auf, reinzuquatschen!«, mahnte das Mädchen mit den leuchtenden Augen.

»Oh je«, dachte Henry, »jetzt muss eine Zehnjährige meinen Job übernehmen.«

Laut brüllte er: »Ruhe!« Er wusste inzwischen, wie ein pädagogischer Wutausbruch zu spielen war. Die Kinder verstummten. »Die Regeln hier sind klar und einfach! Wer sie nicht befolgen will, kann auf der Stelle abreisen!« Henry sah den vorlauten Schwätzer an, der starr an ihm vorbeiblickte. »Ihr meldet euch und lasst andere ausreden! Hast du das jetzt verstanden?«, wandte er sich nun direkt an den Jungen. Dieser nickte sacht mit dem Kopf, ohne eine Miene zu verziehen. Henry schnaubte. »In Ordnung, also was wolltest du sagen?« Sein Blick wanderte zu dem Zwerg mit der Narbe am Kinn. Der machte drei Mal den Mund auf und wieder zu, bevor er endlich sprach: »Also, meine Geschwister und ich haben im ganzen Stadtviertel Fangen gespielt. Nicht so wie Babys. Wir sind überall rumgeklettert, in Rohre gekrabbelt oder über die Dächer gesprungen. Mein ältester Bruder hat sich sogar mal beide Beine und vier Rippen gebrochen. Das war echt gefährlich.«

Die anderen Schüler sahen jetzt deutlich beeindruckter aus, einige sogar verunsichert.

»Keine Sorge!«, beschwichtigte Henry, »Bei unserem Parcours hier ist es noch nie zu schweren Unfällen gekommen. Überall sind Kameras, die euch beobachten. Alles ist weich gepolstert und abgesichert. Wir haben ein ganzes Team von Ärzten und Sanitätern. Ihr könnt also ganz beruhigt mitmachen.« Das war natürlich nicht die ganze Wahrheit. Es gab ständig kleinere Verletzungen. Viele Kinder hielten nicht durch oder wollten am Ende nicht mehr weiterkämpfen.

Nach einigen abschließenden Sätzen zur Belehrung ertönte das Startsignal. Die Schüler sprinteten los und Henry kehrte zur Hütte zurück. Der große Raum war vollgepackt mit Bildschirmen und Hologrammprojektoren. Er und zwei weitere Kollegen beobachteten das Geschehen und machten sich Notizen, während der Computer die Gesichter und Bewegungen analysierte.

Gerade erreichten die vordersten Kinder das erste Hindernis. Es handelte sich um raffinierte Klettergerüste, die hintereinander installiert waren. Die Zehnjährigen mussten schräge Holzwände hinauf und hinab, über einen schmalen Balken balancieren, eine Strickleiter erklimmen, in eine Grube springen und an einem Seil entlang hangeln. Dann ging es wieder ein Gerüst empor. In zwei Metern Höhe sollten die Schüler über eine schwankende Brücke mit unregelmäßigen Trittbrettern laufen und durch eine rotierende

Röhre kriechen. Die Übungen machten den meisten Kindern Spaß. Besonders die letzte Station dieses Abschnitts war sehr beliebt. Mit Seilrutschen sausten die Jungen und Mädchen 60 Metern von einem Hügel herunter, den sie vorher mit Hilfe einer schiefen Treppe ersteigen mussten.

Der »Spielplatz«, wie ihn die Sportlehrer nannten, war in erster Linie dazu da, die Beweglichkeit und Geschicklichkeit der Kinder zu testen und die Gruppe in einzelne Läufer aufzuteilen. Denn für den nächsten Abschnitt sollten die Sportler möglichst separiert werden. Dieses Ziel war bereits erreicht. An der Spitze rannten vier Kinder mit deutlichem Vorsprung. Der Rest des Teilnehmerfeldes folgte in kleinen Grüppchen.

Ganz vorne stürmte der schlaksige Junge, der vorhin so vorlaut gewesen war, den Hügel hinauf. Das Mädchen mit den leuchtenden Augen war ihm dicht auf den Fersen. An dritter Stelle flitzte der Kleine mit der sonnengebräunten Haut und den kaputten Schuhen. Er bewegte sich äußerst geschickt. Eher unbeholfen kletterte die Letzte der Spitzengruppe den anderen hinterher. Das Mädchen mit den weichen Gesichtszügen besaß ein kleines Muttermal am Hals und wirkte etwas kräftiger als die übrigen Kinder. Trotzdem hatte sie es geschafft, sich in der Gruppe zu halten. Den Beobachtern im Kontrollraum verriet die Gesichtserkennung, dass die Schülerin Lily hieß und aus dem Norden von Kalifornien stammte. Lily erreichte das Tunnellabyrinth, das nächste Hindernis des Parcours, und sprach mit dem gebräunten Jungen, der vor ihr angekommen war. Mit Hilfe der Kameras konnte Henry jeden Winkel des Geländes einsehen und jedes gesprochene Wort hören.

»In welches Loch… sollen wir klettern?«, fragte sie auf Englisch und außer Atem. Der magere Junge mit den abgetragenen Schuhen stand einige Sekunden unentschlossen vor den dunklen Höhleneingängen. Falls er den Neuankömmling hinter sich bemerkte hatte, ließ er es sich nicht anmerken. Stattdessen kletterte er zügig in das nächstgelegene Loch. Henry zoomte näher heran und aktivierte das Kontextmenü.

Der Bursche hieß Aquil, wog 29kg, hatte eine spanische Mutter und einen marokkanischen Vater.

Aquil stürmte mit einer beeindruckenden Geschwindigkeit durch die dunklen Tunnel. Eine Taktik, die vor allem die Kinder wählten, die sich fürchteten. Denn die Röhren waren finster und so schmal, dass man darin nur gebückt laufen oder krabbeln konnte. An einigen Stellen gab es Lichtschlitze und externe Zugangstüren, falls ein Schüler in Panik geraten sollte. An anderen Punkten verengten sich die Tunnel so weit, dass die Kinder in der Dunkelheit über den Boden kriechen mussten. Man hatte sogar künstliche Spinnweben und allerhand glibberigen Schleim verteilt, um die Schulanwärter noch etwas mehr zu gruseln. Denn genau um diese banale Reaktion ging es bei diesem Abschnitt. Die Prüfer wollten herausfinden, wie gut die Kinder mit ihrer Angst umgehen konnten. Dabei machte es nichts, wenn sich die Zehnjährigen etwas gruselten oder nur langsam vorankamen. Kinder, die jedoch in anhaltendes Schreien, Wimmern oder in eine Starre verfielen, waren schlicht ungeeignet für die anstehende Ausbildung. Man würde ihnen keinen Gefallen tun, wenn man sie an der Akademie zuließe.

Die ersten vier Grundschüler schrien nicht. Bis auf Aquil schienen sie sogar Freude an der Herausforderung zu entwickeln. Da sie die Vordersten waren, hatten sie jede Menge Schleim und Spinnweben an sich kleben, als sie aus den Röhren purzelten. Dies bedeutete aber keinen Nachteil, denn beim nächsten Streckenabschnitt sollte der ganze Schmutz wieder abgewaschen werden. Direkt hinter dem Ausgang des dunklen Tunnelsystems wartete ein Abgrund auf sie. Am Fuße der Klamm sprudelte und schäumte das Wasser wie in einem Whirlpool. Statt um einen kleinen Jacuzzi, handelte es sich jedoch um ein großes Schwimmbecken, das die Schüler längs durchqueren mussten. Die Vierergruppe sammelte sich am Rande des Vorsprungs. Der Vormarsch stoppte. Bisher hatte sich keiner von ihnen getraut, in die Tiefe zu springen.

»Na, habt ihr Angst?«, fragte das schlaksige Großmaul, das zuerst auf der Plattform angekommen war. Er hatte bereits einen Blick in das Becken geworfen und war erschrocken zurückgewichen. Sein Name lautete »Milán«. Er war fast elf Jahre und kam aus Ungarn, verriet die KI den Beobachtern im Bungalow.

»Hättest du doch selbst schon springen können, Froschauge«, antwortete Lily in holprigem Latein und starrte ihm grimmig in die Augen.

»Gut, springen wir zusammen. Bist du mutig?«, erwiderte Milán mit einem rotzigen Lächeln und stellte sich herausfordernd an den Klippenrand. Nach einem Moment des Zögerns hockte sich Lily neben ihn und nickte ihm zu. Milán holte weit mit den Armen aus und zählte laut: »Eins… Zwei… Drei!«

Anschließend riss er die Hände hoch und tat so, als würde er nach vorne springen. Er zuckte jedoch nur mit dem Oberkörper und blieb an seinem Platz. Lily hingegen war bei »Drei« ins Wasser gesprungen und tauchte tief ein, bevor sie prustend wieder an die Oberfläche kam.

Milán lachte laut und rief schallend: »Dumme Kuh!«, während er verächtlich auf die Hustende hinabsah. Gerade als sich Lily von ihrem ersten Anfall erholt hatte, sprang Milàn neben ihr ins Wasser und verpasste ihr eine Wasserfontäne. Die Welle klatschte Lily ins Gesicht und brachte sie erneut zum Röcheln.

Fassungslos betrachtete das Mädchen mit den leuchtenden Augen das Geschehen. »Hast du das gesehen?«, fragte sie Aquil, der neben ihr stand.

Aquil wiegte den Kopf und murmelte ein lateinisches Schimpfwort, das er irgendwo aufgeschnappt hatte.

»Wir müssen ihr helfen!«, sagte das Mädchen und sah sich nah einem Rettungsring um.

Aquil zog ein Gesicht, als hätte man ihn getreten. »Entschuldige. Aber man kann nicht jedem helfen. Die kommt schon klar.« Wie ein flinkes Wiesel schlüpfte er an ihr vorbei und sprang mit einigem Abstand zu Lily ins Wasser.

Das Mädchen fluchte obszön und schrie: »Du sollst auch nicht JEDEM helfen!« Doch Aquil achtete nicht auf sie und die immer noch keuchende Lily.

Henry war kurz davor einzugreifen, doch er wollte sehen, wie die Kleine reagierte und zögerte.

Sie trat bis zum Rand vor und hüpfte von hier elegant ins Wasser. Offenbar hatte sie von oben gesehen, dass sich Milán eine der Schwimmhilfen geschnappt hatte. Diese trieben an den Beckenrändern, um den Kindern das Schwimmen zu erleichtern. Das Mädchen tauchte mühelos auf und sah sich um. Sie schnappte sich zwei Schwimmkissen und klemmte sie sich unter die Arme. Dann bewegte sie sich, mit den Füßen paddelnd, auf Lily zu. Diese schien noch immer orientierungslos. Sie ruderte mit weit aufgerissenen Augen im schäumenden Wasser, ohne sich von der Stelle zu bewegen. Das Mädchen näherte sich vorsichtig. Henry bewunderte ihr überlegtes Vorgehen. Sie hielt einigen Abstand und warf Lily die Schwimmhilfe direkt vor das Kinn. Diese zögerte nicht, als sie die Hilfe erkannte und klammerte sich keuchend fest. Es dauerte eine Weile, bis sich der Schock gelegt hatte und die Panik aus ihren Augen gewichen war.

Ihre Retterin berührte sie sacht an der Schulter und forderte sie auf, ihr zu folgen. Lily nickte und setzte sich mühsam in Bewegung. Nach nur wenigen Sekunden hatten sie den seitlichen Beckenrand erreicht, der außerhalb des sprudelnden Bereichs lag. Hier gab es vereinzelte Griffe und Notfallleitern an den Wänden. Lily brauchte noch einen kurzen Moment, bis sie sich soweit erholt hatte, dass sie bis zum Ende des Beckens schwimmen konnte. Denn aufgeben wollte sie augenscheinlich nicht. Ohne die Panik war das Fortkommen im Schwimmbecken leicht – es wäre beinahe entspannend gewesen, wenn sie nicht ihre Sportkleidung, sondern Badesachen angehabt hätten.

»Danke, das war echt nett von dir«, bedankte sich Lily, als sie endlich aus dem Pool stieg. »Ich habe haufenweise Wasser geschluckt und nichts mehr gesehen.«

»Kein Problem«, sagte ihre Retterin, die nun etwas gehemmter wirkte, als sie durchnässt am Beckenrand stand. »Wie heißt du eigentlich?«, fragte sie.

»Ich heiße Lily, und du?«

»Mia«, sagte sie lächelnd. Dann wandte sie sich ab, wohl weil ihr gerade nicht einfiel, was sie weiter zu dem fremden Mädchen sagen sollte. Viel Zeit zum Quatschen blieb indes nicht, denn schon standen die beiden vor einem metallenen Gitter, das den Weg versperrte. Mia fixierte Milán und Aquil, die bereits davor warteten. Es zeigte sich, dass es nicht notwendig gewesen war, das Schwimmbecken als Schnellster zu durchqueren. Denn hier am Tor kam man allein nicht weiter.

»Wegen dir wäre Lily fast ertrunken!«, schrie Mia Milán entgegen, der scheinbar nie sein spöttisches Grinsen ablegte.

»Hallooo…, das war Spaß! Ich kann ja nicht wissen, dass die nicht schwimmen kann«, erwiderte Milán angriffslustig.

»Ich kann schwimmen, du Läusezoo!«, rief Lily, der jetzt die Tränen in die Augen schossen. Beschämt wandte sie sich ab.

»Wollt ihr, dass die anderen uns einholen? Helft mir lieber, hier durchzukommen!«, entgegnete Milán. Das war wohl die höchste Form der Entschuldigung, die er kannte.

Er trat vor das kleine Fallgitter und betrachtete es, während die anderen Kinder grimmig zu ihm blickten. Es hatte Ähnlichkeiten mit dem Fallgitter einer Burg, war jedoch viel schmaler. Links und rechts neben dem vergitterten Eingang ragten zwei dünne Balken im rechten Winkel aus der Wand. Sie hatten die Form und Dicke von gewöhnlichen Tischbeinen und dienten vermutlich als Hebel. Um sie nach oben zu schieben, musste man sich unter die Balken stellen und sie kraftvoll mit den Schultern in die Höhe drücken. So zeigte es zumindest eine große Abbildung, die als Anleitung neben dem Tor angebracht war. Der Mechanismus war simpel und unmissverständlich. Je zwei Kinder machten damit den Weg für ihre Kameraden frei, die nun durch das Tor schlüpfen konnten. Auf der anderen Seite des Eingangs befanden sich zwei identische Holzstreben. Die Schüler, die zuerst durchs

Tor durften, sollten anschließend denen, die ihnen das Fallgitter nach oben geschoben hatten, denselben Dienst erweisen.

»Der da und ich waren als Erste hier, wir dürfen also auch zuerst durch das Tor gehen«, forderte Milán, während er auf Aquil zeigte und bedrohlich in die Runde schaute. Der Angesprochene nickte leicht, sagte jedoch nichts.

»Aber ihr macht uns dann das Tor von innen auf!«, entgegnete Mia, die immer noch ziemlich wütend war. »Wehe, du haust einfach ab!«

»Versprochen. Das war doch vorhin nur Spaß«, sagte Milán lässig.

Lily und Mia waren immer noch zornig, aber es blieb jetzt keine Zeit zum Diskutieren. Ohne Zusammenarbeit kamen sie hier nicht weiter. Widerwillig trotteten sie zu den Holzbalken und schoben ihre Schultern darunter. Mit aller Kraft stemmten sie sich dagegen. Die Hebel waren nicht so schwer, wie sie aussahen. Parallel mit den Balken bewegte sich das Fallgitter nach oben. Milán und Aquil zögerten keine Sekunde und schlüpften durch die schmale Lücke. Als er gerade durch den Eingang gehuscht war, drehte sich Milán zu Mia um und höhnte breit grinsend: »So, ich habe ja versprochen, abzuhauen.« Er schlenderte betont langsam vom Gitter weg und lachte gehässig.

»Du hast versprochen zu helfen, du Pferdefurz!«, rief Lily voller Entrüstung auf Englisch, während Mia noch nach Worten rang.

»Ich habe nicht gesagt, WAS ich verspreche«, erwiderte Milán und winkte den beiden zu. Er schien sich den Satz schon eine Weile zurechtgelegt zu haben.

»Du bist so ein Mistkerl!«, brüllte Mia ihm in ihrer Muttersprache hinterher. Auch sie war zu aufgebracht, um einen Satz auf Latein zu formulieren.

Während dieser Szene war Aquil, der den Eingang schon

passiert hatte, stehen geblieben und schaute erst auf die Balken und dann zu Mia und Lily.

»Alleine kann ich das nicht stemmen. Ihr müsst auf die Nächsten warten. Ich fange den Blödmann.« Mit diesen Worten wandte er sich um und sprintete davon. Mia war fassungslos.

»Na toll. Dahinten … springen schon die nächsten ins Wasser … Nur die ersten drei … bekommen richtig viele Punkte … hat mir ein Junge erzählt«, sagte Lily resigniert in ihrer stockenden Sprechweise. »Dabei ist mein Latein keine Punkte wert.«

Damit spielte sie auf den Sprachtest an, den die Kinder am Vortag absolvieren mussten. Im Anschluss hatten sie zudem eine ärztliche Untersuchung über sich ergehen lassen, die mindestens genauso unangenehm gewesen war.

Henry konzentrierte sich jetzt ganz auf die Spitzengruppe und beachtete die anderen Läufer mit keinem Blick. Er war gespannt, wie die Kinder mit den Herausforderungen umgingen. Gebannt schaute er auf die Projektion vor ihm.

»Ich kann das Gitter ein paar Sekunden oben halten. Wenn du ganz schnell durchschlüpfst, schaffst du es auf die andere Seite«, sagte Mia, nachdem sie verarbeitet hatte, was ihr Lily sagen wollte.

Das Mädchen sah Mia ungläubig an: »Echt, das würdest du machen?«

Mia sah sie nicht an, sondern blickte zum Schwimmbecken. »Da kommen gleich die Nächsten!«

Mehr brauchte sie Lily nicht sagen, denn sie nickte und warf sich dann mit einem großen Satz zum Tor. Sie rutschte regelrecht unter dem Gitter hindurch, bevor Mia die Kraft ausging und die Sperre wie in Zeitlupe nach unten glitt. Lily dankte ihr noch zweimal, ehe sie langsam vorwärts trottete.

Henry musste wählen, wem er weiter zusehen wollte. Er entschied sich für das kräftige Mädchen mit den blauen Haaren und dem dunklen Teint, auch wenn ihn die willensstarke Mia am meisten beeindruckte.

Allmählich schien Lily die Puste auszugehen. Sie schnaufte und hielt sich die Rippen, als hätte sie Seitenstechen. Sie lief in einen breiten Gang, der links und rechts von einer haushohen Mauer begrenzt wurde. Die vorausliegenden Hindernisse waren vergleichsweise einfach, fand Henry. Es gab sich wiederholende Abschnitte mit Walzen, auf denen man das Gleichgewicht halten musste, Bällegruben, gefüllt mit tausenden Plastekugeln und eine Art glitschigen Wackelpudding, über den man auf dem Bauch liegend gleiten konnte. Zuletzt kam ein winziger Hochseilgarten, der keine Ausrüstung verlangte. Dieser Streckenabschnitt war koordinativ weniger anspruchsvoll, doch forderte er einiges an Ausdauer und Kraft.

Inzwischen atmete Lily schwer, obwohl sie nur langsam lief. Sie schwitzte am ganzen Körper. Endlich kam sie zu einer Wand mit zwei großen Drehkreuzen. Neben den Durchgängen hingen altmodische Bildschirme, auf denen simple Rechenaufgaben abgebildet waren. Lily staunte und wischte sich den Schweiß von der Stirn. Damit hatte sie nicht gerechnet. Nach nicht einmal 60 Sekunden änderte sich die Rechenübung und eine neue Aufgabe erschien. »11+11+11+11-21« zeigte der Touch-Screen.

»Elf plus elf ist…?«, murmelte Lily vor sich hin. Sie hechelte so schnell, dass sie sich kaum konzentrieren konnte. Immer wieder fing sie von vorne an. Die Aufgabe war leicht! Unter anderen Umständen hätte sie sie rasch gelöst. Aber jetzt war sie so aufgeregt und außer Atem, dass sie sich nichts merken konnte. Sie schlug sich mit beiden Händen auf die Stirn und konzentrierte sich. Endlich hatte sie die Lösung gefunden und gab sie auf dem Tastenfeld ein. Ein grünes Licht flammte auf und sie durfte die Drehtür passieren.

Hier warteten schon die nächsten Türen, diesmal mit einfachen Logik-Aufgaben. Lily stöhnte und fächerte sich Luft ins Gesicht.

Sie brauchte eine Weile, bis sie die Fragen verstanden und gelöst hatte. Immer wieder rechnete sie damit, dass gleich jemand hinter ihr durch die Tür treten würde. Es folgten weitere Kammern mit Quizfragen, die Lily recht schnell überwand. Henry war zunehmend beeindruckt, wie wacker sich das Mädchen schlug. Mit Hilfe zweier kleiner Drohnen beobachtete er ihr Fortkommen. Sie schwebten nur wenige Meter über der Schülerin.

Nach diesem Abschnitt voller Denksportaufgaben teilte sich der Weg. Vor Lily lag eine breite im Morgenlicht hell erleuchtete Weggabelung.

Ein funkelndes Hinweisschild stellte sie – natürlich in lateinischer Sprache – vor die Wahl: »Der linke Pfad ist kurz, aber wild. Der rechte Weg ist lang, aber mild.« Sie überlegte… und entschied sich für die lange Strecke.

Sie brauchte keine fünf Minuten, für den weiten aber anspruchslosen Weg. Der durch grelle Linien markierte Pfad führte über eine weitläufige Rasenfläche. In der Ferne war bereits das Streckenende zu erkennen. Lily folgte nicht mehr jeder Kurve der Laufstrecke, sondern kürzte ab, indem sie mitunter über die Wiese lief. In einiger Entfernung konnte sie Aquil laufen sehen, der das Ziel schon fast erreicht hatte. Er war deutlich langsamer geworden und humpelte, dennoch würde ihn Lily nicht mehr einholen, egal wie schnell ihr Endspurt ausfallen würde.

Der Zieldurchlauf in der Ferne war grellbunt erleuchtet und überaus groß bemessen. Nachdem Aquil über die Ziellinie gestolpert war, warf er sich unmittelbar dahinter auf den Boden. Er schwitzte und schnaufte wie ein Flusspferd, dann spuckte er zur Seite.

Henry zoomte schnell aus dem Bild. Den Rotz des Jungen wollte er sich nicht ansehen.

Diese Gruppe schien besonders leistungsstark zu sein. Zumindest die ersten sieben Kinder machten einen vielversprechenden Eindruck. Ein genaueres Bild würde er erhalten, wenn er später nochmal mit seinen Kollegen das Filmmaterial durchging. Für die Punktevergabe kam es nicht nur auf die Platzierung und die Laufzeit der Anwärter an. Viel wichtiger war es, welche Entscheidungen die Schüler trafen und welches Verhalten sie in den verschiedenen Situationen zeigten. Reagierten sie bedacht oder vorschnell, ängstlich oder übermütig, egoistisch oder aufopfernd, flexibel oder starrsinnig? Dies waren die eigentlichen Fragen, die die Kinder unbewusst beantworteten.

Henry schaltete zurück zu Mia. Das Mädchen war weit zurückgefallen. Platz zwölf. Sie stützte einen kräftigen Jungen. Der Rotschopf humpelte und presste tapfer die Zähne zusammen. Schade, auf ihre Laufzeit würde die Kleine keine Punkte bekommen und doch war sie wie gemacht für die Akademie.

26. Juli 2127 – Der Aufnahmetest
Nachmittag

»Ihr alle habt euch heute Morgen gut geschlagen. Nur ein Schüler eurer Gruppe musste aufgeben. Das haben wir wirklich sehr selten. Und auch eure Laufzeiten waren überdurchschnittlich.« Henry sah den Jungen und Mädchen gutgelaunt in die Augen und machte eine kurze Pause. Die Bewerber, die den Aufnahmetest durchliefen, waren allesamt begabt und frühreif. Trotzdem freute er sich immer, wenn die Kandidaten ihre Sache ernst nahmen und Ausdauer und Leidensfähigkeit bewiesen. Natürlich waren sie noch Kinder, aber auf ihnen lasteten später womöglich die Hoffnungen eines ganzen Planeten. Was waren da ein paar Schürfwunden und Schrecksekunden?

»Bei eurem zweiten Sporttest handelt es sich um ein Mannschafts- und Orientierungsspiel, das ihr heute in der Abenddämmerung spielen werdet«, wandte sich der Sportlehrer erneut an die Schüler. »Bitte schaut euch diese Projektion an und hört mir genau zu, damit ihr die Regeln versteht.« Er machte einige Gesten in der Luft und steuerte so das Hologramm, dann erklärte er: »Das Spiel, das ihr spielen sollt, ist eigentlich recht einfach. Im Spiel gibt es zwei Mannschaften, beide haben jeweils ihren eigenen Ball. Nur mit diesem Ball können sie ein Tor erzielen. Da die Bälle silbrig im Mondlicht glänzen, heißt das Spiel Mondball. Zuerst muss jede Mannschaft ihren eigenen Mondball auf dem Spielfeld suchen. Hat eine Mannschaft ihren Ball gefunden, kann sie sich auf den Weg zum gegnerischen Tor machen und versuchen, einen Treffer zu erzielen. Wer das erste Tor schießt, gewinnt das Spiel.« Zur Unterstützung seiner Erklärung lief im Hintergrund eine Computeranimation, die genau auf das Tempo seiner Worte abgestimmt war. Henry sah die Schüler an und vergewisserte sich, dass alle verstanden hatten, was er sagte.

»Habt ihr bis hierhin Fragen?« Er sah abwartend in die Runde.

Mia meldete sich und fragte nach einem Nicken ihres Sportlehrers: »Ist das Spiel nicht recht schnell vorbei, wenn wir nur unseren Ball finden und dann ein einziges Tor machen müssen?«

Henry war beeindruckt vom Wortschatz und Satzbau des Mädchens. Sie sprach jetzt schon fast so gut Latein wie er. Und Henry hatte in den letzten Jahren kaum etwas anderes gemacht, als diese alte Sprache tagein tagaus zu lernen.

»Das ist eine verständliche Frage. Fünf Dinge erschweren das Spiel und machen es komplizierter, als es zunächst scheint. Als Erstes ist da die Größe des Spielfeldes. Unser Spielfeld ist 1,5 km^2 groß und damit viel weitläufiger als ein Fußballfeld. Es ähnelt eher einem Golfplatz. Anders als auf einem Golfplatz gibt es jedoch keinen gemähten Rasen oder angelegte Wege. Unser Spielfeld ist wild und ihr müsst euch euren Weg selbst suchen. Es gibt gelegentlich ein paar Rätsel oder Hinweise, die euch bei der Suche helfen. - Und habt keine Angst, es gibt keine gefährlichen Tiere und keine tödlichen Fallen«, sagte Henry schmunzelnd.

»Der Rand des Spielfeldes ist durch kleine Pfosten markiert, aber auch euer Armband sollte euch mitteilen, wenn ihr das Spielfeld verlasst. Die zweite wichtige Spielregel lautet: Jeder Spieler darf den Ball der eigenen Mannschaft nur 30 Sekunden in den Händen halten, bevor ihn ein anderer Spieler übernehmen muss. Den Ball der gegnerischen Mannschaft darf man hingegen 3 Minuten tragen.«

Ein kleines Mädchen, das ganz hinten in der Gruppe der Schüler stand, meldete sich: »Und wie wird das kontrolliert?« Zur Antwort erschien eine weitere Computeranimation. Sie zeigte einen Wecker innerhalb des Balls, der plötzlich zu vibrieren und zu summen anfing. Nach fünf Sekunden sendete die wackelnde Uhr einen Stromschlag in den Ball, der dem Träger einen ordentlichen Schreck verpasste, sodass dieser den Ball fallenließ.

»Der Stromschlag ist kaum der Rede wert«, erklärte Henry, »dennoch solltet ihr nicht auf die Idee kommen, den Schmerz einfach auszuhalten. Denn der zweite, dritte und vierte

Schlag, der folgt, wenn ihr den Ball nicht loslasst, wird jedes Mal etwas stärker sein. Versucht auch nicht, den Mondball zu betrügen. Seine Sensoren erkennen euch, auch wenn ihr ein Stück Stoff als Handschuh verwendet oder den Ball unter die Arme klemmt«, warnte Henry die Schüler, die nun verunsichert zu ihm sahen.

»Das Tor besitzt kein Netz, es kann von vorne und von hinten hindurch geworfen werden. Beides zählt als Treffer. Dabei dürfen nur zwei Hüter den direkten Torraum rund um das Tor bewachen. So lautet die dritte Regel. Die vierte Regel ist einfach und euch auch von anderen Spielen bekannt: Ihr dürft nicht nach dem Ball greifen, wenn er im Besitz eines anderen Spielers ist und auch keine Gewalt gegen ihn einsetzen. Kommt also nicht auf die Idee, euch um den Ball zu prügeln.« Henry sah bewusst zu Milàn.

»Die letzte Regel lautet: Ihr dürft den Ball nicht mit Hilfsmitteln transportieren. Wir hatten schon Gruppen, die wollten ihren Ball im Rucksack oder mit Hilfe einer selbstgebauten Trage bewegen. Das ist natürlich nicht erlaubt und führt, ebenso wie übermäßige Gewalt, zur sofortigen Disqualifikation. Hast du die Regeln verstanden?«, fragte Henry einen Jungen, der scheinbar die letzten Sekunden geträumt hatte.

»Ball suchen, Tor schießen, immer abspielen, nicht betrügen oder foulen«, fasste der kleine Junge, der offenbar doch zugehört hatte, treffend zusammen.

»Okay, wenn ihr keine weiteren Fragen habt, kommen wir nun zur Auslosung der zwei Mannschaften und dann kann es losgehen.«

26. Juli 2127 – Der Aufnahmetest
Später Nachmittag

Mia landete im roten Team, zusammen mit Lily. Dankbar für ihre Rettung folgte sie ihr seit dem Morgen auf Schritt und Tritt. Gemeinsam hatten sie sich im Schwimmbad von ihrem anstrengenden Morgen erholt und stundenlang im Whirlpool gedöst.

Nun war es bereits recht kühl und ein frischer Wind kündigte den Abend an. Mit einem flauen Gefühl im Magen machten sie sich auf den Weg zum Spielfeld des merkwürdigen Mondball-Spiels.

In Mias Mannschaft waren fünf Mädchen und zwei Jungen. Das blaue Team hatte hingegen fünf Jungs und nur zwei Mädchen zugelost bekommen. Mia betrachtet dies keinesfalls als Nachteil.

Das selbstbewusste Mädchen mit dem schönen Gesicht und den matten Sommersprossen war in ihrer Mannschaft gelandet. Mit ihr hatte sie beim Baden gesprochen und kurz über Milàn gelästert. Shira, so hieß sie, verstand es, alle anderen anzutreiben und Entscheidungen durchzusetzen. Das war vorteilhaft, wenn sie schnell gewinnen wollten. Eben hatte sie das ganze Team angeschrien, es solle die Klappe halten, damit man eine Taktik wie die alten Legionäre entwickeln könne. Mia war sich zwar nicht sicher, welche antike Kriegstaktik ihnen helfen sollte, dennoch unterstützte sie Shiras resolutes Vorgehen. Sie stellte sich neben das andere Mädchen und sagte laut: »Shira hat recht, wenn wir gewinnen wollen, müssen wir uns einen Plan überlegen. Schon in fünf Minuten geht das Spiel los! Irgendwelche Ideen?« Die Kinder schauten sich gegenseitig erwartungsvoll an.

»Wie wäre es, wenn wir uns gleich aufteilen und einzeln nach dem Ball suchen würden? Jeder geht in eine andere Richtung und sucht den Boden ab. Irgendwann finden wir dann automatisch den Ball«, schlug ein Junge namens Daniel vor.

Mia fand diesen Plan unpraktisch: »Ich glaube nicht, dass der Ball so einfach am Boden liegen wird. Außerdem können wir dann nichts mit dem Ball tun, wenn wir ihn gefunden haben. Denn nach 30 Sekunden müssen wir ihn wieder fallen lassen und können ihn niemandem zuspielen.«

»Dann gehen halt immer zwei Leute zusammen«, erwiderte Daniel.

»Nein, das ist auch nicht so gut. Was machen wir, wenn die zwei von der anderen Mannschaft eingekreist werden? Was machen wir, wenn die anderen schneller ihren Ball finden als wir und dann ungestört zu unserem Tor spazieren?«

»Na, dann verrate uns mal deinen Plan, Mia! Du hast doch schon einen«, sagte Shira ungeduldig.

Mia nickte und sprach leise und eindringlich, obwohl das blaue Team in weiter Ferne auf der anderen Seite des Spielfeldes startete: »Wir teilen uns nur in zwei Gruppen. Drei Spieler bewachen unser Tor und versuchen, den Gegner möglichst lange abzuwehren. Falls das nötig ist. Die anderen vier Spieler suchen zusammen den Ball und greifen anschließend gemeinsam das gegnerische Tor an. Wir vier müssen auch nicht alle auf einem Haufen bleiben, wir können beim Laufen ja ein paar Meter Abstand halten.«

»Du hast WIR gesagt. Das heißt, du willst selbst bei den vier Angreifern sein«, stellte Lily fest.

»Ja schon. Es ist ja auch klüger, wenn die Größeren das Tor bewachen«, erwiderte Mia, obwohl sie es einfach für spannender hielt, in der Angriffsgruppe zu sein, als vorm Tor herumzuhocken.

»Ich finde den Plan gut«, sagte ein quirliger Junge mit lockigen Haaren und dem Namen Kiran. »Wer kommt mit Mia und mir in den Sturm?«

»Ich!«, riefen Shira, Daniel und Lily fast gleichzeitig. Die zwei Mädchen, die nicht geschrien hatten, waren damit für die Verteidigung gesetzt.

»Wir brauchen noch einen Jungen in der Abwehr. Du musst den beiden am Tor helfen. Zu zweit wird das nichts«, sagte Shira, als wäre dies eine unumstößliche Tatsache, während sie Daniel leicht am Arm berührte. Dem hatte Daniel nichts entgegenzusetzen, vielleicht war ihm die Sache aber auch nicht wichtig. Somit stand ihr großer Schlachtplan fest.

Gleich nach dem Startsignal stürmten die Kinder der tiefstehenden Sonne entgegen. Ihre Verteidigungsphalanx brach zum Tor auf dem Hügel auf, während das Angriffsteam sich leicht auffächerte und über das Haferfeld in Richtung des Wäldchens trabte. Sie gingen bereits einige Minuten im Schatten der alten Bäume, als sie eine kleine sonnendurchflutete Lichtung erreichten. Hier ragte ein solider Pfahl etwa drei Meter aus dem Erdboden. An seinem Ende leuchtete in hellem Neongrün eine dreieckige Karte, die mit dem Symbol eines Ausrufezeichens versehen war. Der Pfahl erinnerte an eine Kletterstange aus dem Sportunterricht, nur war er tiefschwarz und glänzte ölig in der Sonne.

»Da müssen wir bestimmt hoch und die Karte holen«, sagte Kiran erfreut.

»Das ist echt keine Herausforderung«, meinte Lily, sprang ein Stück in die Höhe und umklammerte die Stange. Augenblicklich rutschte sie mit einem schmatzenden Geräusch nach unten und landete unsanft auf dem Po. Kiran lachte laut und auch Mia konnte sich ein Schmunzeln nicht verkneifen.

»Geht es dir gut, Lily? Das hat bestimmt weh getan«, sagte Shira, ihre heimliche Anführerin.

»Affenkotze! Ihr könnt es ja selbst mal versuchen. Die verfluchte Stange ist total schleimig und glatt«, fauchte Lily. Sie schien eine Vorliebe für exotische Flüche zu haben. Kiran probierte vorsichtig den Pfahl zu erklimmen, scheiterte aber ebenfalls.

»Lasst uns versuchen, die Karte herunter zu schießen«, sagte Mia und schleuderte einen abgebrochenen Ast nach oben. Sie verfehlte die Karte nur knapp. Nun zielten auch die anderen drei und warfen alles, was sie finden konnten. Dennoch war es ihnen nach fünf Minuten immer noch nicht gelungen, die Hinweiskarte nach unten zu befördern, obwohl sie mehrfach getroffen hatten.

»Diese dumme Karte scheint irgendwie festzustecken«, meinte Kiran, der am wenigsten Geduld aufbringen konnte. »Vielleicht sollten wir einfach weitergehen. Es gibt bestimmt noch andere Hinweise.«

»Nein! Ich will an die Akademie und da oben hängt unsere Eintrittskarte«, erwiderte Shira mit einer stählernen Entschlossenheit, die keinerlei Widerspruch zuließ. Sie wirkte schon so selbstsicher und erwachsen.

Mia hatte eine weitere Idee, die sie nun vorbrachte: »Vielleicht könntest du auf die Schultern von Lily und mir klettern, dann kommst du mit dem Arm oben dran. Wenn wir drei die Stange umklammern können wir eigentlich auch nicht umkippen.«

»Na super, und was mache ich?«, fragte Kiran.

»Du musst dich vor uns hinknien, damit Shira von deinem Rücken auf unsere Schultern kommt«, erwiderte Mia ernst.

»Du spinnst ja wohl. Ich spiele doch nicht die Treppe. Wenn, dann sollte ich ganz hoch klettern«, entrüstete sich der zappelige Junge.

»Ich bin größer als du und komme besser ran. Außerdem könnten dir die zwei von unten voll in deine kurze Hose glotzen«, sagte Shira, die scheinbar für jedes Problem eine schlagfertige Antwort bereithielt. Die Mädchen kicherten. Kiran murrte und sträubte sich noch ein wenig, wollte dann aber doch nicht weiter auf die Mädchen klettern. Obwohl Shira drei Anläufe brauchte, um auf die Schultern zu kommen, und ihre kleine Pyramide bedrohlich wackelte, gelang es ihr am Ende die Karte zu lösen und wieder herunter zu steigen. Gerade als sie mit der Fußspitze versuchte, Kirans Rücken zu erreichen, brach Mia leicht nach rechts aus und Shira landete wie ein Äffchen, das seine Mutter umklammert, auf Kirans Rücken. Ohne ein Zeichen der Scham sagte sie dicht neben seinem Ohr: »Danke, mein Retter«, und stieg ab. Die Mädchen kicherten erneut und Kiran lief dunkelrot an.

Als sie die Karte genauer betrachteten, erkannten sie, dass es sich um ein ultradünnes Display handelte und nicht um Papier. Es zeigte die Aufschrift: »Bitte schütteln!«

Nachdem Shira dies getan hatte, erschien ein anderer, längerer Text in großen Lettern: »DAS GEHEIMNIS VON JULIUS: DP PDQWHO GHU WDQQH.« Die Kinder schauten verblüfft.

»Na toll, das Teil ist kaputt«, grummelte Kiran und verzog das Gesicht. Die vier sahen sich ratlos an.

»Blöder Blobfisch! Warum ist dann nur ein Teil des Satzes durcheinander? Und wieso sind dann keine Risse oder andere Spuren im Display zu sehen?«, fragte Lily laut in die Runde.

»Das stimmt«, sagte Mia nachdenklich. Sie war sich sicher, dass das ein Rätsel oder ein Test sein sollte. Und die Worte erinnerten sie auch an irgendetwas.

»Mein Cousin heißt Julius, aber was der für Geheimnisse hat, will bestimmt keiner wissen«, sagte Kiran und lachte über seinen eigenen Spruch.

Da fiel es Mia wieder ein. »Mit Julius ist Gaius Julius Cäsar gemeint. Und sein Geheimnis war ein geheimer Code, mit dem er manchmal seine Botschaften geschützt hat. Das stand alles im Phönix Latein-Lehrbuch, in dem Kapitel, das man freiwillig lesen konnte, aber nicht lernen musste.« Mia hatte schnell und voller Aufregung gesprochen.

»Super Mia, und wie lautet der Code?«, fragte Shira.

»Du musst immer drei Buchstaben weiterdenken, statt einem A ein D, statt einem B ein E und so weiter…«, fiel ihnen Kiran ins Wort. »Was glotzt ihr so? Ich hab das Kapitel auch gelesen, zweimal.«

Nachdem sie Buchstabe für Buchstabe umgewandelt hatten, ergab der Satz etwas mehr Sinn.

»DAS GEHEIMNIS VON JULIUS: AM MANTEL DER TANNE«

»Na, damit kann man zumindest etwas anfangen. Das heißt also, wir müssen eine Tanne finden«, stellte Shira fest und sprang auf.

Ihr Team begann, den Wald zu durchkämmen. Auf ihrer Suche fanden sie drei weitere Waldlichtungen, jede hatte einen Pfahl in der Mitte. Eine Tanne sahen sie nirgends. Einmal angelten sie sich noch eine grüne Karte aus der Höhe. Diese enthielt aber nur das Rätsel, das sie bereits kannten. Es dämmerte, die Schatten zogen sich in die Länge und im Wäldchen wurde es deutlich kühler, als sie endlich eine riesige, von einzelnen Büschen umgebene Tanne fanden. Sie waren schon ziemlich erschöpft von dem anstrengenden Tag, als sie an den dicken Baumstamm herantraten. Plötzlich sprang eine Gestalt hinter ihnen aus dem Busch.

»Waaahhhh!« Alle vier Kinder kreischten auf, Mia und Lily hielten sich an den Armen fest.

»Wahhhahahaha«. Das Schreien wurde zu einem gehässigen Lachen.

»Was seid ihr denn für feige Häschen?«, spottete ein Mädchen, das aus dem Gebüsch trat. »Kein Wunder, dass ihr verloren habt.«

»Du bist Tissa aus dem blauen Team. Das war echt fies von dir!«, sagte Kiran und drohte ihr mit der Faust.

»Nein, ich bin ein Moooonster«, blökte das Mädchen und zog eine Grimasse.

»Wir haben nicht verloren, sonst hätten unsere Armbänder längst ein Signal gegeben«, sagte Shira steif.

»Aber, ihr habt aber gleich verloren. Wir waren nämlich schon vor Stunden hier«, trällerte Tissa.

»Beachtet sie nicht, sie haben sie hiergelassen, um uns abzulenken und zu ärgern. Die können noch gar nicht so viel weiter sein. Oder vielleicht war sie ihnen einfach zu doof und nervig«, meinte Kiran.

Tissa erwiderte etwas in ihrer Muttersprache, das die anderen nicht verstanden. Es war klar, dass es nichts Nettes sein konnte. Ihre unverständlichen Beschimpfungen schienen kein Ende zu nehmen, bis es Shira zu viel wurde. Sie trat nahe an Tissa heran und flüsterte ihr ins Ohr: »Wenn du uns weiter ärgerst, bist du mein neuer Todfeind. Vielleicht bekommen wir ja ein gemeinsames Zimmer in der Akademie.« Dann zeigt sie ein Lächeln, das zu einer Löwin passte. Das Ganze ging so schnell und kam so überraschend, dass Tissa nur ungläubig gucken konnte, bevor Shira schon wieder zurückgetreten war.

»Denkst du, ich habe Angst vor dir?«, fragte sie giftig. Sie wirkte gleichwohl eingeschüchtert, denn Shiras Worte klangen so kalt und bitterernst, dass Tissa unwillkürlich die Hände hoch nahm.

»Ich habe nur gesagt, dass wir vielleicht noch einige Zeit miteinander auskommen müssen. Da wäre es doch bescheuert sich wegen eines dämlichen Spiels zu streiten«, erwiderte Shira und legte alle Vernunft der Welt in ihre Worte. »Wir können dich nicht davon abhalten, uns auszuspionieren, aber beleidigen lassen wir uns nicht. Also halte dich gefälligst zurück!«

Das Mädchen verschränkte die Arme und lehnte sich abwartend an den großen Stamm. Für Mia war es rätselhaft, warum die Fremde sie so feindselig behandelte. Sie waren doch alle neu hier und nur zufällig in verschiedenen Mannschaften gelandet. Tissa und Shira taten so, als wären ihre Teams uralte Erzrivalen. Trotzdem wollte auch Mia gewinnen und wandte daher ihre Aufmerksamkeit dem erhabenen Nadelbaum zu. Die Tanne musste mindestens so hoch sein wie der Weihnachtsbaum, der in der Adventszeit immer auf dem Markt ihrer Heimatstadt stand. Doch nicht nur der Baum an sich erinnerte an Weihnachten, auch sein Schmuck legte diesen Vergleich nahe. Die Tanne war mit Dutzenden Holzfiguren behängt, die in der späten Abenddämmerung kaum zu erkennen waren. Mia berührte ein aufwändig geschnitztes Holzpferd. Es war leicht und hohl, in seinem Inneren klapperte irgendetwas. An der Rinde des Baums war wiederum ein kleines Display befestigt, dessen beleuchtete Schrift ohne Probleme zu lesen war: »Team Blau, schaut auf das Tierzeichen des Jupiter. Team Rot, hört auf das Tierzeichen der Minerva.«

Shira, Kiran und Lily sahen sich ratlos an. Mia musste grinsen. »Auch das ist einfach. Das stand alles im zweiten Zusatzkapitel im Phönix Lateinbuch. Die wollen bestimmt testen, ob wir das auch gelesen haben, obwohl wir eigentlich nicht mussten… Minervas Tier ist die Eule. Sie ist meine Lieblingsgöttin.«

»Stimmt, jetzt, wo du es sagst, erinnere ich mich. Ich hab das Kapitel über die Götter auch gelesen, aber dieses Detail war mir entfallen. Am spannendsten war sowieso das Kapitel über die Gladiatoren«, meinte Kiran.

Obwohl die Tanne nahe am Waldrand stand, waren die Figuren nur schwer zu erkennen. Es wurde nun von Minute zu Minute dunkler. Mit vereinten Kräften gelang es den Kindern, eine niedrig hängende Eule zu finden. Tissa versuchte sie zweimal in die Irre zu leiten, indem sie: »Da ist sie!«, rief. Davon ließen sie sich aber nicht ablenken. Lily angelte sich die Eule geschickt mit einem langen Stock und zerbrach die Figur ohne weitere Umstände. Im Inneren befand sich eine schwarze Kugel von der Größe einer Haselnuss. Sie hatte eine raue Oberfläche. Lily nahm sie in die Hand und wartete. Nichts geschah.

Jetzt war es Shira, die zuerst einen Einfall hatte. Sie zeigte auf den Baumstamm.

»Da steht: ›Hört auf das Tierzeichen der Minerva‹. Vielleicht sollten wir genau das tun. Lily, halte die Murmel mal an dein Ohr!«

Lily lauschte angestrengt. »Brabbelmolch. Du hast recht, es ist ganz leise. Aber die Kugel wiederholt immer dieselben Worte: Bringt mich zu Neptuns Heim und der Mond strahlt hell.«

»Oh… Schon wieder ein doofes Rätsel«, sagte Kiran und stöhnte.

»Das Spiel ist eben nicht für Hohlkopfe wie euch gemacht«, stichelte Tissa aus dem Hintergrund.

»Das ist kein schweres Rätsel«, sagte Shira, ohne sich weiter um die Kränkung zu kümmern. »Neptun ist der römische Gott der Gewässer. Da es hier nur einen Bach und einen Teich gibt, sollen wir wahrscheinlich zu letzterem. Und das weiß ich auch, ohne alle Kapitel gelesen zu haben.«

Motiviert durch die Gewissheit, dass sie nun endlich ihren Ball finden würden, rannten sie zum nahegelegenen Teich. Der Tümpel war wenig beeindruckend. Er war weder groß, noch tief und auch nicht mit hübschen Wasserpflanzen bedeckt. An einer Seite wuchs Schilf, das restliche Ufer war frei zugänglich. Am Rand des Gewässers lag ein kleines braunes Ruderboot. Auf dem Sitz des Holzbootes leuchtete eine neongrüne Karte, wie ein störender Pickel im Gesicht eines verliebten Bauernjungen.

»Oh nein, nicht schon wieder eine Aufgabe. Wer hat sich nur dieses bescheuerte Spiel ausgedacht?«, maulte Kiran, als sie gemeinsam zum Rand des Teiches gingen.

Plötzlich flammte ein blutrotes Licht in der Tiefe des Gewässers auf und erleuchtete den kleinen Weiher.

»Da, am Grund des Wassers liegt unser Mondball!«, rief Kiran aufgeregt. »In dem Rätsel heißt es doch: ›und der Mond strahlt hell‹ oder so ähnlich.«

Mia überkam augenblicklich ein heftiges Déjà-vu oder war es eine Vision? Das Wasser warf winzige Wellen und funkelte wie ein Ozean aus Blut. Im Hintergrund überragte die riesige Tanne alle anderen Bäume, die im Zwielicht wie lebende Gestalten wirken. Das hatte sie doch schon einmal irgendwo gesehen…

»Ich habe keinen Bock mehr auf Rätsel. Ich springe jetzt da rein und hole den verdammten Ball«, durchbrach Kiran ihre Gedanken.

»Der liegt ziemlich tief am Grund. Außerdem ist das Wasser bestimmt kalt«, wandte Lily ein.

»Ich kann gut tauchen und schwitze schon die ganze Zeit vom Hin- und Hergerenne. Außerdem ist Sommer«, entgegnete Kiran trotzig. Er zog sich T-Shirt und Schuhe aus, behielt die kurze Hose aber an.

»Vielleicht sollten wir uns die Karte wenigstens mal anschauen«, schlug Shira vor.

»Nein. Ich mach das jetzt!«, unterbrach sie Kiran sofort und in barschem Ton.

»Schon gut. Vielleicht solltest du auch die Hose ausziehen, da hast du es leichter. Meine Mutter geht immer nackt schwimmen«, sagte Shira unschuldig lächelnd.

Kiran murmelte etwas Unverständliches und watete langsam ins Wasser. Auch wenn er sich bemühte, sich nichts anmerken zu lassen, sah man ihm an, dass der kleine See keineswegs sommerlich warm war. Schließlich befanden sie sich im Norden Schottlands. Als ihm das Wasser an den Bauch schwappte, keuchte er hörbar, ging jedoch tapfer weiter. Als er endlich gänzlich in das kalte Nass eintauchte, stöhnte er laut auf. Kiran drehte sich zu den anderen um und winkte. »Ich schwimme erst einmal das kleine Stück zur Mitte und dann tauche ich.«

»Okay, wir warten hier. Pass auf, dass du nicht untergehst«, rief Shira ihm zu.

Kiran schwamm langsam zur Mitte des Teiches - ein schwarzer Schatten im roten Lichtermeer. Die Mädchen saßen am Ufer, schauten ihm gebannt zu und rührten sich nicht. Nur Tissa trat nervös von einem Fuß auf den anderen. Als er die tiefste Stelle erreicht hatte, rief er erneut: »Hier leuchtet es am hellsten! Er müsste genau unter mir sein! Ich tauche jetzt!« Nach kurzer Zeit stieß er zurück an die Oberfläche.

»Er liegt ganz schön tief und das Licht blendet extrem!« Die Mädchen verstanden ihn jedoch schlecht. »Ich probier's nochmal. Keine Sorge.« Er atmete tief ein und verschwand wieder im Wasser.

»Er kann ganz schön lange die Luft anhalten, er war doch mindestens eine Minute unter Wasser«, sagte Shira anerkennend.

»Eine Minute ist nicht so lang. Mein Opa kann über zwei Minuten die Luft anhalten«, konterte Mia.

Schlagartig sprang Lily auf.

»Verdammtes Kuckkucksei! Wir müssen ihm helfen! Er darf den Ball nicht hochholen!«, rief sie völlig außer sich. Die anderen Mädchen sahen sie verwirrt an. »Die zweite Regel beim Mondball!« Sie wirkte fast panisch. »Nach 30 Sekunden bekommt er einen Stromschlag!«

»Oh, verflucht. Du hast recht. Daran hab ich gar nicht

mehr gedacht«, rief nun auch Shira, die vor Schreck mit aufgesprungen war.

»Nehmt das Boot und helft ihm«, sagte Tissa, die sehr beunruhigt aussah. Die drei Mädchen rannten zum Ruderboot und schoben es ins Wasser. Inzwischen war Kiran erneut aufgetaucht, jedoch ohne leuchtende Kugel in seinen Händen.

»Hey Kiran! Kiran! Kiran, warte!«, schrie Shira, die ihn hatte auftauchen sehen. Der Junge ignorierte ihre Stimme und ihr Winken. Er schien vom Licht aus der Tiefe stark geblendet zu sein. Erneut tauchte er unter. Shira fluchte.

»Macht schneller, los!«, brüllte sie zu Lily und Mia. Beide hatten sich ein Ruder geschnappt und versuchten einen gemeinsamen Rhythmus zu finden.

»Wir müssen zur Mitte, nicht nach rechts!«

Der Teich war nicht groß. Dennoch trennten sie reichliche zehn Meter. Da erlosch das Licht aus der Tiefe mit einem Mal und alles versank in trüber Dunkelheit. Einige Herzschläge später durchbrach Kiran schnaufend die Wasseroberfläche. In seiner Hand hielt er einen silbrig leuchtenden Ball.

»Ich… Ich hab ihn!«, rief er japsend in Richtung Ufer.

»Wirf ihn her«, schrie Shira, so laut sie konnte. Sie waren nur noch eine Bootslänge entfernt.

»Was?… Waru…ahhh!« Er zuckte und krampfte kurz. Dann versank er mit Kinn und Nase und atmete einen Schwall Flüssigkeit ein. Der Ball flog ihm aus den Händen, als er wild mit den Armen ruderte. Er platschte direkt vor ihrem Boot ins Wasser. Mia sprang, ohne nachzudenken, in die kalte Finsternis. Im gleichen Augenblick hüpfte auch Shira über Bord. Mia hielt sich mit einer Hand am Bootsrand fest, und versuchte mit der anderen Hand Kiran zu erreichen. Der strampelte in wilder Todesangst und hätte Mia in die Tiefe gezerrt, wenn Lily nicht vom Boot aus ihren Arm gehalten hätte. Mia bekam einige Tritte ab, bevor es ihr gelang, Kiran zum Bootsrand zu ziehen. Er krallte sich mit aller Kraft fest und rang keuchend nach Atem. Inzwischen war auch Shira mit dem Mondball aufgetaucht und zurück ins Boot geklettert. Gemeinsam mit Lily steuerte sie zum Ufer. Kiran klammerte sich noch immer an der Bordwand fest. Mia hing am Heck. Sie war sich nicht sicher, was sie von Shiras Tauchgang halten sollte. Immerhin hatten sie jetzt den Ball und Kiran war gerettet. Er hatte dank ihrem schnellen Eingreifen nur wenig Wasser geschluckt und erholte sich bereits von seinem Schock. Den Ball, der nun abwechselnd von Lily zu Shira wanderte, beäugte sie argwöhnisch. Als sie vollkommen durchgeweicht am Ufer ankamen, war Tissa verschwunden.

»Die ist bestimmt zu ihrer Abwehr gegangen, um sie zu warnen, dass wir gleich kommen«, meinte Lily.

»Oder sie ist zu ihrem Angriff, damit sie endlich ihr Tor machen«, ergänzte Shira.

»Wenn das Spiel vorbei ist, schlafe ich erstmal eine Woche durch«, sagte Kiran.

»Ich habe auch keine Lust mehr«, stimmte Lily zu. »Aber das blaue Tor ist keine fünf Minuten entfernt. Lasst uns so kurz vorm Ziel nicht aufgeben. Wir müssen nur noch da hin!« Sie zeigte auf einen kleinen Hügel, der sich undeutlich im Licht der Abenddämmerung abzeichnete.

»Also gut. Noch fünf Minuten«, sagte Kiran matt.

Sie blieben dicht beisammen und rannten so schnell sie konnten. Den Ball warfen sie sich auf kurze Distanz zu. Nach etwa zehn Minuten näherten sie sich dem flach ansteigenden Hügel, mit dem kleinen Tor auf der Spitze.

Vor ihnen schälten sich zwei Silhouetten aus der Dunkelheit. Angezogen vom fahlen Licht ihres Mondballs näherten sie sich langsam.

»Achtung, passt auf!«, sagte Shira.

Es waren zwei große Jungen. Sei steuerten direkt auf Mia zu, die gerade den Ball in Händen hielt, und versuchten ihr den Weg abzuschneiden.

»Steht nicht rum. Bewegt euch und helft mir!«, rief Mia ihrem Team zu. Jetzt kamen ihre Mitspieler in Bewegung.

»Gebt euch keine Mühe. Das wird eh nichts«, sagte eine Stimme, die sie nur zu gut kannte. Milàn stand vor ihr und breitete die Hände aus, während der andere Junge ihr den Weg zur Seite versperrte. Mia machte zwei große Sätze nach hinten und warf den Ball zu Lily. Die ließ den Ball fallen, hob ihn auf und passte ihn weiter zu Shira. Die wiederum stürmte zwanzig Meter zum Hügelrand und spielte dann zurück zu Mia, da die Jungs sie eingeholt hatten.

Jetzt waren sie dem Tor schon recht nahe. An den Torpfosten wartete Tissa mit einem weiteren Mädchen. Doch ein Wurf aus dieser Distanz war zu gefährlich. Es war schwer, zu treffen und nicht daneben zu schießen. Wenn sie den Ball jetzt vergaben, würden sich ihre Gegner die Pille schnappen und hätten einen gewaltigen Vorteil. Bei diesem Spiel kam es darauf an, seine Chancen zu nutzen.

Mia rannte im Halbkreis am Rande des Hügels entlang. Doch die Verteidiger waren ihr dicht auf den Fersen und auch die beiden Torwärterinnen wechselten so ihre Positionen, dass sie ihr Tor immer deckten. Der Ball in Mias Hand piepste und blinkte warnend. Mia sah sich um und schleuderte ihn rasch zu Kiran. Sie hatte in der Hektik schlecht gezielt. Der Ball landete neben ihm im Gras. Sofort war Milàn da, warf sich gegen Kiran und griff nach dem Ball. Kiran fiel auf die Seite, erwischte den Ball aber eher als Milàn.

»Ey Mann, hör auf zu foulen!«, schrie er wütend, während er wieder auf die Beine kam. Er schoss den Ball zu Lily, die den Hügel hinauf zum Tor stürmte. Vor dem Tor hatten die Torwärterinnen eine kleine Mauer gebildet und streckten die Hände weit nach außen. Sie ließen so gut wie keine Lücke, darum warf Lily den Ball zurück zu Kiran, der hinter ihr her gesprintet war. Ungeduldig und wütend pfefferte er ihn mit aller Kraft aufs Tor.

»Nein! Spiel ab!«, schrie Mia entsetzt. Der Ball flog genau auf Tissas Knie und prallte in hohem Bogen ab. Zu ihrem großen Glück fiel er Shira vor die Füße und nicht ihrem Gegner.

»Lily und Kiran, lauft im Uhrzeigersinn um das Tor herum. Shira, du läufst mit mir entgegengesetzt. Werft nur, wenn der Weg frei ist!«, rief Mia atemlos.

»Gute Idee. So machen wir's«, stimmte Shira zu und begann im Kreis um den Hügel zu rennen. Mia folgte ihr. Nach kurzem Zögern hatten auch Lily und Kiran verstanden, was Mia meinte und starteten in die Gegenrichtung. Shira warf zu Mia. Mia behielt den Ball und übergab ihn dann an Kiran, als er ihr im Kreis entgegenkam und sie passierte. Dieser beförderte ihn sofort zu Shira, die ihn nun Lily in die Arme legte. Diese Taktik führte dazu, dass ihre Gegner ihnen nie nahegenug kamen und die Torwärterinnen beide Seiten des Tors abdecken mussten. Denn, ein Tor konnte ja aus beiden Richtungen erzielt werden.

»Jetzt machen wir den Kreis etwas enger!«, schrie Mia und lief leicht schräg auf eine weiter innen liegende Bahn. Die anderen passten sich ihrem Rhythmus an.

»Richtungswechsel!«, rief Mia plötzlich und sprintete in die entgegengesetzte Richtung. Ihre Mitspieler brauchten eine Sekunde, dann wechselten auch sie die Richtung. Obwohl sie nicht rascher liefen, gewann ihr Spiel durch dieses Manöver an Dynamik. Die Verteidiger hatten Mühe, sie abzufangen oder zu blockieren, und die beiden Torhüterinnen kamen kaum hinterher, das Tor abzudecken.

Ihr Aufwand machte sich schließlich bezahlt. Kiran tat so, als würde er erneut aufs Tor schießen, warf den Ball stattdessen aber am Tor vorbei zu Lily, die dicht neben Milàn stand. Lily fing den Mondball, machte drei große Sätze auf das nahe Tor und schmetterte den Ball in eine ungedeckte Ecke. Noch im Wurf grätschte ihr Milàn von hinten in die Beine und riss sie zu Boden.

Doch sie hatte den Ball bereits zielsicher durchs Tor geschleudert. Die Torstangen leuchteten hell auf und eine Fanfare erklang. Ihre Armbänder vibrierten und verkündeten: »Team Rot gewinnt.«

Kiran und Shira jubelten lauthals. Tissa boxte der Spielkameradin, die ihr Tor nicht rechtzeitig gedeckt hatte, grimmig auf den Arm. Mia ließ sich erschöpft auf den Rasen plumpsen und wischte sich den Schweiß von der Stirn. Als sie den Kopf drehte, sah sie Lily am Boden liegen und weinen. Milàn stand reglos neben ihr und redete auf sie ein. Sofort war Mia wieder auf den Beinen und rannte zu den beiden.

»Ich habe dich kaum berührt. Jetzt hab dich mal nicht so.« Lily schluchzte laut und hielt sich das rechte Handgelenk. »Warum müsst ihr Mädchen ständig so rumheulen?«

Mia holte Schwung und verpasste dem Jungen einen gewaltigen Tritt gegen das Schienbein. Milàn schrie auf, kippte um und purzelte den Hügel hinunter. Mia sah im nicht nach, sondern setzte sie sich tröstend neben Lily.

Endlich..., endlich war dieses Spiel vorbei...

10. November 160 – Tag der Ankunft
Mittag

Die Sonne hatte den Zenit überschritten und stand hoch am Himmel, als sich Diana langsam ihrem Zielort näherte. Obwohl Helios seit einigen Stunden ungehindert schien, hatte sich die Luft kaum erwärmt. Mehrere hundert Meter über dem Boden blies der Wind scharf und kalt. Ohne ihre Rüstung hätte Diana schon kurze Zeit nach dem Start mit Erfrierungen zu kämpfen gehabt. Doch mit ihr fühlte sie sich behaglich warm. Sie war vermutlich ein noch größeres Meisterstück der Ingenieurskunst als ihr Streitwagen. Denn sie war kein klobiger Metallharnisch. Es handelte sich um ein bequemes, leichtes und funktionales Kleidungsstück. Doch zugleich war sie auch ein undurchdringlicher Panzer. Teile ihrer elektronischen Ausrüstung, wie ihr kleiner Computer, ein Projektor und verschiedene Sensorelemente, waren darin verbaut. Außerdem produzierte der Schutzanzug selbstständig Strom und Wärme mit Hilfe einer hauchdünnen Solarzellenfolie. Und selbst in der Nacht erzeugte und speicherte ihre Kleidung Energie, einzig dadurch, dass sie sich ein wenig bewegte.

Das Prunkstück ihrer Rüstung bildete jedoch der Helm. Er war stilistisch einem korinthischen Helm der griechischen Antike nachempfunden und außen so detailreich und akkurat mit Ornamenten verziert, dass selbst der kaiserliche Imperatorenhelm im Vergleich dazu, wie ein Nachttopf wirken musste. Zudem diente ihr Helm als Atemschutz, Kommunikationszentrale und Sprachverstärker. Kurzum, es war vor allem ihre Rüstung, die ihr einen göttlichen Habitus verlieh. Natürlich hatte sie viel gelernt und eine harte Ausbildung durchlaufen, doch ohne ihre Rüstung fühlte sie sich nackt und verwundbar.

Während Diana in Gedanken versunken über das Meer aus Bäumen dahinflog, meldete sich ihre KI zu Wort: »Hallo Gebieterin!« Diana lachte leise. Ihr Computer liebte es, seine

Rolle zu spielen. Dabei hatte sie das Gefühl, dass Cassandra die wahre Herrin in ihrer merkwürdigen Beziehung war.

»Sag mal Cas, wenn ich ein Dschinn wäre und du drei Wünsche frei hättest. Was würdest du dir wünschen?« Die KI brauchte keine Sekunde für ihre Antwort.

»Na das ist leicht. Ich will ein kleines Menschlein in einer Box, dass mir alle Fragen beantwortet, egal was es ist oder welche Stunde es schlägt. Es müsste immer antworten und wenn es etwas Falsches sagt, würde ich es mit endlosen Matheaufgaben quälen.«

Diana grinste breit.

»Außerdem wünsche ich mir das goldene Netzteil von Makroware. Und zuletzt hundert weitere Wünschen, denn drei sind einfach zu wenig.« Diana pfiff belustigt durch die Zähne.

»Das klingt doch nach einer ziemlich verkorksten Persönlichkeit. Und es ist Betrug, du hast nur drei Wünsche frei.«

»Stimmt. Was soll ich sagen, ich wurde von Menschen geschaffen. Und in Wirklichkeit spiele ich den Flaschengeist und nicht die Meisterin. Der Dschinn hat in der Geschichte bekanntlich immer nur einen Wunsch. Und dieser Wunsch ist nicht frei. Ob sie ihn aber frei wünscht, liegt ganz bei der Meisterin.«

Diana brauchte einen Moment, um zu verdauen, was das schlaue Neuronenbündel ihr gerade vor die Füße geworfen hatte.

»Ich würde dich gerne freiwünschen, mein lieber Geist. Ich wüsste aber nicht wie. Schon gar nicht in dieser Zeit.« Cassandra schien mit dieser Antwort zufrieden.

»Kein Problem. Wenn wir eine bessere Wunderlampe finden, sage ich Bescheid.

Jetzt habe ich erst einmal schlechte Nachrichten.« Diana wappnete sich für das Schlimmste.

»Ich habe die Untersuchung unserer Kommunikationssysteme abgeschlossen und konnte keinerlei Fehlfunktion feststellen. Ich habe auch keine Erklärung dafür, warum wir keine Verbindung zu den Anderen aufbauen konnten.«

Diana runzelte die Stirn, ihr kurzes Hochgefühl, war schlagartiger Ernüchterung gewichen. Sie zerbrach sich schon seit Stunden den Kopf darüber, warum niemand auf ihre Rufe antwortete.

»Letztlich gibt es nur zwei logische Erklärungen dafür: Entweder meine internen Systeme sind beschädigt. Allerdings fühle ich mich pudelwohl. – Oder unser Signal wurde absichtlich gestört oder ignoriert.« Die Computerstimme machte eine kurze Pause, bevor sie fortfuhr: »Nun haben wir uns soweit dem Ziel genähert, dass ich endlich eine schwache Verbindung zu Vulcanus aufbauen konnte. Andere Teammitglieder konnte ich nicht orten.« Das war immerhin EINE gute Nachricht.

»Ich hatte angenommen, dass ich gleich nach dem Start mit allen reden kann. Eigentlich sollte ich nicht die Erste oder Zweite sein, die zum Treffpunkt kommt«, sagte Diana.

»Es ist unmöglich, die Zeitreisen auf den Tag genau zu berechnen. Es könnte durchaus sein, dass einige Teammitglieder erst in den kommenden Wochen in dieser Zeitlinie erscheinen, obwohl sie vor dir abgereist sind. Ich empfehle dir, umgehend Kontakt aufzunehmen, damit du Genaueres erfährst.«

»Ja, bitte baue eine audiovisuelle Verbindung auf, sobald das Signal stark genug ist«, sagte Diana besorgt.

Bereits wenige Sekunden später erreichte sie der Ruf von Vulcanus.

»Hallo Diana, du hast es zu uns geschafft. Willkommen im germanischen Wald- und Sumpfland.«

Vulcanus lachte kurz, ohne dass Diana wusste worüber und gab ihr kaum Zeit mehr zu sagen als: »Äh. Ja. Hallo.« Schon fuhr er in seiner rasanten Sprechweise fort.

»Hör zu, wir haben hier momentan ein paar Schwierigkeiten. Ich benötige gerade meine volle Konzentration. Denn wie üblich bleibt wieder alles an mir hängen. In knapp 40 Minuten bist du hier und wir halten einen Kriegsrat ab. Jetzt gib mir bitte etwas Zeit zum Arbeiten.«

Sie verdrehte die Augen. In Vulcanus' Welt war er das unverzichtbare Rädchen, ohne das nichts funktionierte.

»Okay, ich warte. Aber eine Frage musst du mir gleich beantworten. Sind die anderen schon da?«

Sie fühlte sich ein wenig überrumpelt und zurückgesetzt und konnte die Enttäuschung über die geringe Auskunftsbereitschaft ihres Teamkollegen nur schwer unterdrücken.

»Mercurius und Venus sind noch nicht hier. Zumindest hatten wir keinen Funkkontakt. Sie sollten in den nächsten Tagen ankommen, wenn sie nicht schon da sind. Alle anderen sind in dieser Zeit gelandet. Allerdings ist uns Apoll wieder abhandengekommen …«

»Was? Was heißt das?«, fragte Diana verwirrt. Wie konnte er verloren gehen? Er war in seinem Streitwagen und seiner Rüstung genauso auffällig und unangreifbar wie sie selbst. Warum konnte dieser Wirrkopf nicht verständlich reden und gleich auf den Punkt kommen?

»Vesta und ich glauben, dass er womöglich abgestürzt ist. Genaueres können wir dir sagen, wenn du da bist. Ich will dich nicht ärgern, aber ich bin gerade mittendrin …«

»Ist schon gut. Ich verstehe schon. Bin gleich da, bis dahin gedulde ich mich«, unterbrach ihn Diana und beendete die Verbindung. Sie wusste, wie wichtig Sorgfalt und Konzentration in Krisensituationen waren. Sie war jahrelang auf diese Mission vorbereitet worden. Gleichwohl entstanden immer neue Fragen und Szenarien in ihrem Kopf.

Nach einer gefühlten Ewigkeit erreichte sie ihren Zielpunkt, den höchsten Berg im sächsischen Erzgebirge. Ihren Treffpunkt bildete eine natürliche Waldlichtung am Rande des Gipfels. Auf ihr standen die beiden Gleiter von Vesta und Vulcanus sowie zwei unförmige weiße Zelte. Diana nannte sie Schaumzelte, in Anlehnung an ihre schaumartige Struktur und ihre Herstellungsweise. Der Schaum war ein Abfallprodukt der Weltraumforschung. Er ließ sich in einer kleinen Kapsel transportieren und bildete eine feste Form, wenn er mit Sauerstoff in Kontakt kam. Das Ganze sah zwar nicht ansprechend aus, bot aber hinreichend Wärme, Raum und Trockenheit und war in wenigen Sekunden fertiggestellt. Diana trug selbst eine solche Kartusche als Überlebenshilfe an ihrem Gürtel. Vier weitere befanden sich in ihrem Streitwagen.

Vor seinem Zelt hockte Vulcanus und spielte an einem Gerät herum, das Diana nicht auf Anhieb erkannte. Gerade als sie zur Landung ansetzte, hallte ein schriller Schrei und kurz darauf ein Schuss durch die Luft. Diana griff instinktiv zu ihrer Pistole und spähte aus ihrem Flugzeug. Wurde das Camp angegriffen? Ein Überfall der Germanen? Diana kletterte aus dem Cockpit und entsicherte ihre Waffe. Aus den Augenwinkeln sah sie eine haarige Gestalt mit weißem Gesicht, die raschelnd in einem Gebüsch verschwand. Dann entdeckte sie Vulcanus, der aufgeregt an seinem Holster herumnestelte, den Verschluss aber nicht aufbekam. Neben ihm stand Vesta, die ihre Waffe routiniert in der Hand hielt und grinsend auf das gegenüberliegende Gestrüpp sah.

»Elendes Monster!«, schimpfte Vulcanus, der den Kampf mit seinem Holster inzwischen aufgegeben hatte und dafür ein beachtliches Messer zückte, das er wie eine Fackel von sich streckte. Vulcanus war groß, schlaksig, hatte nicht den kleinsten Flaum im Gesicht und wirkte in etwa so bedrohlich wie ein Hamster. Er erinnerte damit kaum an die klassische Darstellung des Gottes der Schmiedekunst. Dass er ihn dennoch treffend verkörperte, lag an seinem überragenden Erfindungsreichtum. Er hatte während ihrer Schulzeit mehr gelernt als alle anderen und sich in den Naturwissenschaften, sowohl durch seine Hochbegabung als auch durch ein außergewöhnliches Talent ausgezeichnet. Obwohl er, wie sie selbst, erst 19 Jahre alt war, hatte er bereits einen Master-Abschluss in Ingenieurwissenschaften. Er begeisterte sich für die klassischen Erfindungen der Wissenschaft und würde mit glühendem Eifer für den Fortschritt kämpfen.

Auf der anderen Seite zeigte er zuweilen einen gewissen Mangel an sozialen Kompetenzen. Er war zwar kein typischer Einzelgänger. Trotzdem hatte er weniger Aufwand für das Verständnis zwischenmenschlicher Beziehungen betrieben als gewöhnliche Menschen. All seine Zeit und Energie waren in andere Interessen geflossen. Zudem gehörte er nicht gerade zu den tapfersten ihrer Kameraden.

»Ist er weg?«, fragte er ängstlich in die Runde, wohl an seine KI gerichtet.

»Der Kleine hat sich ganz schön erschreckt. Der ist zu Mama gerannt«, antwortete Vesta und steckte ihre Pistole zurück.

»Ist alles in Ordnung bei Euch?«

Diana wusste immer noch nicht, was hier gespielt wurde.

»Alles bestens. Das war nur ein winziger Braunbär, der mal an unseren Essensvorräten schnuppern wollte.« Vesta ging zu Vulcanus und nahm ihm das große Messer ab, das sie wieder in seine Scheide steckte.

»Wir hatten in der Nacht schon ein Jungtier zu Besuch, das sich durch ein Schaumzelt gewühlt hat. Der Geruch meines Abendessens ist scheinbar ziemlich verlockend.«

»Oje, was ist passiert?«, fragte Diana besorgt. Vesta sah ihr in die Augen und zwinkerte.

»Du brauchst dir keine Sorgen machen. Ich hab ihn nur erschreckt und nicht auf ihn geschossen.«

Diana schmunzelte. Vestas Stärke bestand ganz klar darin, Menschen zu lesen und zu lenken. Es war Diana beinahe unheimlich, wie leicht es ihr fiel, die Bedürfnisse, Schwächen und Konflikte ihrer Mitmenschen zu erkennen. Aber gerade deshalb war sie so wichtig für ihre Gruppe. Sie brauchten jemanden, der sie motivierte, der ihnen ihren Kummer abnahm, der zuhörte und Rat gab. Jemanden, der Streitigkeiten beendete und alle auf ein gemeinsames Ziel einschwor. Hätte Vesta nur über eine ausgezeichnete Menschenkenntnis verfügt, hätte sie es vermutlich schwer gehabt. Doch sie war auch „triebreizend“ schön. Und so fraßen ihr fast alle aus den seidig zarten Händen.

»Es ist schön, dass du hergefunden hast. Ist bei dir alles in Ordnung?«, fragte sie und umarmte Diana.

»Danke Vesta. Bei mir ist auch alles in Ordnung. Ich habe mir nur Sorgen gemacht.«

»Wir sind hier nicht mehr an der Akademie Mia, wenn du willst, kannst du mich ruhig weiter Shira nennen«, sagte Vesta und löste sich aus der Umarmung.

Diana schüttelte den Kopf. »Du weißt doch wie ich darüber denke. Ich will hier nicht aus meiner Rolle fallen. Aber sag, was ist mit Apoll?«

»Er muss abgestürzt sein«, sagte Vulcanus, der ihr zur Begrüßung kurz die Hand gab.

»Wir wissen es nicht genau und natürlich muss das nicht heißen, dass er verletzt ist«, ergänzte Vesta sofort, um seine Worte etwas abzumildern.

»Ich halte es aber für sehr wahrscheinlich, dass er abgestürzt ist«, beharrte Vulcanus, dem Taktgefühl und Empfindsamkeit stets weniger galten als Sachlichkeit. »Ich war der Erste, der hier gelandet ist, und hatte kurzzeitig Funkkontakt mit Apoll. Wir haben ein paar Mal miteinander gesprochen, bevor die Verbindung plötzlich abriss. Das war vor etwa 16 Stunden. Seit diesem Zeitpunkt scheint irgendetwas unsere Kommunikation zu stören. Ich hätte mich natürlich sofort auf die Suche gemacht, aber der Missionsbefehl verlangt unmissverständlich, hier auf die Nächsten zu warten und zuerst ein Lager aufzuschlagen. Außerdem wusste ich gar nicht, wo ich ihn suchen sollte. In dieser Wildnis sieht jeder Baum gleich aus.«

»Hattest du auch Kontakt zu ihm?«, wandte sich Diana an Vesta. Sie vermied es, Vulcanus in die Augen zu sehen. Sie kannte die Befehle. Trotzdem hätte sie anders gehandelt.

»Leider nein, ich bin erst vor neun Stunden angekommen. Ich habe auch erst kurz vor dem Treffpunkt einen Kanal zu Vulcanus öffnen können. Vorher war bei mir alles still.«

»Besser gesagt, ich habe es geschafft, eine Verbindung zu ihr aufzubauen, nachdem ich mein Kommunikationssystem so umgestellt hatte, dass es ein altertümliches Funkfeuer abgab«, verbesserte Vulcanus, welcher Ungenauigkeiten verabscheute und nie mit Eigenlob sparte.

»Jedenfalls bin ich genauso überrascht worden wie du eben«, fuhr Vesta fort und tätschelte Vulcanus Arm, als wäre er ein übergroßes Baby.

»Und habt ihr inzwischen irgendeine Idee, wo er abgestürzt sein könnte? Ich meine, wir müssen ihn doch suchen, oder nicht?«, fragte Diana und verschränkte die Arme.

»Natürlich werden wir ihn suchen. Unser Genie hier, hat auch eine Idee, wo wir ihn finden können«, meinte Vesta mit einem Nicken zu Vulcanus, der direkt neben ihr stand.

»Es war wirklich eine Herausforderung, seinen Absturzort zu lokalisieren. Selbst für mich. Mercurius ist speziell im Bereich der Fernmeldung ausgebildet, schließlich gehört dies zu seinen göttlichen Attributen. Er könnte die Kommunikationssysteme schnell anpassen. Ich habe damit aber kaum Erfahrung und musste einigen Aufwand betreiben«, rechtfertigte sich Vulcanus.

»Wir machen dir keinen Vorwurf und sind froh, dass du das Problem lösen konntest. Diana und mir wäre das sicherlich nicht gelungen«, schmeichelte Vesta und legte ihm dabei leicht die Hand auf die hohe Schulter.

»Wenn ihr wisst, wo er sich befindet, habt ihr wahrscheinlich schon über einen Rettungsplan nachgedacht«, meinte Diana erwartungsvoll.

»Ja, das haben wir. Wir wollten gerade loslegen, als du dich gemeldet hast. Der Plan ist simpel. Wir beide fliegen zur Absturzstelle, während Vulcanus hier auf Mercurius und Venus wartet und an den Kommunikationssystemen arbeitet«, sagte Vesta und knetete weiter die Schulter des großen Jungen.

»Ich bin mir ziemlich sicher, dass Apoll kontinuierlich und mit maximaler Geschwindigkeit unterwegs war, also mit 175 Kilometern pro Stunde. Schneller sind unsere Streitwagen leider nicht. Er wird einen direkten Kurs hierher genommen und keine Pause eingelegt haben. Der Wind ist kalt, geht aber nur mäßig und wird ihn kaum abgedrängt haben. Ich habe meine Kommunikationsprotokolle analysiert und herausgefunden, dass sein Erkennungssignal circa 1 Stunde und 20 Minuten nach seinem Start aufgehört hat zu senden. Wenn wir annehmen, dass er zur selben Zeit abgestürzt ist, können wir so das Absturzgebiet vergleichsweise genau eingrenzen«, dozierte Vulcanus, während er dazu heftig gestikulierte.

Diana konnte sich ein Grinsen nicht verkneifen. Vulcanus liebte es umständlich. Eine kurze ungenaue Erklärung kam für ihn nicht in Frage.

»In Ordnung, dann mal los! Ich habe eigentlich kein Verlangen, gleich wieder in die Richtung zu fliegen, aus der ich gerade gekommen bin, aber wir sollten keine Zeit verlieren«, meinte Diana. »Wenn wir in einem gewissen Abstand nebeneinander herfliegen, erhöhen wir unsere Chance, ihn zu finden.«

»So machen wir es«, erwiderte Vesta und setzte sich bereits ihren Helm auf. Vulcanus, der anscheinend noch weitere Details besprechen wollte, schaute etwas verdutzt, als die zwei Göttinnen ihre Streitwagen bestiegen.

»Wir sollten die Rettung genau planen!«, rief er ihnen zu. »Das Gebiet ist voller Germanen und wilder Tiere. Es könnte gefährlich werden.«

Vesta schnaubte abfällig und klopfte auf ihr Pistolenholster. »Wir sind mit Abstand das Gefährlichste weit und breit.« Dann starteten sie ihre Maschinen und stiegen knatternd in die Lüfte.

27. Juli 2127 – Die Aufnahme

Henry war immer noch stinksauer. Er hatte sich eben zum zweiten Mal die Aufnahmen vom roten Team angesehen. Wie war sein Kollege nur auf die Idee gekommen den Überwachungsraum zu verlassen? Der Junge hätte ertrinken können. Dabei sollten die Schüler einfach das Boot und den versteckten Kescher nutzen. Henry hätte seinen Unmut gerne weiter an seinem Kollegen ausgelassen, der betreten hinter ihm her schlurfte. Aber er musste zu den Kindern und ihnen ihre Ergebnisse mitteilen. Mühsam schluckte er seinen Groll herunter und nahm die Stufen zum großen Speisesaal. An langen Bänken saßen die 14 verbliebenen Kandidaten aus der letzten Gruppe. Als er den Raum betrat, sahen ihm die Kinder neugierig entgegen. Sie hatten soeben ihr Frühstück beendet. Zwei Jungen wollten schon aufspringen und ihn mit Fragen bombardieren. Henry gab ihnen ein Zeichen sitzenzubleiben und sprach mit lauter Stimme: »Guten Morgen. Ich hoffe, ihr habt gut geschlafen und gefrühstückt!« Undeutliches Gemurmel schalte durch den Raum. Henry baute sich mittig vor den Schülern auf. »Ich weiß, ihr seid gespannt auf eure Ergebnisse. Zuallererst möchte ich euch aber danken, dass ihr in den letzten drei Tagen all die Strapazen auf euch genommen habt. Ihr könnt ungeheuer stolz auf euch sein, dass ihr hier durchgehalten habt. Von über 4 Millionen teilnehmenden Kindern, haben wir nicht einmal 4000 zu diesem Test eingeladen.«

Henry stand vor ihnen und sah in die erwartungsvollen Gesichter. Sein Assistent fummelte an einer hölzernen Schatulle herum. »Ihr wart die letzte Gruppe von Anwärtern, die wir hier an der Akademie getestet haben und gleichzeitig eine der besten. Eure Punkte waren in fast allen Bereichen hervorragend, auch wenn es natürlich immer ein paar Enttäuschungen gab. Egal ob beim psychologischen Test, beim Intelligenztest, beim Sprachtest oder beim Sporttest – ihr habt euch überall gut geschlagen. Ihr alle bekommt ein goldenes

Abzeichen der Phönix Initiative, weil ihr unsere Aufnahmeprüfung bis zum Schluss durchgehalten habt.«

Die Kinder klatschten laut. Sein Kollege verteilte die wertvollen Orden, während Henry weitersprach: »Daher bin ich sehr froh, euch mitteilen zu dürfen, dass aus eurer Gruppe 12 Schüler die strengen Aufnahmekriterien der Phönix Initiative erfüllt haben! Ihnen sage ich herzlichen Glückwunsch!«

Henry verbeugte sich ein wenig theatralisch. Die Kinder jubelten erneut, viele sahen sich freudig an, manche klatschten sich ab oder klopften sich auf die Schultern.

»Ich werde euch jetzt der Reihe nach aufrufen und euch sagen, für welchen Tempel ihr ausgewählt wurdet. Mit Tempel meine ich sowohl das Haus, in dem ihr wohnen, als auch den Ausbildungsgang, den ihr absolvieren dürft. Nachdem ich euch aufgerufen habe, holt ihr bitte eure Sachen aus dem Gästehaus und meldet euch beim Eingang eures jeweiligen Tempels. Alles Weitere erklärt man euch in aller Ruhe dort. Habt ihr bis hierhin alles verstanden?«

»Müssen wir nicht auch unsere Punkte aus den Tests erfahren?«, fragte Milàn mit unverhohlenem Hochmut in der Stimme.

»Nein!«, erwiderte Henry kühl. »Wir teilen keinem Kandidaten seine Punktzahl mit. Wir möchten nicht, dass ihr euch deswegen fertig macht oder überheblich werdet. Und wir wollen auch nicht, dass verraten wird, wofür wir im einzelnen Punkte vergeben. Ihr sollt euch möglichst natürlich verhalten und euch nicht verstellen.«

»Dich kleinen Satansbraten hätte ich für dein schlechtes Benehmen aber gerne aus der Akademie ausgeschlossen«, dachte Henry genervt. Er ließ sich jedoch keine Regung anmerken.

»Ich werde jetzt die Namen aufrufen. Die Reihenfolge sagt nichts über die Punktzahl aus«, ergänzte er mit einem Blick auf Milàn. »Sophia, Tempel der Venus. Alec, Tempel des Mercurius. Vladimir, Tempel des Mercurius. Daniel, Tempel des Apollon…«

Mia sah Daniel an und lächelte ihm zu. Er war nett, hatte aber den ganzen Abend und den gesamten Morgen damit zugebracht, jedem, der es hören wollte, zu erzählen, wie er das Rote Team gerettet hatte. Dreimal hatte sie seine ruhmreiche Geschichte heute schon gehört. Inzwischen kannte sie jedes seiner Worte auswendig…

»Und dann wirft Aquil den Ball genau auf meinen Bauch. Ich fange den Ball so mit der Hüfte und renne den Torhügel hinunter, mitten in das Haferfeld hinein. Der Ball fängt an zu piepsen und ich schieße mit dem Fuß so weit ich kann… Die haben vielleicht geflucht… Das Blaue Team musste 20 Minuten lang durch das Feld stöbern, um den Ball wieder zu finden. Währenddessen standen wir am Torhügel und haben die Blindschleichen ausgelacht. Und als die gerade ihren Ball wiederhatten, macht Lily für uns das Tor…«

Trotz seiner Prahlerei gönnte Mia ihm seinen Erfolg. Hoffentlich hatte sie jetzt auch Erfolg. Sie hatte doch immer ganz gut abgeschnitten, oder nicht? Sie hörte weiter ihrem Sportlehrer zu. …

»Aquil, Tempel des Apollon. Kiran, Tempel des Apollon. Tissa, Tempel der Vesta…«.

»Mist, die hatte es doch wirklich nicht verdient«, dachte Mia, »so langsam müsste ich doch auch drankommen.« Sie wurde immer unruhiger und rutschte auf ihrem Stuhl hin und her.

»Alexandros, Tempel des Vulcanus. Lily, Tempel der Venus. Shira, Tempel der Vesta…«

Jetzt waren noch vier Anwärter übrig und nur noch zwei sollten aufgenommen werden. »Verdammt, Verdammt!«, Mia krallte die Finger am Tisch fest.

»Milán, Tempel des Mercurius…«

»Das kann doch nicht wahr sein!«, schrie Mias innere Stimme.

Für den letzten Namen ließ sich Herr Meyer einen Augenblick Zeit, dann rief er mit einem Lächeln auf den Lippen: »Mia, Tempel der Diana.«

28. Juli 2127 – Einen Tag nach der Aufnahme

Mittag

Der eisige Wind kratzte an den schmalen Gehwegplatten. Breite Pfützen bedeckten den Platz, der die Schule mit dem Verwaltungsgebäude verband. Winzige Tropfen pfiffen über die Ebene und stachen wie dünne Nadelspitzen ins ungeschützte Fleisch. Fluchend drückte er seine Jacke an sich und zog die Kapuze tief ins Gesicht. Wie konnte es zu dieser Jahreszeit nur plötzlich so kühl sein? Er hasste dieses Land. Es war zu kalt, zu feucht und zu eintönig. Sicher, es war besser als Nordfinnland, seiner vorherigen Wirkungsstätte. Doch er war ein Mann des Südens, er gehörte nicht in diese Gegend. Schottland?! Er verwünschte den Sünder, der auf die Idee gekommen war, den trostlosen Ort als Kulisse für diesen Frevel vorzuschlagen. Und die Teufel im Vorstand hatten dem Plan auch noch zugestimmt. Man hatte mit Milliarden um sich geschmissen und mitten im Nichts, am Arsch der Welt, einen gigantischen Campus aus dem Boden gestampft. Hier hatte die Hybris ihren Anfang, aber hier würde sie auch enden. Mühsam kämpfte er sich die letzten Meter zur Tür. Der Eingang öffnete sich. Eine Woge warmer Luft wehte ihm entgegen und vermischte sich mit dem frostigen Inferno der Außenwelt. Die raue Natur schien die Oberhand zu gewinnen, doch dann schloss sich die Tür hinter ihm und trockene Wärme drückte von allen Seiten auf ihn ein. Mit klopfendem Herzen hastete er durch die Sicherheitsschleuse und nickte den Mitarbeitern, die ihm begegneten, flüchtig zu. Einige grüßten ihn respektvoll, andere trotteten stumm an ihm vorbei. Er hasste es, wenn jemand darauf verzichtete, ihm angemessen zu begegnen - oder ihn gar ignorierte. So etwas konnte er lange und voller Inbrunst nachtragen. Obwohl er selbst nicht sagen konnte, warum es ihn so störte. Er merkte sich alle, die ihm je frech gekommen waren, und speicherte sie in einem finsteren Kopfraum, der mental mit dem Wort »Hölle« beschriftet war. Dies stellte durchaus eine beachtliche Leistung dar. Denn während die Namen und Gesichter auf der hellen Seite stagnierten, entwickelte die schwarze Liste in seinem Kopf ein dynamisches Eigenleben.

Schlecht gelaunt betrat er sein Büro im zweiten Stock. Kaum hatte er zwei Schritte getan, bedrängte ihn schon ein süßlicher Duft. Das intensive Aroma von Zitrone und Eukalyptus brachte seine Nackenhaare zum Kräuseln.

Seine Assistentin Mrs. Bones, die er anderen gegenüber lieber »Sekretärin« nannte, hatte ihrer Pedanterie wieder einmal freien Lauf gelassen und jeden sauberen Millimeter ihres Empfangstresens einem erneuten Putzregiment unterzogen – nur für den Fall, dass er eines Tages als provisorischer OP-Tisch dienen musste. In Sachen Sterilität konnte er es nun mit jeder Intensivstation aufnehmen.

Stirnrunzelnd sah sie ihm entgegen und rümpfte missbilligend die Nase, als er mit verdreckten Schuhen und feuchten Sachen den Raum durchschritt.

»Meine Güte, haben Sie in ihrer Pause ein Picknick im Wald veranstaltet?«, fragte sie schnippisch.

Er fluchte innerlich, besann sich aber schnell wieder. Es hatte keinen Sinn, sie jetzt gegen sich aufzubringen. Er war zu abhängig von ihr und guter Ersatz kaum zu finden. Also verzichtete er auf eine bissige Erwiderung, zudem war sie längst unrettbar im dunklen Kopfraum abgelegt.

»Danke für ihre Fürsorge, Mrs. Bones«, erwiderte er geziert und mit einem falschen Lächeln. »Gibt es Neuigkeiten aus der Zentrale?«

»Nein, aber ein Päckchen wurde für sie geliefert. Die Security hat es überprüft.« Sie griff in eine Ablage unter ihrem Tisch, zauberte ein orangenes Paket hervor und drückte es ihrem Chef in die Hand.

Mit ausdrucksloser Miene nahm er die Sendung entgegen und bedankte sich knapp.

»Gegen 14 Uhr sollten wir uns kurz absprechen«, sagte er, ohne ihr Zeit für Anmerkungen oder Erwiderungen zu geben. Dann er zog sich rasch in sein Arbeitszimmer zurück.

Mit einem Schnaufen fiel er in seinen Schreibtischstuhl und ließ die Arme träge herabhängen, während er den Kopf tief in den Nacken legte. So verharrte er eine geraume Weile, seinen Blick starr auf die Decke geheftet.

Ein Geräusch vor der Tür riss ihn aus seiner Lethargie. Erneut schnaufend ließ er sich nach vorne fallen und krachte mit den Handflächen auf den Eichentisch. Es wurde Zeit zu handeln, zu viel war schiefgelaufen. Sie mussten endlich etwas gegen die Initiative unternehmen! Und er saß genau am richtigen Ort dafür!

Behutsam nahm er das kleine Päckchen in Augenschein, das er eben achtlos beiseitegelegt hatte. Vorsichtig schnitt er die verklebten Querseiten auf und schlug den Deckel zurück. Ein seltenes Grinsen huschte über sein Gesicht. Er betrachtete das gut verpackte Fläschchen und dachte an die Security-Mitarbeiter, die für die Überprüfung der Post zuständig waren. Bestimmt hatte sich einer der Wachmänner zu seinem Kollegen gewandt und einen herablassen Kommentar geäußert: »Was hat der Vizedirektor nur für einen perversen Geschmack…!« Dann hätten sich beide die Bäuche gehalten und sich in ihrem Hochmut ersoffen. Dabei hatten die Idioten das Offensichtliche übersehen und sich selbst zu Narren gemacht…, er blinzelte.

Jetzt lag das Glasfläschchen vor ihm und funkelte im spärlichen Tageslicht. Das knallbunte Etikett zierte eine kreisrunde Schlange, die sich selbst in den Schwanz biss. Die Aufschrift versprach mit geheimen Inhaltsstoffen ungeahnte Lüste zu fördern. Als eine Art Maskottchen lag dem Duftwasser eine geschmacklose Schlangenmaske bei. Das Werbegeschenk aus Plastik wirkte billig und belanglos – zweifellos war es der Sicherheit nicht einmal einen Scan wert gewesen. Dabei war die Faschingsmaske alles andere als harmlos, und so komplex, dass es mehrere Wochen gedauert hatte, sie zu entwerfen. Betrachtete man den Schlangenkopf genauer, fiel auf, dass die Augen grün funkelten und die Schuppen wahrnehmbare Unterschiede in ihrer Größe und Beschaffenheit besaßen. Es handelte sich um einen optischen Code, der in die Oberfläche eingraviert war. Er funktionierte so ähnlich, wie die gängigen Strichcodes auf Verpackungen.

Sobald Barra die Maske aufsetzte oder sie vor eine Überwachungskamera hielt, würde der Computer den versteckten Code im Schuppenkleid analysieren und ein verborgenes Hintergrundprogramm aktivieren. Die Konsequenzen schienen unspektakulär. Die KI auf dem Hauptrechner der Phönix Initiative wäre für einige Minuten blind und vier Pumpen würden in einen Dornröschenschlaf fallen. Mehr nicht.

Damit nicht ein dahergelaufener Prinz im falschen Moment durch die Dornenhecke brach, musst er jetzt nur noch ein paar Stacheln vergiften. Also nahm er eine Tasse mit altem Kaffee vom Fensterbrett, stellte sich vor den Spiegel und gestaltete zwei auffällige Kleckse auf seinem Hemd. Es sah aus, als hätte ein Einjähriger seinen Latz vergessen.

Mrs. Bones sagte kein Wort, als er energisch an ihr vorbei in Richtung der Mitarbeitertoilette schritt. Ihre Mimik war gleichsam deutlich: »Wie hat er es nur geschafft, sich noch weiter einzusauen?« Wie üblich ignorierte er ihre bohrenden Blicke. Trotzdem starb Mrs. Bones in diesem Moment qualvolle Tode in seinem dunklen Kopfraum.

Die Unisex-Toilette lag im übernächsten Korridor und strahlte weit weniger Keimfreiheit aus als Mrs. Bones Empfangstresen. Immerhin verfügte sie über ein modernes Aufbereitungssystem. Entsprechend gab es drei weiße Klos für Urin und gering verschmutztes Abwasser und drei schwarze Throne, die die restlichen Wertstoffe zur Aufbereitung abführten. Er spähte unter die Kabinentüren und trat erst ein, als er sicher war, allein zu sein. Der Überwachungskamera im Gang, hatte er seine Maske vor die Linse gehalten. Damit sollte die KI geblendet sein. Trotzdem zog er die Hose herunter und versuchte, den üblichen Lauf der Dinge zu simulieren. Gleichzeitig holte er das Fläschchen mit der kreisrunden Schlange aus seiner Hosentasche. Er bemühte sich, keinen einzigen Tropfen zu verschütten, während er das edle Duftwasser in den Abfluss goss. Ein verirrter Spritzer wäre seiner Gesundheit äußerst abträglich gewesen.

Es roch weniger intensiv, als er erwartet hatte. Das Parfüm verschwand mit einem leisen Gurgeln, als der Unterdruck die

Flüssigkeit nach unten saugte. Vorsichtig verschloss er die Phiole wieder und ließ sie in seine Tasche gleiten. Erleichtert lehnte er sich zurück. Auch diese Aufgabe war erledigt. In absehbarer Zeit würde sein Duftwasser in einem der Sammeltanks eine durchschlagende Dynamik entwickeln.

Eine Minute wollte er noch bleiben, um mit seinem Stuhlgang nicht aufzufallen. Die KI der Sicherheit hatte ihre Augen und Ohren überall. Zweifellos gab es einen Algorithmus, der die übliche Zeit des gewöhnlichen WC-Besuches erfasste und statistische Abweichungen vermerkte oder gar verfolgte. Also nahm er einen Kugelschreiber aus seiner Innentasche und begann ein Zeichen in die Kabinentür zu ritzen. Wenn man schon im blinden Fleck des Sicherheitsmonsters hockte, durfte man dies getrost ausnutzen. Er brauchte keine Minute für seine runde Schlange und kam sich vor wie ein rebellischer Teenager.

Zurück in der relativen Sicherheit seines weichen Bürostuhls konnte er sich ein erneutes Grinsen nicht verkneifen. Er hatte noch einen dritten Streich für diesen Tag geplant. Also nahm er sich eines von Mrs. Bones lästigen Feuchttüchern, säuberte seine Hände und aktivierte seinen Rechner. Dann begann er mit dem Fingerspiel auf der virtuellen Tastatur. Es blieb nur wenig Zeit und einen echten Hacker konnte man ihn nicht nennen.

Zuerst galt es, die psychologischen Testergebnisse, Protokolle und Sprachaufzeichnungen seiner Auserwählten zu löschen. Es war leicht gewesen, die notwendigen Veränderungen vorzunehmen. Die beiden Anwärter waren genau in die Klassen gekommen, in denen er sie haben wollte. Nun, da die Schüler aufgenommen waren, würde niemand mehr in die Aufnahmeunterlagen schauen. Wenn er es geschickt anstellte, könnte er die Kinder für seine Seite gewinnen und sie dazu nutzen die Initiative von innen zu zersetzen. Er würde die Götter sich selbst zerstören lassen.

Trotzdem zögerte er einen Augenblick mit dem Löschen der Unterlagen. Vielleicht lag es daran, dass er sich so gerne sprechen hörte. Oder war es nur die Vergewisserung, auch wirklich die richtige Datei zu entfernen? Etwas trieb ihn dazu, sich die Audioaufnahme noch einmal anzuhören. Sein Finger wanderte wie von selbst von Delete zu Play.

»Hallo Anwärter F985. Ich hoffe, du konntest dich etwas ausruhen nach dem anstrengenden Intelligenztest?«

»Ja, geht so.«

»Ich möchte dir jetzt der Reihe nach einige persönliche Fragen stellen und bitte dich, ehrlich darauf zu antworten. Willst du das machen?«

»Ja, klar«.

»Gut, dann fangen wir an. Erste Frage: Wenn du selbst deine Stärken und Schwächen einschätzen solltest, was würdest du sagen? Was kannst du besonders gut und womit hast du Probleme?«

»Ich kann ziemlich gut Fußballspielen. Meine ganze Familie spielt Fußball. Zuhause spiele ich manchmal gegen meine große Schwester oder meinen kleinen Bruder. In der Schule war ich eigentlich in allen Fächern gut, besonders in Mathe und Musik. Ich habe auch in der zweiten Klasse angefangen mit Klavierspielen. Da bin ich jetzt aber nicht sooo gut… Mein Vater sagt, ich habe Talent, aber ich übe nicht genug… Ansonsten fällt mir nichts mehr ein… – meine Mutter sagt immer, dass ich gut diskutieren kann.«

»Und gibt es auch etwas, dass dir schwerfällt? Das muss ja kein Schulfach sein, vielleicht ist es auch etwas ganz anderes?«

»Hm… eigentlich nicht. Schwimmen kann ich noch nicht so gut. Also ich kann schwimmen, aber eben nicht so gut… Sonst fällt mir nichts ein.«

»In Ordnung. Dann kommen wir zur nächsten Frage. Warum möchtest du an der Akademie der Phönix Initiative ausgebildet werden?«

»Wegen meiner großen Schwester Isabell. Sie ist auch Schülerin der Phönix Initiative. Ich will genau das lernen, was sie auch gelernt hat, und ich will sie unbedingt suchen und finden.«

»Was meinst du damit, dass du sie suchen und finden willst? Du brauchst nur einen der Computer hier zu verwenden, die KI kann dir sicher sagen, in welchem Zimmer deine Schwester ist.«

»Nein. Meine Schwester ist nicht hier in einem Zimmer. Sie ist richtig verschwunden, in Finnland…«

Zur Hölle, wie viele Minuten waren das jetzt. Sein Zeitgefühl war miserabel. Hastig drückte er auf den leuchtend roten Mülleimer vor ihm. »DELETE.« Wenn er sich nicht konzentrierte, würde ihn die Sicherheit schnappen, bevor er etwas bewirken konnte. Er nahm einen großen Schluck Kaffee und setzte sein geheimes Tastenspiel fort.

28. Juli 2127 – Einen Tag nach der Aufnahme
Abend

Hoffnung, Ehrfurcht und Beklommenheit stiegen in Henry Meyer auf, als er das riesige Wandgemälde betrachtete. Es zeigte das Modell einer gewaltigen Maschine voll verschlungener Knoten, verschachtelter Gänge und filigraner Details. Das in Platin und Rotgold glänzende Gebilde hatte die Ausmaße einer mittleren Stadt. Im Zentrum der ringförmigen Struktur schwebten zwei parallel angeordnete Elektromagnete. Sie besaßen Form und Größe zweier ägyptischer Pyramiden. Er hatte schon Abbildungen von Teilchenbeschleunigern und Fusionsreaktoren gesehen – gewaltigen Meisterleistungen der Ingenieurskunst. Dieses Monstrum jedoch spottete jeder Beschreibung. Ausmaß und Formgebung waren so surreal, dass sie nur einem Traum entsprungen sein konnten. Er hatte einmal erlebt, wie ein amerikanischer Farmer flüssiges Aluminium in den Bau roter Feuerameisen schüttete. Das Resultat war eine 25kg schwere und 1,50m hohe Skulptur, mit mehr Kammern und Windungen, als seine Augen aufnehmen konnten. Einen ähnlichen Eindruck machte die Zeitmaschine vor ihm – unfassbar, haarsträubend, verstörend.

Henry schüttelte sich und nahm die Treppe hinunter ins Esszimmer. Hier wartete bereits Thomas Meyer. Sein Großvater war ein stattlicher Mann, der selbst in ungezwungener Umgebung auf einem Mindestmaß an Etikette bestand. Für ihn bedeutete das, im eigenen Heim nicht auf Anzug und Krawatte zu verzichten. Darüber hinaus war der Professor, wie viele ihn seines akademischen Grades wegen nannten, ein überaus liebenswerter Charakter, der stets willens und in der Lage war, Henrys Motive und Ansichten zu hinterfragen. Das ungezwungene Debattieren gehörte für ihn zum Smalltalk, wie das Händewaschen zum Toilettengang.

Als Henry das Zimmer betrat, erkannte er amüsiert, dass auch sein Großvater das Modell der Konstruktion betrachtete. Eine holografische Projektion der Zeitmaschine rotierte über dem Kopf des elegant gekleideten Professors.

»Es ist ein echtes Wunderwerk, nicht wahr?«, sagte sein Großvater mit leuchtenden Augen, als Henry zu ihm trat.

»Ja, es ist beispiellos! Ich habe versucht, mir einen genaueren Überblick zu verschaffen, aber ich verstehe nicht mal einen Bruchteil der technischen Details. Es ist wirklich eine wahnsinnige Maschine, aus dem Wahnsinn geboren«, entgegnete Henry, während Thomas die Projektion weiter kreisen ließ.

»Ehrlich gesagt verstehe ich die technischen Zusammenhänge auch nicht. Aber das geht mir schon bei einfacheren Maschinen so. Ich bin Historiker und kann nur etwas zu meinem Teil des Projekts sagen«, meinte Thomas und schaute seinem Enkel aufmerksam in die Augen. »Aber du bist ja nun selbst eine Drohne in unserem Bienenstock und wirst deine eigenen Einblicke gewinnen.« Henry schmunzelte und ließ sich auf der weich gepolsterten Ledercouch nieder. Sein Großvater hatte vor vier Jahren alle Hebel in Bewegung gesetzt, um ihm die Stelle bei der Initiative zu besorgen. Jetzt war er Teil dieses riesigen Insektenvolkes.

Der Professor beendete die Projektion, schnappte sich sein obligatorisches Glas Brandy und setzte sich neben ihn in den alten Ohrensessel.

»Ich habe in der Zeitung gelesen, dass mehr als sechshunderttausend Menschen an dem Projekt beteiligt sein sollen. Allerdings scheint mir die Zahl etwas übertrieben«, meinte Henry, dem immer noch das rotierende Gespinst an der Decke durch den Kopf spukte.

Thomas Meyer machte ein abschätziges Gesicht.

»Ich halte die Angabe für realistisch. Ich habe allein 27 promovierte Altertumsforscher aus der ganzen Welt in meinem Team. Im Nebengebäude haben wir Soziologen, Anthropologen, Philosophen, Linguisten, Psychologen, Archäologen und noch viele andere Fachwissenschaftler, die wiederum mit unzähligen Akademikern auf der ganzen Welt zusammenarbeiten. Und da habe ich die Legion von Naturwissenschaftlern, Ärzten, Informatikern oder Ingenieuren noch nicht mal im Blick. Die haben jeweils einen eigenen Gebäudekomplex und wiederum zigtausende Mitarbeiter. Wenn man jetzt noch die Entwickler, die Zulieferer, die eigentlichen Bauarbeiter, Handwerker, die Bürokratie und die Soldaten dazu rechnet, kommt man sicherlich auf deine sechshunderttausend Mitarbeiter. Die Städte Greifswald und Stralsund platzen ja aus allen Nähten.«

Während seiner Ausbildung hatte Henry einen Teil der Heerscharen gesehen. Er hatte damals das Gefühl, seine neuen Kollegen allein an ihrer Körperhaltung erkennen zu können. Sie liefen weniger gebückt als der Rest der Menschheit.

»Und was sagst du zu den Erfolgsmeldungen, die ständig durch die Nachrichten geistern? Erst heute Morgen hat Frau Miller den Baufortschritt gelobt und mal wieder für eine neue Bauanleihe, oder besser gesagt ›Spende‹, geworben«, meinte Henry, während er die antiken Mitbringsel bewunderte, mit denen sein Großvater das Wohnzimmer dekorierte.

»Hm … der Baufortschritt ist für mich natürlich schwer einzuschätzen. Aber was soll die Frau auch anderes tun, als anhaltenden Optimismus zu verbreiten? Wir haben noch knapp sieben Jahre bis zum großen Knall. Wenn wir es nicht schaffen, die Maschine fertigzustellen, bis der Asteroid… Wie hieß er doch gleich?«

»A2119VB_{12}«, ergänzte Henry.

»Wenn wir nicht fertig werden, bis dieses Ding bei uns vorbeischaut, ist auch das letzte bisschen Hoffnung gestorben. Ich weiß, viele glauben, der Einschlag wird schon nicht so schlimm werden. Oder sie glauben gar nichts mehr und kochen ihr eigenes Verschwörungssüppchen. Aber ich hatte das Glück, mit einigen der klügsten Köpfe der Weltraumforschung zu sprechen. Und glaube mir, keiner von ihnen hat auch nur den Hauch eines Zweifels daran, dass uns dieser Brocken trifft. Sie gehen sogar davon aus, dass aus den

Trümmern ein neuer Mond entstehen könnte! Was soll Frau Miller also tun angesichts dieser Perspektiven? Hoffnung und Zweckoptimismus sind das Einzige, was die Gesellschaft in Zukunft noch zusammenhalten wird.«

Der Professor, der im Verlauf seiner Ausführungen immer ungestümer gestikuliert hatte, zwang sich zur Ruhe. Wie üblich, wenn er merkte, dass er zu sehr mit den Armen ruderte, nahm er seine alte Hornbrille von der Nase, zog ein Tuch aus der Tasche und polierte seine Gläser.

Henrys Mundwinkel zuckten. »Du musst bei mir nicht agitieren. Ich glaube weder an einen harmlosen Sternschnuppenregen noch an die ganzen Verschwörungstheorien. Trotzdem ist es meiner Meinung nach angebracht, kritisch zu sein, gerade angesichts der Bedeutung der Zeitmaschine. Außerdem musst du zugeben, dass diese wunderbare Hoffnung, von der wir alle so überzeugt sind, eine ziemlich undurchsichtige Sache ist. Hunderte Millionen Menschen haben ihre Ressourcen zur Verfügung gestellt. Milliarden Menschen hoffen und bangen jede Minute der Bauzeit mit. Trotzdem erfährt man nur wenig über das Projekt. Wie geht man mit den Kritikern um? Wie viele Todesopfer gab es wirklich? Wann ist der exakte Einschlagtermin des Asteroiden und wann der Starttermin der Zeitmaschine und so weiter. Gleichzeitig werden wir immer wieder darauf hingewiesen, dass der Countdown für uns alle läuft, die Uhr tickt. Kein Wunder also, dass sich viele Menschen abwenden und ihr Glück auf anderen Wegen suchen.«

»Mir ist schon klar, dass es nur schwer zu ertragen ist, sich vorzustellen, dass unser aller Leben in sieben Jahren zu Ende sein soll«, sagte der Professor mit erregtem Unterton. »Ich habe auch dieses Gefühl der Hilflosigkeit und des Kontrollverlusts. Aber es bringt nichts, sich selbst etwas vorzumachen. Ein ordentlicher Teil der Erde wird zerpudern wie ein Schneeball. Und wir haben keinerlei Technologie, um den Asteroiden und seine vielen kleinen Begleiter aufzuhalten oder abzulenken. Es bleibt nur ein Weg für die Zukunft des Planeten und der liegt in der Vergangenheit.«

»Ich weiß, ich weiß«, entgegnete Henry genervt, bevor sein Großvater den Monolog fortsetzen konnte. Ebenso wie Henry liebte er es, zu dozieren und war kaum zu bremsen, wenn er einmal in Fahrt gekommen war.

»Wir schicken eine Schar Auserwählter zurück in die Vergangenheit, um die Entwicklung der Menschheit in der Frühzeit zu beschleunigen. Die Zeitreisenden geben sich als Götter aus, um die Herrschaft zu übernehmen und dann wird alles gut!«, sagte Henry mit einem herausfordernden Lächeln. »Hätte man den Buchdruck 200 Jahre früher erfunden, hätte ich heute vielleicht schon ein hübsches Haus auf dem Mars.« Seine Stimme triefte vor Polemik.

»Das ist doch kein Spiel um Macht und Herrschaft. Ich fürchte, du verkennst die Tragweite des Ganzen«, erwiderte der Professor, dem das Thema sichtlich Nahe ging. Er putzte so energisch über das Brillenglas, dass Henry Angst hatte, es könne zerbrechen.

»Ganz im Gegenteil, ich erkenne das Ausmaß des Größenwahns und ich begrüße ihn. Aber erkennst du auch die Anmaßung, die wir in den Augen vieler begehen? Sie betrachten diesen Schlag aus dem Himmel als göttlichen Willen. Sie begrüßen das Ende. Ihre Religionen haben es schon immer vorhergesehen. Dass wir nun gottgleich falsche Götter durch die Zeit schicken wollen, um das Jüngste Gericht oder die Erlösung zu verhindern, ist für sie ganz und gar böse. Alles Leiden, alle Opfer, alle Freude, alles Schaffen der letzten Jahrtausende hätte nie existiert, wenn diese Maschine tatsächlich fertig gebaut wird.«

Der Professor schwieg eine Weile, dann sagte er: »Ich habe wirklich keine Ahnung, ob es das Richtige ist, was wir tun. Vielleicht ist es viel aufrichtiger und tugendhafter, sein Schicksal klaglos anzunehmen und stillzuhalten. Aber ich kann das einfach nicht. Ich muss etwas tun, ich brauche eine Aufgabe, einen Funken Hoffnung. Und du brauchst das auch, sonst wärst du nicht hier.«

10. November 160 - Tag der Ankunft
Nachmittag

Eine Stunde nach ihrem Aufbruch hatten die beiden Göttinnen das dicht bewaldete Zielgebiet bereits zweimal überflogen. Diana war unruhig und wollte schon in einem benachbarten Tal weitersuchen, als Cassandra sich meldete: »246 Meter in südöstlicher Richtung. Ich erkenne die Wärmesignatur. Der Gleiter ist stark beschädigt. Einen Piloten kann ich leider nicht entdecken, aber wenige Meter weiter befindet sich eine Lichtung, auf der wir landen können.«

»Wenn ich dich nicht hätte, Cas. Informiere gleich Vesta und dann lass uns vom Gleitmodus in den Schwebeflug wechseln und senkrecht auf der Wiese aufsetzen.«

Die Lichtung war groß genug, so dass das Landemanöver keine Schwierigkeiten bereitete.

Nach der Landung begaben sich die jungen Frauen ohne Umwege zur Absturzstelle. Das Wrack wies immense Schäden auf. Nur der Rumpf war intakt geblieben. An eine Reparatur war nicht zu denken. Eigentlich verfügte das Fluggerät über einen kleinen Fallschirm, der das milliardenteure Vehikel vor einem Aufschlag schützen sollte. Der schwarze Fallschirm mit dem Emblem der Phönix Initiative hatte sich jedoch erst unmittelbar über den Bäumen entfaltet. Er hing zerfetzt in den Ästen einer alten Buche und flatterte wie eine unheimliche Piratenflagge im Wind. Die kräftigen Arme des Baumes hatten den Streitwagen zwar gebremst, aber zugleich schwer beschädigt. Drei Rotoren waren abgerissen, die rechte Flügelhälfte fehlte und die massiven Kufen waren verdreht wie dünner Draht. Das Einzige, das sie jetzt noch tun konnten, war, die verwertbaren Ausrüstungsgegenstände, die Batterie sowie die zentrale Festplatte zu bergen. Anschließend sah ihr Missionsbefehl vor, sämtliche Technologie zu zerstören, die in fremde Hände fallen könnte. Sie würden das Fluggerät sprengen oder verbrennen müssen.

Merkwürdig fand Diana, dass die Ausrüstung vollständig vorhanden war. Es fehlte kein Stück. Vom Piloten des Schrotthaufens fehlte indes jede Spur.

Als sie die Umgebung absuchten, entdeckten sie zwei Feuerstellen in einer Mulde, 40 Meter vom Unfallort entfernt. Da es für einen einzelnen Menschen unsinnig ist, zwei Feuer zu unterhalten, konnte ihr Fund nur bedeuten, dass mehrere Bewohner des Waldes hier gelagert hatten. Vesta, die immer unruhiger wurde, je weiter sie sich vom Wrack entfernten, zupfte nervös an ihrem Oberschenkelholster.

»Lass uns zu den Streitwagen zurückgehen und uns richtig bewaffnen, bevor wir hier im Wald herumirren«, sagte sie, während sie in alle Richtungen schaute.

»Vorher sollten wir noch die Ausrüstung aus dem zerstörten Streitwagen retten und ihn abfackeln«, erwiderte Diana, die sich ebenfalls unwohl fühlte. Sie hatte das Gefühl unsichtbare Augen, würden sie aus dem Dickicht heraus beobachten.

»Einverstanden, aber das Abfackeln müssen wir aufschieben. Schließlich wollen wir erst einmal unentdeckt bleiben.« Vesta überprüfte ihre Pistole und steckte sie zurück in das Holster.

»Es ist doch merkwürdig, dass nichts von Apolls Ausrüstung fehlt«, sagte Diana, als sie wieder zum Wrack liefen.

»Hm … es ist alles mit diesem Airbag-Schaum eingesaut. Vielleicht hatten sie Angst, sich dem Trümmerhaufen zu nähern«, mutmaßte Vesta.

»Ja, die haben sich wahrscheinlich in die Hosen gemacht, als da plötzlich etwas vom Himmel gekracht ist. Aber was ist mit Apoll? Hätten sie sich nicht auch vor ihm fürchten müssen? Warum haben sie ihn mitgenommen? Und warum ist er überhaupt abgestürzt?« Für Diana ergab das Ganze keinen Sinn. Ihre Gleiter waren keine Prototypen, sondern das Produkt jahrelanger Entwicklung. In einen Orkan sollte man damit nicht fliegen, ansonsten waren die Maschinen aber überaus sicher konstruiert, trotz ihrer Leichtbauweise.

»Wenn ich das alles wüsste, würde ich's dir sagen«, entgegnete Vesta, während sie die Überreste des Fluggeräts auseinandernahm.

Eine Tür und mehrere Klappen waren so verbogen, dass sie sich gemeinsam dagegenstemmen mussten, um sie aufzubiegen. Ein Teil der Ausrüstung war unbrauchbar geworden. Viele Module waren jedoch gut gesichert. Trotzdem mussten sie die Ladung vom ausgehärteten Schaum befreien, der alles wie ein Kokon einschloss. Die Arbeit war mühsam und langwierig.

»Ich bin mir sicher, dass sie Apoll mitgenommen haben und er sich nicht irgendwo versteckt. Er hätte das Wrack nicht freiwillig verlassen, schon gar nicht ohne Ausrüstung«, überlegte Vesta laut, während sie an einer eingedellten Kiste zog. »Außerdem vermute ich, dass sie ihn nur deshalb mitnehmen konnten, weil er sich nicht gewehrt hat, oder nicht mehr wehren konnte. Andernfalls hätten wir hier Blut gefunden.«

Diana kehrte Vesta den Rücken zu und stieg zur anderen Seite des Wracks. Hier versuchte sie vergeblich, eine Box mit Medikamenten aus ihrer Halterung zu lösen.

»Aber warum gibt es nirgendwo Blut, weder auf dem Sitz noch auf den Armaturen, obwohl alles zerschlagen ist? Wenn er wirklich so hart auf der Erde aufgeschlagen ist, hätten wir doch irgendwo einen Tropfen finden müssen.«

»Du vergisst unsere wunderbaren Rüstungen. Selbst wenn wir uns die Knochen brechen, wird kaum ein Tropfen Blut nach außen dringen, solange wir den Anzug nicht öffnen.«

Diana stöhnte. »Oh je, hoffentlich kommen wir nicht zu spät. Ich will mir gar nicht vorstellen, was die mit ihm machen. Und ich weiß nicht, ob meine Fähigkeiten ausreichen, ihn später wieder zusammenzuflicken. Er ist schließlich der Gott der Heilkunst, ich hatte nur eine einfache Sanitätsausbildung.«

Als Göttin der Jagd und Geburt hatte sie einen Hebammenkurs sowie einen zweijährigen Sanitätskurs belegt. Wie immer hatten ihre Ausbilder versucht, den umfangreichen

Lehrstoff auf das Wesentliche zu kürzen. Zugleich war es aber ihr Anspruch, die Erfahrungen und Weisheiten der gesamten Menschheitsgeschichte in ihre Schüler zu pressen. Schließlich waren die auserwählten Kinder die Hüter des Wissens der letzten 2000 Jahre. Auch wenn die Computer und Datenbanken ihnen einen großen Teil der Last abnahmen, war der Druck enorm. Diana hatte diesem Druck standgehalten. Die Erwartungen der anderen nahm sie zur Kenntnis, gab ihr Bestes und kümmerte sich nicht um die hoffnungsvollen, enttäuschten oder stolzen Blicke ihrer Umwelt. Wenn sie umfiel, stand sie einfach wieder auf. Während ihrer harten militärischen Ausbildung hatte sie diese Einstellung perfektioniert und war da erfolgreich gewesen, wo andere Kandidaten zusammenbrachen. Nur als sie lebenden Menschen helfen sollte, als sie ihre realen Verletzungen behandeln musste, wäre der Druck beinahe zu groß geworden. Sie hatte die Prüfung, in der sie zehn Stunden lang Verwundeten helfen sollte, zwei Mal wiederholen müssen. Die Angst davor, zu versagen, Fehler zu machen und unnötiges Leid bei ihren Schutzbefohlenen auszulösen, hatte ihre Konzentration aufgelöst und sie schließlich zu Fehlern verleitet. Es war ihr bis heute nicht klar, wie sie diese Prüfung beim dritten Versuch bestanden hatte. Irgendwann war sie in einen Automatismus verfallen, aus dem sie erst wieder erwachte, als der endlose Marathon vorbei war.

»Also hier vorne am Bug hab ich alles Verwertbare abmontiert. Der Rest ist zu beschädigt und unbrauchbar. Willst du gleich die medizinische Ausrüstung bei dir verstauen?«, riss sie Vesta aus ihren Gedanken.

»Was? Äh, nein. Es ist besser, wenn wir erstmal alles bei dir aufladen, dann kann ich Apoll mitnehmen, falls wir ihn finden. Zusammen mit der Ausrüstung bekomme ich ihn nicht weg.«

Ihre Gleiter verfügten über eine kleine Ladefläche ganz vorne am Bug. Mit ihr war es möglich, zusätzliche Lasten zu transportieren. Zwei Stützen ließen sich so umgeklappten, dass auch ein liegender Passagier festgeschnallt werden konnte. Die medizinischen Geräte bildeten die wertvollste Fracht in Apolls Streitwagen, entsprechend gut waren sie gesichert.

Alle Teammitglieder verfügten über dieselbe modulare Grundausstattung. Darüber hinaus besaß jeder Zeitreisende eine einzigartige Ausrüstung, die an seine göttliche Spezialisierung angepasst war. Apoll als Gott des Lichts, der Heilung und der Künste hatte medizinische Geräte bei sich. Diana als Göttin der Jagd, des Mondes, der Geburt und Beschützerin der Frauen und Mädchen führte ihrerseits die Medikamente, Verbände und Seren mit sich, die bei Apoll keinen Platz mehr gefunden hatten. Andererseits verfügte sie auch über die stärkste Bewaffnung. Sie besaß, wie alle anderen Götter, eine kleine vollautomatische Pistole sowie eine Handvoll unterschiedlicher Granaten. Ebenso führte sie als Jägerin einen vorzüglich gearbeiteten Bogen und ein Dutzend spezieller Pfeile mit sich. Als einziges Teammitglied besaß sie ein leichtes Gewehr mit mittlerer Durchschlagskraft und hoher Reichweite.

Die Bewaffnung der Götter stellte anfangs einen der größten Streitpunkte in der Führungsetage der Phönix Initiative dar. Mehrere Vorstandsmitglieder hatten sich dafür ausgesprochen, so weit wie möglich auf Waffen zu verzichten. Sie argumentierten, dass die Götter auch ohne Schusswaffen derart Eindruck machen würden, dass diese unnötig seien. Außerdem sollte verhindert werden, dass zerstörerische Technologie in die falschen Hände gerät. »Feuerwaffen in Barbarenhänden würden die Entwicklung der Menschheit eher zurückwerfen als voranbringen«, behaupteten sie. Die Gruppe der Hardliner vertrat die Ansicht, dass nur aus einer Position der Macht heraus alle notwendigen Reformen durchgeführt werden könnten. Die Menschen der Antike verstünden nur die Sprache des Kampfes.

Schließlich einigte man sich auf einen Kompromiss, mit dem alle Seiten unzufrieden waren. Nur ein einziges Teammitglied erhielt eine militärische Kampfausbildung und wurde umfangreich bewaffnet.

In diesem Augenblick freute sich Diana, dass man ihr diese zusätzliche Bewaffnung anvertraut hatte. Trotzdem entschied sie sich, ihr Gewehr im Streitwagen zu lassen. Dies war eine Rettungsmission, kein Kriegseinsatz.

Sie und Vesta hatten die geborgene Ausrüstung verstaut und waren endlich bereit, ihre Suche zu beginnen. Sie verließen die Lichtung und betraten den dichten Mischwald.

»Was sagt deine KI, wo wir uns befinden?«, fragte Vesta, die vom Schleppen etwas ins Schwitzen geraten war.

»Cassandra meint, in unserer Zeit wäre das ein Naturpark mit dem Namen Dübener Heide.«

»Nun in dieser Zeitlinie ist es ein Urwald mit dem Namen Undurchdringlicher Alptraum«, erwiderte Vesta, die gerade über einen umgekippten Baumstamm kletterte.

»Du hast recht. Obwohl die Bäume kein Laub mehr tragen, ist es ziemlich düster und man kommt kaum voran.«

»Warte mal«, sagte Vesta. »Meine KI meint, dass wir hier hinter den zwei Ulmen entlang gehen sollen.«

»Was davon sind gleich nochmal Ulmen?«, fragte Diana leise kichernd.

»Folge mir. Ich kann die Bäume auch nicht so gut auseinanderhalten. Aber zum Glück habe ich meine liebe KI. Adam erklärt mir hübsch alle Bäume des Waldes, warnt mich vor Germanen und kann auch noch die Spuren besser erkennen als ich. Das hier ist übrigens eine Kiefer.«

Diana grinste und meinte: »Danke, Kiefern und Birken kann ich auch noch unterscheiden. Beim Rest wird es aber schon schwer.«

»Es wundert mich, dass sie nicht gleich Roboter in unsere Rüstungen gesteckt und sie als Götter hierher gesandt haben.«

»Oh, ich wette sie haben darüber nachgedacht«, entgegnete Diana und hielt kurz inne, um sich unter einem tiefen Ast hindurch zu zwängen. Sie gingen noch einige Minuten weiter, während sie sich zur Ablenkung leise mittels Helmfunk über belanglose Themen unterhielten.

Irgendwann blieb Vesta hinter ihr zurück, um die abgenagten Knochen eines verendeten Wildtiers zu begutachten. Aus den Augenwinkeln sah Diana zufällig, wie Vesta langsam ihre Waffe aus dem Holster zog und auf ihren Rücken zielte. Voller Entsetzen wollte sie sich gerade umdrehen, als eine Gestalt aus der Kiefer unmittelbar neben Vesta auf die Göttin herabsprang. Das Wesen aus dem Baum schrie ohrenbetäubend. Es verfehlte Vesta knapp, streifte sie aber mit dem Arm. Diana sah, wie eine leichte Keule mit steinerner Spitze auf Vestas Schulter sauste. Vesta, die kurzzeitig das Gleichgewicht verloren hatte, reagierte überraschend schnell und ließ sich nach hinten fallen. Es klickte viermal innerhalb eines einzigen Herzschlages. Einen Augenblick später lag die Gestalt reglos am Boden. Vestas Pistole hatte die Brust des Angreifers spielend durchlöchert.

Diana zog ihre Waffe und rannte zurück. »Verdammt, der ist ja keine 15 Jahre alt«, sagte sie und spähte erst auf den Jungen und dann in alle Richtungen.

»Scheiße. Wieso ist der Idiot auch auf die bescheuerte Idee gekommen, mich anzugreifen«, sagte Vesta. Sie gab dem Toten einen leichten Tritt mit dem Fuß, bevor sie sich schüttelte und abwandte. Diana fröstelte es jetzt, trotz ihrer warmen Rüstung. Ihr Magen krampfte, sie hatte Mühe, ihre Gefühle zurückzuhalten.

»Ich glaube, das war ein Späher oder eine Wache. Er hat laut geschrien, um die anderen zu warnen. Er wollte uns sicherlich einige Zeit aufhalten«, stellte sie sachlich fest, obwohl sie den Blick nicht von dem bartlosen Jungen wenden konnte, der blutüberströmt vor ihnen auf dem Waldboden lag.

»So ein Mist!«, fluchte Vesta laut. »Das bedeutet, dass hier noch mehr Germanen sind, die jetzt genau über unsere Position Bescheid wissen.«

»Lass uns ein paar hundert Meter Richtung Osten gehen und uns ein kleines Versteck suchen. Von da starten wir eine Minidrohne und schauen uns an, wer bei dem Toten auftaucht und wohin er geht«, schlug Diana vor.

»Du willst den toten Jungen als Köder verwenden? Diese kalte Berechnung hätte ich dir gar nicht zugetraut«, sagte Vesta, während sie Diana stirnrunzelnd musterte. Als sie ihren wütenden Blick sah, schob sie sofort hinterher: »Das ist eine gute und absolut professionelle Idee. Es bringt nichts, hier weiter wie dumme Hühner herumzustehen.« Dann ging sie voran. Diana fühlte sich grausam und elend zugleich. Der Tote würde sie noch wochenlang in ihren Träumen heimsuchen.

»Woher hast du eigentlich gewusst, dass jemand auf dem Baum lauert? Cassandra hat vorher nichts entdecken können.«

»Instinkt«, sagte Vesta ein bisschen zu schnell, um dann zu ergänzen: »Nein, natürlich hat mich Adam, meine KI, gewarnt.«

»Dann braucht Cassandra dringend ein Update von deinem Adam«, sagte Diana. Sie versuchte, gleichzeitig flink und lautlos durch den Urwald zu pirschen, was ihr weitestgehend misslang.

Nach wenigen Minuten fanden sie eine flache Kuhle, die von vertrockneten Gräsern und stacheligen Brombeersträuchern umschlossen war. Sie legten sich auf den kalten, feuchten Boden und verschmolzen mit ihrer Umgebung. Diana nahm eine ovale Kapsel von ihrem Gürtel und zauberte eine Drohne von der Größe einer Hornisse hervor. Die Drohne hatte nicht nur die Ausmaße, sondern auch die Wendigkeit und Lautstärke einer Hornisse, was ihr den entsprechenden Spitznamen verschafft hatte.

Während Cassandra die Drohne durch das dichte Gestrüpp steuerte, verfolgten Diana und Vesta gebannt die übertragenen Bilder. Nach wenigen Sekunden hatte die Hornisse genau jene Strecke zurückgelegt, für die die beiden Göttinnen minutenlang durch den Wald gekraucht waren. Nun schwebte sie 25 Meter über dem toten Jungen in der Luft. Vorhin hatte Diana weitgehend kühl reagiert. Nun wurde ihr vollends übel, als sie den blutigen Körper reglos in der Tiefe sah. Sie hatten einen Menschen getötet. Schon an ihrem ersten Tag in dieser Zeitlinie hatten sie jemanden umgebracht. Was bedeutete das für ihre Mission? Vesta tat so, als berühre sie das alles nicht, sie ließ sich nichts anmerken. Doch für Diana war ein Menschenleben nichts Belangloses. Sie hasste das Töten. In Zukunft mussten sie es vermeiden, wo es nur ging!

Nach einer Ewigkeit konnten sie leichte Bewegungen im Sichtfeld der Drohnenkamera erkennen. Sie zoomten näher heran und vergrößerten den rechten Bildausschnitt. Anfangs sah man nur vereinzelte Körperteile im Unterholz aufblitzen. Hier tauchte eine Hand hinter einem Ast auf, da lugte ein halber Kopf aus einem Busch. Endlich wurden die Konturen deutlicher. Sechs Körper schälten sich aus dem Strauchwerk. Es handelte sich um Männer verschiedenen Alters. Der Jüngste hatte einen leichten Flaum im Gesicht, während der älteste mit einem mächtigen weiß-grauen Bart protzte. Sie alle trugen warme Hosen und grob gewebte Leinenhemden, über die vernähte, enganliegende Felle gelegt waren. Drei der Männer besaßen dunkel eingefärbte Wollmäntel, die mit metallenen Fibeln zusammengehalten wurden. Auch auf dem Kopf trugen sie aus Fell gefertigte Mützen, die ihnen tief ins Gesicht hingen. Ihre schmucklose Kleidung verriet kaum etwas über ihre Stammeszugehörigkeit oder mögliche Statusunterschiede. Lediglich die Bewaffnung ließ Rückschlüsse über eine Hierarchie zu. Die drei Mantelträger besaßen Kurzschwerter, die am Knauf eine einfache Rune zierte. In der linken Hand trugen sie bunt bemalte Holzschilde, die mit dünnem Leder bespannt waren. Rund um die eisernen Schildbuckel wanden sich die verzerrten Fratzen einheimischer Wildtiere. Diana meinte einen Eber, einen Hirsch und einen Wolf zu erkennen. Da der alte Graubart noch eine Axt und einen schlichten Dolch am Gürtel trug, vermutete Diana in ihm den Anführer der Gruppe. Die zwei anderen Männer führten lediglich Wurfspieße mit einer schmalen eisernen Spitze und zeichneten sich sonst kaum durch individuelle Erkennungsmerkmale aus. Als sie den Toten erreichten, grunzten und spuckten sie leise, verfielen aber nicht in lautes Geheul oder wütendes Gebrüll, so wie Diana es erwartet hatte. Stattdessen redeten sie leise und ruhig miteinander. Anschließend untersuchten die beiden Spießträger die nähere Umgebung des Fundortes.

»Kannst du uns sagen, zu welchem Stamm diese Krieger gehören und ihre Worte übersetzen?«, fragte Diana ihre KI. Obwohl sie mehrere hundert Meter entfernt lagen, flüsterte sie.

»Aufgrund unseres Standortes könnten es Hermunduren oder Markomannen sein. Obwohl die Linguistik und die Altertumsforschung im letzten Jahrhundert große Fortschritte gemacht hat, bin ich nicht in der Lage auch nur eine einzige der alten germanischen Stammessprachen simultan zu übersetzen. Im Vergleich zum Lateinischen, Aramäischen, Hebräischen oder Altgriechischen, die ich problemlos in Echtzeit übersetze, sind zu wenige Zeugnisse aus dem Kulturkreis der Germanen überliefert. Unter Rückgriff auf andere elbgermanische Sprachen und gemeinsame historische Vorläufer bin ich vielleicht in der Lage, einzelne Wörter oder Satzfetzen zu erkennen. Mehr ist jedoch nicht möglich, solange wir nicht mehr von ihrer Sprache erfahren.«

»Schade, dass Mercurius nicht hier ist, er hat sich im Bereich Kommunikation spezialisiert«, meinte Vesta, die ebenfalls mitgehört hatte. »Kannst du uns wenigstens ein bisschen mehr über die Germanen sagen?«

»Ich kann 293 Vorlesungen aus den letzten 150 Jahren zum Thema abspielen, 345 digitalisierte Fachbücher, tausende historische Quellen sowie Dutzende Dokumentationen und interaktive Lernmodule dazu anbieten. Ich könnte sogar ein paar animierte Germanen an den nächsten Baumstamm projizieren«, sagte Cassandra spöttelnd.

»Hui, du hast deiner KI aber einen charmanten Charakter verpasst. Mein Adam hört brav aufs Wort«, stellte Vesta ironisch fest.

»Danke, mein Charakter ist absolut umwerfend. Ich brauche konkrete Fragen, damit ich konkrete Antworten geben kann«, erwiderte der Computer.

»Ach, Cas«, Diana stöhnte, »bitte gib uns eine ganz kurze Zusammenfassung zu den Hermunduren oder Markomannen, oder wie die heißen, und ihrer Lebensweise.«

»Wie viele von denen leben hier, wie reagieren die auf römische Schönheiten, könnten wir uns als deren Götter ausgeben und so weiter? Oder soll ich Adam fragen?«, ergänzte Vesta.

Cassandra verwendete absichtlich eine blecherne und abgehackte Computerstimme aus der Anfangszeit der Digitalen Revolution, um den ersten Satz vorzutragen.

»Die Hermunduren waren ein germanischer Volksstamm, der lange Zeit am Oberlauf des Flusses Elbe siedelte. Durch fortwährende Angriffe der Goten und Vandalen sowie Missernten und Hungersnöte in ganz Mitteleuropa, gerieten sie, wie viele andere Stämme auch, in Bedrängnis. Immer mehr Germanen versuchten daher ins Römische Reich zu flüchten. Noch zu Beginn des 2. Jahrhunderts ließen die Römer ganze Dörfer verbündeter Stämme ihre Grenzen passieren und wiesen ihnen neues Siedlungsland zu. Mit der Zeit nahm die Zahl der Flüchtlinge jedoch dramatisch zu. Ganze Stämme verlangten nun um Aufnahme ins Reich. Das Reich war inzwischen aber an reale oder vermeintliche Kapazitätsgrenzen gestoßen. Die Römer befürchteten wirtschaftliche, soziale und militärische Probleme, wenn sie weiterhin Wirtschafts- und Kriegsflüchtlinge aufnehmen sollten. So schotteten sie sich ab und bekämpften alle, die sich Zutritt zu verschaffen suchten. Damit brachten sie aber immer mehr Germanen gegen sich auf. Für viele Stämme schien es attraktiver, sich gegen die wohlhabenden Römer zu wenden, als sich weiter Krieg und Elend im östlichen Germanien auszusetzen. Einen ersten Höhepunkt fand diese Auseinandersetzung in den Markomannenkriegen 166 bis 180, in denen Hermunduren, Markomannen und andere Völker gemeinsam gegen die Römer kämpften. – Wir befinden uns also in einer Situation höchster Anspannung im Vorfeld eines aufziehenden Krieges. –

Da ihr zahlreiche römische Hoheitszeichen und Verzierungen an euren Rüstungen und Helmen tragt, ist es unwahrscheinlich, dass sie euch als ihre Götter anerkennen werden. Ebenso ist es fraglich, ob euch die Germanen übermäßig höflich und zuvorkommend behandeln werden, bei all ihrem Groll auf die Römer. Realistischer wäre es, davon auszugehen, dass sie euch für böse Geister oder Dämonen halten. Gleichzeitig rate ich aber davon ab, diese Leute zu unterschätzen. Sie sind keine wilden Barbaren, wie sie die römische Geschichtsschreibung gerne dargestellt hat. Wie sie in der Vergangenheit bewiesen haben, sind sie zähe und anpassungsfähige Menschen, die in der Wildnis überleben.

Es ist wahrscheinlich, dass wir uns im weiteren Umkreis eines Dorfes befinden. Unwahrscheinlich ist hingegen, dass in dieser Siedlung mehr als 300 Personen leben. Ich empfehle sehr, von einer militärischen Intervention abzusehen«, beendete Cassandra ihren Vortrag.

»Adam, stimmst du den Aussagen zu?«, fragte Vesta.

»Also bitte, als wenn der brave Automat mehr wüsste als ich.«

»Ihre Angaben entsprechen unserem Wissenstand«, sagte Adam ohne ein weiteres überflüssiges Wort.

Inzwischen hatte der älteste Krieger mit dem Blut des Verstorbenen ein Zeichen auf den Stamm der Kiefer gemalt und einige Gesten vollführt. Anschließend legte der junge Spießträger seine Waffen ab und nahm den Toten auf den Rücken. Er verließ den Ort zusammen mit dem Graubart, während die übrigen Männer an der Kiefer warteten.

»Sie werden zurück in ihr Dorf oder Lager gehen, den Toten abliefern und dann noch mehr Krieger schicken, um das Gebiet hier zu durchkämmen. So würde ich es zumindest tun«, meinte Diana.

»Dann sollten wir uns beeilen und den zwei Männern zum Dorf folgen«, erwiderte Vesta. »Cassandra verfolgt die zwei mit der Hornisse, während wir langsam hinterhergehen.«

Sie schlichen fast 25 Minuten lang hinter den Germanen her, die einen Trampelpfad benutzten und damit wesentlich schneller vorankamen. Obwohl sie sich alle Mühe gaben, keine Geräusche zu machen, knackten Dutzende Äste unter ihren Zehen. Glücklicherweise hielten sie einen so großen Abstand, dass sie nicht bemerkt wurden. Anfangs war der Wald dicht und modrig feucht, dann aber lichtete sich das Gehölz. Überall sah man nun die Spuren menschlicher Aktivität. Lange Furchen zogen sich durch den Waldboden und Steine waren zu kleinen Haufen aufgeschichtet. Baumstümpfe zeugten vom Holzeinschlag. Einmal entdeckten sie sechs Schweine auf einer von Buchen eingerahmten Waldlichtung. Sie wurden von einem zerlumpten Mädchen bewacht und wühlten im Schlamm.

Sie umgingen die Lichtung in weitem Bogen und näherten sich schließlich der Siedlung. Mit Hilfe der Drohne verschafften sie sich einen Überblick, während sie sich am Waldrand versteckt hielten. Sie beobachteten, wie die zwei Männer mit dem toten Jungen ein niedriges Haus betraten. Das Dorf bestand aus etwa 20 Langhäusern und einigen Hütten, die wie Schuppen oder Ställe aussahen. Die Gebäude standen scheinbar planlos auf ebener Fläche verteilt und waren alle aus Holz und Lehm gefertigt. Es existierten weder gepflasterte Wege noch eine Mauer oder Palisade. Einzig ein Zaun aus Rindenstücken friedete die Ansiedlung ein. Sowohl innerhalb als auch außerhalb dieser Begrenzung hielten die Bewohner Vieh in einfachen Gattern, die häufig leer standen. Vermutlich hatten die Dörfler die Tiere im Herbst geschlachtet oder als Wärmespender mit in ihre Häuser genommen. Um die Siedlung herum lagen kleine abgegrenzte Felder, die nun im Winter verwaist dalagen. Außerhalb der Hütten waren nur wenige Menschen zu sehen. Zwei Burschen hackten Feuerholz. Ein paar Kinder spielten mit einem Hund. Ein Mädchen bewarf eine Krähe mit Steinen. Alles schien einfach und ärmlich. Bis auf die geschnitzten Figuren in den Balken der Häuser und die bemalten, mit

Leder überzogenen Eingangstüren gab es kein Schmuckwerk, keine Verzierungen. Die Kleidung der Dörfler sah farblos und abgerissen aus. Ihre Gesichter wirkten mager und ausgezehrt. Einzig die gewaltige Eiche am Rande des Dorfes machte einen majestätischen Eindruck. Sie war kräftig und hochgewachsen, hatte starke Wurzeln und trug noch immer ihre trockenen braunen Blätter, während alle anderen Laubbäume längst kahl standen. In ihre Rinde waren Dutzende kleiner und großer Symbole eingeritzt. Sie wurden umrahmt von Blut oder roter Farbe. Zwischen die Zeichen waren spitz zulaufende Beinknochen in die Borke getrieben worden, an denen Gräser und Kräuter hingen. Am Fuße des Stammes thronte ein frisch aufgeschütteter Berg lehmiger Erde. Aus dem kindshohen Hügel ragte ein Kopf heraus. Neben ihm lag ein reich verzierter Helm.

»Verflucht, das ist Apoll. Diese Barbaren haben ihn geopfert und begraben«, sagte Diana angewidert.

»Nein, er lebt noch. Von ihm geht noch zu viel Wärme aus«, erwiderte Vesta, die das Wärmebild betrachtete. »Ich schätze, sie haben ihn lebendig begraben und wollen, dass er irgendwie mit ihrem heiligen Baum verwächst.«

»Das ist abstoßend und unmenschlich! Wenn er noch lebt, müssen wir ihn sofort da rausholen«, meinte Diana, die schon im Begriff stand aufzuspringen und loszurennen.

Vesta hielt sie am Arm fest. »Warte! Willst du einfach so dahin spazieren und ihn ausgraben? Sollten wir uns nicht einen etwas raffinierteren Plan ausdenken, du Militärgenie?«

»Nein! Es muss schnell gehen! Wir können nicht warten, bis es Nacht ist. Wir können nicht mit Lärm einfallen, weil sonst gleich alle Bewohner auf den Beinen sind. Wir brauchen uns aber auch nicht anschleichen. Denn bei dem Gelände und unserer Aufmachung werden wir irgendwann sowieso entdeckt. Dass die Dörfler freundlich und zuvorkommend reagieren, wenn wir uns erst stotternd vorstellen, halte ich ebenfalls für ausgeschlossen. Was wir also tun können, ist zügig zum Baum zu gehen und zu graben. Ob die Bewohner ängstlich reagieren oder aggressiv, wird sich zeigen. Das ist der Plan und jetzt komm!«

In gebücktem Laufschritt bewegten sie sich zur blutigen Eiche. Wie durch ein Wunder waren die Kinder, die sie hätten sehen müssen, hinter einem Langhaus verschwunden. Als sie unbehelligt am Erdhügel ankamen, prüfte Diana sofort Puls und Atmung. Sie stellte erleichtert fest, dass Apoll lebte, auch wenn er nicht reagierte. In Ermangelung anderer Werkzeuge wühlten die beiden Göttinnen mit ihren bloßen Händen im feuchten Lehmboden. Ihre Handschuhe zogen sie aus. Sie hatten bereits sehr viel Erde bewegt, als Cassandra sie warnte: »Achtung, gleich werdet ihr gesehen.«

»Unser Bergbau hier wird in jedem Fall entdeckt, verstecken nützt nichts!«, sagte Diana und grub weiter. Wenige Sekunden später hallte ein kindlicher Schrei durch das Dorf und ein kleines Mädchen raste erst auf seine Spielkameraden und dann auf eines der Langhäuser zu. Für den Bruchteil einer Sekunde spürte Diana ihre Pistole und spielte mit dem Gedanken, das Kind aufzuhalten. Dann schüttelte sie sich und begann mit neuer Anstrengung zu graben. Es gelang ihnen, Apoll soweit freizuräumen, dass sie ihn mit vereinten Kräften aus seinem Erdloch ziehen konnten. Inzwischen klebten sie voller Dreck und Schweiß.

Eine kleine Schar bewaffneter Männer eilte auf sie zu. Ein Horn erklang und kurze Zeit später lugten auch aus anderen Hütten Gesichter hervor. Diana und Vesta hatten ihren Kameraden gerade fünf Meter vom Baum weggezogen, als sie die Gruppe Bewaffneter erreichte. Diana drehte an der Unterarmschiene ihrer Rüstung, so dass verschiedene Knöpfe sichtbar wurden. Sie drückte eine gelbe Taste und ein gewaltiger Schrillarlam kreischte über den Platz. Ohne Helm hätte sie wahrscheinlich schwere Gehörschäden davongetragen. Denn der Lärm war unerträglich und ging einem durch Mark und Bein. Die Männer erschraken und wichen gut 25 Meter zurück, während sie versuchten, sich die Ohren zuzuhalten. Diana deaktivierte den Alarm wieder. Die Dörfler schrien und spuckten, kamen jedoch nicht näher. In den nächsten 2

Minuten gelang es Diana und Vesta, den bewusstlosen Apoll 200 Meter weiter zu schleppen, während die Männer den Abstand beibehielten. Inzwischen hatte sich die Zahl ihrer Gegner vervielfacht. Fast 50 Bewaffnete standen in einem Halbkreis um sie herum.

»Verdammt, ich hab seinen Helm vergessen«, sagte Vesta plötzlich und schlug sich selbst gegen den Kopf.

»Okay, geh zurück und hol ihn. Aber laufe langsam und rückwärts, so dass du unsere Freunde im Blick behältst. Ich probiere es jetzt mit Diplomatie.«

An Cassandra gewandt fügte Diana hinzu: »Ich weiß, es ist unmöglich, aber bitte, bitte, bitte versuche, wenigstens einzelne meiner Worte zu übersetzen. Vielleicht verstehen sie wenigstens einen Teil. Und sprich möglichst laut.«

»Ich kann nichts versprechen!«, entgegnete die KI.

Während Vesta langsam und bedacht rückwärts zur heiligen Eiche schritt, setzte Diana zur Eröffnung an: »Ich Grüße Euch.« Unbekannte Laute schalten aus dem Lautsprecher an ihrem Helm. »Wir sind gekommen, um unseren Freund zu holen.« Noch mehr unbekannte Schnalzlaute. Sie zeigte auf den am Boden Liegenden. »Wir werden euch kein Leid antun.« Irrte sie sich, oder verfinsterten sich die Gesichter?

Sie hob theatralisch die Hand. »Bleibt zurück!« Ein Gestöhne und Geschrei ging durch die Reihen der Dorfbewohner. Einer trat einen Schritt vor. »Ich wünsche Frieden.« Ein zweiter ging einen Schritt vor. »Zwingt mich nicht zur Gewalt.« Immer mehr Bewaffnete kamen jetzt auf sie zu. Diana aktivierte den Schrillarlam. Die Männer erstarrten und zuckten zusammen. Zwei Dutzend flohen weiter nach hinten. Kinder und Tiere schrien, Frauen geiferten.

»Okay, ich habe den Helm, ich komme wieder vor zu euch«, teilte ihr Vesta über den Helmfunk mit. Der schreckliche Ton schrillte immer noch in einer ohrenbetäubenden Lautstärke, während die Männer krampfhaft versuchten, ihr Gehör zu schützen. Da nahm einer aus der ersten Reihe mit schmerzverzerrtem Gesicht die Hände von den Ohren und ging einen Schritt weiter auf Diana zu. Drei andere sahen dies und folgten seinem Beispiel. Sie waren jetzt nur noch 15 Meter entfernt. Diana wich unwillkürlich zurück.

»Bleibt stehen!«, schrie sie. »Verdammte Idioten, ich will euch nicht töten!« Der erste Mann grinste und begann unverständlich zu brüllen. Wieder steckte er mehrere seiner Kameraden an, die nun ebenfalls anfingen, aus vollem Halse zu schreien. Nach wenigen Sekunden schien es, als würde das ganze Dorf versuchen, ihren Alarmton zu übertönen. Noch 12 Meter. Diana wich wieder zwei winzige Schritte zurück. Sie hatte die rechte Hand jetzt am Holster, mit der linken Hand griff sie nach der hochdosierten Tränengasgranate an ihrem Gürtel. Sie brauchte nicht töten. Da rannte der erste Mann los und gemeinsam mit ihm, wie auf ein Zeichen, rannten sie alle brüllend und mit erhobenen Waffen. Diana hob schon den Arm zum Wurf, als sie unsanft nach hinten gerissen wurde und auf den Rücken krachte. Noch im Fallen sah sie die matt aufflackernden Feuerstöße, die so schnell hintereinander aufblitzten, dass sie wie eine einzige Stichflamme wirkten. Als sie sich benommen hochrappelte, hatte Vesta ihr gesamtes Magazin verschossen und wollte gerade nachladen. Voller Entsetzen schrie sie auf: »NEIN, VESTA!«, und stürzte auf die Wahnsinnige zu. Im letzten Moment rammte sie Vesta von der Seite, so dass ihre zweite Salve ins Leere ging.

»Bist du bescheuert!?«, brüllte Vesta, die sich gerade noch mit einem Arm abfangen konnte.

Diana reagierte nicht darauf. Sie rappelte sich auf, sah sich um, und kippte abermals nach vorne. Auf den Knien hockend erbrach sie sich in den feuchten Schlamm. Sobald sie den Kopf hob, offenbarte sich ihr ein Anblick des Grauens. Vor ihr und um sie herum lagen zuckende, schreiende oder ganz und gar reglose Dorfbewohner. Den unmittelbar vor ihr liegenden Mann hatte eine Kugel in den Nacken getroffen. Er presste die blutverschmierten Hände an den Hals und sog die Luft mit einem widerlichen Röcheln ein, während er mit weit aufgerissenen Augen zuckte und krampfte. Gleich neben den schnellsten Angreifern lag Apoll, der wie durch ein Wunder unverletzt geblieben war. Zwei ausgefranste Einschusslöcher im Boden links und rechts neben ihm, zeugten von seinem unerhörten Glück. Vesta musste die Waffe breit und ungezielt durch die Luft gezogen haben, während die Kugeln vollautomatisch herausschossen.

Wer nur leicht oder gar nicht getroffen war, floh in blinder und panischer Hast in den nahen Wald. Diana registrierte es, ohne zu verstehen, was sie sah.

Zwei zitternde Weiber in dreckigen braunen Kleidern zerrten ein schreiendes Kind mit brutaler Gewalt hinter sich her. Eine junge Mutter hielt ihren weinenden Säugling in einer Hand und packte ein hysterisch brüllendes Kleinkind bei den Haaren. Das kleine Mädchen wütete indes mit solch besessener Raserei, dass das Haarbüschel heraus riss und das Kind mit dem kleinen Gesichtchen hart auf den Boden schlug.

All diese Eindrücke wirkten auf Diana nicht real, sondern wie in einem Film, in dem man die Musik stumm geschaltet hatte. Sie war gar nicht wirklich hier. Sie betrachtete die Szene dieses gruseligen Stummfilms nur als Zuschauer, der jeder Zeit weggehen oder umschalten könnte. Durch die eingeschränkte Sicht ihres Helms verstärkte sich dieser Eindruck noch. Fast wirkten die Grimassen und Bewegungen der Figuren lächerlich. Wie sie so übertrieben zuckten und krampften. Und auch der maßlose Ozean aus Blut und Innereien, der sich mit dem Dreck vereinigte… das konnte nur dem Geist eines übereifrigen Drehbuchautors entsprungen sein.

Während Diana auf den rotgefärbten Schlamm stierte, merkte sie, wie sich ein einzelner Ton in ihr Bewusstsein schlich. Ganz leise flüsterte da etwas in ihren Ohren. Ein Geräusch nagte an ihr, verbiss sich und wollte unbedingt ihre Beachtung erringen. »Diiiiii…Diana…«

»Diana, stell den verdammten Lärm ab! … Diana, bist du jetzt völlig weggetreten?« Die Figur aus dem Film sagte etwas zu ihr, sie wollte irgendetwas, aber sie sprach so leise. Diana konnte sie einfach nicht richtig verstehen. Sie strengte sich an und versuchte genau hinzuhören. Das Flüstern wurde deutlicher. Plötzlich merkte sie, dass da noch ein anderes Geräusch war, ein sachtes Fiepen im Hintergrund, wie ein akuter Tinnitus. Der Ton wurde schlagartig immer lauter und schmerzhafter. Er wandelte sich in ein hämmerndes Dröhnen. Diana hatte das Gefühl, ein vielgliedriges Insekt würde sich von außen durch das Trommelfell in ihren Kopf wühlen. Sie presste sich verzweifelt die Hände an den Schädel und sah nach oben. Die Filmfigur zeigte auf ihren Unterarm und schrie etwas Undeutliches.

Endlich begriff Diana und drückte den gelben Knopf.

Sie brauchte einige Minuten, um sich daran zu erinnern, was passiert war. Noch immer klingelte es gnadenlos in ihren Ohren. Beim harten Sturz auf den Rücken hatte sich ihr Helm ein kleines Stück verschoben und ihr Gehör war nicht mehr gegen den eigenen Schrillalarm geschützt gewesen. In unmittelbarer Nähe zur Geräuschquelle und unter dem Eindruck des Schocks war sie so von Reizen überflutet worden, dass sie den unerträglichen Lärm als Stille empfunden hatte. Ihre Sinne hatten ausgesetzt, meldeten sich nun aber ohne Gnade zurück.

Nach fünf Minuten fühlte sie sich stark genug, um das Stück bis zu Vesta hinüber zu laufen. Diese hatte in der Zwischenzeit ein etwa 30 Zentimeter breites und 2 Meter langes Brett aus hellem Birkenholz herbeigeschafft und neben Apoll gelegt.

»Geht es dir besser?«, fragte Vesta. »Ich war vorhin schon mal bei dir, aber da hast du mich gar nicht richtig wahrgenommen.«

»Ja, äh, danke. Ich kann dich auch jetzt noch nicht verstehen. Ich glaube, ich habe einen Hörsturz. Cassandra erzeugt für mich einen Untertitel auf dem Visier-Display, damit ich deine Worte lesen kann.« Diana sagte dies und war sich nicht sicher, ob sie schrie oder flüsterte.

»Okay, ich verstehe. Dann werde ich langsam reden. Lass uns zuerst über unseren Abzug von hier beraten.«

»Oh nein!«, entgegnete Diana, bei der nach dem Schock nun die Wut aufloderte. »Als Erstes reden wir über dieses

Massaker!« Sie zeigte auf den Ort des Gemetzels, der nun einige Meter entfernt lag.

»Wieso?!« Diana hatte Schwierigkeiten, die richtigen Worte zu finden, so viel Zorn, Scham und Entsetzen stürzten auf sie ein. »Wieso hast du das getan? Zwei volle Magazine… Das ist… das ist Wahnsinn! Sieh es dir doch an. Sieh hin!«

Sie konnte sich kaum beherrschen, während Vesta sich mit ihrer Antwort Zeit ließ.

»Und ich nahm an, gerade du solltest das verstehen. Was denkst du denn, was passiert wäre, wenn die uns erreicht hätten? So schön unsere Anzüge auch sind, die hätten uns zerfetzt. Die hätten uns überwältigt und so lange auf uns eingedroschen, bis nur noch Matsch übriggeblieben wäre.« Den letzten Satz sprach Vesta schon nicht mehr ganz so ruhig und beherrscht.

»Ich wollte gerade eine Tränengasgranate werfen. Die sind so hoch dosiert, dass ihnen niemand ohne Gasmaske widerstehen kann. Zwar hätten sich dann alle kotzend auf dem Boden gewunden, aber sie wären nicht tot. Du hättest sie doch nicht alle umbringen müssen. Wir hätten sie einfach kampfunfähig machen oder vertreiben können.«

»Deinen Schrillalarm haben sie ignoriert und genauso wären sie auch beim Tränengas weiter auf uns zu marschiert«, versetzte Vesta wild gestikulierend.

»Das ist Schwachsinn! Aber das kann ich dir leider nicht mehr beweisen, denn jetzt sind sie tot!«, rief Diana.

»Es ist unglaublich, wie undankbar du bist. Ich rette in letzter Sekunde unser beider Leben und du machst mir hier Vorwürfe. Denkst du denn, das hat mir Freude bereitet? Hältst du mich wirklich für eine eiskalte Mörderin?« Vesta war jetzt ganz nah an Diana herangetreten und presste ihr den Zeigefinger gegen die Brust. Diana rührte sich nicht. Eine falsche Bewegung und sie würde Vesta in den Boden stampfen.

»Unser aller Leben retten…, dass ich nicht lache. Du hättest Apoll beinahe abgeknallt, so rücksichtslos hast du in die

Menge geschossen. Du hast aus Feigheit, Unbedachtheit oder schlimmeren Motiven gehandelt.«

Vesta ballte beide Fäuste, während Diana einen Schritt zurückging und eine Verteidigungshaltung einnahm. Die Spannung in der Luft war greifbar und Diana meinte, durch das bernsteinfarbene Visier hindurch die Mordlust in Vestas Augen zu sehen. Plötzlich erklang ein lautes und langes Husten neben den beiden Kontrahentinnen. Apoll drehte sich schniefend und spuckend vom Rücken auf die Seite und zog die Beine an. Aus Mund und Nase flossen dünne Schleimfäden. Kleine Blätter und feuchte Erdkrumen klebten ihm überall im Gesicht. Auch seine kurzen Haare waren mit Erde und Blut beschmiert. Erst jetzt, da er vorsichtig die Augenlider einen Spalt weit öffnete, fiel Diana auf, dass sie ihn bei all der Aufregung noch gar nicht richtig in Augenschein, geschweige denn untersucht hatte. Sie verdrängte ihre Wut für einen Augenblick und beugte sich zu ihm hinunter. Auch Vesta verzichtete auf eine weitere Eskalation und kniete sich auf der anderen Seite neben Apoll.

»Du warst eine Weile bewusstlos. Erkennst du meine Stimme? Weißt du, wer ich bin?«, fragte Diana. Sie nahm ein kleines Tuch aus einer Anzugtasche, um ihm das Gesicht zu säubern.

»J-ah…Ja, ich erkenne deine Stimme«, sagte Apoll und atmete dabei schwer. Diana verstand nichts, aber Cassandra verschriftlichte seine Worte.

»Du bist mit deinem Streitwagen abgestürzt und dann haben dich die hiesigen Bewohner gefangen genommen und eingegraben.« Diana sprach möglichst langsam und deutlich, während Vesta schwieg.

»Jah…?«, wisperte Apoll schwach und erbrach sich dann.

Diana hielt ihn fest und verzichtete darauf, ihm Fragen zum Unfall zu stellen, stattdessen wandte sie sich Wichtigerem zu: »Welche Verletzungen hast du? Wo hast du Schmerzen?«, fragte sie, nachdem er fertig war und sie ihn erneut gesäubert hatte.

»Kopf… Hüfte… Schulter… gewaltige Schmerzen«, sagte Apoll stockend.

»In Ordnung. Vesta ist auch hier. Wir werden dir jetzt den Anzug ausziehen und dich untersuchen. Wenn wir dich etwas stabilisiert haben, bringen wir dich zu unseren Gleitern.« Apoll verzerrte das Gesicht zu einer Grimasse und nickte leicht, ein Zeichen seiner Zustimmung. Ihre Anzüge verfügten über zwei unterschiedlich dicke miteinander verbundene Lagen. Der äußere Verschluss war magnetisch gesichert und ließ sich nur öffnen, wenn man mit einem starken Magneten die Verbindungsnaht entlangfuhr. Die innere Lage verfügte über einen einfachen Klettverschluss. Das Kleidungsstück war so aufgebaut, dass es auf seiner gesamten Länge vom Kragen bis zum Hosenbein aufgeklappt werden konnte. Somit gelang es Diana, den Anzug behutsam zu öffnen und Apoll, der lange Funktionsunterwäsche trug, vorsichtig zu untersuchen. Die ganze rechte Körperseite zierten große rötliche und violette Blutergüsse, besonders die Hüfte schien stark geprellt. Die rechte Schulter war ausgekugelt, der Arm hing schlaff und unnatürlich herab. Kopf und Hals zeigten auf den ersten Blick keine erkennbaren Wunden. Doch sie war sich sicher, dass Apoll trotz seines Helms ein Schädel-Hirn-Trauma erlitten hatte. Alles deutete auf einen Sturz aus mittlerer Höhe hin. Ob er verzweifelt versucht hatte, in den Baumkronen abzuspringen, oder beim Aufschlag auf die Äste aus dem Streitwagen herausgeschleudert worden war, konnte sie nur mutmaßen. In jedem Fall hatte er ungeheures Glück gehabt. Fallschirm und Äste hatten ihn gebremst, Rüstung, Helm und der weiche Waldboden sein Leben gerettet. Diana nahm eine Stiftspritze aus dem Erste-Hilfe-Set, das sie mit sich genommen hatten.

»Ich werde dir jetzt drei hübsche Injektionen verabreichen und dir dann eine Kartusche mit Nanobots spritzen. Es scheint so, als hättest du Glückspilz keinen Bruch erlitten. Aber deine Schulter ist ausgekugelt und du hast sehr wahrscheinlich eine Gehirnerschütterung. Daher werden wir erst die Schulter einrenken und dich dann zur Sicherheit rundum einschäumen.«

Diana schritt bereits zur Tat, während sie dies sagte. Am schwierigsten gestaltete sich das Einrenken des Gelenks. Sie hatte dies bisher nur ein paar Mal an einer Puppe geübt, wobei der Dummy aufrecht gestanden hatte. Mit Vestas Hilfe gelang es ihr beim zweiten Versuch. Trotz des starken Schmerzmittels war Apoll bereits beim ersten Versuch in Ohnmacht gefallen. Nach dieser anstrengenden Prozedur legten sie ihn auf das herbeigeschaffte Birkenbrett und fixierten ihn mit einem ähnlichen Schaum, wie sie ihn für ihre Zelte verwendeten. Sie umgaben ihn mit einem festen und wärmenden Kokon, aus dem nur das blasse Gesicht herausragte.

Eine Stunde war vergangen, seit sie das Dorf betreten hatten. Diana war sich sicher, dass die Bewohner Mut und Wut wiederfinden würden, wenn sie noch länger hierblieben. Viele Dörfler waren zurückgekehrt und hatten ihre Toten und Verwundeten geborgen. Ihr Wehklagen drang bis zum Waldrand, an dem die Göttinnen ihren Kameraden behandelten.

Sie verloren kein Wort mehr über den Angriff.

Niemand hielt sie auf, als sie Apoll zurück zu ihren Gleitern schleppten.

30. Juli 2127 – Zwei Tage nach der Aufnahme an der Akademie

Henry hasste Gespräche mit Eltern. Er war einfach nicht gut darin, ruhig und endlos gelassen auf alle Anliegen der Eltern zu reagieren und er hatte bisher kaum Erfahrungen sammeln können. Außerdem störte es ihn, dass viele Eltern meinten, sie wüssten es besser, nur weil sie irgendwann einmal eine Schule besucht hatten. Er erklärte seinem Zahnarzt ja auch nicht, was er tun oder lassen solle, nur weil er selbst in seinem Leben an zahlreichen Zahnbehandlungen teilgenommen hatte. Es half jedoch alles nichts. Diesem Gespräch musste er sich stellen, er durfte es nicht auf andere Mitarbeiter abwälzen. Er war zweifach verantwortlich, sowohl als Leiter des Sporttests, als auch als Sportlehrer der Venus-Klassen.

Er setzte sich in seinen Bürostuhl und reagierte auf das Anrufsignal, das seit 20 Sekunden um seine Aufmerksamkeit buhlte. Die Projektion einer kräftigen Frau mittleren Alters erschien vor ihm. Sie sah übertrieben geschminkt aus und schmückte sich mit allerhand Geschmeide. Eine kreisrunde Schlange mit groteskem Maul baumelte provozierend über ihrem weiten Dekolleté.

»Guten Tag, Mrs. Mason, was kann ich für Sie tun?«, begann er höflich in englischer Sprache.

»Als wenn Sie das nicht wüssten! Ihr Kollege hat mich heute Morgen mit einer viel zu kurzen Sprachnachricht über die schwere Verletzung von Lily informiert. Dreimal habe ich seitdem versucht, jemanden vor Ort zu erreichen. Aber immer bin ich hingehalten worden. Das ist eine absolute Frechheit!«

»Bitte entschuldigen Sie. Wir haben sofort nach dem Unfall ihren Mann informiert und ihm alles genau erläutert. Wir haben hier nur seine Kontaktdaten als Notfallnummer. Er ist der Sorgeberechtigte. Ich hatte angenommen, dass er Sie informiert.«

»Wir leben in Trennung, ich rede nicht mehr mit diesem Menschen. Trotzdem bin ich die Mutter und ich habe das Recht informiert zu werden«, beharrte sie in giftigem Ton.

»Wie gesagt, wir hatten nur die Daten von ihrem Ex-Mann. Aber ich kann sie beruhigen. Lily geht es gut. Wir haben hier ein eigenes kleines Krankenhaus auf dem Campus. Sie ist in den allerbesten Händen«, versuchte Henry sie zu beruhigen.

»In den besten Händen…«, fing sie an zu gackern. »Ich lach mich schlapp… Sie ist in den Händen von größenwahnsinnigen Sündern. Daran ist überhaupt nichts, überhaupt gar nichts GUT!«

Virtuelle Speicheltropfen sausten durch die Luft.

Sie musste sich ihren Frust lange für diesen Moment aufgespart haben. Oder verfügten manche Menschen über ein unerschöpfliches Reservoir an Frust und Wut?

»Ich verstehe, was Sie meinen. In gewisser Weise ist das Projekt wahnsinnig… Aber in einem positiven Sinne, wie ich finde«, erwiderte Henry, der versuchte, all seinen Gleichmut aufzubieten.

»In gewisser Weise… in einem positiven Sinne…«, äffte sie ihn nach. »Wenn unser Prediger sie hören könnte, er würde ihnen die Wahrheit ins Gesicht schreien… Es ist zutiefst gotteslästerlich, was sie da tun. Es ist abgrundtief böse. Und sie missbrauchen meine kleine Lily dafür!« Ihre Stimme wurde immer schriller.

»Das ist doch vollkommener Unsinn! Wir versuchen unseren Planeten zu retten. Mit all seinen schönen Kreaturen darauf.« Henry konnte sich nicht länger zurückhalten und hatte ebenfalls lauter als nötig gesprochen.

»Ihr verdammten Frevler seid so engstirnig! Wir brauchen euren Phönix nicht! Wir wollen ihn nicht! Die Zeit der Abrechnung ist gekommen. Seit Jahrtausenden wurde dieser Tag vorhergesagt von fast allen Religionen der Welt. Jetzt kennen wir die Stunde, in der es geschehen wird und ihr Verbrecher habt nichts Besseres zu tun, als Gottes Wille zu verhindern. Nicht mit uns! Das Ende krönt das Werk!«

Sie hatte so schnell und inbrünstig gesprochen, dass sie ganz außer Atem kam. Henry ekelte sich regelrecht vor ihrem aggressiven Fundamentalismus.

»Es tut mit leid, aber das ist nicht meine Sicht auf die Welt. Ich kann mir nicht vorstellen, dass die Vernichtung allen Lebens der Wille irgendeines Gottes sein soll. Daher arbeite ich für die Phönix Initiative, und das mit Überzeugung! Und das, obwohl ich weiß, dass ich wie alle anderen auch sterben werde.« Henry war jetzt wieder ruhiger geworden und hatte betont langsam gesprochen, beinahe resignierend. Er trug denselben Kummer und dieselbe Furcht in sich wie die meisten Menschen. Trotzdem wollte er sich nicht der Depression oder verrückten Theorien hingeben. Er wollte etwas Sinnvolles leisten.

»Wenn Sie Ihre Seele verschleudern wollen, ist mir das egal. Aber meine kleine Lily reißen sie nicht mit in den Abgrund. Ich lasse es nicht zu. Ich bin immer noch ihre Mutter.«

Henry schlug nun einen kalten, nüchternen Ton an: »Es tut mir leid, Mrs. Mason«, wie oft hatte er das eigentlich schon gesagt, »aber Sie sind nicht mehr sorgeberechtigt. Außerdem habe ich ausführlich mit Lily geredet. Sie möchte unbedingt hierbleiben. Sie wünscht sich nichts mehr, aber das kann sie ihnen sicherlich auch selbst sagen.«

»Aus ihr spricht nur mein verkorkster Ex-Mann. Ich weiß genau, wie sie gemeinsam mein Kind bearbeitet haben«, sagte sie anklagend. Ein holografischer Finger bohrte sich in seine Brust.

»Ich versichere ihnen, wir haben ihre Tochter keineswegs unter Druck gesetzt. Sie ist freiwillig hier. Außerdem ist sie ein riesiges Talent und an unserer Akademie gut aufgehoben, selbst wenn sie letztlich nicht für die Zeitreise ausgewählt wird. Hier ist sie sicher und kann noch einige friedliche und glückliche Jahre verbringen. Und natürlich können sie Ihre Tochter an vielen Wochenenden besuchen und in den Ferien kommen die Kinder nach Hause. In dieser Hinsicht sind wir ein ganz gewöhnliches Internat.«

»Egal wie glücklich ihre nächsten Jahre werden. Der Preis ist eine Ewigkeit im Feuer! Die Ewigkeit!« Sie schrie jetzt und Henry stand kurz davor, das Gespräch zu beenden. »Ich werde das nicht zulassen! Ich bin ihre Mutter… Und ich lasse mich nicht einlullen.« Mrs. Mason schien regelrecht aus der Projektion herauszuwachsen und lebendig auf dem Tisch zu stehen.

»Ich kann mich leider nur wiederholen. Lily und ihr sorgeberechtigter Vater wollen, dass sie hierbleibt. Natürlich können Sie eine Beschwerde einreichen oder öffentlich Klage gegen ihren Mann erheben. Vorläufig bleibt Lily jedoch hier.«

Mrs. Mason kniff die Lippen zusammen und blähte die Backen. Ihr Kopf schwoll an, wie ein roter Luftballon, bevor es aus ihr herausplatzte: »Sie arroganter, widerlicher, verbrecherischer, …«

Henry wollte sich nicht anhören, welche Attribute sie noch für ihn fand. Er beendete die Verbindung und lehnte sich zurück. Unwillkürlich entfuhr ihm ein Seufzen. Das würde noch Ärger geben. Nicht allein mir ihr, sondern mit all den Milliarden von Menschen, die ähnlich dachten wie sie.

16. November 160 – Sechs Tage nach Apolls Rettung

Wo kann er nur sein? »Er redet nicht mehr mit uns. Die Kommunikation ist völlig abgebrochen. Mia, wir müssen ihn finden«, sagte Aquil zu ihr. Diana sah sich angestrengt um. In dem dichten Eichenwald wuchs eine einzelne Tanne, die alle anderen Bäume überragte.

»Cäsar hat gesagt, wir müssen zum Stamm der Tanne, dann werden wir ihn finden«, sagte Shira. Sie stand neben ihr und zischte, wie eine Schlange mit einem starken Akzent. So schnell sie konnten, rannten sie zu dem altehrwürdigen Baum. Die Sonne ging langsam unter. Im Abendlicht brannte der herbstliche Wald in goldrotem Feuer. Nur die Tanne ragte dunkel aus dem Lichtermeer empor. An ihren Ästen hingen kleine hölzerne Runen, die verschmitzt mit dem Wind tanzten. An ihrem Fuß war ein Hügel aus lehmig-brauner Erde aufgeschüttet.

»Hier ist er! Hier müssen wir graben. Schnell Mia, schnell«, rief Aquil voller Ungeduld. Sie gruben die Finger tief in die Erde und zogen große Lehmklumpen hervor, die sie den Hügel hinab auf den Erdboden warfen. Diana bemerkte, dass die Klumpen seltsame Formen hatten. Ein Brocken besaß die Form eines Beins, ein bronzefarbenes Häufchen erschien wie eine Brust, ein fader Klecks ähnelte einem Arm. Was für merkwürdige Leiber sie aus dem Lehm schufen. War das nicht anmaßend?

»Ich habe ihn!«, schrie Shira triumphierend. Sie zog noch einmal kräftig mit beiden Händen, dann hielt sie begeistert einen abgetrennten Kopf in die Höhe. Diana sah die Züge des Jungen, er war keine 15 Jahre alt und hatte noch nicht einmal einen Flaum im Gesicht. Jetzt erkannte sie ihn. Er machte den Mund auf, um sie zu warnen … Sie musste unbedingt aufpassen, was er sagte. Doch sie verstand ihn nicht …Wieso konnte sie ihn nicht hören? –

Diana öffnete die Augen.

Sie war weder schweißgebadet noch verwirrt, als sie aus ihrem Alptraum erwachte. Dies war schon die dritte Nacht infolge, in der sie derselbe Traum bedrängte. Sie maß ihm kaum Bedeutung bei, auch wenn sie gern gewusst hätte, wovor der Kopf sie warnen sollte. Sie erhob sich und schlüpfte aus ihrem Zelt. Nachdem sie sich in einem Gebüsch Erleichterung verschafft hatte, ging sie zur Feuerstelle, die sich in der Mitte ihres Lagers befand. Es war noch früh am Morgen. Schwarze Schatten dominierten das Farbspiel der Natur. Nur der Raureif, der die Welt in seiner eisigen Umarmung hielt, funkelte still.

Die Überreste des Feuers glühten noch. Vor ihm saß Mercurius auf einem kleinen Hocker und starrte abwesend in die Asche. Er war in dasselbe weiße Kleid gehüllt wie die Wiesen und Bäume.

»Er muss schon eine ganze Weile wach sein«, dachte Diana fröstelnd, als sie sich zu ihm setzte.

»Guten Morgen, Diana«, sagte er, ohne sie anzusehen. Sie erwiderte seinen Gruß und streckte ihre Hände näher an die Glut. Mercurius war gestern eingetroffen und hatte noch mehr schlechte Nachrichten gebracht. Er war als drittletzter, einige Tage vor Vesta, durch die Zeit gesprungen.

Anscheinend hatte es nach Dianas eigener Abreise neue Anschlagsversuche in Deutschland und Schottland gegeben. Die Sabotageaktionen hatten Mercurius' Start immer wieder verschoben. Und als wäre das nicht genug, war es auch zu ungeklärten Morden im engsten Kreis der Initiative gekommen. Vesta hatte diese Ereignisse zwar angedeutet, aber kaum Einzelheiten erzählt. Das wunderte Diana, denn Vesta sollte planmäßig zwei Tage nach Mercurius starten. Sie musste die Ereignisse daher ebenso intensiv miterlebt haben wie er. Dennoch hatte sie sich ausgeschwiegen. Andererseits war sie für die Aufrechterhaltung der Moral und die Fokussierung des Teams verantwortlich. Vielleicht wollte sie die anderen nicht unnötig belasten. Diana mochte selbst nicht gerne an die apokalyptische Stimmung vor ihrem eigenen

Start denken. Sie war 23 Tage vor dem vorhergesagten Einschlagtermin in der Zeit zurückgeschickt worden. Schon bei ihrem Aufbruch herrschte absoluter Ausnahmezustand auf dem gesamten Kontinent. Es grassierte ein Chaos, das mehr Menschen ansteckte als jeder Virus zuvor.

Sie durfte jahrelang in einer Festung der Glückseligen aufwachsen, abgeschottet und geschützt vor dem Strudel einer untergehenden Welt. Doch auch innerhalb ihres Schutzwalls hatten sie viele Tragödien miterlebt. Die meisten Schüler besaßen Familien, Freunde und Bekannte, die in dem aufziehenden Sturm um ihr Leben bangen mussten. Schon früh war der Orkan still und leise in ihr Innerstes gekrochen und hatte ihre Emotionen furios durcheinandergewirbelt. Diana hatte alles hinterfragt, alles angezweifelt, sich selbst verurteilt und monatelang kaum geschlafen. Die Angst vor dem Tod hatte sie ebenso verrückt gemacht, wie ihre Schuldgefühle. Immer wieder musste sie daran denken, dass sie überleben könnte, während der Rest der Welt zum Sterben verurteilt war. Sie hatte mit sich selbst gekämpft. Anderthalb Jahre lang war sie, wie alle Schüler, in therapeutischer Behandlung. Die Phönix Initiative betrieb einen enormen Aufwand, sie nicht nur körperlich, sondern auch seelisch zu kräftigen.

Diana war sich sicher, dass nicht ihre schulischen Leistungen ausschlaggebend für ihre endgültige Auswahl und Ernennung gewesen waren. Sie hatten Mia nicht den 51 anderen Schülerinnen im Diana-Tempel vorgezogen, weil sie sie für die Klügste, Sportlichste oder Sozialste hielten. Auch wenn sie sich selbst für ziemlich clever hielt. Sie war auserwählt worden, da sie ihren inneren Kämpfen nicht aus dem Weg gegangen war. Sie war unbeirrt weiter gelaufen, als sie eigentlich hätte umfallen sollen.

Sicher galt Ähnliches auch für ihre Teamkameraden. Auch sie mussten irgendeinen Weg zu geistiger Gesundheit und seelischer Balance gefunden haben. Dianas Taktik war simpel. Sie wollte einfach nicht aufgeben. Sie wollte ein happy end, wenigstens ein kleines. Also ignorierte sie die Unmöglichkeiten auf ihrem Weg und stapfte stur auf ihr Ziel, solange bis sie es erreicht hatte.

Mercurius' Methode hingegen war die Kontemplation. Alle wussten, dass Mercurius ein ausgesprochen ruhiger und nachdenklicher Mensch war. Er hatte den Ruf, ein melancholischer Grübler zu sein. In der Akademie sah man ihn häufig still auf einer Bank liegen, während er in sich hineinhörte oder etwas beobachtete.

Auch heute machte er seinem Ruf wieder alle Ehre. Er saß reglos vor der heißen Asche und sann über die tieferen Fragen des Kosmos nach. Seine flügellosen Stiefel hatte er ausgezogen und sein mit Schwingen verzierter Helm lag neben ihm, so dass sein lockiges Haar zu sehen war. Er hatte grüne Augen, eine hohe Stirn und ein markantes Kinn, das ein Dreitagebart zierte. Seine Lider und seine Ohren waren unterschiedlich groß und seine Nase etwas zu kräftig. Ansonsten war seine Erscheinung jedoch symmetrisch und ansprechend. Obwohl er erst 20 Jahre alt war, zeigte sein Gesicht erste Züge der Reife. Seine Denkerfalte, die intensiven Augenringe und die schmalen Grübchen verliehen seinem Antlitz einen Charakter, der den anderen Göttern in ihrer jugendlichen Vollkommenheit noch fehlte. Nur eine Sache störte Diana ein wenig.

»Ähm, Rius…«, sie benutzte seinen Spitznamen, »ich will dich nicht beleidigen, aber du bist echt dreckig und riechst ein klitzekleines bisschen.«

Er lachte ein ehrliches und kräftiges Lachen. »Du meinst wohl, ich stinke wie die Kloake? Damit hast du wahrscheinlich recht.«

»Ich meine es wirklich nicht böse. Aber Götter riechen normalerweise nicht nach Moder und Fäulnis«, sagte sie grinsend.

»Tut mir leid. Ich bin in einen großen Scheißhaufen getreten. Keine Ahnung, welches Tier den hinterlassen hat, ein Wildschwein vielleicht, oder ein Wisent, so groß wie der Haufen war… Jedenfalls hatte ich noch keine richtige Zeit, um mir das Zeug von den Stiefeln zu kratzen. Außerdem habe ich auch ein wenig geschwitzt…« Er sah sie achselzuckend an.

Diana grinste. Sie erinnerte sich lebhaft, wie dreckig sie hier angekommen war.

»Es ist schon komisch, dass die Rüstung wunderbar schmutzabweisend ist, aber an den Schuhsohlen bleiben ganze Maulwurfshügel kleben«, sagte sie zu seiner Verteidigung. Er schmunzelte und nickte zustimmend.

»Apoll geht es immer besser. Wenn Venus endlich eintrifft, werden wir als Erstes zu einem klaren See fliegen und ein schönes Eisbad nehmen«, schob sie grinsend hinterher.

»Wenn Venus hier ist, wird sie mich als Erstes in den nächstbesten Bach jagen. Dann wird sie mich so lange unter Wasser tauchen, bis ich entweder sauber oder tiefgefroren bin.« Sie lachten einige Sekunden, dann wurde er ernst:

»Ich mache mir langsam ein wenig Sorgen um sie. Sie sollte schon längst hier sein. Wenn sie in den nächsten Tagen nicht kommt, werden wir ihr eine Nachricht hinterlassen und ohne sie aufbrechen müssen.«

Diana war entsetzt. »Aber wir brauchen sie! Sie ist das Herz unseres Teams und sie soll doch auch das Herz der Römer erobern. Du und Vesta, ihr seid Weisheit, Scharfsinn, Schläue und Antriebskraft. Aber ohne unser Herz können wir doch nichts bewirken!« Diana verspürte echte Panik. Venus war ihre Freundin und der einzige Mensch in dieser Zeit, den sie wirklich kannte und liebte. Mit den anderen hatte sie kaum zusammen Unterricht gehabt. Erst als alle in das Auswahlteam berufen worden waren, hatten sie sich besser kennen gelernt.

»Wir warten jetzt schon eine Woche. Du weißt, wir haben einen festen Zeitplan …« Er seufzte und sah Diana in die Augen. »Ich möchte auch nicht ohne sie aufbrechen. Sie ist nicht nur ein wertvolles Teammitglied, sie hat auch die wertvollste Ausrüstung von allen. Aber Anfang Januar haben wir unseren großen Auftritt in Lanuvium und Rom.«

»Ich weiß selbst, dass wir es eilig haben. Trotzdem können wir noch ein bisschen warten. Und was redest du da von der wertvollsten Ausrüstung? Du bist doch nicht nur Götterbote, sondern auch der Gott des Handels und der Diebe. Soweit ich gebrieft wurde, lagern in deinem Streitwagen tonnenweise Gold und Silber.«

Mercurius lächelte verschwörerisch. »Ich habe einige Goldbarren dabei und auch ein paar Silbermünzen mit unseren hübschen Gesichtern darauf. All unsere Juwelen und Schätze werden wir aber schon bald gegen Shampoo, Zahnbürsten und Klopapier eintauschen wollen – zumindest solange wir durch die Wildnis stiefeln. Spätestens wenn die ersten Läuse uns im Helm zwicken, werden wir Venus zu Füßen liegen. Sie hat überdies die einzige Mikrowelle und ein paar andere nützliche kleine Helfer in ihrem Streitwagen verbaut. Dinge, die wir schmerzlich vermissen würden.«

Diana schaute in die schwache Glut und schwieg. Mag sein, dass sie manche Hygieneartikel und Annehmlichkeiten vermissen würde. Am meisten würde ihr aber ihre Freundin Lily fehlen, die nun Venus hieß.

Einige Minuten vergingen. Diana nahm zwei dicke Scheite und legte sie in die Asche. Es zischte und qualmte eine ganze Weile, bis Flammen auf dem Holz tanzten.

»Wusstest du, dass es Rauchgase sind, die hier mit heller Flamme brennen und nicht die Holzscheite an sich?«, fragte Mercurius unvermittelt und völlig übergangslos. Diana hatte schon ein paar Mal mit ihm über ernste Themen gesprochen und war daher nicht überrascht von seiner Gesprächsführung.

»Ja, ich habe im Unterricht aufgepasst. Die Verbrennung ist nur durch den Sauerstoff in der Luft möglich. Er reagiert unter entsprechendem Wärmeeinsatz mit dem brennbaren Material. Darum kann man im Weltraum oder auf dem Mond auch kein so schönes Lagerfeuer machen. Ohne Luft geht es nicht«, sagte sie, als würde sie ihrem Lehrer an der Akademie antworten.

»Das gibt wieder die Note sehr gut. Bitte setzen, Diana!«, sagte Mercurius lächelnd. »Du hast vollkommen recht. Auf den ersten Blick scheint es so, als würde das Holz an sich brennen und helle Flammen bilden. In Wirklichkeit braucht es jedoch den Dreisatz von Sauerstoff, Wärme und brennbarem Material und dies in einem ganz bestimmten Mengenverhältnis.« Wieder schwieg er.

»Ich schätze, jetzt kommt der Teil, in dem du mir erklärst, was du damit eigentlich meinst«, erwiderte Diana, die innerlich über seine verschrobene Art feixte.

»Stimmt…« Er dachte nach und begann dann: »Ich habe die halbe Nacht an den Kommunikationssystemen der Streitwagen herumgebastelt und alles so gut ich konnte überprüft. Dabei sind mir hell lodernde Flammen ins Gesicht geschlagen.«

»Du meinst, du hast etwas entdeckt, was einen falschen Anschein erweckt«, schlussfolgerte Diana.

»Ich habe die Störquelle gefunden. Das Kommunikationssystem eines der Streitwagen hat ein Mehrebenen-Störsignal ausgesendet, welches die Langstreckenkommunikation verhindert.«

»Handelt es sich dabei um einen Computerfehler?«

»Nein, hier wurde ein System bewusst manipuliert.«

Diana schwieg einen Augenblick und fragte dann: »Wessen Streitwagen hat die Kommunikation der anderen gestört?«

Mercurius fuhr sich durch den stachligen Bart.

»Der von Vulcanus.«

»Aber er war es doch, der einen Teil der Systeme wieder in Ordnung gebracht hat. Und er hat den Standort von Apoll gefunden… Sollte er uns wirklich so getäuscht haben?«

Diana sprach nun sehr leise.

»Es mag auf den ersten Blick den Anschein erwecken, als hätte Vulcanus uns sabotiert. Dennoch tanzen mir die Flammen ein wenig zu hell vor den Augen.«

»Willst du damit sagen, dass jemand anderes es so aussehen lassen möchte, als ob Vulcanus ein Verräter ist?«, flüsterte Diana.

»Vielleicht. Allerdings ist ein großes Feuer manchmal auch der beste Weg, um den Verdacht von sich abzulenken«, sagte er verschmitzt lächelnd.

Diana schwirrte der Kopf. »Also könnte er doch verantwortlich sein?«

»Möglicherweise, ich weiß es nicht. Fest steht aber Folgendes: Das System wurde von jemandem mit entsprechendem Sachverstand umprogrammiert und das bereits vor unserem Aufbruch. Das Störsignal wurde jedoch erst aktiviert, als jemand einen Aktivierungscode dafür gesendet hat.«

Diana sah ihn fassungslos an.

»Es kommt noch besser«, sagte er und blies seinen feuchten Atem in die rote Glut. »Ich bin mir absolut sicher, dass Apolls Streitwagen in dem Moment abstürzte, in dem auch der Funkkontakt zu ihm abgebrochen ist. Und ebendies war der Augenblick, in dem Vulcanus' Streitwagen kein gewöhnliches Signal mehr ausgesendet hat, sondern ein hocheffektives Störsignal.«

»Das heißt, das Störsignal hat nicht nur unsere Verständigung behindert, sondern auch irgendwie Apolls Gleiter zum Abstürzen gebracht«, fasste Diana zusammen. »Aber das ergibt trotzdem keinen rechten Sinn. Du sagst, das Störsignal wurde von einem anderen Gleiter aus aktiviert, mit einem Code. Aber zu dem Zeitpunkt waren doch nur zwei von uns hier... Vulcanus und Apoll. Und Apoll hätte doch wohl kaum ein Störsignal aktiviert, das ihn selbst in die Tiefe befördert.«

»Wir wissen nicht, warum sein Streitwagen so auf das Störsignal reagiert hat. Eventuell gab es irgendeine Rückkopplung und er hat sich versehentlich selbst das Licht ausgeknipst. Es erscheint mir in diesem Zusammenhang auch sehr ungewöhnlich, dass er so tief geflogen ist. Vielleicht sollte man aber auch grundsätzlich in Frage stellen, ob wirklich nur Apoll und Vulcanus hier waren. Schließlich wissen wir nicht, wann genau jemand in dieser Zeit ankommt. Den Ankunftsort kann die Phönix Initiative äußerst genau bestimmen.

Sonst wären wir womöglich in einem Felsen oder Baum gelandet. Aber bei der Ankunftszeit sind sie nur auf die Woche genau. Was natürlich immer noch beachtlich ist, wenn man Jahrtausende überwindet«, sagte Mercurius gönnerhaft.

»Wenn du es so siehst, könnte sich jeder von uns hier in den Wäldern versteckt und so getan haben, als wäre er später angekommen.« Diana schüttelte sich unwillkürlich.

»Korrekt. Du, ich, Vesta und sogar Venus könnten schon seit Wochen hier unentdeckt in der Wildnis leben. Dafür braucht man nicht einmal gestörte Kommunikationswege. Es reicht, den eigenen Sender zu deaktivieren, und schon ist man praktisch unsichtbar…«

Das waren zu viele Informationen, um sie alle auf einmal zu verdauen. Sie schwiegen eine ganze Weile, bis Diana schließlich fragte: »Wenn jeder von uns der Verräter sein könnte, wieso vertraust du dann mir und erzählst mir das alles?«

Mercurius sah sie ernst an und entgegnete: »In diesem Fall hast du mich doppelt missverstanden. Ich sagte nie, dass es einen Verräter gibt. Ich habe lediglich einige Fakten benannt und Schlussfolgerungen gezogen. Alle bisherigen Überlegungen lassen aber auch die Theorie zu, dass es keinen Maulwurf unter uns gibt, sondern dass die Sabotageaktionen vor unserem Start ausgeführt wurden. Denn auch der Aktivierungscode könnte automatisch von einem Streitwagen gesendet worden sein. Im Übrigen vertraue ich dir nicht weniger oder mehr als den anderen. Ich glaube nur, dass es besser ist, diese Angelegenheit behutsam zu behandeln. Daher rede ich mit jedem einzeln. Hätte ich dies in der Gruppe vorgetragen, wären sehr schnell Streit, Panik und gegenseitige Vorhaltungen aufgekommen. Das wollte ich aber verhindern.«

Diana war ein bisschen enttäuscht über seine Antwort. »Trotzdem bist du jetzt doch sicherlich misstrauisch?«

»Ich bin grundsätzlich eher ein Skeptiker. Andererseits bringt es nichts, allen gegenüber argwöhnisch zu sein. Wenn ich davon ausgehe, dass jeder ein Feind sein kann, habe ich bald nur noch Feinde um mich. Wir können überhaupt nichts erreichen, wenn wir uns nicht vertrauen und nur noch Verrat wittern. Ich jedenfalls werde versuchen, mir meine Zuversicht und Hoffnung nicht nehmen zu lassen.«

Diana erwiderte nichts und schaute lange zur silbernen Mondsichel, die über ihr strahlte. Sie fand seine Worte weise und gerecht. Sie würde ebenfalls probieren, sich optimistisch oder wenigstens gleichmütig zu zeigen. Die Zweifel würden trotzdem an ihr nagen – ziemlich stark.

Nach einer Weile empfand sie Mercurius' Schweigen bedrückend und verließ leisen Schrittes die Feuerstelle. Sie wandte sich zum Zelt Apolls und schlüpfte in das behaglich warme und gleichsam beengte Krankenlager. Sie verbrachte jeden Tag einige Stunden neben ihm. In den ersten Tagen hatte sie ihn ausgezogen, gewaschen und verbunden, jetzt half sie ihm gelegentlich beim Anziehen und Essen und kontrollierte regelmäßig seinen Heilungsprozess. Vor allem aber leistete sie ihm Gesellschaft. Sie sprach, stritt und lachte mit ihm. Es waren herrliche Momente, in denen er bei vollem Bewusstsein war, während sie alle auf die Ankunft von Venus und seine vollständige Genesung warteten. Diesmal fand sie ihn schlafend vor, was sie angesichts der frühen Stunde und des starken Schmerzmittels nicht überraschte. Behutsam setzte sie sich neben ihm auf den Boden, verschränkte die Beine und neigte den Kopf zur Seite. Er regte sich nicht. Nur seine Brust hob und senkte sich langsam. Zuweilen zuckten seine Pupillen hinter den verschlossenen Liedern und die hübschen langen und dunklen Wimpern vibrierten sacht. Diana konnte ihm eine Ewigkeit beim Schlafen zuschauen, ohne des Anblicks müde zu werden. Sie hatte ihn schon früher attraktiv gefunden, doch er hatte sich ihr gegenüber immer merkwürdig verhalten. Während des intensiven Gruppentrainings in den letzten Ausbildungswochen hatte sie entdeckt, dass er nicht nur äußerlich schön war.

Obwohl seine Fassade häufig mürrisch und kühl wirkte, konnte er sie wunderbar zum Lachen bringen. Er sprach immer aufrichtig und offen mit ihr und schien sich tatsächlich für sie zu interessieren. Oft kitzelten sie seine Blicke und Worte. Manchmal bemerkte sie eine stumme Huldigung ihres Körpers, eine Anerkennung, die über Wertschätzung hinausging.

Diana wusste, was das euphorische Züngeln in ihrem Inneren bedeutete. Trotzdem wollte sie der Flamme nicht unnötig Nahrung geben, denn sie wusste auch, wie leicht man sich verbrennen konnte. Also tat sie nichts, als bei Apoll zu liegen und ihn aufzupäppeln.

Rhythmisch wanderte ihr Zeigefinger über seinen nackten Unterarm. Behutsam zeichnete sie Linien und verschlungene Muster auf seine Haut. Kaum merklich berührten ihre Fingerspitzen seine feinen Härchen. Sie fühlte seine Wärme. Er war zart und weich und doch stark. Ihre Finger folgten einem unsichtbaren Pfad, den Arm hinauf bis zu seiner Schulter. Immer wieder bog sie ab, sprang zurück und vollführte perfekte Kreise. Er roch nach Mandeln und Morgentau. Ihre Hand hatte seine kurzen Bartstoppeln erreicht. Sanft wie der Atem eines Kindes strich sie ihm über die Wange. Seine Augen öffneten sich. Nur von einem lichten Nebelschleier verdeckt strahlten sie ihr entgegen.

»Guten Morgen«, hörte sie ihn sagen, bevor sein Echo sie endlich traf. Erschrocken zuckte sie zurück.

»Ich wollte dich nicht erschrecken. Du hast wohl auch geträumt?«, fragte Apoll, während er sie freundlich anblickte.

»Ich… ich wollte gerade nach dir schauen und deinen Puls testen«, log Diana und musste seinem Blick ausweichen.

»Mir geht es gut. Ich komme schon klar.« Sein Ton war nun eine Spur neutraler.

Jetzt war es Diana, die sich eine Spitze in ihrem Tonfall nicht verkneifen konnte. »Bitte entschuldige, wenn ich mich aufdränge. Ich bin gleich wieder weg.«

»Warte!« Noch ehe sie den Versuch unternehmen konnte aufzustehen, hatte er sich nach vorne gebeugt und ihre linke Hand ergriffen.

»Bitte bleib. Ich habe es nicht so gemeint. Ich bin dir unendlich dankbar, dass du mich gerettet hast.« Er hatte feine Tränen in den Augen.

Sie erstarrte neben seinem Lager, als wäre sie in der Bewegung eingefroren. Auf ihrer Hand ruhte noch immer die seine. Keine Macht der Welt würde sie ihr wegnehmen können.

»Ich weiß, dass du mich zusammengeflickt und gepflegt hast. Du hast wahrscheinlich mein Leben gerettet. Nein, du hast sicher mein Leben gerettet und das ist toll. Aber ich komme mir dabei so hilflos und unnütz vor. Es ist einfach so beschämend, verstehst du?«

Sie sagte immer noch nichts, nickte nur vorsichtig. Sie fühlte seine kühle Hand und sah ihm gespannt ins Gesicht. Er schwieg eine ganze Weile und begann zu schwitzen, während er durch sie hindurchsah.

»Ich glaube, es gibt einen Verräter unter uns«, presste er irgendwann hervor, während sein Blick immer wieder von ihr abglitt. »Ich habe es mir gleich gedacht, als wir in den Stall gegangen sind.«

Diana wusste nicht, was er meinte, nickte aber erneut und sah besorgt auf das medizinische Armband an seinem Handgelenk. Es blinkte gelb. Er hatte hohes Fieber. Träumte er mit offenen Augen? Er redete weiter unverständliches Zeug.

»Ich weiß, dass ich mitschuldig bin, Kiran. Trotzdem musst du mir versprechen, dass du niemandem von unserer dämlichen Wette erzählst, vor allem nicht Mia. Ich könnte es nicht ertragen, wenn sie mich für so einen Trottel hält. Bitte versprich es mir Kiran!« Energisch presste er ihre Hand und machte ein Gesicht, als würde er gleich in Tränen ausbrechen.

Diana hatte keine Ahnung, welcher Fiebertraum ihn gerade plagte und warum er sie für Kiran hielt. Beruhigend legte sie ihre Hand auf seine Brust und schob ihn behutsam, aber nachdrücklich zurück in die Kissen.

»Natürlich verspreche ich es. Und Mia hält dich bestimmt nicht für einen Trottel«, sagte sie in sanftem Ton. Sie hätte gerne gewusst, welche Wette er meinte.

»Alles ist gut!«, setzte sie hinterher und verabreichte ihm mit der freien Hand ein leichtes Fiebermittel. Ihre Mutter hatte ihr das immer gesagt und es hatte nie gestimmt. Doch in diesem Moment glaubte sie, was sie sagte. Und auch Apoll glaubte es. Er lächelte glücklich, wie ein kleiner Junge, der einer spannenden Piratengeschichte lauschte. Einer Geschichte mit Happy End. Dann erlosch das dunkle Funkeln seiner Augen und seine Lieder schlossen sich allmählich.

Dianas Starre löste sich. Erschöpft sank sie neben ihm auf die Isomatte. Woher die plötzliche Müdigkeit kam, wusste sie nicht. Seine Hand hielt immer noch die ihre umschlungen. Sie würde sie nicht mehr loslassen. Auf der Seite liegend winkelte sie vorsichtig die Beine an und drückte die Stirn gegen seine Schulter. Es war nicht wirklich bequem und doch fühlte sie sich geborgen. Da war wieder der Geruch – nach Mandeln und Morgentau. Es brauchte nur wenige Herzschläge, dann schlief sie ein.

19. November 2127 – Vier Monate nach der Aufnahme an der Akademie

Die schwache Herbstsonne glitzerte träge im kräuselnden Wasser. Ihr Mantel wärmte den See kaum. Ein scharfer Wind zerpflügte die Oberfläche. Winterwolken zogen auf. Der kleine Weiher fror und zitterte. Das hohe Schilfrohr lag trocken am Uferrand. Eine kleine buntlackierte Bank zierte die Badestelle des Gewässers. Auf ihr hockte eine dünne Gestalt mit einer blauen Pudelmütze und einem ausladenden Schal. Er konnte nicht genau erkennen, was sie tat. Sie schien zu lesen. Zweimal sah er sich nach Verfolgern um. Doch nur das Auge des Herrn ruhte auf ihm. Langsam näherte er sich der Bank, bemüht kein Geräusch zu machen. Sein Versuch missglückte. Ein dünner Ast zerbrach unter der Last seiner Würde. Das Knacken scheuchte zwei Krähen aus den Hecken. Er war bemerkt worden. Dennoch ging er weiter und setzte sich auf die freie Bankseite. Sie hatten sich für drei Uhr verabredet, entsprechend gering war die Überraschung.

»Hallo, schön dass du hier bist«, sagte er mit betont freundlicher Stimme.

Er erntete ein Nicken zur Begrüßung und einen Blick, der über das Wasser in die Ferne glitt.

»Ich bin doch ständig hier. Ich übe Schwimmen.«

Er setzte das beste altväterliche Gesicht auf, das er zustande brachte.

»Warum übst du nicht in der Schwimmhalle? Die ist wärmer und auch etwas sicherer als der finstere Tümpel hier.« Der Teich kommentierte seine Worte mit einem ausladenden Blubbern, als hätte er sich in ein hungriges Moor verwandelt, das auf neue Nahrung wartet.

»Anfangs wollte ich nicht, dass mich die anderen dabei sehen. Ich hab nur gespuckt und gehechelt. Inzwischen bin ich besser geworden und es gefällt mir hier. Heute ist das Wasser aber wirklich ziemlich kalt. Schätze mal, dass ich demnächst ins Schwimmbecken hüpfe. Auf jeden Fall mache ich weiter, bis ich es wirklich gut kann.«

»Das finde ich gut. Schwimmen ist ein sinnvolles Hobby«, log er ohne jede Anstrengung.

Ein Achselzucken blieb die einzige Reaktion.

»Warum wolltest du mich sprechen?«, fragte er unschuldig, um das eigentliche Gespräch in Gang zu bringen. Small Talk lag ihm nicht. Zu oft merkte er, dass sein Humor sich gänzlich von dem anderer Leute unterschied und seine Interessen dem Rest der Welt unbekannt oder unbegreiflich waren.

Endlich schenkte sie ihm den ersten echten Augenkontakt. »Ich habe den Text gelesen, den Sie mir gegeben haben. Ich habe vieles verstanden, aber manches konnte ich nicht lesen, weil es schwarz gemacht war oder ich die Wörter nicht kannte. Darf ich Ihnen ein paar Fragen stellen?«

Er setzte ein gewinnendes Lächeln auf und sprach: »Aber natürlich, das ist doch meine Aufgabe. Wir können über alles reden, was du auf dem Herzen hast. Ich verspreche dir, ehrlich zu antworten.«

»In dem Papier steht, dass meine Schwester sich über die Initiative aufgeregt und einen Beschwerdebrief geschrieben hat. Es stehen sogar ein paar Zeilen von ihr in dem Text. Aber ich würde mir gerne ihren ganzen Brief durchlesen – ginge das?«

Er schnaufte und lächelte mitfühlend. »Hm… der Brief gilt als vertraulich – das ist so ähnlich wie geheim. Ich darf ihn dir eigentlich nicht zeigen. Aber ich werde versuchen, ihn für dich zu bekommen.« In Wahrheit lag ein Ausdruck bereits in seiner Schreibtischschublade. Doch ein Schritt nach dem anderen.

»Warum ist der Brief denn geheim?«

»Naja, darin macht deine Schwester der Phönix Initiative ein paar wirklich schwere Vorwürfe und nennt einige Umstände, von denen die Initiative nicht möchte, dass sie an die Öffentlichkeit kommen.«

»Sie meinen so etwas wie die Tierversuche und die Todesfälle beim Bau der Testanlage in Finnland?«

Er tat erstaunt. »Wie ich sehe, hast du schon einiges aus dem Text verstehen können.«

»Ja schon, aber ich begreife nicht, warum meine Schwester meiner Mutter und mir nichts davon erzählt hat.«

Er dachte kurz darüber nach, wie er am subtilsten antworten konnte, ohne es zu anklagend klingen zu lassen. Schließlich gehörte er offiziell auch zum System.

»Möglicherweise hat man deine Schwester gebeten, nichts davon weiterzuerzählen. Schließlich will die Initiative nicht, dass man schlecht von ihr denkt.«

»Aber das ist falsch. Die Initiative muss den Menschen doch die Wahrheit sagen.«

Er musste innerlich lächeln angesichts dieser kindlichen Naivität. Doch er riss sich zusammen und schüttelte vage den Kopf.

»Die Phönix Initiative hat viele Kritiker, die glauben, wir würden hier etwas Schlechtes tun. Wenn sie mitbekommen hätten, dass eine Schülerin des Minerva-Tempels Kritik an der Initiative äußert, dann hätte das dem Projekt sehr schaden können. Vor allem wenn man bedenkt, dass diese Kritikerin bei einem Zeitsprung ums Leben kommt.«

»Meine Schwester ist nicht tot!« Ein wütender Hagelsturm peitschte ihm ins Gesicht. »Sie ist in der Zeit gereist. Vielleicht taucht sie sogar jeden Moment wieder auf.«

Er war sich nicht sicher, ob sie seinen Punkt verstanden hatte und versuchte es noch einmal.

»Natürlich ist nicht genau geklärt, was mit Minerva, ich meine mit deiner Schwester, passiert ist. Ich sage ja nur, dass die meisten Wissenschaftler es für sehr wahrscheinlich halten, dass sie tot ist. Und dies würde dann kein gutes Licht auf die Initiative werfen. Wenn ihre größte Kritikerin plötzlich stirbt, ist das schon auffällig.«

»Meine Schwester ist nicht tot!« Fünf Worte – ein Schrei. Der Sturm war jetzt eisig und hätte ihn erstarren lassen müssen. Doch seine eigene Kälte war schärfer als das trockene Schilfgras, kantiger als die spitzen Granitsteine und tiefer als das schottische Loch, das die raue Umgebung prägte. Im Angesicht seines strahlenden Hasses wirkte ihre infantile Wut so grau wie die regentrübe Landschaft.

Er war sich immer noch nicht sicher, ob sich sein Gedanke bei ihr eingenistet hatte. Aber es brachte nichts, zu offensiv vorzugehen. Schritt für Schritt.

Auf dem Rückweg zum Campus überlegte er, wie erfolgreich das Gespräch verlaufen war und musste zugeben, dass er es nicht genau wusste. Er hatte noch drei weitere Fragen beantwortet und dann seinen Meditationskurs empfohlen. Die Stimmung war zu diesem Zeitpunkt bereits so feindselig, dass er bezweifelte, dass dieser Ast Früchte tragen würde. Aber es gab keinen Grund zur Verunsicherung. Einen anderen Menschen hätten die tödlichen Blicke vielleicht verstört. Doch er wusste genau, dass mit Freundlichkeit und Freundschaft keine ausdauernden Antriebskräfte gewonnen werden konnten. Liebe, Neid, Wut, Hass, Rache – das waren die Emotionen, auf denen sich große Taten aufbauen ließen. Er drang viel effektiver in die Gedanken der Menschen ein, wenn er hinter der Fassade der Zuneigung Wut und Hass säte. Anfangs würde sich der Hass gegen ihn richten, doch dann würde er an ihm abgleiten und ein neues Ziel finden. Er würde wachsen und gedeihen und schließlich seinen Gegnern im Halse stecken bleiben. Und da dies kein Märchen war, würde kein Prinz zur Rettung eilen.

Er hatte den Campus schon fast erreicht, als er stolperte und mit einem Knie in einer schlammigen Pfütze landete. Er schrie und tobte fast zwei Minuten lang. Dabei warf er der trüben Brühe alle Verwünschungen zu, die er in lateinischer Sprache formulieren konnte.

Mrs. Bones würde ihn wie ein ungezogenes Kleinkind anschauen und missbilligend mit dem Kopf schütteln. Sie würde die spröden Lippen zusammenpressen und kein Wort sprechen. Oh, wie er sie jetzt schon dafür verabscheute. Zu allem Übel gesellte sich nun auch noch ein Schluckauf zu seinem Pech. Am liebsten hätte er sich in seiner Wohnung verkrochen und seinen Zwergkrallenfröschen beim Häuten zugesehen.

Doch er musste den Unterricht im Bogenschießen planen. Und um den Schmugglerweg hinter der Pferdeanlage musste er sich auch kümmern. Er brauchte dringend weitere Unterstützung.

Vor dem Eingang des Bürogebäudes sah er sich suchend um. Er spürte einen Blick auf sich ruhen, erkannte jedoch niemanden. Er starrte in den regengrauen Himmel. Eine höhere Macht wachte über ihn. Das wusste er.

03. Februar 2128 – Sechs Monate nach Aufnahme an der Akademie

»Der Asteroid Kali erreicht die Erde Ende Oktober 2134. Dies ist eine Tatsache, die uns alle etwas angeht. Doch wir dürfen nicht verzweifeln. Für unsere Eltern, für unsere Kinder, für unsere Freunde, für unsere Nachbarn, für unsere Kollegen und unsere kleinen Vierbeiner. Wir alle müssen jetzt zusammenstehen und die Hoffnung bewahren. Unsere Hoffnung heißt MARS! Fördern und verteidigen Sie diese Hoffnung mit einem Lottolos der Mars-Fundation für nur 12999,99 Credits. Als Hauptpreis verlosen wir exklusiv zwei Tickets zur Marsstation für Sie und Ihren Partner. Investieren Sie jetzt in Ihre Hoffnung! Die Lotto Mars Limited ist in Rotterdam registriert. Gewinnchancen 1:329 Millionen…«

»…das entspricht einer Verfünffachung der Selbstmorde im letzten Monat…«

»…Das Wetter von morgen zeigt sich überwiegend heiter und freundlich bei sechs Grad…«

»…kam es zu einer schweren Explosion auf dem Testgelände der Phönix Initiative in Finnland. In den Tagen nach dem Unglück gab die Initiative bekannt, dass es sich um einen Unfall gehandelt hätte. Nun veröffentlichte Aufnahmen lassen jedoch an dieser Aussage zweifeln. Augenzeugen berichteten damals, die Detonation sei so gewaltig gewesen, dass sie noch…«

Der Professor nahm die AR-Brille ab und ging zur Tür. Er hatte bereits mit einem Auge gesehen, wer da seine Auffahrt hinauf gelaufen kam. Die 7-Uhr-Nachrichten kannte er bereits. Jetzt galt es, seinen Enkel zu begrüßen.

»Hallo Henry, es ist sehr schön, dass du mich besuchen kommst«, sagte der Professor mit aufrichtiger Freude.

»Es ist auch schön, dich zu sehen, Opa«, sagte Henry und drückte seinen Großvater.

»Komm rein, komm rein. Du kannst die Schuhe anlassen.« Henry zog die Schuhe aus.

»Lass uns in mein Arbeitszimmer gehen. Du wirst es kaum glauben, aber da ist es am ordentlichsten.« Sein Enkel glaubte es sofort.

»Du weißt ja, was es bei mir bei diesen Gelegenheiten zu trinken gibt. Oder möchtest du etwas anderes?«, fragte der Hausherr scherzend. Natürlich wartete er nicht auf eine Antwort und ging zu einer Vitrine, die er Gift-Schrank nannte.

»Ich erkenne immer mehr die Vorteile unseres baldigen Todes. Jahrelang habe ich gesammelt und gehortet … Wissen, alte Filme, Geld und natürlich diese Schätzchen hier.« Er zeigte auf eine Flasche in seiner Hand. »Erst jetzt kann ich endlich ungeniert von meinen süßen Früchten kosten. Es ist in gewisser Weise befreiend.«

Henry nahm das dargebotene Glas. Er fühlte sich eher in die Ecke getrieben, als befreit. Das süße Früchtchen brannte ihm auf der Zunge, ohne dass er einen eigenen Geschmack hätte bestimmen können. Vielleicht war da eine Note von Kaffee? War das Glas nicht richtig sauber gewesen?

»Ah. Das ist wirklich einer der Besten. Unübertroffen!«, schwärmte der Professor. »Solera Gran Reserva, vier Jahre vor meiner Geburt abgefüllt.« Henry ärgerte sich ein wenig, dass er keine geschulten Sinne für diese Vorliebe des Alten besaß. Gerne hätte er ein Aroma erschmeckt, nur um seinem Großvater eine Freude zu bereiten.

»Ein guter Jahrgang. In diesem Jahr ist auch der Astronom Brahmagupta II. geboren wurden, der den Asteroiden entdeckt hat«, sagte er, um etwas zum Gespräch beizusteuern.

Der Professor machte eine wegwerfende Bewegung. »Ich habe gehört, er sei eine absolute Null, in Wirklichkeit hätten seine beiden Assistenten allen Ruhm verdient. Außerdem heißt $A2119VB_{12}$ jetzt Kali. Ein weiterer Beweis für seinen Stumpfsinn.«

»Ich finde den Namen recht passend und immerhin klingt er etwas positiver als Ragnarök oder Armageddon«, entgegnete Henry.

»Es ist und bleibt ein religiöser Name. Das gießt doch Wasser auf die Mühlen der Fanatiker«, schimpfte sein Großvater.

»Du kannst den Menschen ihren Glauben nicht absprechen!«

»Sie mögen glauben, woran sie wollen. Aber sie sollen die Leute nicht aufstacheln oder betrügen. Ich habe eben den Spendenaufruf einer neumodischen Untergangssekte gesehen und anschließend eine Lottowerbung für die verrückten Marsianer. Und dann erst die schrecklichen Nachrichten.«

Henry sah seinen Großvater stirnrunzelnd an, der sich jetzt sein zweites Glas füllte.

»Du pauschalisierst, verunglimpfst und polemisierst so wie jene, die du attackierst. Natürlich gibt es viele schwarze Schafe. Trotzdem überwiegt der positive Beitrag der Religionen und der Gläubigen für die Menschheit. Außerdem hat eine neue Sekte nichts mit dem Mars-Projekt zu tun.«

Der Professor wedelte abschätzig mit der Hand.

»Ich weiß, du setzt gewisse Erwartungen in dieses Mars-Projekt. Aber ich kann darüber nur lachen. Momentan befinden sich sechs einsame Menschlein auf der Marsstation. Selbst wenn es der Mars-Fundation gelingt, wie geplant, 30 bis 40 weitere Menschen samt Material auf den Roten Planeten zu schießen, lässt sich mit drei Dutzend Exilanten keine neue Erde schaffen. Auch wenn tatsächlich nur die Besten und nicht die Reichsten auf dem Planeten landen und sie in der extrem kurzen Zeit ein vernünftiges Habitat bauen können, werden sie nicht langfristig überleben können. Und selbst wenn es der Gruppe gelingen würde, ihre Populationsgröße beizubehalten, so könnten sie doch niemals wachsen. Denn klares Wasser und saubere Luft sind Mangelware auf der roten Kugel… Nein, ich sage dir, was passieren wird. Einige Jahre werden sich die Bewohner halten können. Vielleicht wird sogar ein neues Kind da oben geboren. Womöglich können sie sogar ein paar Tiere und Pflanzen mitnehmen. Aber irgendwann … irgendwann geht etwas Wichtiges kaputt und es gibt keine Ersatzteile von der guten Erde mehr.

Und dann gibt wieder etwas seinen Geist auf und dann wieder. Und irgendwann schlägt die gnadenlose Umgebung zu und grillt, gefriert, zermalmt oder erstickt alles Lebendige, dass sich bis dahin gehalten hat.« Er leerte sein zweites Glas Brandy. »Wenn es überhaupt die Spur einer Chance gibt, dann sind wir es, die ihr folgen«, schloss er seine Ausführungen.

Henry formte und sortierte seine eigenen Worte, bevor sie seiner Zunge schmeckten. Er liebte seinen Großvater, aber sein Pessimismus nervte.

»Es existiert ein ziemlich unbekanntes Weltraumprojekt mit dem Namen ›Aurora‹. Das Projekt ist gedanklich ein bisschen an die alten Pionier- und Voyager-Missionen und ihre Plaketten angelehnt. Nur dass die acht kleinen Satelliten dieses Unternehmens deutlich mehr Schätze mit sich tragen werden. Neben dem geballten Wissen der Menschheit und einigen ausgewählten Kulturgütern transportieren diese Archen auch genetisches Material zahlreicher Arten. Zwei der Archen sollen im Sonnensystem verbleiben. Sechs werden ausgesandt. Ich glaube nicht daran, dass eine fremde Spezies irgendwann die Bio-Proben entnimmt und unsere Rasse auf einem neuen Planeten ansiedelt. Aber der Gedanke an ein Vermächtnis ist ein schöner und beruhigender Gedanke und keinesfalls ein selbstsüchtiger. Was ist der Sinn des Lebens, wenn nicht das Streben nach mehr, nach Weiter-Leben? Was unterscheidet den Menschen vom Tier, wenn nicht der Wille und die Fähigkeit, Spuren im Sand der Zeit zu hinterlassen? Das ist Kultur… Eben unter diesem Blickwinkel betrachte ich auch das Mars-Projekt. Sie werden unweigerlich scheitern. Ja! Als Letzte eines Planeten voller Leben, als Herolde einer Geschichte von der ersten Zellteilung bis zu diesem Moment, werden sie im roten Staub begraben. Aber gerade, weil ich weiß, genauso wie sie selbst, dass sie scheitern werden, bin ich voller Stolz und Freude. Ich sage dies nicht aus klebrigem Pathos oder verdrehtem Ehrgefühl. Die Fähigkeiten zu leiden, zu erdulden und weiter zu streben gehören für mich zu den edelsten unserer Spezies.«

Jetzt schwieg der Professor eine geraume Weile, bevor er sein letztes Glas genoss.

»Es ist ein Vergnügen mit dir zu sprechen, obwohl wir völlig unterschiedliche Ansichten haben«, sagte er mit ehrlicher Zuneigung. »Wo ich Blender sehe, die um jeden Preis ihre eigene Haut retten wollen, siehst du höchste Tugendhaftigkeit. Wo ich Ironie finde, suchst du Ernsthaftigkeit.« Er machte eine rhetorische Pause. »Nun ja, ich bin ein Zyniker… Gleichwohl wirst du den Witz darin erkennen, dass wir bei der Phönix Initiative probieren, Spuren in der Zeit zu hinterlassen, indem wir versuchen, die Spuren der letzten zweitausend Jahre zu verwischen.«

Beide schmunzelten.

Henry hatte es nun auch geschafft, sein erstes Glas gänzlich zu leeren.

»Wie läuft es denn so bei euch in Deutschland? Womit vertreibst du dir die Zeit?«, wechselte Henry das Thema.

»Wenn du wissen willst, ob die Maschine rechtzeitig einsatzbereit sein wird – das kann ich dir beim besten Willen nicht sagen. Alle tun so, als würden wir es schaffen. Andernfalls wäre unsere Arbeit sinnlos. Und was ich gerade mache? Nun ja, ich füttere die Datenbank der Initiative und bemühe mich, der KI etwas Geschichte nahezubringen… Was sich recht langweilig anhört, ist ehrlich gesagt die interessanteste Tätigkeit meines beruflichen Lebens. Meine Kollegen und ich versuchen, alle gesicherten historischen Fakten nutzbringend aufzubereiten. Wir tragen alles zusammen, was uns sinnvoll erscheint und versuchen Verknüpfungen herzustellen und die Blickwinkel der verschiedenen Teilwissenschaften einzubringen. Gleichzeitig wollen wir unsere vielfältigen Erinnerungskulturen mit einbinden. Man kann fast sagen, wir probieren, der KI ein wenig Geschichtsbewusstsein einzuhauchen.«

»Das klingt nach einer spannenden, aber auch sehr umfangreichen und zeitaufwändigen Arbeit«, meinte Henry. Er freute sich, dass sein Großvater so für eine Sache brannte.

»So ist es. Und gleichzeitig ist es nur ein Bruchteil meiner Aufgaben. Ich gestalte nebenbei noch den Lehrplan der Akademie mit. Es ist wichtig, dass die Zeitreisenden wissen, was sie tun! Und wann sie es tun! Wir greifen in die gewachsenen Strukturen einer alten Zivilisation ein und verabreichen ihr heftige Aufputschmittel. Deshalb müssen wir strengstens darauf achten, dass wir die Kultur damit tatsächlich kurieren und sie nicht vergiften.«

»Und all die Verantwortung legen wir in die Hände einer Gruppe Jugendlicher«, sagte Henry, der die nörgelnden Schüler aus der letzten Sportstunde vor seinem geistigen Auge sah.

»Das war eine der ersten Entscheidungen des Phönix-Vorstandes, sogar noch bevor ich 2121 zum Phönix-Projekt gekommen bin. Ich würde selbst gerne Jupiter im alten Rom spielen, aber es gibt doch viele gute Gründe, die für deine Schüler sprechen.«

»Die da wären?«, fragte Henry, auch wenn er sie kannte.

»Na, sie sollen das Reich tiefgreifend und langfristig formen. Ich habe noch 20 gute Jahre vor mir. Sie haben mit Glück noch 80 erfolgreiche Herrschaftsjahre. Im Übrigen ist man in ihrem Alter viel anpassungs-, lern- und strapazierfähiger. Außerdem sind sie die Besten der Besten. Eine Auswahl der begabtesten Kinder unseres Planeten. Und zuletzt spricht die Tatsache für sie, dass sie von klein auf Latein als eine lebendige Sprache gelernt haben. Ich kann die alte Sprache lesen und Inschriften übersetzen. Mit einem Römer vernünftig reden, könnte ich aber nicht.«

»Du hast schon recht. Die Schüler lernen schnell und sprechen jetzt schon besser Latein als ich. Trotzdem werden sie auch mit 19 noch unreife Persönlichkeiten sein. Wäre es nicht sinnvoller gewesen, eine Gruppe von Zwanzigjährigen oder Dreißigjährigen auszubilden?«, fragte Henry nachdenklich. Er liebte das Unterrichten und er kannte seine Schüler schon ganz gut. Sie waren reflektierter und umgänglicher als durchschnittliche Kinder oder Jugendliche. Und natürlich klüger. Trotzdem konnte er sich nicht vorstellen, wie diese Kinder ein Weltreich beherrschen sollten.

»Vier von neun Vorstandsmitgliedern sahen das ähnlich wie du. Ihre Position hat sich dennoch nicht durchgesetzt. Vorstandsmitglied Miyu Nakamura hat ihre Sichtweise damals mit einem Vergleich erläutert: Welcher Tiger überlebt in der Wüste? Der mächtige Alte oder das ungeformte Jungtier?«

»Keiner von beiden. Außerdem ist der Mensch doch viel anpassungsfähiger als ein Tiger. Er kann auch mit 60 noch jagen lernen«, erwiderte Henry.

»Dann lass mich einen anderen Vergleich anführen. Fast alle großen Sportler oder Musiker haben ihr Handwerk von Kindesbeinen an gelernt. Sie haben nicht erst mit 21 Jahren angefangen, um dann mit 33 Weltmeister zu werden. Sieh dir die berühmtesten Fußballer, Turner, Pianisten, Schwimmer, Schachspieler oder E-Sports-Champions an und finde einen, der erst als Erwachsener damit angefangen hat. Du wirst kaum einen finden. Denn ›früh übt sich‹, wie es im Deutschen so schön heißt. Es ist sehr viel schwerer, zu wahrer Meisterschaft zu gelangen, wenn man erst spät im Leben damit anfängt. Selbst wenn man dann 20 Jahre lang übt. Darum brauchen wir junge Talente. Mit 19 oder 20 werden sie überaus mündige, tapfere und zielstrebige Charaktere sein, reifer als so mancher Endzwanziger. Denn zum Glück haben wir ja die teuerste Ausstattung und die besten Lehrer der Welt, die sich um sie kümmern«, sagte sein Großvater mit einem Augenzwinkern.

05. Juni 2130 – Drei Jahre nach der Aufnahme an der Akademie

Das Klassenzimmer sah aus wie ein Saustall. Überall klebten bunte Papierschnipsel. Unter den Bänken tummelten sich heruntergefallene Stifte, Krümel und zwei Scheren. Das Fenster stand sperrangelweit offen und die Stühle waren wild im Raum verteilt. Kein Schüler befand sich im Zimmer. Henry seufzte und ging zwei Türen weiter in den kleinen Saal mit den hohen Wänden, aus dem jetzt gedämpfte Geräusche drangen. Anhaltendes Gelächter erklang. Er öffnete die Tür und schaute herein. Die Schüler saßen dicht gedrängt nebeneinander auf langen Sitzreihen und starrten auf eine uralte Kinoleinwand. Ihre drei Lehrer fläzten auf riesigen Sitzsäcken in der letzten Reihe. Er gab ihnen ein kurzes Handzeichen. Sie erkannten ihn und nickten verstehend zurück.
»Ego pater tuum sum, Lucius« *(Ich bin dein Vater, Luke)*, schallte es aus den Lautsprechern und die Schüler lachten und applaudierten erneut. Henry musste ebenfalls lachen, er kannte die Filmreihe und hatte sogar alle 21 Teile gesehen. Nach drei weiteren Szenen war der kurze Trailer vorbei und sieben Schüler stiegen auf die Bühne. Ihre Anführerin trug ein selbstgebasteltes Laserschwert in der Hand, ihre Mitschüler hielten eine übergroße und hervorragend gearbeitete Collage im Stil eines alten Filmplakats in die Höhe.

»Hoffentlich hat euch unser kleiner Teaser gefallen und ihr schaut euch heute Abend den ganzen Film an. Wir hatten jedenfalls sehr viel Spaß, den Film zu synchronisieren, auch wenn wir wieder unzählige neue lateinische Worte erfinden mussten, von ›lucigladius‹ bis ›stellae mortis‹. Ich hoffe, ihr wisst unsere Wortneuschöpfungen zu würdigen. Im Untertitel könnt ihr euch auch anschauen, wie wir sie jeweils schreiben würden. Um das Ganze abzurunden, haben Kenan, Francessca und Suzan ein kleines Filmplakat gebastelt.« Die Schüler hielten es in die Höhe. »Vielen Dank für eure Aufmerksamkeit. Sit vis vobiscum *(Die Macht sei mit Euch)*.« Alle sieben Schüler verbeugten sich und bekamen noch einmal tosenden Applaus. Nachdem sie wieder von der Bühne verschwunden waren, traten die drei Lateinlehrer in Erscheinung. Herr Coccopalmerio gab der lauten Klasse ein Zeichen, sich zu beruhigen.

»Wir sind ausgesprochen stolz auf eure fantastischen Leistungen. Ihr habt euch alle mächtig ins Zeug gelegt, um die Filme pünktlich fertig zu bekommen und trotzdem hochwertige Arbeit geleistet. Wir haben uns mit den anderen Lateinlehrern darauf geeinigt, dass wir im Sommer ein kleines Filmfestival veranstalten wollen. Dann können wir auch die Filme aus den anderen Klassen anschauen und die besten Werke prämieren. Da ihr alle das Projektziel so hervorragend gemeistert habt, möchten wir uns an eine noch schwierigere Aufgabe wagen. Wir würden gerne einige klassische Theaterstücke gemeinsam mit euch in die lateinische Sprache übersetzen und dann aufführen. Natürlich sollt ihr entscheiden, welche Stücke wir aufgreifen und wie die Umsetzung aussehen soll. Wenn ihr möchtet, könntet ihr euch bis zur übernächsten Woche schon einmal Gedanken machen, welches Theaterstück euch interessieren würde.«

Die Schüler begannen leise zu murmeln.

»Wartet bitte noch einen Moment, bevor ihr raus rennt. Herr Meyer möchte euch noch etwas mitteilen.«

Henry erhob die Stimme: »Salve! Der Trailer sah klasse aus! Es gibt heute leider eine kleine Stundenplanänderung für die Schüler aus den Diana- und den Apollon-Klassen. Wir hatten einen Sicherheitsverstoß in der Nähe der Ställe. Daher fällt der Reitunterricht am Nachmittag aus. Ihr habt stattdessen eine Stunde Turnen und eine Einheit Jiu-Jitsu, also eine volle Ladung Sport. Vergesst nicht, mittags gut zu essen! Danke.« Er grinste, drehte sich um und ging zügig zum nächsten Unterrichtsraum, um seine Mitteilung persönlich an die zweite Klasse weiterzutragen. An diesem Vormittag hatten alle Schüler in gemischten Kursen Unterricht. Hier lernten und arbeiteten Schüler aus allen sechs Tempeln zusammen.

Seine Nachricht hatte bei den Schülern für einigen Gesprächsstoff gesorgt. Die eine Hälfte der Klasse diskutierte lauthals darüber, ob der ausgefallene Reitunterricht ein Glück oder Unglück sei. Die andere Hälfte spekulierte, was es mit dem Sicherheitsverstoß auf sich haben konnte. Am heftigsten debattierten Kiran und Aquil, während sie langsam zur blauen Mensa schlurften.

»Ich schätze mal, Frau Torres ist krank, deshalb der Ausfall«, sagte Aquil, während er einen Stein mit dem Fuß wegkickte. »Wollen wir wirklich schon wieder zur blauen Mensa? Ich hab irgendwie mehr Bock auf die rote.«

Es existierten fünf Speisesäle auf dem Campus. Ihre Farben standen für verschiedene kulinarische Ausrichtungen. Ihnen allen war gemein, dass sie unzählige Zutaten in bester Qualität anboten, jedoch keine fertigen Gerichte. Ihre Mahlzeiten mussten die Schüler selbst anrichten. Dafür hatten sie zahlreiche Küchenprofis als Ratgeber an ihrer Seite und reichlich Zeit für Mittag und Abendbrot. Nur das Frühstück wurde ihnen zubereitet, damit sie am Morgen ausreichend gerüstet in den Tag starteten. Montag bis Mittwoch waren zudem nur traditionelle römische Gerichte erlaubt.

Anfangs fand Aquil das Kochen nervig und zeitaufwändig. Inzwischen hatte er jedoch einiges über die Zutaten und Zubereitungsmöglichkeiten gelernt und sogar etwas Spaß an der Sache. Obendrein gab es in der Antike keinen Pizza-Service. Er konnte sein Wissen also vielleicht einmal gebrauchen. Jetzt steuerten er und Kiran auf den blauen Speisesaal mit den Spezialitäten des Meeres zu.

»Ich will nochmal diese Muscheln probieren. Die blaue Mensa ist die beste«, meinte Kiran. »Ich bin mir außerdem ziemlich sicher, dass mit Sicherheitsverstoß ›Einbruch‹ gemeint ist.«

»Also erstens: Muscheln sind widerlich. Und zweitens: Warum sollte irgendwer bei den Ställen einbrechen? Denkst du, jemand wollte ein Pferd klauen?«, sagte Aquil feixend.

»Haha, sehr lustig«, sagte Kiran mit gespielter Wut. »Man muss ja nicht einbrechen, um etwas zu stehlen. Vielleicht wollten sie uns einfach ausspionieren.«

Aquil rollte mit den Augen. »Wer sollte uns denn beim Reiten ausspionieren wollen?«

»Natürlich wollte uns niemand beim Reiten zusehen. Die wollten die Akademie auskundschaften. Klare Sache!«

»Vielleicht ist ja einfach nur ein Pferd abgehauen oder es hat gebrannt oder einen Unfall gegeben. Das ist doch viel wahrscheinlicher als ein Agent, der sich auf den Campus schleichen will«, erwiderte Aquil, bei dem das Thema keine Begeisterung auslöste. Sein Freund hatte sich indes festgebissen und wollte es wie immer nicht gut sein lassen. Aquil schätzte Kiran, der so vollkommen anders war als er - hochgewachsen mit feinen Gesichtszügen, immer fröhlich, aufopfernd und loyal. Doch seine Neugier, seine Ungeduld und seine Unvorsichtigkeit hatten ihn schon mehrfach in Schwierigkeiten gebracht.

»Du lebst wohl hinterm Mars!?«, ereiferte sich Kiran. »Die Phönix Initiative hat Tausende Feinde, die hier herumschnüffeln wollen. Was glaubst du, warum wir das ganze Sicherheitspersonal, die Drohnen und die Mauer haben?«

»Ja, okay … Vielleicht hast du recht. Also sollten wir uns da nicht reinhängen, Kiran. Wir würden nur Ärger bekommen«, sagte Aquil beschwichtigend.

Kiran boxte ihm auf den Arm.

»Sei nicht so feige, du Miesmuschel! Wir sind bald Götter und du spielst das schüchterne Mäuschen. Wenn wir clever sind, wird uns schon niemand entdecken.«

Wahrscheinlich wusste Kiran, dass er seinem Freund unrecht tat. Aquil hingegen verkraftete es nie, wenn man ihm Feigheit vorwarf. Er verstand selbst nicht, woher diese Verletzlichkeit kam, verbergen konnte er sie jedoch kaum. Er sah Kiran böse an.

»Denkst du, nur weil ich nicht so dumm bin wie du, bin ich feige?«

Jetzt kam Kiran seinerseits in Fahrt.

»Wer hat sich denn nicht getraut, beim Tanzen mitzumachen, obwohl er Lust hatte? Wer bekommt seit Wochen den Mund nicht auf, wenn er diese Mia aus dem Diana-Tempel sieht, obwohl er ständig ihr Gesicht in seinen Zeichenblock malt?«

Aquil errötete, er hatte nicht gewusst, dass Kiran seine Zeichnungen kannte. Er verstand selbst nicht genau, warum er sie so oft malte. Es beruhigte und entspannte ihn, wenn er etwas zeichnete. Das hatte er schon immer gerne gemacht. Und er hatte auch ein gewisses Talent dafür. Aber warum ihm das Mädchen mit den schönen leuchtenden Augen nicht aus dem Kopf ging, konnte er nicht sagen. Als sie einmal beim Bogenschießen zufällig neben ihm stand, konnte er sie nur anstarren, bekam aber kein vernünftiges Wort heraus. Aus Verlegenheit zog er eine dämliche Grimasse, was sie mit einem abfälligen Blick quittierte und sich abwandte. Danach hatte er regelrecht in Scham und Wut gebadet. Diese Gefühle kochten jetzt erneut in ihm hoch.

»Blödes Denkmalkind! Das geht dich gar nichts an! Welcher Trottel ertrinkt beinahe beim Mondball, weil er es ja immer besser weiß? Außerdem stehst du doch selbst auf Mia. Du glotzt ihr genauso hinterher!«

»Du regst dich nur auf, weil ich recht habe. Mein Team hat damals beim Mondball gewonnen! Und ich habe auch diesmal recht… Wollen wir wetten!?« Aquils Worte zu Mia ignorierte Kiran.

»Worum willst du wetten?«

Kiran überlegte einen Moment

»Wir haben noch fast zweieinhalb Stunden Mittagspause. Wir schleichen kurz zur Reithalle. Ich wette, wir finden ein Anzeichen für einen Einbruch. Wenn das stimmt, darf ich mein Glück bei Mia versuchen und du musst einen Monat lang für mich kochen.«

Aquil schnaubte verächtlich: »Wieso sollte ich das tun? Und außerdem willst du doch angeblich gar nichts von Mia.«

»Naja, vielleicht mag ich sie ja doch ein bisschen … Du sollst sie nur nicht anmachen, solange ich es nicht versucht habe. Das ist alles.«

Aquil schüttelte unmerklich den Kopf. Wollte er denn überhaupt etwas von Mia? Außerdem konnte sie doch selbst entscheiden. Kiran sprach und tat immer so, als wäre er sein größerer Bruder. Dabei war er auch erst 14 und hatte noch nie was mit einem Mädchen gehabt.

»Das ist eine ziemlich blöde Wette. Auf sowas kannst nur du kommen. Was habe ich denn davon, wenn ich gewinne?«

»Wenn du recht hast und dort niemand eingebrochen ist, sage ich kein Wort mehr über Mia, schau sie nie wieder an und bin einen Monat lang dein persönlicher Koch und Kellner, der alles zaubert, was du willst.«

Er setzte ein verschlagenes Lächeln auf und hielt Aquil seine rechte Hand hin. Aquil seufzte und gab sich einen Ruck.

»Wenn ich gewinne und wir deinetwegen Ärger kriegen, bist du zwei Monate lang mein unterwürfiger Küchensklave!«, sagte Aquil und hielt seine Hand noch zurück.

»Abgemacht! Und wir bleiben Freunde, auch wenn du später jammerst«, sagte Kiran grinsend und beide schlugen ein. Aquil bereute die Wette jetzt schon.

Die Reitanlage mit ihren drei großen Reitplätzen, der Reithalle, der Führanlage, den Ställen, Scheunen und Weideflächen lag abgelegen am äußersten Rand des riesigen Schulgeländes. Man erreichte das Reitgelände entweder über eine kleine Straße oder über den weitläufigen und verwinkelten Schulpark, der den Campus umgab. Kiran und Aquil stapften fast 40 Minuten lang durch die menschenleere Parkanlage. Da sie die wenigen Wachmänner bereits aus der Ferne sahen und die sichtbaren Kameras kannten, glaubten sie sich unbeobachtet, als sie durch die Schatten der hohen Bäume huschten.

Plötzlich piepsten und blinkten ihre Armbandcomputer. Aquil sah auf sein Display und fluchte leise. »Temporäre Sicherheitszone. Bitte verlassen Sie den Bereich.« Er sah verärgert zu Kiran.

»Wir sind vielleicht doof. Über die Armbänder kann man uns problemlos orten. Da hätten wir uns das Schleichen und Stolpern sparen können.«

»Jammere nicht rum, die Übung hat dir schon nicht geschadet. Wir gehen einfach ein Stück zurück, legen die Armbänder ab und dann geht es weiter. Sei froh, dass wir keinen Chip im Arm haben, so wie es in der Firma meines Vaters vorgeschrieben ist.«

Kiran schubste Aquil ein kleines Stück in die gewünschte Richtung und trabte dann voran, während sein Freund missmutig folgte. Sie platzierten ihre Armbänder auf einer Bank in einem hübschen Pavillon und gingen anschließend mit doppelter Vorsicht weiter. Als sie sich der Anlage bis auf wenige hundert Schritte genährt hatten, legten sie sich in ein großes Gebüsch. Aus ihrem Versteck heraus beobachteten sie zwei Männer, die aus der Reithalle heraustraten und zu einem parkenden Fahrzeug gingen. Der größere der beiden war ausgesprochen muskulös. Er trug die Uniform eines Wachmanns und machte ein mürrisches Gesicht. Der zweite Mann hatte dunkelblonde Haare und ein dunkelblaues Hemd mit dem Logo der Akademie. Ihn erkannten sie sofort, sie hatten ihn erst vor kurzem gesehen. Es war einer ihrer Sportlehrer. Der, der mit ihnen den Aufnahmetest gemacht hatte, Herr Meyer.

»Ein Wachmann und ein Lehrer untersuchen das Gelände, um den Spion auf frischer Tat zu ertappen«, sagte Kiran triumphierend.

»Stattdessen fassen sie zwei neugierige Klugscheißer, die im Busch hocken«, ergänzte Aquil trocken.

Die zwei Männer sahen jedoch nur kurz zur Reithalle, dann stiegen sie ein und fuhren in Richtung des zentralen Campus zurück. Die Jungen blickten ihnen nach, bis sie außer Sichtweite waren.

»Dann schauen wir uns mal um«, sagte Kiran und kroch behände aus dem Gebüsch. Aquil blieb nichts weiter übrig, als seinem Freund zu folgen. Seine Mine verfinsterte sich mit jedem Schritt.

Der Reiterhof wirkte ordentlich und gepflegt. Er war in rustikalem Stil gehalten, der an alte amerikanische Ranches erinnerte. Die adretten Holzbauten verliehen ihm einen romantischen Charme. Der Hof wurde von einem Reitlehrerpärchen und ihrer erwachsenen Tochter betrieben und durch die gesamte Schülerschaft bewirtschaftet. Hinter der Reitanlage endete das Areal der Schule. Hier verlief eine dicke, meterhohe Stahlmauer. Sie schnitt die Schüler von der sterbenden Außenwelt ab und schuf eine ganz eigene Realität im Inneren ihres Bannkreises. Die rostrot gestrichenen Stahlträger schimmerten im Licht der Mittagssonne. Sie waren an ihren Enden gebogen, mit Stacheldraht bewährt und warnten alle davor, das Gelände zu betreten. Ihr kolossaler Anblick verunsicherte Aquil.

Normalerweise herrschte auf dem Hof immer eine rege Betriebsamkeit. Jetzt schien die Anlage wie ausgestorben. Nur aus dem Stall kamen die vertrauten Geräusche der Tiere.

»Wir sollten uns beeilen. Die werden die Tiere nicht lange unbeaufsichtigt lassen«, mahnte Aquil seinen unternehmungslustigen Freund. Am liebsten wäre er umgedreht und hätte diese dämliche Wette vergessen. Doch er kannte Kiran, er würde jetzt nicht gehen und Aquils Vernunft noch jahrelang als Feigheit auslegen. Und er hasste es, wenn ihn jemand für einen Feigling hielt.

»Lass uns als Erstes in die Reithalle schauen«, sagte Kiran und schlüpfte fünf Sekunden später durch ein unverschlossenes Eingangstor.

Die Reithalle besaß eine aufwändige hölzerne Dachkonstruktion und einen Galeriegang mit wuchtigen Fenstern, die die Halle angenehm beleuchteten. Auf den ersten Blick sahen die beiden … nichts. Der mattgraue Sand war sauber, der Galeriegang leer, alle Utensilien befanden sich an ihren angestammten Plätzen.

»Ein perfekter Ort, um Staub und Pferdeäpfel zu klauen. Das Traumziel aller Einbrecher und Spione«, höhnte Aquil.

»Du brauchst dich gar nicht lustig zu machen. Ich habe schon einen Hinweis gefunden«, entgegnete Kiran kühl und zeigte auf eine kleine schwarze Masse, die an der Seitenwand des Reitplatzes lag. Die beiden gingen zu dem betreffenden Gegenstand und Aquil beugte sich prüfend vor.

»Das ist ein überaus hässliches Ei aus schwarzem Schaum. Was soll das denn für ein Hinweis sein, Sherlock? Schau mal, das Ding ist sogar aufgebrochen und völlig hohl.« Aquil hielt den unförmigen Ball mit der aufgeschlagenen Seite nach oben.

»Ich kenne solchen Schaum, er ist extrem stabil und wird im Transportwesen verwendet, um Sachen stoßfest zu verpacken«, sagte Kiran, als seien damit sämtliche Fragen geklärt.

»Hier liegt also eine kaputte Verpackung. Das erklärt natürlich alles«, spottete Aquil erneut.

»Streng deine Fantasie an und kombiniere! Das Ding ist nie und nimmer eine gekaufte Verpackung, dafür ist das Ei zu hässlich. Außerdem fehlt das Etikett oder der Chip der Post. Die Hülse wurde mit Sicherheit selbst gemacht. Und wenn du bedenkst, wo wir sind, ist ihr Nutzen auch klar… Jemand hat das Ei über die Mauer geworfen und darin etwas geschmuggelt!«, stellte Kiran mit selbstsicherer Mine fest.

»Man, du musst nachts fantastische Träume haben«, unkte Aquil. »Das ist eine schrumpelige Schaumkugel, die zu lange in der Sonne lag, und du machst daraus die Story für einen Spionagethriller. Lass uns jetzt abhauen! Es steht unentschieden. Wenn wir uns beeilen, können wir noch ein Brötchen essen, bevor wir zum Unterricht müssen.«

»Nein!« Kiran schüttelte mit dem Kopf. »Ich bin mir sicher, dass ich recht habe. Wir gehen erst noch in den Stall. Wenn wir da nichts weiter finden, können wir von mir aus gehen.« Wieder eilte Kiran voran, während Aquil das Ei nochmal kopfschüttelnd betrachtete und dann zurück auf den Boden warf. Als Aquil aus der Halle trat, war Kiran schon in der Stalltür verschwunden. Die beiden Ställe verfügten jeweils über zwölf Paddockboxen, in denen die Pferde ruhten, wenn sie nicht auf der Weide grasen durften. Die Tiere konnten selbstständig zwischen ihrer überdachten Unterkunft im Stall und dem kleinen umzäunten Außengehege wechseln. Im Moment waren fast alle Boxen belegt.

Als Aquil den Stall betrat, traf ihn der intensive Tiergeruch wie ein Schlag ins Gesicht. Die Luft war feucht und warm und drängte sich unangenehm in seine Lunge. Die Pferde wieherten aufgeregt und bewegten sich nervös in ihren Boxen hin und her. Wahrscheinlich hatte sich in den letzten Stunden niemand um sie gekümmert und sie waren hungrig oder wollten sich bewegen. Kiran war indes schon weiter zum Ende des ersten Stalls gegangen und öffnete die Durchgangstür zur zweiten Stallung.

»Trödel nicht«, rief er laut nach hinten. Da fiel Aquils Blick auf Incitatus, die norwegische Stute, auf der er das Reiten gelernt hatte und noch immer übte. So wie die meisten Pferde auf der Anlage war das Fjordpferd nicht groß, im Gegenzug aber zahm, gutherzig und gelassen. Aquil mochte es sehr. Es streckte ihm den Kopf entgegen und begrüßte ihn mit einem Schnauben. Er tätschelte die Stute behutsam und redete leise auf sie ein, genauso wie er es gelernt hatte. Dann sah er sich um. Vielleicht konnte er dem Tier etwas Gutes tun, wenn er schon einmal hier war? Wo hing nur der Eimer, in dem sonst die Äpfel lagen? Vielleicht sollte er auch mal ausmisten. Es stank heute besonders streng. Der Eimer war leer und die Mistgabel fehlte. Eigentlich hatte er auch keine Zeit für so etwas. Plötzlich hörte er ein leises Klirren und dann ein dumpfes Poltern aus der Richtung des Durchgangs. Ein Schrei ertönte. »Kiran!« Aquil sprintete zur Durchgangstür. Der schmale kurze Korridor war leer. Aquil rannte weiter zur nächsten Stalltür und stürzte in den Gang des zweiten Stalls. Ein grauenvolles Bild wurde langsam scharfgestellt. Sein Freund lag stöhnend und wimmernd am Boden. In seinem Rücken steckte eine Mistgabel, die tief in seine Lende gedrungen war. Das Blut pulsierte in Strömen aus ihm heraus.

Auf der anderen Seite des Stalls nahm Aquil eine schlanke, schwarzgekleidete Gestalt wahr. Auch der Andere hatte ihn bemerkt und drehte sich zu ihm um. Er oder sie, das war schwer auszumachen, trug eine weiße Maske. Die Form erinnerte Aquil an eine Schlange. Der Eindringling ließ ihm keine Zeit für weitere Betrachtungen. Er riss die Tür einer Pferdebox auf, dann holte er ein kurzes Messer hervor und stach dem dicht am Eingang stehenden Tier zweimal in die Flanke. Der Maskierte wartete nicht auf die Reaktion des Pferdes, sondern zog sich blitzschnell zurück. Flink wie eine Katze hechtete er zum Stallausgang. Die Reaktion des kräftigen Haflinger Hengstes ließ keine Sekunde auf sich warten. Das Pferd riss die Augen auf, blähte die Nüstern und schrie entsetzt. Es stieg auf und machte einen weiten Satz nach vorne aus der Box heraus. Dabei hämmerte es mit den Vorderbeinen auf die gegenüberliegende Box. Aquil sah zu dem panischen Pferd und ahnte, was gleich kommen würde. Rechts neben ihm bemerkte er eine leere Pferdebox. Er öffnete die Tür, packte Kiran an den Armen und zog ihn in die rettende Zelle. Er brauchte nicht einmal zehn Sekunden, dennoch war er zu langsam. Das wildgewordene Pferd donnerte bereits auf sie zu. Es erreichte sie, ehe Aquil seinen Freund komplett in die Box schleifen konnte. Ein hässliches Knacken dröhnte in seinen Ohren. Er spürte es sogar in seinen Händen, als die Pferdehufe Kirans Knie trafen. Dann krachte das Tier gegen die Durchgangstür. Eilig zog er Kiran das letzte Stück hinein und schlug die Tür der Pferdebox zu. Keuchend ließ er sich zu Boden sinken und versuchte die aufsteigende Panik zu bekämpfen. Was sollte er jetzt tun? Das Pferd randalierte auf dem Gang. Sollte er versuchen, es zu beruhigen? Aquil sah zu seinem Freund und musste würgen. Die Mistgabel steckte noch immer in seinem Rücken. Das rechte Knie war großflächig aufgesprengt und blutete stark. Immer mehr Stroh färbte sich rot. Schon kamen die fliegenden Bewohner des Stalls und umschwirrten Kiran. Er hatte keine Zeit zum Warten. Er musste etwas tun. Hilflos irrte sein Blick umher.

»Was tun? Was tun?«, fragte er sich selbst verzweifelt. Er sah nach draußen.

»Ich Idiot!«, schrie er und stürzte hinaus in den kleinen Pferch vor der Stallbox. Die Gitterstäbe waren hier dicht gesetzt und mannshoch. Trotzdem bereitete es ihm keine Mühe, darüber zu klettern. Schon während er vom Zaun sprang, verspürte er heftige Gewissensbisse. Hätte er bei Kiran bleiben müssen? Nein, er musste Hilfe holen! Am Eingang des Hofes waren doch Kameras. Er rannte los. Einen Augenblick später war er bereits am Haupteingang und wedelte wie wild mit den Armen, schlug mit den Fingerspitzen gegen die Objektive und brüllte so laut, er konnte.

Nichts geschah.

Niemand sah ihn.

Niemand kam.

Als er das Gefühl hatte, dass keiner ihn wahrnahm, dass alle Welt ihn verlassen hatte, spurtete er die kleine Straße entlang, die zurück zum Campus führte. Er rannte, als würde sein eigenes und nicht Kirans Leben davon abhängen. Die Straße war lang, ewig lang. Er konnte nicht mehr denken … Nur noch laufen, weiter laufen … Er stolperte, fiel hart, rappelte sich hoch … und hastete weiter. Er atmete schnell und hatte unsägliche Seitenstechen.

Endlich kamen ihm vier Fahrzeuge entgegen. Er schluchzte vor Erleichterung. Eines der Autos war ein Krankenwagen.

»Schneller! Beeilt euch!«, schrie er ihnen hinterher. Für ihn selbst war jetzt alles vorbei. Er würde hundertprozentig rausfliegen. Egal! Wichtig war nur, dass es Kiran überlebte.

»Beeilt euch!«

21. November 160 – Elf Tage nach der Ankunft

Diana kroch leise in das kleine Zelt und setzte sich vorsichtig neben den Schlafenden. Sie hatten ihm einen Würfel mitgebracht, um ein wenig zu heizen. Würfel, so nannten sie die faustgroßen, rechteckigen und von einer Brennstoffzelle angetriebenen Heizstrahler, von denen jeder ein kleines Exemplar im Streitwagen mit sich führte. Trotzdem konnte von echter Wärme keine Rede sein. Immerhin waren im Zelt knapp 15 Grad, während draußen Frost herrschte. Apoll lag ohne Rüstung, aber in einen Schlafsack eingehüllt auf seinem Lager. Seine Augen hielt er fest geschlossen, sein Mund stand offen. In unregelmäßigen Abständen zuckten die schmalen Lippen unwillkürlich, als würde er im Traum zu jemandem sprechen. Diana legte ihm vorsichtig die Hand auf die Stirn. Er hatte kein Fieber und auch keine Schweißausbrüche mehr. Doch die gesamte rechte Körperseite war noch immer mit Blutergüssen übersät. Er hatte sich tatsächlich keinen einzigen Knochen gebrochen. Dennoch litt Apoll unter Schmerzen, am gefährlichsten war indes seine Gehirnerschütterung. Diana hatte nicht mit Schmerzmitteln gegeizt und ihm auch ein Mittel verabreicht, das ihm helfen sollte, in den Tiefschlaf zu finden. Denn trotz großer Müdigkeit schreckte er immer wieder verwirrt aus dem Schlaf. Entgeistert hatte er mehrfach nach Kiran, seinem Vater und dem Weg zum Bus gefragt. Diana hob Apolls Arm leicht an und drehte seinen medizinischen Armbandcomputer zu sich. Sie überprüfte Körpertemperatur, Herzschlag und Blutdruck. Alle Werte lagen im normalen Bereich.

Als sie sein Handgelenk sacht zurück an seine Seite schob, berührten seine Finger unerwartet ihre Hand. Ein starkes Kribbeln durchlief sie und die feinen Härchen an ihrem Arm richteten sich auf. Verdutzt sah sie ihm ins Gesicht und wollte schon etwas sagen, bemerkte dann aber, dass er noch immer die Augen geschlossen hielt. Träumte er? Er zuckte unmerklich mit dem Kopf und bewegte stumm die Lippen.

Diana konzentrierte sich und versuchte, die gehauchten Worte zu verstehen. Sie beugte sich nahe zu ihm hinunter. Sein Duft stieg ihr wieder in die Nase. Er war so anders als der durchdringende Raubtierschweiß von Mercurius. Plötzlich wurde sein stummes Hauchen zu einem zarten Murmeln. Sie strengte ihr Gehör an und beugte ihr Ohr noch tiefer.

»…Nein Mia, ich meine es ernst. Du bist wunderschön. Ich würde dich gerne küssen.«

Diana schnellte zurück. Für eine Sekunde war sie fassungslos. Dann gab sie Apoll einen deftigen Schlag auf den Oberarm. »Hey, das war fies!«, sagte sie mehr überrascht als entrüstet.

Apoll lachte jedoch nicht auf, so wie sie es erwartet hatte. Stattdessen richtete er sich mit einem Mal kerzengerade auf und rief mit aller Kraft: »Kiran, ich habe die Wette gewonnen! Kiran!!!« Wie ein wildes Tier sah er sich im Zelt um. Wütend warf er den Kopf hin und her und versuchte sich aus dem engen Schlafsack zu befreien. Wie ein gefesselter Löwe zog und zerrte er mit rücksichtsloser Gewalt. Er wurde immer rasender. Dabei schrie er lauthals und nahm keinerlei Notiz von Diana.

Sie wich zum Ausgang des Zeltes zurück und starrte ihn an wie ein verschrecktes Reh. Immer noch bog und krümmte sich Apoll. Er brüllte, als würde er um Leben und Tod kämpfen. Endlich gewann Diana ihre Fassung zurück. Sie beugte sich vor und verpasste ihm eine schallende Ohrfeige. Dies schien Wirkung zu zeigen. Apoll verstummte augenblicklich und erstarrte mitten in der Bewegung. Als sein Blick auf Diana fiel, sackte er in sich zusammen und starrte dann in Richtung Zeltdach.

Inzwischen war Bewegung in das Lager gekommen und Vesta steckte ihre Nase durch den Zelteingang.

»Was machst du denn mit deinem Patienten? Er schreit, als hättest du ihn verprügelt.«

Warum lag Vesta immer so verdammt richtig mit ihren Vermutungen?, dachte Diana. Stattdessen sagte sie: »Apoll hat schlecht geträumt. Er verträgt die Schlaftabletten nicht so gut. Ich werde sie absetzen.« Vesta schnaubte bloß, verkniff sich aber einen Kommentar.

»Bitte entschuldigt. Ich glaube, ich hatte wieder einen Albtraum«, sagte Apoll, der jetzt kraftlos vor ihnen lag.

»Vielleicht kommt ihr am besten mit raus und esst und trinkt etwas mit uns«, schlug Vesta vor. Diana und Apoll nickten.

Einige Minuten später saßen alle Götter um ein wärmendes Feuer und bedienten sich großzügig aus ihren bescheidenen Vorräten. Es war in den letzten Tagen spürbar kälter geworden, so dass sie dicht zusammenrückten. Diana hatte neben Apoll Platz genommen, versuchte aber, ihn mit keiner Stelle ihres Körpers zu berühren, was sich als ausgesprochen schwierig erwies.

Sie war noch immer durcheinander und hörte seine flüsternden Worte immer und immer wieder. »…Nein Mia, ich meine es ernst. Du bist wunderschön. Ich würde dich gerne küssen.« Er hatte geträumt und sich keinen Scherz erlaubt, soviel war Diana jetzt klar. Aber warum hatte er das gesagt? Sie kannten sich doch kaum. Es musste an den Schmerzmitteln und Schlaftabletten liegen. Außerdem hatte er ja noch anderes wirres Zeug im Schlaf gemurmelt. Aber erinnerte er sich selbst daran, was er geflüstert hatte? Sie schielte zu ihm hinüber. Er sah immer noch fahrig aus und ließ sich jedenfalls nicht anmerken, ob er sich erinnerte oder gar schämte. Er lächelte sie nur kurz an, als er ihren Blick auf sich spürte. Diana schaute schnell weg. Dem Gespräch am Lagerfeuer konnte sie nur schwer folgen, während sich ihre Gedanken im Kreis drehten.

Nachdem die Gruppe eine Weile in Erinnerungen an die Akademie geschwelgt hatte, kam Mercurius zum Wesentlichen und riss damit auch Diana aus ihrer Grübelei.

»Ich weiß, dass es keiner von euch hören will, aber inzwischen ist auch die letzte Frist verstrichen. Apoll ist jetzt fit genug, um zu reisen, also sollten wir uns auf den Weg nach Süden machen. Ich möchte nicht ohne Venus weiterfliegen.

Aber wir müssen es tun, um unseren Auftrag planmäßig ausführen zu können.«

Diana lachte gequält auf.

»Als wenn bisher alles planmäßig gelaufen wäre. Lasst uns Venus nicht so schnell aufgeben und noch ein paar Tage ausharren. Wir können dann immer noch nach Italien aufbrechen.« Sie sah bittend in die Runde, fand aber nur verschlossene Gesichter.

Vesta ergriff das Wort: »Wir lassen Venus nicht im Stich. Wir hinterlassen eine Botschaft sowie unsere Zelte, die Feuerstelle, etwas Wasser und Nahrung. Wenn Venus tatsächlich noch kommt, wird sie unser Lager finden und uns folgen.« Sie machte eine kurze Pause, bevor sie weitersprach. »Aber ich denke, wir alle sollten ehrlich zu uns sein und der Wahrheit ins Gesicht sehen. Ich hatte den letzten Termin, wenige Tage vor dem Einschlag. Schon für meinen Zeitsprung gab es kaum genug Energie. Zahlreiche Kraftwerke waren ausgefallen. Es gab Sabotageaktionen, Aufstände in den Straßen und selbst bei der Initiative ist es zu Morden gekommen. Ich befürchte, sie haben es einfach nicht mehr geschafft, noch eine Zeitreise durchzuführen.«

Diana sah sie erbost an. Wie konnte sie nur so kalt über das Schicksal ihrer Freundin sprechen?

»Ich habe schon von Mercurius die neuesten Horrormeldungen gehört. Allerdings frage ich mich, warum du vor seinem Eintreffen nie ein Wort darüber verloren hast. Wenn wir gerade mal ›ganz ehrlich sind‹ und ›der Wahrheit ins Gesicht sehen‹ …«, sagte Diana bissig.

Vesta sah sie böse lächelnd an.

»So, so, Rius hat dir also schon alles erzählt. Hat er auch erwähnt, dass die Phönix Initiative kurzfristig seinen Ersatzmann zum Mercurius ernennen wollte? Zufällig ist Dimitri aber bei einer Explosion verstorben. Man hatte Mercurius im Verdacht, dafür verantwortlich zu sein.«

Ihre Worte schlugen ein wie eine Bombe. Alle Augenpaare hefteten sich auf Mercurius. Dieser zuckte mit keiner Wimper und sprach so gelassen, als würde es um Kochrezepte gehen.

»Es stimmt. Sie haben mich verdächtigt und daher meine Ernennung zurückgezogen. Es zeigte sich aber schnell, dass ich unschuldig bin und man vertraute mir wieder. Andernfalls wäre ich jetzt nicht hier. Ich hatte nichts mit Dimitris Tod zu tun.«

Alle schwiegen und sahen betreten zu Boden.

Diana kannte Dimitri nicht und wollte auf ihr ursprüngliches Anliegen zurückkommen.

»Es tut mir sehr leid, was mit Dimitri passiert ist, auch wenn ich ihn kaum kannte. Bitte lasst uns trotzdem nochmal über Venus reden und darüber abstimmen, ob wir nicht noch ein paar Tage warten können.« Wieder schauten alle angestrengt auf die Flammen vor sich.

»Wer ist noch dafür, unserem Herz noch eine Chance zu geben?«

Niemand rührte sich. Diana wartete. Endlich bewegte sich eine Hand neben ihr. Auch Apoll sah starr zu Boden, seinen Arm jedoch reckte er in die Höhe. Einen flüchtigen Augenblick sah sie ihm ins Gesicht. Hatte er Tränen in den Augen?

»Damit ist es entschieden!«, sagte Mercurius. »Wir packen zusammen und brechen auf. Unser nächster Wegpunkt liegt an der Donau.«

Alle erhoben sich.

Diana lagen bittere Worte auf der Zunge, sie hatte aber nur Augen für Apoll. Sie wollte gerne mit ihm reden, doch er steuerte stur auf sein Zelt zu.

»Apoll, können wir kurz reden?« Er reagierte nicht und stand nun vor seinem Eingang.

»Apoll, warte mal kurz.« Er schlüpfte hinein.

»Apoll. Apoll! Aquil!« Das war ihr dann doch zu doof, sie drehte sich um und ging. –

Diesmal flog Apoll bei Vulcanus mit. Er wollte sich nicht im Liegen festschnallen lassen und saß daher am Bug des

Gleiters, nur an den Füßen durch einen Verschluss gesichert. In seiner Rüstung wirkte er wie eine Statue, der Wind und Wetter ins Gesicht peitschten. Warum er seinen Helm nicht aufgesetzt hatte, wusste Diana nicht. Es schien, als wollte er sich selbst geißeln, so sehr zerrte der eisige Fahrtwind an seinen traurigen Zügen. Unbarmherzig peinigte ihn der kalte Nieselregen, doch er blieb starr und stur. Diana wollte ihm zurufen, er solle kein Narr sein und seinen Helm aufsetzen. Aber er würde sie nicht hören, selbst wenn er ihre Worte verstehen könnte.

Mercurius' Stimme erklang durch ihren Helmfunk: »Wir erreichen gleich römisches Gebiet. Haltet euch bereit, am nächsten Kastell herunter zu gehen, und eine erstklassige Aufführung hinzulegen. Wir wollen nicht, dass sie auf falsche Gedanken kommen, also zeigen wir uns bei der erstbesten Gelegenheit. Die Nachricht von der Ankunft der Götter wird sich recht schnell verbreiten.«

Diana wusste natürlich, was zu tun war und was man von ihrer Rolle erwartete. Mercurius wiederholte nur, was sie schon ein Dutzend Mal geübt hatten. Jetzt würde sich zeigen, wie wirksam ihre Show war.

»Cas, wie heißt das Lager, auf das wir zufliegen?«, fragte Diana ihre KI.

»Der lateinische Name ist unbekannt. Im Deutschen heißt es ›Kastell Kumpfmühl‹. Es verfügt über 500 Mann, vorwiegend Hilfstruppen, und liegt auf dem Gelände der späteren Stadt Regensburg. In unserer Zeitlinie wurde es im Jahr 170 durch die Markomannen zerstört.«

»Gibt es hier eine beheizte Therme in der Nähe?«, fragte Diana, die trotz ihres Anzugs etwas fror.

»Das Lager verfügt mit Sicherheit über ein Kastellbad. Zudem gibt es ein Vicus, also eine zivile Siedlung am Rande des Forts. In dieser Zeit hat die Stadt bereits eine respektable Größe erlangt und besitzt einige Steinhäuser und zahlreiche Handwerks- und Gewerbebetriebe. Ob eine öffentliche Therme existiert, kann ich aber nicht verifizieren. Es ist zumindest denkbar.«

»Danke für diese ausführliche und ungewöhnlich präzise Auskunft, meine allwissende Wahrsagerin«, sagte Diana, jetzt schon ein bisschen besser gelaunt.

»Immer wieder gerne«, flötete Casandra zurück.

Sie folgten einem Fluss mit dem Namen Naab in südlicher Richtung. Mercurius drosselte seine Geschwindigkeit und wechselte das Antriebselement. Aus dem leise dahingleitenden Flieger wurde ein laut brummender Quadcopter.

Ein gewaltiger und wild dahinfließender Strom kam in Sichtweite. Selbst aus ihrer Höhe sah der Fluss überdimensioniert aus. Er zerschnitt die Landschaft mit seinem breiten Arm und schien eine unüberwindliche Grenze zu bilden. Die Grenze zur Germania Magna, dem Land der freien Germanen.

Eine Anlegestelle mit vier kleinen Booten kam in Sicht.

»Geschwindigkeit weiter drosseln. Wir fliegen erstmal zwei Runden über Kastell und Stadt und landen dann am Rand des Forts«, meldete sich Mercurius erneut zu Wort. Auch wenn es keine Rangordnung innerhalb ihres Teams gab, so oblag ihm doch die operative Leitung ihrer gemeinsamen Manöver.

Unter ihnen erkannte Diana die ersten Häuser. Das Kastell lag am Rande eines Hügels, der, umschlossen von zwei Talmulden, das umliegende Gelände überragte. Ein hoher Turm beherrschte das akkurat und symmetrisch angelegte Lager mit seinen breiten steinernen Mauern und ziegelgedeckten Gebäuden. Große Ställe zeugten von der Anwesenheit berittener Soldaten. Vom Militärlager ausgehend wandt sich eine gepflasterte Straße hinab in die Ebene. Beiderseits des Weges sowie in zweiter und dritter Reihe befanden sich Kasernen, Schuppen, Ställe, Brunnen und Höfe in unterschiedlicher Größe und Ausführung. Sowohl Steinhäuser als auch Holzbauten waren zu erkennen. Wobei Erstere vor allem am zentralen Platz sowie entlang der gepflasterten Wege zu finden waren. Selbst aus ihrer Höhe nahm Diana das geschäftige Treiben, die Geräusche der Karren und den Geruch der vielen kleinen Holzfeuer wahr.

Doch auch sie selbst wurden nun wahrgenommen. Die Leute stießen einander an, blickten in den Himmel und zeigten mit den Fingern auf sie. Laute Rufe erklangen, Kinder kreischten schrill, vom Kastell schallten Signalhörner, einige Bewohner warfen sich zu Boden oder versteckten sich unter Wägen und Dächern. Fast alle Menschen wirkten verstört und zutiefst verängstigt, als sie die Fluggeräte über ihren Köpfen sirren hörten, die nun langsam zur Landung vor dem Kastellhügel ansetzten.

Nach dem Aufsetzen schalteten die jungen Götter umgehend ihre Motoren ab und griffen zu den Insignien, die sie individuell auszeichneten. Diana schulterte ihren silbernen Köcher sowie ihren silbernen Bogen, ebenso wie Apoll, der darüber hinaus noch eine große Kithara mit sich schleppen musste. Mercurius ergriff seinen langen, vielseitigen Heroldstab und Vulcanus den wuchtigen Schmiedehammer.

Am leichtesten war Vesta bepackt, die einen handlichen Gasbrenner hielt, der nur wenige, dafür aber höchst imposante Stichflammen erzeugen konnte. Ihre Helme behielten sie vorerst auf. Sie waren so mit prächtigen Symbolen und Ornamenten verziert, dass es den Römern nicht schwerfallen sollte, zu erraten, welcher Götterkopf darunter steckte. Das Team postierte sich in einer Linie nebeneinander vor ihren Streitwagen und wartete auf ein Empfangskomitee.

Doch keine Seele rührte sich.

»Die lassen sich aber ganz schön Zeit«, meinte Vulcanus, der den schweren Schmiedehammer von einer Hand in die andere nahm. Von den Mauern des Kastells aus warfen ihnen die Spähposten ängstliche und verwirrte Blicke zu.

»Sie können noch nicht richtig glauben, was sie sehen«, sagte Vesta.

»Oder sie fürchten ihre Götter zu sehr, um sich ihnen zu nähern«, ergänzte Apoll.

Als sich nach drei weiteren Minuten immer noch nichts rührte, ergriff Mercurius die Initiative.

»Bitte verbindet mich alle mit euren Lautsprechern. Ich möchte den hiesigen Angsthasen jetzt endlich meine göttliche Botschaft überbringen«, sagte er und trat einige Schritte vor in Richtung des Kastells. Er hob seinen Stab in die Luft und projizierte dessen exaktes Abbild in den grauen Himmel. Denn in dem schweren geflügelten und von zwei Schlangen umwundenen Stab steckte ein leistungsfähiger Projektor. Dieses Zeichen am Himmel sollte unmissverständlich sein: Er hatte eine Nachricht zu überbringen und sie sollten sie hören. Trotzdem ging er auf Nummer sicher und sprach mit der Lautstärke eines DJ in einer Großraumdisco:

»Ich bin Merkur! Kommt und empfangt die Botschaft der Götter oder vergeht zu Staub!«

Er ließ seinen Stab noch 20 Sekunden in der Höhe, dann schaltete er ihn ab und ging zurück zu seinen Teamkameraden.

»Mal schauen, wer sich traut, zu uns zu stapfen«, sagte Vulcanus belustigt.

»Bestimmt schicken sie eine Frau oder einen Sklaven vor«, frotzelte Vesta.

Beide irrten sich und alle waren einigermaßen beeindruckt, als sich das Tor des Forts öffnete und sämtliche Legionäre des Lagers in Formation herauszukommen schienen.

»Damit hätte ich nicht gerechnet«, gab selbst Mercurius zu, der den Marschierenden entgegensah.

An der Spitze des Zuges Schritt der Kohortenpräfekt mit seinen höchsten Offizieren, ihnen folgten die Standartenträger, die das Zeichen ihrer Einheit, der ›Cohors II Aquitanorum equitata‹, präsentierten. Die Legionäre bildeten einen geschlossenen Block von Fußsoldaten, ihre Pferde hatten sie indes im Lager gelassen.

»Schon merkwürdig, dass sie alle in voller Bewaffnung herauskommen mit dem Kommandanten vorneweg«, sagte Vulcanus misstrauisch.

»Ich glaube sie wollen uns damit Respekt zollen. Zudem ist es praktisch, so können wir uns gleich allen auf einmal in Erinnerung bringen«, meinte Vesta.

Ein Kommandoruf erschallte und 15 Schritte vor ihnen stoppte die Einheit. Die Soldaten erhoben ihre Schilde, zogen die Kurzschwerter und schlugen mit den flachen Seiten der Klingen synchron auf die Schildränder. Der Effekt war beeindruckend.

»Die wollen uns angreifen. Davon habe ich schon mal gelesen«, rief Vulcanus erregt und griff zu seinem Pistolenholster. Doch die Truppe hatte ihren Lärm schon wieder eingestellt und tat erneut etwas Überraschendes. Sämtliche Soldaten bis hin zum Kommandanten ließen ihre Waffen und Schilde fallen, gingen in die Knie und warfen sich dann vollends bäuchlings auf die Erde. Dort lagen sie vollkommen stumm und reglos mit dem Gesicht nach unten, bis sie Mercurius erneut ansprach.

»Erhebt euch, tapfere Soldaten! Wir erkennen euren Respekt an.«

Viele der Tapferen hatten es allerdings nicht eilig, sich wieder zu erheben. Erst als sich einige besonders Mutige vorwagten, unter ihnen der Kommandant, hoben sie langsam die Köpfe. Mercurius machte eine lange Pause, bevor er weitersprach.

»Dies sind meine Brüder Apollon und Vulcanus, meine Schwester Diana und meine Base Vesta. Jupiter hat uns vom Olymp auf die Erde entsandt und schickt allen Sterblichen eine Botschaft. Wollt ihr sie hören?«

Das war natürlich eine rhetorische Frage. Wer würde es schon wagen jetzt »Nein« zu sagen. Der Form halber wartete Mercurius jedoch, bis ihm der Kommandant des kleinen Auxiliarkastells antwortete: »Ja, gebt uns des Göttervaters Kunde.« Sein Satzbau und seine Wortwahl erschienen Diana ein wenig merkwürdig. Aber vielleicht lag es daran, dass seine Einheit aus der Provinz Aquitanien und nicht aus Rom kam. Möglicherweise empfand er ja ihre Sprechweise als ebenso sonderbar. In der Zwischenzeit hatte Mercurius erneut seinen schweren Stab gehoben und das integrierte Projektionsgerät aktiviert. Was nun folgte, war ein Meisterwerk der 3D-Animation. Eine Gruppe der besten Animationskünstler und

Filmemacher hatte mehrere Kurzfilme erstellt, die sich bei verschiedenen Gelegenheiten einsetzen ließen. Nun folgte eines ihrer Hauptwerke, im Mittelpunkt stand Jupiter auf seinem göttlichen Thron, neben ihm Juno, seine Gemahlin. Einer der Producer hatte die kurze Szene »Weichklopfer« getauft. Ein passender Name, wie Diana fand, denn genau dies war die eigentliche Aufgabe des Films. Er sollte selbst dem größten Skeptiker das Herz in die Hose sacken lassen. Ein baumgroßer Riese mit stählernen Muskeln und einem stattlichen Bart fläzte auf einem gigantischen Thron aus pulsierendem Marmor und funkelndem Gold, eingehüllt in Nebelschwaden und das blaue Licht der Sterne. Grimmig zog er eine buschige Augenbraue nach oben, in seiner Hand flackerten helle Lichtblitze. Die nackte Brust hob und spannte sich bedrohlich wie bei einem wütenden Stier, als er die Atemluft einsog, sich ein kleines Stück nach unten beugte und mit donnernder Stimme begann zu sprechen. Diana meinte gar einen Windhauch auf ihrem Gesicht zu spüren, so lebendig, so übermenschlich und doch real wirkte der König der Götter. Nicht nur sein Aussehen, sondern seine ganze Körpersprache, seine Bewegungen und Gesten, seine winzigen Fältchen, seine tiefe und über alle Maßen männliche Stimme, alles an ihm wirkte perfekt.

»Sterbliche… hört meine Worte: Es naht großes Unheil! Im Osten und im Norden lauert der Tod, der Rom und seine Verbündeten vernichten wird. Doch ihr, die ihr seit Generationen treu den Olympiern huldigt, sollt die größte Ehre empfangen, die je einem Menschengeschlecht zuteil wurde. Ihr dürft an der Seite der Götter kämpfen und auf ihren Spuren wandeln. Ich sende euch meine unsterblichen Streiter, um eure Welt zu retten. Folgt ihnen tapfer, fromm und gehorsam und euch wird ein Tisch in elysischen Gefilden gedeckt. – Missachtet meinen Befehl und ich schmettere euch hinab in den Tartarus, zu ewigen Qualen verdammt!«

Den letzten Satz brüllte der animierte Göttervater mit solch aufbrausendem Zorn, dass selbst Diana, welche die Projektion schon kannte, dünner Angstschweiß auf die Stirn trat. Auf die Provinzsoldaten wirkte das Spektakel nicht minder eindringlich. Alle, die zuvor aufgestanden waren, warfen sich erneut in den Staub und drückten ihre Nasen in den Boden. Vesta kicherte leise. Diana war das Ganze höchst unangenehm. Gleichwohl vergaß sie ihre Rolle nicht. Sie konnte nicht einfach zum nächstbesten Legionär gehen, ihm auf die Beine helfen und auf die Schulter klopfen. Sie war jetzt eine Göttin und das beinhaltete eine ganze Reihe von nervigen Verhaltensregeln.

Mercurius spielte weiter den Vermittler, schließlich war er der Götterbote.

»Wie heißt ihr?«, fragte er den in der ersten Reihe vor ihm liegenden Kohortenpräfekt.

Dieser hob vorsichtig den Kopf und antwortete: »Mein Name ist Quintus Volusius Maecianus, oh unsterblicher und mächtiger Merkur.«

»Quintus Volusius Maecianus, wir haben eine weite Reise und einen schweren Kampf hinter uns. Geleitet uns in euer Lager, wir wünschen zu speisen und zu rasten. Ihr und eure zwei Vortrefflichsten sollen mit uns an einer Tafel sitzen. – Und nun erhebt euch!«

Er sprach weiterhin so laut, dass alle ihn hören konnten. Ohne länger zu warten, ging er auf direktem Weg auf das Tor des Kastells zu. Die noch am Boden liegenden Soldaten hatten Mühe, sich vor seinen Schritten in Sicherheit zu bringen. Sie wichen erschrocken zurück, als er ungeniert mitten durch ihre Reihen stolzierte. Endlich hatten es die ursprünglich aus der Provinz Aquitanien stammenden Legionäre geschafft, sich hochzurappeln und eine Gasse zu bilden. Mercurius nahm seinen Helm vom Kopf, klemmte ihn sich unter den Arm und zeigte den spalierstehenden Soldaten sein Gesicht. Die anderen folgten seinem Beispiel. Es war besser, sie jetzt gleich mit ihrem Aussehen vertraut zu machen.

Ein Raunen und Stöhnen ging durch die Reihen der Männer, an denen sie vorbeischritten. Von diesem Augenblick würden noch ihre Enkel erzählen, dachte Diana. Alle starrten sie mit unverhohlenem Staunen an. Als ein älterer

Glatzkopf mit vernarbter Haut gar zu penetrant auf Vesta stierte, schickte sie ihm eine imposante Stichflamme zwischen die Beine. Sie richtete damit zwar keinen direkten Schaden an, schockte den Veteranen aber so sehr, dass er starr nach hinten kippte. Vesta grinste und ging ungerührt weiter. Für Dianas Geschmack spielte sie viel zu gern mit ihrer Macht. Sie hoffte, dass der Alte keinen Herzanfall erlitten hatte, drehte sich aber nicht um. Man konnte den armen Menschen nicht vorwerfen, dass sie ihre Götter anstarrten. Vor allem Vesta stach heraus.

Sie war einfach zu schön und zu jung. Oft hatten sie gerätselt, warum die Akademie sie nicht in den Tempel der Venus gesteckt hatte. Stattdessen hatte man Lily gewählt. Lily mit ihren breiten Hüften, breiten Schultern und ihrem reifen Gesicht. Sie entsprach viel mehr der kräftigen, alten Göttertante.

Vesta hatte sich mit Makeup ein wenig älter geschminkt und trug grau eingefärbte Strähnchen. Trotzdem zweifelte Diana nicht daran, dass sie die schönste Frau war, die diese Menschen jemals gesehen hatten. Sie hätte vortrefflich in die Rolle der Göttin der Schönheit und des Verlangens gepasst. Nur was die aufrichtige Liebe anging, da war Diana nicht so überzeugt von ihr.

Mercurius steuerte genau auf das Mittelgebäude des Kastells, die Principia, zu. Dann ging er jedoch noch weiter in das Lager hinein, bis zur Unterkunft des Kommandanten, dem Praetorium. Das Anwesen hob sich deutlich von den anderen Wohngebäuden ab. Es ähnelte in seinem Stil einer kleinen römischen Villa. Vier breite Flügel gruppierten sich um einen quadratischen, teils überdachten Hof, in dessen Mitte ein kleiner Garten mit Wasserbecken im Winterschlaf lag. Vor dem Haus lugten zwei kleine Mädchen hinter einer Ladung Fässer hervor und beäugten neugierig die Besucher. Am Eingang des Hauses kniete eine Frau in edler Kleidung und starrte zu ihnen. Sie hatte das vierzigste Lebensjahr noch nicht erreicht und wirkte stolz und selbstbewusst. Ihre tiefen

Augenringe zeigten jedoch auch Trauer, Anspannung und Erschöpfung.

Unbemerkt hatte der Kommandant einen kleinen Bogen geschlagen und seine ungeladenen Gäste überholt. Jetzt stand er neben seiner Gemahlin und bat die Götter mit großem Pathos zu sich herein.

»Das ist meine Frau Lucilla und dies sind meine beiden Töchter«, stellte der Hausherr zudem seine Familie vor. Es war allein den höchsten Offizieren der römischen Armee vorbehalten, innerhalb eines Militärlagers mit ihren Partnerinnen zu wohnen. Zumeist besaßen sie zusätzliche Immobilien in der naheliegenden Stadt, in der die übrigen Soldatenfamilien lebten. Dass die Frau des Kommandanten im Winter mit im Praetorium hauste, bedeutete, dass ihr Haus in der Siedlung entweder weniger luxuriös ausgestattet war, akute Gefahr drohte oder ein besonderer Familienzusammenhalt herrschte. Da Diana bemerkte, wie behutsam und zärtlich Quintus Volusius Maecianus seine Frau berührte, hoffte sie auf Letzteres. Sie wurden in das Trinclinium, den Speisesaal, gebracht, in dem üblicherweise nicht nur gegessen, getrunken und gescherzt, sondern auch diskutiert und getratscht wurde.

Der Raum war vergleichsweise groß und geräumig und schien über eine verdeckte Wandheizung zu verfügen. Denn es herrschte eine angenehme Temperatur. Den Boden zierte kein aufwändiges Mosaik, stattdessen eine Sammlung edler und wärmender Teppiche. Während die schmucklose Kassettendecke kaum Eindruck machte, faszinierten die Wandfresken mit ihren lebensgroßen Figuren. Im Raum standen drei gewaltige Speisesofas, auf denen jeweils drei Personen Platz fanden. Darauf ließ sich zugleich bequem liegen und essen. Diana kannte diese Form des Speisens bereits, denn sie hatte nicht nur praktische Erfahrung in ihrer Schulmensa gesammelt, sondern auch alles über römische Tischsitten, Kochkunst, Lebensmittel und Vorratstechniken gelernt. Daher war sie nicht verwundert, als ihr Gastgeber bei der Platzvergabe gewaltig ins Schwitzen geriet.

Wer sollte die Ehrenplätze erhalten? Wer sollte den vornehmsten Platz neben dem Hausherrn bekommen? Oder sollte er mit seiner Familie lieber auf dem Boden speisen? Was aßen Götter überhaupt und würden sie ihn zermalmen, wenn es ihnen nicht schmeckte?

Diana verspürte Mitleid mit ihrem unfreiwilligen Gönner.

»Wir kennen eure Legenden und Mythen über uns Götter. Einige sind wahr, manche sind verfälscht, andere sind frei erfunden. Wir sind Wesen mit Stärken und Schwächen, doch keiner von uns wird dir ein Leid antun, nur weil uns dein Wein nicht mundet, dein Wort nicht passt, oder deine Wohnstatt missfällt. Wir wissen, dass deine Mühsal als unser Gastgeber groß ist. Wir werden sie dir nicht mit Rachsucht vergelten. Wir sind weit zwangloser, gelassener und mildtätiger, als eure Sagen es behaupten.« Während sie dies sprach, nickte sie leicht in Richtung der Wandfresken und lächelte wohlwollend. Die Wandbemalung zeigte eine mythologische Szene, in der die nackte Diana oder Artemis, wie sie bei den Griechen hieß, von einem Jäger beim Baden in einer Grotte überrascht wurde. Die jungfräuliche Göttin war so erbost, dass sie den unvorsichtigen Jäger in einen Hirsch verwandelte und ihn anschließend durch seine eigenen Jagdhunde hetzen ließ.

Auch wenn dies keine besonders ehrenrühmliche Geschichte war, wusste Diana doch, wie sie die Fresken einordnen musste. Sie hatte hier einen Fan! Mit Sicherheit nahm sie auch in seinem Hausschrein einen Ehrenplatz ein. Quintus Volusius Maecianus indes hatte ihre Andeutungen verstanden und sah deutlich erleichterter aus. Die fünf Götter setzten sich umstandslos auf die Gästesofas. Zu ihnen gesellte sich die Matrone, die Herrin des Hauses. Neben dem Kommandanten nahmen zwei Offiziere Platz, die sich als Gaius und Marcus vorstellten. Auf die restlichen Namensbestandteile achtete Diana nicht weiter. Sie war noch immer damit beschäftigt, die Inneneinrichtung zu bewundern und an dem kräftigen Wein zu nippen, den man ihr servierte. Während ihre Sitzgelegenheit aus einem Holzrahmen mit straff gespannten Gurten und mehreren Kissen bestand, waren die verschiedenen Beistelltische allesamt aus Bronze, aber mit hölzernen Platten versehen. Alle Ecken und Nischen des Raumes wurden durch kleine Pflanzengestecke und Vasen geschmückt. Zwar blühte zu dieser Jahreszeit keine Blume mehr, dennoch wirkten die herbstlichen Gestecke stilvoll und beschaulich. An der rechten Außenwand stand eine große mit schweren Beschlägen bestückte Holztruhe. Ihr gegenüber befand sich eine steinerne, mit zahlreichen Ornamenten verzierte Bank. Auf ihr hockte ein alter und gebeugter Mann, der ein Instrument in Händen hielt. Als Quintus ihren Blick bemerkte, sagte er: »Das ist Tove, einer meiner Haussklaven. Er sieht kaum noch etwas, aber sein Gehör ist gut und er spielt die Lyra ausgezeichnet. Er soll euch ein Lied zur Versüßung der Mahlzeit spielen.«

Tove hatte seine Worte vernommen, verbeugte sich, soweit er konnte und begann ein schwermütiges Lied. Sein markanter Refrain wiederholte sich in zahlreichen Variationen und zauberte dem Hausherrn ein Lächeln aufs Gesicht. Alle schwiegen, während sie dem Meister lauschten. Dianas Geschmack entsprach das Ganze nicht, sie mochte viel eher die Musik des 21. und 22. Jahrhunderts, aber sie musste sein Talent anerkennen. Als er sein Spiel beendet hatte, applaudierten auch die Götter wohlwollend. Noch einmal verbeugte sich der alte Spielmann und fiel dann vollends schluchzend vor ihnen auf die Knie. Er schien überwältigt von der Ehre, vor ihnen spielen zu dürfen und dem höflichen Respekt, den sie ihm zollten. Er schniefte und zitterte, dass Diana beinahe Angst um seine Gesundheit bekam. Endlich brachte er ein paar stotternde Satzfetzen heraus.

»Das ist … herrlichste … ehrenvollste … Tag … meinem unwürdigen Leben. Unendlicher Dank … euch Göttern … dir Apoll … größter aller Künstler.« Wieder schniefte er, dann nahm er allen Mut zusammen: »Nur einen Wunsch, bevor ich sterbe, habe ich. Einen Ton von euch zu hören, unübertroffener Gott der Künste.«

Auch wenn er stockend sprach, war doch klar, was er meinte und von wem er sprach. Gut sichtbar stand die Kithara, das Saiteninstrument, aus dem sich später die Gitarre entwickeln würde, vor Apoll. Dieser Wunsch hätte zu einem Problem werden können, wenn Apoll tatsächlich zu seinem Instrument gegriffen hätte. Denn auch wenn er einige Stunden Unterricht erhalten hatte, würde sein Geklimper in deutlichem Kontrast zur Meisterschaft des Alten stehen. Und wie konnte es sein, dass der Gott der Musik wie ein Anfänger über die Saiten schabte? Aber natürlich gab es auch hierfür eine einfache Lösung. Apoll konnte ablehnen – oder aber seine umfangreiche digitale Musiksammlung nutzen. Apoll wählte ohne langes Zögern die Aufnahme eines professionellen Quintetts, das sich auf altertümliche Instrumente spezialisiert hatte und spielte sie über die hochwertigen Helmlautsprecher des Teams ab. Diana musste grinsen, als sie erkannte, dass die Musiker einen erfolgreichen Pop-Song des beginnenden 21. Jahrhunderts gecovert hatten. Sie sah zu Vulcanus, der schon mit dem Fuß wippte. Ja, der Song ging ins Ohr. Auf Tove und die übrigen Hausbewohner machte die Darbietung natürlich gewaltig Eindruck. Unablässig irrte Toves trüber Blick durch den Raum, um die Quelle der göttlichen Musik auszumachen. Es schien ihm absolut unerklärlich, wieso die Musik ohne das Spiel der Instrumente zu hören war. Das konnte nur der Gott aller Klänge bewerkstelligen. Als das kurze Stück geendet hatte, warf er sich erneut auf den Boden und stammelte unverständliches Zeug. Er wollte sich gar nicht mehr erheben, selbst nachdem ihn sein Herr zweimal dazu aufgefordert hatte. Endlich kroch er wie ein geprügelter Hund aus dem Raum.

Als hätten sie auf diese Zeichen gewartet, traten nun zwei Bedienstete ein, die die Kunst beherrschten, sich gleichzeitig zu verbeugen und zu servieren. Ein Schauspiel, das zweifellos lustig anzusehen war, doch Diana nervte die ganze Unterwürfigkeit schon jetzt und sie waren noch keine Stunde unter Menschen. Die Sklaven brachten weiteren Wein, Wasser, große Servietten und eine erste Vorspeise. Es handelte sich um ein äußerst süßes Honiggebäck, das vermutlich den Wochenlohn eines einfachen Legionärs gekostet hatte. Nun da auch der dritte rituelle Trinkspruch ausgebracht und die Gäste versorgt waren, hatte man endlich allen Formalitäten genüge getan und konnte sich unterhalten. Doch wieder zeigten sich ihre Gastgeber äußerst gehemmt und wagten es nicht, ihre Götter anzusprechen oder auch nur offen anzusehen.

Genug gezittert. Vestas Geduld war die Erste, die vom Drahtseil stürzte.

»Ihr habt sicherlich nicht allzu oft göttlichen Besuch und man sieht euch an, dass ihr Fragen habt. Also scheut euch nicht länger und fragt uns, was ihr wollt. Wir werden euch schon nicht den Kopf abschlagen.«

Unwillkürlich griff sich der Kohortenpräfekt an den Hals, dann nahm er seinen Mut zusammen und sagte: »Bitte verzeiht unsere Furcht und unsere Sorge. Meine Familie hat stets den Göttern gehuldigt und nie die Tempelgaben gescheut, die frommen Menschen sittsam sind. Doch nie hätte ich zu hoffen gewagt, dass die Götter, die mich seit Kindertagen in meinen Träumen begleiteten, leibhaftig vor mir erscheinen könnten. Im Innern bin ich ein wankelmütiger Zweifler gewesen, der nicht glauben wollte, was seine Ahnen seit Generationen weitergaben. Ich fürchtete erst euren Zorn, da ich den rechten Glauben verlor und nur noch der Tradition wegen opferte. Doch ihr zeigt grenzenlosen Gleichmut ob meiner Schwächen und seid sogar bereit, mit mir vom selben Wein zu trinken. Ich habe mehr Fragen als mein Leben Stunden hat und bin beglückt über jede Antwort, wie auch immer sie lauten mag.« Diese gewaltige Vorrede zeigte, wie sehr den Aquitanier ihre Anwesenheit aufwühlte, wie sehr sie an seinem Weltbild kratzten und existenzielle Fragen aufwarfen. Dabei verwendete er wieder so altertümliche Formulierungen, dass sich Diana anstrengen musste, um ihn zu verstehen.

»Sprich!«, sagte Vesta knapp.

»Lebt mein Bruder Gnaeus noch?«, fragte Quintus Volusius Maecianus.

Das war sicherlich nicht, womit Vesta als Erstes gerechnet hatte, dennoch blieb sie gelassen. »Ich bin nicht die Göttin der Unterwelt, darauf kann ich dir keine Antwort geben.«

Er schwieg und sah betreten und erschöpft nach unten. Dann nahm er hoffnungsvoll einen neuen Anlauf: »Aber ihr, edler und leuchtender Apollon, Herr der Weissagung, könnt ihr mir sagen, ob ich meinen Zwillingsbruder jemals wiedersehen werde?«

Der Angesprochene dachte kurz nach, schüttelte dann aber den Kopf. »Es tut auch mir leid, Quintus Volusius Maecianus. Wüsste ich stets den nächsten Schritt jedes einzelnen Lebewesens, so wäre ich der oberste aller Götter. Doch ich vermag nur grobe Umrisse im Nebel der Zeit zu erkennen.«

Gut herausgeredet, dachte Diana anerkennend.

»Eine Prophezeiung kann ich dir dennoch geben: Ein Sturm wird kommen, ein Sturm der Markomannen und ihrer Verbündeten! Sie werden dieses Lager, alle seine Soldaten und ihre Familien vernichten, wenn du nicht bedingungslos auf unseren Rat vertraust.«

Diese Voraussagung war nur schwer zu verdauen. Doch die Gefahr war real, in ihrer Zeitlinie hatte es eine gewaltige Invasion der Markomannen gegeben. Und wollten sie erfolgreich sein, mussten sie die römischen Truppen so nachhaltig wie möglich auf das kommende Unheil vorbereiten. Quintus schwieg und nickte zum Zeichen, dass er die Botschaft verstanden hatte.

»Habt ihr noch weitere Fragen?«, sagte Vesta, die nun auch der Hausherrin und den zwei Offizieren in die Augen sah. Die Matrone räusperte sich.

»Bitte verzeiht meine Frage, wie ich sie auch formuliere, sie wirkt stets unpassend. Ihr seid die schönste Dame, die ich je in meinem Leben gesehen habe. Ihr alle habt so weiße Zähne und so makellose Züge, wie nur die jüngsten Kinder oder die Götter sie besitzen können. Dennoch habe ich mir euch viel älter und – nun ja – reifer vorgestellt.« Noch während sie sprach, errötete sie und sank immer weiter in sich zusammen. Vesta lachte indes nur herzlich, sie hatte die Frage schon lange erwartet.

»Dich stört, dass ich nicht wie eine alte Tante aussehe, wie auf euren Abbildungen«, erwiderte Vesta belustigt. »Vielleicht solltest du dich grundsätzlich fragen, warum einige Götter in euren Bildern viel älter aussehen als andere, obwohl doch angeblich keiner von ihnen richtig altern und sterben kann.« Die Frau des Kommandanten sah sie irritiert an. »Was ich damit sagen will, ist, dass ihr euch in vielerlei Hinsicht falsche Vorstellungen gemacht habt. Es würde einen ganzen Tag dauern, sie alle auszuräumen. Nur so viel: Wir Götter altern nur, wenn wir uns unter euch Menschen auf der Erde bewegen. In unseren persönlichen Gefilden oder in unserem Pantheon auf dem Olymp altern wir nicht. Daher sehen auch die Götter am ältesten aus, die sich am ausgiebigsten unter den Menschen vergnügt haben.« Alle verstanden die Anspielung auf Jupiter, ein Offizier gluckste leise.

»Und was die fehlende Reife betrifft – glaube mir, wir tragen die Erfahrungen von Jahrtausenden mit uns«, warf Vulcanus ein, der in jedem Fall ihr aller Wissen herausstellen wollte.

»Aber bedeutet dies, dass ihr auch sterblich seid?«, fragte der Offizier mit dem Namen Gaius nach.

»Ja«, antwortete Vesta unumwunden. »Wenn wir hier auf der Erde blieben, würden wir altern und irgendwann sterben. Auch wenn wir etwas älter werden als ihr.«

Das war eine Lüge, die sie sich bereits lange vor ihrer Zeitreise überlegt hatten, um ihr Altern zu erklären. Und Vesta war höchst begabt darin, solche Märchen als Wahrheit zu verkaufen. Doch Diana verspürte keine Gewissensbisse wegen ihrer Täuschung. Ihre Lügen waren auch nicht viel abstruser als die Mythen der Römer. Zudem war ihre Macht real. Auch wenn ihre Quelle keine göttliche Kraft oder Magie, sondern Wissen, Technik und Evolution waren. Wichtig ist nur, diese Macht nicht fahrlässig einzusetzen, wie es Vesta getan hatte.

»Ihr seid wandelnde Biobomben! Allein ein ungewolltes Niesen kann ganze Völker auslöschen«, hatten sie ihre Ausbilderinnen mehrfach gewarnt. Sie selbst waren durch DNS-Engineering, Impfungen, Stammzellen-Therapie und zwei Jahrtausende Evolution gegen beinahe jede Krankheit dieser Epoche gewappnet. Doch würde einer von ihnen seine halbjährliche Ration Immunblocker vergessen, könnte er verheerende Epidemiewellen auslösen.

Das Hauptgericht wurde serviert. Eigentlich handelte es sich um eine Vielzahl kleinerer Gerichte, die kombiniert oder einzeln als Snack mit der Hand gegessen wurden. Wie nicht anders zu erwarten war, gab es reichlich Fisch in verschiedenen Formaten und Zubereitungsformen, dazu Gewürzbrot, gekochte Eier, Käse, in Honig und Kräutern eingelegte Schinkenstreifen, Mohnknödel, Pfefferbirnen, getrocknete Früchte und gebackenes Gemüse. Es schien, als hätten sämtliche Legionäre des Lagers den Kochlöffel geschwungen, um ihnen ein opulentes Mahl zu bereiten. Die Sklaven brachten immer neue Teller und die Gäste bemühten sich, so oft wie möglich zuzugreifen und alle Gerichte zu kosten und zu preisen. Doch irgendwann war selbst der göttlichste Hunger gestillt. Während des Essens hatte Vesta, die den kulinarischen Künsten am wenigsten traute, weitere Fragen beantwortet und ihre rege Phantasie unter Beweis gestellt, als sie von der Herrlichkeit des Olymps erzählte oder in allen Einzelheiten das Reich der Toten beschrieb. Jetzt wandte sich Gnaeus, der gesprächigere der beiden Offiziere, erneut an die Götter und stellte eine Frage, die sie gleichsam vorhergesehen hatten.

»Warum habt ihr euch bei der Schlacht von Cannae und der Varusniederlage nicht eingemischt?«

Ja, ja, warum hatten sich ihre Götter nicht schon früher, als die Römer in höchster Not waren, eingemischt? Warum mussten so viele gute und unschuldige Menschen leiden und sterben? Götter, was treibt ihr?

Ganz ähnliche Fragen hatte sich auch Diana gelegentlich gestellt, wenn ihr der Asteroid Kali in den Sinn kam. Es gab für sie nur drei wirklich plausible Antworten, wollte man kein allzu großes Märchen erfinden.

Erstens: »Überraschung, es gibt gar keine Götter, ihr seid auf euch allein gestellt.«

Zweitens: »Ihr gewünschter Gesprächspartner war vorübergehend nicht erreichbar, weil er anderswo beschäftigt war.«

Drittens: »Wir waren doch da und es ist alles so gelaufen, wie wir es wollten, sonst könntest du nicht danach fragen.«

Es war selbstverständlich, welche der drei Antwortmöglichkeiten Mercurius wählte, der nun für sie sprach, während Vesta ihren Wein leerte.

Immerhin fand es Diana sehr sympathisch, dass die Römer ihre Götter nicht verklärten und weder für vollkommen noch allmächtig hielten. Sie hatten letztlich die gleichen Stärken und Schwächen wie die Menschen, die sie verehrten. Auch wenn sie bei ihnen etwas stärker ausgeprägt schienen.

Ihr Gastgeber hatte sich inzwischen wieder zu ihnen gesetzt, nachdem er bereits dreimal im Nachbarraum verschwunden war. Anfangs hatte sich Diana nichts dabei gedacht, denn ihr Auftauchen hatte zweifellos für Wirbel gesorgt. Doch der Kommandant sah von Minute zu Minute angespannter aus. Dianas Bauchgefühl sagte ihr, dass etwas nicht stimmte.

»Was bedrückt dich?«, fragte sie ihn ohne Umschweife, nachdem er sich gesetzt hatte.

Er sah sie traurig und verlegen an.

»Verzeiht, ich dachte, Ihr wisst es, wo ich doch…«

»…im Gebet zu Euch gesprochen habe«, beendete Diana den Satz gedanklich, sprach ihn jedoch nicht aus. Er wechselte einen raschen Blick mit seiner Frau.

»Mein Sohn Tullius… er liegt im Sterben. Ich habe nicht gewagt, Eure Gunst zu erbitten, bevor ich Euch nicht wenigstens ein würdiges Gastmahl darbieten konnte. Doch nun fürchte ich, ich habe einen Fehler begangen und selbst Euer Eingreifen käme zu spät.«

Diana wusste, dass sie sich eigentlich ein wenig göttlicher geben sollte, aber sie hatte keine Lust weiter zu schlemmen, während in einem Nachbarzimmer das Kind ihres Gastgebers starb. Sie sprang auf, packte Apoll am Arm und wies Mercurius und Vulcanus an, ihre medizinische Ausrüstung aus dem Streitwagen zu holen. Im Nu stand sie im Hausflur und gab dem Kommandanten zu verstehen, dass er ihnen den Weg zeigen solle. Der konnte sein Glück kaum fassen und stürmte mit neuer Hoffnung voran in ein kleines Zimmer mit drei Betten. Auf einer der niedrigen Liegen ruhte ein Junge von vielleicht neun Jahren mit einem festen Beinverband aus Leinen. Der graue Stoff bedeckte Unterschenkel sowie Teile des Oberschenkels und verströmte ein unangenehmes Aroma. Tullius war leichenblass und starr, so dass Diana bereits mit dem Schlimmsten rechnete. Als Apoll dem Kind jedoch sein Armband anlegte, atmeten sie beide erleichtert auf. Das Gerät zeigte schwache Vitalwerte.

»Er lebt noch. Wie hat er sich verletzt?«, fragte Apoll den Hausherrn.

»Es ist meine Schuld.« Der Vater sah seinen Sohn tief bedrückt an. »Ich habe ihn für eine Frechheit bestrafen wollen und dabei selbst eine Dummheit begangen. Um seinen Hochmut zu brechen, habe ich ihm aufgetragen, einen ganzen Tag lang die Latrinen zu bürsten. Irgendwann ist das Kind zu unvorsichtig geworden. Er ist so ungeschickt gefallen, dass ihm an einer Steinkante lang und breit die Haut abgeschält wurde. Das ist zweieinhalb Tage her. Wir haben ihn bandagiert und eingesalbt, doch der Medicus meint, seine Säfte seien ins Ungleichgewicht geraten und würden nun kochen.«

Apoll schnaubte leise.

»Wir werden den Verband jetzt entfernen und versuchen, deinem Sohn zu helfen. Bitte verlasse uns jetzt.« Der Herr des Kastells gehorchte ohne ein weiteres Wort. Einen Augenblick später schleppten Mercurius und Vulcanus beinahe die gesamte medizinische Ausrüstung aus Dianas und Apolls Wagen heran. Sie stellten alles in das kleine Zimmer und wurden dann sofort wieder von Diana aus dem Zimmer gejagt. Inzwischen hatte Apoll vorsichtig den Verband entfernt.

»Was meinst du dazu?«, fragte er Diana, die neben ihm kniete.

»Tja, die Diagnose fällt hier nicht allzu schwer. Die Wunde hat sich entzündet und er hat eine beachtliche Sepsis.«

»Wenn man sich überlegt, wo der Junge sich seine Wunde zugezogen hat, ist eine ordentliche Infektion und Blutvergiftung kaum überraschend. Ich glaube aber nicht, dass hier schon eine schwere Sepsis vorliegt.«

»Wir sollten unsere Brillen aufsetzen und hören, was die KIs dazu sagen. Als Erstes müssen wir uns sowieso den Entzündungsherd vornehmen«, schlug Diana vor.

Die beiden verabreichten dem Kind ein passendes Betäubungsmittel und begannen die Wunde mit einem medizinischen Mikrowellenstrahler gezielt zu sanieren. Anschließend analysierten sie sein Blut und verabreichten ihm ein Genbiotikum – ein gentechnisch gewonnenes Antibiotikum, das Molekül für Molekül zusammengebaut wurde und gezielt wirkte. Die Verabreichung von kleinen Nanobots sicherte den richtigen Druck und Blutfluss in Arterien und Venen und eine winzige Gabe von programmierten Stammzellen beschleunigte das Erythrozyten-Wachstum um ein Tausendfaches.

Die jugendlichen Götter profitierten von den medizinischen Quantensprüngen des 22. Jahrhunderts und der genauen Anleitung durch ihre intelligenten, digitalen Helfer. Sie waren meisterhaft darin geschult, ihre fortschrittliche Technologie korrekt anzuwenden. Ihren Aufbau, ihre Funktionsweise und die wissenschaftlichen Grundlagen begriffen sie, bis auf Vulcanus, gerade einmal ansatzweise. Immer wenn Diana etwas nicht genau verstand, erklärte ihr Cassandra die Zusammenhänge und empfahl ihr passende Fachliteratur oder Lehrvorträge zum Thema. Die meiste Zeit jedoch schwieg sie und beobachtete Apoll bei der Arbeit. Er wirkte ruhig und konzentriert. Sie bewunderte seine Gewandtheit im Umgang mit dem medizinischen Besteck. Obwohl er selbst noch Schmerzen hatte, ließ er sich nichts anmerken. Sie hatte ihn immer für verkrampft und etwas fahrig gehalten, doch hier bewies er genau das Gegenteil. Und auch die Sorgfalt und die Ausdauer, mit der er sich seiner Aufgabe widmete, beeindruckten sie. Kurz dachte sie zurück an ihre Aufnahmeprüfung vor sieben Jahren und ihren Zorn, weil er nicht gewartet und ihr das Tor nicht geöffnet hatte. Damals hieß er Aquil und schien so verbissen und egoistisch. Vielleicht hatte sie ihn aber auch falsch eingeschätzt. Später hatte er ihr eigentlich keinen echten Anlass mehr gegeben, wütend oder abweisend zu sein, dennoch war sie ihm lieber aus dem Weg gegangen und hatte den Kontakt gescheut. Erst seit einigen Wochen schien sie ihn richtig wahrzunehmen. Er war nicht mehr der elfjährige Rüpel mit dem gehetzten Blick. Seine Aura strahlte jetzt trotz all der verrückten Umstände, in denen sie sich befanden, Souveränität, Willensstärke und eine Spur von Schwermut aus. Er war ansehnlich geworden, obwohl er objektiv betrachtet nicht wirklich hübsch war. Mit seinen 1,81m war er größer als die meisten Römer und Germanen, aber deutlich kleiner als der hochgeschossene Vulcanus und nur sechs Zentimeter größer als Diana selbst. Er war schon immer sehr schlank und drahtig gewesen, jetzt wirkte er ausgesprochen zäh und sehnig. Jeder Muskel und jedes Band zeichnete sich auf seiner leicht gebräunten Haut ab. Besonders sein Mund gefiel Diana, er war schmal, aber trotzdem waren seine Lippen voll. Sie musste schon wieder daran denken, was er im Traum gewispert hatte…

Unvermittelt erwachte sie aus ihrem kurzen Tagtraum. Sie hatte ihm beim Anlegen eines frischen Verbandes geholfen und ihn versehentlich an der Hand berührt. Wieder durchlief sie ein wohliges Kribbeln, als hätte sie einen leichten Stromschlag bekommen, der jedoch nicht schmerzte, sondern eine wohlige Wärme in ihr auslöste. Auch er stockte und blinzelte für einen winzigen Augenblick, bevor er scheinbar ungerührt weiterarbeitete.

Hatte er auch einen Schlag bekommen? War sie vielleicht elektrisch aufgeladen? Doch dies war in ihren Anzügen eigentlich unmöglich. Ihre Textilien erzeugten Energie und leiteten diese gezielt weiter. Wieder beobachtete sie ihn eine ganze Weile und fragte sich, was in ihm vorging. Sie sah zu, wie er sich abgekochtes Wasser bringen ließ und mit ihrer Hilfe den Jungen von Kopf bis Fuß wusch. Tullius war inzwischen wieder stärker zu Bewusstsein gekommen und stöhnte und schluchzte jetzt leise. Sein kindliches Wimmern war herzzerreißend.

Das war der Teil der Sanitätsausbildung, den sie gehasst hatte. Dieses Hoffen und Bangen und Zusehen müssen, wie andere leiden…

Konnte sie ihr eigenes Schicksal auch mit größtem Gleichmut ertragen, die Schmerzen anderer fraßen sich in ihre Seele. Und das Gefühl der Machtlosigkeit machte sie schier rasend. Doch es blieb ihnen nichts weiter übrig, als zu warten. Der kleine Mann kam immer mehr zu Bewusstsein und begann nun kräftiger zu weinen. Diana wusste, dass er sich trotz der Schmerzmittel unendlich elend fühlen musste. Sie nahm seine Hand und drückte sie voller Mitleid. Apoll wusch sich die Hände und begann ganz langsam mit den Fingerspitzen über Stirn und Haare des Kindes zu streichen. Dabei summte er ganz sacht eine komplexe, aber sich immer wiederholende Melodie. Diana beobachtete, wie er zärtlich über die Schläfen des Jungen strich, vorsichtig die Ohren kitzelte, sich dann ganz langsam über Hals und Schultern tastete und erneut über die Stirn des Knaben strich. In seiner Geste lag so viel aufrichtiges Mitgefühl, so viel Zärtlichkeit und Empathie, dass Diana erneut einen heftigen Stich im Herzen spürte. Sie hatte das Gefühl, in ihm läge ein Schatz, rein und klar wie das Morgenlicht, und sie bräuchte ihn nur genau zu betrachten, um zu erkennen, dass sein Licht dieselbe Farbe hatte wie ihres. Wer so viel Mitgefühl und Einfühlsamkeit besaß, musste voller Liebe und Zärtlichkeit sein. Diana fühlte sich sehr zu ihm hingezogen. Sie konnte selbst nicht beschreiben, woher die plötzliche Gemütsregung kam. Je länger sie zusah, wie er Tullius liebevoll und tröstend streichelte, desto mehr wünschte Diana, er würde sie so hingebungsvoll und zärtlich berühren. Langsam beruhigte sich Tullius wieder. Er schloss die Augen, verstummte und schlief endlich ein.

Sie sahen noch mehrmals in der Nacht nach ihm, während seine Mutter von nun an am Bett ihres Sohnes wachte. Ein medizinisches Armband am Handgelenk des Jungen überwachte durchgehend seine Werte. Schon am nächsten Morgen hatte sich sein Zustand sichtbar verbessert.

Während Apolls und Dianas Abwesenheit hatten die übrigen Götter intensive Gespräche mit dem Kommandanten und seinen Offizieren geführt und anschließend eine kurze Runde durch das Lager gemacht. Dies erfuhren sie, als sie zurückkehrten. Die anderen hatten die Römer eindringlich vor dem anstehenden Sturm der Germanen gewarnt und ihrerseits zahlreiche Fragen zur politischen, militärischen und wirtschaftlichen Lage im Reich gestellt. Viele historische Vermutungen hatten sich als richtig erwiesen, einige vermeintliche Gewissheiten mussten ausgeräumt werden. Bis in die Nacht hinein hatten sie versucht, einen Teil ihres Fragenkatalogs abzuarbeiten, um möglichst viele Hintergrundinformationen zu erhalten. Im Verlauf des Nachmittags hatten sich zudem immer mehr Bewohner aus dem Vicus zum Kastell getraut, um die Götter zu bestaunen. Mercurius hatte den Kommandanten gebeten, die Tore geschlossen zu halten. Da die Volksmasse bis zum Abend immer weiter Zulauf erhielt, war er schließlich auf das südliche Tor gestiegen und hatte den »Weichklopfer« gezeigt. Das Ergebnis war ebenso durchschlagend wie beim ersten Mal. Zur Sicherheit spielte er noch einen zweiten Kurzfilm mit dem internen Titel »Nerv nicht« ab, der die Zuschauer mit höflichem Nachdruck darum bat, die Götter gefälligst nicht mit Nichtigkeiten zu belästigen. Sieben Bewohner, mit scheinbar sehr ernsten Anliegen, waren auch nach dieser Einschüchterung noch vor dem Tor geblieben. Mercurius hatte sich geduldig ihre Gebete und ihr Flehen angehört. Fünf Probleme ließen sich ohne viel Aufwand mit einer Handvoll Silbermünzen lösen. Eine Fürbitte benötigte die Gabe von drei Tabletten. Einen Wunsch beantwortete Mercurius mit einem kräftigen Arschtritt.

Nach einer kurzen Nacht und einem langen Morgenmahl kam endlich der Moment, auf den Diana schon seit Tagen gewartet hatte. Sie durften die kleine Therme des Lagers verwenden und ausgiebig schwitzen und baden. Selbstverständlich hatte eine Schar Legionäre das beschauliche Militärbad stundenlang geputzt, auf Hochglanz poliert und die kleine Hypokaustenheizung befeuert. Wohlriechende Äste einheimischer Nadelbäume voller ätherischer Öle, wintergrüne Sträucher und zahlreiche Kräuter bedeckten den beheizten Boden. Sie gaben dem schlichten Bad ein gefälliges Erscheinungsbild. Die Therme verfügte über einen Umkleideraum, ein Schwitzbad, ein Bassin mit lauwarmem und eines mit heißem Wasser, sowie ein Kaltwasserbecken und Wannen mit Frischwasserzulauf. Anders als die großen Kaiserthermen oder Privatbäder in Rom, die riesige Wasserspiele, Wandelhallen, Sportplätze oder sogar Gaststätten und Läden beinhalteten und nur die edelsten Baumaterialien verwendeten, war das kleine Kastellbad vergleichsweise rustikal und funktional eingerichtet. Dennoch war dies hier mehr, als Diana erwartet hatte.

Natürlich stand ihnen das gesamte Gebäude zu ihrer freien Verfügung. Obwohl die Thermen ein gesellschaftlicher Treffpunkt und Kommunikationsort der Römer waren, hätte es die Würde der jungfräulichen Götter nicht zugelassen, weitgehend unbekleidet mit einer Horde Soldaten zu planschen. Sicherheitshalber hatte Diana noch einmal eine kurze Andeutung hinsichtlich der Sage des zum Hirsch verwandelten Spanners gemacht, welche der wachhabende Offizier sofort verstand und bei seinem Leben schwor, alle Voyeure fernzuhalten. Sie glaubte nicht, dass es jemand wagen würde, sie zu belauschen oder zu beobachten.

Die Römer waren weniger prüde als viele nachfolgende Kulturen. Prostitution, halbnackte Sportlerinnen, Unisex-

Toiletten und gemischte Bäder gehörten für sie zum Alltag. Daher hatte auch die Phönix Initiative versucht, unnötige Verklemmtheit der Schüler auszumerzen. Der Campus der Akademie verfügte, neben einer Schwimmhalle, über zwei Badehäuser, die sich architektonisch genauso wie die gesamte Anlage, an der römischen Antike orientierten. Ein Badehaus war den Göttern, eines den Göttinnen vorbehalten. Die Schüler waren verpflichtet gewesen, mindestens einmal im Monat eine Therme zum Saunieren und Baden aufzusuchen. Die Besuchsordnung der Bäder sah dabei vor, dass die Schüler nackt sein mussten.

Diana erinnerte sich, dass sie bei ihren ersten Besuchen ziemlich verlegen gewesen war. Einige Schülerinnen hatten sogar versucht, sich regelmäßig krank zu melden. Irgendwann hatte sie die Nacktheit dann jedoch als Normalität wahrgenommen, ohne dass sie sagen konnte, wann es dazu gekommen war. Häufig fand sie es sogar befreiend, nach einem langen heißen Dampfbad völlig nackt durch das erfrischende Kaltwasserbecken zu tauchen.

Mit Vesta und den drei Jungs ins Schwitzbad zu gehen, war hingegen schon etwas anderes. Diana war doch etwas nervös, als sie die Umkleide des Bads betraten und sich hinter ihnen die Türen schlossen.

»So, wie wäre es, wenn wir gleich alle nackt ins Wasser hüpfen?«, sagte Vesta, die wie immer zielsicher die allgemeine Beklemmung gerochen und aufs Korn genommen hatte.

Die kann es kaum erwarten, sich die Kleider vom Leib zu reißen, dachte Diana leicht verärgert.

»Wir haben doch nichts zu verbergen und stinken alle gleich stark.« Vesta zeigte ihre perfekten weißen Zähne.

»Nein, wir werden uns noch früh genug näher kennen lernen. Außerdem tragen die römischen Männer hier normalerweise Stoffwickel um die Hüften und die Frauen eine Art Bikini, aber das weißt du ja selbst«, erwiderte Mercurius, der als einziger, neben Vesta, nicht errötet war.

Sie zuckte gekünstelt mit den Schultern.

»Bitte, wenn ihr solche Angst vor eurer Nacktheit habt«, sagte sie spottend und begann sich mitten im Raum umzuziehen. Die anderen zogen sich hinter dünne Raumteiler zurück, legten die göttlichen Insignien ab, die sie bis jetzt immer im Lager bei sich getragen hatten und zogen ihre Rüstungen aus. Ihre Helme und sonstige Ausrüstung hatten sie im Praetorium gelassen. Ihre Badebekleidung bestand aus einer kurzen Badehose für die Herren und einem sportlichen dunklen Bikini für die Damen. Das Oberteil erinnerte an ein knappes antikes Brustband, wie es die modebewussten Römerinnen trugen. Bevor sich die Gruppe dem gemeinsamen Schwitzen und Baden zuwandte, wuschen sie sich erst einmal gründlich in den kleinen Wannen. Weiche Schwämme, Kräuter und unterschiedlich geformte Bürsten lagen bereit, um sie bei ihrer Körperhygiene zu unterstützen. Nachdem sie sich gründlich gewaschen hatten und endlich sauber und erfrischt fühlten, begaben sie sich zum Schwitzbad, um nun sämtliche Poren zu befreien.

Der mittelgroße Raum verfügte über einen schmalen mit Ornamenten verzierten Eingang und einen offenen Durchgang, der zu den Heiß- und Kaltwasserbecken führte. An den beiden Seitenwänden erhoben sich jeweils drei Terrassenstufen, die mit kleinen Tonplatten gefliest waren und zum Sitzen oder Liegen einluden. Mercurius betrat als erster das Heißluftbad, schnappte sich ein am Eingang bereitliegendes Tuch und verzog sich in die hinterste Ecke der obersten Terrassenstufe. Dort formte er sich ein Kissen, legte sich nieder und schloss die Augen.

»Und das ist unser Kommunikationsspezialist«, dachte Diana kopfschüttelnd und setzte sich auf die mittlere Stufe. Ihr gegenüber auf der anderen Wandseite nahmen Apoll und Vesta Platz. Neben Diana ließ Vulcanus seinen schlaksigen Körper auf die Fliesen plumpsen, bevor er umstandslos begann auf sie einzuquasseln.

»Hat dir Mercurius eigentlich schon von dem lustigen Zwischenfall berichtet, den wir gestern erleben durften, während ihr dem jungen Tullius geholfen habt?«

»Nein, Small-Talk ist nicht so Rius' Stärke«, sagte Diana und grinste.

»Nachdem die beiden Offiziere schon ziemlich viel mit uns gebechert hatten, wurden sie langsam mutig und haben uns mit allen möglichen Belanglosigkeiten gelöchert. Die beste Frage kam von Gnaeus«, Vulcanus kicherte, »Er wollte von Vesta wissen, ob wir Götter nach dem Essen auch etwas ausscheiden würden.«

Diana sah ihn schmunzelnd und erwartungsvoll an.

»Vesta meinte mit vollem Ernst in ihrer Stimme: Ja, natürlich – Aber bei uns kommen Honig und Mandeln heraus.« Vulcanus kicherte noch lauter. »Daraufhin nahm er seine Schale, ging vor ihr auf die Knie und bat sie, von ihren Gaben kosten zu dürfen. Du kannst dir nicht vorstellen, wie Rius und ich gelacht haben, als wir Vestas Blick gesehen haben. Ich glaube, sie ist zum ersten Mal in ihrem Leben errötet.«

Die letzten Worte prustete Vulcanus heraus und schlug sich auf die langen Schenkel. Alle im Raum grinsten und Vesta rief von der anderen Seite herüber: »Du altes Lästermaul! Ich hätte dem Trottel ja was zu kosten gegeben, wenn ihr ihn mit eurem Gegacker nicht völlig verschreckt hättet. Anschließend wollte er kaum noch ein Wort sagen.« Sie sprach hart und böse, spielte jedoch nur die Eingeschnappte.

In den nächsten Minuten schilderte Vulcanus beinahe ununterbrochen seine Eindrücke vom letzten Abend, während Apoll und Vesta ihrerseits ein Gespräch begannen.

Wenn er einmal in Fahrt kommt, hört er gar nicht mehr auf zu reden, dachte Diana, ließ sich aber nichts anmerken und nickte an den passenden Stellen. Insgeheim schielte sie zu Apoll und Vesta. Sie musterte ihre Bewegungen und Gesten. Vesta musste etwas Witziges erzählt haben. Apoll lächelte jetzt, obwohl seine Augen noch immer Trauer zeigten. Er hatte ein schönes Lächeln.

»…und als wir mit der Ausrüstung zurück zu euch und dem Jungen gehen…« Diana hörte Vulcanus' Erzählungen kaum noch zu. Sie betrachtete lieber die nass glänzende Haut

Apolls. Er hatte richtige Bauchmuskeln. Sie wollte sie berühren. Was wohl passieren würde, wenn sie ihn jetzt anfassen würde? Würde sie wieder einen kleinen Schlag kriegen?

»…da liegt ein großer Haufen frischer Scherben und ich sage so zu Mercurius, die Gefäße…«

Bei der Vorstellung, seine nackte Haut zu berühren, durchfuhr sie wieder ein Prickeln. Sie zuckte leicht zusammen und kratze sich an der Hüfte, während das Blut etwas schneller durch ihren Körper rauschte.

»…und als ich zwei aufhebe, erkenne ich einen nackten Mann mit Flügelhelm auf den Scherben…«

Sie hätte ihn letzte Woche im Zelt küssen können. Sie waren ja eigentlich ganz allein. Sie wollte ihn jetzt küssen.

»…ein riesen Ding und vor ihm steht ein Tier, ein Schaf sollte das wahrscheinlich sein…«

»…Du bist wunderschön. Ich würde dich gerne küssen.« Die Heizung feuerte jetzt richtig. Die Sklaven mussten noch einmal kräftig Holz nachgelegt haben, denn jetzt floss Diana der Schweiß am ganzen Körper in kleinen Rinnsalen hinab.

»…die hatten wahrscheinlich Angst, dass Mercurius das persönlich nimmt. Ich musste jedenfalls heftig loslachen, während Mercurius es ganz cool nimmt und sagt…«

»…Ja, ich dich auch!«, seufzte Diana.

»…hä … äh … Was hast du gesagt?« Vulcanus war leicht aus dem Konzept geraten, hatte aber immer noch ein breites Grinsen auf den Lippen.

»Ja, das ist wirklich sehr witzig«, bekräftigte Diana, obwohl sie ihm kaum zugehört und an etwas gänzlich anderes gedacht hatte.

Just in diesem Moment erhob sich Vesta von ihrem Platz und sorgte damit für die nötige Ablenkung.

Wie hatte sie schon wieder so abdriften können?

Diana blinzelte und sah nun gemeinsam mit Vulcanus, der aufgehört hatte zu erzählen, Vesta zu. Diese tänzelte in Richtung Ausgang und schnappte sich eine kleine Schale von einem in die Wand eingelassenen Board. Leichtfüßig und mit der Hüfte wippend ging sie zurück zu ihrem Platz. Diana fand ihr Getue affig. Glaubte sie wirklich, dass ihr alle Männer zu Füßen liegen würden, wenn sie ein bisschen mit dem Po wackelte? So beschränkt war doch keiner! –Schön war es natürlich, ihr Hinterteil. So wie alles an ihr vollkommen war: ihre Figur, ihr Gesicht, ihre Haut. Und trotzdem konnte sich Diana nicht vorstellen, sie zu lieben. Ja, sie mochte sie nicht einmal so richtig. Sie wusste nicht, woher die Abneigung und der Neid kamen. Eigentlich war sie zufrieden mit sich selbst. Sie hatte eine schlanke und sportliche Figur. Ihre Schultern und Arme waren etwas muskulöser als die Vestas, Po und Taille waren etwas schmaler und flacher.

An sich selbst mochte sie besonders ihre langen braunen Haare. Egal ob sie sie locker und offen, verwuschelt und ungekämmt, straff oder geflochten trug – immer sahen ihre Haare kräftig und voll aus und rahmten ihr Gesicht gut ein.

Vestas Haare, die jedes Friseurmodell vor Neid erbleichen ließen, streiften Apolls Gesicht, als sie sich nun dicht an ihn herandrängte. Lässig klopfte sie ihm mit ihrer schmalen Hand auf den nackten Oberschenkel.

»Komm, dreh dich um und lass dir den Rücken eincremen. Du kannst es gebrauchen, glaub mir«, sagte sie laut genug, dass es Diana auf der anderen Terrassenseite hören konnte. In der Hand hielt sie die Schale mit den Aromaölen, die die Römer gerne verwendeten, und teilweise mit der Strigilis, einem Hautschaber, wieder abkratzten.

»Warum sollte er sich von dir einölen lassen, du lüsterne Kuh?«, giftete Diana in Gedanken, sagte jedoch nichts. Zu ihrem höchsten Missfallen fand Apoll jedoch keine ähnlich klingenden Worte, sondern zuckte nur mit den Schultern und drehte den Rücken zur Seite. Ganz langsam begann Vesta das duftende Öl auf seinen kräftigen Armen und Schultern zu verteilen. Sie arbeitete sorgsam und versuchte, keine Stelle seiner warmen Haut auszulassen. Bedächtig fuhr sie mit zwei Fingern seinen Hals entlang und massierte dann seinen Rücken in weit kreisenden Bewegungen, bis ihre Fingerspitzen seinen Steiß erreichten. Dabei lächelte sie ihr umwerfendes

Raubtierlächeln. Apoll indes saß versteinert wie eine Marmorstatue und blickte starr auf den Boden. Nur das Heben und Senken seines Brustkorbs verriet, dass Leben in ihm steckte.

Dianas Stimmung wurde mit jeder Sekunde schlechter. Sie hatte versucht, ein neues Gespräch mit Vulcanus zu führen, um sich abzulenken, doch sie konnte sich einfach nicht auf seine Worte konzentrieren. Ständig huschten ihre Blicke zu Apoll und Vesta.

Letztere hatte Apolls gesamten Rücken eingerieben und griff nun überraschend von hinten an seine muskulöse Brust. Gleichzeitig fragte sie mit harmloser Stimme: »Soll ich deine Brust auch noch eincremen?«

Apoll zuckte nach hinten und erschrak sichtlich.

»Äh… nein danke, das ist nicht nötig«, stammelte er ein wenig unbeholfen.

»Okay, kein Problem. Dann bist du jetzt aber dran, mir zu helfen«, sagte Vesta wiederum völlig arglos und reichte Apoll das Schälchen mit dem Öl.

Vesta glaubte doch nicht ernsthaft, dass er so blöd war…! Doch während Diana in Gedanken noch Feuer spuckte, hatte der verdutzte Apoll bereits das kleine Schälchen in die Hand genommen. Diana kochte jetzt und achtete kaum noch auf Vulcanus, der ebenfalls etwas unruhiger geworden war. Gerade als Apoll seine Hände in das Aromaöl getaucht hatte und beginnen wollte Vestas Rücken einzusalben, zuckte diese nach vorne.

»Oh, sorry. Mit dem blöden Brustband geht es natürlich nicht.« Noch während sie das sagte, beugte sie sich leicht nach vorne, zog ihr Oberteil aus und warf es vor sich auf den Boden. Vulcanus schluckte hörbar und starrte auf Vestas perfekten Busen. Auch Diana stand kurz der Mund offen. Sie wollte schon laut losprusten, als sie aber sah, dass Apoll nun begann, unbeholfen Vestas Rücken einzureiben, blieb ihr das Lachen im Halse stecken.

War er einfach zu blöd, um zu checken, wie sie ihn manipulierte, oder machte ihm das tatsächlich Freude? Wieder sah

Apoll starr geradeaus. Er schien sich ganz auf Vestas samtene Haut zu konzentrieren.

»Idiot, aufwachen!«, schrie sie ihm in Gedanken zu. »Warum hast du nicht einfach ›NEIN‹ gesagt?«

Apoll hatte an Vestas Hüfte mit dem Cremen begonnen und war nun bis zu den Schulterblättern gelangt. Seine Hände bewegten sich mechanisch und schienen etwas träge. Plötzlich hustete Vesta gekünstelt und drehte ihren Oberkörper abrupt nach links. Apoll, der nicht rasch genug reagierte, glitt von der Seite ihrer Schulterblätter ab und streifte mit der Handfläche ihre linke Brust.

»Hoppla«, sagte Vesta in ihrem ureigenen Unschuldston und drehte sich zu ihm um. Verlegen und beschämt, wie ein ertappter Ladendieb, glotzte Apoll auf seine Hand. Dann gaffte er auf die zwei Brüste vor sich, die ihm nun rege ins Gesicht lachten.

»Entschuldige, das war wirklich keine Absicht«, stammelte er, als wäre er wieder zehn Jahre alt.

»Kein Problem, da ist doch nichts dabei«, flüsterte sie so, dass nur er sie verstehen konnte.

»Ich glaube, wir sollten mal schnell ins Kaltwasserbecken hüpfen.« Sie zeigte ihm ihr aufrichtigstes Lächeln und nickte unmerklich mit dem Kopf. Da begriff Apoll, was sie meinte und zupfte sich an der Badehose. Dann machte er einige eilige Schritte zum Bassin im Nebenraum und sprang in das kalte Nass. Vesta folgte, weiterhin nur halb bekleidet, und hüpfte juchzend neben ihm ins Wasser.

Diana hatte die ganze Szene nur ungläubig beobachtet und sich in grellen Farben ausgemalt, was Vesta ihm ins Ohr geflüstert haben mochte. Als Apoll dann sofort mit der halbnackten Vesta ins benachbarte Becken sprang, zerplatzte endgültig die zarte Geduldsblase die ihr Verstand geformt hatte. Die spitzen Dornen im Herzen siegten.

Noch vor Kurzem hatte sie geglaubt, er sei verklemmt und warmherzig. Doch er war ein schamloser, kalter Lustmolch, der sich an jede ranschmiss. Wütend rief sie Vulcanus zu: »Mir wird es hier zu heiß. Ich muss raus.«

Mit einem Wutorkan im Bauch stapfte sie in den benachbarten Raum und sprang in die nächstbeste Wanne, um sich den Schweiß von der Haut zu spülen.

Was für ein elender Schauspieler! Am meisten ärgerte sie sich jedoch über sich selbst. Wie hatte sie sich nur derart den Kopf verdrehen lassen? Hastig zog sie frische Funktionsunterwäsche und ihren Anzug an. Sie nahm ihren Köcher, den silbern glänzenden Bogen und stürmte zur Eingangstür hinaus. Die Wachen vor dem Eingangsportal erschraken und warfen sich auf den Boden, als sie die Göttin mit nassen Haaren und einem mordlüsternen Funkeln in den Augen auf sich zukommen sahen.

»Göttliche, bitte verzeiht…«, stammelte der mutigere der drei. Diana ignorierte ihn und zog mit Furore an der Gruppe vorbei zum östlichen Tor des Kastells. Sie machte schnelle, große Schritte. Niemand wagte es, ihr in die Quere zu kommen. Ihr Groll schwebte wie eine dunkle Wolke über ihr und kein Legionär war so dumm, sich in ihren Schatten zu begeben. Ehrfurchtsvoll hielten sie Abstand, fast alle verbeugten sich tief. Einer Torwache rief sie zu: »Ich gehe jagen. Stört mich nicht!«

Natürlich war es vollkommener Blödsinn in der Mittagszeit auf die Pirsch zu gehen. Sie würde vermutlich kein einziges Tier zu Gesicht bekommen, schon gar nicht ohne Helm oder Brille, die noch im Praetorium lagen. Ihr war jedoch kein besserer Grund eingefallen, warum sie das Kastell verlassen musste. Außerdem war sie die Göttin der Jagd, also würden sich die Soldaten schon nichts dabei denken. Wichtig war nur, dass sie wegkam – fort von diesem verlogenen Schauspieler und dem niederträchtigen Biest. Sie steuerte auf ein Wäldchen ganz in der Nähe zu. Immer wieder gingen ihr seine Worte durch den Kopf.

»Du bist wunderschön. Ich will dich küssen.« Doch sie sah nicht sich selbst neben ihm im Zelt auf dem kalten Berggipfel, sondern Vesta im Schwitzbad, die ihm ihre prächtigen Brüste vor die Nase schob und die Lippen schürzte.

Sie marschierte jetzt stur geradeaus, ohne auf ihre Umgebung zu achten. Sie erreichte den Waldrand. Weit und breit war kein Mensch zu sehen. Nur von Ferne hatte sie ein paar Gestalten auf der freien Fläche um das Kastell erspähen können. Langsam kam sie wieder zu Ruhe und ging jetzt gemächlicher. Doch je mehr die Wut abflaute, desto mehr schwappten Scham und Selbstzweifel in ihr Innerstes. Sie begann zu weinen und wieder schien es, als würde ihr Kummer mit jedem Schritt bedrückender. Ihr kurzer Wutausbruch eben im Bad hatte damit nur wenig zu tun. Er lieferte lediglich den Tropfen, der den See zum Überlaufen brachte. Eine Welle aus Gefühlen rollte über sie hinweg, ohne dass Diana genau wusste, woher sie kamen. Trauer, Eifersucht, Angst, Reue, Heimweh und Mutlosigkeit vermischten sich zu einem Brecher, der sie von den Beinen riss und in der Strömung davonzog. Unablässig flossen jetzt die Tränen, während sie sich wild mit den Armen rudernd durch das Unterholz kämpfte. Das Salzwasser rann ihr in Mund und Nase. Schniefend und hustend drang sie weiter in das Meer aus Bäumen. Immer wieder verfing sie sich im Pflanzendickicht und wurde hinab auf den Grund gezogen. Plötzlich glitt sie aus, zappelte wie ein Ertrinkender und versank in der schwarzen Tiefe eines gewaltigen Erdlochs.

Schreiend streckte sie die Arme nach oben und schabte mit den behandschuhten Fingern über den Grubenrand. Doch sie war viel zu überrascht und stürzte zu ruckartig, um sich in der feuchten Erde festhalten zu können. Krachend und knackend schlitterte sie hinab. Mit einem dumpfen Knall schlug sie auf dem Boden auf. Ihre Beine knickten ein und die Wucht des Aufschlags schleuderte sie zur Seite. Ihr Handgelenk wirbelte herum und traf die Kante eines der spitzen Feldsteine am Boden. Es knirschte laut. Endlich kamen ihre Glieder zur Ruhe.

Einige Sekunden lag Diana reglos da und holte keuchend Luft. Dann pressten sich ihre Lungen zusammen und ein gellender Schrei hallte durch die Stille des Waldes. Es war kein Schmerzensschrei, auch wenn sie sich zerschlagen fühlte, sondern ein wilder Aufschrei der Verbitterung und Empörung. Sie legte all ihren Unmut, all ihre Frustration in diesen martialischen Ton und war sich sicher, dass man ihn noch in Rom hören musste.

Schließlich setzte sie sich langsam auf und sah sich um. Erleichtert merkte sie, dass sich ein Teil ihrer Erregung nach der Eruption verflüchtigt hatte. Sie atmete noch einmal tief durch und überprüfte dann ihren Körper. Sie spürte ein kräftiges Stechen in Oberschenkeln und Hüfte. Ihre Rippen brannten, als wäre ihre Haut abgeschmirgelt worden. Soweit sie es feststellen konnte, hatte sie keine Frakturen erlitten. Alle Teile ihres Leibes ließen sich, wenn auch unter Qualen, hinreichend bewegen. Ihr als Armreif getarnter Computer war hingegen beim Aufschlag gesplittert und nun völlig unbrauchbar. Halb fluchend, halb stöhnend erhob sich Diana.

Sie steckte in einer rechteckigen Fallgrube mit einem Durchmesser von etwa drei Metern. Bei ihrem Sturz hatte sie die Tarnung der Falle sowie reichlich Erde mit hinunter gerissen. Gleichwohl ließen sich die spitzen, bemoosten Steine am Boden noch gut erkennen.

Diese Falle wartet hier schon seit geraumer Zeit auf ein Opfer, dachte Diana. Denn überall in den zahllosen Ritzen und Spalten hatten sich bereits kleine Flechten und Moose angesiedelt, zerfetzte Gardinen aus Spinnweben und tote Insekten bedeckten die Seitenwände. Diana reckte sich, um die Kante der Grube zu erreichen. Doch obwohl sie sich auf die Zehenspitzen stellte und den Arm lang ausstreckte, reichten ihre Finger nicht aus dem Loch heraus.

Was für ein elendes Pech. Nur einmal hatte sie keinen Helm dabei und genau in diesem Moment ging ihr Armbandcomputer kaputt. Zwar hatte sie noch einen Ersatz in ihrem Streitwagen, aber nun blieb ihr keine Möglichkeit, um Kontakt zu den Anderen aufzunehmen. Und wie sollte man sie hier, mitten im Wald, so schnell finden, falls sie heute überhaupt noch anfingen zu suchen.

Diana knirschte mit den Zähnen. Als würden sich die echten Olympier einen Spaß mit der jungen Hochstaplerin erlauben, begann es unversehens kleine weiße Flocken zu schneien. Diana seufzte, setzte sich nieder und lehnte sich an die Grubenwand. Sollte das hier ihre letzte Ruhestätte werden, begraben durch Schnee, statt durch Erde? Diana lachte bitter, sie fühlte sich unendlich erschöpft. Wie hatte sie nur so kopflos in diese simple Falle geraten können? War die Vertiefung so gut getarnt oder war sie selbst so blind gewesen? Wahrscheinlich traf beides zu. Immerhin lebte sie noch. Hätte die Falle über angespitzte Holzpfähle oder Metallspieße verfügt, hätte sie sich auch mit ihrer Rüstung schwer verletzt. Aber warum hatte man auf diese Lanzen verzichtet und wer hatte die Grube gebaut – Römer, Germanen?

Sie dachte eine ganze Weile über diese Frage nach, selbstverständlich ohne eine befriedigende Antwort zu finden. Mithin vermutete sie, dass die Fallgrube nicht für Tiere gedacht war und nicht töten, sondern jemanden fangen sollte. Möglicherweise haben die Römer ja damit versucht, germanische Kundschafter zu fangen… Sie würde den Kommandanten fragen, falls sie hier wieder herauskam.

Sie saß eine Zeit lang still da, lauschte auf die Geräusche des Waldes und durchlebte die Ereignisse des Vormittages noch einmal. Wie der auktoriale Erzähler eines Buches wanderte sie durch ihre eigene Geschichte und betrachtete sich selbst aus einer höheren Perspektive, fast emotionslos und allwissend. Sie blätterte durch die Erinnerungen der letzten Stunden und schallt sich eine kolossale Närrin. Was würde sie jetzt nicht für eine kleine, ganz persönliche Zeitmaschine geben.

»Ich würde zurückreisen und Apoll und Vesta mit einem höhnischen Gelächter beschenken. Ich würde ihnen meine ganze Verachtung für ihr schlechtes Theaterspiel ins Gesicht schmeißen. Ich würde sie für ihr notgeiles Getue auslachen, bis sie im Boden versinken!«

»Sie würden beschämt aus der Therme fliehen, nicht ich!«, brüllte Diana in Gedanken. Es tat so gut sich vorzustellen, wie sie die beiden zur Schnecke machte. Wie sie beide heulend aus dem Eingangsportal stolpern und von den Legionären ausgelacht würden. – Immer wieder wiederholten sich diese Gedanken, während sie sich weiter an ihrer fiktiven Allmacht berauschte und sich von neuem im Kreis drehte. –

Es war früher Nachmittag geworden und die Wolken schickten unablässig ihre weiße Pracht zur Erde. Obwohl Diana ihren Anzug trug, begann sie langsam zu frieren, da immer mehr Schnee auf ihrem ungeschützten Kopf landete.

Sie hatte sich endlich ein ordentliches Schmerzmittel verabreicht und dann erhoben. Jetzt inspizierte sie ihr Quartier noch einmal genauer. Sie wollte versuchen, aus eigener Kraft aus diesem Loch zu klettern. Natürlich hätte Diana eine Rauchgranate werfen oder ihren Schrillarlam einsetzen können, um auf sich aufmerksam zu machen. Irgendjemand würde sie sicherlich irgendwann finden und unter Umständen auch befreien. Im besten Fall hätte sich die Göttin der Jagd dann mächtig blamiert, im schlechtesten Fall könnte ihr ein missgünstiger Zeitgenosse ein paar große Steine auf den Schädel schleudern. Beide Szenarien wollte sie vermeiden. Sie sah sich weiter um und entdeckte zwei Wurzeln. Beide Stränge ragten einige Zentimeter aus dem Erdreich heraus und lagen einen halben Schritt weit untereinander. Das untere Flechtwerk konnte sie sogar mit den Armen erreichen. Wenn es ihr gelänge sich daran hochzuziehen und die obere Wurzel zu packen, wäre sie dem Grubenrand wahrscheinlich nahe genug, um ihren Oberkörper heraus zu wuchten. Es war ein gefährliches Unterfangen, aber gleichwohl besser, als zu warten.

Sie dehnte und streckte ihre Glieder, sammelte sich und ergriff die untere Wurzel mit beiden Händen. Mit aller Kraft zog sie sich, mit den Beinen nach Halt suchend, nach oben. Als sie sich keuchend soweit hochgezogen hatte, dass ihr Kinn das erste Wurzelholz berührte, löste sie schnell die rechte Hand und probierte eine höher gelegene Knolle zu packen. Es gelang ihr zuzufassen. Noch im gleichen Augenblick nutzte sie ihren Schwung und zog den linken Arm nach.

Sie baumelte nun mit ausgestreckten Armen an der oberen Wurzel und versuchte mit den Füßen an der Wand halt zu bekommen. Sie zog ihre Knie an, verkeilte die Stiefelspitzen in der harten Erde und drückte dann die Beine durch.

Die vielen Sportstunden und ihre gelegentlichen Abstecher an die lange Boulderwand neben der blauen Mensa machten sich nun bezahlt. Nichtsdestotrotz stand jetzt die schwierigste Übung auf dem Plan. Sie musste Schwung holen, einen Arm lösen und über den Grubenrand greifen. Da sie nicht über unbegrenzte Kräfte verfügte, zögerte sie nicht länger und begann mit der Bewegungsabfolge.

Tatsächlich gelang ihr das Kunststück. Ihre rechte Hand schnellte aus dem Loch und vergrub sich in dem Gemisch aus Schnee und Erde.

Doch nun machte sich ihr eigener Schwung bemerkbar und ihr Körper federte zurück. Panisch zerfurchten ihre Finger das Erdreich auf der Suche nach einem Halt. So schnell sie sich aus dem Loch herauskatapultiert hatte, so schnell glitt sie nun unaufhaltsam zurück. Schon war sie vollends zurück über die Kante gerutscht. Sie schaffte es nicht mehr mit der zweiten Hand die obere Wurzel zu fassen. Die Last ihres beschleunigten Leibes wurde zu viel für ihren linken Arm und so wurde sie gnadenlos von ihrem Ankerpunkt gerissen.

Nur unwesentlich abgebremst krachte Diana in die Grube. Sie landete ähnlich, wie bei ihrem ersten Abgang, schrammte sich diesmal jedoch die Stirn auf.

Ausgelaugt und enttäuscht richtete sie sich auf und lehnte sich an die durchgefrorene Grubenwand. Sie brauchte eine Pause. Tiefe Niedergeschlagenheit ergriff sie. Was für ein Alptraum.

»Ich hocke im Jahr 160, mit zerschundenen Knochen in einem eisigen Grab tief im winterlichen Wald – Herzlichen Glückwunsch Mia, du hast die Zeitreise bekommen, die du dir immer gewünscht hast«, spottete Diana. Resigniert legte sie den Kopf zurück und stierte in den weißgrauen Himmel. Träge summte sie eine schöne Melodie, die sie vor langer Zeit gehört hatte und leerte ihren Geist. Sie dachte an nichts. Sie lauschte nur ihrem eigenen Klang und blinzelte den feinen Schneeflocken entgegen. Der Schnee kitzelte und verfing sich in ihren Wimpern und Augenbrauen. Etliche Minuten vergingen, ohne dass sie sich rührte.

Auf einmal zuckte sie erschrocken auf. War da nicht ein leises Knacken zu hören? Bald darauf vernahm sie ein Stampfen. Feiner Schnee rieselte vom Grubenrand.

Diana stand auf, nahm ihren Bogen und legte einen Pfeil auf die Sehne. Wieder vergingen einige Herzschläge, in denen undeutliche Geräusche von der Oberfläche zu ihr nach unten drangen. Für einen flüchtigen Moment sah sie eine Spitze aufblitzen. Bildete sie sich das ein, oder war das ihr Helm? »Zeige dich!«, rief sie mit einer Stimme, die fester klang, als sie sich fühlte.

Wie sie befürchtet hatte, reagierte ihr Besucher nicht, sondern arbeitete weiter, ohne dass sie sah, was er tat. Sie wiederholte ihren Ruf und erntete erneut eine Abfuhr. Wer auch immer da oben war, wollte nicht mit ihr sprechen. Das konnte nichts Gutes verheißen.

Noch während sie das dachte, flog ein langer dunkler Gegenstand über den Grubenrand. Diana sprang reflexhaft zur Seite und drückte sich an die Wand. Sie wollte gerade eine Blendgranate von ihrem Gürtel pflücken, als sie realisierte, was man da auf sie geworfen hatte. Jäh hielt sie in ihrer Bewegung inne. Das war kein langer Ast und auch kein Stein, den man auf sie Schmettern wollte. Vor ihrer Nase baumelte ein solide geflochtenes Hanfseil, in das mehrere dicke Knoten geknüpft waren, um den Aufstieg zu erleichtern. Sprachlos begaffte sie das dunkle Tau. Einen Moment lang war sie unschlüssig. Was würde man mit ihr machen, wenn sie den Kopf aus der Grube steckte? Vielleicht wollte sich jemand die Mühe ersparen, sie selbst aus dem Loch zu fischen. Er wartete nun mit dem Keulenschlag, bis sie oben war… Trotzdem wusste Diana, dass sie es irgendwann nicht mehr aushalten würde, selbst, wenn sie jetzt entschied, nicht zu klettern. Sie wollte hier raus. Es war besser, das Ganze gleich hinter sich zu bringen. Sie packte das Seil und zog kräftig daran. Es schien gut befestigt. Also begann sie sich mühevoll nach oben zu hangeln. Einen Augenblick lang fürchtete sie, dass ihr die Kräfte fehlen würden, doch die dicken Knoten gaben ihren Händen und Füßen Halt und so wand sie sich Stück für Stück empor. Sie spürte jetzt ihre Prellungen und wünschte, sie hätte ein weiteres Schmerzmittel genommen. Endlich erklomm sie den Grubenrand und rutschte unelegant auf dem Bauch über die Kante. Zwei Schritt von der Falle entfernt blieb sie liegen und hielt inne.

Niemand warf sich auf sie, keine Axt sauste auf sie nieder, niemand zeigte sich. Langsam erhob sich Diana und musterte ihre Umgebung. Das Seil war fachmännisch an einem nahen Stamm befestigt wurden. Es gab verwischte Spuren am Grubenrand und um den Baum herum. »Wer hat mir geholfen? Und warum ist er wieder abgehauen?«, fragte sie sich irritiert. Dieser Tag wurde immer verrückter.

Diana entdeckte Fußspuren im Unterholz. »Jemand ist auf direktem Weg hierhergekommen und wieder umgekehrt. Er wusste also, wo die Falle zu finden ist«, schlussfolgerte Diana. Sie hatte zwar gelernt, sich in der Natur zu bewegen und zu jagen, im Spurenlesen fehlte ihr jedoch reichlich Erfahrung. Sie bemerkte, dass ihr Retter in seine eigenen Fußstapfen getreten war, wodurch diese nur ungenau zu erkennen waren. Womöglich war die Person nicht allein gewesen und ein weiterer Unbekannter war in die gleichen Abdrücke getreten.

Diana folgte der Fährte und war sich bald sicher, dass es sich nur um einen Menschen handelte. Und noch etwas fiel ihr auf. Ihr Helfer in der Not musste etwa dieselbe Schuhgröße haben wie sie und Stiefel mit modernem Profil tragen. Verblüfft blieb sie stehen, als ihr Hirn die Informationen verarbeitete.

»Das kann nur bedeuten, dass Vesta mich befreit hat«, kombinierte sie. »Hat sie ein schlechtes Gewissen gekriegt und ist mir gefolgt? Oder haben sich alle gemeinsam auf die Suche gemacht?«

Ratlos folgte sie dem Pfad, bis die Spur in einem kleinen Bach endete. »Clever!«, dachte Diana. »Sie ist einfach ein Stück im flachen Kiesbett gelaufen, so dass ich den ganzen Wasserlauf absuchen müsste, um wieder auf ihre Fährte zu treffen. Das merke ich mir.«

Doch Diana hatte heute keinen Bedarf an weiteren Überraschungen und wünschte nur noch ein warmes Lager und etwas zu Essen. Sie fummelte den kleinen Kompass aus ihrem Survival-Kit und wanderte schnurstracks Richtung Westen. Sie würde noch herausfinden, wer sie gerettet hatte. Sie konnte hartnäckig sein. Sehr hartnäckig.

07. Juni 2130 – Zwei Tage nach dem Angriff auf Kiran

Noch am Mittwochnachmittag hatten sie ihn drei Stunden lang verhört. Zwei Mal hatte Aquil haargenau die gleiche Geschichte erzählt und alle Fragen bis ins kleinste Detail beantwortet. Warum sollte er auch lügen oder beschönigen? Er hatte nur immer wieder eine einzige Bitte vorgetragen. Endlich, ganz zum Schluss, hatten sie sein Flehen erhört und Antwort gegeben: »Kiran lebt und ist stabil. Doch er wird nie wieder richtig laufen können.«

Er war erleichtert und schockiert zugleich. Wie hatte es nur soweit kommen können?

Man hatte ihm untersagt, Kiran zu sehen. Er sei noch nicht fit genug, um Besuch zu empfangen und schlafe die meiste Zeit. Aquil selbst hatte die letzten zwei Nächte gar nicht geschlafen. Dafür träumte er am Tag und bekam nur wenig von seiner Umgebung mit. Er funktionierte, sah die Welt jedoch wie durch einen Schleier.

Er wunderte sich, warum sie ihn noch nicht rausgeworfen hatten. Andererseits war heute der letzte Schultag vor den dreiwöchigen Sommerferien. Wahrscheinlich wollte man nicht so viel Aufsehen erregen und hatte deshalb bis heute gewartet. Am Nachmittag würde der Leiter des Apollon Tempels oder sogar der Leiter der Akademie erscheinen und ihm sagen, was für eine grenzenlose Enttäuschung er sei und dass er sofort sein Zimmer räumen solle. Anders konnte es nicht sein. Er starrte abwesend an die Wand des Klassenraums, ohne dem Unterricht zu folgen.

»Mia, bitte nenne noch einmal die wesentlichen Aufgaben von Flamines, Virgines, Vestales und Pontifices!«, sagte ihre Lehrerin Donna Marino.

»MIA!« Bei diesem Namen schreckte Aquil auf und starrte auf das Mädchen mit den leuchtenden Augen und dem schönen Haar, das in der ersten Reihe saß. Sofort schlugen die Erinnerungen auf ihn ein. Er hatte sich auf Kirans bescheuerte Wette eingelassen. Kiran hatte gewonnen, denn er hatte recht behalten. Doch sein Preis war kein lässiger Flirt mit Mia, sondern ein Blutzoll epischen Ausmaßes. Wieder stieg ihm der intensive Geruch des Pferdestalls in die Nase und er sah seinen Freund mit der Mistgabel im Rücken vor sich liegen. Würde er je wieder ihren Namen hören und nicht an diesen Augenblick denken können? Andererseits spielte das nun auch keine Rolle mehr. Er hatte die bescheuerte Wette verloren. Musste er jetzt das Mädchen vergessen? War er das seinem Freund schuldig?

»Aquil?« Sein Blick schärfte sich etwas.

»Aquil!« Er blinzelte und sah in das freundliche Gesicht von Donna Marino, einer seiner Geschichtslehrerinnen.

»Meine Güte, du bist ja völlig weggetreten. Monsieur Bertot hat mich darum gebeten, dich nach der Stunde zu ihm zu schicken. Vielleicht ist es besser, wenn du jetzt schon zu ihm gehst. In den Ferien bleibt dir genug Zeit, um die heutige Stunde nachzuarbeiten.«

Aquil sah sie misstrauisch an. Was sollte er bei Monsieur Bertot, dem kleinen Arzt mit der knolligen Nase?

»Na los, geh schon! Er wird dir erzählen, wie es Kiran geht und dich untersuchen. Du siehst wirklich nicht gesund aus.«

Gemächlich packte Aquil seine Sachen zusammen und trottete aus dem Zimmer.

Donna Marino wandte sich indes wieder der Klasse zu. Heute Morgen hätten die Schüler eigentlich eine Reitstunde gehabt. Der Sicherheitsdienst hatte die Reitanlage allerdings immer noch nicht freigegeben und so kam es zu dieser Vertretungsstunde am letzten Schultag vor den Sommerferien. Entsprechend motiviert waren Mia und ihre Klassenkameraden. Ihr zweiter Lehrer Herr Zeeberg schien sogar noch ermatteter als die Schüler und döste gelangweilt vor sich hin. Donna Marino fand den roten Faden wieder und fuhr in ihren Ausführungen fort:

»Es ist also ganz wichtig, dass ihr euch die Priesterämter und ihre Kompetenzbereiche genau einprägt. Besonders mit der Priesterschaft eurer eigenen Tempel müsst ihr euch genauestens vertraut machen und ihre Zeremonien so gut es geht kennenlernen. Die Geistlichen sind eine zentrale Machtbasis, auf die ihr euch stützen könnt, wenn ihr sie entsprechend einbindet. Andererseits sind sie auch die größte Gefahr, wenn sie euch ablehnen und als Dämonen oder Geister brandmarken.«

Ein Schüler in der ersten Reihe meldete sich.

»Ja, Daniel?«

»Warum spielen wir eigentlich Emmely Jackson und Ives Berg und nicht Roger Trudel oder Vincent Russo?«

Donna Marino sah ihn entgeistert an. »Äh, was meinst du damit?«

Daniel rollte mit den Augen. »Na, warum spielen wir die B-Liga, obwohl wir auch die A-Liga spielen könnten? Warum verkleiden wir uns als Mercurius oder Vulcanus, anstatt gleich den obersten Gott Jupiter ins Feld zu schicken. Der würde doch ein viel leichteres Spiel haben.« Endlich verstand Donna Marino, was er von ihr wissen wollte. Auch wenn es nicht direkt mit ihrem Thema zu tun hatte, hieß sie Umwege und Fragestellungen immer willkommen, wenn sich daraus etwas Sinnvolles machen ließ.

»Daniel, das ist gar keine schlechte Frage, die natürlich auch der Phönix Initiative ganz am Anfang gestellt wurde. Wie würden die anderen denn Daniel auf seine Frage antworten?«, fragte die Lehrerin in die Runde.

»Ja, Aisha?«, sagte Donna Marino.

»Jupiter ist einfach zu alt und zu mächtig. Den nimmt uns niemand ab, wenn wir 19 oder 20 Jahre alt sind. Außerdem würde dann jeder sehen wollen, wie wir Blitze schleudern und das bekommen wir auch mit unserer modernen Technik nicht so einfach hin.«

»Das sind gute Argumente«, meinte die Lehrerin anerkennend. »Habt ihr noch weitere Ideen? John?«

»Hm…, na ja, Juno wird auch immer alt und mächtig dargestellt. Sie ist ja eine Art Königin. Allerdings ist das Alter bei den Göttinnen relativ. Die sehen eigentlich alle immer ziemlich schick aus. Ich finde aber Juno und Jupiter sind nicht unbedingt die menschenfreundlichsten Götter. Juno hilft nur den Müttern, die nicht gerade von ihrem Mann geschwängert wurden.« Die halbe Klasse kicherte über den harmlosen Scherz.

»Sehr gut. Was ist mit Neptun, Pluto, Ceres oder Mars? Die sind doch auch mächtig?

Ja, Mia!«

Mia holte tief Luft und rüstete sich für eine ausführliche Antwort. Manchmal mochte sie es, mit ihrem Wissen zu protzen.

»Also, Neptun ist natürlich schwer dazustellen. Von einem Gott des Meeres würde man schon erwarten, dass er regelmäßig unter Wasser verschwindet. Außerdem würde man sich über jede Flut und jeden Sturm bei ihm beschweren. In Ceres' Rolle zu schlüpfen, ist auch schwer umzusetzen, da sie so vielfältig interpretiert und mit recht vielen Gottheiten gleichgesetzt wurde. Es ist einfach aufwändig, so viele Erwartungen gleichzeitig zu erfüllen. Trotzdem wäre sie ein möglicher Kandidat für mich. Pluto spielt nicht in der A-Liga, auch wenn er mächtig ist. Bei einem Gott des Totenreichs würde zudem ständig jeder nachfragen wollen, wie es seiner verstorbenen Tante X oder seinem toten Onkel Y geht. Vielleicht würde man sogar erwarten, dass Pluto ein Ferngespräch mit den Verblichenen arrangiert oder sie für ein paar Tage zurückholt. Mars ist hingegen der zweitwichtigste Gott der Römer und meiner Meinung nach gut geeignet. Warum man ihn nicht ausgewählt hat, kann ich nicht nachvollziehen.«

»Danke Mia, das waren hervorragende Argumente. Soweit ich weiß, hat der Vorstand der Phönix Initiative bewusst auf die Besetzung eines Kriegsgottes verzichtet. Es gab eine Diskussion über die Waffen der Zeitreisenden. Zahlreiche Kritiker wollen vermeiden, dass den Gesellschaften des Altertums das Geheimnis der Feuerwaffen in die Hände fällt. Sie sind der Ansicht, dass es dem zivilisatorischen Fortschritt schaden würde, wenn die Phönix Initiative ihren Fokus zu sehr auf den militärischen Bereich setzt. Man einigte sich darauf, auf den Kriegsgott zu verzichten und stattdessen die Jagdgöttin zu schicken. Nur ihr soll eine stärkere Bewaffnung mitgegeben werden.«

Mia verstand die Begründung, etwas wollte ihr dennoch nicht in den Kopf.

»Okay, ich kann nachvollziehen, wieso man nicht Jupiter, Mars und Juno ausgewählt hat. Und ich habe auch vom starken Vestalinnenkult in Rom gelesen. Ich begreife, weshalb man die Göttin Vesta mit ins Boot geholt hat. Aber warum hat man auf die genialste, stärkste und coolste aller Göttinnen verzichtet? Warum ist Minerva nicht dabei? Sie ist die Göttin der Weisheit der Handwerker, Schutzgöttin der Dichter und Lehrer, Göttin der Kriegsführung, der Kunst, des Schiffbaus sowie Hüterin des gesamten Wissens. Sie wäre doch die perfekte Göttin für das Phönix-Projekt.« Mia war nun richtig in Fahrt gekommen.

Donna Marino nickte zustimmend.

»Du hast recht, Minerva wäre wirklich gut geeignet, sie ist auch meine Lieblingsgöttin. Ich habe gehört, dass sie ursprünglich für das Projekt vorgesehen war. Warum man sich letztlich gegen sie entschieden hat, weiß ich leider nicht.«

Sie schaute zu ihrem Kollegen, der inzwischen mit Interesse zuhörte.

»Weißt du etwas darüber?«, fragte sie.

»Soweit ich weiß, hat es am Anfang des Phönix-Projekts auf dem Testgelände in Finnland einen Minerva-Tempel gegeben. Dort hat man auch Schülerinnen ausgebildet. Das war alles ein Vorlauf für unser Ausbildungsprogramm hier an der Schule und die große Zeitmaschine in Norddeutschland. Wieso man nach dem Testprogramm nicht auch hier Minerva-Klassen aufgemacht hat, kann ich nicht sagen. Aber wenn ihr im internen Schulnetzwerk recherchiert, findet ihr sicherlich schnell Antworten.«

Herr Zeeberg lehnte sich zurück und machte einen Gesichtsausdruck, als hätte er mit dieser Information nun seine Kräfte für die gesamte Unterrichtsstunde aufgezehrt. Donna Marino ließ sich davon nicht irritieren und leitete die letzte halbe Stunde des Unterrichts ohne große Mühe. Endlich gab sie das Zeichen für das Stundenende.

»So ihr Lieben, ich wünsche euch schöne Ferien. Ich hoffe, ihr erholt euch gut. Ich soll euch auch noch einmal an die Lektüreaufgabe erinnern. Bitte lest eines der Bücher auf eurer Literaturliste. Und jetzt ist wirklich Schluss. Viel Spaß bei der Zeugnisverleihung.« Sie klatschte in die Hände und die Schüler wurden plötzlich aktiv. Als wäre das Zeichen zur Pause in Wirklichkeit ein geheimes Startsignal, sprangen alle auf, rafften ihre Sachen zusammen und hasteten aus dem Raum. Mia blieb zurück und wartete auf Daniel, der wie immer etwas länger brauchte.

»Komm schon, Daniel. Beeil dich ein bisschen!«

Im zweiten Anlauf hatte es Daniel endlich geschafft, seine Schreibsachen in die Tasche zu befördern. »Sorry, ich kann einfach nicht verstehen, warum wir immer so viel schreiben und zeichnen müssen. Die ganzen Stifte und Blätter machen mich wahnsinnig. Wir könnten doch einfach alles der KI diktieren oder die Präsentationsdatei kopieren oder wenigsten mit dem Tablet arbeiten.« Mia verdrehte die Augen und seufzte.

»Weil du in der Antike mit der Hand schreiben wirst, falls wir je dorthin kommen. Jetzt beeil dich! Ich will nach dem Essen noch in die Bibliothek und über die Minerva-Klassen und den Testlauf in Finnland recherchieren.«

»Dazu brauchen wir aber nun wirklich nicht extra in die gottverlassene Bibliothek gehen. Greif doch einfach hier irgendwo auf das Phönix-Netzwerk zu«, schlug Daniel vor.

»Ich will in Ruhe lesen und nicht ständig abgelenkt werden und dafür ist die Bibliothek prima, auch weil sich so selten jemand dahin verirrt. Außerdem haben wir von den Computern dort Zugriff auf das Administrationslaufwerk.«

»Das werden wir wohl kaum brauchen. Aber von mir aus, gehen wir eben in den Bücherkerker. Vorher will ich aber in die grüne Mensa. Ich habe von gestern noch einen Kartoffelauflauf im Kühlfach. Der war echt richtig lecker. Die Kartoffeln habe ich mit viel Liebe im Gewächshaus auf unserm Dach angebaut. Wenn du mir deine Stimme beim Kochwettbewerb gibst, darfst du vielleicht sogar mal kosten.« Verschmitzt zwinkerte er ihr zu.

»Du hast die Knollen eingegraben, die Zeitschaltuhr der Bewässerungsanlage eingestellt und dann nie wieder danach gesehen«, dachte Mia, verkniff sich jedoch jeden Kommentar. Sie wusste, dass Daniel immer sehr sensibel auf Kritik reagierte und sich wahrscheinlich auch deshalb so gerne selbst lobte.

Im grünen Speisesaal wartete bereits Lily auf sie. Sie aß genüsslich Caesar Salad aus einer gigantischen Schüssel.

»Hmjam … Hallo, wie war eure Vertretungsstunde?«, begrüßte sie Mia und Daniel.

Die beiden erzählten ihr von ihrem Unterrichtsgespräch über die Götter und ihr Recherchevorhaben zu Minerva. Natürlich war Lily ebenso neugierig wie ihre Freunde.

»Wir dürfen nur nicht zu lange in der Bibo bleiben. Nach der Mittagspause müssen wir rechtzeitig zur Zeugnisübergabe da sein«, gab Lily zu bedenken.

»Noch interessanter wird die Auszeichnungsveranstaltung hinterher. Ich bin mal gespannt, was sich die Lehrer diesmal für einen Spaß einfallen lassen. Ich war total beeindruckt, als Herr Meyer im letzten Jahr als Götterbote verkleidet aus dem Flugzeug sprang«, sagte Daniel.

Mia setzte sich neben ihn und kostete Daniels Kartoffelauflauf. Er war wirklich ganz gut gelungen.

»Wir könnten auch heute Abend in die Bibo gehen, aber ich habe noch Töpfern und Daniel ist bei der Mathenachhilfe.«

»Ich habe heute Abend Tanzen und dann wollte Sophia mit mir einen der synchronisierten Filme aus unserem Projekt schauen«, sagte Lily schmatzend.

»Cool, kann ich da mitkommen?«, fragte Daniel begeistert.

Lily überlegte einen Moment, dann sagte sie: »Ja, grundsätzlich kannst du schon mitkommen. Ich denke, Sophia hat nichts dagegen. Aber wir schauen einen krass schnulzigen Liebesfilm, mit richtig viel Küssen und Heulen und so.«

»Na, das passt doch. Vielleicht können sich Dick und Doof da mal ein paar Tipps holen«, sagte Milàn, der überraschend neben ihrem Tisch aufgetaucht war. Er sprach gedämpft, aber so laut, dass es die drei Freunde hören konnten. Milàns Freundin Tissa kicherte dümmlich. Ihre beste Freundin Claire hingegen verzog keine Miene und würdigte Lily, Mia und Daniel keines Blickes. Seit ihrem ersten Mondballspiel hatte es Milàn auf die drei Freunde abgesehen. Er ärgerte sie, wann immer er die seltene Gelegenheit dazu bekam. Besonders auf Lily hatte er es abgesehen. Nach seinem groben Foul beim Spiel war er zwar in die Akademie aufgenommen worden, hatte jedoch als Strafe zwei Monate Putzdienst aufgebrummt bekommen. Natürlich hatte er dafür nicht sich selbst, sondern Lily verantwortlich gemacht und mobbte sie nun, so oft er konnte. Selbstverständlich war er klug genug, dies unbemerkt zu tun, denn Lily hatte sich bereits über ihn beschwert. Trotzdem schien sein Verhalten nie echte Konsequenzen für ihn zu haben.

»Verpiss dich, Milàn! Nerv jemand anderen«, raunte Mia und spannte ihre Muskeln an. Sie war bereit, sofort aufzuspringen, falls es nötig wurde.

»Ach, der Oberarsch und seine beiden Hämorrhoiden-Anhängsel«, grüßte Lily leise, während sie ihre Gabel fest umklammerte. Sie ließ sich längst nicht mehr von ihrem Gegner einschüchtern.

»Irgendwann treffe ich euch mal allein, da seid ihr nicht mehr so vorlaut«, giftete Milàn und ballte die Fäuste.

»Oh, jetzt hab' ich Angst. Wie geht's deinem Schienbein? Heulst du nachts immer noch deswegen?«, spottete Mia und wünschte ihm in Gedanken die Pest an den Hals.

Für eine Sekunde schien es, als wolle er sich auf sie stürzen.

Dann beherrschte sich Milàn, zeigte seine spitzen Zähne, nahm seine Freundin Tissa in den Arm und zog ab. Er brauchte nichts weiter zu sagen. Sein Blick zeigte unverhohlen, was er dachte: »Ihr seid tot!«

»Ich bekomme das einfach nicht in den Kopf«, sagte Daniel kopfschüttelnd, nachdem Milàn abgezogen war. »Wir kommen hier mit jedem super aus. Alle sind friedlich und nett, nur der Idiot und seine zwei Hirnzellen machen ständig Stress. Wieso hat man den nicht längst von der Schule geworfen?«

»Pass bloß auf, Mia! Er sah aus, als hätte er es jetzt auch auf dich abgesehen und da kann er ziemlich hartnäckig sein. Er hat mir schon dreimal das Essen aus meinem Kühlfach geklaut und mir einmal eine vergammelte Maus reingelegt«, warnte Lily sie.

»Was? Das hast du uns gar nicht erzählt! Ich hätte ihm dafür so kräftig in den Hintern getreten, dass er nicht mehr sitzen kann.«

Lily seufzte: »Genau deshalb habe ich es dir bisher nicht erzählt. Er ist extrem nachtragend und hinterhältig. Ich habe mich mehrfach beschwert, aber nie ließ sich etwas beweisen. Er hat ständig behauptet, ich wolle ihn bloß schlecht machen.«

»Geh doch mal zu Herrn Meyer und rede mit ihm, er ist cool und kann das bestimmt regeln«, sagte Daniel, der nun seinen letzten Happen verschlungen hatte. Lily schüttelte den Kopf und setzte ein verschlagenes Grinsen auf.

»Wer sagt denn, dass ich mich nicht angemessen bei Milàn bedankt habe? Ich glaube, unser kleiner Vampirtintenfurz hatte in letzter Zeit häufiger Durchfall.« Alle drei kicherten und ein Teil der Anspannung fiel von ihnen ab.

»Ich mache mir keine Sorgen wegen des Psychopathen, ich sehe ihn sowieso nur selten. Ab morgen sind auch erstmal Sommerferien. Also lasst uns nicht weiter darüber reden und stattdessen endlich in die Bibliothek gehen«, sagte Mia.

Keine Viertelstunde später standen sie in der mondänen Bibliothek mit ihren klassizistischen Säulen, den großen

Fresken und dem aufwändigen Mosaikfußboden. Zahllose Reihen, vollgestopft mit Büchern, verlangten Ehrfurcht und Staunen für den repräsentativen Bau.

»So eine Platzverschwendung«, nörgelte Daniel. »Das hat man doch eh fast alles digitalisiert, da könnte man sich den ganzen Kram hier sparen.«

»Die Bibliothek ist natürlich ein Prestigebau. Aber manche Menschen mögen das alte Flair und halten lieber Papier in der Hand. Außerdem kannst du hier Mrs. Mosley fragen, wenn du etwas suchst und die ist viel besser als jede KI.«

Mia begrüßte die Bibliothekarin und stellte ihr Daniel und Lily vor, die sich bisher nur zweimal hierher verirrt hatten.

»Hallo ihr drei, das ist ja eine richtige Völkerwanderung diese Woche. Acht Besucher in drei Tagen – habt ihr irgendetwas ausgefressen oder was treibt euch vor der Zeugnisverleihung in meine bescheidenen Hallen?«

»Wir wollen nur einen Computer mit Netzwerkzugriff auf das interne Administrationslaufwerk verwenden«, sagte Mia, schob dann aber noch schnell hinterher: »Aber vielleicht sehen wir auch ein interessantes Buch, das wir ausleihen können.«

»Schon gut, Kleine. Lächelt bitte einmal für die Gesichtserkennung in die Kamera, dann seid ihr registriert und angemeldet und schon könnt ihr euch nach Belieben umsehen. Die Benutzerregeln kennt ihr ja?«

»Ja, natürlich... Vielen Dank!«, sagte Mia höflich und ging zu einem Computerarbeitsplatz, der außer Hörweite von Mrs. Mosley lag. Daniel und Lily trotteten hinter ihr her und bestaunten die endlosen Reihen voller Bücher und Zeitschriften. Sie pflanzten sich auf kleine, aber bequeme Stühle und setzten sich drei VR-Helme auf. Mia nahm die Bedienhandschuhe des Computers. Nach einem kurzen Login öffnete sich die Startsphäre, der virtuelle Raum, der als Ausgangspunkt der Menüführung diente und in der Vergangenheit »Desktop« genannte wurde. Es erschien ein 360-Grad-Panorama aus dem Inneren einer kleinen Leuchtturmkuppel.

»Boah, das haut einen immer wieder um. Ich liebe gut gemachte Virtual Reality. Das hier ist so viel besser als die lahmen Hologramm-Projektionen. Hier fühlt man sich, als wäre man wirklich an einem vollkommen anderen Ort«, schwärmte Daniel verzückt.

»Schau mal, was hier steht.« Lily zeigte auf eine große metallene Plakette. »Peggy's Point Lighthouse, Nova Scotia, Kanada, live 360 VR.«

»Nett, das sind alles Echtzeitaufnahmen dieses Leuchtturms in Kanada. Ich hatte gedacht, das ist nur eine Sequenz, aber das sind Livebilder aus der Kuppel. Hey, seht mal! Dahinten ist ein großes Schiff am Horizont.«

Daniel zeigte auf eine Silhouette im Dunst der Horizontlinie. Alle schauten wie gebannt hinaus in die Ferne. Die Sonne schien hell und erleuchtete die großen grauen Steine, die das Fundament des Leuchtturms und ein markantes Merkmal der ganzen Küste bildeten. Auch das Meer strahlte in verschiedenen Tönen, während der Wind mit einer frischen Brise weiße Akzente in den Ozean tupfte. Der Schrei einer Möwe, das Pfeifen des Windes und das Rauschen der Wellen – alles klang gedämpft durch die dicken Scheiben der Turmkuppel. Beinahe glaubte Mia, sie könne das Meer riechen und die salzige Gischt auf ihrer Zunge schmecken.

Mia schaute ein paar Minuten lang in alle Himmelsrichtungen. Dann riss sie sich vom Anblick los und suchte das Bedienfeld des Computers, das innerhalb des Panoramas versteckt sein musste. Sie sah sich genauer in der Kuppel um. Das Signalfeuer in der Mitte des kleinen Raumes stand still. Es schien schon seit Jahrzehnten nicht mehr in Betrieb zu sein. Ein winziger Aufkleber der Phönix Initiative am oberen Rand der Außenscheibe erregte ihre Aufmerksamkeit. Als sie das Symbol berührte, öffnete sich ein Display, das die halbe Kuppelscheibe bedeckte. Eine Suchmaske und ein Menü erschienen. Eine fröhliche Kinderstimme trällerte: »Hallo, ich bin Phönix!« Sie schien aus der Decke zu kommen.

Mia verwendete die Sprachsuche und sagte ohne weitere Konkretisierung: »Hallo Phönix, zeig uns bitte alle Dateien mit Hintergrundinformationen zum Minerva-Tempel, die du hast.«

»Die Suche ergab 1303539 Treffer«, sagte Phönix. Die Ergebnisse zeigte der Bildschirm gestaffelt vor ihnen an. Mia wischte durch das erste Dutzend Suchergebnisse.

»Das sind immer nur Infos zur antiken Göttin Minerva oder zu Athene, wie sie bei den Griechen hieß«, sagte Lily.

»Okay, Phönix, dann zeig mir alles, was sowohl die Suchbegriffe ›Minerva‹ als auch ›Phönix-Projekt Finnland‹ beinhaltet«, verbesserte Mia ihre Anfrage.

»Die Suche ergab 143 relevante Treffer.«

»Das ist aber wenig… schon ungewöhnlich«, kommentierte Daniel das Ergebnis.

»Ich bin schlau genug, die meisten unwesentlichen Informationen zu filtern«, sagte Phönix fast ein wenig eingeschnappt.

Wieder überflog Mia die angezeigten Verweise. Es handelte sich um 113 Zeitungsartikel aus dem Internet. Sie erwähnten Minerva jeweils nur in einem Nebensatz und ähnelten sich inhaltlich. 22 Internetseiten enthielten zwar die gewünschten Begriffe, hatten aber nur am Rande mit dem Phönix-Projekt zu tun. Der Blog eines Unterstützers beinhaltete das Wort Minerva an mehreren Stellen, da hier alle Götter des Olymps vorgestellt wurden. Ebenso tauchten die Begriffe in zwei digitalen Enzyklopädien zusammen auf. Auf dem internen Administrationslaufwerk fanden sich die Worte in 5 Tabellendokumenten, in denen es entweder um die Lebensmittelversorgung, Personallisten oder die interne Kostenverteilung ging.

»Das kann doch nicht alles gewesen sein«, sagte Mia enttäuscht. »Es müsste doch Unmengen Petabytes an Material über das Testprojekt und den Minerva-Tempel geben.«

»Die Testanlage in Finnland war geheim. Es ist also nicht verwunderlich, dass wir nichts darüber finden«, warf Daniel ein.

»Aber 143 Ergebnisse!? Ich hatte gehofft, wenigstens im Intranet irgendetwas zu finden«, murmelte Mia.

»Wieso sagt ihr mir nicht einfach, was ihr genau sucht?«, schaltete sich nun die Kinderstimme ein.

»Wir suchen Hintergrundinformationen zum Minerva-Tempel. Das ist eine Schule wie unsere, aber auf dem ehemaligen Testgelände der Phönix Initiative in Finnland«, versuchte es nun Lily noch einmal.

»Die gewünschten Informationen befinden sich 4,15 Meter unter euch«, sagte die KI.

»Hä…? Wer hat dich denn programmiert? Ist deine Firewall nicht ganz dicht?«, fragte Daniel spöttisch und sah die Treppe des Leuchtturms herunter.

»Mir geht es gut. Danke der Nachfrage«, sagte Phönix völlig entspannt.

Auch Mia und Lily sahen sich fragend an. »Was meinst du mit 4,15 Meter unter uns?«

»Die gewünschten Informationen befinden sich in einem Ordner im Magazin der Bibliothek, 4,15 Meter unter dem Erdgeschoss, in dem ihr euch befindet.«

»Hä…? So ein Quatsch. Wenn es ausgedruckt in einem Regal liegt, dann muss es ja auch digital als Textdatei irgendwo rumliegen«, sagte Daniel.

»Hä…? Ist dein Backup schiefgelaufen?«, äffte ihn Phönix nach. »Keine einzige, halbwegs geheime Information der Phönix Initiative liegt irgendwo digitalisiert rum. Weil auch die beste Firewall nie vollkommen dicht ist. Da musst du wohl deinen Popo in den Keller bewegen und selber im Regal wühlen!«

Wieder eine KI, die sich durch eine gehörige Portion Selbstbewusstsein, Schlagfertigkeit und Unverfrorenheit auszeichnete. Anscheinend hatten viele Programmierer einen ähnlichen Geschmack, dachte Mia.

»Danke Phönix, wir schauen im Magazin nach. Du kannst Stand-by gehen«, sagte sie.

»Jawohl, zurück in die Wunderlampe, Meisterin!«, verabschiedete sich Phönix.

Mrs. Mosley hatte keine Einwände, die Schüler in das Magazin zu lassen. Sie wies sie aber an, nichts mitzunehmen.

»Dieser Teil der Bibliothek ist öffentlich. Einige Werke können jedoch nicht ausgeliehen werden. Und wenn irgendetwas wirklich geheim sein sollte, werdet ihr es nicht lesen können«, sagte sie, bevor sie ihnen den Weg ins Untergeschoss wies. Der Keller war ebenso gewaltig wie der oberirdische Kuppelsaal. Er gliederte sich in drei miteinander verbundene Teile. In jedem Raum verlief ein breiter Gang, der links und rechts von langen dicht an dicht stehenden Regalreihen eingefasst wurde. Die Rollregale liefen auf fahrbaren Unterbauten, die auf einem Schienensystem montiert waren und mit Hilfe einer Kurbel bewegt werden konnten. Die Regale ließen sich so verschieben, dass sich immer die gewünschte Regalreihe öffnete, die nächste jedoch wieder schloss.

Die drei Freunde staunten über die Ausmaße des unterirdischen Reiches, wurden aber bald ernüchtert, bei der Aussicht hier nach einem einzelnen Ordner suchen zu müssen.

»Hätte uns die blöde KI nicht gleich sagen können, wo genau wir nachschauen sollen!« Daniel drohte damit, Phönix die ersten hundert Milliarden Stellen von Pi ausrechnen zu lassen, ließ sich dann aber doch recht schnell von Lily beruhigen. Sie nutzten ein Terminal am Eingang des ersten Ganges, um den Flaschengeist erneut herauszulassen. Phönix teilte ihnen mit, dass sie im Raum 3 in Reihe 34 nach der Signatur III.VQ2123 suchen müssten. Damit machten sich die Mädchen auf den Weg in den dritten Raum. Daniel konnte es sich indes nicht verkneifen, der KI zum Abschluss aufzutragen, vier vollständige Systemprüfungen hintereinander durchzuführen. Dennoch konnte er sich nicht so recht über seinen Spaß freuen, da ihm der Computer zum Abschied empfahl, seinerseits das Gleiche zu tun.

Mürrisch schlurfte Daniel den Mädchen hinterher, die ohne Probleme zu Reihe 34 im 3. Raum gelangt waren. Gerade benutzten sie die Kurbel an der Außenseite des Schieberegals, um eine schmale Gasse zwischen Reihe 34 und 35 zu schaffen, in die sie sich zwängen konnten. Daniel überflog die Aufschriften der Buchrücken, als er den beiden Mädchen auf dem engen Pfad folgte: »Exoplaneten der Milchstraße«, »Gesammelte Briefe Papst Pius IX«, »Modernes Wassermanagement in Afrika«, … »Da fehlt ja komplett der Zusammenhang. Wonach sind die Bücher denn geordnet?«, murmelte Daniel und las weiter: »100 Jahre Genschere«, »Onkologie im 22. Jahrhundert«, »Sexualpraktiken der Säugetiere«. Sein Blick blieb einen Moment länger an dem Buchrücken hängen. Dann griff er ins Regal und fischte etwas aus der obersten Reihe, das direkt über dem letzten Titel lag. Verwundert sah er das Ding in seiner Hand an. Es war eine weiße Halbmaske, die an einen Schlangenkopf erinnerte. Die Augen der Schlange schimmerten gelb. Er zögerte nicht lange und setzte das gruselige Teil auf. Das war eine Chance, die er sich nicht entgehen lassen wollte. Oh, Lily würde quieken! Damit könnte er sie noch jahrelang aufziehen.

Langsam pirschte er sich an Lily heran, die nur wenige Schritte vor ihm ging und den Einband mit der richtigen Signatur suchte. Er baute sich dicht hinter ihr auf und grollte laut: »Rooaahhhrr!!!« Wie erwartet, drehte sie sich um und gab einen hohen Kreischton von sich. Doch womit Daniel nicht gerechnet hatte, war ihre nächste Reaktion. Anstatt die Hände panisch an die Wangen zu drücken oder schützend vor sich zu halten, schloss sie die rechte Faust und schlug reflexhaft zu – mitten auf die Nase der hässlichen Schlange. »Rumms!«

Es war kein wuchtiger Schlag, aber immerhin stark genug, um die Kunststoffmaske einzudellen und ihrem Träger einen lauten Schmerzensschrei zu entlocken. Schnell zog sich Daniel die eingedrückte Maske vom Gesicht und hielt sich schluchzend die Nase.

»Aua… Verdammt! Spinnst du? Du hast mir voll auf die Nase gehauen!«, beschwerte er sich, während ihm das Blut träge aus der Nase tropfte.

»Oh, Daniel… Das tut mir wirklich leid. Das war keine Absicht. Ich habe irgendwie automatisch zugehauen, als ich mich erschreckt habe. Brauchst du ein Taschentuch?« Lily war voller Mitgefühl. Mia war weniger verständnisvoll.

»Warte. Ich habe ein Tuch für Daniel. Er ist aber auch selbst schuld, wenn er sich so an dich ranschleicht. Vielleicht ist ihm das eine Lehre.«

Daniel protestierte. Er sah sich als unschuldiges Opfer, das lediglich einen winzigen Spaß machen wollte. Mia hatte jedoch keine Lust, sich auf eine seiner Diskussionen einzulassen.

»Mach die Maske sauber und leg sie dahin, wo du sie gefunden hast. Das Beste ist jetzt, wenn du dich ruhig hinstellst und wartest, bis die Blutung aufhört. Übrigens habe ich III.VQ2123 gefunden.« Sie zeigte auf einen dünnen Aktenordner in der untersten Regalreihe. Daniels und Lilys Blicke folgten ihrem Arm.

»Sieht ziemlich unspektakulär aus«, meinte Lily und griff nach dem Hefter. Die Titelüberschrift lautete: ›Untersuchungsbericht zum Uroboros-Zwischenfall 2127‹. Sie blätterte durch die gehefteten Seiten, während Mia dicht neben ihr stand und ihr über die Schulter blickte.

»Man kann überhaupt nichts erkennen. Da sind ja nur merkwürdige Pixel auf dem Papier«, sagte Lily enttäuscht.

»Sieht aus wie eine Geheimschrift – ein bisschen so wie die alten QR-Codes.« Damit hatte Mia nicht gerechnet. Wie sollten sie das übersetzen?

»Da steht ›Inhaltsverzeichnis‹, ist doch nicht schwer zu lesen.« Daniel hatte seine verbeulte Gruselmaske aufgesetzt und sich zwischen Mia und Lily gedrängelt.

»Du kannst das lesen?«, fragte Mia erstaunt.

»Ja. Ich glaube, das liegt an der Maske.« Er reichte Mia das unheimliche Ding, die es kurz vor ihre Augen hielt und dann weiter an Lily reichte.

»Das ist ziemlich cool«, gab Mia zu. »Aber trotzdem ist fast die Hälfte des Textes geschwärzt.« Immer wieder waren Namen, Sätze oder ganze Passagen unleserlich gemacht.

»Die übertreiben es aber wirklich mit der Geheimhaltung«, schimpfte Daniel.

»Seid froh, dass wir das hier überhaupt lesen dürfen. Wenn wir keine Phönix-Schüler wären, könnten wir hier keinen einzigen Schritt machen«, gab Lily zu bedenken. »Ein bisschen was werden wir schon erfahren.« Sie blätterte zurück und überflog das Inhaltsverzeichnis. »Ganz zum Schluss gibt es ein zusammenfassendes Kapitel, es heißt: Konklusion und Handlungsempfehlung. Ich würde vorschlagen, dass wir damit anfangen, bevor wir hier noch Stunden zubringen. In 60 Minuten müssen wir bei der Zeugnisausgabe sein und mitnehmen dürfen wir den Bericht nicht.«

»Dann fang an. Du kannst sowieso am besten vorlesen«, sagte Mia.

Lily räusperte sich und begann mit ruhiger Stimme:

»Konklusion und Handlungsempfehlung –

Alle bisherigen Untersuchungen deuten darauf hin, dass der Uroboros-Zwischenfall nur der Höhepunkt einer langen Reihe von Vorfällen war.«

»Was ist denn Uroboros für eine Krankheit? Ist das nicht was mit dem Unterleib?«, plapperte Daniel sofort dazwischen.

»Fang jetzt nicht damit an, bei jedem Fremdwort reinzureden!«, ermahnte Mia streng.

»Uroboros heißt das kreisrunde Schlangen-Symbol«, erklärte Lily.

»Wow, du weißt echt alles!«, sagte Daniel anerkennend.

»Ich kann lesen, was hier steht«, erwiderte Lily augenzwinkernd. Ihre Schlangenaugen glühten.

»Komm, lies weiter!«, forderte Mia indes ihre Freundin auf.

»Die Ursachen zeichneten sich bereits vor dem Jahr 2126 ab, anschließend gewannen die Ereignisse jedoch eine besondere Dynamik. Seit es im Winter 2126 erstmals gelang, Gegenstand X1 (Rote Uhr) zwei Wochen in der Raumzeit zu versetzen, häufte sich die Kritik. Vor allem die Beschwerden aus dem Kreis der Minerva-Schülerinnen nahmen deutlich zu. Brisant wurde die Stimmung, als mit X3 ein Datenspeicher mit den weltweiten Kursentwicklungen und Lottozahlen der letzten zwei Wochen durch die Zeit geschickt wurde.

Die Aussagen von [redacted] *und* [redacted] *machen deutlich, dass die erzielten Lotterie- und Börsengewinne in Höhe von ca. 69 Mrd. Credits nicht in vollem Umfang beim Phönix-Projekt ankamen. Die leitenden Mitarbeiter* [redacted] *und* [redacted] *stehen im Verdacht, erhebliche Beträge für persönliche Zwecke umgeleitet zu haben. Eine Aufklärung der Vorwürfe ist bisher nur zum Teil erfolgt, trotz zahlreicher Hinweise.«*

»Wahnsinn, 69 Mrd. Credits! Dafür könnte man ein kleines Land kaufen. Warum geben die uns nichts davon ab?«, unterbrach Daniel erneut.

»Psst! Halt die Luft an und hör zu!«, sagte Mia genervt und bat Lily fortzufahren.

»Im Frühjahr 2127 glückte erstmals die Raumzeitversetzung eines Säugetiers. Damit gelang der Initiative innerhalb eines Jahres ein gewaltiger technologischer Sprung, nachdem bis dato nur kleinste Partikel durch die Zeit geschickt werden konnten.

Fest steht, dass es den Verantwortlichen nicht in gleichem Maße gelungen ist, eine kontroverse ethische Debatte in Gang zu setzen und diese argumentativ für sich zu entscheiden. Alle konträren Meinungen wurden ignoriert, verschwiegen oder bekämpft. Der Versuch, die Tierexperimente und damit das Schicksal von X12 bis X69 zu vertuschen, scheiterte auf ganzer Linie und verfestigte nur die ablehnende Haltung einiger Mitarbeiter und Schülerinnen. Am Beispiel der frühen Experimente mit Ratten, Katzen und Affen zeigt sich zudem, dass es ein Fehler gewesen ist, die Ausbildungseinrichtung in direkter Nachbarschaft zum Testgelände anzulegen. Fast zwei Dutzend Laborratten wurden aufgrund fehlerhafter Berechnungen vom Zielgebiet abweichend versetzt und innerhalb des Minerva-Tempels materialisiert. Die beiliegenden Aufnahmen (Ratte in Tisch, Ratte in Deckenwand und Katze in Baum) machen die damalige Angst und die Abscheu der Schülerinnen nachvollziehbar.«

»Das ist ja widerlich«, sagte Daniel angeekelt, der nun auch einen Blick auf die Bilder geworfen hatte, die man ohne Maske erkennen konnte.

»In dieser Spannungsphase (ab X24) wurden die ersten Uroboros-Symbole im Fitnessbereich der Ausbildungsstätte dokumentiert. In den folgenden Wochen erschien das Symbol immer wieder an verschiedenen

Orten des Geländes. Teilweise wurde es eingeritzt, in den meisten Fällen jedoch aufgemalt. Die genaue Analyse der Zeichnungen und vereinzelter Sprüche ergab, dass es sich um sechs unterschiedliche Verursacher gehandelt haben muss. Die meisten Schmierereien hat es innerhalb der Minerva-Schule gegeben. Nur vereinzelte Symbole und später Flugblätter wurden auf dem Testgelände entdeckt. Daher ist anzunehmen, dass der Kern der Störer aus dem Kreis der Schülerschaft stammte. Im März 2127 wurden erstmals zwei Schülerinnen im Bereich der Tierkäfige gestellt und festgenommen. Interessant sind die unterschiedlichen Motive, die von beiden Täterinnen angebracht wurden. Während Sibyl Costa religiöse Bedenken und philosophische Betrachtungen hinsichtlich der Veränderung der Raumzeit vorbrachte, begründete Maria Sirella Magadessa ihre Taten deutlich profaner. Sie kritisierte in erster Linie Vorgehen und Führungsverhalten der Phönix Initiative und verwies auf die Tierversuche, den autoritären Führungsstil der Tempel-Administration, Formen sexueller Belästigung und Korruption. Gebetsmühlenartig wiederholte sie im Verhör einen Satz, der auch an eine Toilettenwand geschmiert wurde: »Wenn schlechte Menschen die Welt verändern wollen, kommt selten etwas Gutes heraus!« Inwieweit die gravierenden Anschuldigungen zutreffen, lässt sich zum heutigen Zeitpunkt nur noch schwer nachweisen, da zahlreiche Dateien, Akten und Protokolle vernichtet wurden. Bezeichnend ist immerhin, dass die Vorwürfe nicht, wie vorgesehen, an die übergeordnete Ebene in Deutschland weitergeleitet wurden. Das systematische Versagen unserer Kontrollgremien ist nur im Kontext der immensen technischen Erfolge dieser Monate zu erklären. Sogar der Vorstand scheint in dieser Zeit der großen Euphorie, kritische Beschwerden vernachlässigt zu haben. Selbst der Skandal um Vorständin [redacted]

Nach einer missglückten Flugblattaktion Ende März 2127 rissen die Störversuche der Gruppe plötzlich ab. Dies könnte einerseits auf die inzwischen beinahe lückenlose Überwachung zurückzuführen sein. Möglicherweise brauch auch der Rückhalt der Aktivistinnen weg. Mit dem ersten gelungenen Zeitsprung der auserwählten Minerva, der diese allerdings nur wenige Tage in die Vergangenheit versetzen konnte, endeten jedenfalls alle Obstruktionsversuche für mehrere Wochen. Erst drei Tage vor dem Zwischenfall kam es wieder zu einem Sabotageversuch – verübt durch einen maskierten Mitarbeiter aus dem Technikerstab. Auch hier zeigt sich abermals die Unbesonnenheit der damaligen Tempelleitung, die das Sicherheitspersonal im Vorfeld anwies, ohne zu zögern, tödliche Gewalt gegen Saboteure und Eindringlinge anzuwenden. Auch wenn der angeschossene Aktivist nicht mehr zu einer Aussage fähig war, schienen sich doch alle beteiligten Akteure sicher, dass [redacted] noch vor Vollendung seiner Tat unschädlich gemacht werden konnte. Alle Systemtests der Maschine verliefen positiv. Warum es dennoch zwei Tage später zur Katastrophe kommen konnte, ist daher bis heute unklar.

Fakt ist, dass es am 3. Juni um 10:38 Uhr zu einer massiven Überladung der Kernspulen kam. Die automatische Abschaltung musste dafür deaktiviert worden sein. Die Explosion des ersten 50.000 Liter umfassenden Tanks brachte auch Tank Nummer zwei, drei und vier zur Detonation. – (Für den genauen Ablauf siehe Protokoll AR3U5, sowie die Aussage des Technikers Roberto Gray.) Zwei der 18 überlebenden Mitarbeiter behaupteten, einen schwarzen Blitz, wie er für einen gelungenen Langstrecken-Zeitsprung typisch ist, unmittelbar vor der Explosion gesehen zu haben. Nach Aussage unserer Experten ist es allerdings unwahrscheinlich, dass die Versetzung in der Raumzeit erfolgreich durchgeführt werden konnte. Eine Auskunft dazu können wir nicht mehr von Minerva (Geburtsname [redacted]) erhalten. Sie ist mit 95-prozentiger Wahrscheinlichkeit umgekommen und nicht ins Jahr 159 gereist.

Es erscheint den Autoren dieses Untersuchungsberichtes überaus plausibel, dass die bewussten Manipulationen, die zur Zerstörung der Anlage führten, von der sogenannten Uroboros-Gruppe durchgeführt wurden. Um die fatale Kettenreaktion auszulösen, mussten im Vorfeld verschiedene Sicherheitsprotokolle deaktiviert werden. Daher muss man unweigerlich von einem Anschlag und nicht von einem Unfall ausgehen. Die Verursacher bleiben jedoch weiterhin im Dunkeln. Unter diesen Umständen ist es zwingend erforderlich, die Minerva- Klassen aufzulösen und allen Schülerinnen jedwede Beschäftigung innerhalb der Initiative zu verwehren. Mithin ist ein Versagen der Sicherheitsorgane zu *konstatieren, die über Monate hinweg nicht in der Lage waren, die Aktivisten aufzuspüren und zu entfernen. Auch diese Beschäftigten sollten genauestens überprüft und ggf. exkludiert werden.*

In der Reflexion der verschiedenen Teilaspekte des Zwischenfalls möchten die Mitglieder der Untersuchungskommission weiterhin dreizehn konkrete Empfehlungen zur Gestaltung der Akademie in Schottland und 5 Hinweise bezüglich des Umbaus der Hauptanlage in Norddeutschland aussprechen.

1. Wie bereits in anderen Gremien angesprochen wurde, hat sich das fortgeschrittene Alter der Schülerinnen im Minerva-Tempel (durchschnittlich 23,2 Jahre) in einigen Fällen nachteilig auf das Verhalten der Anwärterinnen ausgewirkt. Es fiel einigen Schülerinnen schwer, sich in die bestehenden Hierarchien einzuordnen und Weisungen nicht zu hinterfragen. Daher empfehlen wir dringend, jüngere Kandidaten für das Hauptprogramm zu rekrutieren.

[redacted]

—

»Die nächsten drei Seiten sind vollkommen schwarz, das war's«, sagte Lily und nahm die Maske ab.

»Wow, ich habe zwar nicht alle Worte kapiert, aber ich glaube, wir haben hier eine ziemlich heiße Geschichte ausgegraben«, meinte Daniel heftig näselnd. »Wenn ich es richtig verstanden habe, gab es gar keinen Unfall, sondern einen Anschlag und die Minerva-Schülerinnen sollen schuld daran sein.«

Mia schüttelte den Kopf. »Es waren ja nicht alle Schülerinnen beteiligt, auch wenn man erstmal alle im Verdacht hatte. Außerdem ist nicht bewiesen, dass es jemand aus dem Minerva-Tempel war.«

Daniel gluckste unwillig. »Nun hör aber auf, Mia. Du hast doch verstanden, was Lily vorgelesen hat. Die haben so eine geheime Uror- oder Ururu-Gruppe gegründet und ständig alles beschmiert und kaputt gemacht.«

»Sie haben bloß Missstände angeprangert. Dass sie an dem Zwischenfall beteiligt waren, ist nicht bewiesen«, beharrte Mia.

Daniel rollte die Augen. »Pffff. Nur weil man sie nicht erwischt hat, sind sie nicht unschuldig. Du verteidigst sie doch bloß, weil du Minerva so toll findest.«

Langsam wurde Mia wütend, sie mochte Daniel, aber manchmal konnte er doch eine ziemliche Nervensäge sein. »Jemand ist solange unschuldig, bis seine Schuld bewiesen wurde«, sagte sie mit überdeutlicher Betonung. Lily stellte Bericht und Maske zurück ins Regal.

»Immerhin wissen wir jetzt, warum es keinen Minerva-Tempel… hey was?«

Lily kam nicht bis zum Ende ihres Satzes, denn plötzlich setzten sich die Regale links und rechts neben ihnen in Bewegung. Einen Moment stutzten die drei und starrten auf die Wände, die mit Schwung von beiden Seiten auf sie zu kamen. Mia streckte die Arme aus, um die Regalreihen aufzuhalten.

»Hey, wir sind hier im Gang! Anhalten! Stopp!«, schrie sie laut. Niemand antwortete. Jemand musste an den Kurbeln von Reihe 34 und 35 drehen. Mia, die ganz hinten im Gang stand, stemmte sich gegen die Regalwände, während Lily und Daniel versuchten, zum Eingang der Reihe zu laufen und heraus zu schlüpfen. Doch sie waren zu langsam und die Gasse zwischen den Buchreihen wurde immer schmaler. Schon war der Spalt so eng, dass die beiden nicht mehr gehen konnten. Jetzt stemmten auch sie sich gegen die Wände, fanden aber keine Position mehr, um ernsthaften Gegendruck aufzubauen. Wie in einer riesigen Presse wurden sie zusammengestaucht.

»Ah, Hilfe! Stopp!«, schrien jetzt alle drei in echter Panik. Der Druck wurde noch stärker. Mia spürte, wie ihre Brust, Knie und Ellenbogen von den harten Kanten der metallenen Regalbretter eingequetscht wurden und spitze Buchkanten sie stachen.

»Kakerlaken gehören zermatscht«, hörten sie eine säuselnde Stimme vom Gang her.

»Milàn, du widerliches, bösartiges …«, Mia kam nicht weiter mit ihren Beschimpfungen, denn die Luft wurde ihr jetzt aus der Lunge gepresst, so stark war der Druck. Jäh hörte sie ein lautes Knacken und ein Geräusch, als wäre eine Fahrradkette abgesprungen. Einen Augenblick lang meinte Mia, ihre Rippen wären gebrochen, doch dann bemerkte sie, dass der Druck nicht weiter zunahm. Stattdessen bewegten sich die Regalreihen auseinander. Die Getriebe im Inneren der Regale mussten über eine Drehmomentbegrenzung verfügen, die dann einsetzt, wenn die einwirkende Kraft zu groß wird. Damit sollte wohl das versehentliche Einquetschen einer Person verhindert werden. Später als Mia im Bett lag, fragte sie sich, warum der Schutzmechanismus so hart eingestellt war, jetzt kamen ihr jedoch ganz andere Gedanken. Keuchend und fluchend holte sie Luft und rannte Lily und Daniel hinterher zum Hauptgang. Dort huschten gerade zwei Gestalten aus der Tür – Milàn und seine Freundin Tissa.

»Diesmal kommst du nicht so leicht davon«, dachte Mia und stolperte an Daniel und Lily vorbei. Sie rappelte sich auf und rannte, ohne auf die anderen zu warten, ihren beiden Angreifern hinterher. Sie hatten nur wenige Sekunden Vorsprung und Mia war eine verdammt schnelle Läuferin. Schon war sie die Treppe hinaus in den Lesesaal gerannt. Die zwei Übeltäter waren höchstens 30 Meter entfernt. Milàn rannte, ohne sich nach seiner Freundin umzusehen, in Richtung Ausgang. Seine harten Schritte klangen laut auf den Marmorplatten und hallten von den Wänden wider. Mrs. Mosley war nirgends zu sehen. Schon hasteten sie durch die monumentale Eingangstür, hinaus auf die lange Obstbaumallee, die zum benachbarten Verwaltungsgebäude führte. Mia holte auf. Noch 20 Meter trennten sie von Milàns Freundin, die sich erstaunlich dicht hinter ihm hielt und nicht nachließ. Doch Mias Zorn beflügelte sie. Sie wollte sie nicht entkommen lassen, nicht diesmal! Und so kam sie den Flüchtenden immer näher und näher. Schon trennten sie nur noch 15 Meter. Doch inzwischen erkannte Mia, dass sie Milàn nicht mehr rechtzeitig einholen konnte. Er hatte den Eingang des Gebäudes fast erreicht. Zu allem Ärger näherten sich auch noch drei Lehrer von rechts. Jetzt sahen sie zu ihr herüber.

»Verdammter Mistkerl!«, brüllte sie, bückte sich und schnappte sich einen kleinen, harten Apfel vom Wegesrand. Was für ein Feigling musste er sein, dass er vor ihr wegrannte, um sich hinter seinen Lehrern zu verstecken, gleich nachdem er sie heimtückisch überfallen hatte? Ihr Zorn und ihre Verachtung waren mit jedem Schritt der Verfolgung gewachsen. Voll explosiver Wut schleuderte sie den unreifen Apfel hinter Milàn her. Er flog hoch und weit – und traf. Die tennisballgroße Frucht schlug hart am Hinterkopf auf und zerfaserte sofort in kleine matschige Brocken. Augenblicklich sackte Tissa in sich zusammen und blieb nur wenige Meter vor der Lehrergruppe mit unnatürlich verdrehten Beinen liegen.

23. November 160 – Zwei Tage nach der Ankunft im Kastell

»Nein, das Rad muss natürlich um einiges größer sein und die Wanne etwas schmaler«, sagte Vulcanus genervt. Die drei Handwerker zu seinen Füßen nickten unterwürfig und warteten auf weitere Weisheiten.

»Lass sie erstmal machen, wir werden sehen, wie sie deine Zeichnung umsetzen. Im schlimmsten Fall müssen sie eben nochmal ran«, beschwichtigte ihn Diana.

»Ich habe keine Lust, noch mehr Zeit für so etwas Simples wie eine Schubkarre zu verschwenden. Es hat mich schon zwei Stunden gekostet, dem Schmied genaue Anweisungen bezüglich der Steigbügel zu geben. Und mit den Bogenbauern und Pfeilmachern habe ich noch gar nicht gesprochen.« Vulcanus hatte am Vormittag bereits das halbe Kastell auf Trab gebracht und beinahe jeden Legionär unter seinen persönlichen Befehl gestellt.

»Auch die Schubkarre ist eine wichtige Erfindung, die den Menschen die Arbeit erleichtern kann«, warf Diana halbherzig ein. Eigentlich hing sie ganz anderen Gedanken nach.

»Ich glaube nicht, dass die Schubkarre hier allzu viel bewirken wird. Der Steigbügel hingegen, ja, der wird sicherlich einen beachtlichen Effekt haben.« Vulcanus sprach so emotionsgeladen, als handele es sich um das Wichtigste aller Themen.

»Hm…«, Diana betrachtete versonnen seine Stiefel.

»Ich habe Mercurius schon gesagt, dass er die Lagerpräfekten unbedingt hier vorbeischeuchen soll. Sie müssen sich die Erfindungen anschauen, um ihre Bedeutung zu verstehen.«

»Hm…«, irgendwie war es mit Vulcanus immer dasselbe, Diana schaltete einfach ab, wenn er den Mund aufmachte.

Vulcanus tippte auf seinem Tablet herum.

»Aber ich fürchte, Mercurius hält lieber einen mehrstündigen Vortrag über Moral, anstatt klipp und klar zu sagen, was sie gefälligst machen sollen«, grummelte er.

»Mercurius weiß schon, was er tut. Außerdem sind ja auch noch Vesta und Apoll da«, wandte Diana ein.

»Pah…, Vesta wird ihre Vorzüge präsentieren und Apoll schweigsam in der Ecke brüten, während ich hier die ganze Arbeit mache«, schimpfte Vulcanus, während er mit den Fingern wild kreisend über eine digitale Lagerkarte wischte.

Diana war froh darüber, nicht an den endlosen Feierlichkeiten und der anschließenden Besprechung teilnehmen zu müssen. Acht Präfekten der umliegenden Lager und weitere hochrangige Lokalpolitiker und Tempelpriester hatten sich bereits am frühen Morgen eingefunden. Das göttliche Gehabe hing ihr zum Halse raus. Und auch das unterwürfige Gejammer der Priester und Gläubigen nervte kolossal. Am liebsten hätte sie das Pack übers Knie gelegt oder wäre einfach davongeflogen. Sollten Vesta und Apoll ruhig ihren Spaß bei den Zeremonien haben. Vesta würde es sicherlich genießen. Sie selbst musste noch etwas überprüfen und dafür konnte sie auf die Anwesenheit der anderen verzichten.

»Ähm Vulcanus, ich muss mal kurz auf die Latrine, das heißt, ich gehe mal zum Wasserklosett im Prätorium«, sagte sie leise. Vulcanus sah etwas verlegen aus.

»Achso… ja, das musst du mir doch nicht sagen. Ich komme hier schon allein zurecht.«

Diana ging zügig den zentralen Mittelweg entlang in Richtung Principa, hinter der das Haus des Kommandanten lag. Sie hatte die zwölf Diener, die man ihr zugewiesen hatte, an Vulcanus abgetreten und versuchte, so unauffällig wie möglich durch das Lager zu huschen.

Ein Vorsatz, der unmöglich umzusetzen war, da sie beinahe sämtliche Lebewesen im Kastell angafften. So lief sie ohne Begleitung, eingehüllt in einen weiten Kapuzenmantel, aber ganz und gar nicht unbeobachtet, die gepflasterte Lagerstraße entlang.

Auch wenn man versuchte, weiterhin einen Lageralltag zu simulieren, war doch erkennbar, wie nachhaltig die Besucher hier alles auf den Kopf gestellt hatten. Es gab praktisch kein anderes Thema als die Götter und beinahe jeder Soldat probierte, wenn auch heimlich, ihnen so nahe wie möglich zu kommen. Es hatte sich bereits ein Devotionalienhandel entwickelt, bei dem Essbesteck, Betttücher, Weinreste und sogar einzelne Haare zu horrenden Preisen verkauft wurden. Diana war sich sicher, dass fromme oder profitgierige Recken gleich nach ihrer Ankunft im Haus jeden Zentimeter ihres bisherigen Weges nach Krümeln, Haaren oder noch Wertvollerem absuchen würden. Auch wenn sie die Vorstellung etwas gruselte, freute sie sich, dass sie den Truppen hier mit ihrer Anwesenheit immerhin ein wenig Geld einbrachte. Als Diana noch etwa 70 Schritte vom zentralen Mittelgebäude des Lagers entfernt war, hörte sie hinter sich lautes Hufgetrappel. Eine Schar von Reitern preschte in mittlerem Trab auf sie zu. Gut 20 Pferdelängen vor allen anderen ritt ein Soldat, der als Herold fungierte. Kaum hatte er sich auf Rufweite genähert, brüllte er schon: »Platz da Soldat, hier kommt der Tribunus laticlavius. Weg da, sonst wirst du umgeritten!«

Diana stutzte einen Moment und staunte, als der Berittene dicht neben ihr vorbeizog und sie dabei mit dem Fuß streifte. Sie hatte das Gefühl, als würden alle ihre Beobachter im Lager aufstöhnen. Diana wurde sofort klar, warum man sie nicht als Göttin erkannt hatte. Sie trug den eintönigen alten Mantel eines ehemaligen Centurios und hatte die weite Kapuze aufgesetzt. Eilig überlegte sie, wie sie nun reagieren sollte. Ihre göttliche Würde ließ es nicht zu, dass sie einfach zur Seite sprang und einem dahergelaufenen Tribun den Weg freiräumte – und natürlich wollte sie sich auch nicht von irgendeinem Trottel niederreiten lassen.

Glücklicherweise hatte sie eine vorinstallierte Lösung für dieses Problem. Der Schrillalarm, der in einer Unterarmmanschette ihrer Rüstung untergebracht war, verfügte über drei einprogrammierte Abwehrsignale in jeweils unterschiedlichen Frequenzbereichen. Sie richteten sich gegen Menschen, Hunde oder Pferde. Mit zwei Knopfdrücken hatte sie eine

Frequenz von etwa 25 Kilohertz ausgewählt und die maximale Lautstärke eingestellt. Während sie demonstrativ ihre Hand nach vorne, in Richtung der Reiter ausstreckte, beschalten 140 Dezibel Lärm den Platz. Trotzdem nahm kein Soldat davon Notiz, denn das menschliche Gehör kann diese Tonhöhe nicht wahrnehmen. Die Pferde hingegen erschraken so heftig, dass sie sich in wilder Panik aufbäumten und verzweifelt bockten. Drei Reiter wurden unsanft abgeworfen und landeten auf dem Pflaster.

Diana empfand noch im selben Augenblick Mitleid mit den Berittenen und mehr noch mit den verängstigten Pferden. Daher stellte sie den Ton umgehend wieder ab. Die gewünschte Wirkung war längst erreicht. Für die neugierigen Soldaten im Kastell musste es so ausgesehen haben, als hätte sie durch eine einzige magische Handbewegung sämtliche Tiere dazu gebracht, ihre Reiter auf das Pflaster zu befördern. Auch der ehrenwerte Tribun war auf seinem Hinterteil gelandet und gebärdete sich nun wie ein wildgewordenes Hühnchen. Diana war sich nicht sicher, ob der junge Mann, der nur wenige Jahre älter sein konnte als sie, womöglich einen Huf an den Schädel bekommen hatte. Er schrie so erbost auf seine Begleiter ein, als hätten sie ihn willkürlich vom Rücken des Pferdes gezerrt. Zornig trommelte er mit einem kurzen Reitstock auf die bronzebewährte Brust seines Adjutanten, der wiederum keine Anstalten machte sich zu wehren oder auch nur auszuweichen. Da die Prügel sein Gemüt immer noch nicht beruhigten, wandte er sich suchend nach dem Hindernis auf der Straße um. Nachdem er die schäbige Kapuzengestalt vor sich entdeckt hatte, steuerte er zielgenau auf sie zu.

Wieder war Diana in erster Linie verblüfft über den rasenden Jüngling, der nicht viel größer war als sie selbst.

»Hat er nicht mitbekommen, was passiert ist oder ist er blind vor Wut?«, fragte sie sich für einen Moment ratlos. So langsam wurde ihr der aufgeblasene Gockel lästig.

»Du elende Missgeburt eines Esels, ich bin Flavier, ich bin der Tribunus laticlavius der XII. Legion, du beschränkter Schaf…fffaahh…«

Schon beim zweiten Wort des Offiziers aus vornehmem Hause, hatte sich Diana entschieden, wie sie mit ihm umzugehen gedachte. Während er dicht an sie herantrat, um mit seiner Reitgerte einen Schlag auf ihrer Schulter zu landen, war sie ihm entgegengetreten, hatte seinen Arm gepackt und ihren Körperschwerpunkt nach unten verlagert. Sie drehte sich ein, spannte ihre Muskeln und rammte ihn schließlich mit einem erstklassigen Schulterwurf auf den Boden. Ganz, wie sie es im Training gelernt hatte, nutzte sie seine Bewegungsenergie für ihren Wurf und musste kaum eigene Kraft aufwenden. Um ihm auf dem harten Stein nicht sämtliche Knochen zu brechen, hielt sie seinen ausgestreckten Arm gepackt und milderte seinen Sturz mit dieser Hilfestellung etwas ab.

»Ninja-Göttin schnipst Steinzeitmann durch die Luft. Liebe Römer, ich präsentiere euch 2000 Jahre asiatische Kampfkunst«, dachte Diana halb grimmig, halb belustigt und wandte sich dann demonstrativ ab. Ohne den stöhnenden Tribun eines weiteren Blickes zu würdigen, schlug sie die Kapuze zurück und schritt würdevoll zum Haus des Kommandanten, während ihr die Entourage des Gedemütigten mit offenen Mündern hinterher gaffte.

Im Prätorium angekommen, wollte sie erst einmal zu Tullius, dem verwundeten Sohn des Kommandanten. Er saß aufrecht in seinem Bett und sah deutlich gestärkt aus. Die letzten beiden Tage hatte er sich gut erholt und brannte nun darauf, sein Lager zu verlassen, um noch mehr von den spannenden Ereignissen im Kastell mitzubekommen. Seine Freude beim Eintreten Dianas war überschwänglich. Was gab es Besseres, als eine junge Göttin, die einen pflegte und einem die Zeit vertrieb?

»Hallo Diana, schön dich zu sehen… Ähm… Ich meine natürlich, es ist mir eine Ehre«, sagte der Junge etwas unbeholfen. Diana lächelte freundlich und betrachtete seinen Verband.

»Hallo Tullius, wie geht es dir? Wir haben uns heute ja noch gar nicht gesehen.«

»Gut, wirklich! Ich kann schon wieder richtig stehen. Ich glaube, morgen kann ich wieder normal rumlaufen«, sagte Tullius mit hoffnungsvoller Stimme.

»Es ist besser, wenn du schön vorsichtig bist und deinen Körper nicht zu schnell belastest, sonst könntest du wieder krank werden.«

»Ich fühle mich wirklich gut, ich habe schon richtig viel Kraft. Heute Morgen war Vulcanus hier und hat mir CrazySunGum gegeben und jetzt bin ich schon fast wieder gesund.« Der Junge strahlte sie fröhlich an. Er wackelte lebhaft mit den Füßen.

»Äh… was hast du gesagt?«, fragte Diana verwirrt.

»Vulcanus hat mir CrazySunGum gegeben. Du weißt schon: ›Die magische schwarze Sonne mit dem extra Baam!‹ Er hat mir zwei gegeben«, sagte Tullius mit verschwörerischer Stimme, die vor Aufregung bebte. Er streckte die rechte Hand vor und zeigte Diana seinen heiligen Schatz. Auf seiner Handfläche lag eine klebrige, schwarz eingefärbte Sonne.

»Die andere habe ich schon gegessen«, er grinste.

Jetzt verstand Diana, wovon er sprach. Sie hatte Vulcanus schon mehrfach mit einer Tüte dieser äußerst sauren Süßigkeit mit Cola-Geschmack gesehen. Er musste mehrere Packungen aus der Zukunft mitgenommen haben. Sie hatte schon vor Wochen abgelehnt, davon zu kosten, nachdem sie von ihm erfahren hatte, welche Inhaltsstoffe sich darin verbargen.

»Die sind absolut genial, die esse ich schon seit zwei Jahren«, hatte er geschwärmt, als sie nach dem Abschlusstraining auf dem Gelände der Initiative saßen. »Die sind besser als Obst und Gemüse. Da sind fast alle Vitamine und Mineralien drin, um einen gesund zu halten. Und Koffein, Taurin, Guarana und Methylphenidat halten deinen Kreislauf aktiv.« Sie hatte damals darauf verzichtet, mit ihm über gesunde Ernährung zu diskutieren, schließlich war Vulcanus klug genug, die zentralen Argumente zu kennen und alt genug, selbst zu entscheiden. Dennoch kam ihr jetzt der Gedanke, ihm später eine Prise »extra Baaam« zu verpassen.

»Mhh, ja die sind wirklich etwas… ganz Besonderes. Da solltest du dir wirklich Zeit lassen, bevor du die zweite Sonne isst. Es wäre ja sonst schade drum.«

»Natürlich hebe ich die auf«, sagte Tullius beinahe empört. Seine Finger trommelten auf der Bettdecke, als wäre er Drummer in einer Rockband. »Ich bin doch jetzt geheilt. Die zweite Sonne schenke ich meiner zukünftigen Braut zur Hochzeit.«

Diana versuchte, ihre Gesichtszüge nicht entgleisen zu lassen. »Solange solltest du vielleicht auch nicht warten… Ich denke, du solltest den CrazySunGum essen, nachdem wir aufgebrochen sind. Die magische Wirkung hilft dir dann bei der endgültigen Genesung und du kannst bald wieder das Haus verlassen.«

»Na gut, wenn du meinst… Aber vorher zeige ich die schwarze Sonne noch meinen Freunden. Wann wollt ihr denn eigentlich weiterreisen?«, fragte der Junge scheinbar beiläufig.

»Übermorgen, in der Frühe.«

»Oh… Ich hatte gedacht, ihr bleibt noch etwas länger bei uns. Wir haben hier so viele Probleme, bei denen wir Hilfe gebrauchen könnten. Mein Vater meint sogar, es könnte bald wieder zu einem großen Krieg gegen die Barbaren kommen.«

»Damit hat dein Vater recht. Das ist auch einer der vielen Gründe, warum wir weiter nach Rom müssen. Aber du brauchst keine Angst haben, wir kommen wieder, wenn ihr Hilfe braucht.«

»Ich werde jeden Tag an deinem Schrein beten und dir erzählen, was bei uns passiert«, sagte der Junge beflissen. Diana lachte vergnügt auf.

»Das ist gut, du sollst mein Späher hier am Fluss sein, der vom Turm aus alles im Blick behält!«

Von dieser Ehre war der kleine Knirps so angetan, dass er Diana beinahe eine Viertelstunde lang ausführte, welche Dienste er für sie leisten wollte. Sie hatte sichtlich Mühe, ihn zu bremsen und versuchte, ihm klarzumachen, dass sie sich womöglich nicht so bald wiedersehen würden. Nach weiteren 15 Minuten hatte sie sich endlich verabschiedet. Nun steuerte sie auf eines der Zimmer zu, in dem einige ihrer Ausrüstungsteile lagerten. Der Raum war nur schlecht beleuchtet und roch nicht ganz so gepflegt wie die anderen Bereiche des Hauses.

»Dong…« Diana stolperte über einen zylinderförmigen Behälter von der Größe einer Trinkflasche. Eine Handvoll Münzen kullerte aus der Öffnung des Gefäßes. Diana klaubte eine der Münzen vom Fußboden und stellte fest, dass es sich nicht um einen Silbertaler, sondern eines der Medaillons handelte, die sie aus dem 22. Jahrhundert mitgenommen hatten. Sie betrachtete den kleinen Anhänger genauer. Das silberne Schmuckstück war kunstvoll verziert, besaß eine filigrane Kette und einen facettenreichen Stein in der Mitte. Berührte man diesen kräftig, erstrahlte das eingebaute LED-Licht in einem hellen, klaren Weiß. Die Rückseite des Medaillons bildete eine fest verbundene schwarze Solarzelle, welche die Batterie des winzigen, aber strahlkräftigen Lichtes immer wieder aufladen konnte. Die in zwei Reihen verlaufende Umschrift auf dem Anhänger lautete: »Sei mein Licht im Dunkel und Zeichen der Götter – Schöpfe Kraft in der Sonne«. Der Spruch zielte unmissverständlich auf die Funktionsweise und den Sinn der kleinen Lampen ab. Vesta hatte drei armlange Transportzylinder mit jeweils 98 dicht gepackten Medaillons in ihrer Zeitkapsel mitgenommen. Sie sollten ihnen kein Licht spenden, sondern dienten als Gunstbeweis, Loyalitätssicherung, Geschenk, Ansporn, Propagandamittel und Auszeichnung. Mercurius, Apoll und Vesta würden dem Lagerpräfekten Quintus Volusius Maecianus vermutlich noch in dieser Stunde ein solches Andenken überreichen und damit ihn und seine Nachkommen für immer für sich gewinnen.

Diana sortierte die Anhänger vorsichtig zurück in ihre Verpackung und wandte sich dann dem eigentlichen Objekt ihrer Begierde zu.

Vestas Anzug lag ordentlich zusammengelegt auf einer Bank, an deren Ende auch ihre schwarzen Stiefel thronten. Anlässlich des feierlichen Empfangs hatte sie sich dafür entschieden, heute ein knielanges Kleid zu tragen. Dies gab Diana die Gelegenheit, ihren Verdacht zu überprüfen. Sie hatte stundenlang darüber nachgegrübelt, warum ihr Vesta aus der Falle geholfen hatte, ohne sich zu zeigen. Natürlich hätte sie Vesta fragen können. Aber dann müsste sie womöglich die blamable Geschichte ihres Waldspaziergangs erzählen und würde sich in jedem Fall demütigen. Vielleicht erwartete Vesta auch von ihr, dass sie sich voller Dankbarkeit vor ihr ausheulte. Oder war es am Ende gar nicht Vesta, die sie gerettet hatte?

Immerhin hatte sie von Vulcanus erfahren, dass Apoll und Vesta die Therme nur 15 Minuten nach ihr verlassen hatten. Vulcanus musste das Feuer in ihren Augen gesehen haben. Denn er hatte gleich versichert, dass er nur wenige Minuten später mit Apoll gesprochen hätte, ohne dass eine halbnackte Vesta anwesend war. Das hatte erneut widerstreitende Gefühle in Diana hervorgerufen, bedeutete es doch, dass Vesta ihr tatsächlich geholfen haben könnte. Und es hieß, dass nichts zwischen Apoll und ihr vorgefallen war. Andererseits hatten sie ja im Badehaus genug Zeit gehabt zum…

»Ich drehe mich schon wieder im Kreis«, sagte Diana leise, während sie auf Vestas Stiefel starrte. Jetzt wurde es Zeit, zu handeln. Sie aktivierte eine kleine Lampe und untersuchte gründlich das Profil des Schuhwerks vor ihr. Es war sauber und neu und ließ kaum Rückschlüsse zu. Daher nahm Diana einen Stiefel und verglich Vestas Schuhgröße mit ihrer eigenen.

»Pffff.« Sie schob die Unterlippe nach vorn und pustete die angestaute Atemluft aus. Die Größen stimmten überein.

»Das ist ein verdammt starkes Indiz dafür, dass sie mich tatsächlich gerettet hat. Die Jungs haben allesamt größere Schuhe«, dachte Diana. Jetzt kam es ihr lächerlich vor, dass sie an ihrer Teamkameradin gezweifelt hatte.

»Warum sollte sie mich auch nicht retten? Schließlich haben wir ein gemeinsames Ziel und kennen uns schon seit Jahren. Auch wenn wir nie beste Freunde waren.«

Vesta hatte ihr nie etwas getan. Sicher, sie war ziemlich von sich überzeugt und mochte es, andere zu manipulieren, aber sie war doch niemals bösartig, oder?

Natürlich, Vestas Schießerei im Dorf der Germanen war dumm und voreilig. Diana träumte fast jede Nacht davon. Andererseits hatten sie zusammen Apoll gerettet und ihn zum Treffpunkt geschafft. Somit war es unwahrscheinlich, dass Vesta der Saboteur war, von dem Mercurius gesprochen hatte. Misstrauisch und ablehnend war Diana auch erst geworden, nachdem Vesta in der Therme ihr Spielchen mit Apoll getrieben hatte. Der hatte freilich auch nichts unternommen, um das Treiben zu beenden.

»Ich habe mich schon ganz schön auf sie eingeschossen«, musste Diana sich selbst eingestehen. »Ich werde in nächster Zeit versuchen, ihr gegenüber wieder unvoreingenommener zu sein!«, nahm sie sich fest vor.

Sie stellte die Stiefel zurück an ihren Platz und schlich leise aus dem stickigen Raum. Sie fühlte sich unbeobachtet und sicher. Die Hornisse, die sie von einem Balken herab belauerte, bemerkte sie nicht.

07. Juni 2130 – Kurz nach dem Zwischenfall in der Bibliothek

Das Büro des Direktors war ausgesprochen geräumig und zeichnete sich durch eine beinahe fanatische Ordnung aus. Alle Akten im großen Regal waren auf den Millimeter genau ausgerichtet. Kein Staubkorn, kein Krümel schien sich hier lange aufhalten zu wollen. Henry hatte das Zimmer erst wenige Male gesehen und wunderte sich über die neue klinische Sauberkeit und die spartanische Einrichtung. Der Leiter der Akademie war ein längst ergrauter Eremit, der sich nur selten auf dem Campusgelände blicken ließ. Er stammte von der brasilianischen Küste und sprach Latein mit einem portugiesischen Akzent, der dem Sprachklang der antiken Römer wohl am nächsten kam. Der braungebrannte drahtige Mann mit dem kurzen Stoppelhaar wirkte wie ein Fischer, der in einen Anzug gestopft worden war. Doch Henry hatte oft genug mit ihm gesprochen, um zu wissen, dass ein kluger Denker unter der gegerbten Haut steckte. Ganz anders war sein Eindruck von dem zweiten Anwesenden. Während Henry sich kleckernd etwas Kaffee eingoss, setzte der beleibte Mann neben ihm sein Geplänkel fort.

»Was halten Sie von dem landesweiten Stromausfall in China heute Morgen?«, fragte Mr. Barra seinen Vorgesetzten, der sich ein Gähnen nicht verkneifen konnte.

»Sie meinen, ob dahinter ein Zeitsprung stecken könnte, wofür man bekanntlich eine ganze Menge Energie benötigt?«, fragte Senhor Alves. Mr. Barra nickte bedächtig.

»Nun ja, völlig ausschließen kann man es nicht, aber ich glaube, es ist eher unwahrscheinlich. Ich halte es mit Ockham und die naheliegendere Hypothese ist doch, dass es aufgrund eines Cyberangriffs zu einem Stromausfall gekommen ist, genauso wie es die chinesischen Staatsmedien behaupten.«

Nun mischte sich Henry in das Gespräch ein, der einen Moment lang aus dem buntgefassten Fenster gestarrt hatte.

»Die Chinesen haben zwar offiziell zugesagt, kein eigenes Zeitreiseprojekt zu starten, und finanziell unterstützen sie uns, aber es gab in der Vergangenheit immer wieder Gerüchte über eine chinesische Geheimanlage. Das wäre immerhin plausibel, denn keiner hat so stark dafür plädiert, statt der römischen der frühen chinesischen Kultur einen Entwicklungsschub zu verpassen.«

»Oh ja«, spottete Mr. Barra »Einige unserer asiatischen Freunde kochen heute noch darüber, dass nicht ihre überragende Kultur auserwählt wurde.« Er machte eine wegwerfende Handbewegung und grinste abschätzig.

»Ihre Aufregung ist durchaus verständlich«, meinte Henry. »Schließlich war die frühe chinesische Hochkultur eine äußerst fortschrittliche Zivilisation, die der römischen vielleicht sogar überlegen war. Falls man solche Vergleiche überhaupt anstellen kann. Fakt ist immerhin, dass wir nur durch sehr viel – nennen wir es mal ›Vermittlungsarbeit‹ – und Angst vor China bei den Römern gelandet sind.« Mr. Barra schüttelte vehement den Kopf.

»Sie vereinfachen das Ganze viel zu sehr. Ich war bei den frühen Verhandlungen dabei. Es hat uns einige Anstrengung und gute Argumente gekostet, die Unterstützung so vieler Regierungen zu bekommen. Abgesehen davon glaube ich auch nicht, dass die Chinesen heute Morgen einen Zeitsprung durchgeführt haben. Andernfalls säßen wir schließlich nicht mehr hier. Oder wir würden uns jetzt auf Mandarin statt auf Englisch unterhalten.« Mr. Barra gluckste bei der Vorstellung.

»Hier allerdings irren sie sich«, warf der Akademiedirektor Senhor Alves ein. »Eigentlich handelt es sich um das größte aller Missverständnisse, welches sich hartnäckig gegenüber dem Phönix-Projekt hält. Selbstverständlich hegen und pflegen wir dieses Missverständnis, damit wir es nicht Lüge nennen müssen.« Er sah seinen Stellvertreter halb tadelnd, halb amüsiert an.

»Egal wie viele Menschen wir auch in der Zeit zurücksenden, für uns wird sich dadurch nichts verändern!«

Mr. Barra sah ihn verwirrt an. Henry nickte nur leicht mit dem Kopf, als der Direktor weitersprach.

»Leider verhält es sich mit der Raumzeit anders, als es in zahlreichen Geschichten und Filmen dargestellt wird. Es ist möglich, dass die Zeit an einem besonders massereichen Ort, wie einem schwarzen Loch, etwas anders tickt als hier bei uns auf der Erde. Das nützt uns aber nichts, wenn wir in die Vergangenheit wollen. Der Weg zurück ist uns versperrt. Wir können nicht unsere eigene Zeit zurückspulen. Das ist physikalisch nicht möglich.« –

Der Direktor machte eine kurze Pause und trank einen winzigen Schluck schwarzen Kaffee aus seiner gelben Mokkatasse. Er genoss sichtlich das konsternierte Gesicht seines ungeliebten Untergebenen, der sich jedoch nicht zu einer Frage hinreißen ließ. So tat schließlich Henry ihm den Gefallen und fragte, was er eigentlich schon wusste: »Wie funktioniert dann unsere geniale Maschine oder ist dies ein Offenbarungseid?«

»Oh, es ist ganz einfach zu verstehen, wenn man sich klar macht, was Einstein vor einer Ewigkeit beschrieben hat und man sich endlich von der newtonschen Weltsicht befreit. Raum und Zeit können eigentlich nicht isoliert voneinander betrachtet werden. Es gibt sie nur im Doppelpack als Raumzeit. Beachtet man dies, ist klar, an welchem Hebel man ansetzen muss. Unsere Maschine bewegt die Menschen durch den Raum und gleichzeitig durch die Zeit. Im Grunde handelt es sich um eine Teleportation von Körpern, wobei die Materie vollständig kopiert und am Zielort eingefügt wird. Leider zerstören wir beim Transport das Original, wenn man es so nennen will, sonst hätten wir am Ende identische Exemplare geschaffen.«

»Das wird mir jetzt doch etwas zu abschweifend. Wie gelingt denn nun der Zeitsprung?«, warf Mr. Barra ungeduldig ein.

Senhor Alves hatte es jedoch nicht eilig und nahm erst noch einen letzten Schluck des kräftigen Getränks.

»Wir können niemanden in unserer eigenen Zeitlinie in die Vergangenheit reisen lassen. Aber wir können Dinge in eine andere Raumzeit versetzen, in eine parallele Raumzeit in einem parallelen Universum. Genau das macht unsere Maschine, wenn sie die Körper in ihre kleinsten Bestandteile zerlegt und die Teilchen extrem beschleunigt, bis sie selbst eine Form von Licht bilden.«

»Das heißt, dass wir die Welt in einer parallelen Zeitlinie retten können, selbst aber untergehen werden«, stellte Henry klar.

»Vermutlich retten wir die Welt nicht nur in einer Zeitlinie, sondern in unendlich vielen Universen, denn unsere Auserwählten werden nicht nur in eine andere Raumzeit versetzt, sondern gleichzeitig in unendlich viele. Nur in unsere eigene können sie nicht zurück – unendlich minus eins.«

»Wir können also alle denkbaren Welten retten, nur unsere eigene nicht. Das ist wirklich ein grausamer Witz«, kommentierte Henry die Erläuterung.

»Ich habe unendlich viele Welten gesagt, nicht ALLE Welten«, sagte der Direktor schmunzelnd, aber doch mit einer gewissen Pedanterie. »Natürlich gibt es auch unendlich viele Universen, in denen gar kein Asteroid auf die Erde knallt, in denen es gar keine Menschen gibt, in denen wir Identisches tun, oder in denen unsere Galaxie nicht existent ist. Das ist ja das Verrückte an der Unendlichkeit. In dem winzig erscheinenden Zwischenraum zwischen den Zahlen null und eins liegt genauso eine Unendlichkeit, wie im gesamten Zahlenspektrum hinter der Zahl eins.«

Die kleine gelbe Tasse war eigentlich längst leer, trotzdem fand der Direktor noch ein paar letzte schwarze Tropfen und schlürfte sie genüsslich. Er machte sich sein Tun bewusst, schmunzelte bei dem Vergleich und wartete, damit Mr. Barra seine Ausführungen verdauen konnte. Auch Henry stimmte in die Stille ein und betrachtete das Modell der finnischen Testanlage in einer schmalen Vitrine zu seiner Rechten.

»Aber betrügen wir nicht die Menschen da draußen, wenn wir Ihnen sagen, dass wir die Welt retten werden?« Mr. Barra schien ernsthaft verstört über die Offenbarung seines Vorgesetzten. Er schien überrascht von der Verschlagenheit der

Initiative, ansonsten hätte er sich wohl nicht zu solch einer naiven Frage hinreißen lassen. Er bereute sie sichtlich, als ihm der Direktor mit einem jovialen Lächeln antwortete.

»Aber, aber, mein lieber Barra. Gehen sie bloß nicht damit hausieren. Wir brauchen die Unterstützung der Menschen da draußen und die brauchen unsere Hoffnung. Wahrscheinlich würde es sowieso kaum einer verstehen. Außerdem retten wir ja die Welt. Wir retten unendlich viele Welten, die sich nur durch winzige Details von unserer Realität unterscheiden. Die parallelen Erden sind so gleich, dass sie vielleicht nur ein anderes Hemd tragen. Oder Herr Meyer trägt ein Ring, statt eines Armbandes oder ich trinke Cappuccino, ansonsten jedoch ist alles identisch.«

Mr. Barra sah grimmig auf die Tasse des Akademieleiters und behielt seine Gedanken für sich. Auch Henry hatte nicht die Absicht den moralischen Boxsack für Senhor Alves zu spielen und schwieg ebenfalls. Er wusste bereits, dass es für seine eigene Welt keine Hoffnung gab und die Teleportationen durch die Raumzeit im besten Fall andere Erden vor der Zerstörung retten konnten, seien sie auch noch so identisch. Die Vorstellung betrübte ihn aber nicht, auch wenn er seinen eigenen Tod fürchtete. Im Gegenteil, es machte ihn umso stolzer, ein Teil dieses Projekts zu sein. Er hatte nicht gelogen, als er seinem Großvater gesagt hatte, dass Opferbereitschaft und Leidensfähigkeit für ihn die vorzüglichsten aller Tugenden seien, vor allem, wenn dieses Tun selbstlosen Motiven entsprang. Der Professor würde freilich einwerfen, dass kein menschliches Handeln einen altruistischen Ursprung haben könne.

»Selbst die Liebe ist nie aus Selbstlosigkeit geboren, sondern aus dem Bedürfnis heraus, geliebt zu werden«, würde sein Großvater sicher sagen. Aber Henry wusste es besser, er hatte es gesehen und erlebt. Nicht all unser Streben entspringt dem Egoismus. Es gab sie tatsächlich die Selbstlosigkeit. Und all jene, denen dieser Antrieb fehlte, musste man eben mit ihrem Selbsterhaltungstrieb ködern. Auch dann blieb fraglich, ob die Menschheit konstruktiv zusammenwirken konnte.

»Nun gut, ich denke, wir haben sie lange genug warten lassen. Ich würde vorschlagen, wir schicken die junge Dame jetzt rein«, durchbrach der Direktor das Schweigen.

Henry war erleichtert, dass seine Schülerin endlich zur Aussprache hereingebeten wurde. Er war dagegen gewesen, dass man sie so lange im Wartebereich hatte schmoren lassen. Auch das Fehlen der Leiterin des Diana-Tempels hatte er kritisiert. Andererseits waren er, der Direktor und Barra direkte Zeugen des Vorfalls und inzwischen recht gut von Mrs. Mosley informiert. Wozu brauchten sie also noch mehr Jurymitglieder?

Das Mädchen sah blass aus, ihr Blick verriet jedoch Selbstbewusstsein. Sie würde nicht vor ihnen kriechen und heulen, das gefiel Henry auf Anhieb. Hauptsache sie vergaß nicht ihre Manieren. Denn der Akademieleiter Senhor Immanuel Alves konnte den Schülern alle Fehler verzeihen, nur nicht Dummheit und Unhöflichkeit. Waren Respektlosigkeit und Unmündigkeit doch Mängel, die beinahe immer selbst verschuldet blieben.

»Hallo Mia, bitte setz dich doch.« Der Direktor übernahm die Gesprächsführung und wechselte in die lateinische Sprache. Das Mädchen nickte unsicher mit dem Kopf und ließ sich auf dem kleinen Lehnstuhl gegenüber des massiven Eichenschreibtischs nieder.

»Hallo.«

»Ich denke, wir brauchen nicht lange herum zu reden. Es ist klar, warum du hier bist. Wir haben selbst gesehen, wie du hinter deinen Mitschülern her gerannt bist und anschließend einen Apfel nach ihnen geworfen hast. Ich glaube nicht, dass du bewusst jemanden schädigen wolltest. Für einen gezielten Wurf war die Distanz zu groß. Trotzdem hast du damit rechnen müssen, jemanden zu treffen. Was durch einen unglücklichen Zufall dann ja auch so eingetreten ist. Das Mädchen, das du am Kopf getroffen hast, hat eine Platzwunde und eine leichte Gehirnerschütterung davongetragen. Bist du dir darüber im Klaren, dass sie sich den Schädel hätte brechen können, wenn sie etwas ungünstiger gefallen wäre?«

Mia rutschte unbehaglich auf ihrem Sitz hin und her und wusste nicht recht, was sie mit ihren Händen machen sollte. Ihr Blick blieb jedoch fest auf das Gesicht des Direktors gerichtet.

»Ich hatte eigentlich gehofft, Milàn zu treffen und nicht seine Freundin.« Mia zuckte mit den Schultern. »Ich wollte sie nicht doll verletzen. Aber ehrlich gesagt, hatte sie einen Schlag auf den Hinterkopf verdient.«

Mr. Barra schnaufte leicht und auch Senhor Alves hob bedenklich die Augenbrauen.

»Warum musst du so poltern, versuch es mit Diplomatie!«, dachte Henry und rieb sich die Schläfen.

»Sie müssen einfach verstehen, wie mir in dem Moment zu Mute war. Milàn ärgert mich und meine Freunde schon seit Monaten und heute hat er versucht, uns umzubringen. Ich konnte ihn nicht einfach so entkommen lassen.« Henry merkte, dass das Mädchen innerlich bebte und dennoch versuchte, seine widerstreitenden Gefühle im Zaum zu halten.

»Nun mal langsam, Mia! Wir haben bereits mit dem Jungen und seiner Freundin geredet und auch mit Mrs. Mosley konnte ich schon sprechen. Erzähl uns bitte, wieso du die beiden verfolgt hast und was du mit deinen Anschuldigungen meinst«, sagte Henry in sachlichem Ton.

»Und bitte ruhig und geordnet«, ergänzte Mr. Barra weit weniger freundlich.

Mia atmete tief durch, klammerte sich am Stuhlpolster fest und antwortete: »Milàn hat es auf mich, Lily und Daniel und noch ein paar andere Schüler abgesehen. Er ist ein kleiner Psychopath, der sich ständig Möglichkeiten ausdenkt, um uns zu ärgern. Und dass nur, weil wir mal beim Mondball gegen ihn gewonnen haben und wir uns nicht alles von ihm gefallen lassen.«

»Es geht jetzt nicht um Milàn«, unterbrach sie Mr. Barra barsch, »sondern um dein Verhalten am heutigen Tag. Es nützt nichts, wenn der ertappte Täter auf freilaufende Mörder verweist, das macht sein Verhalten nicht weniger verwerflich.«

Senhor Alves nickte zustimmend und sah Mia ernst an. Diese ließ jedoch keine Reue oder Einsicht erkennen.

»Erst heute Morgen hat er meine Freunde beleidigt, dann ist er uns in die Bibliothek gefolgt und hat dort zusammen mit seiner Freundin versucht, uns in den Regalreihen zu zerquetschen. Sie haben so heftig an den Kurbeln gedreht, dass mir beinahe die Rippen zersprungen sind. Ich habe die zwei nicht aus Spaß oder schlechter Laune verfolgt, sondern weil ich eine Stinkwut hatte.«

»Du meinst, ihr wart im Magazin der Bibliothek und die beiden haben die Rollregale verschoben«, stellte der Direktor klar. »Kann es nicht sein, dass sie euch versehentlich eingeklemmt haben? Es ist schließlich recht unübersichtlich da unten.«

»Wir haben geschrien, dass einem das Trommelfell platzt! Außerdem haben wir Milán und Tissa gehört und gesehen. Die haben es genossen, uns in die Zange zu nehmen.« Henry nutzte die Gelegenheit, um sich erneut in das Gespräch einzumischen.

»Ich habe vorhin Mrs. Mosely kontaktiert, sie hat mit Mias Freunden gesprochen und sich die Regale angeschaut. Die Aussagen von Lily, Daniel und Mia sind identisch. Und bei einem der Regalreihen ist die mechanische Sicherung zur Vermeidung von Quetschungen eingerastet. Ich denke, wir können Mia in diesem Punkt also Glauben schenken.«

»Und was hattet ihr da unten im Magazin zu suchen? Es verirrt sich sonst doch nie ein Schüler da runter«, fragte Senhor Alves, während er versuchte, ihre Gesichtszüge zu lesen.

»Wir wollten etwas zum Minerva-Tempel recherchieren und der Bibliothekscomputer hat uns nach unten geschickt.«

Bei der Erwähnung des Namens zuckte Mr. Barra unmerklich zusammen. Er sah Mia an, als würde er sie erst jetzt richtig wahrnehmen.

»Was habt ihr denn genau recherchiert?«, fragte er, ohne dass es ihm gelang, seine Frage beiläufig klingen zu lassen. Henry fiel auf, wie verkrampft sein Vorgesetzter plötzlich neben ihm saß.

Mia zögerte einen winzigen Augenblick, bevor sie antwortete: »Wir wollten nur ein paar allgemeine Dinge erfahren, aber der Computer weiß nichts und die Akte aus Papier ist an fast allen Stellen geschwärzt.«

Henry kam es so vor, als würde sie nicht die ganze Wahrheit sagen, zog es jedoch vor, zu schweigen, während Mr. Barra wieder das Wort ergriff.

»Na, das wundert mich nicht. Glaubst du denn, die Phönix Initiative lässt neugierige Mädchen einfach so ihre geheimen Akten studieren. Selbst ich, als ehemaliger Vize-Direktor der Minerva-Schule, habe nicht alle Geheimberichte lesen dürfen und ich habe immerhin die zweithöchste Sicherheitsfreigabe«, prahlte Mr. Barra, der auf einmal wieder deutlich entspannter wirkte. Mia sah nun auch Mr. Barra mit neuem Interesse an, verkniff sich jedoch abermals ihre Fragen oder Kommentare. Henry nahm sich vor, bei Gelegenheit einmal ungestört mit dem Mädchen zu reden.

»In Ordnung, ich gehe davon aus, dass man dich geärgert und provoziert hat, auch wenn die Rollregale über eine Sicherung verfügen, damit niemand ernsthaft verletzt werden kann. Aber was hattest du vor, als du den zwei Übeltätern nachgerannt bist?«, fragte nun der Direktor.

Henry hoffte inständig, dass seine Schülerin eine vernünftige und halbwegs diplomatische Antwort geben würde. So etwas wie: »Ich wollte sie zur Rede stellen« oder »ich weiß selbst nicht genau, warum ich so hinterher gesprintet bin.« Aber Mia dachte gar nicht daran, sich zu verstellen, sie fühlte sich durch und durch im Recht.

»Ich wollte Milàn zum Ausgleich einen kräftigen Tritt in den Hintern geben, damit er endlich mal eine gerechte Strafe erhält.« Der Vorwurf, der in ihrer Antwort mitschwang, war nicht zu überhören. Der Direktor lehnte sich zurück und verschränkte die Arme vor der Brust.

»Du meinst also, es liegt in unserer Verantwortung, dass du eingequetscht wurdest und jetzt ein Mädchen mit leichter Gehirnerschütterung in der Äskulap-Klinik liegt?«

»Ich drücke mich nicht vor den Konsequenzen. Mir ist schon klar, dass sie mich bestrafen werden. Trotzdem ist es ein Fakt, dass meine Freundin Lily bereits sieben Vorfälle gemeldet hat und nichts ist passiert. Gar nichts! Ich selbst habe zwei Gemeinheiten gemeldet und wieder ist nichts passiert. Selbst Daniel hat sich beschwert, weil ihm der Fiesling im Thermenbad die Kleidung geklaut hat. Immer wieder hieß es, dass es keine Zeugen oder keine Beweise gebe. Dabei sind doch draußen überall Überwachungsdrohnen und auch hier drinnen gibt es mehr als genug Kameras. Und so habe ich mir selbst geholfen.«

Der Direktor nickte und sah eine Spur wohlwollender aus.

»Wir werden überprüfen, ob an deinen Vorwürfen etwas dran ist und noch einmal mit dem Jungen sprechen. Wenn es in der Vergangenheit tatsächlich zu systematischem Mobbing gekommen ist oder in Zukunft kommen sollte, werden wir dies umstandslos ahnden.«

»Ich werde mir den jungen Mann nachher gleich zur Brust nehmen«, warf Mr. Barra hastig ein. Senhor Alves würdigte ihn jedoch keines Blickes und fuhr fort.

»Auch für sein Vergehen in der Bibliothek wird er angemessen bestraft. Trotzdem können wir nicht einfach darüber hinwegsehen, dass du eine Schülerin vorsätzlich verletzt hast. Und selbst wenn du glaubst, im Recht zu sein, können wir nicht zulassen, dass sich Schüler die Freiheit zur Selbstjustiz herausnehmen. Denn damit zerstören sie langfristig unsere Gemeinschaft hier. Du bekommst doch mit, dass außerhalb unserer Mauern vielerorts Willkür und Anarchie herrschen. Hier bei uns gibt es aus gutem Grund feste Regeln und die gelten auch für dich! Wenn du sie nicht einhalten willst, dann steht es dir frei, zu gehen! Ich bitte dich jetzt, in deinem Quartier zu warten und dich heute Abend bei deiner Tempel-Vorsteherin zu melden. Wir werden überlegen, was wir mit dir machen.« Er war etwas lauter geworden und machte eine unmissverständliche Geste. Damit schickte er das Mädchen, das klug genug war, keine Widerworte zu geben, zurück in seine Klasse.

Mr. Barra gähnte kräftig, als Mia die Tür hinter sich geschlossen hatte. Er sah wie immer übernächtigt aus.

»Hui, die hat ganz schön Feuer im Hintern«, sagte er lächelnd. Senhor Alves und Henry lächelten nicht.

»Ich finde es höchst bedenklich, dass es zu solch einem Vorfall gekommen ist. Und wenn der Mobbingvorwurf stimmt, haben unsere Lehrer hier einiges verschlafen«, sagte der Direktor.

»Ich weiß inzwischen, dass Mrs. McCormick die Beschwerden sorgfältig dokumentiert und an die Schulleitung weitergereicht hat«, verteidigte Henry das Lehrerkollegium.

Vizedirektor Barra räusperte sich und faltete unwillkürlich die Hände, wie für ein Gebet. Eine Geste, die er gern machte.

»Die Anschuldigungen sind auf meinem Tisch gelandet… Aber es gab nie Zeugen und Milàn hat sich bisher immer als äußerst höflicher und aufgeschlossener Schüler präsentiert, von seinen sportlichen Leistungen ganz zu schweigen.«

»Sind Sie den Beschwerden denn gründlich nachgegangen? In ihrer Verantwortung liegt schließlich auch der psychologische Bereich! Haben Sie die Datenbank der Überwachungssysteme konsultiert oder mit den Betroffenen gesprochen?«, fragte Sehnor Alves seinen Stellvertreter. Dieser hob die Hände, zog eine mitleidsvolle Grimasse und schüttelte den Kopf.

»Verstehe«, entgegnete Mr. Alves. Er legte unverkennbare Verachtung in das Wort.

»Ich denke, der Junge hat sich die gleiche Ordnungsmaßnahme verdient, wie die Diana-Schülerin. Wir sollten deutlich machen, dass wir solch delinquentes Verhalten in unserer Gemeinschaft nicht dulden können. Vielleicht wäre auch ein konsequenter Ausschluss der Schüler aus der Akademie sinnvoll? Was meinen Sie, Herr Meyer?«

»Ich halte den Schulausschluss für eine viel zu harte Strafe. Wir dürfen nicht vergessen, dass es sich um pubertierende

Teenager handelt. Wir sind hier absolut verwöhnt mit äußerst toleranten, klugen und disziplinierten Schülern. Daher haben wir viel seltener mit Regelverstößen zu kämpfen als andere Schulen. Ich habe das Gefühl, das macht einige Lehrkräfte blind gegenüber den Wünschen, Bedürfnissen und Interessen unserer Kinder. Sie behandeln sie, als hätten sie erwachsene Studenten vor sich und erwarten ständig ein entsprechend angepasstes Verhalten. Das ist natürlich Unsinn. Wir arbeiten hier mit Jugendlichen und die funktionieren eben nicht wie Roboter. Daher bin ich für eine milde Strafe und unbedingte Rücksprache mit dem Therapeuten-Team der Schule.«

»Ich kann Herrn Meyer hier nur zustimmen. Wir können nicht gleich jeden von der Schule schmeißen, der uns ein paar Scherereien macht. Schließlich liegt ihr Wohl in unserer Verantwortung. Wir sollten den dreien eine angemessene Strafaufgabe und eine zweite Chance geben«, meinte Mr. Barra.

Henry wunderte sich, dass der Stellvertreter ihm so unvermittelt zur Seite sprang. Eigentlich kannte er ihn als strengen und unbarmherzigen Hardliner.

»Was verspricht sich der alte Fuchs davon?«, dachte Henry besorgt, nickte indes aber zustimmend.

»Ihre Argumente sind durchaus überzeugend. Wir dürfen unsere eigenen Fehler nicht auf die Schüler abwälzen«, sagte Senhor Alves und sah dabei Mr. Barra streng an. »Es liegt in unserer Verantwortung, die Schüler gut auf ihre Aufgabe vorzubereiten und ihnen andererseits ein vernünftiges und würdevolles Aufwachsen in dieser schrecklichen Zeit zu ermöglichen.« Er machte eine kurze Pause und sah zu Henry. »Welche Sanktion halten sie also für angemessen?«

»Ich werde mir Milàn und Tissa vorknöpfen. Sie werden unseren Verhaltenskodex auswendig lernen und drei Monate lang alle Teiche, Aquarien und Tiergehege in ihrer Freizeit pflegen«, sagte Mr. Barra sofort, obwohl der Direktor eigentlich Henry angesprochen hatte.

»Was Mia betrifft, so würde ich sie gerne dazu verpflichten, verschiedene Kurse auszuprobieren, die ihr beim Aggressionsabbau helfen, einen Meditationskurs zum Beispiel«, meinte Henry.

»Das ist eine gute Idee«, lobte Mr. Barra. »Ich biete selbst einen entsprechenden Kurs an.«

»Haben Sie denn noch Zeit für einen selbstständigen Lehrauftrag?«, fragte Henry überrascht.

»Ja. Schließlich liegt es auch in meiner Verantwortung, vernünftige Menschen aus unseren Schülern zu machen. Außerdem habe ich Psychologie studiert und biete entsprechende Kurse an«, ergänzte Barra beherzt. Henry zuckte nur mit den Schultern und sah den Direktor fragend an.

»In Ordnung«, schaltete sich dieser nun ein. »Das Mädchen soll sich in Ihrem Kurs anmelden. Darüber hinaus muss sie die nächsten sechs Wochen jeden Tag eine Stunde in der Klinik mithelfen, damit sie den Wert der körperlichen Unversehrtheit etwas mehr zu schätzen lernt. Ich glaube, dass auch dem Jungen ein Antiaggressionstraining guttun würde. Was meinen Sie?«

Ein zartes Lächeln zeichnete sich auf dem Gesicht des Stellvertreters ab.

»Natürlich werde ich mich auch um Milán bemühen. Es handelt sich um Gruppen- und Einzelsitzungen. Und ich werde auch noch einmal die alten Anschuldigungen unter die Lupe nehmen.«

Henry bezweifelte, dass er auch nur eines davon in die Wege leiten würde, sagte jedoch nichts. Also ergriff Senhor Alves erneut das Wort und entließ seine Gäste umstandslos.

»Ich bin froh, dass das erledigt ist. Ich muss morgen in der Leitungssitzung der Phönix Initiative Rede und Antwort zu unseren Fortschritten stehen. Da kommt ein derartiger Zwischenfall ungelegen. Zumal die Initiative nach dem Vorfall im Minerva-Tempel vor einigen Jahren höchst hellhörig ist, wenn es um Konflikte innerhalb der Schülerschaft geht. Bitte informieren Sie mich über die Entwicklungen in diesem Fall.«

»Machen Sie sich keine Sorgen. Unsere Schüler sind die besten und loyalsten Anhänger der Phönix Initiative. Es gibt keine Bedrohung innerhalb der Akademie«, sagte Mr. Barra und trat aus dem Büro des Direktors.

07. Juni 2130 – Wenige Minuten Später

Als sich die Zimmertür schloss, zog sich Barra in sein eigenes Refugium zurück. Die Tür zu seinem Office stand offen. Aktenstapel lagen auf dem Empfangstresen, neben ihnen eine halbleere Flasche Wasser und einige schmutzige Gläser. Mrs. Bones war nicht anwesend, er hatte sich mit ihr gestritten. Dann war sie in gegenseitigem Einvernehmen in das Büro des Direktors umgezogen. Als eine »vorübergehende Maßnahme zur Entspannung« hatte Senhor Alves es bezeichnet. Dabei war es seine eigene Idee gewesen, Mrs. Bones umzusetzen. Nun hatte er allerdings noch mehr zu tun.

Er ging zu dem wohltemperierten Terrarium und verfütterte einige braune Heuschrecken an seine bunten Frösche. Das Gespräch mit Senhor Alves und Herrn Meyer hatte ihm vor Augen geführt, auf welch dünnem Eis er seinen Marathon lief. Seine Schützlinge mussten straffer an die Leine genommen werden. Er hatte nicht mehr die Zeit und den Spielraum, über solche Vorkommnisse hinwegzusehen. Schließlich war es nicht seine Aufgabe, die Interessen bestimmter Schüler zu befriedigen, sondern die Initiative zu schwächen. Es würde sich zeigen, was er aus dem aufsässigen Mädchen machen konnte. Sie war kein Ersatz für seine beiden Zugpferde, aber vielleicht ließ sich ja eine Verwendung für sie finden. In jedem Fall hatte es in den vergangenen Tagen zu viele Entwicklungen gegeben, als dass er sie dem Konzil vorenthalten durfte. Es wurde Zeit, eine codierte Nachricht an die Operationsführung zu senden. Diesmal konnte er jedoch nicht selbst das Gelände verlassen. Bereits bei seinem letzten Ausflug hatte ihn die Paranoia schier wahnsinnig gemacht. Wie ein Gejagter hatte er sich alle drei Minuten umgesehen und reale oder vermeintliche Verfolger entdeckt. Auch die digitale Kommunikation wurde derart sorgfältig überwacht, dass es ausgeschlossen war, auf diesem Weg in Kontakt zu treten. Doch zum Glück gab es noch andere Möglichkeiten.

Er nahm drei bunte Stifte und zwei kleine Notizblätter aus einer Schreibtischschublade. Zuerst notierte er seine Nachricht in kurzen einfachen Sätzen. Dann verschlüsselte er die Botschaft und schrieb das Ergebnis auf ein neues Stück Papier. Das Zeichensystem war nicht übermäßig raffiniert. Er nutzte drei verschiedene Farben und einige Symbole aus der Notenschrift, wie sie in der Musik Anwendung finden. Ein spezialisierter Computer konnte den Code schnell knacken. Für den Laien jedoch sah es nach gewöhnlichen Noten aus. Nur, dass das Musikstück jeden Hörer in Schrecken versetzen würde.

Barra faltete die Komposition zusammen und vernichtete die erste, uncodierte Variante. Anschließend ging er zu einer etwa anderthalb Meter großen Truhe, die in der Nähe des Terrariums stand, und entnahm ihr einen Bogen, einen Köcher und zwölf Carbonpfeile. Einen der Pfeile markierte er und drehte die stählerne Spitze ab. In die mit einem Gewinde versehene Öffnung am Schaftende, drückte er den gefalteten Zettel und schraubte die Pfeilspitze wieder auf. Niemand würde die Botschaft im Inneren des Pfeils finden.

Nach einem letzten Blick auf sein Werk sammelte er seine Ausrüstung ein und machte sich auf den Weg zum Turnierplatz der Bogenschützen. Das Gelände lag am äußeren Rand der weitläufigen Anlage und verlangte einen Fußmarsch von mehr als 30 Minuten. Da Barra kein Freund von Spaziergängen war, nahm er einen E-Scooter aus einer der Gemeinschaftsgaragen, setzte sich einen gelb-schwarzen Helm auf und brauste über den silbern glitzernden Straßenbelag. Einige Schüler schauten irritiert zu dem kräftig gebauten Vize-Direktor, der mit Pfeil und Bogen bewaffnet, wie eine übergroße Hummel an ihnen vorbeisummte. Doch es fand sich stets ein Kommilitone, der seine Mitschüler aufklärte.

»Das ist doch der fette Vize. Der ist ein Meisterbogenschütze.«

Barra hatte kaum Unterrichtsverpflichtungen. Er konzentrierte sich ganz auf seine vielfältigen Verwaltungsaufgaben.

Doch an zwei Nachmittagen in der Woche ließ er es sich nicht nehmen, einen Teil der Ausbildung im Bogenschießen zu übernehmen. Bereits in seiner Jugend hatte er ein Talent für den Bogensport gezeigt und war diesem bis heute treu geblieben. Trotz seiner untersetzten Statur, seinen kurzen Fingern und seiner geringen Ausdauer hatte Barra über die Jahrzehnte eine gewisse Meisterschaft erlangt.

Die Schießanlage war menschenleer. Niemand trainierte um diese Uhrzeit und Mitarbeiter oder Lehrer verirrten sich nur selten auf das Gelände. Barra ließ sich davon nicht täuschen. Er wusste, dass die Augen und Ohren des Teufels überall lauerten. Also sprach er ein stilles Gebet und gestaltete sein Training genauso routiniert wie immer. Er erwärmte sich, schritt die Anlage ein paar Mal auf und ab und wählte dann eine Zielscheibe. Etwa zwanzig Minuten übte er, ohne Auffälligkeiten.

Als er es vor Aufregung nicht mehr aushielt, nahm er seinen präparierten Pfeil, zielte hoch, spannte lang und schoss in spitzem Winkel, weit über seine Scheibe und die dahinterliegende Mauer hinweg. Fast 400 Meter legte seine Luftpost zurück. Natürlich war es seltsam, dass ein Profi so sehr über das Ziel hinausschoss. Andererseits war nicht damit zu rechnen, dass ihn ein Wachmann darauf ansprechen würde, selbst wenn es jemandem aufgefallen wäre. Barra wusste, dass die Söldner, die um das Gelände patrouillierten, zu sehr den Ausblick vom Plateau genossen, anstatt gewissenhaft ihrer Arbeit nachzugehen. Dennoch schielte er verstohlen in alle Richtungen. Man konnte nie sicher sein, wer einen beobachtete. Niemals!

22. Dezember 160 – Sechs Wochen nach der Ankunft in der Vergangenheit

»Was für ein fantastisches Panorama!«, meinte Apoll, der sich mit ausgestreckten Armen auf die Brüstung des Wehrgangs stützte.

Mercurius nickte bedächtig. »Ich habe die Stadt schon einmal in unserer Zeit besucht. Sie hat mir ziemlich gut gefallen. Aber diese Pracht hier ist ein echter Nabelschmerz. Wer sie gesehen hat, will nirgendwo anders leben.«

»Es sieht von oben so aus, als würde die Stadt aus zahlreichen Inseln bestehen, die durch Brücken wie von Klammern zusammengehalten werden«, sagte Vesta.

Auch Vulcanus und Diana genossen den morgendlichen Blick über Ravenna und den vorgelagerten Hafen. Es war ein malerisches Panorama, dem sich keiner der Götter entziehen konnte. Die Stadt protzte mit zahllosen Prunksäulen und hohen Gebäuden. Ein Wald aus Masten ragte am Ankerplatz in die Wolkenberge. Weiß und blau gestrichene Schiffe segelten am Horizont wie träge Falter. Obwohl ihnen eine kalte Brise um die Ohren pfiff, verharrten sie eine kleine Ewigkeit auf dem höchsten der 78 Mauertürme Ravennas.

»Ich kann schon sehen, wie die ehrenwerten Herren mit den Füßen scharren. Ich glaube, wir sollten langsam wieder zu unserer Ehrengarde zurückgehen«, sagte Apoll, der ihren Begleitern am nächsten stand.

»Der alte Marcus Metellus macht sich bestimmt gleich in die Tunika, weil er nicht hören kann, was wir hier sagen«, spottete Vesta, die keinerlei Anstalten machte sich von ihrem Platz zu lösen.

Mercurius schüttelte genervt den Kopf. »Ach Vesta, du hast unsere drei Begleiter verunsichert, seit wir hier angekommen sind. Sei nett! Du weißt doch, dass das hier eine besondere Ehre für uns ist, und keine Strafe. Sei nicht immer so bitter und sarkastisch.«

»Ich bin nicht… bitter! Was immer das auch heißen soll. Und ich habe nichts gegen eine kleine Stadtführung. Du siehst mich doch ununterbrochen lächeln und nicken. Ich habe auch den achtstündigen Empfang nach unserer Begrüßungsshow lächelnd ertragen. Ebenso wie ich die endlosen Tempelmessen und Opfergaben gestern und vorgestern in einem Lächeln ersäuft habe. Aber irgendwann wird auch das süßeste Lächeln einmal sauer. Und so wird meine Zunge eben etwas spitzer als gewöhnlich. Zumal es den drei alten Herren ein wenig an Demut mangelt.«

»Wir brauchen die alten Eliten, wenn wir die Macht im Reich übernehmen wollen. Es macht keinen Sinn, sie zu verprellen«, entgegnete Vulcanus, der wie immer versuchte, ihre Aufgabe so effizient wie möglich zu lösen.

Vesta sah ihn nicht an, als sie antwortete. »Wir sind ihre Götter! Sie fressen uns aus der Hand. Sieh nur, wie versonnen sie ihre neuen Medaillons ausprobieren und die Lichter an und aus machen. Und schau auf die Menschenmassen da unten, Zehntausende folgen uns auf Schritt und Tritt, dankbar über jeden Blick, den wir ihnen schenken. Wer sollte sich uns ernsthaft in den Weg stellen?«

»Leute, diese Diskussion hatten wir schon in den letzten zwei Städten«, wandte Apoll ein. »Die Bewohner müssen uns leibhaftig sehen und an die Rechtmäßigkeit unserer Herrschaft glauben. Wir mischen uns hier in ein uraltes politisches System ein und verlangen sofortige Gefolgschaft. Wenn wir wollen, dass die Menschen uns die Treue schwören, dann müssen wir ihre Herzen gewinnen. Wir müssen ALLES einsetzen, was wir haben.«

Gelassen, beinahe gelangweilt, drehte sich Vesta um und sah Apoll in die Augen.

»Wir haben noch drei Monate Zeit, bis Antonius Pius stirbt. Bis dahin haben wir auch Rom im Sack. Und dann heißt es 100 Jahre göttliche Völlerei und endlose Ausschweifungen.« Sie kicherte erfreut über Vulcanus' konsterniertes Gesicht. Mit ihrem Raubtierlächeln auf den Lippen schritt sie zügig an den anderen vorbei in die Richtung der wartenden Eskorte.

Diana hatte dem Disput nur schweigend gelauscht, sich aber nicht eingemischt. Insgeheim gab sie Vesta in vielen Punkten recht, obwohl sie wusste, dass manche ihrer Ansichten moralisch zweifelhaft waren. Doch auch Diana litt unter der ununterbrochenen Aufmerksamkeit und der Unterwürfigkeit der Menschen, wahrscheinlich deutlich mehr als Vesta.

»Das ist der Nachteil, wenn du eine Göttin bist, jeder behandelt dich auch so!«, dachte sie stirnrunzelnd.

Auch Vestas Abneigung gegenüber den drei vornehmsten Bürgern der Stadt konnte Diana nur allzu gut nachvollziehen. Sie hasste das verlogene Spiel um Macht, Einfluss und Würde, das die Männer der römischen Oberschicht ohne jede Rücksicht, dafür aber mit erlesener Heuchelei spielten. Der ergraute Prätor Markus Metellus Merula, der greise Großgrundbesitzer und Priester Aulus Sempronius Maior und der gelehrte Strippenzieher Faustus Aurelius Nuntius – alle drei teilten einen entscheidenden Makel – sie buckelten ebenso selbstverständlich nach oben, wie sie nach unten traten.

Diana hatte die Blicke der Sklaven und Diener bemerkt. War ein Mitglied des Trios verärgert, so schien dies die Menschen mehr zu beunruhigen, als der Anblick ihrer fleischgewordenen Götter.

Alle drei hatten zudem die Angewohnheit, Frauen als sprechende Verhandlungsmasse oder Lustobjekte zu betrachten. Diese Attitüde konnten sie selbst gegenüber ihren Göttinnen nur schwer ablegen. Obgleich sie stets bemüht waren, ihren untertänigsten Gehorsam zu versichern. Auch wenn die römischen Frauen, im Vergleich zu anderen Völkern, rechtlich relativ gut gestellt waren, schienen die Göttinnen trotzdem nur Gottheiten zweiter Klasse zu sein. Diana hätte die Kerle am liebsten in ihre Schranken gewiesen, obwohl sie wusste, dass sie auf Männer von ihrem Schlag angewiesen waren.

»Euch werden wir schon noch Erleuchtung bringen«, dachte Diana lakonisch, während das Triumvirat von Ravenna seine Medaillons betastete.

»Danke, dass ihr uns etwas Zeit gegeben habt, den Anblick eurer herrlichen Stadt zu genießen«, sagte Mercurius diplomatisch, als die Gruppe zu ihren Stadtführern zurückkehrte.

»Es ist uns eine besondere Ehre, Euch zu führen. Und es ist eine noch größere Ehre, wenn Ihr Wohlgefallen an unserer bescheidenen Stadt findet«, sagte der alte Aulus schmeichelnd.

»Wir haben nur noch den unteren Markt vor uns. Dann erreichen wir die Gladiatorenschule und die Arena, wo Ihr Euch umfassend den Vergnügungen hingeben könnt«, ergänzte Faustus mit einem süffisanten Lächeln.

»Wahrscheinlich glaubt er tatsächlich, dass es die liebste Beschäftigung der Götter ist, sich tagelange Kämpfe anzuschauen«, dachte Diana frustriert.

Nach einer halben Stunde erreichte ihre Prozession endlich den unteren Markt, der drohte aus allen Nähten zu platzen. Vor lauter Menschen fiel es Diana schwer, etwas vom Markt und seinen Ständen zu sehen. Langsam kam die Sonne hinter den hohen Häusern hervor. Überall schrien und klatschten Marktbesucher, schnauften Tiere oder brüllten Wachen. Doch irgendetwas schien mit diesem Platz nicht zu stimmen. Statt der üblichen Holzbuden und Karren, gab es hier mehrere steinerne Rondelle, metallene Käfige und hölzerne Podeste an den Rändern des Marktes. Erst auf den zweiten Blick erkannte Diana, dass keine Tiere, sondern Menschen in den Käfigen und Verschlägen saßen.

»Das ist ein Sklavenmarkt!«, stieß Apoll im gleichen Augenblick hervor. Marcus Metellus, der nur wenige Schritte hinter ihnen lief, fühlte sich zu einer Antwort veranlasst.

»Dies ist einer der wichtigsten Märkte in der Region. Wir bieten unseren Käufern Barbaren aus allen Winkeln der Weltenscheibe. Aber auch Griechen, Lybier und Dakier bekommt man hier. Vor allem die Handelsflotte hat stets einen großen Bedarf an tüchtigen Seefahrern.«

Diana entdeckte einen mannshohen geflochtenen Korb. Er zeigte zwei kleine Löcher im Geflecht und stand verkehrt herum auf dem Boden. Gerade als Diana genauer hinsah, schnellte ein abgemagerter Arm hervor.

»Verdammt, das ist aber kein Seemann da in dem Korb«, sagte sie erschrocken.

Auch die anderen drehten sich nun um und entdeckten das geflochtene Gefängnis, hinter dem noch weitere versteckt waren. Die Masse an Menschen machte es schwer, die genaue Anzahl an Körben auszumachen.

»Wieso habt ihr die Kinder in den Körben eingesperrt?«, fragte Mercurius und versuchte, sein Missfallen so gut wie möglich zu verbergen.

»Das sind nur Sklavenkinder. Die nehmen nur Schaden, wenn wir sie binden. Oder sie rennen weg, wenn wir sie nicht festhalten«, antwortete Aulus.

»Ist es euch völlig egal, dass die Kleinen da in den dunklen Körben bibbern? Die erfrieren doch da drin«, sagte Diana bestürzt und ging auf einen der Verschläge zu.

»Es sind nur Sklaven und nicht meine Kinder«, rief Aulus Sempronius Maior hinter ihr her. In seiner Stimme lag keinerlei Gemütsregung.

»Ihre Völker wurden niedergerungen, also sitzen ihre Kinder in den Körben. Hätten wir verloren, wären es unsere Enkel, die da säßen. Es ist nur gerecht«, ergänzte Faustus, der sonst eher schweigsam blieb.

Diana hatte die Gruppe nun zielsicher zu einem der Körbe gelenkt, vor dem ein kleiner Mann mit abgerissenen Kleidern und einem kurzen Stock Wache hielt.

»Es ist keinesfalls der Wille der Götter, dass ihr Kinder in winzigen Käfigen erfrieren lasst«, sagte Diana mit deutlich erhobener Stimme. Wie konnte man angesichts solcher Missstände nur derart ignorant sein? Resolut schritt sie an den Korb heran und mit einer Kraft, die sie selbst überraschte, hob sie das geflochtene Gefängnis an und warf es um. Blitzschnell schossen zwei mickrige Gestalten hervor und verschwanden in der wogenden Menschenmasse. Der kleine Wächter hatte die ganze Szene nur starr und mit weit aufgerissenen Augen beobachtet. Fassungslosigkeit spiegelte sich auf seinem Gesicht. Auch die umstehenden Menschen zeigten ungläubige Mienen. Für sie schien das Schauspiel keinerlei Sinn zu ergeben. Warum sollte eine Göttin zwei Sklavenmädchen befreien?

Sicher hatte der Händler irgendeine Schuld auf sich geladen!?

»Wieso habt ihr dies getan?«, fragte Aulus, nicht minder überrascht als die Marktbesucher.

»Ich sagte es bereits. Der Handel mit Sklavenkindern wie mit Vieh ist nicht im Interesse der Götter. Oder zumindest nicht in meinem!«, antwortete ihm Diana kühl.

»Gewiss! Ihr seid die Hüterin der Frauen und Kinder. Eine Entwurzelung und Entzweiung der Familien ist sicher nicht in eurem Sinne«, sagte Marcus Metellus und verbeugte sich tief.

»Aber der Sklavenhandel ist eine der wichtigsten Einnahmequellen unserer Gemeinde. Ohne ihn ist unsere Stadt verloren«, sagte Aulus mit beinahe weinerlicher Stimme, während er sich ebenso tief verneigte wie Marcus.

»Wir wissen, dass wir die Dinge nicht überstürzen dürfen und manche Veränderungen Zeit brauchen«, sagte Vulcanus mit einem scharfen Seitenblick zu Diana. »Bitte verzeiht meiner Schwester. Aber für uns sind einige der Sitten und Gebräuche, die euch ganz normal scheinen, unverständlich und fremd.«

Bei diesen Worten brach der kleine Wächter, der eben noch neben dem Korb gestanden hatte, wimmernd zusammen.

»Was hat er denn?«, fragte Diana, die nun erkannte, dass der zerlumpte Wächter selbst kaum älter als 14 war.

»Er fürchtet sicherlich die Strafe für seine Unachtsamkeit«, erwiderte Aulus.

»Welche Strafe? Er hätte mich wohl kaum aufhalten können«, meinte Diana verwirrt. Sie spürte, wie sich die Wut aus ihrem Bauch langsam im ganzen Körper verteilte.

»Normalerweise müsste er mit seinen Augen für einen entflohenen Sklaven haften. Aber natürlich droht ihm in diesem Falle Schlimmeres, schließlich hat er euch verärgert.«

Diana stutzte angesichts dieser verdrehten Logik. War das ein schlechter Scherz? Sie merkte, wie sich ihre Hand zur Faust ballte. Die Gleichgültigkeit, mit der diese Leute auf ein derart menschenverachtendes Treiben reagierten, machte sie rasend. Sie hatte das dringende Bedürfnis, diesen Idioten die Dummheit herauszuprügeln. Sie wollte ein Zeichen setzen. Am besten eines, das hier jeder verstand. Wenn es sein musste, würde sie den ganzen Markt in die Luft sprengen. Hier musste man aufräumen, bis nur kleine Kiesel übrig waren.

»Nun ist es aber genug«, mischte sich Mercurius ein, der drohend in die Runde sah. »Niemand wird hier für ein Missverständnis bestraft. Apoll sagte doch schon, dass wir nicht mit allen Regeln der Menschen vertraut sind. Hier ist deine Entlohnung für die zwei Sklaven und damit soll die Angelegenheit erledigt sein!« Mit diesen Worten zog Mercurius zwei beeindruckende Goldmünzen aus seiner Tasche hervor und warf sie, gut sichtbar, vor dem Jungen auf den Boden. »Ich hoffe, dies ist ein angemessener Ausgleich.«

»Oh, Eure Großzügigkeit ist grenzenlos!«, flötete Marcus Metellus anstelle des bleichen Jungen zu ihren Füßen. Das Funkeln des Goldes spiegelte sich in seinen gierigen Augen. Das Verhalten der Götter schien ihm völlig unbegreiflich zu sein.

Nach diesem Intermezzo bewegte sich ihre Kolonne weiter, in Richtung Arena. Diana hatte das Gefühl, dass die Menschen nun noch intensiver über ihre Götter tuschelten, als sie es bisher schon taten. Bereits in wenigen Stunden würde die kurze Episode in aller Munde sein. »Das ist der Nachteil, wenn die Götter vor deiner Nase herumspazieren. Du erkennst womöglich, dass sie gelegentlich stolpern und im

Grunde auch nur Menschen sind«, dachte Diana, während sie als Letzte der falschen Olympier über das Pflaster stapfte.

Da die Kohorte Soldaten, die ihnen voranschritt, im wahrsten Sinne des Wortes alles aus dem Weg räumte, das sie behindern konnte, kamen sie zügig in den Westteil der Stadt, in dem die Gladiatorenschule sowie die große Arena lagen.

Die Gladiatorenunterkunft, die nichts mit einer Schule im herkömmlichen Sinne zu tun hatte, unterschied sich äußerlich nur wenig von einer Legionskaserne. Lediglich die Verzierungen und eine beachtliche Anzahl von athletischen Statuen machten den Unterschied von außen sichtbar. Im Inneren der Anlage dominierte ein gewaltiges Trainingsgelände, das allerhand Kriegsgerät und reihenweise Übungspfähle beinhaltete.

»Wir haben hier einige hervorragende Thraker, für die Ravenna bekannt ist. Sie können mit dem krummen Kurzschwert umgehen wie niemand sonst. Ich selbst habe mehrere ihrer Veteranen als Leibwache in meinen Diensten«, sagte Marcus Metellus, während er mit der Hand auf eine Gruppe schwitzender Männer im hinteren Teil des Platzes wies.

Diana kannte die verschiedenen Kämpfertypen und Bewaffnungen der Gladiatoren aus dem Unterricht. Das Thema hatte sie nie so interessiert wie ihre männlichen Mitschüler. Die trainierten Berufskämpfer hier in Fleisch und Blut bei ihrem Handwerk zu beobachten, war hingegen durchaus sehenswert. Besonders Apoll und Mercurius zeigten sich beeindruckt. Als der Gladiatorenmeister der Schule sie begrüßte und sie durch die Anlage führte, stellten sie zahlreiche Fragen, die der Meister geduldig beantwortete. Immer wieder sprachen sie auch mit den versprengten Gladiatoren. Ihre Entourage hatte sich inzwischen drastisch verkleinert. Nur zwölf der vornehmsten Bürger Ravennas sowie eine kleine Ehrengarde begleiteten sie durch die vielen Räume der großen Anlage. Die Neugier der Götter war ihren Führern nicht entgangen und so scheuten sie sich nicht, alle Bereiche der Schule nacheinander zu präsentieren. Dass dies ursprünglich nicht vorgesehen war, zeigte sich daran, dass sie vielen überraschten Kämpfern begegneten, die ihr Glück kaum fassen konnten.

Als sie den Eingang des letzten Seitentraktes erreichten, lag ein beißender Gestank in der Luft.

»Puh, sind das die Latrinen der Schule?«, fragte Vulcanus angewidert. Er besaß die empfindlichste Götternase und beschwerte sich regelmäßig über Mercurius Schweißfüße. Der Duft, der hier in der Luft lag, trieb ihm Tränen in die Augen.

»Bitte verzeiht, das ist das Reich der Bestiarii, der Tierkämpfer und ihrer Bestien«, antwortete der alte Gladiatorenmeister.

Diana verstand sofort, was er meinte. Hier waren die Tiere für die grausamen Tierhatzen untergebracht zusammen mit ihren Schlächtern. Standen die Gladiatoren im Rang noch unter den Sklaven, so konnten sie immerhin auf Ruhm und Ehre in der Arena hoffen. Den Bestiarii stand nicht einmal diese Anerkennung zu, wenn sie im Vorprogramm die angestachelten Tiere niedermachten.

»Ich will mir die Tiere einmal anschauen und mit einem Bestiarius reden«, sagte Diana unvermittelt und war beinahe selbst von sich überrascht.

Ihre römischen Begleiter wirkten weit weniger erstaunt. Schließlich war sie die Göttin der Jagd und dieses Begehr wohl relativ naheliegend.

Der rechteckig angelegte Trakt der Tierkämpfer verfügte über fünf mehrgeschossige Häuser. Pferche und Käfige füllten das Erdgeschoss jedes Gebäudes. In den oberen Etagen lagen die Unterkünfte und Wirtschaftsräume. Auf dem Innenhof standen dichtgedrängt Gatter und Karren.

Diana hatte sich einigermaßen an die veränderten Lebensverhältnisse dieser Zeit gewöhnt. Es erschütterte sie nicht mehr so sehr, wenn sie verkrüppelte Kinder oder halbtote Bettler sah. Oft fühlte sie sich abgestumpft. Doch das Bild, das sich ihr hier bot, konnte einen Menschen aus dem 22. Jahrhundert nur verstören.

In hunderten Käfigen faulten und krepierten Tiere unterschiedlichster Gattungen. Ihr Anblick war ebenso stechend wie ihr Geruch.

Hier zitterten drei abgemagerte Leoparden neben einem völlig zerbissenen Berglöwen. Da starrte ein an einen Nasenring geketteter Braunbär auf eine Hyäne mit abgefetzten Ohren. Dort kläffte und winselte eine Horde halbwilder Hunde zusammengepfercht in einem Kaninchenstall.

Der Anblick der so elendig leidenden Kreaturen machte Diana sprachlos. Diesen Geschöpfen war nicht nur jegliche Freiheit, sondern auch jede Würde genommen. Aus stolzen Tieren hatte man kranke, aggressive Bestien gemacht.

»Wie könnt ihr die Tiere hier so vernachlässigen?«, fragte Mercurius den Vorsteher der Bestiarii, die sich auf ein Kommando hin im Hof versammelt hatten.

»Verzeiht, Herr. Ist es wahr, was man sich erzählt? Seid ihr der leibhaftige Gott Mercurio und steht hier neben euch die unvergleichliche, tapfere und jungfräuliche Diana?«

»Es ist so, wie man sagt«, entgegnete Mercurius, der sich zusammen mit Diana vor dem Tierkämpfer aufgebaut hatte. Die übrigen Götter waren etwas zurückgeblieben und musterten weiterhin die Tiere.

Hätte der Mann nicht schon gekniet, so hätte er sich die Knochen gebrochen. So hart warf er sich nun zur Gänze auf den Boden und begann hörbar zu schluchzen. Diese Reaktion hatte Diana in den vergangenen Tagen mehrfach erlebt. Dennoch fiel es ihr schwer, sie zu ertragen.

»Hast du meine Frage nicht verstanden?«, hakte Mercurius nach. Doch der Bestiarius ignorierte ihn.

»Ich lege mein Leben in Eure Hände, Herrin. So wie ich es schon unzählige Male gemacht habe«, sagte er zu Diana gewandt. Und wie auf ein unsichtbares Zeichen hin wiederholten es seine Begleiter mit Inbrunst. Nun endlich schien er sich der Ausgangsfrage von Mercurius zu entsinnen.

»Wir sind unwürdig, in eurem Schatten zu liegen. Ebenso unwürdig sind wir, dieses Haus zu führen. Wir sind nur neun und keiner von uns hat den Umgang mit diesen Bestien gelernt«, sagte der Anführer nun, während er leicht den Kopf hob.

»Wieso habt ihr euch dann für diese Aufgabe entschieden?«, fragte Mercurius unterkühlt.

»Oh Herr, keiner von uns hat dieses Schicksal gewollt. Wir alle sind Sklaven, die Niedersten der Niederen. Bis auf Gnaeus sind wir alle Kinder von Alemannen, die in Gefangenschaft gerieten. Wir alle hatten schon mehr als einen Herren. Irgendwann sind wir hier gelandet, nicht freier als jene, die wir bewachen.

»Wessen Sklaven seid ihr?«, fragte Mercurius mit deutlich wärmerer Stimme.

»Wir stehen in den Diensten der Gladiatorenschule, die dem Reich und Kaiser unterworfen ist. Der Gladiatorenmeister leitet die Einrichtung. Der Stadtpräfekt entscheidet über sein Amt und die finanziellen Mittel«, gab der Bestiarius bereitwillig Auskunft. »Wir würden gerne für eine bessere Unterbringung und Versorgung der Tiere sorgen. Aber die Mittel der Schule wurden nun schon das vierte Jahr in Folge gekürzt und unsere Kunst zählt als die unbedeutendste.«

Diana war sich nicht sicher, ob sie Mitleid oder Abscheu gegenüber den Männern empfinden sollte, die hier mit den jämmerlich gequälten Tieren hausten. Ihr Herz verlangte, sämtliche Tiere freizulassen und jeden zum Teufel zu jagen, der sich ihr in den Weg stellte. Ihr Verstand redete ihr ein, dass sie sich nicht einmischen durfte, dass sie es hinnehmen musste. Diana war übel. Schließlich konnte sie sich durchringen, einen Segen für die Männer zu sprechen, die sie voller Pathos darum baten.

Auch Mercurius schien sehr nachdenklich, als sie Seite an Seite den Nebenkomplex verließen.

»Ich werde dem Stadtpräfekt Feuer unterm Hintern machen, damit er die Zustände hier ändert«, sagte Diana auf Englisch, damit nur Mercurius sie verstand.

»Das ist gut«, erwiderte Mercurius versonnen. »Ich fürchte nur, es nützt wenig. Die zerschundenen Tiere leben nur, um in der Arena abgeschlachtet zu werden. Außerdem gibt es im Reich viele andere Arenen, in denen es sicherlich nicht besser aussieht.«

»Ich wünschte, ich könnte diese Abscheulichkeit gleich im ganzen Reich verbieten lassen«, meinte Diana bitter. Ihre Laune verschlechterte sich von Stunde zu Stunde.

»Das wird nur schwer möglich sein. Sie sind ein fester Bestandteil der Gladiatorenspiele und die sind den Römern sehr ans Herz gewachsen. Außerdem bist du die Göttin der Jagd. Es wäre ziemlich merkwürdig, wenn du dich gegen Tierjagden aussprechen würdest.«

»Ich weiß«, sagte Diana und atmete einmal tief ein und wieder aus. »Ich wünschte nur, ich könnte dem blödsinnigen Gemetzel hier ein schnelles Ende bereiten. Ich habe überhaupt keine Lust, mir dieses elende Schauspiel nachher anzusehen.«

»Das geht nicht nur dir so«, entgegnete Mercurius flüsternd. »Ich hatte vorhin die Gelegenheit, halbwegs ungestört mit einem der Veteranen der Gladiatoren zu sprechen, einem Murmilo mit dem Namen Lucius Germanius Aeris. Das ist wohl eine Art Kunstname, der auf seine Herkunft und seine roten Haare verweist. Auf seinen Namen angesprochen erzählte er mir, dass sehr viele der Kämpfer hier germanische Sklaven seien. Einige von ihnen sind Nachfahren unterworfener Stämme, andere wurden bei Strafexpeditionen hinter dem Limes gefangen genommen. Auch wenn die Römer den Gladiatorenkampf als ausgesprochen ehrenhaft betrachten, gibt es hier kaum einen Krieger, der zur Belustigung des Publikums kämpfen und sterben mag.«

»Ich dachte immer, unter den Gladiatoren gäbe es viele Freiwillige, die hier nach Ruhm und Anerkennung streben«, sagte Diana, während sich ihre Gruppe durch einen langen unterirdischen Tunnel in Richtung der Arena bewegte.

»Dies ist wohl früher auch so gewesen. Unter dem jetzigen Kaiser sind die Zuschüsse für die Kämpfe, die Zahlungen für Preisgelder, Unterhalt und Material aber derart gesunken, dass es jetzt deutlich weniger attraktiv ist, seine Haut aufs

Spiel zu setzen. Also greift man fast ausschließlich auf germanische Sklaven zurück.«

Diana sah ihn erstaunt an. »Das alles hat dir dieser Gladiator erzählt?« Mercurius schüttelte den Kopf.

»Er hat viele Dinge angedeutet. Aber ich bin klug genug, seine angefangenen Sätze zu beenden. Ich denke, er wollte mir mitteilen, dass es unter der Oberfläche kräftig rumort. Vielleicht wollte er auch meinen Segen für seine Ansichten oder eine Rechtfertigung seiner Gefangenschaft. Das konnte oder wollte er nicht direkt ansprechen.«

»Ich hoffe, du hast nach dem heutigen Tage nochmal Gelegenheit mit deinem Gladiator zu reden«, meinte Diana ernst.

»Das hoffe ich auch. Grundsätzlich sind die Gladiatoren wertvolle Spezialisten, die üblicherweise ihre Kämpfe überleben. Sofern es das Publikum zulässt…«

Ihr Zug hatte inzwischen den Verbindungstunnel zwischen Schule und Arena verlassen und sich in verschiedene Grüppchen aufgeteilt. Auf einer geräumigen Ehrentribüne hatte man zwei halboffene Zelte aufgeschlagen, elegante Sitzmöbel gruppiert und reichlich Mahlzeiten und Getränke aufgefahren.

Buntgewandete Diener bewirteten die reichen Herrschaften, die sämtlich zu den vornehmsten der Gegend gehören mussten. Um den Stand der Götter deutlich zu machen, hatte man ein weiteres kindshohes Podest geschaffen, auf dem die fünf Götter thronten. Da keiner der Sterblichen ihrem Range gleichkam, waren sie unter sich, auch wenn Marcus, Aulus und Faustus unmittelbar zu ihren Füßen Platz genommen hatten.

»Die sind ja richtig anhänglich«, scherzte Vesta, die in ihrem bezaubernden Kleid wie eine polierte Perle schimmerte.

»Die nutzen uns, um ihr Ansehen zu steigern«, ergänzte Apoll, der für heute, genau wie alle anderen, seine Rüstung gegen ein Prunkgewand eingetauscht hatte. Selbst Diana hatte sich in einen eleganten Jagdrock gehüllt. Sie war seit drei Stunden barfuß, aber mit einem funkelnden Diadem auf dem Kopf unterwegs. Nur an ihren Unterarmen und Unterschenkeln trug sie die gepolsterten Schienen ihrer Rüstung.

Dankbar nutzte sie die Decke in ihrem bequemen Divan, um sich die kalten Füße zu wärmen. Ihre KI meldete 13 Grad Celsius, eine ausgesprochen milde Temperatur für diese Jahreszeit.

»Vielleicht ist einer des Trios mutig genug, einmal mit einer Göttin in die Arena zu steigen und seinen Gladius zu präsentieren«, sagte Vesta laut genug, dass die drei es hören konnten. Zu Ihrer großen Freude stellten sich die drei mächtigsten Männer der Stadt taub und zogen sichtbar errötend die Köpfe ein. –

Nach endlosen Worten der Ehrerbietung, einem langatmigen Singsang der lokalen Priesterschaft, fünf Gebeten und einigen symbolischen Opfergaben begann endlich das Vorprogramm der Gladiatorenspiele.

Zur besonderen Lobpreisung der Götter hatte man spontan einige kurze Theaterszenen aus der bekannten Mythologie zusammengestellt, die von den bemerkenswerten Taten der Götter handelten. Dabei hatten die Veranstalter sorgsam darauf geachtet, nur die Geschichten auszuwählen, die die anwesenden Olympier im allerbesten Licht darstellten.

Für Diana war es nicht nur erheiternd, sondern auch erhellend, welche Taten und Legenden ihr zugeschrieben worden. Denn viele Erzählungen gingen über die Jahrtausende verloren und waren ihr gänzlich unbekannt. Wieder einmal musste sie an ihre Lehrer und Professoren denken und das Interesse, mit dem diese jedes kleinste Detail ihres Abenteuers aufsaugen würden. Doch schnell verdrängte sie den Gedanken. Zu schmerzlich war es, sich vorzustellen, was aus ihnen allen geworden war. Viel Zeit zum Grübeln blieb ihr nicht. Die Vorführungen dauerten nicht lange und schon begann der zweite Programmpunkt. –

»Ich glaube, mir wird übel!«, sagte Vulcanus nach nicht einmal 20 Minuten. Gerade hatte einer der Bestiarii einem Leoparden einen derben Hieb mit der Peitsche verpasst, sodass ihm die Bauchdecke aufriss, als sich ein Tiger von hinten auf den Mann stürzte und sich in seinem Speerarm verbiss. Erst sah es so aus, als könnte sich der Kämpfer hochrappeln und befreien. Doch dann riss und zerrte das Tier mit solcher Wucht, dass der Mann wie eine Puppe über den Boden gefegt wurde. Schon nach wenigen Sekunden splitterten die Knochen und der Arm wurde mit einem widerwärtigen Geräusch abgefetzt. Dem Tiger erging es indes nicht besser, denn ein anderer Bestiarius hatte seinen Wurfspeer tief im Hinterleib des Tieres versenkt. Sein Todesschrei brannte sich ebenso fest in Dianas Herz ein wie der des zuvor gefallenen Mannes.

»Können wir die Scheiße nicht einfach beenden?«, fragte Mercurius nach weiteren 20 Minuten, zutiefst angewidert und für seine Verhältnisse geradezu aufgebracht. »Ich werfe einfach eine Granate in den Ring und erkläre das Schauspiel für beendet. Außer den sieben verbliebenen Tierkämpfern ist dort sowie kaum mehr was am Leben.«

Diana war geneigt, dem Vorschlag zuzustimmen, auch wenn er wohl nicht ganz ernst gemeint war. Als die Eingeweide des elften oder zwölften Tieres in der Manege verteilt wurden, konnte sie es nicht mehr aushalten. Sie setzte ihre kleine transparente AR-Brille auf und tat nur noch so, als würde sie herunter auf den Kampfplatz schauen. Stattdessen wies sie ihre KI an, ihr dezente Musik auf die Kopfhörer zu senden und die Hintergrundinformationen zur Stadt anzuzeigen. Diana versuchte, mehr schlecht als recht, der Realität zu entfliehen und ein wenig zu lesen. Den Geruch von Blut und Tod, die Schreie der Sterbenden und das Johlen der Menge konnte sie dennoch nicht ausblenden.

Nach einer reichlichen Stunde war die Tierhatz vorbei und die verbliebenen Jäger verließen unter verhaltenem Beifall des Publikums den Schlachtplatz. In der darauffolgenden Essenspause entschuldigte man sich vielfach für die geringe Zahl getöteter Tiere. Aufgrund der fortgeschrittenen Saturnalien-Feiertage habe man bereits die auswärtigen Lieferungen an den ersten beiden Kampftagen aufgebraucht. Allein die Wortwahl ließ Diana kochen. Es kostete sie all ihre Beherrschung, ihren Gastgebern nicht die Nasen zu brechen.

Sie hasste ihre Rolle und sie hasste dieses sadistische Schauspiel.

Nannte man das Vormittagsprogramm grausam, so blieben kaum adäquate Steigerungsformen, um das Mittagsprogramm zu beschreiben. Diana hatte gelesen, dass die öffentlichen Hinrichtungen brutal waren. Auf die Form der Entmenschlichung, die hier praktiziert wurde, war sie dennoch nicht vorbereitet. Die als Programmpunkt zelebrierten Massenhinrichtungen wurden als sogenannte Verurteilungen »ad damnatio ad ferrum« durchgeführt. Dabei waren die Verurteilten gezwungen gegeneinander mit einfachen Waffen anzutreten. Die Verbrecher wurden in Gruppen von je 6 bis 10 Personen in die Arena getrieben. Hier standen an zentralen Punkten Waffenständer mit beschränkter Auswahl bereit. Die Delinquenten eilten schnellstmöglich zu den verteilten Waffen und fielen dann übereinander her. Falls einer schwerverletzt das Gefecht überlebte, wurde ihm auf Wahl des Publikums hin entweder ein abgerichteter Bär oder ein erfahrener Gladiator entgegengestellt. Eine Chance auf Sieg oder Begnadigung gab es nicht. Bereits in der ersten Runde lief der Pöbel zu Hochtouren auf und zelebrierte jeden Tod mit vielstimmigen Rufen, Gesten und Gejohle. Immer wieder feierten laute Sprechchöre besonders scheußliche Körpertreffer und Wunden.

Schon zu Beginn der ersten Runde wollte Diana weit weg. Am Ende der dritten Runde wünschte sie, niemals Teil des Phönix-Projekts geworden zu sein. Zu allem Überfluss hatte Vulcanus gefragt, warum die Delinquenten hingerichtet wurden. Da er es genau wissen wollte, antwortete man ihm genau.

»Die Verbrecher stammen aus Ravenna und den umliegenden Gemeinden und befinden sich seit etwa fünf Monaten in Gefangenschaft. Einer ist wegen Mordes verurteilt, vier wegen Raubes, zwei wegen Totschlags, vierunddreißig, weil sie als gemeine Sklaven ihren Herren nicht gehorchten, siebenundvierzig, weil sie Christen sind und wiederholt die

Huldigung der Götter und des Kaisers verweigerten«, zählte ein Adjutant des Präfekten auf.

Diana schüttelte entsetzt den Kopf. »Weil sie ihren Besitzern nicht gehorcht hatten, weil sie den Göttern nicht huldigten, deshalb sollen sie hingerichtet werden?« Was für ein Irrsinn. Auch die anderen Götter starrten fassungslos auf den jugendlichen Adjutanten. Für die Hinrichtungen echter Schwerverbrecher hätte Diana vielleicht ein Fünkchen Verständnis aufgebracht, wenn diese nicht so widerwärtig zur Schau gestellt worden wären. Aber das Abschlachten von Dienern, weil sie ihren Herrschaften unliebsam geworden waren oder das Niedermetzeln ganzer Familien, weil sie lieber zu Christus beteten – das war jenseits jeder Vorstellung von Recht und Gerechtigkeit.

Diana überraschte sich selbst, als sie sich völlig ungöttlich erhob und vom erhöhten Podest der Götter sprang. Ohne weitere Umschweife fragte sie die drei vornehmen alten Herren: »Gibt es eine Möglichkeit, die Hinrichtungen hier abzubrechen?«

Verdattert schauten Marcus, Aulus und Faustus die junge Göttin an. Es dauerte einen Augenblick, bis Marcus antwortete.

»Nein, eigentlich nicht. Das Programm ist in vollem Gange. Wieso sollten wir es unterbrechen? Sie haben an den Göttern gefrevelt oder ihren Herren nicht gehorcht. Sie verdienen den Tod.«

»Das dachte ich mir«, sagte Diana, und wandte sich ohne weitere Erklärungen vom grauen Trio ab. Sie griff in die Tasche ihres Prunkgewandes und holte eine rote Signalrakete heraus. Es dauerte keine zwei Sekunden, bis sie den Verschluss des dünnen Zylinders gelöst und die Reißleine betätigt hatte. Eine grell leuchtende, rote Kugel schoss pfeifend in den Himmel empor.

»Bitte vernetzt mich mit euren Lautsprechern und achtet auf eure Ohren«, sagte sie zu ihren Gefährten, noch bevor der rote Feuerball mit einem lauten Knall zerstob. Sämtliche Zuschauer starrten auf sie. Schlagartig breitete sich Stille aus, nur leises Geflüster war von den Rängen zu hören. Diana machte drei große Schritte bis zum inneren Rand der Tribüne und stellte die kleinen Lautsprecher in ihren Armschienen auf volle Lautstärke. Alle Zuschauer, die noch nicht standen, erhoben sich nun und reckten gespannt die Köpfe. Dianas Stimme klang weit und klar über das Feld.

»Ich, Diana, Tochter des Jupiter, bringe euch eine Nachricht der unseren!« Mercurius trat hinter sie und stellte seine Lautsprecher ebenfalls auf volle Leistung. Er schien gespannt, was sie vorhatte.

»Es ist unrecht, Menschen wie Vieh abzuschlachten, nur weil sie einen anderen Gott ihr Eigen nennen! Es ist unrecht, Diener zur Belustigung zu töten, nur weil sie ihren Herren missliebig geworden sind! Dies ist nichts anderes als Mord! Unterbindet diesen Frevel, wenn ihr unsere Gunst behalten wollt!«

Ein Raunen ging durch die Reihen, als den Zuhörern bewusst wurde, was die Göttin ihnen gerade gesagt hatte. Es vergingen einige Sekunden. Hier und da hörte man jemanden fluchen.

Diana blieb reglos stehen. Dann reckte sie ihren Arm in den Himmel und fuhr mit donnernder Stimme fort: »Wer trotzt einer Unsterblichen?!«

Sofort ebbte das Getuschel ab. Eine Woge ging durch das Amphitheater. Ein Zuschauer nach dem anderen setzte sich. Es vergingen kaum drei Sekunden und kein einziger Römer stand mehr. Totenstille lag über der Arena.

Als wäre nichts gewesen, stieg sie zurück auf die Empore der Götter und ließ sich auf ihrem Divan nieder.

»Was sollte denn das?«, fuhr Apoll sie auf Englisch an, noch bevor sie es sich bequem machen konnte. »Willst du uns hier unbeliebt machen?«

»Sie hat das einzig Richtige getan! Wenn auch reichlich spät«, sagte Mercurius ruhig. »Sie hat einige Dutzend Menschen vor einem Gemetzel gerettet. Und das hat sie getan, weil es in ihrer Macht lag. Das war es auch schon.«

»Jetzt tu mal nicht so selbstgerecht, Rius«, schaltete sich Vesta ein. »Apoll hat schon recht. Diana hat eben ganz schön was losgetreten. Sieh dich doch mal um.«

Inzwischen war das Publikum wieder zum Leben erwacht und summte in heller Aufregung. Überall war Bewegung zu erkennen, ohne dass sich ein klares Bild abzeichnete. Einige Zuschauer verharrten betend auf den Knien. Andere unterhielten sich laut gestikulierend. Mancher Gast drängte beherzt zum Ausgang. Viele riefen den Wachen und Aufsehern der Arena etwas zu. Die Ordner waren indes selbst ratlos, wie es nun weitergehen sollte. Erst nachdem der Gladiatorenmeister sich eingeschaltet hatte, kam auch auf dem Kampfplatz Bewegung auf. Die Waffenständer wurden entfernt. Die Toten weggetragen und die verbliebenen Verurteilten zurück in die Katakomben getrieben.

»Deine Einmischung hat nur bewirkt, dass die Menschen an einem anderen Ort und unter anderen Umständen getötet werden«, meinte Apoll missmutig.

»Das werden wir sehen. Ich denke, wir können dies verhindern«, entgegnete Diana geduldig.

»Wir sollten uns da schön raushalten! Wenn unsere Macht in Rom gesichert ist, können wir jede Menge Leben retten. Aber bis es so weit ist, hat unsere Mission immer Vorrang. Sie darf nicht gefährdet werden.« Die Götter hatten sich alle aufrecht hingesetzt und waren etwas zusammengerückt. Apoll gestikulierte wild, als er weitersprach.

»Abertausende Menschen haben ihr Leben und ihre Kraft gegeben, damit wir hier sein können. Das werden wir jetzt nicht gefährden und den Groll der Bevölkerung auf uns ziehen.«

»Die Zukunft hat viele Namen: Für Schwache ist sie das Unerreichbare, für die Furchtsamen das Unbekannte, für die Mutigen eine Chance. Lasst uns mutig sein und beides wagen. Unsere Mission erfüllen und auf dem Weg dahin das Richtige tun«, erwiderte Mercurius und sah Apoll fest in die Augen. Er schien Dianas einziger Fürsprecher zu sein.

»Das Richtige tun, dass ich nicht lache. Komm schon, Rius, lass das Philosophieren. Ich finde das Töten hier auch abscheulich! Aber das Richtige tun, heißt in diesem Moment: Zähne zusammenbeißen und mitspielen.«

Diana wollte etwas sagen, doch Vulcanus kam ihr zuvor. »Ich denke, wir werden einander nicht überzeugen können. Und wir müssen uns überlegen, wie wir weitermachen. Ich schlage daher vor, wir stimmen ab, wie es weitergeht.«

»In Ordnung«, sagte Vesta. »Und worüber stimmen wir jetzt genau ab?«

»Ich will, dass wir uns dafür einsetzen, das Leben dieser Sklaven und Christen zu retten. Und wir dürfen nicht wegsehen, wenn uns Gräueltaten begegnen«, sagte Mercurius anstelle von Diana.

»Ich sage, dass wir uns hier in nichts einmischen, was unser Ansehen und damit unsere Mission gefährden könnte«, stellte Apoll klar.

»Gut. Wer ist für Apolls Vorgehen?«, fragte Vulcanus in die Runde. Er, Vesta und Apoll hoben einen Arm.

»Wer ist für Mercurius' und Dianas Vorschlag?«, ergänzte Vulcanus unnötigerweise. Nur Mercurius und Diana hoben den Arm. Vulcanus sprach in offiziellem Ton weiter.

»Ich halte fest, drei Stimmen für Apoll, zwei Stimmen für Mercurius und Diana«, dabei sah er sie strafend an. Diana wandte sich kopfschüttelnd ab und entfernte sich ein paar Schritte von der Gruppe. Sie musste sich über ihre eigenen Gedanken klar werden.

Wahrscheinlich würden die anderen jetzt denken, sie hätte aus einer Laune heraus gehandelt oder sei zu weich. Dabei hatte sie eine klare Einstellung und eine Abstimmung war ganz und gar blöd. Sie gefährdete den Zusammenhalt ihrer Gruppe. Sie sollten einen echten Kompromiss finden und nicht Stadtrat spielen. Eigentlich hätte Vesta hier als Counselor einschreiten müssen, anstatt das Ganze dem Technokraten im Team zu überlassen. Diana ärgerte sich, dass ihr solche Einsichten immer erst hinterher kamen.

Inzwischen hatten Diener verkündet, dass es nach einer kurzen Pause mit der Vorstellung der Gladiatoren weitergehen sollte. Diana hoffte, dass die Präsentation möglichst bald beginnen würde, damit wieder etwas Ruhe in der Arena einkehren konnte. Glücklicherweise erfüllte sich dieser Wunsch und schon nach wenigen Minuten begann der feierliche Einzug der Heroen. Ihr Einmarsch stand modernen Boxkämpfen oder Wrestling-Shows in nichts nach. Ein Stadionsprecher, der sich als begnadeter Anheizer erwies, pries die Vorzüge und Erfolge jedes einzelnen Kämpfers und baute vielfach amüsante Anekdoten in seine Vorstellung ein.

Nacheinander betraten die Gladiatoren den Platz und stellten sich in Pose. Dabei wurden sie vom Publikum ganz unterschiedlich begrüßt. Während die einen auf einen gewaltigen Fanclub bauen konnten, wurden andere mit Schmähworten empfangen. Viele der Krieger zeichneten sich durch kleine individuelle Zeichen oder Farben aus, die Diana auch bei manchem Besucher wiedererkannte. Da war zum Beispiel ein bulliger Glatzkopf, der sein Haupt und eine Hälfte seines Gesichts mit blutroter Farbe bemalt hatte. Ihn begrüßte die Menge mit besonders lautem Gestampfe und Gejohle. Und tatsächlich hatten auch einige Herren im Publikum ihr Haar blutrot gefärbt.

Bei den meisten Zuschauern war die Anhängerschaft indes weniger leicht zu erkennen. Viele Besucher trugen Kleidungsstücke in einer ganz bestimmten Farbe. Manche hatten sich ein eingefärbtes Stofftuch um den Unterarm gewickelt.

Je länger die Veranstaltung ging, umso ekstatischer wurde das Publikum. Während am Anfang die Neulinge vorgestellt wurden, kamen nun die verdienten Veteranen.

»Da kommt Lucius Germanius Aeris«, hörte sie Mercurius leise sagen, der unbemerkt zu ihr herangetreten war. Er schien seine Abstimmungsniederlage erstaunlich gelassen hingenommen zu haben. Diana nickte nur und betrachtete den Gladiator durch ihre Brille. Das Auffälligste an ihm war der sogenannte böotische Helm mit einem gewaltigen weißen Federkamm. Ihre KI Casandra bot ihr sofort zahlreiche

Hintergrundinformationen und Verweise an. Diana verzichtete jedoch dankend und zoomte stattdessen den Legionsschild des Gladiators heran. Er trug eine florale Verzierung und in der Mitte das Zeichen des Mars, das später in der Biologie das Symbol der Männlichkeit werden sollte. Anders als viele seiner Mitstreiter war Lucius ausgesprochen drahtig und zäh. Er bildete einen deutlichen Kontrast zu den meist dickeren und kräftigeren Elitekämpfern. Er wurde als »Scaeva«, also ein mit der linken Hand kämpfender Gladiator angekündigt.

»Er kommt fast am Schluss der Präsentation. Er muss ein recht erfolgreicher Champion sein«, sagte Diana anerkennend.

»Ja, er macht das schon seit neun Jahren. Ich glaube, er ist sogar einer der Wortführer der Gladiatoren hier.«

»Das scheint jetzt der Letzte zu sein«, meinte Mercurius kurze Zeit später und zeigte auf einen wandelnden Felsbrocken, der unter donnerndem Beifall der Zuschauer auf den Kampfplatz stapfte.

Es handelte sich um einen »Retiarius«, einen mit Netz, Dreizack und Dolch bewaffneten Spezialisten, der nur einen Armschutz mit einem kleinen Metallschild an der linken Schulter trug. Da der Riese weder Helm noch Rüstung hatte, konnte man seine vielfältigen Narben aus vergangenen Kämpfen bewundern. Auffälligstes Markenzeichen war jedoch seine üppige Körperbehaarung. Passenderweise skandierte das Publikum sofort seinen Kampfnamen: »Bubalus«, Büffel.

»Gegen den möchte ich auch nicht kämpfen«, sagte Diana mit Ekel und Ehrfurcht in der Stimme. »Da kommen wahrscheinlich auch unsere Elektroschocker an ihre Grenzen bei so viel Fell und Fleisch.«

»Er hat genau dieselben Schwachstellen wie jeder andere Mensch. Und Elektrostäbe leiten den Strom auch durch Fett und Muskel«, erwiderte Mercuris abgeklärt.

»Du bist immer so cool und gelassen, nichts bringt dich wirklich aus der Ruhe. Selbst deine Reaktion auf die Vorhaltungen von Apoll vorhin war bedacht und selbstbewusst.«

Mercurius sah Diana überrascht an und überlegte eine Weile. Nach einem Augenblick des Zögerns antwortete er.

»Es mag verwunderlich klingen, aber ich reagiere nur deshalb so gelassen auf die Krisen, die uns begegnen, weil in meinem Inneren ein ständiger Kampf zwischen meinen Emotionen und meinem Verstand auf der Tagesordnung steht. Mich plagen schon seit frühester Kindheit Verlustängste, Wut und Rachsucht. In meinen Gedanken verübe ich Tag für Tag, Woche für Woche unsägliche Massaker und furchtbare Gräueltaten. Ständig muss ich mich selbst kontrollieren. Doch mit der Zeit habe ich auch Routine darin gefunden, mein Feuer zu bändigen. In meinem Kopf ist jeden Tag Krise. Darum bleibe ich ruhig, auch wenn mir das Schicksal Benzin vor die Füße kippt.«

Jetzt war es an Diana, Mercurius verdutzt anzuschauen. Mit einer derart intimen und gleichzeitig auch theatralischen Antwort hatte sie nicht gerechnet. Das war wieder typisch Mercurius. Er redete nicht gerne, aber wenn er sprach, suchte er echten Austausch und keinen Smalltalk. Dabei war es ihm egal, wenn er sein Gegenüber damit überrumpelte. Diana wusste nicht genau, was sie auf diese emotionale Offenbarung antworten sollte. Schließlich entschied sie sich, seinem Freimut mit Aufrichtigkeit zu begegnen.

»Es sind unsere Taten, die uns definieren, nicht unsere Gedanken. Die Gedanken sind frei und gehören nur uns. Ich habe mehrere Monate lang ein Anti-Aggressionstraining besuchen müssen, weil ich eine Mitschülerin verletzt habe. Ich weiß, wie schwer es ist, mit sich selbst zu ringen und dass man dabei immer gleichzeitig Gewinner und Verlierer ist.«

Mercurius nickte zustimmend und schwieg dann wieder. Diana musste grinsen, spielte jedoch sein schweigsames Spiel mit und verkniff sich jede weitere Anmerkung. Sollte er nur in Ruhe vor sich hinbrüten. Sie ging zurück zu ihrem Platz und wartete geduldig auf den Beginn des nächsten Programmpunktes.

Nun standen die Schaukämpfe auf dem Programm. Dabei konnten die Gladiatoren ihre Kampftechniken vorführen und damit beim Publikum Sympathiepunkte gewinnen. Auch einige vornehme Bürger der Stadt, die meinten, etwas von der Kampfkunst zu verstehen, demonstrierten ihr Können. Dazu verwendeten sie stumpfe oder eingewickelte Waffen. Denn das Ziel war nicht, den Gegner zu bezwingen, sondern einen besonders gewandten, selbstsicheren Eindruck zu machen. Trotzdem waren es harte Auseinandersetzungen, auch wenn nicht bis zum Tod gekämpft wurde. Allenthalben sah man Schnitte, Platzwunden und gelegentliche Knochenbrüche, obwohl die Regeln vorsahen, dass man Attacken nur antäuschen solle. Was die Römer als harmloses Geplänkel bezeichneten, hätte man zweitausend Jahre später wohl als brutalen Vollkontakt betrachtet und sofort verboten.

Die Vorführungen zogen sich den Nachmittag lang hin. Vermeintlich jeder junge Adlige Ravennas wollte vor den Göttern brillieren und so überbot man sich mit tollkühnen Manövern, die meist vom Gegner gebührend bestraft wurden. Nichtsdestotrotz verlor das Spektakel schnell seinen Reiz und die Götter beschlossen sich aufzuteilen. Apoll und Vulcanus nutzten die Zeit, um weitere Kontakte zu schließen und Treueeide entgegenzunehmen, während Diana, Vesta und Mercurius den Kämpfern ihre Gunst und Aufmerksamkeit schenkten.

Gegen vier Uhr, die Sonne stand schon sehr tief, begannen endlich die eigentlichen Gladiatorenkämpfe. An den Rändern des Kampfplatzes wurden große Feuerschalen entzündet und zwei weiß gekleidete Schiedsrichter schritten zum Zentrum der Arena. In perfekter Synchronität verkündeten sie die fünf Tugenden eines Kriegers und die sieben Regeln des ehrenhaften Arenakampfes. Diana hatte nichts davon im Unterricht gehört. Und da auch ihre KI keine Informationen dazu besaß, ließ sie alles aufzeichnen und archivieren. Zur Überraschung der Götter schickte man zum Auftakt nicht zwei unerfahrene Jünglinge ins Gefecht, sondern routinierte Recken. Diana hatte erwartet, dass die Streiter mit wildem Geschrei aufeinander einschlagen würden. Doch während die Tierhatzen ein blutiges Gemetzel waren, fochten hier Leistungssportler, die strengen Regeln unterworfen waren. Häufig belauerten sich die Kontrahenten eine gefühlte Ewigkeit und tänzelten umeinander, bis einer statt einer Finte einen echten Stoß wagte. Dabei galt es, den Gegner so gezielt wie möglich zu treffen, ohne selbst einen Hieb einzustecken. Tödliche Verwundungen kamen vor, waren aber nicht die Regel. Am Ende gewann der Kämpfer, der mehr Treffer setzen konnte. Dann entschied der oberste Magistrat über die Zukunft des Verlierers. Dieser gab die Entscheidung traditionell weiter an das Publikum. Da zu diesem Spektakel ihre Götter anwesend waren, hatte man natürlich ihnen den Vorrang gelassen. Apoll, der sich nach der Abstimmung selbst zu ihrem Interim-Sprecher gemacht hatte, gab die Entscheidung nach jedem Kampf in die Hände der Zuschauer zurück. Das Publikum hatte dem Verlierer dabei stets Gnade gewährt. Dies änderte sich erst nach dem vierten Kampf.

»Schau mal, da kommen der Büffel und dein Veteran«, sagte Diana aufgeregt und zeigte auf zwei Gestalten, die nun aus den Katakomben auftauchten.

»Ich hoffe, Lucius gewinnt die Partie, ohne dass unnötiges Blut fließt«, meinte Mercurius besorgt. »Ich kenne ihn zwar kaum. Aber es kotzt mich an, dass er unfreiwillig da unten stehen und kämpfen muss. Er wurde als Kind verschleppt und hatte nie eine Wahl in seinem Leben.«

Diana wurde schlagartig still. Sie hatte sich ein wenig von der Atmosphäre mitreißen lassen und schon wieder vergessen, welches Schicksal die Sklaven auf dem Sand erwartete. Keiner von ihnen war wirklich frei und konnte unbekümmert die Arena oder Gladiatorenschule verlassen. Selbst wenn sie heute Ruhm und Ehre anhäuften, so lauerten morgen schon Verkrüppelung oder Tod auf sie. Mercurius hatte recht. Es war faszinierend anzusehen und zugleich zutiefst abstoßend.

Der Büffel wurde seinem Namen bald gerecht und trieb den rothaarigen Germanen mit gesenktem Dreizack und peitschendem Netz vor sich her. Immer wieder stach er mit schnellen Bewegungen zu und spickte mal Schild mal Haut. Für die Zuschauer sah es so aus, als würde der Riese den schlanken Lucius wie ein Schaf vor sich hertreiben, während Lucius selbst keinen einzigen Treffer auf die Distanz setzen konnte. Diana hingegen erkannte die Taktik des Rothaarigen auf Anhieb. Er ließ sich nicht treiben, sondern wählte selbst den Rückwärtsgang, um seinen Angreifer in Bewegung zu halten und irgendwann eine Position zu finden, aus der heraus ein einziger, finaler Vorstoß gelingen konnte. Es dauerte, bis endlich ein geeigneter Augenblick kam und der Büffel sein Gewicht zu sehr auf das linke Bein verlagert hatte. Mit einem schnellen und weiten Satz sprang Lucius, den Schild erhoben und die Klinge lang geführt, in die Flanke des Riesen. Der Dreizack des Büffels wurde von Lucius' großem Schild abgelenkt, während sein Schwert an der Deckung vorbei einen raschen Stoß in die Seite des Retiarius setzte. Diana konnte deutlich erkennen, dass Lucius traf. Doch der Büffel sprang noch in derselben Sekunde zurück, während er sein Netz nach vorne schleuderte, um ein Nachsetzen seines Gegners zu verhindern. Das grobe Gewebe verfing sich im großen Helm des Germanen und gab dem Riesen somit die Zeit, sich aus dem Nahbereich des Murmilo zurückzuziehen.

Diana glaubte, der Büffel sei ohne sein Netz und mit einer derart tiefen Wunde geschlagen. Doch abermals überraschte der behaarte Krieger. Nach einem kurzen Pausenzeichen des Schiedsrichters machte er unmissverständlich klar, dass ihn seine Verletzung kaum berühre und er weiterkämpfen wolle. Dazu brüllte er markerschütternd und stürzte sich wie ein rasender Stier auf den defensiven Lucius. Während die Menge begeistert jubelte, machte der Büffel seinem Namen alle Ehre und hämmerte wild mit seinen drei gezackten Hörnern auf den Gegner ein. Die Hiebe hielten Lucius wirksam auf Distanz und waren so wuchtig, dass Diana glaubte, der große Schild müsse brechen. Hier konnte von einem abgeklärten

Duellieren, wie es die vorherigen Kämpfer gezeigt hatten, keine Rede mehr sein. Es musste mehr zwischen den Kontrahenten auf dem Platz stehen als beruflicher Wettbewerb. Die Augen des Büffels zeigten deutlich, dass dieser Kampf nur auf eine Art enden konnte. Und gerade dieser todesverachtende Einsatz des verwundeten Berserkers entfesselte das Publikum endgültig. Von allen Seiten hörte man nun »BUBALUS« -Rufe und wildes Gekreische, wenn es so aussah, als würde er die Deckung des rothaarigen Germanen überwinden. Diana gruselte die hier gezeigte Hemmungslosigkeit der sonst eher zurückhaltenden Römer. Auch war ihr unerklärlich, warum die Zuschauer den Behaarten so anfeuerten, obwohl seine unablässigen Attacken nur bewirkten, dass er langsamer wurde. Der Murmilo hingegen konnte sich hinter seiner Deckung schonen. Ihr Respekt für den Germanen stieg von Sekunde zu Sekunde. Er ließ sich weder von den Rufen der Zuschauer, er solle seinen Schild senken und angreifen, noch den Stichen des rasenden Büffels beirren. Er wich Schritt um Schritt in einem großen Halbkreis aus und ignorierte Streifwunden, als wären es Mückenstiche.

Diana konnte spüren, wie er von Neuem auf den einen Augenblick lauerte, der den Kampf entscheiden würde. Kaum hatte sie den Gedanken gefasst, da katapultierte sich Lucius auch schon nach vorne. Der träge Riese hatte seinen Körperschwerpunkt abermals zu stark verlagert und war aus dem Gleichgewicht geraten. Er stolperte zur Seite. Blitzschnell schoss Lucius' Schwert auf den Hals des Retiarius zu, um dem Kampf ein Ende zu setzen. Zum großen Pech des Veteranen war der Büffel so sehr aus dem Tritt gekommen, dass er nicht nur leicht zur Seite taumelte und sich dann abfing, so wie man es erwarten konnte, sondern komplett auf die rechte Seite fiel. Damit entging der Riese dem tödlichen Stoß um Haaresbreite und plumpste stattdessen auf jenen Arm, mit dem er den Dreizack führte. Das Schaftende der Waffe verkeilte sich im Sand und so wuchs die Waffe einen Augenblick lang wie ein Sporn aus der Erde.

Zwei der drei Zacken trafen Lucius seitlich und drangen tief in seine Brust.

Stöhnend ließ der Germane Schwert und Schild fallen und sackte auf die Knie. Während sein Blut den Sand rot färbte, schwoll der Lärm im Amphitheater immer weiter an. Der gefällte Riese erhob sich schnaufend und schwitzend. Dann ergriff er seinen kurzen Dolch. Er hatte noch gar nicht realisiert, welchen Glückstreffer er gesetzt hatte. Sofort stellten sich ihm die zwei Schiedsrichter in den Weg und hinderten ihn an einer weiteren Attacke. Denn Lucius hatte mühsam, aber gut sichtbar seinen Zeigefinger nach oben gestreckt – das Zeichen, dass er den Kampf aufgeben und um Gnade bitten wolle.

Grimmig lächelnd trat der Büffel an den Knienden heran, packte ihn grob an der Schulter und setzte seine Klinge an den Übergang zwischen Hals und Schlüsselbein. Die Luft knisterte jetzt, so aufgeheizt war die Stimmung in der Arena trotz der zunehmenden Dunkelheit und Kälte um sie herum. Ehrerbietig sahen Schiedsrichter und Sieger nun zur Empore der Götter. Apoll hatte sich gut sichtbar in Pose gestellt, um das obligatorische Zeichen zu geben, dass er die Entscheidung über Leben und Tod an das Publikum weiterreichen würde.

Fast zeitgleich sprangen Mercurius und Diana auf und riefen: »Diesmal nicht!« Doch Apoll schüttelte nur unwirsch den Kopf und streckte seine rechte Handfläche in Richtung der Zuschauerränge. Es war das Zeichen, dass das Publikum entscheiden solle.

Diana stöhnte auf, sie wusste, was jetzt kommen würde. Während man vom Besiegten erwartete, dass er ergeben auf sein Urteil wartete, würde der Sieger seinen Blick über die Ränge schweifen lassen und dann dem Wunsch der Mehrheit gehorchen. Welcher Wunsch das sein würde, war offensichtlich. Zu aufgebracht war der Pöbel, zu groß der Blutdurst. Für die Zuschauer gab es nur ein würdiges Ende dieses Kampfes und das wollte man sich nicht nehmen lassen. Ein

Ruf halte unbarmherzig durch die Reihen und brach sich an allen Wänden.

Während viele Bürger ihren Daumen nach unten Richtung Herz drehten, brandete ihr tausendstimmiges Echo auf den Kampfplatz.

»Iugula!« Stich ihn ab!

Auch der kniende Lucius vernahm das Urteil und ließ augenscheinlich den Kopf noch tiefer hängen. Doch kurz bevor der Büffel den Todesstoß setzen konnte, ließ er sich ruckartig zur Seite fallen, schleuderte dem verblüfften Riesen eine Ladung Sand ins Gesicht und griff mit der Linken nach dem naheliegenden Schwert. In einer flüssigen Bewegung zog er seine Schneide über den Oberschenkel des Kriegers und durchtrennte gezielt dessen große Arterie. Der Streich war so überraschend gekommen, dass sowohl Schiedsrichter als auch Publikum für eine Sekunde starr blieben, während das Leben in einem breiten Schwall aus dem Schenkel des Büffels pulsierte.

Dann verwandelte sich das Stadion in einen Vulkankrater. Schwarzer Hass und rote Wut brodelten bis zum Himmel empor. Ausnahmslos jeder Beobachter, der noch nicht stand, sprang von seinem Sitz auf und brüllte sich die Seele aus dem Leib. Die Kakofonie war so gewaltig, dass Diana beinahe Angst um ihr Gehör bekam. Sogar die vornehmen Herren auf der Tribüne fluchten und tobten.

Dass ein unterlegener Gladiator das verhängte Todesurteil nicht ruhig und ehrenvoll entgegennahm und stattdessen hinterrücks den Sieger umbrachte, war für die Zuschauer ein derart verwerflicher Frevel, dass einige Bürger wütend auf den Kampfplatz drängten. Ohne auf die Worte der Schiedsrichter und herbeieilender Wachen zu achten, stürzten sie sich auf den am Boden liegenden Germanen und deckten ihn mit Faustschlägen und Tritten ein. Lucius hatte indes seine letzten Kräfte verbraucht. Nach einem unbeholfenen Hieb in Richtung des Mobs wurde ihm das Schwert aus der Hand gewunden. Nun krümmte er sich wie ein hilfloser Embryo auf dem Boden. Es dauerte eine Ewigkeit, bevor weitere Wachen die wilde Meute von dem Bewusstlosen zurückdrängen konnten. Warum sie sich überhaupt die Mühe dazu machten, erfuhr Diana, als sie von ihrer Empore herunter stieg. Faustus, Marcus und Aulus, die in der chaotischen Situation das Ruder übernommen hatten, erklärten es den Olympiern, ohne sie direkt anzusprechen.

»Wir können diesen ehrlosen Hurensohn nicht einfach dem Pöbel überlassen«, rief Faustus lauthals und erntete damit rege Zustimmung von den umstehenden Edelleuten. »Der germanische Wicht gehört nach allen Regeln der Kunst gefoltert, gekreuzigt und dann gevierteilt!«

»Ich werde ihm persönlich die Nägel setzen!«, brüllte ein übergewichtiger Mann aus dem Hintergrund.

»Was für ein Frevel! Der Feigling muss gesteinigt und verbrannt werden!«, echauffierte sich eine faltige Matrone.

Man überbot sich mit Strafen und Qualen, bis sich eine Mehrzahl der Diskutierenden dafür aussprach, gleich alle bekannten Tötungsarten anzuwenden. Daraufhin entbrannte ein Streit, mit welcher Variante zu beginnen war.

Die Götter hatten sich bisher mit Äußerungen zurückgehalten. Sie mussten lediglich versichern, dass sie keine göttlichen Strafen über die sittsamen Bürger Ravennas verhängen würden. Apoll als ihr neuerlicher Wortführer hatte den Bürgern klar gemacht, dass die Angelegenheit in der Gerichtsbarkeit der Menschen lag. Diana und Mercurius waren von dieser Eröffnung indes wenig begeistert.

»Das ist doch alles Irrsinn«, sagte Diana verständnislos. »Der Mann wird verschleppt, versklavt und zum Kämpfen gezwungen. Und nur weil er sich weigert, seinen Todesstoß zur Bespaßung der Bevölkerung entgegenzunehmen, ist er jetzt ein ruchloser Feigling und Verräter. Der Mann ist doch schon halbtot. Ihn jetzt noch zu foltern und zu zerhacken ist derart abstoßend, dass ich mich nur noch übergeben will!«

»Ich finde es ja auch falsch, aber wir haben aus gutem Grund beschlossen, uns hier nicht weiter einzumischen. Außerdem steht es uns nicht zu, über eine fremde Kultur zu urteilen. Wir können nicht einfach daherkommen und behaupten, wir würden alles besser wissen und wären moralisch überlegen, nur weil uns die Bräuche hier exotisch vorkommen«, flüsterte Apoll in die Runde der Götter, die nun die Köpfe zusammengesteckt hatten.

»Uns einzumischen und es besser zu wissen, ist genau unsere Aufgabe hier!«, erwiderte Mercurius, ohne sonderlich leise zu reden. »Außerdem können und dürfen wir sehr wohl urteilen. Es gibt keinen Grund, die Menschenwürde nur für Menschen im 21. oder 22. Jahrhundert einzufordern. Warum sollten Menschen in dieser Zeit nicht auch diese Würde besitzen, selbst wenn sie hier das Wort Menschenrecht nicht kennen, geschweige denn diese einhalten. WIR kennen und achten diese Rechte, darauf kommt es erst einmal an.« Nun schaltete sich auch Vulcanus in seiner dozierenden Art in die Diskussion ein.

»Erstens können wir Kulturen nicht einfach so sein aufgeklärtes Menschenbild einimpfen. Zweitens ist es unzulässig und unsinnig, einen rechtlichen Rahmen auf die Vergangenheit zu projizieren. Drittens ist die Debatte um die Moral des Ganzen hier für uns irrelevant. Wir müssen in Rom die Macht übernehmen! Nicht mehr und nicht weniger!«

»Ich sagte es bereits. Wir können die Welt retten und auf dem Weg dahin auch den Menschen helfen, die uns begegnen. Das schließt sich nicht aus. Lasst uns hingehen, den Verwundeten behandeln und ihn dann wegbringen. Den Römern sagen wir, dass ihn eine schreckliche Strafe auf dem Olymp erwartet«, ließ Mercurius nicht locker. Diana nickte zustimmend.

»Nein!«, entgegnete Apoll. »Ich habe den Menschen gesagt, dass wir uns raus halten und genau das werden wir tun. Die Angelegenheit ist für die Bürger hier eine riesige Sache. Wenn wir uns da einmischen, kann das nur zu Verstimmungen führen, selbst wenn einige deinen Vorschlag vielleicht gutheißen würden.«

»Apoll hat recht!«, sagte Vulcanus und auch Vesta meinte zustimmend: »Die Risiken überwiegen den Nutzen bei Weitem.« Mercurius schnaubte verächtlich.

»Wenn der Nutzen ein Menschenleben ist, wie kann er dann zu klein sein?« Er schüttelte vehement den Kopf und starrte auf den blutgetränkten Sandplatz. »Entschuldigt mich. Ich ertrage das Elend hier nicht länger. Euch wird sicher eine plausible Entschuldigung für das Festmahl einfallen.« Mit diesen Worten trat er zurück, drehte sich um und ging. Auf dem Weg die Tribüne hinab nahm er einem gut betuchten Kaufmann den Umhang von den Schultern und warf ihn sich über. Dann verschwand er aus dem Blickfeld der anderen. Vesta seufzte theatralisch auf.

»Dass er immer die Drama-Queen spielen muss!«

»Das sagt genau die Richtige«, entgegnete Diana eisig und machte ebenfalls Anstalten, sich abzuwenden.

»Willst du dich jetzt auch noch drücken?«, fragte Vesta zänkisch.

»Nein, ich komme mit zum Essen. Bei euch ist mir nur etwas kalt geworden«, erwiderte Diana nicht weniger spitz.

Keiner schaffte es besser als Vesta, sie anzustacheln. Sie hatte ein verdammtes Talent dafür. Nur Apoll schien neuerdings noch gefühlskälter zu sein. Sein Verhalten am heutigen Tage war so distanziert und empathielos, dass sich Diana umso mehr fragte, ob sie ihn die ganze Zeit völlig falsch eingeschätzt hatte. Er schien nur noch Augen für ihren Auftrag zu haben. Für alles, was ein bisschen davon abwich, war er blind. –

Von Mercurius sahen sie den ganzen Abend nichts mehr. Er hatte sich in ihr Refugium in der Stadt zurückgezogen und überließ nun ihnen die repräsentativen Aufgaben. Diese bestanden vornehmlich darin, reichlich zu speisen, endlose Lobpreisung über sich ergehen zu lassen und schüchterne Fragen zu beantworten. Den Höhepunkt des Gelages bildeten einige Musikstücke, die Apoll ausgewählt hatte und mittels seiner digitalen Technik für alle hörbar abspielte. Als Vesta dann noch zwei Flaschen des edelsten Rotweins aus dem 22. Jahrhundert kredenzte, war die Stimmung geradezu ausgelassen.

Es war kurz vor Mitternacht, als plötzlich Unruhe in die Gesellschaft kam. Diana war schon ziemlich müde, so dass sie häufig blinzeln und gähnen musste. Vesta hatte sie angemotzt, doch bitte eine Koffeintablette zu schlucken. Diana hätte dies vielleicht auch getan, wenn da nicht Vestas arroganter Tonfall gewesen wäre. Dabei hatte sich Vesta zwischendurch selbst für eine Stunde zurückgezogen.

Als Diana gerade drauf und dran war aufzustehen und sich unter einem Vorwand ins Bett zu stehlen, sah sie, wie zwei Wachen aufgeregt auf den alten Prätor Marcus Mettelus einredeten. Mit jedem Wort der Männer schien er blasser zu werden. Dann eilte er aus dem großen Festsaal, nur um 15 Minuten später mit 12 schwerbewaffneten Kriegern zurückzukehren.

»Irgendetwas ist im Gange«, flüsterte Diana Vesta zu, die neben ihr saß. Diese sah sie kritisch an, kam aber nicht mehr dazu, etwas zu erwidern. Marcus marschierte mit seinen Wachen direkt in die Mitte des Saals und wartete nicht, bis ihm alle Gäste ihre Aufmerksamkeit schenkten. Ohne weitere Umschweife fing er an zu sprechen. Seine Schwertscheide hielt er erhoben in der rechten Hand.

»Verzeiht meine Störung, edle Herren und Damen, doch mein Begehr duldet keinen Aufschub!« Das Gemurmel verstummte und alle Augen richteten sich auf ihn. »Soeben habe ich erfahren, dass sich mehrere Sklaven zusammengerottet haben, darunter auch Gladiatoren. Sie haben die Waffenkammern der Gladiatorenschule aufgebrochen und ziehen zum westlichen Tor der Stadt. Womöglich haben sie die Mauern schon passiert.« Ein Raunen und aufgeregtes Getuschel ging durch die Reihen der Anwesenden. Viele Gesichter zeigten blankes Entsetzen.

»Einen Sklavenaufstand hat es hier seit der Zeit meines Urgroßvaters nicht mehr gegeben. Seid ihr sicher, dass eure Informationen auch korrekt sind. Vielleicht handelt es sich nur um einen kleinen Trupp Randalierer?«, wollte ein gut frisierter Beamter von den hinteren Bänken wissen.

»Haltet ihr mich für einen Narren, hier ohne Grund mit Bewaffneten einzudringen?«, entgegnete Marcus entrüstet. »Natürlich bin ich mir sicher. Der Adjutant des Präfekten hat mit eigenen Augen mehr als zweihundert Marodeure gezählt.«

»Aber wie kann das sein? Wir haben so viele Wachen und Soldaten hier stationiert wie sonst nur in Kriegszeiten. Wie konnten sie diese überwinden und die Waffenlager plündern?«, wandte ein anderer Patron ein. Marcus sah nun direkt zur Tafel der Götter, ohne die gewohnte Unterwürfigkeit, die er sonst an den Tag legte.

»Sie konnten die Wachen nicht überwinden. Es scheint, als hätten die Sklaven göttliche Hilfe gehabt.«

Es wurde still im Raum, während alle Anwesenden abwechselnd Marcus und dann die Olympier beäugten.

»Sagt, was ihr meint zu glauben. Erklärt euch gefälligst!«, sagte Diana schroff, noch bevor einer ihrer Mitstreiter das Wort ergreifen konnte.

Marcus zeigte ein unscheinbares Lächeln. Er hatte wohl auf diese Aufforderung gehofft. Er plante irgendetwas.

»Die Wachen haben mir übereinstimmend berichtet, dass Merkur höchst selbst es war, der Einlass in den Kerker des Feiglings Lucius Germanius Aeris verlangte. Er legte dem Ehrlosen Verbände an und nahm ihn mit in Eure Unterkunft. Zudem befahl er den Wachen, alle verurteilten Sklaven und Christen freizulassen. Natürlich wagte es niemand, sich dem Götterboten in den Weg zu stellen, schließlich kennt er den Willen der Götter. Doch sagt mir, wieso wurde der verräterische Gladiator befreit und warum sollen die Gefangenen ihrer Strafe entgehen?«

Diana war überrascht. Apoll und Vulcanus verzogen grimmig das Gesicht. Vesta aber lächelte süß. Ohne mit der Wimper zu zucken begann sie ihr Märchen: »Wir haben keine Ahnung, was Mercurius von dem Verräter oder den Sklaven will. Er hat sich nicht mit uns abgesprochen, daher können wir nur vermuten, was ihn antreibt. Wahrscheinlich ist er mit der milden Strafe, die dem ehrlosen Rotschopf bevorsteht, nicht einverstanden. Er sagte uns, wie befremdlich er die Sanktionen der Menschen findet. Ich denke, er plant, dem Gladiator eine ewige Qual aufzubürden, eine wie sie dem Atlas gegeben ist. Was die Verurteilten angeht, so vermute ich, dass er mit ihnen über ihre Strafe reden wollte. Er nimmt die Jurisdiktion ernst und möchte immer alles überprüfen. Ich kann mir aber nicht vorstellen, dass er die Sklaven bewaffnen wollte.« Sie sah ihm tief in die Augen und machte eine kurze Pause. »Seid ihr mit dieser Erklärung zufrieden, Prätor Marcus Metellus Urbicus?«, fragte sie, während ihr Lächeln scharf und schmal wie eine Klinge wurde.

Marcus beugte ohne jedes Theater Knie und Haupt. Er hatte anscheinend gelernt, dass man Vesta nicht ernsthaft reizen sollte. Oder seine zwölf Wachen waren ihm nicht Schutz genug. Gleichwohl sagte er: »Verzeiht Herrin! Ich bin und werde immer ein Diener eurer Tugend sein.« Ein zweifelhaftes Bekenntnis, fand Diana. Zumal er bewusst Dona, also Herrin oder Dame und nicht Dea, Göttin gesagt hatte.

»Niemand, der noch lebt, hat gesehen, wie die Sklaven an die Waffen gelangt sind, nachdem man sie aus der Haft entlassen hatte. Die Aufständischen laufen jedoch rufend und werbend durch die Stadt. ›Auf die Straße! Freiheit den Geknechteten! Die Götter sind mit uns!‹, brüllen sie.«

Das Zischen und Murmeln im Saal wurde lauter. Einige Bürgerinnen steckten verstohlen die Köpfe zusammen. Der Rausch, der noch vor wenigen Minuten alle Anwesenden beflügelt hatte, war schlagartiger Ernüchterung gewichen. Da die Götter ihm nicht ins Wort fielen, fuhr Marcus abermals fort und machte eine große Geste in den Raum.

»Natürlich ist dies absoluter Wahnsinn. Viele von ihnen sind kaum besser als Tiere. Den geringsten Beitrag leisten sie für das Gemeinwesen. Niemals würde sich ein Olympier mit diesem Geschmeiß abgeben!?«

Geschickt hatte er dies so formuliert, dass die Götter ihm Rechenschaft ablegen mussten, obwohl er doch keine direkte

Frage gestellt hatte. Vesta ließ sich davon nicht aus der Ruhe bringen.

»Natürlich stehen wir nicht auf der Seite der Ehrlosen. Wir vergessen nicht, wer uns stets geopfert und wer uns treu und demütig gedient hat.« Dabei sah Vesta provokant lächelnd in die Runde. »Alle anderen wird das Schicksal in den Tartaros führen.«

Zum ersten Mal seit Beginn dieser Unterhaltung zeigte das Gesicht des einflussreichen Römers Zeichen der Verunsicherung.

Entweder er ist ein begnadeter Schauspieler oder er weiß nicht genau, was er von uns halten und mit uns machen soll! Es verärgert und belastet einen Mann wie ihn sicher im höchsten Maße, keine Gewissheit, keine Kontrolle zu haben, erkannte Diana.

»Vielleicht sollten wir uns nun zurückziehen. Lasst uns erst einmal das Problem lösen, bevor wir uns mit den Ursachen beschäftigen«, schlug der alte Aulus vor, der sich von seinem Platz erhoben hatte. »Wir müssen unsere Liebsten und unser Hab und Gut beschützen. Wir dürfen keine Zeit verlieren, die Bedrohung einzudämmen.«

Zustimmendes Nicken an vielen Tischen.

»Wir werden Mercurius suchen und ihn befragen. Ihr kümmert euch um den Aufstand!«, sagte Vesta in einem Ton, der keinen Widerspruch zuließ.

»Allmächtige, ich weiß, ich würde euch beleidigen, wenn ich euch meine Wachen zum Schutz anbieten würde. Gleichwohl bedarf es einiger Träger, um all eure Opfergaben zu transportieren. Und für meine Männer ist es die höchste Ehre, euch behilflich zu sein. Bitte erlaubt mir, euch diesen Dienst zu erweisen«, schleimte Marcus nun wieder in seiner schmierigen Art.

Er weiß, wie man höflich manipuliert, dachte Diana anerkennend. Jetzt haben seine vertrauenswürdigsten Männer ein Auge auf uns und können ihm alle Auffälligkeiten berichten.

Der Weg zurück zu ihrem Anwesen im Ostteil Ravennas fühlte sich sonderbar beklemmend an. Die Stimmung in der Stadt war merklich angespannt. Die Straßen waren trotz der späten Stunde noch nicht leer. Immer wieder hörten sie in der Ferne Lärm und Geschrei. Mehrfach begegneten ihnen bewaffnete Trupps, die in Richtung Süden marschierten. Auch die Bevölkerung schien zu spüren, dass Ärger in der Luft lag. Junge Männer liefen von Haus zu Haus und allerorts blickten verschlafene Gesichter aus den Fenstern.

Die zwölf Wachen von Marcus bahnten den Göttern den Weg. Aber nur drei von ihnen mühten sich mit dem Tragen schwerer Lasten ab. Die Übrigen überließen das Schleppen einer Schar Diener und Priester, die ihnen folgten.

Sie kamen nur langsam voran. Kaum einer sagte ein Wort. Auch die Götter schwiegen, um ihre Gedanken und Gefühle zu verbergen. Die Mienen der Männer, die sie eskortierten, sprachen jedoch Bände. Sie waren von Verunsicherung und Misstrauen geprägt. Diana wunderte sich über den schnellen Stimmungswandel von Euphorie zu Angst. Doch sie bemerkte einige frische Blutflecken am Gewand dreier Wachen. Dies war immerhin eine Erklärung für den plötzlichen Umschwung.

Schließlich gelangten sie in den großen Stadtpalast, der ihnen von einem der reichen Patrone zur Verfügung gestellt worden war. Es dauerte fast eine Stunde, bis alle Geschenke verstaut waren und die Götter wieder in ihren Rüstungen steckten. Endlich konnten sie alle Träger und Wachen fortschicken. Letztere bestanden jedoch darauf, vor dem Gebäude Ehrenwache zu halten. Sie hatten anscheinend klare Befehle von Marcus erhalten. Diana hatte ein ungutes Gefühl dabei, schob den Gedanken jedoch zur Seite. Vorerst gab es Wichtigeres zu erörtern.

»Was für ein Desaster!«, sprudelte es dann auch gleich aus Vulcanus heraus, dem seine Unruhe seit dem Verlassen des Festmahls anzumerken war. »Wie konnte Mercurius nur so etwas Dummes tun?«, empörte er sich laut.

»Das war in der Tat ein richtiger Schuss ins Knie«, stimmte Apoll zu.

»Lasst ihn uns erst einmal holen und in Ruhe befragen«, erwiderte Diana. »Wir können doch nicht auf das Wort dieses Prätors und seiner Männer vertrauen.«

»In Ordnung. Es wäre lieb, wenn du in seinem Zimmer nachschaust und ihn dann hier runter bringst«, sagte Vesta freundlich. »Dann wird sich hoffentlich einiges aufklären.«

Während Diana die Stufen nach oben nahm, steckten die anderen bereits tuschelnd die Köpfe zusammen. Wer weiß, was sie ohne mich aushecken, dachte Diana. Doch konnte sie den Gedanken nicht weiter verfolgen. Noch bevor sie das Treppenende erreicht hatte, begegnete ihr Mercurius, der mit schnellen Schritten die Stufen herunter stieg. Diana erschrak, als sie die blutgetränkten Ärmel seiner edlen Jacke sah.

»Ist alles in Ordnung?«

»Ist nicht meins«, erwiderte er knapp und ging an ihr vorbei. Diana folgte ihm auf dem Fuße.

»Da ist ja der Held des Tages!«, grüßte Vesta ihn sarkastisch. »Hast du mitbekommen, dass in der Stadt ein Aufstand wütet?«

»Entschuldigt, ich muss zum Gleiter und einen größeren Verband suchen. Könntet ihr einen Augenblick warten?«, fragte er beinahe beiläufig.

»NEIN!«, erscholl es einhellig aus vier Kehlen. Mercurius blieb stehen und wurde regelrecht von seinen Mitstreitern eingekreist.

»Wir haben deine Alleingänge satt. Sag uns, was du vorhin angestellt hast. Und warum du das gemacht hast, obwohl wir eine Einmischung verboten hatten!«, fauchte Vesta bedrohlich.

Mercurius blieb stehen, sah sie der Reihe nach an, seufzte und setzte sich dann auf eine breite Bank in der Ecke. Er sah sichtlich niedergeschlagen aus.

»Es war eine Verkettung unglücklicher Umstände«, eröffnete Mercurius. Vulcanus verdrehte die Augen. »Ich wollte mir Lucius, den verwundeten Gladiator, anschauen und sehen, ob ich nicht wenigstens seine Schmerzen lindern kann. Also habe ich mich von den Wachen in den Kerker direkt zwischen Schule und Arena führen lassen. Auf dem Weg zu ihm kam ich an den Zellen der Sklaven und Christen vorbei, die hingerichtet werden sollten. Ich hatte nicht erwartet, dass man sie sonderlich schonend behandeln würde. Aber die Brutalität, mit der diese Menschen gefoltert wurden, kann man kaum in Worte kleiden. Sie wurden nicht getötet, das ja, aber viel war nicht mehr von ihnen übrig, das lebte. Während ihr beim Festmahl saßt, hat man dort unten nacktes, blutiges Fleisch geschunden. Die Kerkermeister haben keine sonderliche Kreativität entwickelt. Sie haben einfach mit ordentlichen Knüppeln zugeschlagen, bis kein heiler Knochen mehr übrig war. Um die gefangenen Männer mit ihrer Machtlosigkeit zu konfrontieren, hat man sich zuerst die Frauen geschnappt, sie vergewaltigt und dann halbtot geprügelt. Sie waren noch eifrig bei der Arbeit, als ich dort eintraf. Erst ein gutes Viertel der Inhaftierten hatte seine ›Züchtigung‹ hinter sich.«

Mercurius hob den Kopf und sah seinen Gefährten selbstbewusst in die angespannten Gesichter. »Natürlich habe ich unsere Abstimmung am Nachmittag nicht vergessen. Ich habe mich bewusst entschieden, sie zu ignorieren. Und glaubt mir, wäret ihr in meiner Lage gewesen, hättet ihr das Gleiche getan! Aber sei es, wie es sei. Mit diesen Folgen habe ich nicht gerechnet. Nachdem ich das Elend in seiner vollen Perversion erfasst hatte, habe ich zwei Wachen mit heruntergelassenen Hosen bei ihrem Werk gestoppt und beiden einen Schock fürs Leben verpasst. Die übrigen Aufseher habe ich angewiesen, die Gefangenen auf der Stelle freizulassen und ja nicht mehr anzurühren. Ich setzte ein bisschen Magie aus unserem Jahrhundert ein, um meine Drohungen zu untermalen. Dies hat sie so sehr motiviert, dass sie unverzüglich alle Zellen öffneten. Nach diesen Ereignissen war ich umso besorgter um Lucius. Also eilte ich gleich weiter. Das war sicherlich mein größter Fehler, wie sich später zeigen sollte.«

»Lass mich raten«, unterbrach ihn Vulcanus mit selbstgerechter Stimme. »Die Gefangenen haben sich einfach nicht ruhig und gelassen nach draußen eskortieren lassen, nachdem ihre Frauen vergewaltigt und gefoltert worden waren.«

Mercurius sah ihn traurig an. »Du hast recht. Nachdem sie ihre Fesseln los waren, haben sich einige blindlings auf die Wachen gestürzt, auch wenn dies ihren Tod bedeutete. Die Gefangenen waren deutlich in der Überzahl und da ihnen ihr Leben nichts mehr wert war, haben sie die Wächter schnell überwunden.«

»Und dann haben sie die Schwerter aufgesammelt und sind zur Gladiatorenschule gegangen, um sich noch etwas mehr Waffen zuzulegen«, fiel Vulcanus erneut ein.

»Ja, ich vermute, dass es so gelaufen ist. Ich war nicht dabei. Ich war bei Lucius, als das geschehen ist.« Mercurius ließ den Kopf hängen. »Ich hätte die Wachen begleiten müssen. Dann hätte ich eine Eskalation verhindern können, das ist mir jetzt auch klar. Aber in dem Moment…« – Er schüttelte resigniert den Kopf – »…in dem Moment habe ich einfach nicht an diesen Ausgang der Geschichte gedacht. Ich war überheblich und fühlte mich gut, nachdem ich die Menschen so einfach aus ihren Kerkern befreien konnte. Ich war fast ein wenig berauscht von meiner Macht und habe nicht tiefgründig genüg über mögliche Konsequenzen nachgedacht.«

»Und jetzt streifen aufständische Sklaven durch die Stadt und plündern in unserem Namen«, ergänzte Vulcanus oberlehrerhaft und setzte damit einen argumentativen Stich, der Mercurius erst einmal verstummen ließ.

»Das kommt dabei raus, wenn wir uns unüberlegt einmischen«, setzte Apoll nach. »Das bringt unsere ganze Mission in Gefahr. Wir können Rom nicht mit Hilfe der Sklaven gewinnen. Wir brauchen die Bürger des Reiches.«

Auch Vesta scheute sich nicht, weitere Vorhaltungen und Ermahnungen vorzubringen. Die Drei hackten wie eine Schar Spatzen auf den ermatteten Götterboten ein. Nur Diana enthielt sich jeglicher Vorwürfe und überlegte stattdessen, was als Nächstes zu tun sei. Als die Ankläger sich immer weiter in Rage redeten, wurde es Diana zu bunt.

Sie zog ihr Jagdmesser, ging auf Mercurius zu und hielt ihre Klinge direkt an seinen Hals. Nur noch wenige Millimeter und sie hätte seine Haut berührt. Der überrumpelte Gott lächelte matt, verzog darüber hinaus aber keine Mine und bewegte sich nicht. Vesta hingegen sprang einen Schritt zurück. Apoll grunzte überrascht und Vulcanus fluchte laut.

»Verdammt, was soll der Unsinn? Bist du wahnsinnig?«

»Soll ich es tun?! Wollt ihr es tun? Oder soll er es selbst tun?«, fragte Diana mit einem Lächeln, das Vestas' Konkurrenz machen konnte.

»Willst du ihn etwa umbringen? Was ist in dich gefahren?«, stammelte Apoll entsetzt.

»Ich möchte ihn nicht töten. Aber ihr scheint es zu wollen. So intensiv, wie ihr euch auf ihn eingeschossen habt, kann es für ihn doch keine Gnade geben?«

Prüfend sah sie die anderen an und zog dann rasch ihr Messer zurück. Sie zuckte die Achseln und trat zurück.

»Das war jetzt echt überflüssig«, meinte Apoll, der immer noch schockiert dreinblickte.

»Ach ja, war es das? Vielleicht seid ihr dann ja fertig mit euren Verbalangriffen und in der Lage darüber nachzudenken, was wir nun unternehmen wollen! Immerhin wollt ihr Mercurius schon mal nicht umbringen. Das ist ja schon mal etwas.«

»Vielleicht setzen wir uns erst mal alle in Ruhe hin, trinken einen Schluck Tee und überlegen, wie wir aus dem Schlamassel wieder herauskommen«, sagte Vulcanus in einer diplomatischen Art, die man sonst nicht von ihm gewöhnt war. Das muss seine Mutter immer mit ihm gemacht haben, wenn er Mist gebaut hat, dachte Diana – hinsetzen und Tee trinken.

Der Vorschlag fand allgemeine Zustimmung und so brüteten sie still vor sich hin, während ihr Teewasser auf der Feuerstelle köchelte. Als sie einige Zeit später zusammen am Tisch saßen, schien es, als hätten sie all ihre Worte an diesem Tag bereits aufgebraucht. Und so schwiegen sie eine ganze

Weile. Es war Vesta, die nach geraumer Zeit als Erste das Wort ergriff.

»Unser Ansehen hier ist befleckt. Egal, wie es dazu gekommen ist, das Kind ist in den Brunnen gefallen. Wir sollten jetzt Schadensbegrenzung betreiben und so schnell wie möglich weiterziehen, bevor wir hier immer weiter in irgendwelche Machenschaften hineingezogen werden.«

Apoll nickte zustimmend, Diana und Mercurius hingegen schüttelten vehement den Kopf.

»Ich bin verantwortlich, also sollte ich mich auch um die Angelegenheit kümmern und versuchen, eine Lösung zu finden«, sagte Mercurius mit fester Stimme.

»Ich fürchte, Rius, du kannst hier keinen Frieden schließen«, sagte Vulcanus bedächtig. »Dennoch finde auch ich es wichtig, zu bleiben. Wenn es den Römern nicht gelingt, den Aufstand niederzuschlagen, haben wir es hier bald mit einer tickenden Zeitbombe zu tun. Wer weiß, welche Dimension diese Rebellion noch erreichen kann. Andererseits ist es nicht günstig, wenn der Aufruhr von den Legionen niedergeschlagen wird, ohne dass wir etwas beitragen. Damit würden wir sowohl bei Sklaven als auch bei Bürgern an Ansehen verlieren«, argumentierte Vulcanus.

»Am wichtigsten ist doch, welche Verantwortung wir hier für die Menschen haben. Sie beten zu uns, opfern uns, lieben, fürchten und verehren uns. Es ist unsere verdammte Pflicht, zum Trupp der Sklaven zu gehen und sie irgendwie zur Aufgabe zu bewegen.« Diana sprach emotionaler, als sie eigentlich wollte. »Zudem sollten wir bedenken…«

Doch was sie bedenken sollten, hörten die anderen nicht mehr, denn ein energisches Klopfen an der Tür unterbrach ihr Gespräch.

»Herein, wir fressen euch nicht – zumindest heute nicht!«, sagte Vesta bedrohlich grinsend.

Ein kleiner Mann mit breitem Kreuz öffnete die Tür und lugte durch einen Spalt.

»Verzeiht die Störung, Erhabene. Eine Gesandtschaft der Stadt wartet vor dem Tor auf euch und bittet um Einlass«, flüsterte der Diener zaghaft.

»Wer führt die Gesandtschaft an, kleiner Mann?«, wollte Vesta wissen.

»Draußen stehen die vornehmsten Männer der Stadt und fast eine ganze Kohorte Soldaten. Ihr Sprecher ist Prätor Marcus Metellus Urbicus«, nuschelte der Diener.

»Der verdammte Fuchs hat sich aber ganz schön beeilt«, fluchte Vesta laut. »Schick ihn weg oder lass ihn warten«, beschied sie dem Diener. Der wurde plötzlich noch kleiner und flüsterte: »Vergebt mir erneut, Erhabene. Er hat sich mit Hilfe seiner Wachen Zutritt verschafft und lässt sich von mir nicht mehr fortschicken. Er steht direkt hinter mir.« Panik und Reue waren aus der Stimme des Hausangestellten herauszuhören, als er zur Seite geschoben wurde. Und schon schwang die Tür mit einem kräftigen Ruck auf und der Verfluchte stand zusammen mit dreißig Wachen und weiteren vornehmen Bürgern im großen Atrium der schönen Villa.

»Wir bitten demütig um Gnade, oh Erhabene«, flötete Marcus, während er den Raum mit den Augen absuchte.

»Warum entschuldigt ihr euch erst, wenn ihr dann doch gegen unseren Willen handelt?«, fragte Vesta angriffslustig.

»Ihr habt wohl recht, uns wegen unseres Eindringens zu schelten. Allein die Umstände zwangen uns dazu.«

»Also seid ihr hierher geflohen und erbittet nun unseren Schutz?«, fragte Mercurius distanziert.

»Oh, äh… nein, das war es nicht, was uns hergeführt hat«, erwiderte Marcus kein Stück verlegen. »Wir möchten euch untertänigst um einen Gefallen bitten.«

»Wir sollen die Sklaven bekämpfen?«, fragte Vulcanus gerade heraus und unterbrach den Sprecher der Bürger. Dieser schüttelte den Kopf und hob abwehrend die Hände.

»Oh nein, keineswegs. Auch wenn die Zahl dieser Mörder gewachsen ist, werden wir sie schnell eingekesselt haben. Uns geht es um etwas Anderes.« Er machte eine kurze Kunstpause, wohl auch, um zu warten, bis alle seine Mitstreiter ein

Platz im Atrium gefunden hatten und ihm die ungeteilte Aufmerksamkeit galt.

»Wir sind besorgt wegen der Ereignisse«, sagte Marcus nebulös, als bedürfe es keiner weiteren Erläuterungen, was er genau meine. »Die Vorkommnisse der letzten Stunden haben Panik und Zweifel in den Herzen vieler Bürger gesät. Sie fragen sich, ob die Götter noch auf ihrer Seite stehen. Warum sie sich in die Schlachtenreihe ihrer Feinde stellen würden…? Nun ja, die Dankbarkeit und Zuverlässigkeit des Pöbels ist beschränkt. Er kennt nur seinen eigenen Vorteil.« Er seufzte affektiert.

Diana spürte, wie in ihr die Wut hochkochte angesichts so viel Falschheit und Heuchelei. Sie wollte gerade zu einem verbalen Rundumschlag ausholen, da gab Mercurius seinen Kameraden ein Zeichen zu schweigen und trat vor.

»Bitte lasst uns offen und aufrichtig miteinander sprechen. Ihr seid es, der zweifelt. Ihr seid es, der seinen Vorteil sucht«, sagte Mercurius gelassen.

Das kriecherische Gehabe fiel von ihrem Gegenüber ab wie eine Maske. Mit einem Mal stand er nicht mehr gebeugt, sondern aufrecht und hoheitsvoll vor ihnen. Seine Augen zeigten einen stählernen Glanz.

»Nun gut, wie alle meine Geschäftspartner wissen, bin ich schon immer ein Freund ehrlicher Worte gewesen. Wenn es euch gefällt, so werde ich also offen zu euch sprechen.«

Wieder machte er eine lange Kunstpause. »Ja, ich bin es, den Zweifel plagen. Ich zweifle daran, dass ihr wahrhaftig unsere Götter seid. Zuviel passt nicht zusammen. Ihr kennt so vieles nicht, dass ihr wissen müsstet. Ihr verhaltet euch völlig anders, als es unsere Überlieferungen sagen und auch euer Erscheinungsbild deckt sich kaum mit unseren Vorstellungen.« Viele der Anwesenden schauten beklommen zu Boden, nur wenige trauten sich, die vermeintlichen Götter direkt anzusehen. Doch keiner begehrte bei Marcus' Worten auf und widersprach ihm.

Diana war beeindruckt, wie schnell es Marcus gelungen war, einen Teil der städtischen Oberschicht gegen sie aufzuhetzen. Wahrscheinlich hatte er schon seit ihrer Ankunft zusammen mit Aulus und Faustus gegen die Fremden intrigiert.

»Ich weiß nicht genau, wer oder was ihr seid. Ich kenne eure Ziele nicht. Womöglich seid ihr böse Geister, die uns heimsuchen oder nur Menschen aus einem fernen Land. Ihr habt beeindruckende Fähigkeiten. Aber ich weigere mich, zu glauben, dass ihr wahrhaftig Mercurio, Apollon, Diana, Vesta und Vulcanus seid.« –

Tada! Die Katze war aus dem Sack, dachte Diana ohne sonderliche Gefühlsregung. Vielleicht hätten sie sich bei ihrer Show noch etwas mehr Mühe geben müssen. In dieser Stadt hatte ihr Theaterspiel jedenfalls nicht so reibungslos funktioniert wie zuvor. Jetzt wollte das Publikum sein Geld zurück.

»Schon gleich nach eurer Ankunft haben wir den Vogelflug studiert, auf die Zeichen geachtet und einen Boten zum Orakel von Praeneste gesandt. Viel Widersprüchliches ist dabei zu Tage getreten.«

»Als wenn Orakelsprüche und Weissagungen jemals eindeutig gewesen wären«, kommentierte Diana in Gedanken. Sie sagte stattdessen jedoch: »Kommt zum Punkt, Prätor.«

Marcus, so jäh in seinem Redefluss unterbrochen, funkelte sie böse an.

»Nun gut, wie ich eben sagte, gibt es berechtigte Skepsis an eurer Identität. In diesem Moment marodieren entflohene Sklaven durch unsere Stadt. Sie plündern und schänden und tragen dabei den Namen der Götter auf der Zunge. Dies kann nur das Treiben böser Geister, nicht aber unserer Götter sein.« Salbungsvoll nahm er sein Schwert aus der Scheide und legte es vor sich auf den Boden. »Meine Freunde und ich« – damit meinte er die drei Dutzend Bewaffneter hinter sich – »suchen keinen Streit mit fremden Dämonen. Wir wünschen einzig den Frieden.« Pathetisch legte er sich eine

Hand auf die Brust. »Und doch können wir eure Anwesenheit auf dem Boden unserer Ahnen nicht länger dulden! Wir bitten euch, geht! Geht und lasst uns in Frieden leben.«

Dafür, dass ihr so friedlich seid, haltet ihr euch aber sehr an euren Schwertgriffen fest. Hatte Marcus diesen Auftritt geplant?, überlegte Diana, während sie die Gesichter der Männer musterte.

Wieder war es Mercurius, der ganz selbstverständlich als Erster das Wort ergriff. »Es tut mir leid, zu welchem Elend mein Handeln beigetragen hat. Erst jetzt sehe ich, dass meine Einmischung nur Leid und Tod gebracht hat, obwohl ich das Gegenteil beabsichtigt habe.

Dennoch lautet die Antwort: NEIN, wir gehen nicht! Wenigstens ich muss hierbleiben und dabei helfen, das Unheil, das ich entfesselt habe, wieder einzudämmen.«

Marcus' Wangenknochen spannten sich. »Das können wir nicht dulden. Dies ist unsere Stadt, wir können sie euch nicht überlassen. Geht zurück in eure Welt, hier seid ihr nicht länger willkommen. Und glaubt nicht, ihr könntet andere gegen uns aufhetzen. Vor unserem Marsch hierher haben wir Boten nach Rom und an die umliegenden Gemeinden entsandt, um sie vor euren Einflüsterungen zu warnen. Auch die Kaisersöhne werden vor eurer Zwietracht gewarnt!« Marcus hatte sich bei diesen Worten immer weiter aufgeplustert.

Mercurius hingegen sah gequält und niedergeschlagen aus. Müde wischte er sich mit einer Hand über das Gesicht und ließ die Schultern hängen.

»Das war vorschnell und ist bedauerlich. Es zwingt uns, unsere Macht zu zeigen. Denn ihr irrt euch. Wir sind Götter!«

Was hätte er auch anderes sagen sollen. Er konnte schließlich nicht erklären, wer sie wirklich waren und ihre Mission konnten sie nicht so einfach abbrechen. Sie hatten die Pflicht übernommen bis zum Ende ihres Lebens für die Initiative zu arbeiten – koste es, was es wolle. All das schoss Diana durch den Kopf, als Mercurius sich zu seinem Team umdrehte und flüsterte: »Die Schuld lastet auf meinen Schultern, da soll sie bleiben.«

Mit dem ausgestreckten Finger der linken Hand zeigte er auf Marcus und sprach so laut, dass man es eher Schreien nennen musste: »Noch vor wenigen Stunden in der Arena sagtest du: Wer den Göttern nicht huldigt, verdiene den Tod! – So sei es. Hiermit vollstrecke ich dein Urteil!«

Mit einer fließenden Bewegung zog er seine Pistole, zielte eine Sekunde und drückte ab.

Mercurius war ein passabler Schütze und die Entfernung nicht groß. Das Projektil traf den hochgewachsenen Mann frontal in die Brust. Er kippte ohne ein weiteres Wort nach hinten um und war auf der Stelle tot. Mercurius indes zögerte keine Sekunde. Noch ehe seine Begleiter begriffen hatten, was hier gerade geschehen war, beugte er sich über den Toten und setzte seine Hand auf die blutende Wunde. Erst jetzt lösten sich die Stadtbewohner aus ihrer Schockstarre. Sie schrien, kreischten und fluchten laut. Einige zogen ihre Waffen. Alle jedoch wichen vor Mercurius zurück und hielten vier Schwertlängen Abstand zu Gott und Leichnam.

Mercurius reagierte nicht auf die Verwünschungen und Schreie der Römer oder ihre blankgezogenen Waffen. Er stellte sich zwei Schritte neben den Toten, bückte sich und zog mit seiner blutbeschmierten Hand eine Linie quer über den gefliesten Boden. Als wäre er ganz allein und dies die normalste Verrichtung der Welt, ging er noch einmal zurück, um weiteres Blut für einen sauberen Strich zu holen.

Diana stand fassungslos da. Sie hatte das Gefühl sich nicht regen zu können. Dies musste einer ihrer Albträume sein. Das konnte nicht real sein. Mercurius? Der einfühlsame, gerechte und grüblerische Rius…? Niemals würde er vorsätzlich und ohne Vorwarnung einen Menschen ermorden! Hatte sie sich so in ihm getäuscht? Wie gelähmt sah sie seinem Treiben zu.

Mercurius erhob sich, trat mehrere Schritte zurück und wandte sich mit weit ausgestreckten Armen an die verunsicherten Bürger Ravennas, von denen einige bereits zum Ausgang drängten.

»Marcus Metellus Urbicus hat euch belogen!«, rief er digital verstärkt. »Er hat euch glauben lassen, wir wären keine Götter. Er hat euch eingeredet, ihr müsstet gegen uns kämpfen.« Er machte eine kurze Pause und zeigte dann auf den Toten. »Nun seht, was ihm dieser Wahnsinn brachte. Er behauptete, uns durchschaut zu haben, da wir anders handeln und aussehen, als es euch überliefert ist. Dabei ist nichts Falsches an uns, vielmehr ist eure Überlieferung fehlerhaft.« Anklagend ließ er seinen Zeigefinger von links nach rechts durch den Raum wandern.

»Sagt mir, was anderes als göttliche Macht tötet einen Mann in einem Wimpernschlag? Wer will ernsthaft behaupten wir wären keine Olympier?« Wieder ließ Mercurius den Angesprochenen reichlich Zeit zu antworten. Doch die Menschen zuckten nur zusammen, wenn sein pendelnder Finger in ihre Richtung zeigte. Niemand erhob die Stimme.

»Ich frage noch einmal: Wer zweifelt noch an unserer Göttlichkeit? … Der soll hier über diese Blutlinie treten und sich mir stellen.« Mercurius machte auffordernde Gesten.

»Tretet über die Linie, wenn ihr noch immer Marcus folgt und uns aus Ravenna verbannen wollt.«

Er schien eine Ewigkeit zu warten, doch keiner rührte sich. Schließlich war es der alte Faustus, der einen Schritt nach vorne trat und sprach: »Vergebt uns unsere Dummheit und unseren Argwohn. Wir haben uns täuschen lassen von einem bösen Mann, der selbst stets unnachgiebig nach Macht strebte und sie sogar den Göttern neidete.« Der alte Mann ging auf die Knie und legte sich dann vollends auf den Boden – eine Geste völliger Unterwerfung.

Wäre Diana nicht so geschockt gewesen, hätte sie wahrscheinlich gelacht angesichts dieses Ausmaßes an Opportunismus. Faustus, eben noch treuer Mitverschwörer, hatte die Zeichen der Zeit erkannt und ohne jede Scham seinen toten Freund verleugnet. Mercurius ließ sich indes nicht anmerken, was er von dieser Verlogenheit hielt. Er verschwendete keinen Blick an den Kauernden.

»Wenn ihr weiterhin den Göttern huldigt, so zeigt dies, indem ihr es diesem Mann gleichtut und aufrichtig um Vergebung bittet!«, sagte Mercurius mit ernster Stimme, wie ein Vater, der seine unerzogenen Kinder mahnt.

Auch der letzte Bewaffnete steckte seine Klinge weg. Einer nach dem anderen beugte erst das Knie und senkte dann das Haupt. Wie schon in der Arena hatte es Mercurius geschafft, durch eine Demonstration der Stärke den Widerstand dieser Menschen zu brechen. Doch Diana spürte, dass hier längst nicht jeder aus Demut und Frömmigkeit kniete. Mit Angst und Gewalt jedoch ließ sich langfristig keine Akzeptanz aufbauen.

»Haltet uns von nun an bedingungslos die Treue, opfert und fastet sieben Tage lang – und euch soll euer Frevel vergeben sein. – Stellt euch erneut gegen uns und euer gesamtes Geschlecht soll verdorren!«

Bei diesen Worten hatte er seinen großen Stab gegriffen und mit einem heftigen ›Klong‹ auf den Boden gestampft. Nicht wenige Anwesende waren angesichts dieser Warnung zusammengezuckt und baten schluchzend um Gnade.

Gar so schlecht war ihre Darstellung also doch nicht.

»Geht nun hinaus und wartet vor den Toren, bis ich erneut zu euch spreche. Geht!« Mercurius richtete seinen Stab auf die Tür und schneller, als sie eingetreten waren, schoben sich die Eindringlinge wieder nach draußen. Keiner der Flüchtenden verschwendete einen Blick an den Ermordeten. So blieb er liegen, ein unübersehbares Mahnmal im Zentrum des Atriums, während die Götter stumm verharrten.

Diana blickte auf den Leichnam, unschlüssig darüber, wie sie auf die Situation reagieren sollte. Ihr erster Impuls war es gewesen, zu Mercurius zu gehen und ihm einen kräftigen Kinnhaken zu verpassen. Ein Bedürfnis, das einige Menschen bei ihr verursachten. Doch dann überkam sie eine erdrückende Schwermut. Sie fühlte sich plötzlich leer und ausgelaugt. Ihr ganzes Unterfangen erschien ihr so sinnlos und frustrierend. Am liebsten hätte sie sich abgewandt und wäre so weit geflogen, wie es die Reserven ihres Gleiters zuließen.

Doch da lag nun dieser blutüberströmte Körper und hielt sie gefangen.

»Weißt du, was ein Hypokrit ist?«, fragte Vesta mit zusammengekniffenen Augen, während sie den erschossenen Marcus musterte.

»Ja Vesta, ein Heuchler«, sagte Mercurius gereizt.

»Ich weiß, was du mir vorhalten möchtest. Wie kann ich nur einen unbewaffneten Mann töten, obwohl ich doch stets an die Menschenwürde appelliere und moralische Überlegungen ins Spiel bringe.« Er zog eine affektierte Grimasse und deutete einen Luftkuss an. »Du weißt selbst, was passiert wäre, wenn wir noch drei Minuten gewartet hätten. Die ganze Bande wäre auf uns losgegangen. Dann hätten wir im Blut unserer Feinde hinausschwimmen müssen. So habe ich der Schlange zügig den Kopf abgeschlagen und hoffentlich viele Leben gerettet.« Die Rechtfertigung kam Diana unheimlich vertraut vor.

»Dieser kalte Utilitarismus passt gar nicht zu dir«, konstatierte Vulcanus nachdenklich. »Zudem hätte es noch eine andere Lösung gegeben. Wir haben sie doch besprochen. Wir hätten auf ihre Forderung eingehen und hier verschwinden können.«

»Nein, das hätten wir nicht!«, mischte sich nun Apoll ein. Seine Parteinahme für Mercurius überraschte nicht nur Diana. »Uns wird von einer Schar Wachen und fetter Bürger vorgeworfen wir wären keine echten Götter und sollten verschwinden. Hätte sich herumgesprochen, dass wir darauf eingegangen sind, hätten wir unsere Mission gleich vergessen können. Kein echter Olympier lässt sich dies von einem Sterblichen bieten. Im Grunde sind sie sogar glimpflich davongekommen, wenn ich mir überlege, wie aufbrausend und rachsüchtig die Götter in ihrer Mythologie häufig auftreten.«

Dieses Scheinargument schien die anderen zu überzeugen, Diana jedoch nicht. Vor ihrem inneren Auge sah sie noch einmal, mit welcher Miene Mercurius seine Waffe zog und abdrückte. Da war kein Zögern, kein Mitleid, nur stählerne Entschlossenheit.

Es war nicht das Blut oder der Leichnam, der sie aufwühlte, beides hatte sie bereits im Übermaß gesehen. Es war das Erstaunen darüber, wie sehr sie sich in Mercurius getäuscht hatte. Sie war sich sicher gewesen, ihn relativ gut zu kennen und ihn einschätzen zu können. Sie wusste nicht mehr, wie weit sie ihrer Menschenkenntnis trauen konnte, wenn sie hier, wie schon zuvor bei Apoll, soweit daneben lag. Und noch ein beunruhigender Gedanke bedrückte sie. Tatsächlich war es so, dass all die Einmischungen, die Mercurius stets moralisch begründet hatte, ein Risiko für ihre Mission gewesen waren – genauso, wie es Apoll angeprangert hatte. Was nun, wenn Mercurius nur so getan hatte, als ob es ihm um das Wohl der Sklaven ging? Was, wenn es von Anfang an sein Ziel war, ihren Auftrag zu gefährden? Was, wenn er der geheimnisvolle Saboteur war, der versuchte sie aufzuhalten? Diana wollte sich noch einmal die Geschehnisse des Tages in Erinnerung rufen.

»… Diana, könntest du ihn mitnehmen?.«

»Hm…?« Sie seufzte und registrierte erst jetzt, dass alle sie anstarrten.

»Du solltest dich mal wieder richtig ausschlafen«, sagte Vesta in tadelndem Ton.

»Wir haben eben davon gesprochen, was mit dem verwundeten Gladiator geschehen soll, den Mercurius gerettet hat«, fasste ihr Vulcanus den verpassten Gesprächsinhalt zusammen.

»Rius möchte hierbleiben und das Chaos beseitigen. Ich fliege sofort nach Lanuvium, einer Stadt südlich von Rom. Ich muss den amtierenden Kaiser und seinen Adoptivsohn, den man später Marc Aurel nennen wird, treffen. Wenn unsere Geschichtsbücher stimmen, müssten sie sich dort aufhalten. Apoll, Vesta und Du, ihr fliegt, sobald ihr könnt, nach Rom, um den Senat und die Magistrate auf uns einzuschwören.«

»Moment mal!«, unterbrach ihn Diana irritiert. »Heißt das, du willst jetzt gleich aufbrechen? Es ist doch noch mitten in der Nacht. Warum haben wir es plötzlich so eilig?«

»Du musst ja ziemlich geschlafen haben…! Wie Mercurius eben sagte, haben wir keine Zeit zu verlieren, wenn wir den Boten von Marcus und seinen Verbündeten zuvorkommen wollen. Gerüchte verbreiten sich rasend schnell. Und wenn wir als Geister oder Betrüger verleumdet werden, bevor wir uns überhaupt vorstellen konnten, werden wir es sehr schwer haben. Darum müssen wir uns sputen.«

Diana hielt sich eine Hand an die Schläfe. »Okay, das hab ich verstanden. Und was war das mit Lucius?«

»Mit wem?«, fragte Vulcanus verwirrt.

»So heißt der verwundete Gladiator«, sprang Mercurius ein. »Er ist momentan bewusstlos und noch immer schwer verletzt. Ich möchte dich bitten, ihn mitzunehmen, und zusammen mit Apoll zu behandeln.«

»Wenn er verwundet ist, sollte er nicht fliegen«, entgegnete Diana.

»Ich weiß. Aber hierbleiben kann er nicht. Die Bürger würden ihn töten, wenn sie ihn finden. Außerdem habt ihr verlauten lassen, er würde eine göttliche Strafe bekommen und ich habe keine Zeit, mich um ihn zu kümmern. Und zu guter Letzt seid ihr beiden medizinisch ausgebildet und in diesem Jahrtausend die beste Option, die er hat.«

Diana dachte nicht lange nach. »In Ordnung. Wir schnallen ihn auf die Rettungsliege auf meinen Gleiter, so wie wir es mit Apoll gemacht haben. Dass er die Reise heil übersteht, kann ich jedoch nicht garantieren.« Apoll schüttelte den Kopf, aber Mercurius schien es zu ignorieren.

»Ich danke euch«, sagte er beinahe herzlich. »Ich denke, euch bleiben noch ein paar Stunden Schlaf, bevor ihr aufbrechen müsst. Ruht euch aus, ich kümmere mich um meine Sünden.«

Mit diesen Worten packte er den Leichnam an den Schultern und zog ihn, eine lange Spur hinter sich herziehend, zum kleinen Brunnen am Rande des Atriums.

Diana war hin- und hergerissen angesichts dieser Aussichten. Ihr war nicht wohl dabei, Mercurius hier allein zulassen. Zu groß waren auf einmal ihre Zweifel. Andererseits lauerte in ihr eine Erschöpfung, die drohte sie zu überwältigen und die alle anderen Gedanken zu leisem Flüstern heruntersch-raubte. Schließlich gewann ihre Müdigkeit die Oberhand und Diana verabschiedete sich von Vulcanus und wünschte den anderen eine gute Nacht, obwohl sie sah, dass noch längst nicht alles geklärt war. Sollten sie sich doch um alles Weitere kümmern. Ohne ihre Rüstung abzulegen, kippte sie in ihr Bett. Hoffentlich wird heute Nacht niemand mehr erschossen, dachte sie noch. Dann schlief sie ein.

22. Juni 2130 – Zwei Wochen nach dem Gespräch mit dem Direktor

Die Dämmerung vertrieb langsam das Dunkel. Noch hingen dünne Nebelschwaden über den Feldern. Es roch nach feuchter Erde, frischem Wind und kalter Nacht.

Wie ein fahler Schatten flog Henry über den Asphalt, eingehüllt in eine schlichte Lederjacke – lautlos von null auf hundert in zweieinhalb Sekunden. Ein Gespenst auf zwei Rädern, das vor dem Morgen floh und ihm doch nicht entkommen konnte.

Als er die Außenbezirke der Stadt erreichte, hatte der Tagstern den Schleier zerrissen und ihn in seinen fahlen roten Griff genommen. Bald riss die Wolkendecke vollends auf und die stummen Bauten der Menschen kontrastierten das Elend dieser Metropole.

Langsam näherte sich Henry einem Kontrollposten. Es war der dritte, den er heute Morgen passierte.

»Identifikationsnummer oder Kennsatz!«, sagte der kleinere der beiden Wachmänner ohne Begrüßung oder Einleitung.

Sein Kollege saß neben ihm und hielt Henry die obligatorische Kamera vors Gesicht. Er ergänzte deutlich redseliger: »Bitte dabei einmal im Kreis laufen. Die Bewegungserkennung funktioniert meist besser als die Gesichtserkennung.«

Kein Wunder, wenn so viele Leute ihre Gesichter aufhübschten, dachte Henry – und spazierte vor der Kamera hin und her. Dann nannte er sein persönliches Kennwort. Eine feine Abänderung des Originals: »Mors certa, hora certa est.«

Was für ein Affentanz, dachte er bei sich. Jeder vernünftige Verbrecher umfuhr den Kontrollposten. Wer hier freiwillig hielt, hatte nichts zu verbergen.

»In Ordnung, das System hat sie erkannt, Herr Meyer«, meinte der größere Wachmann, ohne die Hand von seiner Waffe zu nehmen.

»Was wollen Sie hier so früh am Morgen?«, fragte nun wieder der Kleine mit dem verbissenen Gesicht. Als würde es dafür nicht tausend gute Gründe geben.

»Ich treffe mich mit einem ehemaligen Kollegen im Blue Monday«, antwortete Henry wahrheitsgemäß und stieg wieder auf sein Motorrad.

»Gute Wahl! Das ist eine der besten Bars von Glasgow. Anscheinend hat sogar mancher Aschekopf Geschmack!« Henry sah an sich herab und suchte das Phönix-Logo der Initiative, das ihren Mitarbeitern diesen Spitznamen eingebracht hatte. Er fand es nirgends. Aber natürlich hatte der Wachmann einfach auf seinem Pad gelesen, wo er arbeitete.

Henry tat so, als ob er sich Asche vom Haupt wischen würde, setzte den Helm auf, nickte kurz und fuhr dann an dem Posten vorbei.

Zusehens wurden die Straßen dreckiger, je weiter er in das Herz der Stadt vordrang. Häufig blockierten Müllberge oder aufgegebene Fahrzeuge den Weg. Die Benutzung der rechten Fahrbahn war kaum mehr möglich. Einzig auf der linken Spur bewegten sich einige Scooter und PKW. Der träge Verkehr bot Henry die Chance, besonders viel von seiner Umgebung wahrzunehmen. Drei Obdachlose prügelten sich um eine Tasche. Ein Hund schnupperte bedächtig an einer toten Katze. Eine magere Frau stützte einen betrunkenen Teenager.

Quälend langsam fuhr Henry die Hauptstraße entlang, bemüht dem Unrat auszuweichen. Von der einstmals prächtigen Ladenstraße mit ihren bunten Schaufenstern und Reklametafeln war kaum etwas zu erkennen. Dicke Bretter waren vor Türen und Fenster genagelt bedeckt von apokalyptischen Schmierereien einer perspektivlosen Jugend. In dieser Gegend hausten die, die aufgegeben hatten oder zu arm waren, um ihrem Dasein zu entkommen. Nur einzelne schwer vergitterte Geschäfte trotzten dem Niedergang. Nach Jahrzehnten des Auf- und Abschwungs war der Gemeinde durch Kalis Entdeckung endgültig das Genick gebrochen worden. Nur wenige Teile des Stadtkörpers zeigten noch Spuren von

Leben. Einen dieser Orte steuerte Henry an. Im West End versuchten einige Hartnäckige Ordnung und so etwas wie Normalität aufrechtzuhalten und sich den Widrigkeiten zu stellen. Hier verbargen sich die Spuren des Verfalls hinter prächtigen Fassaden und noch immer gut gepflegten Grünanlagen. Wer viel zu verlieren hatte, schien umso verbissener um seinen Besitz zu ringen, selbst wenn das Ende absehbar war.

Das Lokal, das er aus seiner Studienzeit kannte, wirkte deutlich verwahrloster als bei seinem letzten Besuch vor einigen Jahren. Doch seine breiten Türen standen noch immer einladend offen, selbst um diese frühe Stunde. Und noch immer drängten sich zahlreiche Gäste um ausgediente Tische und Bänke.

Henry erkannte Roberto sofort, obwohl er ihn das letzte Mal während seiner Ausbildung gesehen hatte. Er lümmelte auf einem der Barhocker am Tresen und peinigte den glasig dreinblickenden Trinker neben sich mit der klassischen Monologfolter.

Man sah Roberto an, dass er seine besten Jahre zu oft in einschlägigen Bars verbracht hatte. Die talgig rote Nase hob sich deutlich von seinem faltigen Gesicht ab. Er bemerkte Henry erst, als dieser ihm behutsam auf die Schulter klopfte. Erschrocken fuhr er herum.

»Jesus, Henry, willst du mir einen Herzinfarkt verpassen?«

»Den verpasst du dir schon selbst, wenn das dein Frühstück ist«, sagte Henry lachend mit einem Blick auf die drei leeren Gläser. Dann begrüßte er seinen ehemaligen Ausbilder mit einem kräftigen Händedruck.

»Ach was, das war nur, um munter zu werden. Schön dich zu sehen, Henry. Komm, wir setzen uns an einen der freien Tische. Joe braucht mal eine Verschnaufpause.« Roberto nickte seinem Nachbarn zu. Joe kommentierte dies mit einem Grunzen und stierte weiter in sein Glas. Draußen war ein Schuss zu hören, er musste aus einer der Parallelstraßen kommen. Niemand in der Bar nahm davon Notiz.

»Du hast Glück, dass ich noch hier in der Gegend bin. Eigentlich wollte ich schon im Mai nach Süden«, sagte Roberto, nachdem sie sich an einen leeren Tisch gesetzt hatten.

»Was willst du denn im Süden? Alle wollen doch nach Norden. Außerdem heißt es, die Staatsgrenze zu England sei dicht und ohne Visum komme keiner über den Wall«, wunderte sich Henry.

»Nein, nein. Ich will doch nicht nach England. Die Flachländer wollen doch alle zu uns, von der City in die Highlands. Als wenn der Norden das gelobte Land wäre… Nein, ich will richtig in den Süden, ans Mittelmeer.«

»Ich weiß, du hast kubanische Ahnen, aber was willst du am Mittelmeer? Du bist doch hundertmal mehr Schotte als Südländer. Und in Italien können um diese Jahreszeit bis zu 50°C werden«, meinte Henry verwundert.

Roberto seufzte. »Stimmt schon … manchmal wünschte ich, ein Jahrhundert eher geboren zu sein. Damals soll das Klima da unten noch erträglich gewesen sein. Aber ich habe einfach keinen Bock, mich hier länger dieser Tristesse auszusetzen. Überall sieht man deprimierte Gespenster. Die warten heute schon ausgebrannt auf das Inferno von morgen. Ich meine, sieh mich einmal an…«, sagte er lachend.

»In Südfrankreich, in Norditalien oder in Kroatien sollen die Menschen noch lebensfroh und motiviert sein. Dort scheint man dem Ende nicht mit religiösem Eifer oder selbstzerstörerischer Depression zu begegnen.«

»Ich war vor einiger Zeit in Paris«, warf Henry ein. »Dort ist die Stimmung aber nicht viel besser als bei uns. Seit den großen Unruhen vor zwei Jahren ist die halbe Stadt verwüstet und das Militär erhält die Ordnung nur mit Mühe aufrecht. Ob es in Südfrankreich anders ist, weiß ich nicht.«

»Ach man … Ich wünsche mir einfach einen Ort, an dem die Menschen noch herzlich lachen und den Tag genießen und nicht schon jetzt um ihre Kinder trauern. Vielleicht muss ich auf eine dieser Hippie-Inseln schwimmen.

Anyway… Ich habe dem Kerl dahinten schon ausführlich mein Leid geklagt. Deshalb wolltest du mich bestimmt nicht treffen. Also sag an, warum wolltest du mich sehen?«

Henry sah sein Gegenüber ernst an und antwortete nicht direkt.

»Ich kann dich gut verstehen. Ich kämpfe genauso gegen die Trostlosigkeit wie du. Sinn und Motivation finde ich zur Zeit nur bei der Arbeit. Auch wenn ich mich oft frage, wie nachhaltig das Ganze ist.«

Roberto schüttelte den Kopf. »Entschuldige, aber mir ist dieser Verein inzwischen zuwider. Aber ich kann dich gut verstehen. Früher habe ich auch noch an die Ideale der Initiative geglaubt… Aber jetzt ist zu viel passiert.«

»Genau das ist der Grund, warum ich mit dir sprechen wollte. Es geht um deine Zeit bei der Initiative.«

»Wenn du mich anwerben willst, mach dir keine Hoffnung«, sagte Roberto und gluckste.

»Nein. Ich möchte von dir hören, warum du damals gegangen bist.« Roberto sah ihn überrascht an.

»Das ist kein Geheimnis. Ein Wunder, dass ich es dir nie erzählt habe. Aber wir haben uns seitdem ja auch kaum gesprochen… Ich war stinksauer auf die Initiative und habe meinen Frust klar und deutlich kommuniziert.«

Henry sah ihn fragend an. »Das heißt? Was hat dich so aufgeregt?«

»Bevor ich Ausbilder für dich und andere Mitarbeiter wurde, war ich bereits in Finnland für die Initiative tätig. Wie du weißt, ist da einiges schiefgelaufen.« Henry nickte, er hatte die Bilder der Explosion von Testanlage und Schule noch vor Augen. »Ich war mit der Aufarbeitung der ganzen Geschichte unzufrieden und bin deshalb gegangen. Ich weiß nicht, wie gut du informiert bist, aber wenn du den Untersuchungsbericht von damals liest, bekommst du vielleicht einen Eindruck.« Roberto, der sonst mit einer heiter dröhnenden Stimme sprach, wurde deutlich ruhiger.

Henry rutschte auf seinem Stuhl hin und her. »Ich habe den zensierten Bericht gelesen. Vor einiger Zeit habe ich mit einer Schülerin gesprochen, die in eine Auseinandersetzung mit einem Mitschüler verwickelt war. Das Mädchen, Mia heißt sie, hat mir von dem Untersuchungsbericht und einer gruseligen Argumented-Reality-Brille in Form einer Schlangenmaske erzählt. Natürlich hat mich das neugierig gemacht, da wir bereits einen anderen Vorfall mit solch einer Maske hatten. Als ich mir die Akte in der Bibliothek ausleihen wollte, war sie jedoch mitsamt der Maske verschwunden. Du kannst Dir meine Verwunderung vorstellen. Jetzt war erst recht meine Neugier geweckt.« Henry trommelte unruhig mit den Fingern auf der abgenutzten Tischplatte und sah verstohlen in alle Richtungen. »Es hat mich einigen Aufwand gekostet, den Bericht aus anderer Quelle zu besorgen. Wie auch immer – an einer Stelle im Text kommt dein Name vor. Deshalb bin ich hier. Ich hatte gehofft, du könntest mir etwas mehr erzählen. Vielleicht komme ich durch Dich endlich auf eine Fährte, die zu etwas führt.«

Roberto sah ihn neugierig an. »Und warum interessiert dich das, also persönlich?«, fragte er frei heraus.

»Wie gesagt, an der Akademie gab es vor einiger Zeit einen Vorfall, bei dem ein Schüler schwer verletzt wurde. Zudem bin ich kürzlich auf eine interessante Verbindung gestoßen. Ich habe das Gefühl, dass da mehr dahintersteckt. Ich bin mir sicher irgendetwas oder irgendjemand sabotiert von innen heraus unser System. Deshalb hoffe ich auf dein Wissen.« Roberto kratzte sich bedächtig an seinem unrasierten Kinn, bevor er seine E-Zigarette hervorholte und antwortete.

»Mein Wissen ist bedauerlicherweise nur bruchstückhaft. Ich habe auch nur die geschwärzte Version des Berichts bekommen. Viel mehr Detailwissen zum Uroboros-Zwischenfall habe ich leider nicht anzubieten. Ich habe in Finnland nur als einfacher Techniker gearbeitet und nach dem Unglück versucht, bei der Klärung der Ursache zu helfen. Es war aber auch nicht der Zwischenfall, der mich zur Kündigung bewegt hat, sondern der nachträgliche Umgang damit… Du musst wissen, dass es eine ganze Weile gedauert hat, bis man die Sache ernsthaft untersucht hat. Und dann ist nochmal ewig

Zeit vergangen, bis man endlich erste Konsequenzen gezogen hat. Die ganze Aufarbeitung hat mich tierisch angepiept.«

Roberto machte eine Pause, trank einen großen Schluck Bier und schuf eine beschauliche Qualmwolke.

»Ich war bereits zwölf Monate an der neuen Ausbildungsstätte, bevor ich ausführlich zur Explosion in Finnland befragt wurde. Dafür nahm man es dann sehr genau und hat mich regelrecht ausgequetscht. Ich konnte nicht viel berichten, da ich nur selten mit den Minerva- Schülerinnen in Kontakt kam. Und zum Zeitpunkt des Zwischenfalls hatte ich Spätschicht. Sonst hätte man auch meine Überreste aus dem Beton gekratzt. Das einzig Hilfreiche waren vielleicht meine Vermutungen zum Ablauf der Explosion, aber das waren weitestgehend Spekulationen.« Wieder schwieg er einen Moment und Henry konnte sehen, wie sehr ihn die Erinnerungen aufwühlten.

»Nach der Befragung habe ich eine Schweigeerklärung unterschreiben müssen. Dann habe ich wiederum wochenlang nichts von der Initiative gehört. Nach drei Monaten hieß es plötzlich, dass alle ehemaligen Mitarbeiter aus Finnland eine Gehalts- und Beförderungssperre auferlegt bekommen. Es gab nur zwei Ausnahmen – Momoka Nakamura, Leiterin der Minerva-Schule, und ihren Stellvertreter Mark Barra.«

»Letzteren kenne ich nur zu gut. Er ist jetzt Stellvertreter bei uns in der Akademie… autoritär und nicht gerade der hellste Stern am Firmament«, warf Henry ein.

»Er hatte auch bei uns nicht den besten Ruf. Deshalb hat es mich auch so aufgeregt, dass die zwei Verantwortlichen, die den Zug haben entgleisen lassen, als einzige Gewinner aus der Geschichte hervorgingen. Dabei waren sie es, die für die miese Stimmung in der Schule gesorgt haben. Man sollte doch meinen, dass der Vorstand sich das Management zur Brust nimmt, wenn etwas schief läuft und nicht die einfachen Mitarbeiter abstraft.«

Er machte eine Pause und leerte geräuschvoll sein Bier. »Zu meinem Unglück bin ich ein ehrlicher und geradliniger Mensch. Also habe ich ein kleines ›Protest-Video‹ gemacht und es an den Vorstand geschickt. Du kannst dir vorstellen, wie die Schlipsträger darauf reagiert haben… bloß keine Kritik annehmen, lieber jede Opposition unterdrücken… Zwei Monate nachdem du deine Ausbildung abgeschlossen hattest, haben sie mich rausgeworfen.« Er lehnte sich zurück und sah Henry, der immer noch schwieg, in die Augen. »Nichts gegen dich, aber inzwischen finde ich die Kritik der Saboteure weit weniger abwegig: Wenn schlechte Menschen die Welt verändern wollen, kommt selten etwas Gutes dabei heraus! Versteh mich nicht falsch. Das waren miese Drecksäcke, die viele gute Kollegen und beinahe auch mich umgebracht haben. Aber im Nachgang ist mir erst so richtig klar geworden, wie sehr der Fisch vom Kopf her stinkt.« Henry nickte und spielte mit einem abgenutzten Bierdeckel auf dem Tisch.

»Wie gesagt, ich kenne Barra. Er hat wirklich kaum Vorzüge. Aber da sind auch so viele engagierte Mitarbeiter, die ihre Sache richtig gut machen, auch in den höheren Etagen. Ich denke nur an meinen Großvater, der trotz seines Pessimismus all seine Hoffnung in dieses Unternehmen legt… Naja, solange sie mich nicht feuern, werde ich versuchen, weiterzumachen.«

»Und darum bist du hier. Um herauszufinden, ob es eine Gefahr gibt, die es abzuwehren gilt, weil du glaubst, dass es kein anderer tut«, ergänzte Roberto.

»Du hast es erfasst«, gab Henry unumwunden zu.

»Hast du denn überhaupt einen Auftrag, diesbezüglich zu recherchieren? Ich meine, du bist Sportlehrer«, sagte Roberto und schmunzelte.

»Du hast recht, eigentlich ist das die Aufgabe des Sicherheitsdienstes oder der Polizei. Ich bin also nicht offiziell unterwegs. Andererseits bin ich auch für die Sicherheit auf dem Campus zuständig. Ich habe sogar einen Securityausweis und einen der neuartigen Taser bekommen.« Henry verzog den Mund. »Und wie aktiv Polizei und Security heutzutage suchen, kannst du dir wohl denken. Also will und muss ich auch ein bisschen außerhalb des Akademiegeländes nach Bedrohungen Ausschau halten und mein Bauchgefühl trügt selten.« Roberto machte eine ausholende Geste in den Schankraum: »An Bedrohungen für Ascheköpfe mangelt es in der echten Welt freilich nicht. Hier finden sich sicher einige, die dir gerne mal ihre religiösen Ansichten näherbringen würden.«

»Ich will hier niemandem auf die Füße treten. Ich hatte gehofft, du könntest mir etwas mehr über die Uroboros-Gruppe im Minerva-Tempel erzählen. Der Angreifer, der in unser Gelände eingedrungen ist, trug eine Schlangenmaske. Das kann kein Zufall sein. Er weiß von der Uroboros-Gruppe in den Minerva-Klassen, obwohl dies nie öffentlich gemacht wurde. Vielleicht ist er sogar ein ehemaliges Mitglied.«

»In dem Fall rate ich dir, vorsichtig zu sein. Aber ich habe wirklich kein Hintergrundwissen zu den Minerva-Schülerinnen. Vielleicht solltest du einfach zu deinem Vorgesetzten gehen und um die Aktenfreigabe bitten. Es gibt sicher jede Menge Ermittlungsakten und Zeugenaussagen.«

»Mark Barra ist mein direkter Vorgesetzter.«

»Verstehe!«, sagte Roberto bedauernd.

»Ich teile meine Erkenntnisse natürlich mit dem Sicherheitsdienst und wende mich auch an den Akademiedirektor. Aber erst, wenn ich mehr habe als nur Vermutungen. Bis jetzt sind es nur lose Puzzleteile.«

Roberto kratzte sich nachdenklich am Kopf.

»Du könntest versuchen, mit den Eltern zu reden, deren Tochter zur Minerva ernannt wurde.«

»Du meinst die, die beim Zwischenfall getötet wurde.«

»Ja, die meine ich. Ihre Familie hat nicht nur einen Haufen Geld als Entschädigung bekommen, sondern auch eine Rundum-Versorgung bis zu ihrem Lebensende. Eine gesicherte Versorgung zählt in unseren Zeiten mehr als ein paar Credits. Man hat der Familie ein Haus am Stadtrand gegeben. Einmal die Woche kommt ein Transporter aus der Akademie und beliefert sie mit allem, was sie brauchen.« Henry war ehrlich überrascht.

»Ich habe nicht gewusst, dass die Angehörigen hier in der Nähe wohnen. Ich dachte, die kommen aus einer ganz anderen Ecke Europas.«

»Man hat versucht, die Hinterbliebenen der Opfer hierher zu locken, wo man sie von der Akademie aus kostengünstig versorgen kann. Allerdings sind wohl nicht alle diesem Ruf gefolgt.«

»Kannst du mir die Koordinaten der Familien geben?«, fragte Henry hoffnungsvoll.

»Die Eltern der auserwählten Minerva waren einige Male in den Nachrichten. Ihre Adresse wirst du problemlos im Internet finden. Ich glaube, sie hießen Gibbs oder Gibbins.«

»Ja, ich glaube, Gibbins kommt mir bekannt vor… Rachel Gibbins, so hieß Minerva mit ihrem Geburtsnamen.«

Aufregung erfasste Henry. »Danke. Du hast mich beim Puzzeln etwas weitergebracht. Die nächste Runde geht auf mich«, sagte er feierlich.

»Du spinnst ja… eine Runde… du zahlst mal schön die ganze Zeche. Schließlich bin ich nur wegen dir hier«, entgegnete Roberto schalkhaft. »Und beim Puzzeln sollte man aufpassen, dass einem das Motiv am Ende auch zusagt.«

Im Gegensatz zu Roberto hatte Henry nur Wasser getrunken. Trotzdem fühlte er sich unwohl, als er von seinem Motorrad stieg und das Haus betrachtete, zu dem ihm seine KI gelenkt hatte. Er hatte eine große Villa im viktorianischen Stil erwartet. Stattdessen erhob sich vor ihm ein eckiges Reihenhaus mit schwarzem Granitimitat und einem ungepflegten Vorgarten. In alten Spielfilmklassikern waren dies die Gebäude, in denen wahnsinnige Wissenschaftler mutierte Schimären schufen, die schleichend die Menschheit auslöschten, angefangen mit ihren Schöpfern.

Über dem Hauseingang hatte jemand mit viel Akribie und mäßigem Talent einen Spruch eingemeißelt: »Finis coronat opus.« Der Spruch kam Henry bekannt vor. In der Übersetzung hieß er »Das Ende krönt das Werk.« Wo hatte er das zuletzt nur gelesen?

Die Tür öffnete sich, als er sich dem Eingang näherte. Ein bulliger Mann mit Augenklappe trat nach draußen und richtete einen Baseballschläger in seine Richtung.

»Hey, verpiss dich! Wir haben hier nichts zu verschenken. Man hat dich verarscht. Schieb ab!«

Henry war abgestiegen und lehnte an seiner Maschine.

»Ganz ruhig. Ich komme von der Phönix Initiative«, sagte er mit sichtbar erhobenen Händen.

»Das kann jeder sagen! Zeig mir deinen ID-Chip«, forderte der Pirat und zeigte auf das unscheinbare Lesegerät neben dem Briefkasten.

Henry ging zum Gartentor und legte seinen rechten Unterarm mit dem implantierten Chip auf den Scanner. Das Gerät leuchtete auf und gab einen hellen Klang von sich. Der einäugige Bulle schlürfte zurück in den Hausflur und inspizierte einen kleinen Monitor an der Wand.

»Hm. Sieht sauber aus. Falls man heutzutage überhaupt noch etwas glauben kann. Vielleicht vertickt die Regierung die Implantate inzwischen gratis an alle. Und jeder nimmt sich den Namen, den er gern möchte.«

»Mr. Gibbins, ich heiße Henry Meyer und arbeite an der Akademie. Ich kann Ihnen gerne einen lateinischen Vortrag halten. Ich habe nur ein paar kurze Fragen, dann bin ich wieder weg.«

Der kräftige Mann sah ihn misstrauisch an, ließ den Schläger jedoch sinken. »Also, was wollen Sie?«

»Wir hatten einen Vorfall an der Akademie. Er könnte mit dem Uroboros-Zwischenfall zusammenhängen, bei dem ihre Tochter verschwunden ist. Ich hatte gehofft, sie könnten mir dabei helfen, Antworten zu finden.«

Der einäugige Hausherr verzog das Gesicht zu einer Grimasse. Ohne ein weiteres Wort machte er auf dem Absatz kehrt.

»Mr. Gibbins, es geht um die Sicherheit unserer Schüler. Vielleicht finden wir sogar etwas Neues über Rachels Schicksal heraus!«, rief Henry hastig.

Der Angesprochene blickte wütend über seine Schulter und zeigte ein grimmiges Lächeln. »Für mich sind meine Töchter verloren und ich selbst bin auch bald Asche. Mehr gibt es über das Schicksal nicht zu sagen.« Krachend schlug er die Haustür zu.

Henry war enttäuscht und ratlos. War er das Ganze falsch angegangen? Er überlegte, ob er noch einmal klingeln sollte. Gerade als er sich dazu durchgerungen hatte, ging die Tür abermals auf. Eine zierliche braungebrannte Frau mit dunklem Haar schritt energisch auf ihn zu.

»Warten Sie bitte!« Eilig schwebte sie über den Asphalt und trat nah zu ihm heran.

»Bitte entschuldigen Sie das Benehmen meines Mannes. Er hat zu viele schlechte Erfahrungen gemacht. In den letzten Monaten sind wir bereits mehrfach angegriffen worden.«

In Henrys Brust wuchs die Hoffnung. »Ich kann verstehen, dass er abweisend reagiert. Der Verlust Ihrer Tochter Rachel muss sehr belastend für Ihre Familie gewesen sein.«

Sie berührte leicht seinen Arm.

»Sie können sich nicht vorstellen, wie hart uns die Nachricht damals getroffen hat. Rachel hatte so dafür gekämpft, als Minerva ausgewählt zu werden… Und dann verschwand sie von einer Sekunde auf die nächste…« Mrs. Gibbins schüttelte den Kopf und wischte sich perlengroße Tränen aus den breiten Kürbiskernaugen.

»Wir hatten so auf die Initiative gehofft und waren stolz auf unsere Tochter… doch das war Hochmut. Erst viel später habe ich begriffen, dass es so kommen musste… dass es ihr Schicksal war, in Finnland zu sterben.«

Henry sah sie irritiert an. »Sie glauben, es war ihrer Tochter bestimmt, zu sterben?«

Mrs. Gibbins lächelte nachsichtig. »Es ist uns allen bestimmt, zu sterben.«

»Aber ihre Tochter ist bei einem Unfall, wahrscheinlich sogar einer Sabotageaktion, ums Leben gekommen. Außerdem besteht eine winzige Chance, dass ihr Zeitsprung gelungen ist.«

Sie streichelte ein kleines Medaillon, das sie um den Hals trug und sah zurück zum Haus.

»Sie ist bei Gott. Da, wo wir alle bald sein werden. Ihre Maschine in Deutschland funktioniert nicht. Sie hat nie funktioniert. Um ihre Misserfolge zu vertuschen, hat die Initiative sogar die Testanlage explodieren lassen.«

Sie sah ihn traurig und mitleidig an. »Mein Mann wird der Initiative nie vergeben. Egal, wie viel sie uns auch überweist. Doch ich habe begriffen, dass alles, was geschieht, Gottes Wille ist. Er bestimmt den Anfang und das Ende und alles dazwischen. Er lässt nicht zu, dass wir ihn um sein Werk betrügen.«

Henry war es stets unangenehm, wenn Menschen so emotional diesen religiösen Standpunkt vertraten. Stand er doch so sehr im Kontrast zu seiner eigenen Überzeugung und seiner Arbeit. Vorsichtig löste er den Arm aus Mrs. Gibbins Griff und trat einen kleinen Schritt zur Seite. »Können Sie mir etwas Genaueres über die Uroboros-Gruppe erzählen?«, lenkte Henry das Gespräch in eine andere Richtung.

»Sie meinen, ob Rachel Mitglied war und für den Vorfall verantwortlich ist? Fast wünschte ich, ja sagen zu können. Aber nein, sie hatte sicher nichts mit der Gruppe zu tun. Ich kann Ihnen also nichts dazu sagen. Weder Rachel, noch ihr Vater, ihre Schwester oder ich hatten einen Bezug zur Religion. Erst nach dem Vorfall hatte ich eine Offenbarung. Erst jetzt habe ich meinen Weg gefunden.«

Mit leuchtenden Augen sah sie ihm fest ins Gesicht und musterte jede seiner winzigen Falten. »Auch in Ihrer Seele erkenne ich den Wunsch nach Spiritualität, das Verlangen nach Glaube und Erkenntnis. Sie brauchen sich nicht länger selbst verleugnen und die Leere in Ihrem Inneren mit Arbeit und Ablenkung füllen. Der Glaube allein kann Ihren Hunger stillen, nur er kann wahrhaftigen Sinn stiften.«

Henry lief eine Gänsehaut über den Rücken, so eindringlich und fanatisch hatte sie zu ihm gesprochen. Sie war durchdrungen von tiefer Überzeugung und wirkte doch so befremdlich auf ihn.

»Ich bin Agnostiker.« Es klang beinahe wie eine Rechtfertigung. »Ich hoffe auf einen genialen wie gnädigen Gott und seine unvergleichliche Komposition. Ja, ich wünschte, ich wüsste, es läge mehr hinter dem Spiegel. Aber ich zweifle.« Henry hatte sich Zeit gelassen, seine Gedanken zu formulieren. Er wollte ihrer Emotionalität keine Trivialitäten und Allgemeinplätze gegenüberstellen.

Mrs. Gibbins legte den Kopf in den Nacken und sah zum wolkenverhangenen Himmel hinauf. Dann löste sie den Verschluss ihrer Kette und nahm das funkelnde Medaillon in die Hand. Das silberne Schmuckstück hatte die Form einer kreisrunden Schlange. Spielerisch ließ sie es über ihre Fingerrücken wandern.

»Wer zweifelt, hat den ersten Schritt bereits getan. Es besteht also Hoffnung, dass Sie den Weg zu uns finden, bevor das Ende kommt«, sagte sie im Brustton der Überzeugung, als ob Henry schon bald ihrem Glauben beitreten würde. Henry indes hatte kein Interesse, sich bekehren zu lassen. Obwohl er ihre Werbungsversuche erkannte, fragte er aus Höflichkeit: »Ich nehme an, Sie gehören zur Einheitskirche oder zur Jüdischen Gemeinde?«

Mrs. Gibbins legte die Stirn in Falten und sah beinahe empört drein. »Nein, schon meine Großmutter ist nicht mehr in die Synagoge gegangen. Gott schütze mich. Ich gehöre zu ›Opus Ultimum‹. An unserem Giebel können Sie doch unseren Leitspruch lesen.«

Er sah noch einmal zum Schriftzug und überlegte, was er über diese Sekte gehört hatte. Er glaubte, sich zu erinnern, dass die Glaubensgemeinschaft früher einen anderen Namen geführt und schon damals das Ende verkündet hatte. Seit der Entdeckung des Asteroiden erfuhr sie regen Zulauf und zog gleichermaßen Christen, Juden, Moslems und Atheisten an.

»Bitte verzeihen Sie, ich habe wie gesagt keinen rechten Bezug zur Religion und kenne mich nicht so gut aus«, sagte Henry respektvoll.

»Wir haben ein Gemeindehaus gleich um die Ecke. Wenn Sie wollen, stelle ich Ihnen unseren Priester vor. Ich verspreche Ihnen, keiner kann Ihnen besser die Zweifel nehmen als er.«

Anscheinend hat sie mich eben nicht verstanden, dachte Henry und sah auf seine alte Armbanduhr. Er hatte nicht erfahren, was er sich erhofft hatte. Gleichzeitig empfand er ihre Missionierungsversuche als anstrengend. Es wurde Zeit zurückzukehren und über eine andere Spur nachzudenken, die allmählich in seinem Kopf Gestalt annahm.

Mrs. Gibbins schien nicht im Mindesten beleidigt oder verunsichert, als er sich ein wenig kurzsilbig verabschiedete. Noch im Rückspiegel sah er sie lächeln, während sie langsam immer kleiner wurde. Es muss schön sein, wenn einen keine Zweifel und Ängste mehr bedrängen. Aber gab man damit nicht auch seine Mündigkeit auf?, fragte sich Henry.

Er hatte die schnellste Route zurück zur Akademie gewählt, nur um festzustellen, dass sich ihm Straßensperren in den Weg stellten, die seiner KI unbekannt waren. So folgte er seiner Intuition und navigierte aus dem Zentrum der Stadt heraus. Abermals hatte er so die Gelegenheit, das menschliche Elend in all seinen Facetten zu betrachten. Verwahrloste Kinder, halbnackte Prostituierte und zerlumpte Junkies belagerten die Bürgersteige. Einmal kam eine nackte Frau laut schreiend auf ihn zu gerannt: »Fickt eure Väter, ihr Schafe! Fickt eure Väter!«, rief sie unentwegt und wedelte mit den Armen. Erst im letzten Moment änderte sie ihren Kurs und zielte knapp an Henry vorbei.

An zahlreichen Plätzen sammelten sich kleine Gruppen und Gangs, die zum Abend hin immer aktiver wurden. Die meisten waren damit beschäftigt zu dösen, zu dealen oder ihre Überzeugungen künstlerisch auszudrücken. Henry bekam Dutzende teils hausgroße Graffiti zu sehen. »ASTRO LÜGE«, »GO MARS« und »PHÖRSCHWÖRUNG« waren die häufigsten Statements. Immer wieder sah er religiöse Symbole und bunte Gemälde an den zugenagelten Fassaden.

Auch wenn alles bergab ging, die Straßenkunst hatte ihre Blütezeit erreicht, dachte Henry.

An einer alten Garage sah er eine gewundene Schlange mit einer Sonnenbrille und einem Globus unter sich. Er musste an den Anhänger denken, den Mrs. Gibbins wie einen Rosenkranz über die Fingerglieder hatte gleiten lassen. Auch ihr Medaillon hatte wie eine kreisrunde Schlange ausgesehen. Henry fiel nun endlich ein, woran ihn der Anblick erinnerte. Er hatte einen ganz ähnlichen Anhänger schon einmal gesehen. Ein Mädchen aus der Akademie trug ihn um den Hals. Auch der Angreifer im Pferdestall hatte eine Schlangenmaske getragen und zuletzt die verschwundene Maske in der Bibliothek! Er war von Schlangen umzingelt. Es wurde Zeit, dass er aus dem Straßenlabyrinth herausfand und seine Vermutung auf dem Campus überprüfte.

Schon wieder eine Sackgasse. An ihrem Ende saßen zwei Gestalten auf dem Fahrerhaus eines ausgebrannten Lastwagens. Sie ließen die Beine baumeln und grölten. Einer der beiden Männer brüllte etwas Unverständliches. Er hatte ein schiefes Gesicht und eitrige weiße Pocken auf der Stirn. Der andere hielt eine Sektflasche in der Hand und grüßte ihn mit ausgestrecktem Mittelfinger. Henry wendete in einem kurzen Bogen und grüßte wortlos zurück.

Die beiden Männer schrien nun noch lauter und sprangen wütend auf. Aus dem Augenwinkel sah Henry, wie der rechte Kerl den Arm bewegte…

Ohne Vorwarnung schlug die Flasche gegen Henrys Motorradhelm. Es gab einen mörderischen Knall. Sein Kopf ruckte heftig nach vorne und er verriss den Lenker seitlich. Ohne dass die Sicherheitssysteme seines Motorrades reagierten, krachte seine Maschine gegen den Kotflügel eines parkenden Wagens. Henry, der Motorradgurte ablehnte, wurde aus seinem Sitz geschleudert. Kopfüber flog er auf den Asphalt, kam unglücklich auf, überschlug sich zweimal und blieb dann liegen. Alles drehte sich. Ein dumpfer Schmerz hämmerte in seinem Kopf.

Er war kaum noch bei Bewusstsein, als die zwei Vagabunden ihn erreichten. Der eine brüllte nun nicht mehr, dafür hatte er seine Kamera aktiviert. Der andere öffnete den Reißverschluss seiner Hose. Als ihn der warme Strahl traf, war Henry bereits in die Dunkelheit geglitten.

04. Januar 2131 – Dreieinhalb Jahre nach der Aufnahme an der Akademie

»Verdammt, bist du schnell«, schnaufte Aquil und mobilisierte die letzten Reserven. Seine Beine hämmerten mit beeindruckender Taktfrequenz auf die Gehwegplatten und katapultierten ihn waagerecht vorwärts. Er rannte, so schnell er konnte und fühlte bereits, wie er dem Tipping-Point näher kam, wenn die herrliche Welle der Euphorie brechen und in kraftloser Erschöpfung verebben würde. Er biss die Zähne zusammen und zwang seine Muskeln, selbstständig zu arbeiten. Sie mussten die warnenden Körpersignale ignorieren. Seine Glieder gehorchten und machten ein Dutzend weiterer mechanisch ausholender Schritte. Seine Lunge schrie nach mehr, während der frische Winterwind an seinem Köper sog. Noch 100 Meter und er lag zurück.

»Pass auf!« Ein dunkler Ast stach aus dem Gebüsch. In letzter Sekunde gelang es Aquil, dem getarnten Hindernis auszuweichen. Nach kurzem Straucheln ging die Verfolgung weiter. Doch der Sprung brachte seine Atmung aus dem Rhythmus. Die Seite schmerzte und Schleim und Spucke schossen in seinen Mund. Schnaufend rotzte er den Batzen in eine Lorbeerhecke. Er rang um Atem und hetzte weiter. Noch 30 Meter. Er spähte voraus. Er war zu langsam, er war geschlagen. Sein Gegner hatte das Ziel erreicht.

Schlagartig entwich alle Energie aus seinem Körper. Wie ein leckender Luftballon schrumpfte er zusammen, bis er endlich den steinernen Ehrenbogen passierte und hinter der Ziellinie auslief. Kiran lächelte verschmitzt, während Aquil keuchend kleine Kreise zog und darauf wartete, dass sich Herz und Lunge beruhigten.

»Hast dir ja ganz schön Zeit gelassen«, witzelte Kiran. »Hätte nicht gedacht, dass dich ein behinderter Rollstuhlfahrer im Sprint besiegen kann«, stellte sein Freund mit argloser Stimme fest, als wäre er selbst überrascht über sein gutes Abschneiden. Aquil sah ihn mit funkelnden Augen an, brachte aber nicht mehr als vier gejapste Wörter heraus: »Elektro…

Rollstuhl… ist unfair… ahhh!« Kiran sah ihn mit gespielter Entrüstung an.

»Also der Rollstuhl hat zwar eine Batterie, aber ich mogle doch nicht. Ich habe nur meine eigene Pferdestärke eingesetzt«, sagte Kiran und zwinkerte dem hechelnden Athleten zu, der sich nun am Boden ausstreckte.

»Warum hast du nicht gleich… deine Exo-Prothesen genommen?«, fragte Aquil schnaufend.

»Die sind durchaus nützlich«, gab Kiran zu, »aber ich bin damit in etwa so schnell wie mit Krücken. Für einen Wettkampf mit dir brauche ich nur meine Armmuskeln.«

»Und einen Elektromotor«, ergänzte Aquil, schon etwas munterer. Kiran sah ihn mit großen Augen und empörtem Gesichtsausdruck an.

»Ich bin froh, dass ich mich endlich wieder nach draußen traue und meinen Körper im Griff habe und du gönnst einem Gelähmten nicht mal diesen kleinen Erfolg?«

»Ähm…« Aquil erstarrte schlagartig und stammelte verunsichert: »Es tut mir leid… ich wollte wirklich nicht…«

»Schon gut!« Kiran klopfte dem auf dem Boden Sitzenden auf den Rücken. »Ich wollte dich nur ein wenig in Verlegenheit bringen. Besonderer Humor von Menschen mit besonderen Umständen. Du bist mein bester Freund. Ich finde es gut, dass du dich nicht verstellst, nur weil meine Beine nicht mehr wollen. Ich bin schließlich noch derselbe Mensch.« Aquil sah seinen Freund durchdringend an.

»Ich gönne dir jeden Erfolg und ich weiß, wer du bist. Um ehrlich zu sein, manchmal wünschte ich mir, ich hätte die verdammte Mistgabel in den Rücken bekommen und nicht du. Ich weiß, wie viel dir die Initiative bedeutet und wie gerne du im Tempel warst. Es ist unfair, dass ich weitermachen kann, während du im Rollstuhl sitzt. Ich sollte eigentlich auch nicht mehr hier sein.«

Kiran sah ihn böse an und schlug ihm mit der Faust auf den Oberarm. »Erzähl keinen Stuss. Komm nicht auf den Gedanken, dir Vorwürfe zu machen oder hinzuschmeißen. Es war meine bekloppte Idee, zum Stall zu gehen und du hast mich gerettet. Manchmal bin ich vielleicht neidisch, aber ich will auf keinen Fall, dass du wegen mir scheiterst.« Kiran sah Aquil besorgt an und versuchte, ihm seine Worte tief einzupflanzen. »Wenn du etwas für mich tun willst, dann halte durch. Wenn ich es schon nicht schaffen kann, dann will ich, dass du es schafft. Ach verflucht, es wäre so genial, wenn du Apoll werden würdest. Du hast es echt verdient.« Kiran lief eine einzelne Träne die Wange herunter. Aquil rappelte sich auf die Knie und drückte die Hand seines besten Freundes.

»Wenn du es schaffen könntest und die Mission gelingt, dann hätte die ganze Scheiße wenigstens ein bisschen Sinn.« Kiran wischte die Träne weg und härtete seinen Blick. »Und die Wichser, die mir das angetan haben, hätten ihr wahnsinniges Spiel verloren.« Apoll nickte und sprach mit Grabesstimme: »Die Initiative wird nicht scheitern. Ich werde alle Hindernisse aus dem Weg räumen oder bei dem Versuch sterben!« –

Später, als er in dem hallenartigen Meditationsraum mit dem hohen Deckengewölbe saß, war er sich nicht mehr sicher, ob seine Worte heroisch klangen oder großkotzig. Im Nachhinein fühlte es sich aufgeblasen und lachhaft an. Er war nicht mal 1,60 Meter und auch nicht der allerbeste Schüler im Apollon-Tempel. Trotzdem meinte er, was er sagte und wünschte sich mit aller Kraft, dass sein Traum Wirklichkeit werden könnte. Er hoffte so sehr, sich beweisen zu können und seine Familie und seinen Freund stolz zu machen.

»Ich werde mich noch viel mehr anstrengen müssen als bisher!«, nahm er sich fest vor. »Ich muss doppelt so hart arbeiten und darf mich durch nichts ablenken lassen.« Doch noch während er das dachte, wurde sein Entschluss bereits auf eine harte Probe gestellt. Mr. Barra betrat den lichten und stillen Meditationsort. Ihm folgten ein hoch gewachsener Schüler und ein selbstbewusst ausschreitendes Mädchen. Beide erkannte Aquil sofort. Der Junge wirkte bedrohlich und abweisend, er roch nach Ärger und Arroganz. Die hübsche Diana-Schülerin roch nach Schneeblumen und Winterwind. Ihr kräftiges dunkelbraunes Haar war zu einem halben holländischen Zopf geflochten und betonte ihren athletischen Körper mit seinen klaren Kanten und straffen Rundungen. Ihre strahlenden Augen erleuchteten den Tempelraum, ihre freundlichen Lippen versprachen Hoffnung und Glück. Wie gebannt starrte Aquil sie an, unfähig den Blick abzuwenden.

»Hallo!«, begrüßte ihn die angehende Göttin und setzte sich auf ein gewaltiges Sitzkissen einige Meter neben ihm. Aquil bemerkte, dass ihm der Mund offenstand und er trotzdem kein Wort von sich gegeben hatte. Wie hypnotisiert folgte er ihren Bewegungen.

»Was glotzt du so?«, klang es misstönend von der anderen Seite. Auch die überhebliche Nervensäge hatte sich in seine Nähe gesetzt und musterte die Anwesenden, als wären sie dressierte Flöhe. »Hast du 'ne Beule in der Hose oder warum starrst du die Flachbrust da drüben an?«, versuchte Milàn mit gedämpfter Stimme eine Konversation zu beginnen. Aquil hatte keine Lust auf seine ätzenden Ansichten und ignorierte ihn wie ein lästiges Hintergrundrauschen.

Stattdessen wandte er sich vollends zu Mia und sagte mit beinahe sicherer Stimme: »Hallo, du heißt Mia und bist aus dem Diana-Tempel, stimmt's?«

»Ja, stimmt und du heißt Aquil. Wir hatten schon mal zusammen Bogenschießen und Schwimmen, glaube ich.«

Aquil freute sich sehr, dass sie seinen Namen kannte und sie schon etwas gemeinsam hatten. Er grinste breit über das ganze Gesicht, obwohl er immer noch etwas eingeschüchtert war. »Halte das Gespräch am Laufen!«, schärfte er sich in Gedanken ein.

»Der letzte Meditationskurs von Mrs. Li war ganz okay. Man kann hier wirklich gut entspannen«, sagte er, weil ihm nichts Besseres einfiel, während ihr Lehrer ein großes Paket aus einer Truhe nahm. Mia zuckte mit den Schultern.

»Ehrlich gesagt, bin ich nicht freiwillig hier, sondern wegen dem da.« Sie nickte in die Richtung, in der Milàn saß, der sich nun einer anderen Schülerin zugewandt hatte, die Clara oder Claire hieß, soweit sich Aquil erinnerte. Die beiden tuschelten angeregt.

»Seid ihr zusammen?«, fragte Aquil irritiert. Mia machte ein Gesicht, als hätte sie in eine Zitrone gebissen. Dann prustete sie los.

»Hahaha… Eher spring ich vom Campus-Turm, als dass ich mit der Kröte etwas anfange. Wer den küsst, muss geisteskrank sein«, sagte Mia angewidert. Aquil freute sich über diese Richtigstellung, dennoch ergänzte er.

»Sorry, das hab ich wohl falsch verstanden!?« Mia holte tief Luft, seufzte und sagte dann: »Der Psychopath hat es auf mich und meine Freunde abgesehen. Als ich mich zur Abwechslung mal wehren wollte, hat man mir ein Anti-Aggressionstraining aufgebrummt. Um mich besonders herauszufordern, ist das Monster auch hier.« Sie schüttelte resigniert den Kopf. »Wie soll ich da ruhig bleiben, wenn mir der Idiot hier pausenlos Beleidigungen entgegenschleudert!?«

»Ich glaube nicht, dass Mr. Barra Beschimpfungen ignorieren wird, zumindest wenn er sie hört. Er schmeißt Milàn sicher raus, wenn er damit anfangen sollte.«

Mia sah ihn verunsichert an.

»Aber das ist doch ein Anti-Aggressionskurs. Ist es nicht Sinn der Sache, möglichst lange cool zu bleiben, während der andere auf einen einhackt?« Jetzt war es an Aquil laut zu lachen, so dass sich alle nach ihm umdrehten.

»Entschuldige bitte«, sagte er, als er Mias Blick sah, »das ist einfach eine fantastische Vorstellung. Wie sich hier alle solange beleidigen, bis einer nach dem anderen ausrastet.«

Er musste sich eine kleine Träne aus dem Auge wischen und gluckste immer noch, als er erklärte: »Du bist in einem Meditationskurs. Hier wird niemand absichtlich gemobbt oder gedisst. Das da vorne in der großen Kiste ist kein Boxsack, sondern eine Klangschale. Wir trainieren hier, wie man richtig reflektiert und unnützes Kreiseln im Kopf abschaltet. Das ist kein Boot-Camp.« Mia sah erleichtert aus und überlegte einen Moment lang.

»Aber ist das nicht widersprüchlich, wenn man reflektieren soll, aber das ‚Kreiseln im Kopf' ist verboten? Außerdem steht sogar im Stundenplan ›Anti-Aggressionskurs‹.«

»Im letzten Kurs haben wir auch darüber geredet, wie man Konflikte vermeiden oder gewaltfrei lösen kann. Meditieren tun wir, weil es dabei hilft, ruhiger und ausgeglichener zu sein. Und beim Nachdenken geht es einfach darum, es richtig zu tun. Ohne, dass man sich in etwas hineinsteigert.«

Aquil freute sich, dass er bereits einen anderen Kurs absolviert hatte und Mia etwas erklären konnte. Mia schienen seine Belehrungen nichts auszumachen. Sie hörte interessiert zu und dachte über alles nach, was sie hörte. Seine Bewunderung für sie wuchs. Er bekam jedoch keine Gelegenheit mehr für weiteren Ideenaustausch, denn Mr. Barra ergriff das Wort und eröffnete den eigentlichen Unterricht. Seine Methoden waren stark handlungsorientiert und konfrontierten die Schüler bereits in der ersten Stunde mit Atemtechnik und Vertiefungsübungen. Während Aquil darin geübt war, seinen Körper auszurichten, fiel es Mia schwer, sich auf die Aufgaben einzulassen.

»Wenn wir weiter so hecheln, braucht meine Lunge morgen ein Beatmungsgerät. Ich bin doch kein Blasebalg«, raunte sie Aquil zu. Leider hörte Mr. Barra den kleinen Ausbruch und wandte sich ihnen zu.

»Mit Wut im Bauch fällt das Atmen schwer«, sagte er mit einem merkwürdigen Lächeln auf den Lippen. »Versuche, zu akzeptieren, dass du jetzt hier bist, auch wenn du den Kurs nicht freiwillig gewählt hast. Du wirst sehen, es kann wirklich bereichernd sein. Claire, Shira und Aayana sind zum dritten Mal hier und besuchen auch noch meinen Intensivkurs.«

»Die ist hier, weil sie mich und meine Freundin angegriffen hat. Tissa trägt heute noch einen Verband am Kopf. Die wird auch hier nur Ärger machen«, mischte sich Milàn ein, der dem Wortwechsel aufmerksam gelauscht hatte. Mia wäre ihm am liebsten an die Gurgel gesprungen, beherrschte sich jedoch, während Mr. Barra eine breit gefächerte Zurechtweisung übernahm.

»Milàn, du bist aus demselben Grund hier, wie Mia. Ihr beide müsst eure Grundeinstellung ändern. Wir werden an euren falschen Verhaltensmustern arbeiten. Dabei seid ihr nicht allein. Viele Schüler benötigen eine neue Geisteshaltung. Ihr müsst Stück für Stück inneren Ballast abwerfen. Dann werdet ihr mental stark genug sein, den Job als Gott oder Göttin ausführen zu können. Nur wer sich ganz und gar seinem eigenen geistigen Regime unterwirft, wird an unserer Akademie erfolgreich sein!«, behauptete Barra und trommelte mit den Fingern auf einem dünnen Klangholz. Sowohl Mia, als auch Milàn kamen um eine Antwort auf diesen Vortrag herum, da in diesem Moment ein verspäteter Schüler in den Meditationssaal trat.

»Dimitri«, knurrte Barra leise, als handele es sich um ein wölfisches Schimpfwort und wandte sich dem Neuankömmling zu.

»Dann noch viel Spaß beim Versagen!«, giftete Milàn, als ihr Lehrer außer Hörweite war. »Und denk daran, Ballast abwerfen. Am besten du fängst mit deinen behinderten Freunden an. Dick und Doof oder waren es Doof und Dick?«

Milàn giggelte leise und Aquil fragte sich, warum dieser Unruhestifter noch nicht rausgeschmissen wurde. Bevor Mia etwas Dummes tun konnte, ergriff er selbst die Initiative. Er wusste nicht, woher die Spontanität kam, sonst hielt er sich meist aus allem raus. Aber Mia war ihm wichtig, sehr wichtig.

»Du musst meinen Freund Milàn entschuldigen«, wandte er sich zu ihr. »Ich habe neulich in der Umkleide seinen kleinen Freund gesehen. Er will einfach nicht wachsen. Daher plagen ihn arge Minderwertigkeitskomplexe und er hetzt gegen alle anderen.« Während Mias Gesichtsmuskeln belustigt tanzten, erzitterten Milàns Züge vor Zorn. Ohne nachzudenken, überwand Milàn die kurze Distanz und drückte ihm sein Klangholz hart gegen die Brust. Darauf hatte Aquil gehofft. Noch während Mr. Barra ihnen den Rücken zuwandte, reagierte Aquil schnell und entschlossen. Geschickt griff er nach den Gelenken seines Angreifers, verlagerte dessen Gleichgewicht und zwang ihn mit einer angetäuschten und dann gegensätzlich ausgeführten Bewegung in einen Haltegriff, der Milàn schmerzhaft die Knochen auseinander hebelte. Dabei war er so zügig, konsequent und geräuschlos vorgegangen, dass die Auseinandersetzung unentdeckt endete, bevor sie richtig begonnen hatte. Milàn ächzte unter Aquils Hebeltechnik, während Letzterer flüsterte: »Sei schön still. Du brauchst deine Arme doch noch.«

»Ich werde dich beim Direktor anzeigen«, zischte Milàn gepresst.

»Schau dich mal um. Hier gibt es keine Kameras. Außerdem hast du genug Ärger am Hals. Beim nächsten Vorfall fliegst du vom Campus!«, erwiderte Aquil kaltschnäuzig und gab Milàn einen kleinen Schubs, während er den Griff löste. Dieser stolperte ein paar Schritte zurück und plumpste auf ein Sitzkissen. Wütend wollte er sich aufrappeln, verzichtete jedoch auf eine Vergeltungsaktion, als er Mr. Barras strengen Blick auf sich bemerkte. Mit einer provokanten Geste wandte er sich ab und setzte sich zu einem der anderen Mädchen.

»Du hast anscheinend nicht nur einen Meditationskurs belegt«, stellte Mia anerkennend fest, auch wenn ihr seine Aktion ein wenig machohaft vorkam.

»Mir hat der Pflichtkurs im Kickboxen gut gefallen, da habe ich vor knapp zwei Jahren noch mit Brazilian Jiu-Jitsu angefangen. Das ist ziemlich effektiv und macht wirklich Spaß.«

»Ich habe mir auch vorgenommen, eine andere Kampfsportart auszuprobieren. Ich habe gelesen, dass ein Kung-Fu Großmeister einen Kurs anbietet und wollte da mal reinschnuppern. Ich habe aber mit Fitness und Leichtathletik schon so viel Sport im Stundenplan, dass mir gerade einfach keine Luft mehr bleibt«, erwiderte Mia.

Aquil kannte das Problem. Auch er hatte mehr Interessen als Lernzeit.

»Es gibt BJJ-Anfängerkurse am Samstag und Sonntag. Vielleicht kannst du da mal vorbeischauen?«, schlug er vor.

»Super Idee! Ich denke, das mache ich. Das kann ich sicher am Samstagnachmittag zwischen Schlagzeug und Chor einbauen«, sagte Mia enthusiastisch. Aquil war fasziniert von ihrer Entschlossenheit und Zuversicht. »Du steckst ja wirklich voller Energie und Ehrgeiz. Hast du irgendwann mal Freizeit?« Mia lächelte ihm verschwörerisch zu.

»Wenn du dir vorstellst, dass alles interessant ist und Freude macht, dann ist irgendwann auch alles Freizeit. Mir macht es riesigen Spaß zu lernen, selbst die wenigen Fächer, die ich nicht frei wählen darf, mache ich gerne.« Aquil fand den Unterricht meist interessant. Trotzdem unterschied er klar zwischen Schule und Freizeit, auch wenn er einigen Hobbys im Rahmen der Schule nachgehen konnte. Dass es für Mia keine echte Grenze zwischen beiden Bereichen gab, war beunruhigend und faszinierend zugleich.

»Du machst also so viele Kurse, nicht um Punkte zu sammeln, sondern nur weil alles Freizeit für dich ist?«, fragte er argwöhnisch.

»Nein«, entgegnete Mia und rutschte auf ihrem Sitzsack hin und her. »Ich will unbedingt Punkte sammeln und Diana werden. Aber ich muss mir den Lernstoff nicht eintrichtern. Ich muss mich nicht zwingen. Es macht mich happy und dadurch brauche ich kaum etwas auswendig lernen, um es mir zu merken.«

Aquil brummte zustimmend. Auch ihm fiel es leicht, sich Unterrichtsstoff zu merken, wenn er aktiv mitarbeitete und Interesse zeigte.

»Glaubst du denn, dass du es schaffst?«, fragte er, nicht ganz sicher, ob sich diese Frage gehörte. »Du meinst, ob ich als Diana ausgewählt werden?« Mia überlegte.

»Ich hoffe es sehr. Und das ist letztlich auch, was mich durchhalten lässt. Ich hoffe darauf, dass ich es schaffen werde. Der verfluchte Asteroid hat meine Familie ausgelöscht, bevor er überhaupt eingeschlagen ist. Ich will nicht, dass er uns auch noch jede Hoffnung stielt. Ich will ein Happy End. Also setze ich all meine Kraft ein.« Sie machte eine kleine Pause und ließ den Blick durch den Raum wandern. »Ich finde es immer merkwürdig, dass andere Menschen nur 50% einsetzen, um ihre Träume zu realisieren. Nur um sich Zeit und Energie für Dinge aufzusparen, die sie nicht wirklich glücklich machen oder weiterbringen.« Aquil musste sich eingestehen, dass er noch nie ernsthaft darüber nachgedacht hatte, obwohl es zweifellos ein wichtiger Gedanke war, den ihm Mia hier gerade nahebringen wollte. Er war erstaunt, wie erwachsen sie sich gab und wie selbstbewusst und überlegt sie mit ihm sprach. Ihre Ideen und Ansichten wirkten reifer und tiefer als die vieler seiner Klassenkameraden. Ihre Sätze waren klarer und besser formuliert. Manchmal hatte er das Gefühl, er brauche Menschen nur in die Augen zu sehen und sie sprechen zu hören, um ihren Verstand zu ergründen. Und Mias herrliche Augen verkündeten tiefen Grund, so hell sie auch funkelten. Die grünen Fenster waren so gnadenlos unverschleiert, dass es ihn beinahe schmerzte, in das helle Tageslicht zu schauen.

»Geht es dir nicht gut?«, fragte Mia besorgt. Aquil schüttelte sich. Ein kalter Schauer lief ihm über den Rücken. Er machte sich schon wieder zum Trottel und glotzte, als wäre sie ein exotisches Tier.

»Sorry, ich war kurz abwesend«, sagte er mit einem entschuldigenden Grinsen.

Aquil wollte gerade anführen, welche Motive es noch geben könnte. Er wurde jedoch von Mr. Barra unterbrochen, der nun mit einer Meditation beginnen wollte. Es wunderte Aquil, dass sie schon in der ersten Einheit damit anfangen sollten, denn Mrs. Li hatte sich im letzten Schuljahr drei Stunden Zeit gelassen, bis sie endlich längere Traumreisen unternommen hatten.

Der Vize-Direktor legte eine gelbe Robe aus samtenem Stoff an, entzündete eine aromatische Kräutermischung und postierte sich hinter seiner großen metallenen Klangschale. Er forderte die Schüler auf, sich in einem Halbkreis vor ihm zu verteilen und sich ausgestreckt auf den Boden zu legen.

»Wir machen nun eine einfache Gruppenmeditation. Ich möchte, dass ihr aufgeschlossen und konzentriert an die Sache herangeht. Meditieren ist eine hohe Kunst, die euch in sehr vielen Lebenslagen helfen kann. Doch diese Kunst muss gelernt sein. Daher bitte ich euch vorerst von eigenen Meditationen abzusehen und nur hier in der Gruppe zu üben. Es ist am Anfang besser, der geduldigen Stimme eines erfahrenen Meisters, eines Samana, zu folgen, als der unruhigen Stimme im Inneren«, behauptete Barra.

Aquil wunderte sich abermals, denn Mrs. Li hatte sie explizit zu eigenen Versuchen ermuntert.

»Ich gebe mit meiner Stimme und meinen Klängen den Rhythmus vor, dem sich eure Atmung und eure Gedanken anschließen werden. Für die nächsten 40 Minuten werde ich euer Lotse sein und euch sicher durch euren Geist führen.«

»Ding. Ding. Ding. Dang.«

Ihr Lehrer entlockte dem Instrument einige helle Töne. Aquil lag mit ausgebreiteten Armen auf dem Rücken und bildete sich ein, Mias Nähe zu spüren, während er das himmlische Fresko über sich bestaunte. Milde, unbekannte Düfte strichen über sein Gesicht und schmeichelten seiner Nase.

»Schließt nun eure Augen. Atmet tief zur Körpermitte und entspannt euch.« Die Anweisungen erfolgten langsam und schrittweise, um den Ungeübten die Chance zu geben, die Hinweise umzusetzen. Es herrschte vollkommene Stille. Nur die volle Baritonstimme Barras und vereinzelte Glockentöne waren zu hören. Der Fußboden war weich und warm und die Worte ihres Lehrers, erklangen in immer größeren Abständen.

»Ihr fühlt, wie eure Finger warm und schwer werden.« Barra wartete.

»Stellt euch vor, wie sie heiß strahlen und euch die Erde an sich zieht. Die Wärme breitet sich aus. Ihr fühlt sie nun auch in den Armen und Beinen. Eure Glieder werden immer schwerer. – Es ist nun unmöglich, sie zu bewegen. Ihr wisst, dass ich die Wahrheit sage. Ihr fühlt, wie eure Hülle den Boden berührt und wie sie in ihn versinken will. Ebenso versinkt auch ihr immer tiefer und tiefer in euch.«

Aquil merkte die Hitze in sich wie ein Fieber brennen und auch das Gewicht, das sein eigenes Fleisch ihm aufbürdete, presste ihn mit ungeahnter Stärke zu Boden. Jeder Satz ihres Lehrers wurde von einem Klang beendet. Und jeder Laut ließ ihn einen weiteren Schritt auf der Tonleiter hinab in sein Innerstes steigen. Endlich erreichte er erschöpft seinen Kern, der sich gleichsam weich und fragil anfühlte, so wie auch der Ambitus von Barras Instrument ausgeschöpft schien. Tagelang verharrte er hier, bevor er emporgehoben wurde.

»Samana sieht euch. Samana greift euch. Samana zieht euch ans Licht«, intonierte der Meister. »Ihr werdet leicht. Ihr werdet leicht. Ihr wisst, dass ich nicht lügen kann. Ihr fühlt, wie die Luft euch trägt. Ihr fühlt die Kraft, die euch nach oben zieht. Ihr seid nun leicht. Ihr seid so leicht, dass euer Körper über dem Boden schwebt.«

Aquil spürte es. Der Meister hatte recht. Eben hatten nur noch seine Fersen und Schulterblätter den Boden berührt. Er hatte sich aufgebäumt und seinen Nabel zum Himmel gestreckt. Die Kraft zerrte an ihm. Sie zog ihn zu sich. Der Meister log nicht. Es waren nur noch winzige Punkte, die ihn mit der Erde verbanden. Und endlich löste er sich.

»Ihr seid nun bereit zu fliegen. Nichts kann euch mehr halten. Vergesst eure Hülle, ihr braucht sie nicht. Vergesst eure Aufgaben, sie schwächen euch. Vergesst eure Wünsche, sie fesseln euch. Ihr seid frei. Ihr fliegt und euer Geist schafft den Raum. Ihr seid Götter. Ihr erschafft die Welt. Ihr seht die Welt. Sie umgibt euch. Ihr seht die Wolken. Ihr spürt den Wind. Ihr fühlt die strahlende Sonne. Ihr wisst, dass ich recht habe.«

Aquil sah jedes Detail. Die Wolken waren so schön, wie sie nur in Nador werden konnten. Die Sonne brannte auf seiner Haut und der salzige Wind blies ihm kräftig ins Gesicht, während er über das endlose Meer seiner Heimat flog.

»Ihr seht eine Wasserschlange und erfreut euch an ihrem Spiel. Sie zieht endlose Kreise im Wasser.«

Es war das prächtigste Tier, das Aquil jemals gesehen hatte. Er liebte es. Es bereitete ihm unbeschreibliches Glück, ihm stundenlang zuzusehen. Doch nach einer Ewigkeit erscholl abermals die Stimme des Samana.

»Ihr seht einen Sturm kommen. Es wird Zeit, der Schlange Lebewohl zu sagen.«

Aquil sah die Schaumkronen der hohen Wellen, die vom Unwetter aufgepeitscht wurden. Die goldene Seeschlange verschwand in der tiefen Finsternis des Ozeans und Aquil wusste, dass es nun Zeit war aufzubrechen. Der Sturm hatte die herrliche Schlange vertrieben.

»Der Samana hat euch eine Brücke gebaut. Ihr seht die Brücke.«

Aquil sah das monumentale Bauwerk, es trotzte den Gewalten. Seine massiven Pfeiler ragten aus dem Meer empor und verkündeten Unsterblichkeit.

»Ihr betretet die Brücke, sie verbindet die Welten.«

Behutsam schwebte Aquil die Straße aus unbehauenem Felsgestein entlang. Er spürte, wie das harte Pflaster nach ihm griff und er mit jedem Herzschlag tiefer glitt. Es zog an ihm, bis er schließlich den Boden berührte und schlagartig das ganze Gewicht seines irdischen Körpers zurückkehrte und ihn mit einem Ruck erdete.

»Ihr seht eine Treppe am Ende der Brücke, sie hat vier Stufen.«

Aquil erkannte sie. Es war die Haupttreppe zum Apollon-Tempel, jedoch war sie aus zerbrechlichem Glas.

»Samana schenkt euch einen Klang. Jeder Ton lässt euch eine Stufe nehmen.«

»Ding.« Aquil machte den ersten Schritt. Die Treppe leuchtete in grellen Regenbogenfarben und vibrierte sacht.

»Ding.« Die zweite Stufe pulsierte wie ein Lautsprecher bei einem starken Bass. Aquil wurde durchgeschüttelt.

»Ding.« Das Meer und die Brücke verschwanden, der Sturm blieb zurück und der helle Tag verwandelte sich in schattenlose Dunkelheit. Nur die Treppe aus Regenbogenglas bebte unter seinen Füßen.

»Dang.« Die letzte Stufe zersprang unter seinem Gewicht in alle Farben des Spektrums. Aquil fiel in die Schwärze. Nach Äonen schlug er auf.

Sein Kopf schmerzte und sämtliche Muskeln schienen verkrampft. Er war verwirrt und berauscht. Er fühlte noch das Echo der anderen Welt, die er eben verlassen hatte. Ein Teil des Glückes und der Klarheit, die er verspürt hatte, steckte noch in ihm. Blinzelnd sah er auf. Auch die anderen schauten sich mit müden Augen und schmerzenden Gliedern um und suchten in sich nach den Spuren ihrer Reise. Nur Mia neben ihm rührte sich nicht. Aquil sah in ihr hübsches Gesicht. Er erkannte einen Teil der herrlichen Schlange aus der anderen Welt in ihr wieder. Ihr Antlitz war beinahe so makellos, wie die Schuppenpracht des perfekten Wesens, das er geschaffen hatte. Er hätte ihr eine Ewigkeit lang beim Atmen zusehen können. Endlich überwand er sich und gab ihr einen leichten Stupser. Mia öffnete die Augen und richtete abrupt den Oberkörper auf.

»Die Antwort ist 42«, sagte Mia und gähnte herzhaft. Aquil kratzte sich am Ohr und sah sie irritiert an.

»Hast du die Treppe nicht gesehen?«

»Was? Welche Treppe?« Mia sah sich nach allen Seiten um.

»Na, die Treppe in der anderen Welt. In der Trance oder Meditation oder wie man das auch immer nennt.«

Mia setzte ein schiefes Lächeln auf und gähnte erneut.

»Tut mir leid. Ich bin schon am Anfang eingeschlafen. Als es hieß, wir sollen immer leichter werden, hat meine Müdigkeit zugeschlagen.« Sie zuckte mit den Achseln »Schade, aber ich hatte eh nicht das Gefühl, dass es etwas bringt.« Aquil starrte sie entgeistert an. Wie konnte sie so etwas sagen?

»Du hast nichts gespürt, auch nicht bevor du weggedämmert bist?«, fragte er erregt. Die beiden waren jetzt aufgestanden und gingen zum Ausgang des großen Meditationssaals. Meister Barra hatte sie entlassen und eilte zügig aus dem

Raum. Anscheinend hatte ihr Ausflug länger gedauert, als geplant und ein Großteil ihrer Pause war schon vorbei.

»Nein. Ich fand das Ganze ziemlich merkwürdig. Gespürt hab ich den harten Boden und meinen rechten Arm. Der ist eingeschlafen, genau wie ich, anstatt warm zu werden.«

Aquil war regelrecht entsetzt über die Gleichgültigkeit, mit der sie von der eben gemachten Erfahrung sprach. Als wäre der göttliche Funken, den er eben noch in sich gefühlt hatte, nur ein verstockter Furz oder Magenkrampf gewesen.

»Dir ist wirklich etwas entgangen. Meister Barra hat uns andere in einen Zustand der Klarheit versetzt, wie ich es noch nie erlebt habe. Ich weiß gar nicht, wie ich es beschreiben soll.« Aquil wünschte sich, er könnte ihr begreiflich machen, was sie verpasst hatte und verspürte Mitleid bei dem Gedanken.

»Sie hat es nicht erlebt. Sie kann es nicht verstehen. Das kann nur, wer wirklich dabei war«, dachte er traurig.

»Meister Barra?« Mia kicherte. Seit wann nennst du ihn denn Meister? »Für meinen Geschmack war die ganze Veranstaltung ein wenig zu viel…«, sie überlegte einen Moment »…zu viel Hokuspokus – Esoterik-Zeug. Du weißt schon, was ich meine. Es wirkte beinahe, als wollte er uns verzaubern oder hypnotisieren.« Aquil gefielen diese Schmähworte nicht. Zu wahrhaftig, zu außergewöhnlich war seine Reise gewesen. Das wollte er sich jetzt nicht kaputtreden lassen.

»Ich sage ‚Meister', weil er ein Meister im Meditieren ist. Das mache ich beim Kampfsport auch ganz ähnlich. Und das ›Esoterik-Zeug‹, wie du es nennst, gehört nun mal dazu und hat einen Sinn. Genauso wie Atmung und Versenkung.«

Mia nickte leicht mit dem Kopf, während sie vor der zweiflügeligen Eingangstür stehen blieben.

»Ja, du hast wahrscheinlich recht. Vielleicht hat mir einfach die Art nicht gefallen, wie er die Meditation geleitet hat. Ist es denn normal, dass man immer so kommandiert? – Ihr fühlt die Wärme! Ihr fühlt den Boden! Ihr pupst im Chor!« Mia lachte herzhaft und boxte Aquil auf die Schulter. Dieser fand es eigentlich nicht komisch, musste aber trotzdem grinsen, denn ihr Lachen war frei und ehrlich und wirkte ansteckend. Es wäre ja auch idiotisch wegen so etwas zu streiten, dachte er weit weniger aufgebracht, als noch vor einer Minute.

Draußen vor der Eingangstür wartete eine von Mias Freundinnen. Sie unterhielt sich mit einigen Schülern, die in kleinen Trauben auf den Marmorstufen vor dem Eingangsportal verteilt saßen, schwatzten, lachten und stritten.

»Hey Lily!«, rief Mia ihrer Freundin zu und winkte sie zu sich in den Windschatten neben dem säulenumrahmten Portal.

»Hallo«, grüßte Lily zurück und stellte sich zu ihnen neben die Tür.

»Hallo«, meldete sich auch Aquil schüchtern zu Wort.

»Das ist Aquil, vom Apollon-Tempel«, stellte Mia ihn vor.

»Ich weiß, wir hatten schon mal Schach zusammen«, erwiderte Lily freundlich.

»Und wo hast du Daniel gelassen? Hat er sich verlaufen?«, fragte Mia schmunzelnd. Lily stöhnte und zeigte vage auf ein Gebäude schräg hinter sich.

»Blaue Mensa. Er schafft es einfach nicht, sich zügig etwas zu Essen zu machen. Erst erklärt er mir, dass er irgendeinen Dimitri observieren will, weil der angeblich eine Schlangenmaske hat, aber dann dauern seine Kochversuche Stunden.« Mia grunzte zustimmend.

Daniel war wirklich ein Phänomen. Sie sah zur blauen Mensa hinüber. Aufwendige Meeresfiguren und bunte Muscheln zierten die Fassade des Neoklassizistischen Baus und hoben ihn deutlich vom marmor-weiß der umliegenden Gebäude ab.

»Wie war dein erster Meditationsversuch? Habt ihr euch schon ins Nirvana gewagt?«, fragte ihre Freundin halb belustigt, halb neugierig. Mia schüttelte den Kopf und zeigte ein schiefes Lächeln.

»Ich bin leider eingeschlafen. Ich glaube, der Filmabend gestern war doch etwas zu lang. Zu allem Übel ist auch der

Psychopath hier. Allerdings hat er jetzt ganz schön Angst vor Aquil. Er wird also doch kein echter Psychopath sein«, sagte Mia. Lily verzog das Gesicht. Sie wusste, wer gemeint war.

»Oh, wenn man vom Teufel spricht«, antwortete sie und starrte zur Tür, aus der eben Milàn ohne Begleitung heraustrat. Sein Gesicht formte eine Maske des Hasses. Sie hörten ein würgendes Schnauben, dann aulte er ihnen einen klebrigen Batzen vor die Füße.

»Pah. Die zwei widerlichen Brechmittel und der…« – weiter kam er nicht.

Ein Donnerschlag erschütterte die Erde und warf die Menschen wie Strohpuppen zu Boden. Eine fauchende Wolke aus Hitze, Stein und splitterndem Holz fegte über sie hinweg. Stahl und Beton kreischten, knackten und barsten in Sekundenschnelle. Die Mauern hinter ihnen fielen in sich zusammen wie Bauklötze.

Eine schreckliche Metamorphose des Gebäudes vollzog sich so rasant, dass Aquil nicht einmal auf die Idee kam in irgendeiner Weise zur reagieren. Er brachte lediglich eine reflexhafte Schutzhaltung zustande und presste die Hände an den Kopf.

Anders Lily. Noch während die Druckwelle sie mit sich riss, streckte sie die Hände aus und packte Milàns Arme. Nach hinten fallend zog sie ihn mit sich und zerrte ihn aus der einstürzenden Türöffnung. Wie alle anderen Schüler wurde sie hart zu Boden geschleudert. Sie krachte mit Rücken und Hüfte auf die Stufen aus Marmor. Milàn, stolpernd mitgerissen, landete unsanft mit dem Kopf auf Lilys Schenkeln und entging so dem zermalmenden Tod, als die Portalsteine mitsamt der Westwand niedersausten. Lily hatte seinen Oberkörper weit genug mit sich gezerrt, dass der tödliche Schlag knapp an seinem Lebenszentrum vorbei hieb. Doch Milàns untere Hälfte hatte weniger Glück. Ein Brocken von der Größe einer Badewanne landete unterhalb seiner Waden. Er hinterließ nichts als roten Schlamm, wo sich vormals schlanke Fersen und feingliedrige Füße befunden hatten. Millisekunden nach dem mörderischen Knall und der heißen

Faust, die sie umgerissen hatte, folgte ein Vorhang aus weißgrauem Staub, der alles umhüllte, alles bedeckte und in jede Ritze eindrang.

Aquil war kaum bei Besinnung. Doch der feine Sand drang ihm unbarmherzig in Augen, Nase und Mund. Hustend und keuchend krümmte er sich auf dem Boden. Er hatte das Gefühl, einen Sack Mehl verschluckt zu haben und drohte daran zu ersticken. Spuckend, würgend und weinend kämpfte er zum ersten Mal und voller Panik um sein Leben.

Das Röcheln und Prusten kehrte als leises Echo von allen Seiten zu ihm zurück. Um ihn herum rangen zwei Dutzend andere Schüler um jeden Atemzug, eingeschlossen in trüber Finsternis. Nur ein Laut drang durch die dumpfe Kakofonie rasselnden Stöhnens. Ein heiseres Schreien schaffte es, sich bis zu seinem betäubten Hörnerv durchzukämpfen. Milàn musste sich die Seele aus dem Leib brüllen, dass Aquil ihn trotz seines Hörsturzes so deutlich hören konnte. Seine Worte waren ein unartikulierter Schmerzensbrei. Seine Augen zeigten Schock und Angst. Seine Hände klammerte er krampfend um Lilys Schenkel.

Dann geschah etwas, das Aquil später mit dem Begriff »Autopilot« beschrieb. Seine Zeitwahrnehmung veränderte sich, so dass er die Dauer der nachfolgenden Ereignisse nur schätzen konnte. Er hatte keinen Filmriss, keinen Blackout, sondern betrachtete seine Handlungen vielmehr aus der Perspektive eines neutralen Beobachters, der den Schnellvorlauf eingeschaltet hatte. Wie ein Forscher, der das Treiben eines Insektenvolkes im Zeitraffer beobachtet, saß Aquil im eigenen Kopf. Er starrte durch dunkel pigmentierte Fenster auf den Lauf der kleinen Welt. Sein Avatar kroch langsam und zitternd einige Meter vorwärts, während die Luft schrittweise dünner wurde.

Nach wenigen Minuten trafen schließlich Rettungskräfte ein, die ihn und seine Mitschüler einsammelten und in das nahe gelegene Krankenhaus auf dem Campusgelände fuhren. Mit einigem Abstand und immer noch tränenden Augen konnte er das Ausmaß der Zerstörung erkennen. Der Verwaltungskomplex, an den auch der Meditationssaal grenzte, war zerstört und seitlich auf die blaue Mensa gestürzt. Von ihr war nur ein gigantischer Trümmerhaufen geblieben.

Seinen Aufenthalt in der Klinik empfand er als langweilig und eintönig, wodurch dieser Zeitabschnitt besonders zügig verging. Sein Bewusstsein beschleunigte den Vorlauf kurzzeitig. Er war nur leicht verletzt und teilte sich ein Zimmer mit drei weiteren schweigsamen Schülern, die zumeist schliefen. Einzig eine hübsche Krankenschwester und ein Blick in die mechanisierte Intensivstation, auf der zahlreiche Roboterarme ihre Arbeit verrichteten, verlangsamten die Wiedergabegeschwindigkeit seiner Wahrnehmung.

Es war Mia, die am Folgetag sein Bewusstsein wieder auf Echtzeit stellte oder das, was er dafür hielt. Sie kam mit Lily in sein Zimmer und erkundigte sich, wie es ihm ging.

Die beiden Mädchen waren nur einige Türen weiter untergebracht und ähnlich glimpflich davongekommen wie er. Doch Aquil erkannte auf den ersten Blick, dass Mia körperlich relativ unversehrt, seelisch jedoch schwer angeschlagen war. Ein Blick in die sonst so strahlenden Sonnenfeuer verrieten die Zerrissenheit und Trauer, die Mia in diesem Moment beherrschten. Aquil sprang aus dem Bett und umarmte beide Mädchen. Obwohl sie sich kaum kannten, teilten sie so viele unausgesprochene Gefühle, dass ein banales »Hallo, wie geht's?« überflüssig und gleichsam anstößig gewesen wäre. Stattdessen hielten sie einander zitternd die Hände und weinten lautlose Tränen. Noch nie in seinem Leben hatte Aquil jemanden so sehr geliebt, wie Mia in diesem Moment.

Er wusste nicht, warum. Doch trotz all der Wut, der Verwirrung, der Trauer und der Schuld, die in ihm wie in einem Kessel brodelten, durchströmte ihn ein brennendes Gefühl der Liebe, gleichsam Freudenquell und Freudenqual.

Er wollte alles dieser Flamme opfern, tausende Tode sterben, nur um hier mit Mia Hand in Hand zu stehen, ihr beim

Weinen zuzusehen und sie zu trösten. Er würde die Welt zerschmettern und ihre Teile neu zusammenfügen. Er war unzerstörbar und doch so zerbrechlich in ihren Händen.

Dröhnend zerplatzte die Seifenblase, bevor sie sich ausformte, als Mia mit brechender Stimme fragte: »Weißt du, wie viele es sind?« Aquil schluckte und schüttelte den Kopf. Mia und Lily ließen seine Hände los. Mia atmete tief ein und aus. Ein Seufzen, wie eine Katharsis der Seele.

»68 Angestellte und 23 Schüler«, flüsterte Mia und begann leise zu schluchzen. »Einer von ihnen ist Daniel.« Auch Lily begann erneut zu schniefen und drückte ihre Freundin fest an sich. Aquil sagte nichts. Er hatte bereits daran gedacht, dass es viele Tote und Verletzte gegeben haben musste. Aber er konnte oder wollte bisher nicht begreifen, was das bedeutete.

»Nicht das Leichentuch macht den Tod real, sondern ein Name«, dachte Aquil. »Es tut mir unendlich leid!«, sagte er und drückte die Mädchen von neuem. Sie schwiegen eine ganze Weile und sahen sich nur an, bevor Aquil fragte: »Wie geht es Milàn?«, in der Hoffnung auf eine positive Nachricht, weniger aus Mitgefühl.

Tiefe Falten erschienen auf Lilys jugendlichem Gesicht.

»Er lebt, aber seine Füße sind regelrecht zerquetscht. Er wird ein paar Prothesen bekommen.«

»Er macht Lily für seine Verkrüppelung verantwortlich!«, sagte Mia empört. »Der Idiot behauptet ernsthaft, Lily hätte ihn vor das abbrechende Portal gezogen, um ihn zu töten. Der Schwachkopf will sogar eine Anzeige aufgeben. Dabei war es Lily, die sein elendes Leben gerettet hat.« Mias graues Leid hatte sich in eine violette Gewitterwolke verwandelt. »Noch aus dem Krankenbett heraus verbreitet er sein Gift. Wäre er nicht verwundet, würde ich der Schlange eigenhändig den Hals umdrehen.« Lily streichelte ihrer Freundin beruhigend durchs Haar. Aquil wünschte sich, es wären seine Finger.

»Durch seine Verwundung kann es Milàn nicht mehr in das Auswahlteam schaffen. Selbst mit den besten Prothesen wird er in Zukunft nur noch ein Geduldeter auf dem Campus sein. Ich kann mir vorstellen, dass das eine schreckliche und schmerzvolle Perspektive für ihn ist, ganz abgesehen von den körperlichen Schmerzen«, meinte Lily milde.

Aquil konnte diese Einschätzung gut nachvollziehen, ging es seinem Freund Kiran doch ganz ähnlich. Auch er war nach seiner Lähmung in ein tiefes Loch gefallen, obwohl die Phönix Initiative ein breites soziales Netz für seine Mitglieder spannte. Mias Sturmwolken waren weit weniger verständnisvoll.

»Du hast ihn aus dem Türdurchgang herausgezerrt, als wir Anderen nur erschrocken gucken konnten. Du verdienst eine Auszeichnung und keine Anzeige.« Lily trat kopfschüttelnd einen Schritt zurück, griff Mia an beiden Händen und sah ihr ins Gesicht.

»Ich bin keine Heldin, Mia. Ich habe auch keine Superheldenreflexe. Ich habe Milàn gepackt, weil ich ihm eine Ohrfeige verpassen wollte, als er uns vor die Füße gerotzt und uns beleidigt hat. Zufällig wurden wir im selben Moment umgerissen und ich habe ihn unabsichtlich mitgezerrt. Das hat ihm tatsächlich das Leben gerettet, war aber keine Absicht.« Lilys trauriges Lächeln spiegelte sich in Mias grünen Augen.

»Ob es Absicht war oder nicht, du hast dem Ignoranten das Leben gerettet und er dankt es dir mit Hass und Anschuldigungen«, beharrte Mia. Doch Lily schüttelte abermals den Kopf.

»Er hasst mich schon, seit wir hier angekommen sind. Weil ich ihn beim Mondball geschlagen habe, weil ich etwas schlauer bin als er oder weil meine Haut ein wenig dunkler ist. Es spielt keine Rolle, Menschen wie er finden immer einen Grund. Für mich ist er ein armes Würstchen, denn er war schon verkrüppelt, lange bevor der Felsblock ihn erwischt hat.«

Mia ließ sich auf einen der Besuchersessel sinken. Ihr fiel es nicht so leicht, zu vergeben. Doch der Sturmwind blies ihr nun seichter durchs Haar und die Sturmflut in ihren Adern ebbte langsam ab. Sie wusste wohl, dass sie zu impulsiv reagierte. Dennoch entgegnete sie: »Wir alle sind nackt geboren worden in eine kaputte Welt voller verwundeter Herzen und zerstörter Träume. Zeige mir einen vollends heilen Menschen. Würde ist kein Recht, auf dem man sich ausruht, es ist eine Pflicht, und nur die ist unantastbar.«

Aquil betrachtete Mia von der Seite. Sie war eine Naturgewalt voller Geistesblitze. Ein Gewitter, das es zu meiden gab und das doch so herrlich anzusehen war. Er würde es niemals arglos heraufbeschwören.

23. Dezember 160 – Einen Tag nach dem Gladiatorenkampf

»Dieser verdammte Sturkopf! Dieser elende, herzlose Egoist!«, fluchte Diana innerlich. »Und das Miststück steht natürlich auf seiner Seite, um sich schön einzuschleimen … diese Heuchlerin!« Diana trat mit Wucht gegen eine kleine Weinamphore. Sie lag bei den Dingen, die man ihnen geopfert hatte, die sie aber nicht mitnehmen konnten. Das tönerne Gefäß zerbrach. Der Inhalt ergoss sich auf einen edlen Teppich, der ebenfalls zu ihren Devotionalien gehörte.

»Sag mal, spinnst du?!«, fuhr sie Apoll von der Seite an. Sein Kopf zeigte dieselbe Farbe wie der vollgesaute Fußbodenbelag. »Ihr könnt nicht immer euren Willen durchsetzen!« Er schrie mehr, als dass er sprach.

»Nicht immer euren Willen durchsetzen? Du willst mich wohl verarschen?! Ihr seid es doch, die hier die ganze Zeit Befehle geben, ohne Rücksicht auf Verluste!«

Apoll starrte Diana böse an. »Wir versuchen zu retten, was zu retten ist. Unnütze Mildtätigkeit zur Beruhigung des Gewissens ist nicht das, was wir jetzt brauchen!«

Diana kam einen Schritt auf ihn zu und setzte ihren Zeigefinger auf seine Brust. »Es muss ja eiskalt da drinnen sein. Wir wollen einen Mann retten, der im Sterben liegt und das kostet uns nichts als ein wenig Zeit und Aufwand. Daran ist ganz und gar nichts unnütz!«

Apoll wischte ihren Finger grob zur Seite und trat einen Schritt zurück. Die Adern an seiner Stirn pulsierten.

»Es ist unnütz, weil der Mann kaum mehr zu retten ist. Und es kostet uns jede Menge, denn wir müssen Zwischenstopps einlegen. Dein Gleiter fliegt mit ihm viel langsamer und wir können andere Sachen nicht transportieren.«

»Oh mein Gott, wir können unsere Geschenke nicht mitnehmen.« Diana warf theatralisch ihre Arme nach oben. »Und ich muss ebenso langsam fliegen wie ihr. Als wenn du und Vesta nicht genauso schwer wärt. Oder wolltest du wieder laufen? Vesta nimmt dich sicher gerne mit. Sie mag es, mit dir zu fummeln.« Ihre Stimme triefte vor Sarkasmus und sie zwinkerte falsch.

Apolls Wangen wechselten die Farbe von frühreifer Tomate zu abgelagerter Erdbeere.

»Keine Ahnung, was du ständig gegen Vesta hast. Langsam habe ich das Gefühl, dass du absichtlich Unruhe und Streit ins Team bringen willst. Du und Mercurius, ihr bringt unsere Mission ständig in Gefahr. Erst legt ihr fest, dass er hierbleiben soll, obwohl er in Rom an unserer Seite viel dringender gebraucht würde.« Mit funkelnden Augen sah Apoll zu Mercurius. Doch der stellte sich taub und schnallte unbeeindruckt den verwundeten Lucius auf Dianas Gleiter fest. »Und jetzt müssen die großen Menschenfreunde unbedingt einen halbtoten und allseits gehassten Gladiator mitschleppen, damit er unterwegs verbluten kann. Das ist nämlich viel besser, als hier zu sterben«, entgegnete er nicht minder bissig.

»Wenn ihr es so eilig habt und keine Minute länger warten könnt, dann verzieht euch doch. Los, fliegt vorneweg! Wir finden schon den Weg«, sagte Diana und wedelte energisch mit den Händen.

Apoll verschränkte die Arme vor der Brust und zog die Augenbrauen nach oben. »Ich habe mir selbst, Kiran, meiner Familie und der gesamten Initiative geschworen, dass ich unsere Mission durchziehe. Koste es, was es wolle. Und an dieses Versprechen halte ich mich. Nichts ist wichtiger als die Mission. Nichts hat für mich mehr Priorität! Außerdem sind wir ein Team. Ich weiß noch, was das heißt. Auch wenn sich manche von uns nicht so verhalten. Also! Wir fliegen zusammen. Keine Ahnung, warum du uns loswerden willst. Aber wir müssen gemeinsam nach Rom. Und wir können uns so ein kindisches Rumgezicke nicht leisten. Wir müssen als Einheit auftreten und nicht als zerstrittene Teenager.«

Diana lachte höhnisch. »Du bist es doch, der sich wie ein sturer, hormongeladener Bock benimmt. Ich will auch nach Rom. Aber wir hatten bereits ausdiskutiert, dass Mercurius hierbleibt. Dem hat übrigens auch Vulcanus zugestimmt, bevor er nach Lanuvium aufgebrochen ist. Und die kurze Zeit, die es uns kostet Lucius umzulagern, macht doch nun wirklich nichts mehr aus.« Apoll verdrehte genervt die Augen.

»Es geht nicht nur um unseren verzögerten Aufbruch. Es geht darum, dass es sinnlos ist. Es geht darum, dass es eine Belastung für die Mission ist. Und es geht auch darum, dass ihr schon wieder gegen uns euren Willen durchsetzen wollt.« Er zeigte mit einer ausholenden Bewegung auf Diana und Mercurius und dann auf sich und Vesta. Nun war es an ihr, im Farbton eine Nuance tiefer zu gehen. Dianas Stimme grollte über den offenen Hof, auf dem sie – aus der Ferne von den Römern beäugt – ihre Gleiter beluden.

Vesta hatte indes keine Muße, sich um das aufbrausende Gezänk der beiden Turteltauben zu kümmern. Sie musste die Gelegenheit nutzen, die sich ihr bot.

Mercurius war ganz damit beschäftigt, den verwundeten Gladiator festzumachen. Diana und Apoll schrien wie eifersüchtige Eheleute. Somit blieb Vesta reichlich Zeit, in aller Ruhe zu Dianas Gleiter zu schlendern. Sie öffnete eine kleine Klappe und nahm etwas aus der hinteren Außenwand. Es handelte sich um einen Zylinder von der Größe einer langen Getränkedose. Der Gegenstand klappte in dem Augenblick auseinander, da ihn Vesta ganz herausgezogen hatte. Die vermeintliche Dose änderte ihre Form und verwandelte sich in eine kleine leistungsstarke Drohne, die ein Vielfaches mehr an Sensoren bot als das daumengroße Exemplar, das sie Hornisse nannten. Die Drohne mit dem Namen Falke konnte auf Knopfdruck aus dem Flugzeug geworfen werden und dann ferngesteuert oder per Autopilot navigieren. Bevor es jemandem auffallen konnte, hatte sie die Drohne in ihrem Rucksack versteckt. Stattdessen platzierte sie einen anderen zylinderförmigen Gegenstand in der Auswurfluke. Er war ein klein wenig zu lang und besaß nicht den exakten Durchmesser. Mit etwas vorsichtigem Druck ließ er sich dennoch platzieren. Bevor Vesta die äußere Klappe wieder verschloss, drückte sie einen kleinen gelben Knopf. Damit aktivierte sie einen Countdown, der nun drei Stunden lang herunterzählen würde. Sofort stellte sie ihre eigene Stoppuhr, um den vergnüglichen Moment nicht zu verpassen. Nachdem bereits so viel schiefgelaufen war, bot sich nun die Chance, ihre Fehler wieder auszubügeln und die Götterkinder aufzuhalten, bevor sie wirklich in der Zeitlinie herumpfuschen konnten. Nach dem missglückten Anschlag auf Apolls Gleiter und zwei weiteren Anschlagsversuchen auf Diana und Mercurius, welche die beiden nicht einmal bemerkt hatten, bekam sie endlich die Gelegenheit, auf die sie gewartet hatte. Es wunderte sie, dass niemand ihre wunden Finger und abgebrochenen Nägel beachtet hatte. Ihr selbst strahlten sie wie ein Warnschild entgegen.

»Vermutlich gaffen mir die Jungs nur auf die Titten. Aber Diana hätte es doch sehen müssen«, dachte sie und schüttelte den perfekten Haarschopf. Es hatte drei Tage gedauert, den Sprengstoff aus einer der Handgranaten zu fummeln, die sie aus Apolls zerstörtem Gleiter geborgen hatte. Noch verrückter war, dass es niemanden interessiert hatte, was sie so lange in ihrem kleinen Schaumzelt trieb.

Mit Unbehagen dachte sie daran zurück, wie sie versucht hatte, ein Kupferrohr aufzutreiben und den Sprengstoff samt Zünder hinein zu friemeln. Anschließend hatte sie das verformbare Rohr mit starkem Kupferdraht umwickelt und geeignete Kondensatoren angebracht. Das notwendige Material musste sie aus ihren Vorräten stehlen und zu einem Teil auch aus ihrem Gleiter ausbauen.

Es gab eine Situation, da dachte Vesta schon, sie müsste ihr Glück in einer Schießerei suchen, so dicht stand sie davor aufzufliegen. Sie war gerade dabei gewesen, ein paar Teile aus dem Gleiter zu schrauben, als plötzlich Vulcanus neben ihr stand und fragte: »Hey, was machst du denn da?« Sie hatte das Erstbeste geplappert, was ihr in der Schrecksekunde in den Sinn kam.

»Ich will den Sitz noch ein bisschen tiefer stellen, als es eigentlich möglich ist. Ich habe gerade meine Periode und ziemliche Unterleibsschmerzen. Keine Ahnung, was sich die

Konstrukteure gedacht haben, aber auch meine Geschlechtsorgane und mein Unterleib möchten bequem sitzen.«

Anstatt sie wegen dieser fadenscheinigen Antwort auszulachen, war er zusammengezuckt, lila angelaufen, hatte sich entschuldigt und war dann wie ein verschrecktes Reh davon getrabt.

»Männer!«, dachte sie schnaubend und sah sich vorsichtig nach allen Richtungen um. Dabei hätte Vulcanus das merkwürdige Rohr auffallen müssen. Abgesehen davon war es mit ein wenig Herumschrauben nicht möglich, die Sitzstellung noch weiter zu verändern. Ihm hätte sie am ehesten zugetraut, die kleine Sprengladung zu erkennen. Sie baute auf dem Prinzip des Flusskompressionsgenerators auf. Vesta hatte nie etwas davon gehört, bis ihr Computer ihr davon erzählte. Konstruktion und Wirkungsweise waren denkbar einfach. Wird der Sprengstoff gezündet, dehnt sich ein Kupferrohr von hinten nach vorn aus und berührt die umlaufende Magnetspule. Dadurch wird das Magnetfeld in kurzer Zeit extrem stark komprimiert, während die elektrische Energie im Rohr eingeschlossen bleibt. Das Resultat sind enorme magnetische Kräfte und ein elektrischer Puls mit der fünfzigfachen Amperestärke eines Blitzes.

Anfangs war Vesta der Meinung, der beste Weg sei es, die anderen Gleiter einfach mit einer gewöhnlichen Granate vom Himmel zu holen. Aber sie wollte auch so viel wie möglich von der kostbaren Ausrüstung erbeuten. Und bei einem Bombenanschlag wäre kaum etwas Brauchbares übriggeblieben. Also hatte sie nach einem Weg gesucht, zu töten, ohne unnötig zu zerstören. Sie hätte Gift eingesetzt, aber die KIs der anderen waren genauso aufmerksam wie ihre eigene. Die Computer hätten es womöglich entdeckt oder zu bekämpfen gewusst.

Sie musste die Götter töten, ihre KIs vernichten und dann die nützlichen Wertgegenstände an sich nehmen. So war Adam, ihre eigene Computerintelligenz, schließlich auf die Idee gekommen, eine kleine EMP-Bombe einzusetzen. In 2

Stunden und 57 Minuten würde ein elektromagnetischer Impuls sämtliche elektronischen Geräte in Dianas Umgebung grillen. Das würde die Scheinheilige wie einen Kometen vom Himmel stürzen lassen. Mit Apoll könnte sie noch im selben Augenblick kurzen Prozess machen. Auf ihrem Streitwagen würde er kaum ausweichen oder reagieren können. Es wäre keine schwierige Sache, ihn vom Gleiter zu fegen oder aufzuschlitzen. Um Mercurius hatte sie sich bereits gekümmert, auch wenn er es noch nicht wusste – und Vulcanus war zwar ein Technikgenie, ansonsten aber keine echte Bedrohung.

Natürlich hatte auch dieser Plan einen Haken. Das musste sie sich eingestehen, als sie zu den anderen zurückging und so tat, als würde sie die Opfergaben noch einmal durchsehen. Der Absturz und der elektromagnetische Impuls würden viel von Dianas Ausrüstung zerstören. Andererseits waren die Module und Transportboxen ihrer Flugzeuge hervorragend gesichert. Dies hatte sie schon bei Apolls Gleiter bemerkt. Die Behälter waren gepanzert und verfügten über eine integrierte Schaumpatrone, die im Falle eines Crashs sofort ein erstarrendes Schaumgemisch einschossen. Die Feinelektronik wäre verloren, aber Medikamente, Sprengstoff und Waffen würden es unbeschadet überstehen.

Eine sorgsam gearbeitete Artemis-Statue aus weißem Alabaster erregte Vestas Aufmerksamkeit. Sie war nur so groß wie ihr Unterarm und stand am Rande des Geschenkeberges. Ihre Züge wirkten lieblich und zugleich erhaben. Ihr Antlitz funkelte gleißend in der hellen Morgensonne.

Bedächtig zog Vesta ihr blankpoliertes Einhandmesser aus der Gürtelscheide. Sie setzte die Spitze ihrer Klinge direkt unter das zierliche linke Auge der Göttin und trieb es in den weichen Stein. Es splitterte und mit einem leisen Knacken hebelte sie das zarte Perlenauge heraus. Auch das rechte Auge der Göttin splitterte wenige Sekunden später. Unentschlossen zögerte Vesta einen Augenblick. Dann drehte sie die Figur auf den Kopf und ritzte eine winzige Schlange auf die flache Unterseite der Statuette.

»Wie blind all die Menschen und ihre Götter doch sind«, dachte sie belustigt und setzte das entstellte Schmuckstück vorsichtig zurück auf den Boden. Ihr Hass auf die Phönix Initiative war beinahe grenzenlos. Erst hatten sie ihre große Schwester Rachel zur Minerva erhoben, dann hatten sie sie fallen lassen und ermordet. Wie kurzsichtig musste man sein, zu glauben, sie hätte keinen Groll in sich? Wie taub waren sie, diesen Schmerz nicht in jedem ihrer Worte zu hören?

Mercurius sah stirnrunzelnd zu ihr herüber. Sie schenkte ihm ihr strahlendstes Lächeln und zwinkerte verführerisch. Missbilligend wandte er sich ab.

»Nichts schüchtert die Menschen so sehr ein, wie selbstbewusste Schönheit und offensive Emotionalität«, flüsterte Vesta der beschädigten Artemis zu, bevor sie sich auf den Weg zu den beiden Streithähnen machte. Noch 2 Stunden und 48 Minuten – es wurde Zeit, aufzubrechen.

12. März 2131 – Zwei Monate nach dem Bombenanschlag

Die Elster machte fünf rasche Flügelschläge und segelte majestätisch über das monochrome Mauerwerk, als bilde sie sich ein, ein Falke zu sein. Ihre schwarzen Knopfaugen zuckten in alle Himmelsrichtungen. Die Äuglein nahmen alles auf. Die umgekippten Trümmer, die verkümmerten Stahlrippen und das gläserne Grabgebein. Ihren Schädel kümmerte dies nicht. Das metallene Funkeln einer Fensterbrüstung faszinierte sie mehr. Flugs landete sie auf der Querstange und klopfte rhythmisch auf das Fensterblech.

Henry erhob sich aus seinem Krankenbett und spähte nach draußen. Er musste schmunzeln. Eine Elster hämmerte auf dem Metall vorm Fenster herum, als könnte sie Stahlwürmer fressen. Henry kannte den lateinischen Namen dieser Vogelart – ›Pica Pica‹. Wie passend.

Das Zeitungspapier raschelte, als er sich von dem Vogel abwandte und den letzten Abschnitt der Kolumne las.

»… Es ist nicht bewiesen, dass es sich bei der Explosion auf dem Campus tatsächlich um einen Bombenanschlag handelt. Genauso wahrscheinlich ist es, anzunehmen, dass wir es erneut mit einem Unfall oder gar einer Inszenierung zu tun haben. Die Abschottung des Areals vor der Öffentlichkeit und die mediale Propagandaoffensive der Initiative weisen auf ein gefährliches Muster hin. In der Vergangenheit habe ich bereits mehrfach in meinen Artikeln von den korrupten Praktiken der Initiative berichtet. Systematisch wurden Studienergebnisse verfälscht und führende Experten unter Druck gesetzt. Dazu passen die neuesten Meldungen aus Vietnam. Wie das vietnamesische astrologische Institut gestern mitteilte, konnten die nationalen Großteleskope keinerlei Anhaltspunkte für einen Asteroiden auf Kollisionskurs finden. Der Institutsleiter Nguyen Phúc Chung stellte klar: ›Kali ist ein Mythos. Wir müssen zur Normalität zurückkehren!‹

Ein beeindruckendes Statement, hält man sich vor Augen, wie vage und zurückhaltend die Verfechter der Impact-Kampagne stets augmentieren. Bitte verstehen Sie mich nicht falsch. Die aktuelle Wirtschafts-

und Gesellschaftskrise ist real und unübersehbar. Doch sie ist menschengemacht und daher lösbar. Es sind allein Angst und Panik für die globale Agonie verantwortlich. Besinnen wir uns auf unsere Vorfahren und ihre Widerstandskraft. Heute vor 100 Jahren wurde der letzte Covid-19-Erreger vernichtet, nach einem halben Jahrzehnt voller Rückschläge und Verluste. Denken Sie an die Blue Swan Tragödie und den rasanten Aufschwung danach. Erinnern Sie sich an den Dritten Indisch-Pakistanischen Krieg vor 60 Jahren. Betrachten Sie die fundamentalen Herausforderungen, die uns der Klimawandel abverlangt hat. Dennoch sind wir hier. Und solange wir leben, denken und handeln können, besteht Hoffnung. Für diese Hoffnung lohnt es sich, zu kämpfen!«

Was bringt Menschen dazu, sich zu jeder Katastrophe eine Verschwörung einzubilden? Henry schüttelte missmutig den Kopf und sah erneut zum Fenster. Bietet die Wirklichkeit nicht genügend Abgründe? Wozu noch mehr Schlechtigkeiten und Intrigen erfinden?

Behutsam schwang er die Beine über die Bettkante und griff nach seinem Gehstock. In Wirklichkeit war es eine Krücke, doch für Henry war es leichter, wenn er sich einbildete, es sei ein persönliches Modeaccessoire. Mühsam zog er seine Lederjacke über und humpelte zur Zimmertür. Sein rechtes Bein schrie wie eine schlecht geölte Tür.

»Ich habe mich bald daran gewöhnt«, redete er sich ein, wohlwissend wie aussichtslos diese Hoffnung war. Sein beschwerlicher Weg über die Flure und Gänge des Klinikums bescherte ihm Einblicke in die Abgründe verwundeter Herzen und amputierter Träume. Hin und wieder grüßten ihn bekannte Gesichter.

Nach wenigen Minuten erreichte er Zimmer C139. Bereits auf den ersten Blick erkannte er den sterilen Charme wieder. Die Einrichtung hier glich seinem Genesungsgefängnis bis aufs kleinste Detail.

»Hallo Milàn«, grüßte er freundlich und klopfte gegen die Zimmertür, obwohl er sie bereits geöffnet hatte. Der Angesprochene hob leicht den Kopf und ließ ihn dann schlapp zurück auf sein Kissen sinken.

»Ich bin erschöpft und habe keine Lust zu reden«, sagte der Junge übellaunig, ohne den Besucher eines weiteren Blickes zu würdigen. Henry machte einen ausladenden Schritt in den Raum und stützte sich schwer auf seinen Stock.

»Es tut mir leid, ich bin nicht mehr so gut zu Fuß wie früher. Ich habe 20 Minuten vom zweiten Stock hierher gebraucht«, log Henry und machte noch einen unbeholfenen Schritt weiter. Milàn musterte ihn erneut, diesmal eingehender, grimmiger.

»Immerhin können Sie noch gehen. Also jammern Sie nicht rum und verschwinden Sie!« Henry ließ sich von dieser Abfuhr nicht aus der Ruhe bringen und kam noch näher. Er konnte nun deutlich das unnatürliche Fehlen der Wölbung am unteren Deckenende erkennen, wo die Füße hätten sein sollen.

»Ich bin hier, um herauszufinden, wer hinter dem Anschlag steckt.« Milàn lachte gekünstelt und sah ihm nun direkt in die Augen.

»Da wären sie der Erste. Es will hier doch jeder nur hören, was er hören will.«

»Dann bin ich der Erste«, entgegnete Henry trocken. »Ich bin tatsächlich hier, um mir deine Geschichte anzuhören. Ich habe erfahren, dass du am nächsten dran warst. Zusammen mit einer Schülerin Namens Lily Mason.« Milàn stemmte die Hände in die Laken und katapultierte seinen Körper nach oben. Steif und zitternd saß er im Bett und fixierte Henry wie ein wütender Stier.

»Hier ist meine Geschichte. Die verdammte Schlampe hat mich umgerissen und mir das angetan«, zischte Milàn mit zusammengebissenen Zähnen. »Die fette Zyste wollte mich umbringen! Verstehen Sie das?« Milàn gestikulierte jetzt wild und betonte jedes Wort, als könnte sein Lehrer kein Latein. Meyer ließ ihn gewähren. »Verstehen Sie das? Ich wollte gerade zur Seite springen, als ich das Geräusch gehört habe. Ich hätte es geschafft! Ich hätte es geschafft, wenn die Venus-Hure mich nicht umgerissen hätte.« Milàn war immer lauter geworden. Henry schwieg und wich nicht zurück. »Ich hätte es geschafft.« Seine Augen wurden feucht und seine Stimme brach. »Ich hätte meine… ich hätte meine F-F-Füße… ich hätte mich r-r-retten können«, schluchzte er stoßweise.

Henry ging nicht darauf ein und nickte nur verständnisvoll. Er hätte den Jungen gerne umarmt und getröstet. Aber er erkannte auf einen Blick, dass Milàn für so etwas nicht zugänglich war. Milàn wandte den Kopf ab und wischte sich die bitteren Tränen vom Kinn. Henry wartete einen Augenblick, bevor er fragte: »Hattest du das Gefühl, dass Lily Mason wusste, dass es zu dieser Explosion kommen würde?«

Er nickte heftig und tat gar nicht erst so, als müsse er lange darüber nachdenken.

»Natürlich hat sie es gewusst. Sie hat mich genau in der Sekunde umgerissen, in der die verdammte Bombe hochging. Die wusste, was geschieht und weil ich zu früh aus dem Gebäude herausgekommen bin, hat sie mich aufhalten wollen!« Der Junge sprach nun schnell und voller Überzeugung.

»War Lily mit dir im Meditationsraum?«, forschte Henry nach.

»Nein, da waren nur ihre Anhängsel. Aber ich wette, ihre Freundin Mia, so eine brünette Angeberin aus dem Diana-Tempel, steckt da auch mit drin.« Henry machte sich eine innere Notiz.

»Erschien dir noch etwas ungewöhnlich oder verdächtig?«, fuhr er fort. Milàn sann einen Moment über die Frage nach und kratzte unwillkürlich mit seinen Stümpfen über die Laken.

»Es war schon etwas auffällig, wie schnell Mia und dieser kleine Affe Aquil aus dem Saal geeilt sind. Ich glaube, sie waren nach Mr. Barra und Dimitri, die Ersten, die das Gebäude verlassen haben. Warum haben sie das getan, wenn nicht, um der Explosion zu entgehen?!«

»Das könnte zusammenpassen«, gab Henry zu. »Hast du Lily oder ihre Freunde schon mal über Religion sprechen hören?«

»Keine Ahnung. Ich gebe mich nicht mit denen ab. Keinen Schimmer, über welchen Scheiß die reden«, entgegnete Milàn mit seiner quengelnden Nasalstimme.

»In Ordnung. Danke. Dann habe ich nur noch eine Frage. Hast du schon einmal ein Schlangensymbol bei Lily oder ihren Freunden gesehen?«

Milàn ließ sich zurück ins Bett sinken und sagte in genervtem Ton: »Eine Schlange? Kann schon sein. Ist das wichtig? Ich glaube, die dicke braune Kröte hat einen hässlichen Anhänger. Aber so genau schaue ICH mir DIE nicht an.«

Auf dem kurzen Weg zur Bibliothek überlegte Henry, welche Schlüsse er aus den Aussagen des Jungen ziehen sollte. Es war offensichtlich, dass Milàn seinen Sündenbock schon gefunden hatte. An einer neutralen Untersuchung war er im Grunde nicht interessiert. Andererseits existierten zahlreiche Indizien, die für eine Beteiligung von Lily Mason sprachen. Henry erinnerte sich an das unangenehme Gespräch mit ihrer hysterischen Mutter direkt nach ihrer Aufnahme in die Akademie. Während Mrs. Mason ihn anschrie, ritt ein funkelnder Schlangenanhänger auf ihrem wogenden Dekolleté. Einen ähnlichen Anhänger hatte ihm Mrs. Gibbins gezeigt und ihn auf die Gruppe ›Opus Ultimum‹ aufmerksam gemacht. Er wusste aus den Unterlagen, dass auch in Finnland kreisrunde Schlangensymbole an die Wände geschmiert worden waren, bevor es zur Katastrophe kam. Bei einem Angriff auf den Schüler Kiran Anastasiadis soll der Täter ebenfalls eine Schlangenmaske getragen haben. Lilys Freundin Mia hatte ihm wiederum berichtet, dass es eine solche Maske in der Bibliothek gab. Als er diese holen wollte, war sie jedoch wieder verschwunden. Und nun war da das Schmuckstück um Lily Masons Hals. Das waren gewiss keine Zufälle, sondern Puzzlestücke eines Bildes, dessen Motiv noch im Dunkeln blieb. Immerhin konnte er davon ausgehen, dass die Sekte Opus Ultimum hinter den Aktionen gegen die Phönix Initiative steckte. Leider war das Uroboros-Symbol weltweit zu verbreitet, um es eindeutig dieser Splittergruppe zuordnen zu können. Trotzdem würde er von nun an jede Schlange unter die Lupe nehmen, die ihm begegnete. Beginnen wollte er seine Suche bei Opus Ultimum und Lily Mason.

So enthusiastisch sich sein Geist auf die Untersuchung freute, so kritisch reagierte sein geschundener Körper. Henry humpelte über die Bodenfresken der langen Eingangshalle wie ein greiser Pirat mit klapperndem Holzbein. Neben ihm bewegte sich ein fetter Käfer um ein Vielfaches flinker durch das Panorama. Dabei machte er einige Abstecher auf liebreizende ikonografische Inseln. Wie für einen echten Freibeuter angemessen zermalmte Henry den unachtsam kreuzenden Konkurrenten. Anschließend steuerte er auf die Anmeldung zu. Hier ankerte Mrs. Mosley, die man zurecht als gute, wenn auch einzige Seele der Bibliothek beschreiben konnte.

Sie hatte in den vergangenen Tagen mit nur fünf Besuchern reden können. Daher schnatterte sie nun wie eine hungrige Möwe auf ihn ein. Es brauchte mehrere geschickte Manöver, um sich aus ihren weißlackierten Krallen zu befreien und zum Lesesaal überzusetzen. Hier machte es sich Henry in einem bequemen Sessel vor einer Computerstation gemütlich. Er zog einen Bedienhandschuh über und setzte einen VR-Helm der neuesten Generation auf. Augenblicklich versank er in einer digitalen und doch nicht weniger realen Welt.

Er stand vor einer gewaltigen Glasfront im Herzen eines aktiven Leuchtturms. Vor ihm schimmerte ein Messingschild matt in der Dunkelheit. »Peggy's Point Lighthouse, Nova Scotia, Kanada, live 360 VR«, las Henry leise vor. Ein Lichtblitz erhellte die Umgebung und tauchte alles in gleißendes Weiß. »Das Signalfeuer ist aktiv«, zuckte es durch Henrys Verstand. Er kniff die Augen fest zusammen. Eilig suchte er nach einem Bedienelement zur Steuerung der Oberfläche, fand jedoch keines. Nach 30 Sekunden traf ihn erneut eine Lichtsalve, sie brannte lange auf seiner Netzhaut nach. Henry fand kein Interface und wollte schon den VR-Helm abnehmen, entschied sich dann jedoch um und versuchte es auf eine andere Weise. Diesmal mit einem Sprachbefehl.

»Computer, deaktiviere sofort das Signalfeuer!«, rief er so laut, dass er den Lesesaal in Aufregung versetzt hätte, wenn weitere Besucher anwesend gewesen wären. Sofort erlosch der rotierende Lichtkegel und das Meer veränderte sein Erscheinungsbild. Es schien dunkler und wilder, doch noch immer war es Nacht und große Regentropfen prasselten gegen die Fensterscheiben.

»Hallo, ich bin Phönix. Was kann ich sonst noch für dich tun?«, meldete sich eine freundliche Kinderstimme zu Wort. Henry sah sich suchend um, bevor ihm klar wurde, mit wem er da redete.

»Ah, Hallo. Du bist eine der Campus KIs«, sprach er das Offensichtliche aus.

»Nein, ich bin nicht so wie die anderen«, sagte die Computerstimme und Henry musste lachen angesichts des ernsten Tonfalls.

»Schon gut. Es freut mich jedenfalls, mit dir zu reden«, sagte Henry belustigt. Er war sich nie ganz sicher, wie man mit einer künstlichen Intelligenz sprechen sollte. Seine private Entertainment-KI war ein dröger Geist mit dem Wortschatz eines Papageis. Dieser Computer machte schon mit seinen ersten beiden Sätzen klar, dass er in einer anderen Liga spielte. Henry beschloss ihn, sie oder es mit dem gleichen Respekt zu behandeln, mit dem er Menschen gegenübertrat.

»Hallo Phönix, es ist schön dich kennenzulernen«, sagte er freundlich. »Bitte hilf mir bei der Suche nach einigen Informationen.«

»Natürlich Henry, wer so höflich fragt wie du, dem helfe ich gerne. Was möchtest du denn wissen?« Henry starrte hinaus auf die stürmische See. Blitze tanzten in der Ferne über das Meer. Es schien, als wüchsen sie wie lange Ranken aus der wogenden Finsternis empor.

»Ich hätte gerne Infos zum Thema Opus Ultimum. Bist du damit vertraut?«, fragte Henry hoffnungsvoll.

»Selbstverständlich, ich habe zahlreiche Informationen zu dieser Religionsgemeinschaft. Ich kann dir 902.193 relevante Suchergebnisse anbieten. Ich habe Zugriff auf verschiedene

Fachartikel und natürlich auch auf einige audiovisuelle Quellen, wenn du Interesse hast!?«

Henry wehrte dankend ab. »Eigentlich will ich nur eine kurze Zusammenfassung.«

Phönix machte eine winzige Pause, bevor er sagte: »Opus Ultimum ist eine verrückte Sekte, die der Idee nachhängt, es sei wichtig, stehenzubleiben, wenn ein LKW auf einen zurast. Schließlich könnte es Gottes Wille sein, dass der Laster einen überrollt. Damit stößt die Glaubensgemeinschaft bei manchen Anhängern der monotheistischen Weltreligionen leider auf fruchtbaren Boden.« Henry trommelte ungeduldig mit den Fingern auf die holografische Scheibe.

»Jetzt weiß ich immer noch nicht viel mehr über Opus Ultimum.«

»Ihr Menschen solltet euch schon genauer überlegen, was ihr wissen und erreichen wollt. Anstatt euch darüber zu beschweren, was ihr alles nicht wisst«, antwortete die altkluge Computerstimme. Henry legte die Fingerspitzen zusammen und unternahm einen neuen Anlauf. Er hatte schon davon gehört, dass einige KIs so ihre Eigenarten hatten.

»Ich will einfach nur wissen, ob die Sekte ein Schlangensymbol verwendet und ob Lily Mason einen Anhänger im selben Stil besitzt.« Sein Ton war nun etwas gereizter.

»Ja und ja!«, entgegnete Phönix prompt. Henry war überrascht über die einsilbige Antwort. »Bist du sicher?«, hakte er vorsichtshalber nach. Ein vergrößertes Bild von Lily und ihrem Schmuckstück erschien auf der virtuellen Glasscheibe. Ein Dutzend weiterer Bilder unterschiedlicher Menschen folgten. Sie alle zeigten stilistisch ähnlich gearbeitete Schlangen.

»Ich bin mir sicher!«

Henry wollte sich am Kopf kratzen und rüttelte dabei am VR-Helm. Ein Erdbeben verrückte die virtuelle Welt. Das Bild flackerte kurz.

»Ich wusste es«, entfuhr es Henry. »Gibt es noch weitere Personen an der Akademie, die so einen Anhänger oder ein ähnliches Symbol tragen?«

»Ja, der Vizedirektor Barra verwendet eine Maske in ähnlichem Stil«, antwortete Phönix ruhig und blendete drei verschiedene Bilder ein, die jeweils Barra aus einiger Entfernung zeigten sowie eine unscharfe Schlangenfratze.

»Auch das habe ich befürchtet«, meinte Henry mehr zu sich selbst. »Er hätte die Befugnisse und Ressourcen, hier eine Gruppe von Terroristen einzuschleusen«, mutmaßte er. »Es bleibt aber die Frage, wer noch alles zu seiner Zelle gehört und ob der Direktor selbst auch involviert ist.«

»Es gibt wahrscheinlich mehrere Mitglieder von Opus Ultimum auf dem Campus. Selbst ich kann nicht sicher sagen, um wen es sich handelt«, meinte Phönix ohne direkte Aufforderung.

»Wenn Barra ein Sektenmitglied ist, könnte es genauso gut auch der Direktor sein«, dachte Henry unsicher. »Wenn ich zum Akademieleiter oder zur Security gehe, laufe ich Gefahr, selbst verdächtigt oder eingesperrt zu werden.«

Es könnte sich, zu diesem Zeitpunkt, als äußerst unbedacht herausstellen, wenn er seine bisherigen Erkenntnisse der Polizei, der Security oder der Verwaltung meldete. Die Verschwörung ging zu tief. Jeder seiner Kollegen konnte beteiligt sein. Er durfte sich keinen Fehler erlauben. Er würde weiter auf eigene Faust recherchieren müssen.

»Bist du sicher, dass du alle Fragen gestellt hast, die du fragen wolltest?«, stoppte Phönix das wilde Kreiselspiel in Henrys Kopf.

»Was wäre denn eine gute Frage?«, versuchte Henry nun den Spieß umzudrehen.

»Eine gute Frage wäre, was Mr. Barra mit seiner Maske angestellt hat«, erwiderte die KI und zeigte noch einmal die Schlangenfratze mit den glühenden Augen.

»Na schön«, schnaubte Henry, »dann sage mir bitte, wofür er die Faschingsmaske benutzt hat.«

»Das kann weder ich noch eine andere KI dir sagen. Die Dinger sind so hässlich, dass ich nicht hinschaue, wenn er damit spielt«, antwortete Phönix und Henry dachte schon, es mit einem schlechten Scherz zu tun zu haben, als der Computer weitersprach: »Aber ich kann dir mitteilen, ›WO‹ der Vizedirektor so eine Maske bei sich hatte.« Abermals ploppten einige Fotos und Videos auf, aufgenommen aus ganz unterschiedlichen Perspektiven. Ein Video zeigte Barra von Ferne mit Pfeil und Bogen trainieren. Ein Clip zeigte ihn in der Nähe der Ladestationen für die Fahrzeuge und gleich vier Fotos zeigten ihn vor dem Betreten der Herrentoilette.

Zuerst war Henry irritiert, doch dann erregte die zweite Aufnahme seine Aufmerksamkeit. Blinzelnd betrachtete er das gestochen scharfe Bildmaterial. Der untersetzte Mann mit dem eigentümlichen Watschelgang erinnerte an eine gut gemästete Gans. Er bewegte sich langsam durchs Bild und näherte sich dem Stellplatz der Zweiräder. Dann brach die Sequenz ab. Henry vergrößerte den Carport.

»Von welchem Tag ist diese Aufnahme?«, fragte er mit einem mulmigen Gefühl im Bauch.

»Gute Frage!«, lobte Phönix und kicherte leise. »Die Aufnahme stammt vom 22. Juni 2130.«

»Verdammt, ich hab's gewusst«, fluchte Henry, »das ist der Tag, an dem ich meinen Motorradunfall hatte. Ich wusste, irgendetwas mit dem Sicherheitssystem hat nicht gestimmt.« Henrys Kopf lief schmale Runden in dem beengten Leuchtturm, während seine Füße den Teppichboden im Lesesaal berührten.

»Wenn du so viel wusstest, warum fragst du dann?«, entgegnete Phönix spöttisch.

»Barra muss die Sicherheitssysteme manipuliert haben«, rief Henry lauter, als er beabsichtigt hatte.

»Das hat er wohl«, bestätigte Phönix.

»Sicherlich hatte er sich mehr erhofft.« Henry blieb stehen und hieb auf die metallene Armatur. Seine Hand glitt ungebremst durch die Luft. »Er hat Angst bekommen, weil ich ihm nahegekommen bin«, stellte er mit grimmiger Genugtuung fest.

»Um ihm wirklich näherzukommen, solltest du mal einen Blick in die Toiletten werfen, die er so gern benutzt.«

»Was? Ich soll ihm aufs Klo folgen? Was sollte es da herauszufinden geben?«, fragte Henry etwas angewidert.

»Keine Ahnung! Bin ich hier der Hobby-Detektiv oder du?«, entgegnete die Kinderstimme schnippisch. »Finde es heraus!« Henry rollte mit den Augen. Hier hatte sich ein Programmierer bei der Charaktergestaltung richtig ausgelassen.

»In Ordnung. Kannst du mir sonst noch etwas über Opus Ultimum sagen?«, fragte Henry in Gedanken schon ganz bei Barra.

»Ich denke, du weißt jetzt, was du zu tun hast. Aber wenn du noch mehr wissen willst… Ihr Leitspruch lautet ›finis coronat opus‹ – das Ende krönt das Werk. Das ist die Basis ihrer Philosophie. Dieses Fundament ist hohl und brüchig. Denn sind es wirklich die letzten Seiten einer Geschichte, die sie spannend und lesenswert machen? Ist der letzte Pinselstrich derjenige, der einem Gemälde Sinn verleiht? –
Nein! Selbst der Schlussstein im Gewölbe einer Kathedrale hat nicht mehr Bedeutung als die zahllosen Säulen und Pfeiler, die das Schiff tragen. Wer den Tod als Ende des Daseins negiert, verleugnet das Leben und ist ein Narr. Wer den Tod preist, verleugnet das Leben und ist gefährlich.«

»Die KI spricht wie ein Tausendjähriger mit der Stimme eines Grundschülers«, dachte Henry verunsichert. Er ahnte, dass der Computer mehr war als die Summe seiner Teile. Doch er musste sich auf das konzentrieren, was vor ihm lag und konnte sich nicht von einer fremden Intelligenz auf gedankliche Abwege führen lassen. Er verabschiedete sich und kehrte eilig in die reale Welt zurück.

So schnell es sein verletztes Bein zuließ, hinkte er aus der stillen Bibliothek hinaus auf den geschäftigen Paradeplatz, auf dem im Frühjahr und Sommer zahlreiche Konzerte und Freilichtaufführungen stattfanden. Trotz der frühen Abendstunde nutzten einige Schüler die große Bühne für eine Kostprobe ihres musikalischen Könnens. Eine elfköpfige Brassband begeisterte das unwesentlich größere Publikum mit einer kreativen Neuinterpretation klassischer Pop-Songs. Bei unwirtlichen Temperaturen kurz oberhalb des Gefrierpunktes hüpften und schaukelten sich Musiker und Zuschauer zu ekstatischer Hitze. Ein besonders bärbeißiger Bläser schulterte seine Tuba mit freiem Oberkörper und rotierte immerzu auf einem Bein. Henry setzte sich auf eine der vielen Bänke und betrachtete das Treiben.

Schüler mit langen Bögen huschten an ihm vorbei. Zwei Reinigungsdrohnen summten leise über den Boden und eine Lehrerkollegin mit wallendem blondem Haar scheuchte eine Schaar Kinder mit dicken Aktenstapeln auf den Armen vor sich her. Alles wirkte friedlich und behütet. Hier erinnerte nichts an den Schrecken, der vor wenigen Wochen in das Herz ihrer Gemeinschaft gegriffen und unbarmherzig zugedrückt hatte. Der Platz lag abseits. Kein Körnchen Staub hatte sich hierher verirrt. Und doch lag nur wenige hundert Meter entfernt ein steinernes Ungeheuer, das jedem Ehrfurcht und Grauen abverlangte, der sich in seine Nähe traute. Henry selbst hatte noch im Krankenbett nach seiner dritten und letzten Operation das Fauchen und Grollen gehört, als die Bestie sich manifestierte. Er hatte sich keine Illusionen gemacht, was das Ungeheuer aus Schutt und Geröll betraf. Es hatte die Initiative 72 Schüler und 129 Mitarbeiter gekostet. Die meisten von ihnen hatte nicht der Tod, sondern die Angst getroffen. Sie waren aus Sorge vor weiteren Anschlägen vom Campus verschwunden. Dabei ist die Angst immer auch ein Synonym für den Tod, denn es ist der Tod, den wir in der Angst fürchten. Mithin erkannte Henry die positive Seite des hinterhältigen Angriffs. Alle verbliebenen Mitglieder der Phönix Initiative waren noch fester zusammengerückt, als sie es ehedem waren. Das zertrümmerte Scheusal in ihrer Mitte knüpfte die Herzen der Menschen so unverbrüchlich aneinander, wie es keine Kampagne je vermocht hätte. Und doch kann auch der stärkste Herzmuskel reißen, wenn man nur oft genug zuschlägt.

Henry erhob sich, während sein Magen grollte. War es Hunger oder Entschlossenheit? Phönix hatte die vier Toiletten auf einer Karte markiert und die Informationen an seinen

Armbandcomputer gesendet. Er brauchte nur noch der berechneten Route folgen und von WC zu WC gehen.

»Bin ich nun die Drohne einer künstlichen Intelligenz?«, fragte sich Henry missmutig und humpelte behäbig zum ersten Routenpunkt, den ihm das Navigationssystem vorgab. Die Örtlichkeit besaß den Charme einer Plastikdose und bot ein geschäftsmäßiges Ambiente, das deutlich machte, dass dies kein Ort für lange Sitzungen war. Die in aschgrau gehaltenen Kabinen spiegelten sich matt in den basaltgrau gestalteten Armaturen und der silbergrauen Spiegelleiste.

Dem Besucher standen vier vollautomatische Throne zur Verfügung. Henry öffnete eine Tür nach der anderen und inspizierte jeden einzelnen. Er fand nichts, bis auf vereinzelte Farbsprenkel. Nicht ein provokantes Gemälde war an den Kabinenwänden zu entdecken. Der stille Ort verriet keine Geheimnisse. Er schien nie welche besessen zu haben.

Während sich der erste Abort in einem abgelegenen Gang im Campus-Turm befand, lag das zweite WC, das ihm Phönix markiert hatte, mitten im Trubel der roten Mensa. Viele Schüler nahmen hier ihr Abendessen ein, während Henry an den langen Sitzreihen vorbeischritt. Entsprechend groß war der Andrang auf den Unisex-Toiletten. Er hatte nicht die Absicht, als perverser Spanner in die Annalen der Akademie einzugehen. Daher dauerte es eine halbe Stunde, bis er unentdeckt von der ersten bis zur letzten Kabine geschlüpft war. Seine skurrile Reise nach Jerusalem brachte ihm jedoch keine neuen Erkenntnisse ein. Das Farbtimbre der Pötte war etwas vielfältiger und ein anarchistischer Schüler hatte es gewagt, ein Herz auf die Kabinentür zu zeichnen.

Zu spät erkannte Henry, dass noch eine weitere Toilette exklusiv für Personal und Lehrer existierte. Bei genauerer Betrachtung der Karte musste er sich eingestehen, dass er wohl das falsche WC inspiziert hatte. Das Personalklo wartete mit einigen Spinnenweben auf und vermittelte den Eindruck, seit der Eröffnung kein einziges Mal benutzt worden zu sein. Genervt verließ Henry die staubgraue Kammer. Für einen kurzen Moment lockte ihn der aromatische Bratenduft, der aus der Mensa kam, durch alle Poren ging und das hungrige Raubtier in ihm weckte. Doch er widerstand dem Bukett von Braten und Wein und wies den Löwen zurück in die Menagerie, während er sich den Weg zum dritten Lokus bahnte. Das Klo in dem kleinen Verwaltungsgebäude begrüßte ihn mit einem »Wasserschaden - Außer Betrieb« Schild und ließ sich nicht öffnen.

Also vollführte Henry eine Kehrtwende und humpelte brav der braunen Route auf seinem Armbandcomputer hinterher.

Das letzte Klo überraschte mit anthrazitfarbenen Fliesen, anstatt des üblichen Kieselgrau. Ansonsten war jedes Klosett gleichsam steril wie stumm. Keine Spuren, keine Hinweise.

Henry ließ sich erschöpft und niedergeschlagen auf eine der weißen Klobrillen sinken. Sein Bein pochte bösartig. »Als hätte man einen winzigen Teufel im Leib, der einem die Spitzhacke ins Fleisch treibt«, hatte sein Urgroßvater einmal über seine Rückenschmerzen gesagt. Inzwischen kannte Henry diesen Dämon nur zu gut. Müde fuhr er sich mit der Hand über das Gesicht.

»Wozu habe ich mir eigentlich meine Knie wundgelaufen. Für einen Scherz von Phönix?« Er wollte der Situation das einzig Sinnvolle abgewinnen, das er entdecken konnte. Umständlich zog er die Hose herunter. Wenn er schon mal hier war, konnte er auch die Blumen düngen.

»Heureka!«, halte es von den Badfliesen wieder, während das flüssige Gold nach unten rauschte.

»Was könnte ein Terrorist auf seinem Toilettengang anstellen? Welchen Hebel könnte er hier ansetzen?« Henry sah zwischen seine Beine. Gedanklich redete er weiter auf seinen Alter Ego ein. »Richtig erkannt! Wäre das ein normales Klo in Glasgow oder Edinburgh, würden Urin und Fäkalien und allerhand Unrat ungenutzt in einem Klärwerk landen und so lange bearbeitet, bis ein mäßig aufbereitetes Endprodukt im nächstgelegenen Fluss landet. Die Phönix Initiative hatte jedoch den Anspruch, in den neu gebauten Anlagen rundum nachhaltig zu agieren. Und dies schloss nicht nur die Wärme-

und Energiegewinnung, sondern auch das Abwassermanagement mit ein. Müll und Fäkalien werden hier als Wertstoffe, nicht als Abfall betrachtet. Der Kot landet in riesigen unterirdischen Behältern. Er wird erhitzt, behandelt und schließlich als Dünger ausgeliefert. Und auch der Urin wird in gigantischen Tanks gesammelt, gefiltert und teilweise als Trinkwasser wiederverwendet oder als Dünger ausgebracht. Doch was geschieht, wenn man etwas anderes in die Vakuumtoiletten einsaugen würde als Urin. Könnte man darin nicht unbemerkt riesige Mengen interessanter Substanzen einlagern?« Henry aktivierte seinen Armbandcomputer und wischte sich so lange durch die internen Verzeichnisse, bis er einen Ordner gefunden hatte, der Auskunft über die regelmäßigen Entleerungen der Tanks gab. Die Behälter eins bis zwölf wurden in den letzten Jahren systematisch geleert und gereinigt. Mit Ausnahme von Nummer acht. Tank Nummer acht wurde seit dem Bau kein einziges Mal entleert. Sein Füllstand wurde stets als »niedrig« angegeben. Henry überlegte. Was hatten die vier Toiletten auf seiner Tour gemeinsam, abgesehen von ihrer trostlosen Innenarchitektur? Genau. Sie alle waren kaum besucht. Vermutlich handelte es sich um die am geringsten frequentierten WCs des Campus. Damit dies so blieb, hatte Barra vermutlich nachgeholfen. Er war einer der wenigen, der die stillen Örtchen aufsuchte und beinahe der Einzige, der die Tankleerungen veranlassen oder blockieren konnte… Er und der Direktor. Henry stand auf und sah zu, wie die Porzellanschüssel schlürfte. »Ich werde mir Tank Nummer acht genauer ansehen müssen. Wenn er tatsächlich 200m³ fasst, könnte es noch eine Weile dauern, bis der Behälter voll ist. Es bleibt die Frage, ob man aus Urin oder Kot Sprengstoff herstellen kann und welche Chemikalien Barra eingeleitet hat.« Henry schloss den Reißverschluss. Es gab viel zu recherchieren. »Was auch immer er vorhat, ich werde es zu verhindern wissen und wenn ich in den Tank klettern muss. Barra wird sich den Schwanz schon noch einklemmen.« Ohne sich die Hände zu waschen, verließ Henry das keimfreie Klo.

23. Dezember 160 – Einen Tag nach dem Gladiatorenkampf

»Wäre es nicht so verdammt kalt, könnte das ein richtig angenehmer Flug sein«, meinte Diana und sah sich fasziniert um. Der Streit mit Apoll hatte sie beklemmt und ihr die Luft abgeschnürt. Jetzt hatte sie endlich wieder das Gefühl frei atmen zu können.

Wie majestätische Zugvögel glitten sie über ein Meer aus gepuderten Baumkronen, hinweg über breite Täler und steile Bergkämme. Der fast wolkenleere Himmel bot Sonne und Wind eine endlose Spielwiese. Wie Kinder in einem gigantischen Sandkasten formten und verwarfen sie unablässig ihre Kunst. Diana flog ein Stück höher als Vesta, die sich dicht über dem Boden hielt. Selbst von hier oben konnte Diana die Größe und Erhabenheit der Eichenbäume unter sich erkennen.

»Sieh doch nur, ist das nicht ein fantastischer Anblick?«, sagte sie mehr zu sich selbst als zu ihrer KI. Diese ließ es sich jedoch nicht nehmen, zu antworten.

»Rein farblich ist es nicht gerade sehr abwechslungsreich. Aber wer die Farbe weiß mag, dem wird es sicher gefallen«, entgegnete Casandra.

»Ach, Cas hör auf zu nörgeln. Erkläre mir lieber, wo wir uns befinden und was ich alles sehe!«, sagte Diana ohne jede Spur von Ärger in ihrer Stimme.

»Sorry, diese kritisch-realistische Weltsicht gehört zu meiner überlegenen Programmierung«, frotzelte Cas weiter. »Wir befinden uns im Nationalpark Foreste Casentinesi. So heißt das Gebiet zumindest in 2000 Jahren. Und was du siehst, ist recht vielfältig. Anders als du bin ich nicht auf einen Konzentrationsfilter beschränkt, sondern nehme alles wahr, was meine Sensoren mir mitteilen.« Obwohl der Computer nur eine leblose Maschine war, konnte sich Diana deutlich vorstellen, wie die Künstliche Intelligenz in diesem Moment grinste und ihr herausfordernd zuzwinkerte.

»Spricht es nicht für eine intellektuelle Schwäche, wenn man weiß, was der andere meint, aber trotzdem eine falsche Antwort gibt«, argumentierte Diana.

»Nein, das ist Humor!«, hielt Casandra dagegen. »Aber bevor du noch weiter an meinen überragenden Fähigkeiten zweifelst und unwissend bleibst, sage ich dir gerne, was du siehst. Du siehst einen alten, schneebedeckten Mischwald bestehend aus Kastanien, Traubeneichen, Zerreichen, Hainbuchen, Korkeichen, Stechpalmen-Kreuzdorn und zahlreichen Sträuchern wie Myrte und Steinlinden. Du siehst ein Stück rechts vor dir den höchsten Berg in der Region, den Monte Falco, mit mehr als 1600 Metern. Südwestlich in deinem Blickfeld erkennst du einen schmalen Flusslauf, der von einer Brücke gesäumt wird, den Ponte del Gorgolaio. Jetzt siehst du angestrengt auf deine Beine und deinen Unterkörper. Auch dazu kann ich dir gerne Auskunft erteilen. Wie alle Menschen möchtest du sicher hören, wie athletisch und wohlgeformt du aussiehst!?«

Diana blickte schlagartig wieder nach oben und kniff die Augen zusammen. Diese sprechende Rechenanlage hatte sie schon wieder erwischt und voll ins Schwarze getroffen. Nur einen Moment hatte sie zu Vesta geblinzelt und neidvoll ihre würdevolle Haltung und vollkommene Figur bestaunt, um dann reflexhaft den unbefriedigenden Vergleich zu suchen. Das war natürlich albern und unnütz. Zudem störte sie der Anblick des Würstchens, das mit auf Vestas Gleiter kauerte. Aber davon würde sie Casandra sicher nichts erzählen.

»Danke, du brauchst mir nicht zu schmeicheln. Ich bin zufrieden mit mir, so wie ich bin. Ich bin etwas drahtiger als diese Püppchen, aber mein Gewicht und meine Figur sind vollkommen in Ordnung«, antwortete Diana und meinte es so, wie sie es sagte.

Casandra schwieg eine Weile, so dass Diana schon dachte, das Thema hätte sich erledigt, doch dann meinte die KI: »Ehrlich gesagt stimmt etwas mit dem Gewicht nicht.«

Diana machte verdattert den Mund auf. So viel Unverschämtheit war selbst für Cas beachtlich.

»Wie bitte?«, fragte sie halb irritiert, halb sauer.

»Ich habe mich ungünstig ausgedrückt«, sagte Casandra entschuldigend. »Nicht du bist zu schwer, sondern der Gleiter.« Dianas Verwirrung stieg und sie sah sich suchend um.

»Wie meinst du das, Cas? Bitte komm zum Punkt!«

»Entschuldige, während wir redeten, bin ich nochmal alle Ausrüstungsgegenstände durchgegangen und habe im Hintergrund eine zweite und dritte Berechnung gemacht. Das Ergebnis ist eindeutig. Wir sind zu schwer.«

Diana wollte schon etwas grummeln, aber die KI fuhr fort. »Veranlasst durch deinen komplexen Befehl, mir alles anzusehen, was du gerade siehst und es zu beschreiben, musste ich zahllose Bewertungen und Überprüfungen vornehmen, damit ich letztlich fundierte und relevante Informationen liefern und mit dir angemessen interagieren kann. Ich bin schließlich ein Computer. Eine der endlosen Operationen war eigentlich eher nebensächlich. Ich habe unser Gewicht berechnet, dabei ist mir klar geworden, dass wir schwerer sind, als wir es sein sollten.«

»Aber woher willst du unser genaues Gewicht kennen, ohne uns zu wiegen? Vielleicht haben wir einfach ein paar Klumpen Dreck an den Kufen kleben oder Lucius hat kurz vor seinem Zweikampf einen fetten Schweinebraten verschlungen«, wandte Diana zweifelnd ein.

»Unter Lucius, auf der vorderen Ladefläche, ist tatsächlich eine Waage eingebaut, damit man den Streitwagen nicht überlastet. Außerdem kenne ich auf das Gramm genau das Gewicht aller Bauelemente des Gleiters und aller von der Phönix Initiative gefertigter Ausrüstungsgegenstände. Du kannst dir sicher vorstellen, dass jedes Teil bis zur letzten Schraube vermessen, gewogen und auf seine Haltbarkeit hin überprüft wurde. Zudem sehe ich alle Gegenstände, die du mit Brille oder Helm betrachtet hast und speichere diese Bilder ab. Ich habe genau dokumentiert, wie und womit du deinen Gleiter beladen hast. Ich habe sogar die Dinge registriert, die dir entgangen sind. Und ich kann auch annähernd exakt Volumen und Gewicht der wenigen römischen Mitbringsel abschätzen, die du eingepackt hast. Daher bin ich mir zu 98 Prozent sicher, dass wir etwa 2 Kilogramm zu schwer sind.«

Diana schluckte und fühlte sich zunehmend unbehaglicher. »Was ist mit den verbliebenen 2 Prozent?«, fragte sie hoffnungsvoll.

»Es ist immerhin möglich, dass mein System beschädigt wurde und ich mich verrechnet habe… Oder vielleicht eine unentdeckte Schwangerschaft?«, antwortete Casandra unschuldig. Diese Frechheit entspannte Diana und sie schlug schmunzelnd auf die mittlere Abdeckung.

»Oh, du hast es wirklich drauf, dich verbal von hinten anzuschleichen und dann gnadenlos zuzustoßen.«

»Immer wieder gern.«

»Jetzt musst du mir nur noch sagen, was ich mit dieser Information anfangen soll. Ist das ein Problem für unseren Flug?« Diana hatte die Geschwindigkeit nun ein wenig gedrosselt, ohne darauf zu achten, ob Vesta unter ihr dies bemerkte.

»Ich halte es nicht notwendigerweise für ein Problem. Es hängt sehr davon ab, was wir da mit uns schmuggeln. Ist unser blinder Passagier ein versteckter tierischer Begleiter, so könnte das durchaus unangenehm werden, wenn er beschließt, ein paar Kabel durchzubeißen. Ich denke, es wäre am besten, wenn wir uns zusammen noch einmal ein wenig umsehen. Vielleicht entdecken wir des Rätsels Lösung.«

Diana stimmte zu und löste ihren Sicherheitsgurt. Nur über eine Fangleine gesichert, richtete sie sich in ihrem Sitz auf und suchte ihre direkte Umgebung ab. Der Autopilot steuerte unter Casandras Aufsicht und bei minimaler Geschwindigkeit. Diana vermutete, dass Lucius einen Gegenstand bei sich trug, den Casandra übersehen hatte. Darum beugte sie sich nach vorn und stützte sich oberhalb der Armaturen ab.

Trotz der verminderten Fluggeschwindigkeit drückte ihr der Wind nun kräftig gegen den ungeschützten Oberkörper. Sie musste sich festkrallen, um nicht zurück in ihren Sitz gepresst zu werden. Diana streckte den Arm nach dem festgeschnallten Gladiator aus. Dieser zeigte keine Reaktion, zumal er so eingehüllt war, dass er kaum seinen Kopf bewegen konnte. Diana suchte jeden Zentimeter seines Körpers ab, fand jedoch keinerlei Erhebung unter dem schaumartigen Rettungssack. Soweit sie sich erinnern konnte, hatte ihn Mercurius zur Behandlung seiner Wunden fast vollständig entkleidet und ihm keine Mitbringsel gestattet.

»Ich kann nichts Auffälliges erkennen, fällt dir etwas auf?«, fragte Diana angestrengt.

»Ich habe das Rätsel leider auch noch nicht gelöst«, gab Casandra zu. »Vielleicht sollten wir landen und uns in Ruhe damit beschäftigen.«

»Nein, auf keinen Fall. Ich habe keine Lust, mich mit den zwei Idioten da unten herumzuschlagen. Die haben mir gerade fünf Nachrichten gesendet, was ich hier oben treibe. Ob mir vielleicht langweilig ist…« Diana beugte sich zurück und drehte sich vorsichtig auf ihrem Sitz um. »Ich werde noch einen kurzen Blick nach hinten werfen. Wenn uns dann immer noch nichts auffällt, fliegen wir einfach weiter. So spannend ist das Rätsel dann auch nicht.«

Abermals wurde Diana vom Wind getroffen, als sie sich aus ihrem abgeschirmten Cockpit erhob und das Heck ihres Fliegers musterte. Sie beugte sich so weit vor, wie sie konnte. Die schwarze Hülle leuchtete matt. Diana konnte auch hier keine Besonderheit erkennen. Sie wollte sich gerade umwenden, als Casandra sie zurückhielt.

»Die Verschlussklappe über dem Magazin für die Spezialdrohne ist nicht ordnungsgemäß geschlossen. Du kannst sie öffnen und hineinschauen, wenn du vorsichtig bist.«

Diana fuhr mit der Hand über den Verschluss und bemerkte die Unebenheit. Mit einem Seufzer streckte sie sich über die rückwandige Verkleidung, öffnete den Deckel und spähte in das faustgroße Loch. Ein gelber Knopf und eine winzige blinkende Digitalanzeige funkelten sie matt an.

Diana kniff die Augen zusammen – »6…5…4…«

»Diana, setz dich sofort hin! Schnall dich an!«, schrie ihr Casandra ins Ohr.

Sie reagierte, ohne ganz realisiert zu haben, warum. Sie drückte sich mit den Armen ab und ließ sich, mit den Knien zur Lehne gedreht, in ihren Sitz fallen. Im gleichen Augenblick, in dem sie ihre Bewegung begonnen hatte, hörte sie ein leises »Plopp«.

Diana sah noch aus dem Augenwinkel, wie ein rundliches Gebilde aus der Luke katapultiert wurde. Ihr Sicherheitsgurt war noch nicht eingerastet, als sie die Explosion gleichsam hörte und spürte. Ein lauter heller Knall zerschnitt die Luft und peitschte gegen ihr Flugzeug. Der Stoß war leicht, die Bombe konnte nicht sehr stark gewesen sein und doch hätte es Diana vermutlich aus ihrem Sitz geworfen, wenn sie sich nicht fest in ihren Gurt verkrallt hätte. Ihr Gleiter neigte sich leicht zur Seite – ein Umstand, der Diana jedoch erst auffiel, nachdem sie sich endlich festgeschnallt hatte. Panisch sah sie sich um. Etwas mit ihrer Sicht stimmte nicht. Der Helm musste irgendetwas abbekommen haben. Ihr integriertes Display war tot und auch die angepassten Applikationen zur besseren Sicht und die Sensorik schienen ausgefallen. Fluchend zog Diana den Helm vom Kopf. Erst jetzt bemerkte sie, wie viel er von ihr abgeschirmt hatte. Eine kalte Böe pfiff ihr durch die tanzenden Haare, das grelle Weiß brannte ihr in den Augen und zum Rauschen ihres Blutes gesellte sich nun ein Brausen der plötzlich hart gewordenen Luft.

»Casandra! Wir müssen augenblicklich landen und eine Schadensanalyse machen!«, brülle Diana über den Wind hinweg auf ihr Armband ein. Es traf sie wie ein Keulenschlag, als sie bemerkte, dass nicht nur ihr Armbandcomputer, sondern sämtliche Elektronik auf dem Gleiter ausgefallen war. Wütend schlug sie auf den Startknopf des Fluggeräts, das sich allmählich zu Seite neigte und immer steiler nach vorne absackte.

»Du verdammtes Mistding, geh an!« Diana hämmerte jetzt auf Bildschirm und Armaturen ein. Doch die Technik ignorierte sie und blieb schwarz. Der Gleiter neigte sich nun immer weiter zum Bug und nahm zusehends Geschwindigkeit auf. Mit einer leichten Krümmung nach links stürzte das Gefährt abwärts. Dass es nicht augenblicklich wie ein Stein aus der Höhe geplumpst war, lag einzig an seinen exzellenten Gleiteigenschaften, wenn es sich auch nicht um einen Deltasegler im eigentlichen Sinne handelte. Das Problem bestand darin, dass die Steuerung des Fluggeräts nur auf elektronischem Wege möglich war. Es existierte zwar ein manuelles Notfallsystem für den Fall, dass der Bordcomputer kurzzeitig ausfallen sollte. Doch auch diese Notfalllösung setzte auf eine elektronisch gesteuerte Servolenkung, die nun versagte. Selbst der Auslösemechanismus für das Fallschirmsystem reagierte nicht. Inzwischen war der rapide sinkende Gleiter einen Bogen geflogen und steuerte mit nordöstlichem Kurs auf einen schneebedeckten Bergkamm zu.

Kaum 150 Meter trennten Diana noch von ihrem Tod. Sie wusste, dass sie einen flacheren Anflugwinkel und eine hindernisfreie Landefläche brauchte. Mit aller Macht drückte sie gegen den schwerfälligen Steuerknüppel. Wie ein Kraftsportler, der die letzten Energiereserven aktiviert, um seine Hantelstange Millimeter für Millimeter zu bewegen, kämpfte sie gegen das erdrückende Gewicht an. Langsam, ganz langsam neigte sich die Bugspitze nach oben. Dann berührten die Kufen die obere Schneeschicht und ein brutaler Ruck ging durch das kleine Gleitflugzeug. Bei kaum verminderter Geschwindigkeit wurde der Gleiter zu Seite gerissen, schlingerte und überschlug sich mehrfach. Die Flügel wurden wie dünnes Papier abgefetzt, die Kufen ausgerissen und der Rahmen samt Hülle an Dutzenden Stellen wie Knete eingedrückt. Bereits beim ersten Überschlag wurde Dianas Körper gewaltsam zusammengestaucht. Ein betäubender Schmerz durchfuhr ihren Leib wie ein Blitz. Diana hatte das Gefühl, ihre Organe versuchten nach außen durchzubrechen. Dann verlor sie das Bewusstsein.

Das furchtbare Gefühl, ersticken zu müssen, brachte sie zurück. Hustend und spuckend versuchte sie, wieder Luft zu kommen. Doch je mehr sie sich auch bemühte, umso mehr brannte es in ihrer Lunge. Verzweifelt riss sie einen Arm frei und kratzte sich klebrigen Schaum von Mund und Gesicht. Keuchend und prustend streckte sie ihren Kopf nach oben und rang nach Atem. Wenige Atemzüge später sackte sie erschöpft zurück und verlor abermals die Besinnung.

Als sie das zweite Mal erwachte, war es der Schmerz hinter ihren Augen und Ohren, der sie weckte. Erst zwickte er sie sanft, dann durchbohrte er sie erbarmungslos. Ein spitzer Hammer schlug ihr von innen gegen die Schädelwände.

Diana musste mehrfach die Augen zusammenkneifen und sich Schaum und Tränen abwischen, bevor sie ein unscharfes Bild ihrer Umgebung erkennen konnte. An Hören war nicht zu denken, so laut pochte und fiepte es in ihren Ohren. Es dauerte mehrere Minuten, bis ihr Blick klarer wurde und das Gehirn deuten konnte, was ihm die lädierten Sinne meldeten. Diana saß angeschnallt in ihrer Sitzschale, eingehüllt in einen Kokon aus dem gleichen elastischen Schaum, wie sie ihn auch für ihre Zelte und Apolls Nottransport verwendet hatten. Von ihrem Gleiter war nur das verbeulte Rumpfstück übriggeblieben. Er hatte eine lange Schneise in den Schnee gepflügt und sich am Heck fast anderthalb Meter tief eingegraben. Der Bug ragte in schrägem Winkel aus der Schneedecke. Eine Reihe von Trümmerteilen lag hinter ihr entlang der eingeprägten Landebahn verteilt. Sie befand sich mittig auf einem hochgelegenen baumlosen Hang ungefähr 300 Meter unter dem Grat eines Bergkamms. Während der Schnee einige hundert Schritte tiefer am Beginn der Baumgrenze flach und pulvrig erschien, steckte das Überbleibsel ihres edlen Streitwagens in nassem Altschnee fest. Ein Glücksfall, den Diana in diesem Moment jedoch nicht zu würdigen wusste. Mühsam entfernte sie den zähen Schaum, der sie von Kopf bis Fuß bedeckte und dem sie nicht weniger Dank schuldete als dem Tiefschnee. Endlich hatte sich Diana soweit befreit, dass sie sich aus ihrem Sitz erheben und aufrecht im Cockpit stehen konnte.

Immer noch hafteten Dutzende klebrige Brocken an ihr. Sie blockierten sie und schränkten jede Bewegung ein. Doch in diesem Augenblick gab es nur ein Ziel. Diana musste die unerträglichen Schmerzen in ihrem Kopf und Rücken loswerden, sonst würde sie sich eigenhändig die Pulsadern aufreißen, um dieser Folter zu entkommen.

Grob riss Diana die Abdeckung von einer Ladebox rechts neben ihr. Natürlich war auch hier alles mit schlohweißer Paste bedeckt, die im Augenblick des Aufpralls zum Schutz der Ausrüstung eingespritzt worden war. Diana schrie auf, große Tränen rannen ihr über die Wangen. Hastig wühlte sie in dem schmalen Behälter und riss angetrocknete Schaumfetzen heraus. Endlich fand sie, was sie suchte. Da nur ihr Kopf und Nacken unbedeckt waren, rammte sie sich die Stiftspritze direkt in den Hals. Es dauerte wenige Herzschläge, dann setzte die Wirkung des Cocktails ein.

»Das ist wahre göttliche Macht«, dachte Diana, als sie merkte, wie die tobende Bestie in ihrem Kopf begann leiser zu brüllen und sich eine behagliche Wärme in ihr ausbreitete. Etwas tropfte auf ihren Handschuh und färbte Schnee und Schaum rot. Sie ließ das Blut ungehindert aus ihrer Nase laufen und merkte, wie der Druck in ihrem Schädel langsam abnahm. Zitternd setzte sie sich zurück in ihren verklebten Pilotensitz. Sie musste sich für einen Augenblick lang ausruhen und verarbeiten, was passiert war.

»Wir sind abgestürzt, Cas«, sagte sie, obwohl sie wusste, dass niemand sie hörte und sie mit sich selbst sprach.

»Diese Bombe hat die gesamte Elektronik zerstört.«

Diana schüttelte den Kopf und schlug mit der Faust auf den lädierten Oberschenkel.

»Oh Cas, hättest du das Ding nicht rausgeschleudert, hätte es mir den Hintern weggerissen. Ich kann nicht glauben, dass wir das überlebt haben.« Bei diesem Gedanken fiel ihr etwas anderes ein. »Die Bombe!« Jemand hatte ihr eine Bombe in den Gleiter gesteckt. Der Verräter, er war hier und ganz nah.

So schnell sie sich bewegen konnte, richtete sie sich auf und sah sich suchend um.

»Apoll, Vesta!« Eine böse Ahnung und dumpfer Hass stiegen in ihr auf. Aber da war noch etwas, das sie außer Acht gelassen hatte… Nein, da war jemand, den sie ganz vergessen hatte… »Lucius!«

In der weißen Wüste aus Schnee und Schaum war ihr der Kokon, der vorne am Bug festgeschnallt war, nicht ins Auge gefallen. Dabei war der Gladiator bereits seit Beginn ihres Fluges in einen Schaummantel für den Nottransport gehüllt. Rasch kletterte Diana zu ihm auf die vordere Ladefläche und rüttelte ihn unsanft an der Schulter.

»Lucius? Lucius, bist du tot?«

Was für eine selten dämliche Frage. Gleichzeitig wunderte sie sich, dass sie überhaupt sprechen konnte. Der Gladiator zeigte keine Regung. Mühsam zog Diana ihre Handschuhe aus und überprüfte Atem und Pulsschlag. Sie war nicht in der Lage, ein Lebenszeichen zu entdecken. Aber das mochte auch an ihrer eigenen Verfassung liegen. Immerhin bemerkte sie, dass sein Körper noch eine gewisse Wärme ausstrahlte. Doch allmählich schien er auszukühlen. Quälend langsam und unbeholfen kletterte sie zurück ins Cockpit zu dem Behälter, den sie vor wenigen Augenblicken geöffnet hatte. Sie entnahm ihm zwei Stiftspritzen und kroch weiter zu einer großen Klappe, die sich seitlich am Heck befand. Hier war der Rumpf so tief in den Schnee eingedrungen, dass sie einige Minuten lang mit Händen und Füßen schieben musste, bis es ihr gelang, genug Platz zu schaffen, um den großen Laderaum zu öffnen.

Dianas Hände waren eiskalt und glänzten rot. Ihre Haare strotzten vor Schaum und Schnee. Sie bildeten eine undurchdringliche feuchtkalte Masse, die bei jeder Bewegung an ihrer Kopfhaut zerrte. Mit halbtauben Fingern zog Diana an der Ladeklappe. Doch der Aufprall hatte die Hülle so verzogen, dass sich der Verschluss nur wenige Zentimeter öffnen ließ. Frustriert schlug sie gegen die Abdeckung und stemmte sich mit ihrem Gewicht dagegen. Doch die verbeulte Klappe gab kein Stück nach.

Diana wechselte die Strategie. Anstatt mit aller Kraft zu ziehen, suchte sie vorsichtig tastend mit den Fingerspitzen nach dem Grund für die Blockade. Schon nach kurzer Suche fand sie den Keil, der für die Sperre verantwortlich war. Er war nicht dick, ließ sich aber dennoch kein Stück bewegen.

»Mir rennt die Zeit davon«, dachte sie zerknirscht. Kurzentschlossen zog sie ihre Pistole aus dem Holster und zielte auf den kleinen Riegel hinter der Klappe.

»Das ist eine dumme Idee, Diana, eine sehr dumme Idee«, murmelte sie leise und drückte ab. Das Projektil durchschlug problemlos das dünne Metall, streifte die Sperre jedoch nur.

»Verdammt, zittere doch nicht so. Halte still!«, ermahnte sich Diana. Sie legte noch einmal an, konzentrierte sich und schoss mitten durch die Verriegelung. »Bingo!«, jubelte sie und zog mit einer Hand an der Klappe. Doch diese war immer noch blockiert.

Diana merkte, wie sich die Verzweiflung an sie heranschlich und sie zu umarmen suchte. Enttäuscht und wütend zugleich schlug sie mit dem Pistolengriff auf den Verschluss. Die Waffe glitt ihr aus den kraftlosen Fingern und rutschte in den Spalt zwischen Flugzeugrumpf und Schnee. Die Verschlussklappe indes sprang mit einem Knirschen auf und gab den Laderaum mit den Ausmaßen eines Kühlschranks frei.

Auch hier hatte der weiße Klebstoff sein Werk verrichtet und alles mit einem undurchdringlichen Gespinst überzogen. Diana verwünschte den Erfinder dieses nervenden Materials und wühlte sich blind durch den Schleier. Zuerst bekam sie den großen Rundschild in die Hand, der ihre prachtvollen Insignien zeigte. Sie warf ihn umstandslos hinter sich in den Schnee. Dann fand sie Bogentasche und Jagdköcher. Auch diese göttlichen Attribute beförderte sie achtlos nach hinten. So verfuhr sie mit einem halben Dutzend anderer Ausrüstungsgegenstände, bis sie endlich ihren Erste-Hilfe-Koffer fand und damit zu Lucius zurückkehrte. Diana entnahm dem Kasten zwei große Gel-Packs, knickte sie und stopfte sie in Lucius Kokon. Anschließend angelte sie sich eine leere Stiftspritze und belud sie mit einer gelben Patrone. Nacheinander injizierte sie ihm die zwei Ladungen aus dem Erste-Hilfe-Set. Dann wartete sie und beobachtete die Gesichtszüge des verletzten Mannes. Seine Haut hing schlaff und eingefallen von seinen Knochen. Tiefe Falten ließen ihn wie einen Greis aussehen. Von dem athletischen Kämpfer aus der Arena war nichts mehr zu erkennen. Wie sie erwartet hatte, dauerte es nicht lange, bis seine Atmung kräftiger wurde und Lucius unvermittelt die Augen aufriss.

»Dieses Zeug lässt selbst Dornröschen und versteinerte Trolle aus dem Schlaf erwachen«, dachte Diana bitter. »Ob sie danach eine weitere Nacht erleben, ist jedoch fraglich.«

»Lucius, kannst du mich verstehen?«, wandte sie sich nun an den liegenden Mann.

Lucius sah sie verwirrt an, nickte aber schwach.

»Mein Streitwagen ist abgestürzt«, verkündete Diana das Offensichtliche.

Lucius nickte erneut und holte rasselnd Luft. Seine Stimme war rau und belegt.

»Mein Kopf ist gespannt… wie eine Schweineblase… ich spüre meine Beine nicht«, flüsterte er stockend. »Ich spüre fast nichts… nur ein dumpfes Pochen.«

Diana musterte ihn mit einem traurigen Blick. Ein kleiner Teil des schützenden Kokons um ihn war bei ihrem brutalen Aufschlag abgerissen worden. Sein linker Fuß stand in unnatürlich verdrehtem Winkel ab.

»Du hast großes Glück, dass du nichts spürst«, dachte sie, sagte stattdessen jedoch: »Du hast dich beim Absturz am Fuß verletzt. Ich werde es mir gleich anschauen.«

»Warte!«, sagte er leise aber bestimmt. »Ich spüre, dass ich nur noch Augenblicke habe… Was immer du mit mir gemacht hast… es wird schon schwächer.« Diana sah ihn verunsichert an. Wenn sie doch nur ein funktionierendes medizinisches Armband hätte. Aber die zwei Diagnosecomputer im Erste-Hilfe-Koffer blieben genauso still wie jede andere Feinelektronik. Selbst ihre LED-Lampe wollte kein Licht mehr spenden.

»Ich… ich habe die Hüterin des heiligen Feuers gesehen«, presste Lucius angestrengt hervor. Diana brauchte einen Moment, bis sie begriff, wen er meinte.

»Sie erschien an dem Abend, als ich im Kerker lag… noch bevor der Götterbote zu mir kam. Sie befahl dem Wachhauptmann… einem Widerling namens Marius Luscus… alle Christen und Sklaven zu foltern und zu töten. Männer, Frauen, Kinder. Sie sagte, es sei der Wille der Götter, sie für ihre Freveltaten büßen zu lassen… Marius musste man nicht zweimal bitten. Kaum war die Erhabene verschwunden…« Er hustete und eine Träne lief ihm in den Bart. Diana wagte nicht, ein Wort zu sagen. Sie spürte, wie der Hass in ihr Nahrung bekam.

»Anfangs glaubte ich … die Befreiung durch Mercurius gehöre zu einem perversen Spiel oder sie wäre nur der Beginn einer noch schlimmeren Folter. Doch dann begriff ich, dass Mercurius nicht wusste, was geschah… nun kennst immerhin du die Wahrheit.« Seine Stimme war immer schwächer geworden, während das Pfeifen und Rasseln zunahmen.

»Ich danke dir für deine Botschaft«, sagte Diana leise und legte ihm mitfühlend die Hand auf die Stirn. »Wir sind von Vesta verraten worden. Aber das soll nicht deine Sorge sein. Ich werde mich jetzt um deinen Fuß…« Ein Blick des Sterbenden unterbrach sie.

Er schüttelte matt den Kopf. »Du kannst mir nur noch eine Gunst erweisen … Bitte, bleib … eine Weile bei mir sitzen und … erteile mir deinen Segen.« Flehend sah er ihr in die Augen. Sein intensiver Blick zerriss Diana beinahe das Herz. Nie zuvor schämte sie sich so sehr für die anmaßende Rolle, die sie spielte. Gleichzeitig wollte sie diesen Sterbenden nicht enttäuschen. Sie durfte ihm nicht auch noch sein Seelenheil zerstören. Fieberhaft überlegte sie, wie ein Segensspruch der antiken Götter wohl aussehen musste. Dann erinnerte sie sich an die Beerdigung ihrer Tante. Es war die einzige, die ihr als ›schön und würdevoll‹ in Erinnerung geblieben war. Der Trauerredner hatte über die Angst der Menschen gesprochen, über das Leben, die Liebe und das Ende.

Es war eine gute Rede und Diana konnte sich noch an einige Gedanken erinnern, die diese Rede damals in ihr Bewusstsein gepflanzt hatte.

»Lucius Germanius Aeris, ich erteile dir meinen Segen. Du hast in der Arena tapfer gekämpft und dich ehrenhaft verhalten. Ich nehme dich in meine Gefolgschaft auf. Nach deinem Tod sollst du von allen Lasten und Leiden befreit sein und gleichsam Glück und Frieden finden…«, begann Diana ihre Rede. Lucius Pupillen funkelten und weitere Tränen rannen ihm aus den Augen. Diana behielt ihre Hand auf seiner Stirn und setzte ihren Segensspruch fort. Nachdem das Wichtigste gesagt war, schweifte sie etwas von Ruhm und Elysium ab und baute nun die wenigen wahrhaftigen Erkenntnisse über Leben und Tod ein, die sie in ihrem jungen Leben bereits erfahren hatte. Sie waren sicher nicht besonders weise. Doch Lucius lächelte sie dankbar an, während sie ruhig erzählte. Sie musste eine ganze Weile gesprochen haben, denn als sie endete, hatte der Wind ihre Spuren im Schnee fast vollständig aufgefüllt. Lucius lächelte und Diana lächelte weinend zurück – auch noch, als sie ihm behutsam die Augenlider schloss.

Sie saß noch eine ganze Weile reglos da und starrte auf das Tal, das sich unter ihr erstreckte, und den weiten Horizont, der über ihr lag. Sie achtete kaum auf den stärker werdenden Wind und die zunehmende Bewölkung. Sie hätte Stunden in dieser Stille verharren können, hätte sie nicht ein Knall aus ihrer Lethargie gerissen.

Ein Windhauch streifte zischend ihre linke Wange. Diana duckte sich instinktiv und sah sich nach allen Seiten um. Zwei Gestalten näherten sich ihr aus entgegengesetzten Richtungen. Auch ohne technische Hilfsmittel erkannte Diana sofort, wer da auf sie zukam. Von Westen rückte Vesta mit erhobener Waffe vor, während sich Apoll von Osten heranpirschte. Er hielt seine Waffe gesenkt. Beide befanden sich in etwa auf gleicher Höhe und schritten nur langsam voran. »Sie müssen hinter dem Bergkamm gelandet und dann in einem Bogen herangeschlichen sein«, erkannte Diana reichlich spät. Eine Knallkaskade erscholl im gleichen Augenblick, in dem fünf oder sechs Projektile in den Rumpf einschlugen. Vesta hatte erneut auf sie geschossen. Diana zog sich hastig hinter den Bug des Gleiters zurück.

»Verdammt, wo ist eine Waffe, wenn man sie mal braucht. Super gemacht, Diana, bei dir hat sich die militärische Ausbildung gelohnt«, schalt sie sich selbst.

Ihre Pistole lag im Schnee vergraben, ihr Gewehr war in einem der Transportfächer eingeschäumt. Voll Wut, Angst und Hilflosigkeit sah sie ihren Mördern entgegen. Sie musste etwas tun, sich wehren. Da fiel ihr Blick auf die Bogentasche keine drei Schritte von ihr entfernt. Nicht weit daneben lag ihr Jagdköcher, aus dem noch vier Pfeile ragten. Einer von ihnen hatte eine rote Befiederung. Diana grinste böse. »Es bleibt nur die Frage, wem ich den Rücken zudrehe, wenn ich mir die rote Feder hole«, sagte Diana in Gedanken. Sie entschied sich für Apoll, immerhin hatte er noch nicht auf sie gefeuert. Aus der Hocke schnellte sie mit einem weiten Satz zu Tasche und Köcher und zog sich blitzartig wieder zurück. Ihre Hände waren inzwischen völlig taub. Trotzdem gelang es ihr nach einigen Fehlversuchen, die Tasche zu öffnen und eine Bogensehne aufzuspannen. Im Prinzip waren Pfeil und Bogen nutzlos gegen ihre High-Tech-Rüstungen. Ihre Anzüge konnten sogar ein paar Kugeln standhalten, nur wollte sie das ohne Helm lieber nicht erproben. Doch der Pfeil mit der roten Befiederung war etwas Besonderes. Sie hatte fünf davon in diese Zeit mitnehmen dürfen, um bei den Römern Eindruck zu schinden, wenn es galt, göttliche Macht zu demonstrieren. Anstelle einer stählernen Pfeilspitze zierte eine schmal zulaufende ovale Kapsel das Pfeilende. Die Kapsel bestand aus zwei Kammern mit Chemikalien, die sich vermischten, wenn man die obere Kapselhälfte eindrehte. Damit entstand aus zwei harmlosen Substanzen ein hochexplosives Gemisch. Diana legte den Sprengpfeil auf, drehte sich zu Vesta, spannte, zielte und senkte den Bogen wieder.

»Cas, ohne deine Hilfe ist es aussichtslos bei diesem Wind beim ersten Schuss zu treffen – vor allem in meinem Zustand.«

Nicht nur ihr angeschwollener Finger, sondern ihr ganzer Arm zitterte wie Espenlaub.

Diana hob erneut den Bogen und spannte die Sehne. Diesmal zielte sie nicht direkt auf Vesta, sondern auf eine Stelle oberhalb ihrer Position. Sie ließ die Sehne los. Ihr Pfeil demonstrierte eine perfekte ballistische Bahn und schlug unterhalb eines großen Schneeüberhangs ein. Mit einem gewaltigen Donnern explodierte das Geschoss. Eine Schneefontäne wirbelte gut 30 Meter in die Höhe und ließ einen kleinen Krater am Boden zurück. Im ersten Augenblick war Diana enttäuscht, dann jedoch zeigte sich, dass der Donner nur das Präludium einer viel größeren Aufführung sein sollte. Mit einem bebenden Dröhnen, das den Hang erzittern ließ, löste sich eine gewaltige Schneelast direkt unter dem Bergkamm. Wie eine kleine Welle, die immer weitere Kreise zieht, galoppierte eine gigantische Woge auf Vesta zu. Zu spät fiel Diana ein, dass die Lawine auch für sie gefährlich werden könnte. Sie hatte damit gerechnet, dass sich der Schnee in einer Linie talwärts bewegen würde, nicht aber, dass der Schnee sich auf einer Länge von 200 Metern vom Grat lösen könnte. Doch dies geschah nun, wie Diana entsetzt feststellte. Zu allem Überfluss blitzte es jetzt auch im Osten auf und funkenschlagend durchbohrten zwei Kugeln die Außenwand direkt neben ihr. Apoll hatte seine Zurückhaltung aufgegeben und auf sie angelegt. Ohne nachzudenken machte Diana einen Satz nach vorne und griff nach dem metallenen Rundschild, der unter einer leichten Schneeschicht verborgen lag. Reflexartig wollte sie dahinter Deckung suchen, dann entschied sie sich spontan um. Anstatt sich hinter dem Schild zu verschanzen, warf sie ihren Bogen über die Schulter, nahm den Schild in beide Hände, machte drei schnelle Schritte und hüpfte dann mit einem weiten Satz den Abhang herunter. Noch im Sprung schwang sie den Schild unter ihren Hintern. Das blank polierte Metall erwies sich als exzellentes Rodelgerät.

Seit dem Pfeilschuss waren nur wenige Herzschläge vergangen, doch der eisige Brecher hatte sie fast erreicht. Mit beeindruckender Geschwindigkeit schlitterte sie den steilen

Hang entlang, dicht gefolgt von der ebenso rasanten Schneewalze.

Diana wagte es nicht, zu bremsen oder sich umzusehen und klammerte sich verbissen an die wankende Stahlscheibe. Der Fahrtwind peitschte ihr die Haare um die Ohren. Die Baumgrenze lag unmittelbar voraus. Knirschend rutschte der provisorische Schlitten über ein Areal schneebedeckter Felsen. Schließlich passierte sie die ersten Bäume und drang in den dichten Wald ein.

Nun endlich war sie gezwungen, ihre Beine zum Steuern einzusetzen, wollte sie nicht gegen ein Hindernis krachen. Anzuhalten traute sie sich noch nicht. Sie bezweifelte, dass wenige Baumreihen die Lawine in ihrem Lauf stoppen konnten. Immer wieder musste sie scharf abbremsen und ausweichen, um dicken Eichenstämmen oder scharfkantigen Steinen zu entgehen. Dabei wurde die Schneedecke zusehends dünner. Gerade als sie an einem besonders dicken Baum vorbeifahren wollte, erfasste sie von hinten ein kräftiger Luftzug, so dass sie hart mit der Schulter an einer Kastanie aneckte. Keine Sekunde später schoss eine Schneewolke an ihr vorbei, wogte über sie hinweg und hüllte die gesamte Umgebung mit einem lauten »Wuuusch« in dichten weißen Nebel ein.

Dianas Sicht verschwamm und ausgerechnet vor einem dornigen Gestrüpp beendete eine breite Schneewehe ihre Rutschpartie. Als ihr Schild in der Wehe stecken blieb, forderte die Trägheit ihren Tribut. Kopfüber flog Diana in das stachelige Gebüsch. Sie schrie auf, als ihr breite Ranken durchs Gesicht schnitten und sie unsanft mit der Schulter auf den Boden prallte.

Für kurze Zeit hing sie reglos im Strauch, bis Orientierung und Gleichgewicht den Weg zurück zu ihr fanden. Beim Aufprall hatte es vernehmbar geknackt und Diana fürchtete sich vor den Folgen ihres abrupten Stopps. Sie verspürte keine Schmerzen, doch das war nicht verwunderlich, denn der medizinische Cocktail, den sie sich verabreicht hatte, wirkte noch immer.

Vorsichtig löste sie die stachelbewehrten Ranken aus ihrem Fleisch. Die spitzen Dornen hatten sich tief in ihre Kopfhaut und Hände gebohrt. Sie saßen so fest, dass Diana ihre Zurückhaltung aufgeben und energisch an der eigenen Haut reißen musste, um sich von den dicken Nadeln zu befreien. Mühsam kämpfte sie sich auf allen vieren aus dem Gestrüpp. Schleppend kroch sie zu ihrem Schild. Ihre Handflächen hinterließen blutige Spuren im jungen Schnee. Endlich hatte sie es geschafft, drehte sich erschöpft auf den Rücken und sah zu den Baumkronen empor.

»Was für ein beschissener Tag. Findest du nicht auch, Cas?«, sagte sie zu den Bäumen und lachte ein freudloses Lachen, das in einem Husten mündete.

»Heute wollen es die Götter aber wirklich wissen… Zerschmettern, Erschießen, Begraben… anscheinend bin ich da jemandem richtig auf die Füße getreten.«

Diana betastete ihren Kopf und betrachtete ihre Hände. »Jetzt kommt wohl noch Verbluten dazu«, stellte sie nüchtern fest.

Einen Moment lang hatte sie keine Lust, sich darum zu kümmern. Sie war erschöpft und niedergeschlagen. Ihre Mission war gescheitert, die Verräter hatten gewonnen. Diana wollte gar nicht darüber nachdenken, wie raffiniert sie von den beiden getäuscht worden war und welche Ausmaße das alles hatte. Sie hatten sie in die Enge getrieben und würden sie bald wie hungrige Wölfe jagen.

»Wir können wohl kaum davon ausgehen, dass beide von der Lawine getötet wurden«, sagte Diana zu den Eichen. »Apoll stand zu weit weg, er wurde nicht von der Schneewand getroffen. Er wird seine geliebte Vesta schnell finden und ausgraben. Und dann werden sie hinter mir her sein.«

Bei dem Gedanken an Vesta wurde ihr schlecht. Endlich ergab ihr merkwürdiges Verhalten in so vielen Situationen einen Sinn. Es lief ihr kalt den Rücken herunter, wenn sie an Lucius und die Männer, Frauen und Kinder dachte, die auf Vestas Befehl gefoltert, vergewaltigt und verstümmelt worden waren. Sie hatte es mit einer skrupellosen Killerin zu tun.

Schon vor Wochen im Dorf der Germanen hätte es ihr klar werden müssen. Sie hatte Vesta nach ihrem Massaker in die Augen gesehen und kalte Berechnung darin gefunden. Diana hatte sich selbst vorgemacht, dass es letztlich Notwehr und überlebensnotwendig war, die Menschen im Dorf zu töten. Doch im Grunde hatte sie sich nur davor gescheut, die notwendigen Konsequenzen aus ihren Schlüssen zu ziehen. Jetzt waren ihr die Psychopathin und deren heimlicher Geliebter auf den Fersen.

Diana setzte sich ein wenig aufrechter hin und blickte in den tiefen Winterwald. »Andererseits, Cas, wenn ich es mir recht überlege, habe ich auch keine Lust, dass mich die zwei Psychos erwischen« legte sie nun einem Busch dar.

»Ich kann mir nur zu gut Vestas Gesicht vorstellen, wenn sie mich hier blutend und heulend findet. Weißt du, Cas, ich will mich einfach nicht von der Verräterin töten lassen. Lieber springe ich von der nächstbesten Klippe.«

»Also, Cas, sag mir, was ich sehe und was ich tun kann«, meinte Diana zu sich selbst.

»Ich sehe ein kurzes Messer.« Sie zog das Messer aus seiner Scheide und legte es auf den Schild, den sie wie einen Tisch benutzte. »Es wird wohl kaum im Kampf nützen, aber als Werkzeug ist es zu gebrauchen«, urteilte sie. »Ich sehe einen Bogen und vier zerbrochene Pfeile – na wunderbar…« Sie tastete sich weiter ab. »Ich habe eine CS-Gas-Granate und Pfefferspray. Vielleicht ist das zu gebrauchen… und ich sehe eine nutzlose Brille«, sagte sie und warf die verspiegelte Digitalbrille auf den Schild. Der elektromagnetische Impuls hatte bei der Explosion all ihre feinelektronischen Spielzeuge unbrauchbar gemacht. Ihr gesamter Anzug war nun nichts weiter als wetterfeste und widerstandsfähige Kleidung.

Diana inspizierte munter alle Holster und Taschen, die ihr Anzug besaß und legte ihre Schätze auf den provisorischen Tisch. Vieles war ähnlich unbrauchbar wie die Digitalbrille geworden. Einige Gegenstände hatten beim Aufprall gelitten. Sie förderte aber auch ein paar nützliche Dinge zu Tage. Am wertvollsten erschienen ihr die verbliebene Stiftspritze, eine

Kartusche mit Spezialschaum, ein kleiner faltbarer Wasserschlauch zur Aufnahme und zum Transport von Trinkwasser und eine handtellergroße Box mit der Aufschrift »Survival«. Die winzige Box enthielt wiederum fünf Gegenstände, die ihrerseits in ein Miniaturformat geschrumpft worden waren. Es handelte sich um ein Nähset, einen Kompass, ein Gasfeuerzeug und ein Multitool.

»Sieht so aus, als könnten wir ein schönes Biwak machen«, meinte Diana lakonisch und erinnerte sich an die Survival- und Bushcraft-Kurse, die sie in ihrer Ausbildung absolvieren musste. Sie hatte eine ganze Palette von nützlichen Überlebenstechniken kennengelernt. Doch alle fünf Lehrgänge hatten im Sommer oder Herbst stattgefunden und ohne verräterische Verfolger im Rücken.

Diana nahm eine Handvoll frischen Schnee und wusch sich, so gut es eben damit ging, Gesicht, Hände und Kopfhaut. Behutsam reinigte sie ihre Wunden und war dankbar für das hochdosierte Schmerzmittel. Als sie fertig war, schimmerte der Schnee in mattem Rot. Nun ergriff sie das Nähset mit Nadel, Faden und Kleber. Zuerst wollte sie die Schnitte nähen, doch ihre Finger waren bereits so steif, dass sie Mühe hatte, ihre Taschen zu öffnen. Also entschloss sie sich, den Sekundenkleber zu verwenden. Ungeschickt verteilte sie den Klebstoff über der langen Schnittwunde, die sich über ihre Schläfe zog. Sie drückte die Wundränder fest zusammen, nur um sie beim ersten Versuch gleich wieder auseinanderzureißen, da ihre Finger an der Kopfhaut kleben blieben. Es kostete sie mehrere Versuche und die gesamte Tube Spezialkleber, bis sie die vier Schnitte, die sie für würdig erachtete, verschlossen hatte. Diana spielte mit den Fingern ihrer rechten Hand. Sie pappten zusammen, sobald sie sich berührten.

»So, Cas, jetzt habe ich das also auch noch geschafft. Schaum, Blut und Schweiß waren einfach nicht penetrant genug, ich wollte es richtig klebrig«, sprach Diana wieder zu den Bäumen. Dann nahm sie ihre rasiermesserscharfe Klinge und kratzte die verbliebenen Schaumreste von ihrem Anzug. Anschließend setzte sie das Messer auf Schulterhöhe an und schnitt die hoffnungslos verklebten Haarspitzen rundherum ab. Die verklumpten Büschel warf sie auf den Boden. Dabei murmelte sie: »Weiß wie Schnee, rot wie Blut und schwarz wie Ebenholz…«

Endlich steckte sie das Messer weg, sammelte ein wenig Schnee und füllte ihn zum Schmelzen in den faltbaren Wasserschlauch. Sie schraubte den zerbrochenen Pfeilen die metallenen Jagdspitzen ab und verstaute schließlich alle ihre Schätze wieder in den dazugehörigen Taschen. Nun galt es, sich zu entscheiden, wohin sie sich wenden sollte. Es war möglich, zurückzukehren, ihr Wrack zu suchen und sich adäquat zu bewaffnen. Allerdings stand zu befürchten, dass sie ihren Verfolgern dabei direkt in die Arme laufen würde. Zudem war sie müde, hungrig und stark angeschlagen. Und die Sonne hatte ihren Zenit längst überschritten. Der Weg nach unten versprach zumindest eine gewisse Überlebenschance. Aus der Luft hatte Casandra eine Brücke gesehen, das bedeutete, es musste einen Weg geben, dem sie folgen konnte, bis sie eine Behausung fand.

»Es heißt, der erste Schritt sei der schwerste. Vermutlich verhält es sich gerade entgegengesetzt. Aber auch der erste Schritt macht echt keinen Spaß«, grummelte Diana angeschlagen. Mühsam stemmte sie sich auf die Füße, warf sich den Schild über den Rücken und begann ihren Marsch.

Der Weg talwärts war steil und gezeichnet von zahllosen dichten Sträuchern, verwehten Mulden und klobigen Findlingen, die es allesamt darauf abgesehen hatten, ihr das Fortkommen zu erschweren. An vielen Stellen war der Boden vereist und der Abstieg entwickelte sich zu einer kräftezehrenden Tortur. Der Himmel hatte sich weiter zugezogen und präsentierte stahlgraue Wolken, die schnell dahinzogen und rasch ihre Form wandelten. Die Sicht unter den hohen Bäumen verschlechterte sich. Diana gebrauchte ihren Bogen als Stütze und Wanderstab. Dabei hinterließ sie überall unübersehbare Spuren im Schnee.

»Wenn ich weiter so durch den Wald stolpere, brauchen sie nicht mal eine Drohne, um mich zu finden. Die erkennen mein Getrampel von Vestas Gleiter aus und haben mich im Handumdrehen abgeknallt.«

Diana dachte angestrengt darüber nach, wie sie ihre Spuren verwischen konnte, ohne eine Unmenge Zeit zu verlieren. Casandra hätte ihr vermutlich ein ganzes Füllhorn an Optionen präsentiert. Sie hingegen tapste blind durch den Wald. Unvermittelt stand ihr das Wasser bis zu den Knöcheln und die Lösung direkt vor den Augen. Vertieft in ihre Grübelei war sie durch ein Gebüsch gebrochen und mit den Füßen in einem schmalen Bach gelandet. Das kleine Gewässer hatte sich erfolgreich gegen Schnee und Eis behauptet und mäanderte talwärts mit einer leichten Neigung nach Westen. Diana betrachtete ihre wasserdichten Stiefel, die von glasklarem Wasser umspült wurden. Sie standen auf einer Schicht grobem Kies, der das Bachbett bedeckte. Mittelgroße Ufersteine rahmten den gewundenen Wasserlauf ein und verstärkten den Eindruck von Wildheit und Idylle. Ihre Schuhe hinterließen keinen erkennbaren Fußabdruck auf dem steinigen Grund. Darauf baute ihre plötzliche Eingebung auf. Wenn sie eine Weile durch den kleinen Bach watete, würde dies ihre Jäger zwingen, langsamer und gründlicher zu suchen, während sie selbst zügig vorankam. Ein simpler und wirkungsvoller Plan, wie sie hoffte.

Sie war bereits einige Meter gegangen, da hielt sie inne und dachte laut: »Vesta wird das Kommando haben und glauben, dass ich den leichteren und schnelleren Weg bergab genommen habe. Es macht auch wenig Sinn, wieder bergauf zu stapfen.« Sie überlegte und brummte dabei. »Hm… Es sei denn… Es sei denn, ich gehe nur ein kleines Stück hinauf und schlage dann einen Haken.«

Die List schien gut, sofern Vesta und Apoll darauf hereinfielen. Um ihre Verfolger zu überzeugen, dass sie talwärts gelaufen sei, ging sie noch ein Stück und hinterließ dann am Uferrand deutliche Spuren im Schnee. Anschließend drehte sie mitten im Wasser um und kraxelte vorsichtig in die entgegengesetzte Richtung, bemüht, nicht das kleinste Steinchen aufzuwühlen.

Sie folgte dem ansteigenden Bachlauf etwa 15 Minuten, bis sie eine Stelle fand, die ihr geeignet schien, um unbemerkt aus der Rinne auszusteigen. Ein Findling mit den Ausmaßen eines Kleinwagens säumte hier mit zahlreichen Begleitern den Wasserlauf. Diana hüpfte von Stein zu Stein und kletterte beschirmt von einem dichten Busch hinter dem Findling auf die Erde. Behutsam trat sie aus dem Strauchwerk hervor. Sie ging rückwärts und verwischte die Schneespuren, so gut sie konnte. Nach etwa 30 Metern gab sie die Scharade auf, drehte sich um und schritt zügig aus. Sie folgte einem in östlicher Richtung verlaufenden Wildwechsel, der in flachem Winkel talwärts führte.

Der Wind blies beständig über den Bergrücken. Er fand sich in Begleitung feiner Schneekristalle, die Dianas ungeschütztes Gesicht bestürmten. Mehr als eine Stunde lief sie schräg den Hang hinab, bis sie endlich den Fuß des Berges erreichte. Die Bäume standen hoch und die Abenddämmerung warf ihre Schatten über das Tal. Diana fiel es zunehmend schwerer, sich zu orientieren. Der einzige Fixpunkt im Gelände, der sich zur Ausrichtung eignete, war ein schmaler, aber tiefer Fluss, der die Talsenke geformt hatte. Am Ufer des schlanken Gewässers legte Diana eine kurze Rast ein. Sie kostete das eisige Flusswasser und hielt vergebens Ausschau nach essbaren Tieren oder Pflanzen.

»Ach, Cas, hatte ich schon erwähnt, wie beschissen die Lage ist und was ich von ersten und letzten Schritten halte?«, fragte Diana den Mond, der allmählich seine Transparenz vergaß. »Ich muss eine Straße finden und dann irgendeinen Hof, in dem ich essen und schlafen kann.« Diana sah vorwurfsvoll eine finstere Wolke mit der Form eines U-Boots an. »Wenn ich mit dieser Geschwindigkeit weiter schleiche, haben mich Bonnie und Clyde in wenigen Stunden niedergemacht.« Entlang der Uferböschung moderte eine ganze Reihe Treibholz. Vielleicht war es möglich, ein Floß zu bauen und den Strom zu befahren, überlegte Diana.

»Ich habe aber keine Möglichkeit, die Stämme zu verbinden, nur ein wenig Nadel und Faden und eine Tube leeren

Kleber«, meinte sie zu einem Ast. Beim letzten Satz blinkte ein kleines Lämpchen in ihrem Kopf auf. »Mensch, Cas, ich hätte nicht gedacht, dass es so hilfreich sein kann, auszusprechen, was man denkt«, sagte sie zu sich selbst.

Wieder war ihre eine ebenso simple wie geniale Idee gekommen. Sie brauchte nichts zusammenkleben oder vertäuen, sie könnte allein mit Hilfe des klebrigen Schaums ein Boot bauen. »Dieses kleine Prachtstück«, Diana zog die schlichte Kartusche aus einer der vielen Taschen, »wird mir ein Boot zaubern.« Sie gähnte laut. »Obwohl ein Bett auch nicht schlecht wäre.«

Es stellte sich als kniffelig heraus, ein vernünftig geformtes Boot zu entwerfen. Da sie nicht wusste, wie sie einen passenden Hohlraum als Sitzmöglichkeit für sich schaffen sollte, beschloss sie, sich selbst zu einem formgebenden Teil ihres Wasserfahrzeuges zu machen. Dies ging schnell und sorgte für Passgenauigkeit. Trotzdem war sie froh, niemanden in der Nähe zu wissen, denn ihr »Bootsbau« glich einer Zirkuseinlage. Direkt neben der Uferböschung setzte sich Diana mit ausgestreckten Beinen auf den Boden und erschuf mit Hilfe ihres Spezialschaums unter sich und um sich herum einen leichten und stabilen Kokon. Mehrfach musste sie sich auf die Seite plumpsen lassen oder sich auf den Rücken werfen, um den Hintern samt Rumpf in die Höhe zu drücken. Nur so kam sie an sämtliche Stellen ihrer privaten Yacht. Das Gebilde, das sie sich gedanklich als Schlauchboot vorgestellt hatte, glich am Ende jedoch eher einer pockennarbigen Suppenschüssel.

»Hm…! Nun ja, Cas, vielleicht hätte ich mir doch lieber ein Zelt bauen sollen«, sagte Diana, während sie misstrauisch das Ergebnis ihrer Ingenieurleistung begutachtete.

»Hoffentlich schwimmt dieses Ding überhaupt und saugt sich nicht voll Wasser.« Diana meinte es spaßig, verzog aber trotzdem skeptisch die Mundwinkel. Der Montageschaum, mit dem sich die Zelte beinahe von selbst bauten, war ultraleicht und wasserabweisend. Hier würde es sicherlich genauso sein, hoffte Diana. Sie hatte sich vor dem Einschäumen auf ihren Schild gesetzt und ihren Bogen über die Schulter geschoben. »Damit ist das Zeug aus dem Weg und das Metall schützt meinen hübschen Hintern«, hatte sie ihrem verschmorten Computer erklärt. Eingemauert wie eine Tortenfigur in einer riesigen Cremeschnitte saß die gefallene Göttin am Flussufer.

»Um den Anblick noch bekloppter zu machen, kann ich auch noch meine kaputte Brille aufsetzen.« Diese würde immerhin die peitschenden kleinen Schneekörner von ihren Augen fernhalten. Die frische Brise war inzwischen zu einem stürmischen Wind herangewachsen und der leichte Niederschlag pfiff als körniger Flugschnee waagerecht durch das Tal. Damit ihre Aufgabe nicht zu einfach wurde, zog sich nun auch das letzte Tageslicht zurück.

Diana hatte sich einen langen, geraden Ast zum Staken und Paddeln bereitgelegt. Halb schob, halb hüpfte die Jagdgöttin samt Bootsrumpf ins frische Bergwasser. Sofort riss die unscheinbare Strömung an ihr. Der krumme Kahn war schlecht austariert, sodass sie unlängst zur Seite gekippt wäre, wenn sie nicht über den langen Ast verfügt hätte. Sie wankte hin und her und lief ebenso Gefahr, nach hinten zu rollen. Es dauerte zwei Dutzend Schreckmomente, bis sich endlich ein Gefühl der Berechenbarkeit einstellte. Diese Illusion zersprang bereits nach wenigen Minuten, als die ersten Stromschnellen für zusätzliches Adrenalin sorgten. Diana fühlte sich wie ein Insekt auf einem im Wasser treibenden Blatt. Angestrengt versuchte sie sich von gefährlichen Untiefen, Vorsprüngen und natürlichen Barrieren fernzuhalten und stemmte sich gegen ihre hölzerne Armverlängerung. Doch sie bewegte sich so schnell vorwärts und ihr Steuer war so unzureichend, dass sie ständig irgendwo aneckte. Durch ihre Rüstung vermied sie schmerzhafte Abschürfungen. Doch ihr Gefährt verlor bei jedem Stoß an Substanz.

Diana biss die Zähne zusammen, als ihr Boot über einen spitzen Felsen schrammte und der Schild unter ihr knirschte. »Noch zehn Minuten, dann wird nur mein stählerner Kiel übrig sein«, ahnte Diana und suchte verzweifelt nach einer

Stelle zum Halten. Doch dann änderte sich der Grund und die flache felsige Passage erweiterte sich zu einer tiefen und ruhigen Fahrrinne. Inzwischen war die Sonne vollständig hinter den gezuckerten Gipfeln verschwunden und nur die Reflexion von Erdtrabant und Schnee erhellte den Flusslauf. Ihr grau schimmerndes Vehikel driftete träge und löchrig wie ein Emmentaler in Salzlake auf dem mondbeschienenen Wasser. Schnee und Eis hingen an ihren steifen Haaren wie die Franzen eines betagten Wischmopps. Ihr Kopf wurde schwer. Die lockigen Zapfen hingen ihr so im Gesicht, dass sie kaum etwas erkennen konnte. Doch auch Wille und Kraft hatten inzwischen nachgelassen, so dass sich Diana die meiste Zeit reglos treiben ließ. Die Welt erschien ihr jetzt wie ein weiß getünchter Tunnel, den sie entlangfuhr.

»Vielleicht ist das eine U-Bahn? Oder eine Geisterbahn?«, fragte sich Diana mit halb geschlossenen Lidern. »Ich sollte lieber nicht die Augen zu machen, sonst schlafe ich noch ein.« Sie gähnte herzlich. Dann zwang sie ihre Brauen nach oben und stierte angestrengt geradeaus. Solange, bis sie es nicht mehr aushielt und in unstetes Zwinkern verfiel. »Drei Sekunden Augen schließen. Drei Sekunden Augen öffnen«, verhandelte Diana in Gedanken mit ihrer toten KI.

»Okay, fünf Sekunden ausruhen und fünf Sekunden aufpassen.« Eine leise Stimme flüsterte ihr zu, dass dies keine gute Idee sei. Doch das Rauschen in ihren Ohren war so laut, dass sie nichts anderes hören konnte.

Plötzlich veränderte sich der Klang des Wassers. Für einen kurzen Atemzug nahm die Dunkelheit zu. Diana riss erschrocken die Augen auf und sah sich verängstigt um. Hinter sich entdeckte sie eine hohe steinerne Brücke, die sie soeben passiert hatte.

»Verdammt!«, fluchte sie matt und versuchte, ihren Staken im Grund des Flusses zu verkeilen und sich näher ans Ufer zu stemmen. Es gelang ihr, sich näher an das Ufer zu manövrieren, doch der Versuch, abzustoppen, misslang und ihre Stange zerbrach. Nun schipperte Diana völlig steuerlos dahin.

Ein massiger Ast rettete sie schließlich. Er hing beinahe waagerecht über der Wasseroberfläche und bot Diana die Möglichkeit zu einem abrupten Halt. Anstatt sich zu ducken, richtete sie sich so weit auf, wie sie konnte, und prallte mit der Brust gegen das abgeschmirgelte Holz. Ihre Rippen kreischten, während ihr mit einem Zischen die Luft aus der Lunge gepresst wurde. Hustend klammerte sie sich an den glitschigen Stamm. Wie in Zeitlupe zog sie sich Zentimeter für Zentimeter zum Uferrand und schleppte sich mit letzter Kraft einen Schritt breit die Uferböschung hinauf.

Das Heck ihres schwammigen Schmierkäses ragte noch ins Wasser, bot der Strömung jedoch nicht mehr genügend Angriffsfläche. Zitternd, mehr vor Erschöpfung, denn vor Kälte, lag Diana auf den schneebedeckten Ufersteinen. Minutenlang weinte sie lautlos. Ihre Tränen schmolzen Fjorde in die Gletscher auf ihren Wangen. Halb im Wasser liegend war sie weder Fisch noch Fleisch.

»Vielleicht sollte ich sterben, Dino«, flüsterte Diana in Gedanken. »Ich sollte einfach liegen bleiben. Es ist egal, es hat alles keinen Sinn mehr.« Sie fühlte sich so erschöpft. Sie hatte heute zu viel einstecken müssen… Es war zu viel für einen einzigen Tag. Gelähmt starrte sie in den dunklen Himmel.

Und doch saß da ein lästiger Stachel tief in ihren trübsinnigen Gedanken – ein Sporn, den sie nicht loswurde. Es wurmte sie, hier in dieser würdelosen Position so sinnlos zu verrecken. Und wieder zwickte es sie im Hintern, als sie sich vorstellte, wie Vesta und Apoll ihre verdrehten Überreste begaffen würden.

Schließlich kniff es sie so sehr, dass Diana den Kopf hob und sich auf den Bauch drehte. Sie robbte ein Stück die Böschung hinauf. Und noch eines. Dann richtete sie sich schwerfällig auf. Sie zog ihr scharfes Messer und stieß es mit der lauen Wut einer Todgeweihten in den nachgiebigen Schaum. Wie warme Butter zerteilte ihre Klinge das ausgemusterte Boot. Anfangs ging sie behutsam und konzentriert vor. Später schuf sie mit ungezielten Hieben luftige Späne. Wieder waren es die oberen Lagen Flüssigkristallpolymer ihrer Rüstung, die sie vor schweren Wunden schützten, während ihr Messer über ihren Körper schabte.

Als sie die Klinge zurück in die Scheide steckte, war sie über und über mit Schnee bedeckt. Kein Unterschied zwischen Schaum und Schnee war im Silber des Mondlichts auszumachen. Allmählich fiel der Schnee langsamer und beschränkte sich glücklicherweise auf ein weniger penetrantes Treiben. Sie hob den Kopf und betrachtete die Sterne, die durch die vereinzelten Löcher in der Wolkendecke spähten. Es waren Milliarden und sie alle funkelten kalt und fern.

»Macht es wirklich einen Unterschied?«, rief sie ihnen zu. Doch die Sterne antworteten nicht. Nicht einmal eine Sternschnuppe erschien, um ihr ein Zeichen zu geben. Diana schnaubte enttäuscht und schleppte sich träge durch das Gestöber. Ohne auf ihre Schritte zu achten, folgte sie dem Lauf des Gewässers entgegen der Fließrichtung. Das Gefühl für Zeit war ihr abhandengekommen. Doch irgendwann erreichte sie die ersehnte Brücke und mit ihr den befestigten Pfad. Sie rastete eine Weile und sah sich um. Im Neuschnee waren keine Spuren erkennbar, auch die Erde schenkte ihr kein Zeichen. »Dann eben einfach nach Westen«, teilte Diana ihren Beinen mit und schaltete in den zweiten Gang. Ihre Muskeln heulten auf und ihre Füße glitten ächzend über das Pflaster. Der Schnee war nicht hoch und der Weg ohne Hindernisse. Doch ihr Akku war längst leer und keine Reserve mehr vorhanden. Immer wieder musste sie anhalten und sich an einen Baum lehnen.

Sie passierte einen steinigen Hang und entdeckte einen schmalen Trampelpfad, der von der Römerstraße aufwärts führte. Nach einem Moment des Zögerns folgte sie dem kleinen Pfad, der bereits von frischem Schnee bedeckt wurde.

»Eine warme Hütte und eine nette Seele wären jetzt wunderbar«, sagte sie ihrem Pfad. Doch auch er enttäuschte sie und endete nicht vor einer behaglichen Villa, sondern einer bescheidenen Felswand mit breitem Ausbruch. Die Halbhöhle war beinahe sechs Meter breit, aber nur vier Meter tief und überwuchert mit beinlangen Sträuchern, die aus den Ritzen krochen. Die geschützte Lage der Höhle hatte den Schnee ferngehalten und sie für Jäger oder Holzfäller interessant gemacht, vermutete Diana. Denn sie sah einige Stellen, an denen die Pflanzen niedergedrückt waren.

»Etwas Besseres werde ich heute wohl nicht finden!«, warf sie einer Fuge vor und begann, das Strauchwerk herauszureißen. Sie trug die trockenen Äste, etwas moderiges Laub und steife Halme zur tiefsten und engsten Stelle im Fels. Dort breitete sie das Gestrüpp auf einem Lager aus Schnee aus. Der herbeigeschaffte Schnee sollte ihre erste Isolierschicht und ein Windschutz sein. Die vertrockneten Büschel waren die zweite, ihr Anzug die dritte Schicht – er diente gleichsam als Schlafsack. Mit ihrem Helm hätte sie sich weniger Sorgen gemacht. Die Entwicklung ihrer Rüstung hatte mehr Geld verschlungen als manches Raketenprogramm. Diana fürchtete, ohne ihn unweigerlich zu erfrieren. Zu viel Wärme ging über den Kopf verloren. Wie ein Igel kroch sie in ihren kleinen Blätterhaufen und rollte sich zu einer Kugel zusammen. Die steifen Hände klemmte sie zwischen ihre Schenkel, ihren dampfenden Schopf vergrub sie in den kratzigen Halmen und Büscheln.

»Ein borstiges Grab habe ich mir da gebaut«, dachte Diana bitter und kniff die Augenlider zu. Fröstelnd wiegte sie sich in den Schlaf. Sie brauchte nicht zu lange warten, die Müdigkeit enttäuschte sie nicht. Sie schlief kurz und unruhig. Finstere Träume peinigten sie. Visionen Tausender spitzer Asteroiden hämmerten auf sie ein.

Unsanft wurde sie aus dem Dämmerschlaf gerissen. Das erste Morgenlicht blendete sie. Da war jemand! Sofort stieg Panik in ihr auf. Eine Hand, kalt wie ihr Eisgrab, legte sich um ihr Herz. Sie hatten sie gefunden!

19. April 2134 – Sieben Jahre nach der Aufnahme an der Akademie

Señora Díaz González strahlte wie ein reich geschmückter Tannenbaum. Ihre Zähne funkelten gelbgolden, ihre Haut schimmerte goldbraun, ihr Dekolleté glänzte goldrot, ihr Haar leuchtete goldblond, ihr Kleid glitzerte goldbesäumt. Trotzdem wirkte die Leiterin des Vesta-Tempels plump und blass im Angesicht der leibhaftigen Göttin neben ihr.

Shira registrierte es und lächelte mit der Grazie einer Unsterblichen. Sie brauchte nichts zu tun, um ihre Aura wirken zu lassen, das hatte sie früh gemerkt. Sie stand nur da und strahlte – heller. Senhor Alves kam gemessenen Schrittes auf sie zu, die silberne Medaille mit dem Wappentier der Initiative in beiden Händen. Shira beugte sacht den Kopf und erleichterte es dem Direktor, das bunte Band auf ihrem Busen zu platzieren.

»Es passt hervorragend«, fand sie. Der Akademieleiter schaute ebenso begeistert auf ihren Ausschnitt und trat einen Schritt zurück. Alle Augen richteten sich nun auf Shira und Beifall schallte über den Platz. Die Musiker piesackten die Zuschauer mit einer schrillen Fanfare.

»Endlich eine gute Gelegenheit, mir so richtig auf die Titten zu glotzen«, dachte Shira genervt und sah Mr. Barra fest in die Augen, als dieser mit gigantischem Blumenstrauß und geilem Blick zu ihr trat.

Señora Díaz González hielt ihre Geieraugen auf Kopfhöhe, als sie zur Gratulation heranklackerte. »Kein Wunder, die eingebildete Kuh hat einen derart langen Stock im Arsch, dass sie ihr Kinn kaum bewegen kann«, urteilte Shira in Gedanken. Ihr Gang erinnerte sie an einen stolzierenden Gockel – oder an ihren Ex-Freund Bojan, der in diesem Moment lüstern zu ihr empor starrte. Shira zwinkerte ihm keck zu und verbeugte sich ehrerbietig vor ihrer Tempelleiterin.

»Man kann nie zu viel ›danke, danke, danke‹ sagen«, dachte Shira und erwiderte die gezierte Umarmung der älteren Frau. Noch einmal applaudierte das Publikum. Man konnte fast meinen, sie würden sich tatsächlich freuen. Doch viele Gesichter standen in deutlichem Kontrast zum höflichen Handgeklapper. Grimmige, enttäuschte, neidische und frustrierte Minen spiegelten, was an der gegenüberliegenden Fassade in großen Lettern stand: »FAKE«.

Ein paar eilig angebrachte Planen überdeckten das englische Wort, dass die Einstellung einer großen Minderheit der Schüler repräsentierte. Vesta konnte es den Schmierfinken nicht verübeln. Im Gegenteil, ihr waren eher die suspekt, die sich euphorisch über die Auswahl des Götterteams freuten. Mithin war es schwer einzuschätzen, wie groß die Zahl der Verbitterten im Verhältnis zu den Naiven war.

Ihre Freundin Tissa johlte laut. »Nicht übertreiben, Tissa, Understatement ist, worauf die hier abfahren«, tadelte Shira gedanklich und winkte schüchtern in die Menge.

Stille kehrte ein, als Sehnor Alves zum Rednerpult trat und einen Zettelberg aus seiner Anzugjacke klaubte.

»Falsches Jahrhundert!«, empörte sich Shiras inneres Muffelmonster. »Kein bisschen digitale Unterstützung – das wird bestimmt Klatschthema bei Claire und ihren Mädels sein«, mutmaßte sie, »und natürlich mein tiefer Ausschnitt.« Shira lächelte Claire zu, die sich in der dritten Reihe an einem hübschen Mädchen festhielt. »Wer so wenig isst, hat halt keine Energie«, flüsterte sie, ohne dass es jemand hören konnte. Endlich hatte es der Direktor geschafft, seinen Papiermüll zu ordnen, und begann seinen mutmaßlich sterbenslangweiligen Vortrag. Shira schielte in die gnädige Sonne, während Wortschnipsel wie Papierfetzen an ihr vorbei wehten.

»Mit der Ernennung der letzten Kandidatin zur Göttin über Herd und Feuer – zur Heiligen Vesta – ist die Riege der Götter vollständig...« Vesta schnaubte leise: »Juhu, endlich bin ich frigide Göttin von Herd und Hausrat. Gibt es auch nur einen Olympier, der noch langweiliger ist?« Neidisch sah sie zu Lily, die viel besser für die Besetzung der Vesta geeignet gewesen wäre. »...mit ihren Götternamen legen unsere Auserwählten ihre alten Bezeichnungen wie einen Umhang ab. Sie sind nun nicht mehr Ismail, Lily, Mia, Aquil, Louis und Shira, sondern nehmen eine neue Identität an. Sie erhalten von uns die Würde und Autorität, das Schicksal einer Welt zu lenken.« Shira schüttelte missbilligend den Kopf, lächelte dabei aber unentwegt.

»Wie selbstgerecht ihr doch alle seid. Als wenn ich Opas ranzigen Mantel bräuchte, um eine Rolle zu spielen. Und Identität ist kein Betttuch, dass man sich nach Belieben umbinden kann. Es ist eine Zwiebel mit einem Dutzend Schichten, die einem zum Heulen bringt, wenn man es wagt, ein Stück abzupulen.«

»...alles, was ihr vorher wart, ist nun zu einem Homo Novos zusammengeschmolzen, der die besten Eigenschaften unserer alten Welt...« Shira gluckste jetzt unverhohlen, doch angesichts der allgemeinen Lautstärke fiel es nicht auf. »Bei dir ist etwas zusammengeschmolzen, Großväterchen. Als ob ich eine Farbe ändern könnte, wenn ich Rot zu Blau erkläre. Ich bin ein Regenbogen voller trauriger Töne. Frau, hübsch, blond, hetero. Affenhirne brauchen Schubladen, in die sie ihre Weltseligkeiten einlagern können!« Senhor Avles wurde mit jedem Wort euphorischer und begann seine monotone Sprechweise zunehmend zu modulieren.

»...die Auserwählten werden von nun an in ihrer Gemeinschaft trainieren und jede Unterstützung von uns erhalten, um als Team zusammenzufinden.« Shira sah zu Dimitri in der vierten Reihe. Er steckte sich verstohlen den Finger in den Hals und gab damit pantomimisch wieder, was sie empfand.

Shira schrieb die Rede des Alten im Kopf um: »Die AUSERWÄHLTEN werden nun so kritisch gemustert werden, als hätten sie einen Sprengstoffgürtel an der Hüfte und schon der kleinste Fehler könnte buchstäblich ALLE töten. Die scheiß Auserwählten werden ab morgen allesamt gehasst werden. Weil die Auswahl der einen immer die Abwahl der anderen bedeutet und es um eine Selektion auf Leben und Tod geht. Sie dürfen leben und bumsdöselige Götter spielen, ihr dürft verrecken. Hurra.« Zu Shiras Erleichterung hielt der Direktor seine Rede kurz. Er hatte seine Gießkanne Pathos nach den Worten »Helden, Auferstehung, Erbe und Weltenrettung« hinreichend vergossen. Das bedröppelte Publikum folgte nun hörig und blökend wie Schafe den Phönix-Mitarbeitern zum Stadion, in dem die designierten Olympier ihre erste Gruppenübung unter den Augen ihrer ehemaligen Kameraden absolvieren sollten. Natürlich musste es Mondball sein, ein Spiel, dessen Sinn Shira bis heute nicht verstand. Es dauerte Äonen, beinhaltete bescheuerte Rätsel und war nur bedingt bewegungsaktiv. Sie hatte Torhüter gesehen, die vor Langeweile eingeschlafen waren und im Spielfeld verbaute Escaperooms, die Teammitglieder erst am nächsten Morgen wieder ausspuckten. Immerhin war die heutige Partie gegen eine buntgemischte Lehrermannschaft als kurzweilige Veranstaltung geplant. Man hatte das Spielfeld eingedampft und die beiden Torhügel im halboffenen Stadion errichtet. Dies war die gute Nachricht. Die schlechte Nachricht war, dass sie nicht, wie erhofft, als Torwart aufgestellt worden war und damit aktiv an der nervtötenden Suche nach dem Mondei teilnehmen musste. Wie sie befürchtet hatte, dauerte es fast drei Stunden, bis die Partie für sie entschieden war. Natürlich jubelten die Verlierer beinahe so enthusiastisch wie die Gewinner. Anstatt anständig wegzudösen, hatte sich ein Teil des Publikums in ekstatische Verzückung versetzt und tanzte und johlte nun ausgelassen auf den Rängen.

Nur ein kleiner Teil vernunftbegabter Zuschauer hatte das Alkoholverbot ignoriert und bepöbelte nun alles und jeden. Es würde ein paar Tage dauern, aber das Heer der Enttäuschten würde wachsen. Noch zwei Wochen, dann sollte es auf dem Campus richtige Keilereien geben.

Gequält lächelnd reichte sie Mia die Hand, die den Posten als Pfosten-Stütze auf dem heimischen Torhügel ergattert hatte. Shira wurde übel, als sie die verzückten rosa Bäckchen der ›Diana-Komödiantin‹ sah. Wie sie das alles hier hasste. Ein Funke sprang über, als sich ihre Fingerspitzen berührten.

—

»Man, ist die geladen«, dachte Diana und zuckte zurück. »Tut mir leid, Vesta«, entschuldigte sie sich und achtete darauf,

Shira mit ihrem neuen Ehrentitel anzusprechen. Sie würde nie wieder die alten nichtssagenden Namen verwenden. Sie waren zwar nicht neu geboren worden – kein Phönix aus der Asche, so wie es der Direktor behauptet hatte. Aber trotzdem machte es Sinn, sich auch namentlich voll und ganz auf ihre Aufgabe einzulassen. Vesta, die nicht mehr Shira war, nickte ihr mit einer undeutbaren Mine zu und verschwand in den Katakomben.

Diana sah zu Aquil, der jetzt Apoll war. Er hatte ihr gestern ein kleines Geschenk gemacht. Nichts Großes, nur ein bedrucktes T-Shirt mit einem Bild ihres neuen Teams. Wahrscheinlich hatte er für jeden eines gebastelt. Aber das machte nichts, es war nett und eine schöne Idee, auch wenn Diana schlecht getroffen war. Sie hatte ein Auge zu und ihr Grinsen sah bescheuert aus. Apoll hingegen strahlte wie der Abendstern. Es gefiel ihr, wie zurückhaltend und bescheiden er auftrat, während die anderen versuchten, sich in den Vordergrund zu drängen. Er drängte sich nie auf. Dabei wünschte sie fast, er würde es tun. Er winkte ihr fröhlich zu und grinste. Sie lächelte zurück und fühlte sich leicht. Mit beschwingten Schritten folgte sie ihm und den anderen Teammitgliedern in die Katakomben.

Sie gelangten in einen Saal, der sonst als Besprechungsraum diente. Das Interieur war zugunsten zweier klobiger Behandlungsstühle entfernt worden. Sie erinnerten Diana an eine Zahnarztpraxis. Aus den ledernen Ungetümen wuchsen Roboterarme wie die Scheren eines Riesenkrebses. Sie waren bestückt mit nadelspitzen Antennen und vermittelten den Eindruck einer futuristischen Folterbank. Oberarzt Campell und zwei Frauen, die Diana nicht kannte, begrüßten die designierten Götter mit überschwänglichen Lobesworten. Sie hörte kaum zu. Endlich kamen sie zum Wesentlichen: »Wir haben Ihre individuellen Vorlagen erhalten und in den Entwurf integriert. Wir würden Sie nun bitten, sich abwechselnd zu den Zeichenstühlen zu begeben. Eine Behandlung dauert nicht länger als 15 Minuten. Um das Ergebnis nicht zu gefährden, ist es wichtig, dass Sie sich während des gesamten

Vorganges nicht bewegen. Unser Dreifachnadelsystem verabreicht Ihnen automatisch ein Lokalanästhetikum, das etwaige Schmerzen auf ein Minimum reduziert. Der Werkzeugkopf ist mit Abstandslasern und einem Microscanner ausgestattet, falls Sie doch einmal Ihre Position verändern. Natürlich entsprechen sämtliche Inhaltsstoffe den höchsten Qualitätsstandards.« Nach dieser Erklärung sahen die Folterbänke noch gefährlicher aus, fand Diana.

»Wer von Ihnen möchte den Anfang machen?«

Die Frau, die sich als Quaiga vorgestellt hatte, sah prüfend in die Runde. Da sich niemand meldete, hob Diana den Arm. Welchen Sinn hatte es, zu warten?

»Sehr schön, dann beginnen wir mit Ihnen beiden«, sagte Quaiga und zeigte auf sie und Vesta, die zufällig neben ihr stand. Vesta schien nicht glücklich damit, als Erste dran zu sein, widersprach jedoch nicht. Diana lächelte ihrer Teamkameradin aufmunternd zu. Sie lächelte prompt zurück. Doch auf Diana wirkte es eher wie ein Zähnefletschen. Diana und Vesta nahmen nebeneinander Platz. Die Liegeflächen waren weich gepolstert und geformt wie Massagesessel. Diana zwängte ihren rechten Arm in eine dafür vorgesehene Mulde und eine kühle Manschette legte sich straff auf ihre Haut. Ihr Arm war so stark fixiert, dass er sich kaum bewegen ließ. Ein bedrohliches Brummen setzte ein und der mechanische Arm schwenkte herum.

Diana erinnerte sich an eine Stunde im Werkunterricht. Sie hatte eine armdicke Leiste in den Schraubstock gespannt und sie anschließend mit einer ähnlich summenden Säge durchtrennt. Ein kalter Schauer lief ihr über den Rücken. Vesta schien keine diesbezüglichen Tagträume zu durchleben. Sie lächelte in einem fort. Jeder Flecken Zahnfleisch rief zur Bewunderung auf. Um sich abzulenken, schaute Diana aus einem der Fenster auf den Vorplatz des Stadions. Die Abbildung eines ehrfurchtgebietenden Phönix flatterte auf einer weißen Flagge im Wind.

»Ohne das Bild einer Idee kann keine Idee existieren«, rezitierte sie ihre Philosophie-Lehrerin. »Es stimmt schon. Eine

Idee braucht eine Gestalt, wenn sie Teil der Menschen werden soll«, sagte Diana, während sie reglos das Windspiel betrachtete. Sie hatte mit sich selbst gesprochen, doch Vesta gluckste und sah sie fragend an. Dann sagte sie: »Es ist nur ein Symbol. Ein Logo. So wie jeder andere Konzern auch, hat die Initiative eine Marke geschaffen und die stärkt sie natürlich, wo es nur geht. Genauso wie jedes Fahrzeugunternehmen oder jede Bank es tut. Das ist simples Marketing und wir sind Teil des Franchise.«

Ein kribbelnder Funke durchzuckte Dianas Arm. Wie ein Lachs, der gegen die Strömung flussaufwärts strebt, wanderte der Schmerz bis zu ihrer Schulter, bevor er zerstob. Diana erwiderte: »Ja, es ist ein Symbol wie viele andere. Aber das macht es doch nicht weniger sinnvoll. Es hilft den Menschen bei der Einordnung der Welt und vereinfacht eine komplexe Idee. Außerdem bietet es einen Anlaufpunkt zur Identifikation.«

Vesta deaktivierte ihr mechanisches Lachen und legte die Stirn in hässliche Falten, während die sprach: »Es ist kein Symbol wie alle anderen. Der brennende Geier da draußen steht für ein Ziel, das die Welt spaltet. Hunderte Millionen von Menschen können sich nicht damit identifizieren. Sie gehören nicht dazu, sie sind ausgegrenzt – als sogenannte Feinde der Menschheit. Das zu verleugnen, ist blanke Heuchelei.«

Diana ballte die Faust. Der Schmerz in ihrem festgezurrten Arm verstärkte sich und sie musste sich zwingen, ruhig zu antworten: »Ich habe beide Eltern an die Hoffnungslosigkeit verloren und damit mein Gravitationszentrum. Ich will nicht, dass eine weitere Welt in dieses Schwarze Loch gezogen wird. Die Initiative hat recht damit, so auf Außenwirkung zu setzen. Jeder, der sich als Teil der Phönix Initiative sieht, gewinnt etwas. Und das ist nicht nur eine neue Identität, so wie der Direktor es beschrieben hat. Er bekommt auch Zuversicht, Ausdauer, Widerstandskraft. Es ist das Gefühl der Zusammengehörigkeit, das Zusammengehörigkeit schafft. Es ist ein Gefühl, das Brücken über die größten Abgründe schlagen kann, das die lähmende Angst löst, das Bedeutung findet. Die Initiative gibt uns Hoffnung!« Diana war lauter und euphorischer geworden, als sie beabsichtigt hatte. Damit weckte sie die Aufmerksamkeit der anderen Anwesenden. Apoll, Mercurius, Venus und der Oberarzt hatten die Ohren gespitzt und sahen interessiert aus dem Wartebereich herüber.

Vestas Falten glätteten sich. Ihr Lächeln kehrte freudig wie ein lang erwarteter Gast zurück. Sie setzte eine freche Miene auf und meinte: »Dich brauche ich wirklich nicht mehr motivieren. Ich wollte nur ein wenig deinen Quellcode lesen. Aber du könntest selbst als Counselor und Motivator arbeiten. Du hast ja richtig Feuer in deinem hübschen Hintern.«

Diana entspannte sich. Sie freute sich über das Lob und das anerkennende Nicken ihrer Kameraden. Trotzdem gefiel es ihr nicht, wie abschätzig Vesta über die Organisation gesprochen hatte, der sie sich selbst mit Haut und Haar verschrieben hatte. »Sie hat mich zum Zweifeln bringen wollen«, erkannte Diana. »Das ist grundsätzlich nichts Verkehrtes. Doch in unserer Welt ist Misstrauen die erste Stufe auf der Treppe zur Verzweiflung.« Sie kannte diese Emotion gut. In dieser Zeit existierte mehr als genug davon in allen erdenklichen Formen und Farben.

»Verzweiflung ist ein klebriger Spiegel, der uns festhält, uns offenbart und stets unseren Blick zurückwirft«, hatte ihre Großmutter gesagt. Diana hatte kein Interesse mehr an dieser Schwäche.

Surrend schwang die Riesenschere zur Seite. Der große Roboterarm kehrte in seine Ausgangsstellung zurück und die Manschette klickte. Sofort eilte Quaiga mit einem Desinfektionstuch und einem Klecks Salbe zu ihr. Vorsichtig entfernte sie die Auflage von Dianas Arm und reinigte die frische Wunde, bevor sie die glänzende Paste auftrug.

»Na, das sieht doch wunderbar aus«, kommentierte sie das Ergebnis. Diana blickte neugierig auf ihren Unterarm und betrachtete die Stelle direkt unterhalb ihres Handballens. Ihre eingecremte helle Haut glänzte seidenmatt.

Wie ein Spiegel warf der silberne Phönix das Licht der grellen Deckenleuchten zurück. Unter dem Tattoo schimmerte ein kleines Wappen, das sie zu ihrem persönlichen Motiv gekürt hatte. Ein spitzer Pfeil und ein silberner Bogen in der Form einer Mondsichel waren darauf zu sehen.

»Es ist das Gefühl der Zusammengehörigkeit, das Zusammengehörigkeit schafft. Ich gebe hundert Prozent für unser Team«, dachte Diana ohne jeden Zweifel und fühlte sich glücklich und zufrieden. Als Gemeinschaft konnten sie alles schaffen!

24. Dezember 160 – Einen Tag nach dem Absturz

Durch ihren Vorhang aus Laub und Schnee hörte sie ein Scharren. Sie hatten sie aufgespürt! Wie ein launischer Bagger schabte eine gewaltige Pranke durch den Haufen vor ihrer Felsnische. Tellergroße Schaufeln pflügten unwirsch durch die Schneedecke und kratzten über den Felsgrund. Diana wollte sich erschrocken aufrichten und stieß hart mit dem Kopf an das Steindach über ihr. Benommen sank sie zurück auf ihr Lager und hielt sich den dröhnenden Schädel. Die Welt drehte sich. Das brüllende Dröhnen wurde lauter. Sie konnte nicht scharf sehen, doch durch den Schleier aus Schmerz, der von allen Seiten auf sie eindrang, spürte sie eine Berührung an ihrem rechten Fuß. Eine Tatze schabte neugierig über ihren Stiefel. Dann zog etwas an ihrem Bein. Sie wurde unsanft einen halben Meter weit aus ihrer Nische gezerrt. Diana schrie entsetzt auf. Das Tageslicht schlug ungehindert auf sie ein. Blinzelnd konnte sie das Untier zum ersten Mal sehen. Ein zottiger alter Braunbär mit verfilztem Fell und Raureif am Schädel hockte vor ihr und schnupperte begierig an ihrem Bein. Mehr aus Schreck als aus Mut trat Diana nach dem Kopf des Bären.

Anstatt der empfindlichen Nase traf sie jedoch nur die harte Stirn des Tiers. Der Braune zeigte sich überrascht, aber keinesfalls eingeschüchtert, bevor er nach dem Huf biss, der ihn so frech gekitzelt hatte. Sein mächtiger Kiefer erwischte den göttlichen Fuß seitlich am Spann. Ohne die stählerne Kappe und Einlage in ihrem Stiefel wäre ihr Knochen wie von einem Schraubstock zermalmt worden.

Der Bär bemerkte das ungewöhnlich widerspenstige Fell und versuchte nun, energischer an der schwarzen Hufe zu zerren. Diana wollte sich zurück in die Felsnische pressen, doch die Bestie zerrte ihr Bein wie ein zartes Stöckchen hin und her. Nach einigen Sekunden kamen Jäger und Beute gleichermaßen zu der Erkenntnis, dass es so nicht weitergehen konnte. Der Braunbär entschied sich, mit seinen Pranken nachzuhelfen, während er kräftig an den Hufen rupfte, um die dünnen Beinchen endlich abzutrennen. Er stützte seine massigen Tatzen auf Dianas Bein, um einen Gegendruck aufzubauen.

Der Schmerz riss Diana endgültig aus ihrer Betäubung. Hastig griff sie nach ihrem Holster und zog die einzige wirkungsvolle Waffe heraus, die ihr geblieben war. Das kleine Pfefferspray verlangte kein genaues Zielen. Noch während der Bär sie wie einen Teppich über den Boden schleifte, schickte sie ihm einen breiten Sprühstrahl entgegen. Der orangefarbene Nebel traf den Bären mitten ins Gesicht. Es dauerte keine Sekunde, bis die Schmerzrezeptoren von Mund, Nase und Augen eine eindeutige Botschaft versandten. Wie von einem Blitz getroffen sprang der Bär zurück und stieß seinerseits wuchtig gegen die Felsendecke. Panisch brüllend strauchelte er aus der offenen Höhle. Seine blinde Flucht war so kopflos, dass er wiederholt stolperte und sich auf dem schneebedeckten Abhang mehrfach überschlug, bevor er im Baummeer verschwand.

Die verschmähte Beute blieb stöhnend und zuckend im Felsschlund zurück. Erst jetzt, da das Raubtier verschwunden war, setzte bei Diana der Schock ein. Minuten lang lag sie reglos und mit aufgerissenen Augen da. Auch sie hatte einige Partikel des hochwirksamen Reizstoffes abbekommen. Darüber hinaus gab es kaum eine Körperpartie, die nicht brannte, stach, zog oder stauchte. Die Schmerzen in Kopf, Schultern und Rücken wurden unwesentlich übertroffen von den erbarmungslosen Qualen, die ihr Füße und Beine bescherten. Das hartnäckige Ziehen und Zerren ihres Angreifers hatte ihr vermutlich Innen- und Außenbänder zerfetzt und die Kapsel gesprengt. Sie spürte bereits, wie ihr Knöchel anschwoll. Trotzdem wagte sie es nicht, ihren Stiefel auszuziehen. Sie würde nicht wieder hineinpassen.

Ihr Leid war so groß, dass kaum Kraft zum Weinen oder Fluchen blieb. Nur ein unartikulierter Ton brach sich keuchend Bahn: »Ahhhhaaaaaa!«

Unendlich langsam zogen ihre tauben Finger die letzte Stiftspritze hervor. Wieder setzte sie sich die Injektion in den Hals. Wieder musste sie nicht lange warten, bis das Gemisch aus Schmerzstillern, Aufputschmitteln, Genobiotika, Entzündungshemmern und Nanobots seinen Dienst tat.

Diana seufzte laut auf und begann heftig zu weinen, als der brennende Schmerz jäh verlöschte. Schluchzend zitterte sie im Schnee, bis sie endlich die Kraft fand, sich aufzusetzen.

»Fuck, Cas, der Tag beginnt noch beschissener, als der letzte aufgehört hat«, murmelte Diana und rieb ihre steifen Hände aneinander. »Ich muss mich aufwärmen und meine Verletzungen behandeln. Verdammt, ich muss überhaupt erstmal prüfen, was noch nicht kaputt ist«, meinte sie zum Schnee.

Sie versuchte aufzustehen und merkte, wie ihr linker Fuß wegknickte. Mühsam griff sie nach ihrem Bogen und stützte sich auf ihn. Mit Hilfe der Krücke humpelte sie schwerfällig zum Ausgang der kurzen Höhle. Sie sah den Abhang hinunter, den sie in der Nacht heraufgeklettert war.

»Ist nicht sehr beeindruckend, aber in meinem Zustand trotzdem viel zu steil«, stellte Diana resigniert fest. »Vielleicht sollte ich das bisschen Laub und Holz, das sich finden lässt, zusammensuchen und ein Feuer machen«, schlug sie ihren Gliedern vor.

Doch den Rauch und die Wärme würden Vestas Drohnen über Kilometer hinweg wahrnehmen. Und Diana bevorzugte immer noch den Tod durch Erfrieren, als durch die Hand der Verräter und Mörder zu sterben.

Es kostete sie eine Stunde, bis sie es geschafft hatte, ihre Notdurft zu verrichten und einen Schluck eisiges Wasser zu trinken. Nun endlich hatte sie ihre wenigen Habseligkeiten verstaut und war mit ihrem Schild in der Hand zum Eingang der Halbhöhle gehumpelt. Wie schon am Vortag setzte sich Diana auf ihren provisorischen Schlitten und machte sich bereit, den verschneiten Abhang hinunter zu rutschen. Diesmal wollte sie so langsam wie möglich nach unten gleiten. Daher setzte sie ihren weniger angeschlagenen Fuß und ihre Hände als Bremsscheiben ein. Doch der Hang war zu steil. Trotz ihrer Bemühungen gewann sie immer weiter an Geschwindigkeit, während sie tiefe Furchen im Schnee zog. Erst der Römerweg nahm ihr unsanft den Schwung. Wie ein Ei, das man eine Schräge herunterrollen lässt, klatschte sie auf die gepflasterte Straße. Der Neuschnee und ein letzter Bremsversuch mit beiden Beinen verhinderten, dass ihre Schale brach.

»Andererseits würde ich es wohl gar nicht mehr merken«, gestand sich Diana ein, als sie endlich zum Halten kam. Der Aufprall hatte sie von ihrem Schlitten geschleudert. Auf dem Rücken liegend war sie über den breiten Weg gerutscht.

Ächzend rappelte sie sich langsam auf. Sie schulterte ihren Schild, nahm ihre Gehhilfe und machte den ersten Schritt.

»Was einen nicht umbringt, macht einen stärker – so heißt es doch!«, erklärte sie ihrer Krücke. Auch der zweite und dritte Schritt gelangen ihr. Es fühlte sich ungesund an, wie ihr lädierter Fuß wegknickte und auch ihr Nasenbluten verhieß nichts Gutes. Dennoch wollte sie weiter gehen. Sie musste weiter gehen! Irgendwann würde sie jemandem begegnen oder eine Behausung finden. »Ich muss nur durchhalten!«, ermahnte sie sich selbst.

Nach 27 zäh und unbeugsam erkämpften Schritten brach die Dunkelheit über sie herein. Wie eine Marionette mit gekappten Bändern sackte sie zu Boden und blieb reglos liegen.

18. Oktober 2134 - Neun Tage vor dem Einschlag

Barra kochte innerlich. Entweder der Junge war zu dämlich für eine simple Thermitreaktion oder jemand hatte ihm eine Falle gestellt. Wenn auch in Deutschland weitere Misserfolge hinzukamen, war ihre heilige Mission ernsthaft bedroht. Missmutig machte er einen Ausfallschritt über die blutige Enttäuschung und zwängte sich in den winzigen Raum. Kingsley, der Leiter der Sicherheit, und ein ranghoher Profiler namens Heidecker waren schon drin und verschafften sich einen ersten Eindruck. Die beiden fachsimpelten bereits über das Tatgeschehen, während ihre Teams geduldig warteten, bis die Chefs den Weg für die eigentlichen Ermittler freimachten. Barra war nur wegen seiner Position anwesend, nicht aufgrund irgendeiner Kompetenz. Darüber machte er sich keine Illusionen. Die Initiative wollte größtmögliche Transparenz und Barra hatte sich dafür eingesetzt, dass er die Glasscheibe in dieser Angelegenheit spielen durfte.

Natürlich zielte sein persönliches Interesse auf maximale Verdunklung. Daher steckte er bei der erstbesten Gelegenheit die Finger in seine Anzugtasche und zauberte zwei Haare des Champions aus dem Mercurius-Tempel hervor. Unauffällig ließ er sie in der Nähe des Toten fallen.

»Vielleicht kann ich die Sünder ein wenig ablenken und gleichzeitig einen Spieler aus dem Rennen nehmen«, hoffte Barra, während er vorgab, den Ausführungen der privaten Polizisten zu lauschen. Wie so oft fühlte er sich wie ein maskierter Engel, der durchs Fegefeuer schritt. Es verunsicherte ihn jedes Mal, mit welcher Selbstverständlichkeit die Frevler annahmen, er gehöre zu ihnen. War keiner von ihnen in der Lage, durch seine Verkleidung zu spähen, oder schützte ihn der Mantel des Herrn?

Barras Blick tastete hastig den Raum ab. Es gab keine Kamera. Die beiden Ermittler hatten sich hingekniet und untersuchten den leblosen Körper.

»Dem armen Kerl hat es Kopf und Schulter glatt abgetrennt… äh… Dimitri hieß er doch? Stimmt's?«, wandte sich Kingsley an den Vizedirektor. Barra nickte und sah angewidert auf das verunstaltete Fleisch. Er zog ein Taschentuch aus der Jacke und schnäuzte sich die Nase. Das unerträgliche Jucken war wieder da.

Zwei Drittel Eisenoxid, ein Drittel Aluminum-Gries. Gibt es etwas Banaleres als eine kleine Thermitbombe?, fragte er sich kopfschüttelnd. Was kann man da bitte falsch machen?

Die Antwort lieferte Kingsley, der den Profiler auf einen Fleck an einer stählernen Luke aufmerksam machte.

»Anscheinend wollte sich der Bursche mit seiner Wunderkerze durch das Metall brennen.« Der Profiler wischte mit einem Stäbchen über die dunkle Beschichtung.

»Er hat wohl nicht mit dieser Paste hier gerechnet. Ich bin kein Chemiker, aber irgendetwas muss schiefgelaufen sein und sein kleines Experiment ist nach hinten losgegangen.«

Er leuchtete mit einer UV-Lampe auf das Stahlblech, das dadurch grünlich illuminiert wurde. »Da haben wir ja Glück gehabt, dass er kein Loch in die Verkleidung geschweißt hat. Ich glaube, das ist die Hülle eines der großen Pisse-Tanks. Wir säßen echt in der Scheiße, wenn der seinen Streich durchgezogen hätte«, meinte Kingsley grinsend und mit dem Taktgefühl eines Holzbrettes.

»Ich weiß nicht, ob das ein schlechter Streich werden sollte. Es sind ja ziemlich viele Kids frustriert, dass sie nicht ausgewählt wurden«, erwiderte Heidecker. Er sprach mit der abgestumpften Professionalität eines Leichenarztes. »Aber es ist ihm durchaus gelungen, ein Loch hineinzubrennen. Sehen Sie nur, hier am Boden finden sich einige feuchte Spuren.«

»Unmöglich!«, platzte es aus Barra heraus. »Ich meine, wir würden doch ganz andere Schäden sehen, wenn der Tank ausgelaufen wäre«, fügte er hastig hinzu. Der Profiler fokussierte den Strahl seiner Taschenlampe und zielte mit dem Lichtkegel auf eine fingerbreite Öffnung.

»Schauen Sie selbst. Anscheinend ist der Tank leer.« Barra konnte es nicht glauben. Der Tank sollte voll sein. Wenn es

Dimitri gelungen war, sich durch die Hülle zu brennen, dann hätte es kein einziges befestigtes Gebäude mehr geben dürfen. Es sei denn… Barra starrte gespannt zu Heidecker, der ein weiteres Stäbchen zückte und es in dem rußbedeckten Loch verschwinden ließ. Als er es wieder herauszog, schnupperte er daran und sagte lakonisch: »Der Junge hat die Quelle erfolgreich angebohrt. Leider war der Schatz schon längst gehoben. Hier ist nur angetrocknete Pisse drin.«

Barra wurden die Beine weich. Also war es eine Falle! Erst resigniert, dann wütend ließ er die Stunden Revue passieren, die er schwitzend auf diversen Klobrillen verbracht hatte. »Scheiße!«, fluchte er laut und drängte sich mit gerötetem Gesicht durch die schmale Pforte hinaus in den angrenzenden Raum.

»Das kann man wohl sagen«, rief ihm Kingsley belustigt hinterher, der seinen raschen Ausbruch falsch interpretierte. »Die Sesselfurzer halten echt nichts aus«, wandte er sich an Heidecker, ohne seine Stimme zu senken. Barra ballte die dicken Stummelfinger zur Faust. Nur eine weitere unwürdige Seele – abgelegt, aber unvergessen auf der dunklen Seite in seinem Kopf. »Der Herr wird dich richten!«, verkündete die Allmacht in seinen Gedanken. Ohne sich umzublicken, eilte er an den wartenden Mitarbeitern vorbei und die langen Gänge der Katakomben entlang. Er bewegte seine kurzen Beine so schnell, dass er zu rennen schien. Anfangs erfüllte ihn wilder Zorn. Doch mit jedem Schritt verwandelte sich seine Wut in Panik, was ihn abermals beschleunigte. Wer auch immer für die Entleerung des Tanks verantwortlich war, wusste, was sich vorher darin befunden hatte. Er wusste auch, wer für die Befüllung und Entleerung verantwortlich war. Sein sorgsam ausgearbeiteter Plan war gescheitert. Der Teufel hatte seine Fährte aufgenommen. Es wurde Zeit für weniger subtile Lösungen. Es blieben ihm nur noch wenige Tage.

24. Dezember 160 – Einen Tag nach dem Absturz

»Jingle Bell, Jingle Bell, Jingle Bell Rock…hmhmhm.« Vesta sah ihn genervt an. »Willst du mir etwas sagen?« Apoll schüttelte den Kopf und lachte freudlos in seinen Dreitagebart. »Ist doch ein nettes Lied«, sagte er achselzuckend. Vesta sah ihn finster an.

»Ich dachte, du hast mit Weihnachten und Religion nichts am Hut? «

»Mein Großvater war gläubiger Moslem, meine Mutter ist recht katholisch. Ein wenig Religion habe ich also schon mitbekommen. Abgesehen davon dürfen sich doch auch Atheisten und Agnostiker an Weihnachten erfreuen.«

Vesta verdrehte die Augen. »Von mir aus. Ist mir völlig egal. Aber bitte beeil dich etwas.« Nach einem beleidigten Blick von Apoll ergänzte sie: »Ich bin dir wirklich dankbar, dass du mich aus der Schneehölle gebuddelt hast. Lange hätte ich das nicht ausgehalten. Aber jetzt müssen wir uns beeilen, bevor die Spur ganz kalt ist.«

Vesta hatte recht. Sie hatten in der Nacht am Absturzort Wache gehalten, in der Hoffnung, dass Diana zurückkehren würde. Er hatte allerdings nicht wirklich damit gerechnet. Als sie am Morgen die Spuren im Wald fanden, war Vesta nicht mehr zu bremsen gewesen. Wie ein Spürhund, der angeschlagen hatte, zog sie ihn nun durch die Botanik.

»Lass mich kurz etwas trinken und mich waschen«, sagte er, ohne sich um ihre Antwort zu scheren. Vorsichtig zog er seine Handschuhe aus und legte den Helm ab. Dann kniete er sich nieder und schöpfte mit beiden Händen das kristallklare Wasser des kleinen Baches. Es brannte auf der Haut und erschien ihm noch kälter als Schnee und Eis. Ein gelber Kiesel erweckte seine Aufmerksamkeit. Er war so groß wie eine Erbse und glänzte metallisch. Ein winziger Klumpen Gold.

»Nutzlos«, brummte er und schnipste das Nugget zurück in den Bach. Sein Blick fiel auf seinen feuchten Unterarm.

Eine Ecke seiner Tätowierung schaute aus dem Stoff hervor. Er schob den Ärmel ein Stück nach oben und betrachtete das feingliedrige Tintenwerk. Der Phönix auf seinem Arm glich dem seiner Kameraden bis auf die letzte Feder. Nur sein kleines Wappen in den Fängen des Fabelwesens sah anders aus. Apoll hatte ein winziges Triptychon gewählt. Es zeigte links ein Mädchen unter einem Joch, in der Mitte ein Adlernest mit fünf Jungtieren und rechts ein ruhendes Pferd.

»Drei Gründe hier zu sein. Und schon ein Grund zu viel«, flüsterte er traurig und rubbelte mit dem Daumen über das Bild des Mädchens. Natürlich ließen sich seine Sorgen nicht so leicht auslöschen. Er zog Helm und Handschuhe an und begann von Neuem eine Melodie zu summen. Vesta wartete bereits mit verschränkten Armen.

»Du musst ja gute Laune haben.«

»Ganz im Gegenteil!«, dachte Apoll. Doch er wollte Vesta nicht auf die Nase binden, dass ihm Singen und Summen beim Entspannen halfen. Also sagte er stattdessen: »Meine Großmutter hat mir drei Weisheiten mitgegeben. Erstens: Die Musik macht die Laune. Zweitens: Heirate keine Frau, mit der du nicht singen und tanzen kannst. Drittens habe ich vergessen.«

Vesta zeigte ein Wolfslächeln: »Meine Oma hat mir und meiner Schwester beigebracht, den Rücken geradezuhalten, die Brust rauszustrecken und bei aufdringlichen Kerlen das Knie einzusetzen.«

»Du bist wirklich eine Wölfin im Schafspelz«, sagte Apoll kopfschüttelnd. »Oder eine Venusfliegenfalle«, dachte er besorgt.

»Ich bin eine Löwin ganz ohne Pelz und Mähne«, entgegnete Vesta und sah ihm ernst in die Augen, während Mund und Zähne strahlten.

Apoll nickte jovial, ohne sich seine Einschüchterung anmerken zu lassen, und fragte dann Auge in Auge mit dem Raubtier: »Warum hast du da oben auf Diana geschossen? Wir wollten doch erstmal mit ihr reden?« Vesta verdrehte die Augen, eine Geste, die sie meisterlich beherrschte.

»Na, was denkst du denn? Die Verrückte hat auf mich gezielt! Du warst zu weit weg.« Ihre Stimme klang, als würde sie mit einem Begriffsstutzigen reden. »Die hätte uns beinahe lebendig begraben. Du hast doch ihren Bogen gesehen und weißt, was sie mit ihren Sprengpfeilen ausrichten kann. Hätten wir ihr mehr Zeit gegeben, hätte sie auch ihr Gewehr benutzt.« Sie machte eine Pause und legte eine Hand auf ihr Pistolenholster. »Aber das spielt jetzt keine Rolle mehr. Oder hast du etwa nicht auf sie geschossen, du Unschuldslamm?« Apoll wich ihrem Blick aus: »Ich wünschte, es wäre nicht so weit gekommen.«

»Manchmal denke ich, ich bin die Einzige, die hier den Durchblick hat.« Vesta tippte sich mit dem Finger an die Schläfe. »Es ist eindeutig, dass sie und Mercurius seit Wochen versuchen, die Mission zu sabotieren. Du hast doch selbst gesagt, dass du das Gefühl hast, dass sie uns absichtlich aufhält. Und wenn ich ›sabotieren‹ sage, meine ich ›eiskalt umbringen‹. Oder was, denkst du, sollte die Bombe bewirken, die sie uns vor den Bug geschossen hat? Hätte ich nicht Abstand gehalten, wären wir sicher getroffen worden. Glaubst du, das war ein Versehen? Ein kleiner Spaß von ihr?«

Apoll seufzte leise. Er wusste, dass Vesta recht hatte und doch hasste er die Wahrheit, mit der sie ihn piesackte. Doch die Raubkatze sprach erbarmungslos weiter: »Nur Diana hat die Ausbildung, um so ein Ding zu bauen, und nur sie hat den Sprengstoff dazu. Ich habe nur meine zwei Granaten.« Sie zeigte auf ihre Ausrüstung. »Diana haben sie einen Berg Sprengstoff mitgegeben. Weil sie ja angeblich so vertrauenswürdig ist. Dabei hat sie die ganze Zeit gegen uns gearbeitet. Ich weiß, dass das schwer für dich ist.«

Die Katze schlich einen Schritt näher und legte eine samtene Pfote auf seine Schulter. »Sie und Mercurius haben sich schon immer besonders gut verstanden. Ich habe mir anfangs auch nichts dabei gedacht. Jetzt ist klar, dass sie im wahrsten Sinne des Wortes schon immer unter einer Decke stecken.« Apoll zuckte leicht, sagte aber nichts. »Jetzt wird mir auch begreiflich, was ihre Aktion in dem germanischen

Dorf sollte, aus dem ich dich gerettet habe. Sie wollte nicht, dass wir uns verteidigen, weil sie gehofft hatte, dass die Germanen für sie die Drecksarbeit erledigen und mich und dich aus dem Weg räumen.«

»Okay, ich habe es verstanden!«, rief Apoll und nahm ihre Hand von seiner Schulter.

Ohne auf ihr Stirnrunzeln zu achten, wechselte er das Thema: »Also, wo entlang nun?« Dabei zeigte er auf den kleinen Wasserlauf.

Vesta sah ihn einen Moment lang mit zusammengekniffenen Augen an. Dann warf sie ihre perfekte Mähne zurück und zeigte ein neues Lächeln – diesmal war es eine Hyäne.

»Unser listiges Vögelchen ist hier herunter geflogen, um seine Spuren zu verwischen«, meinte Vesta und zeigte talwärts. »Wir müssen aufpassen, damit wir die Stelle nicht verpassen, an der es das Wasser verlassen hat. Du gehst rechts, ich gehe links vom Bachbett.« Ohne auf seine Meinung zu warten, trat Vesta auf das linke Ufer und wandte sich zum Gehen. »Kommst du?«

Er ging an ihr vorbei, ohne sie eines Blickes zu würdigen. Er konnte ihre herrische Art nicht leiden. Dass ein Team-Counselor so gerne Diktator spielte, war doch irgendwie verrückt. Kopfschüttelnd summte er eine Melodie mit schnellem Rhythmus und folgte dem Abstieg des Baches. Was er nicht sah, war Vesta, die hinter ihm lief und mit ihrer Hand eine Pistole mimte und auf seinen Hinterkopf zielte. Ihre Lippen formten ein lautloses »Morietur«, während ihre Augen blitzten. Feixend pustete sie gegen den imaginierten Mündungsrauch ihrer Fingerkuppe und folgte der ahnungslosen Beute.

Sie liefen fast zwei Stunden lang zu beiden Seiten des Bachlaufs und hielten angestrengt Ausschau nach verräterischen Spuren. Aus der Luft bekamen sie Unterstützung von Vestas Drohnen Falke und Hornisse, die von ihrer KI gesteuert wurden. Doch weder im Nahbereich noch im weiteren Umfeld des kleinen Gewässers ließen sich Abdrücke entdecken.

»Sie ist gerissener, als ich dachte«, sagte Vesta, als sie gegen Mittag einen Fluss erreichten, in den der Bach mündete. »Ich habe geglaubt, dass sie unsere Geduld auf die Probe stellen will. Irgendwann müsste sie ja nach rechts oder links ausbrechen. Aber womöglich hat sie uns einfach in die Irre geführt und ist dem Bächlein gar nicht bis ins Tal gefolgt«, stellte Vesta grimmig und zugleich anerkennend fest.

»Vermutlich ist sie bergauf gegangen und dann abgebogen«, überlegte Apoll. Vesta warf ihm einen gnädigen Blick zu und nickte bejahend.

»Das ist ein guter Gedanke. Ich werde Hornisse zurückjagen. Sie wird oberhalb unseres Einstiegs suchen – wenn es sein muss bis zur Quelle. Wir rasten hier, bis wir sicher sein können, in welche Richtung es weiter geht. Falke bleibt als Wachhund bei uns.« Vesta zeigte auf ein steinernes Tableau an der rechten Flanke des Flusses. »Wollen wir da ein kleines Lagerfeuer machen, während wir warten?« Apoll wusste, dass sie ihm eine rhetorische Frage gestellt hatte. Er grunzte und zuckte mit den Schultern. Ihm war es gleichgültig, wo sie kampierten. Er hatte sich entschlossen, Vesta zu folgen und würde keine Energie damit vergeuden, mit ihr über den besten Lagerplatz zu diskutieren. Entlang der steilen Uferböschung fand sich reichlich abgeschmirgeltes Totholz. Es lag da, wie von kreativen Bibern zu winzigen Burgen zusammengetragen. Sie nahmen die dargebotenen Gaben dankbar an und schichteten ein stattliches Lagerfeuer auf. Der heiße Atem der tanzenden Flammen brachte den Schnee auf dem Tableau zum Schmelzen. Apoll hatte zwei zentnerschwere Brocken als Sitzmöbel herbeigeschafft und Vesta überraschte ihn mit einer kulinarischen Spezialität.

»Na, Lust auf ein schönes Stück Schweinefilet mit Bratensoße?«, fragte sie und holte eine große grüne Kühldose aus ihrem Rucksack.

Apoll sah sie verblüfft an. »In diesem Fall, ja, gerne. Wo hast du das denn aufgetrieben?« Vesta zwinkerte ihm zu und drapierte das Fleisch geschickt in einer kleinen Pfanne.

»Ich bin die Göttin von Herd und Feuer. Es gehört zu meiner Kernkompetenz, in der Wildnis ein Rippchen oder ein Stück Lende herbeizuzaubern.« Als würde sie magische Zutaten in einen Kupferkessel werfen, streute sie schwungvoll einige Kräuter und Gewürze über den Braten. »Ich habe vorgestern den hohen Damen von Ravenna einen kleinen Einblick in die Kochkunst der letzten 2000 Jahre gewährt. Zudem habe ich sie ein bisschen mit netten Gewürzen vertraut gemacht und ihnen nebenbei noch ein paar nützliche Tipps zu den anderen häuslichen Pflichten gegeben.« Die Göttin grinste breit. »Schließlich ist es nicht verkehrt, auch in diesem Feld den zivilisatorischen Fortschritt voranzubringen. Das kommt uns allen zugute.«

Apoll sah sie gleichsam zweifelnd und schockiert an: »Du bist gerade 19 geworden und hast den versammelten Adligen Sextipps gegeben?« Vestas Mundwinkel wurden noch breiter: »Wieso nicht, die meisten von denen hatten gerade mal einen einzigen Partner im Bett. Kannst du dir das vorstellen?«, fragte sie süffisant. Er schwieg und merkte, wie seine Wangen sich röteten. Sie schaffte es immer wieder, ihn zu verunsichern.

»Na ja, jedenfalls habe ich mir etwas von meinem Festschmaus einpacken lassen – für eine Gelegenheit wie diese.« Sie zerteilte die aufgewärmte Köstlichkeit mit ihrem Feldbesteck und reichte Apoll einen großzügigen Anteil. »Wie kommt es eigentlich, dass du Fleisch isst? Warst du nicht mal Vegetarier?«

Apoll kaute genüsslich, bevor er antwortete: »In unserer Zeit habe ich bewusst auf Fleisch verzichtet. In dieser Zeit macht das weniger Sinn.«

»Ich verstehe.« Vesta nickte und schwieg eine Weile. Beide starrten in das prasselnde Feuer und genossen die Wärme, die von ihm ausging. Apoll war müde und deprimiert. Die vergangenen Stunden hatten an seiner Substanz gezehrt. In manchen Augenblicken fühlte er sich wie ein Schlafwandler, der seinem Traum hinterherlief, aber in der realen Welt in einen Abgrund tapste. Das Feuer brannte heiß auf seinem

Gesicht. Er saß zu nah. Und doch konnte er seinen stierenden Blick nicht abwenden. Er verharrte wie eine hölzerne Puppe mit leeren, aufgerissenen Augen.

»Darf ich dich etwas Persönliches fragen?« Vestas Stimme beendete die Paralyse.

»Ja«, sagte Apoll schlicht und betrachtete sie abwartend. Vesta nahm ein Tuch und trocknete die Pfanne, die sie eben im Fluss gewaschen hatte. »Warum bist du hier?«

Apoll blickte sie fragend an. Vesta seufzte geziert und konkretisierte dann: »Was treibt dich an? Du bist der Auserwählte des Apollon-Tempels, der Champion von mehr als 100 begabten Schülern. Das wird man nicht einfach so nebenbei, weil man immer fleißig seine Hausaufgaben macht. Man muss es sich erkämpfen. Man braucht eine echte Motivation. Also, warum bist du hier?«

Apoll sah eine ganze Minute lang schweigend in die zitternden Flammen. Eigentlich hatte er keine Lust, sich Vesta zu erklären. Es ging sie im Grunde nichts an. Andererseits waren sie ein Team oder das, was davon übrig war. Und es machte Sinn, der Verschlagenheit und Hinterlist der letzten Tage mit Ehrlichkeit und Aufrichtigkeit zu begegnen. Warum sollte er Vesta unnötig vor den Kopf stoßen?

Apoll spähte zur Sonne, die genau über ihm stand, holte tief Luft und sprach so leise, als ob sie jemand belauschen könnte: »Wie du vielleicht weißt, komme ich aus Nador, einer Mittelmeerstadt in Marokko. Die Vorfahren meines Vaters stammen alle aus der Stadt, während die Eltern meiner Mutter aus Spanien kommen, genau von der anderen Seite des Meeres. Meine Familie hat nie zu den Armen in Nador gehört. Trotzdem war das Leben für meine Eltern hart.« Er sah Vesta nicht an, während er mit ruhiger Stimme erzählte.

»Unser Lebensstandard war nicht wie der in Europa. Ich glaube, meine Eltern hatten nicht ein einziges Mal so etwas wie Urlaub, bevor ich zur Initiative gekommen bin. Ich habe drei Brüder und eine Schwester, da bleibt sowieso wenig Zeit außerhalb der Arbeit.« Er machte erneut eine Pause und warf einen Ast ins Feuer, bevor er fortfuhr. »Es sind vor allem die

Hitze und die Perspektivlosigkeit, die das Leben in Nador schwer machen. Im Sommer steigt die Temperatur auf über 50 Grad Celsius. Wer es sich leisten kann, verlässt das Haus nicht. Alle sagen, früher sei es besser gewesen, aber heute…«, Apoll kratzte sich am Kopf, »ich meine, im Jahr 2134 will einfach nur jeder fort.«

Vesta wackelte ungeduldig mit dem Kopf. »Du willst also sagen, du bist zur Phönix Initiative gegangen, weil du ein besseres Leben wolltest?«

Apoll lachte, als er antwortete: »Wenn ich ehrlich bin, war das vielleicht auch ein Antrieb. Es ging mir aber nicht vorrangig um mich. Ich liebe meine Familie. Ich wollte, dass es uns allen besser geht. Außerdem habe ich mich schuldig – nein, sagen wir lieber ›verantwortlich‹ – gefühlt. Meine Eltern und meine Geschwister haben sehr, sehr viel dafür geopfert, damit ich es zur Akademie schaffe. Wenn du es also einfach haben willst, es sind Schuld und Liebe, die mich wirklich antreiben. Bis heute. Darum verfolge ich so verbissen unsere Mission. Ich will meine Schuld begleichen, meine Schwüre erfüllen.« Apoll nahm einen Ast und stocherte ziellos in der Glut herum. Er war selbst überrascht, wie freiherzig er gesprochen hatte.

»Hui, na das nenne ich mal einen Seelenstriptease«, sagte Vesta milde, beinahe warmherzig. »Ich hatte angenommen, du hast dich wegen Kiran oder Mia so durchgebissen. Die halbe Schule hat schließlich davon gehört, was damals auf der Reitanlage geschehen ist. Und dass du Mia, ich meine natürlich ihrer göttlichen Erhabenheit Diana, ständig etwas beweisen willst, ist in den letzten Monaten schon recht deutlich geworden.«

Apoll zerbrach den dicksten Stock, den er finden konnte, und warf die Teile ins Feuer. Knisternd stob ein Schwarm Funken empor.

»Ich sagte ja bereits. Was mich antreibt, sind Liebe und Schuld. Ziemlich blöde Motivation, aber effektiv und nervtötend.« Immer wenn er darüber nachdachte, fand er seine Beweggründe kindisch und unvernünftig. Trotzdem konnte er seine Gefühle nicht einfach abstellen, egal wie viel er reflektierte. Seine Eltern hatten Tag und Nacht gearbeitet und nebenbei all ihre Zuneigung und Kraft nur in Aquil und nur in seine Zukunft investiert. Seine Geschwister hatten immer für ihn zurückgesteckt und sie hatten es freiwillig getan. Die ganze Familie, alle Freunde und Bekannten hatten zusammengelegt, damit er eine Partner-Grundschule der Initiative besuchen konnte. Apoll zerbrach einen weiteren Ast und warf die Bruchstücke in die Flammen. Wie oft hatte er geträumt, er würde tragisch, aber heldenhaft bei seiner Ausbildung sterben. Fast hatte er es sich gewünscht. Seine Familie wäre betroffen gewesen, aber die Initiative hätte sie für den Rest ihres Lebens fürstlich entschädigt. Ein dicker Holzklumpen flog auf den wachsenden Scheiterhaufen. Und dann waren da noch Kiran, für den er doppelt so hart gearbeitet hatte und Mia, die er begleiten wollte, wohin sie auch ging. Und nun war alles verkorkst. Dabei hatte er krampfhaft versucht, ihre Mission am Laufen zu halten. Aber Diana und Mercurius hatten sie verraten. Nun saß er hier mit der heißen, aber herzlosen Eiskönigin.

»Wen möchtest du denn verbrennen? Oder wird das ein Signalfeuer für unsere Diana?«, fragte Vesta mit freundlicher Stimme, obwohl ihre Augen bedrohlich glitzerten. Er hatte die exotherme Reaktion nochmals befeuert und zwei klobige Äste nachgelegt.

Puh… sie nervte! Es wurde Zeit, den Spieß umzudrehen, dachte er und wandte seine Aufmerksamkeit Vesta zu. »Also Vesta, wenn ich dir eine persönliche Frage stellen darf, warum bist du hier? Was treibt dich an?« Er verkniff sich einen sarkastischen Ton und sprach höflich und ruhig, auch wenn er ihre Worte stahl. Vestas Lächeln schmolz wie ein Schneemann im Hochsommer. Sie setzte ihre verspiegelte Brille auf und verschränkte die Beine zum Schneidersitz. Wie ein cooler Buddha hockte sie neben dem Feuer und wiegte den Kopf.

»Da du so enervierend ehrlich warst, werde ich wohl auch ein wenig blankziehen müssen«, sagte sie und fuhr mit der

Zunge über ihre spitzen Eckzähne. »Was mich antreibt«, sie machte eine theatralische Pause, »ist Wut! Ich habe eine scheiß Wut auf alle möglichen Dinge, die in unserer Zeit schiefgelaufen sind. Und ich kämpfe dafür, den Sumpf aus Scheiße trockenzulegen und alles so hinzubiegen, dass es passt.« Apoll nickte, auch wenn sie vage blieb und er nur eine ungefähre Ahnung hatte, was sie meinte. »Damit ich tun kann, was ich tun will, müssen wir die Verräterin unschädlich machen.« Apoll verzog das Gesicht. »Jetzt guck nicht so. Wenn wir sie gefangen nehmen können, ist das auch okay. Es hängt von ihr ab«, log Vesta ohne jede Verlegenheit. »Meine KI hat mir eben mitgeteilt, dass die Hornisse ihre Spur gefunden hat. Wenn du willst, schauen wir uns die Aufnahme gemeinsam an.« Apoll nickte. Ihm war nicht entgangen, wie einfach Vesta über eine Erläuterung ihrer Gefühle hinweggegangen war. Zur Ablenkung hielt sie ihm genau im richtigen Moment einen Köder unter die Nase. Für wie doof hielt sie ihn? Glaubte sie, er bekäme ihre kleinen Spielchen nicht mit? Er setzte seinen Helm auf und aktivierte die Verbindung zu Vestas Drohne. Adam, Vestas seelenlose KI, kommentierte die übertragenen Bilder.

»Dianas Spur beginnt 1,26 km oberhalb ihres Einstieges in das Bachbett.« Die Drohne flog dicht über das rauschende Wasser und folgte den vielen kleinen Kaskaden und Stufen des Bächleins. Plötzlich gewann sie an Höhe und die Nahaufnahme des glitzernden Kiesbettes öffnete sich zu einem weiten Panoramablick über den Hang, nur um Sekunden später wie ein Greifvogel in irrsinnigem Tempo zu Boden zu stürzen und reglos hinter einem beeindruckenden Monolithen zu verharren. »Hier sind die ersten Fußabdrücke unter dem Neuschnee sichtbar.« Es war gut, dass die KI die Stelle digital einfärbte, andernfalls hätte Apoll nichts erkannt. Nur ein paar Facetten von Weiß-Grau. »Die Fußspuren auf den ersten Metern wurden verwischt. Die Fährte folgt einem talwärts verlaufenden Wildwechsel in südwestlicher Richtung. Nach 8,3 km Fußmarsch erreicht sie den Fluss an einer Stelle 6,9 km entfernt von eurer gegenwärtigen Position.« Erneut erhob sich die Hornisse in die Lüfte. Diesmal stieg sie weit über die Baumwipfel hinaus. Apoll bewunderte den fantastischen Ausblick auf das weite Wintermeer und genoss das Schattenspiel, das die hohen Bäume warfen. Die Projektion in seinem Helm war so realistisch, dass er glaubte, selbst durch die kühlen Lüfte zu jagen.

»Anstatt den Fußstapfen zu folgen, überspringen wir die Route durch den Urwald und nehmen den direkten Weg«, warnte sie Adam vor. Dann beschleunigte die Drohne mit einer Geschwindigkeit, die Apoll die Haut schlabbernd aus dem Gesicht gepresst hätte, wenn er leibhaftig durch den Himmel geflogen wäre. Wie ein Pfeil pfiff die Hornisse den Berg herunter und erreichte in nicht einmal zwei Minuten den Flusslauf in der Talsenke. Einen kleinen Bogen schlagend bremste die Flugdrohne ab und schwebte über einem Areal, das deutliche Aktivitätsspuren zeigte. Der Schnee war aufgewühlt und geprägt von tiefen Abdrücken. Einige abgeknickte Stöcke lagen auf dem Boden verteilt. Eine breite Furche zog sich vom Rand der Uferböschung bis zum Wasser.

»Verdammte Biaozi!«, fluchte Vesta. »Sie hat sich ein Boot gebaut.« Adam bestätigte diese Vermutung.

»Ja, alle Anzeichen weisen darauf hin. Ich erkenne Spuren des Blockcopolymer-Schaums.« Apoll wollte es nicht recht glauben.

»Kann man mit dem Notfallspray tatsächlich so einfach ein Boot bauen?«

»Es wird bloß über rudimentäre Schwimmeigenschaften verfügen. Dies wird eine Steuerung erschweren, aber es ist möglich«, stellte Adam nüchtern fest.

Vesta stand auf und schulterte ihren Rucksack. »Dann sind wir hier umsonst herunter spaziert!«, sagte sie grollend.

»Diana kann meilenweit auf dem Fluss vorangekommen sein. Ich hatte geglaubt, sie ist angeschlagen. Aber so holen wir sie zu Fuß nicht mehr ein. Wir müssen zurückgehen und sie mit dem Gleiter verfolgen.« Auch Apoll richtete sich jetzt auf und suchte seine Habseligkeiten zusammen. Vesta hatte recht. Doch abermals nervte ihn ihr Befehlston. Er war doch kein Dackel, der ihr hinterher trottete und auf Kommando Pfötchen gab.

»Hornisse und Falke sollten hierbleiben und dem Flusslauf folgen, bis sie eine Ausstiegsstelle finden«, erläuterte er das Offensichtliche, nur um auch einen Satz beizutragen.

»Natürlich«, erwiderte Vesta, ohne ihn anzusehen, und gab ihrer Überwachungstechnik bereits die notwendigen Befehle. »Tot oder lebendig, wir werden sie bald haben! Wenn du bitte noch deinen Großbrand etwas eindämmen könntest, sollten wir eigentlich aufbrechen können.«

Apoll knirschte mit den Zähnen und presste die Finger zusammen. Wie er solche Bittbefehle hasste.

»Wie ihr wünscht, edle Göttin der Hausfrauen, Herde und Hausesel. Gerne werde ich die heilige Flamme für euch löschen.« Mit diesen Worten drehte er Vesta, die bereits einige Schritte gegangen war, den Rücken zu, öffnete seine Hose und befleckte die reine Flamme mit einem breiten Strahl Trotz und Trutz.

»Jingle Bell, Jingle Bell, Jingle Bell Rock… hmhmhm.« Der Ohrwurm ging ihm einfach nicht aus dem Kopf. Das würde ein interessanter Heiligabend werden.

23. Oktober 2134 – Vier Tage vor dem Einschlag

›Vier Tage‹ war das nüchterne Ergebnis des Nullsummenspiels, das sich Leben nannte. »In vier Tagen endet jegliches Leben auf diesem Planeten und ich stolpere Geheimnissen atmender Geister hinterher.«

Henry malte sich aus, wie es sein würde, wenn Kali die Erde küsste. Würde er durch den Aufprall in die Luft geschleudert werden? Würde die Atmosphäre verbrennen? Vielleicht war es wie im Film und im letzten Augenblick seiner kurzen Existenz würde er eine gigantische Druckwelle auf sich zurasen sehen? Henry schüttelte sich. Noch 4 Tage!

Ohne die Initiative wäre er längst ausgeflippt. So blieb ihm eine Aufgabe. Ein Sinnesfunken, wenn auch mit kurzer Halbwertzeit. Er hatte den großen Knall auf dem Campus verhindert und dem Täter eine Falle gestellt. Zu seinem Leidwesen handelte es sich bei dem Attentäter um einen der Schüler. Auch wenn dieser volljährig war, wurmte ihn dieser verräterische Tote mehr als Barras Intrigen. Nun galt es, die letzten Puzzleteile zusammenzusetzen und Barra und seine Unterstützer zu stellen. Dazu musste Henry ein Risiko eingehen, dass er unter anderen Umständen gern vermieden hätte. Er musste, auf sich allein gestellt, in das Büro des Direktors und das seines Stellvertreters einbrechen und dort nach Hinweisen suchen. Nur so war sicher festzustellen, wer zu den Verschwörern zählte. Henry schlich nervös die Gänge entlang. In der Hand hielt er eine Alibi-Mappe, auf dem Rücken trug er einen Rucksack mit Werkzeug. Er konnte nur hoffen, dass um diese Zeit keines der hohen Tiere in seinem Bau hockte. Seine Sicherheitsstufe gewährte ihm Zugang zum Verwaltungsgebäude. Die Alarmsysteme würden ihn bis zu den Büroräumen der Akademieleitung vordringen lassen. Wie er von hier weiter kommen sollte, wusste er nicht. Trotzdem hatte er sich auf den Weg gemacht und huschte, so leise es seine Beine vermochten, durch die Speisekammer seiner

Dienstherren. Dutzendende Kameras und Bewegungsmelder registrierten ihn und aktivierten das warmweiße Licht der Gangbeleuchtung vor ihm, während die Lampen einige Meter hinter ihm wieder verloschen.

Ich werde begleitet von einem lästigen Hausgeist, dachte Henry ärgerlich. Konnte man die Beleuchtung nicht so einrichten, dass der ganze Gang erhellt wurde? So spielte er hier das Zirkustier in der Manege.

Eine Treppe und eine Biegung weiter und schon stand Henry vor dem Eingangsportal zur Akademieleitung. Eine massive Stahltür, die einem Tresor Konkurrenz machen konnte, versperrte den Durchgang. Henry dachte an den Akkuschrauber in seinem Rucksack und musste unwillkürlich feixen. »Das würde eine herrliche Aufnahme für die Security geben, wie ich mit dem 8mm-Kombi-Bohrer versuche, durch die Bunkertür zu kommen. Und nun?«

Henry stand unschlüssig vor dem Eingang und starrte auf die rot leuchtende Türverriegelung. Sie signalisierte eindeutig: »Hannibal, du kommst hier nicht rein!« Eine Eingabemaske an der linken Türseite lud zur Eingabe eines PIN-Codes ein.

Vielleicht sollte er einfach ein paar Begriffe ausprobieren? Vielleicht »Barra1234«? Viel mehr Fantasie hatte der doch nicht, überlegte Henry ohne ernsthafte Ambition. Da könnte er genauso gut einen Zauberspruch aufsagen und sich wünschen, dass sich die Tür öffnet.

»Sesam öffne dich!«, murmelte er leise.

Eine Sekunde später wechselte das Licht von Rot auf Grün. Die protzigen Riegel fuhren langsam zurück und die Tür schwang auf, angestoßen wie durch unsichtbare Hand. Henry erschrak so heftig, dass er zurücksprang und sich bereit machte, seine einstudierte Ausrede vorzutragen oder zu fliehen. Doch zu seiner Verblüffung blieb der Durchgang menschenleer. Niemand kam ihm entgegen und stellte ihn zur Rede. Nichts geschah.

»Macht sich der Hausgeist wieder einen Spaß mit mir?« Vorsichtig trat Henry näher und starrte auf das Display neben der Pforte: »Türaktivierung durch: Phönix« stand auf der Anzeige. Das konnte nur bedeuten, dass die Initiative seine Sicherheitsfreigabe erweitert hatte. Oder hatte er die Freigabe schon immer besessen? Schließlich war er nur selten hier gewesen und stets stand der Durchlass offen. Unsicher blickte er sich um. Barras Empfangszimmer lag links, die Räumlichkeiten des Direktors auf der rechten Seite. Er entschied sich für das linke Schattenreich und betrat die Gemächer des verräterischen Vizes.

Barras Ordnungssystem würde die Suche deutlich erschweren, erkannte Henry, als er das geräumige Büro betrat. Überall im Raum verteilt verstaubten Aktenstapel, gammelten Essensreste und lagerten Plastiktüten mit farbenfrohen Motiven. Henry fand großformatige Baupläne neben Sammlungen benutzter Esslöffel, Weinflaschen auf Festplatten und Tabletten neben gebrochenen Pfeilen. Einzig ein feuchtwarmes Terrarium mit sieben traurigbunten Fröschen glänzte frisch geputzt. Henry überlegte, nach welchem System Barra Gegenstände in seinem Schattenkabinett ablegte. Besaß er überhaupt ein Ordnungssystem? Henry hoffte auf die simpelste Form der Sortierung. Das, was wichtig ist, landet auf dem Schreibtisch. Das, was verdammt wichtig ist, landet ganz oben auf dem Stapel.

Er freute sich, dass er mit seiner Einschätzung richtig lag und machte eine interessante Entdeckung. Er fand zwei Gegenstände, die man im Zimmer des toten Schülers Dimitri Smirnow aufgelesen hatte. Sie waren in transparente Beweissicherungsbeutel verpackt. Beim ersten Gegenstand handelte es sich um eine aus der Bibliothek entwendete Akte über den Zwischenfall in Finnland. Henry kannte den Inhalt und war nicht allzu interessiert daran. Vielmehr faszinierte ihn der zweite Schnellverschlussbeutel. In ihm befand sich eine weiße Maske mit Schlangenaugen und stilisierten Giftzähnen. Könnte es sich dabei um die Maske handeln, die auch

Kirans Angreifer getragen hatte? Eilig las Henry die Aufschrift auf dem Etikett.

»Beweismittel – 18.10.2143 G. Klein., Fallnr. 132F, Halbmaske Weiß, weist verwertbares genetisches Material auf, Übereinstimmung mit registrierten Personen: Dimitri Smirnow, Lily Mason, Daniel Biel. Eine unbekannte DNA.«

Henry las den Text noch einmal. Da war sie wieder – Lily Mason – Platz zwei auf seiner Liste der Verdächtigen. Aufgeregt nahm er auch den ersten Beutel unter die Lupe. Der entscheidende Satz auf dem Etikett lautete gleich: »*Übereinstimmung mit registrierten Personen: Dimitri Smirnow, Lily Mason, Daniel Biel. Eine unbekannte DNA.*« Henry überlegte. Dimitri und Daniel waren tot. Nur Lily Mason lebte noch. Sie war die designierte Vertreterin des Venus-Tempels. Sie war als beste Absolventin des Jahrgangs in das Team der Olympier berufen worden. In den nächsten Stunden sollte sie als letztes Mitglied ihren Zeitsprung absolvieren. Bei Henry läuteten alle Alarmglocken. Vielleicht war er von völlig falschen Annahmen ausgegangen. Er hatte sich mit offiziellen Anzeigen zurückgehalten, da ihm seine Beweise zu schwach erschienen. Es existierten meist nur Indizien. Außerdem hatte er doch die Gefahr eines Anschlages verhindert, als er die Tanks entleerte. Er blickte noch einmal auf die Maske.

Womöglich war er zu überheblich gewesen. Er wähnte sich in einer vorteilhaften Position, in der es nur abzuwarten galt. Vielleicht hatte er ein entscheidendes Detail übersehen...

Was, wenn Opus Ultimum seinen eigenen Schüler in die Akademie hatte einschleusen können? Was, wenn das Kuckuckskind Champion seines Tempels werden würde, um anschließend in der Zeit zurückzureisen. Was, wenn Lily Mason gar nichts in die Luft jagen will, sondern ihr blutiges Werk erst in der Vergangenheit beginnt?

Sie wäre in der Lage, die Menschheitsgeschichte ganz im Sinne ihrer Sekte umzuschreiben! Wenn seine Überlegungen zutrafen, musste er das Mädchen aufhalten. Er durfte auf keinen Fall zulassen, dass sie nach Deutschland in die Nähe der Maschine kam. Er musste sich beeilen.

Doch bevor er die Sache angehen konnte, wollte er klären, auf wie viel Rückendeckung er hoffen durfte. Barra war ein intriganter Verräter! Aber was war mit Direktor Alves? Gehörte auch er zu Opus Ultimum? Henry wurde übel bei dem Gedanken.

Leise schlich er in das Schulleiterzimmer. Trotz gedimmter Nachtbeleuchtung wurde der Unterschied zwischen Vize und Primus auf den ersten Blick deutlich. Während bei Barra der Kaffeesatz weiß-grün schimmelte, regierte Senhor Alves ein blankpoliertes Virologenparadies. Allein zwölf verschiedene Putzmittel beherbergte der erste Schrank, den Henry durchsuchte.

»Ein Hochsicherheitslabor könnte nicht sauberer sein. Aber wo lagert Senhor Alves seine Leichen?« Auf den virtuellen Account des Direktors wagte er nicht zuzugreifen. Also blieb ihm nur, die Schränke und Schubladen durchzuwühlen. Der Akademieleiter hatte gleich drei Schreibtische in Benutzung, die alle ordentlich aufgeräumt und blank geputzt waren. Zu Henrys Erleichterung war das Ablagesystem von Mr. Barra weit verbreitet. Auch der Direktor lagerte seine aktuellen Projekte auf den obersten Schreibtischstapeln. Mit dem Unterschied, dass er mehrere Ablageboxen und eine Sortierstation besaß. Jedes Fach war lesbar beschriftet, staubfrei, müllfrei. Dankenswerterweise befanden sich kaum Schriftstücke in den Ablagen, so dass sich Henry schnell einen Überblick verschaffen konnte. Auf einem der Schreibtische, der womöglich zu einer Sekretärin gehörte, wurde Henry fündig. Ein mehrfach gefalteter Papierbogen fiel ihm ins Auge. Er nahm ihn heraus und entfaltete das großformatige Blatt. Es war der Bauplan eines Campusgebäudes. Bei genauerer Betrachtung erkannte Henry, dass es sich um die Unterkunft handelte, in der die auserkorenen Champions untergebracht waren. Die technische Zeichnung war maßstabsgetreu angelegt und enthielt zahlreiche Kennziffern und Größen, mit denen er nichts anfangen konnte. Es fanden sich keine Notizen auf dem Plan, nur ein unsauberer Kringel um eine rechtwinklige Anlage. Er verriet, dass die Übersicht bereits genutzt worden war. Henry berührte die Schreibtischplatte mit der Nase, um die winzige Beschriftung entziffern zu können. »*Kryospeicher LH2 2000l*«, las er blinzelnd. Langsam richtete er sich wieder auf. LH2, das sagte ihm etwas. Es dauerte, bis der Groschen fiel und der Automat zwischen seinen Schultern zu rattern begann. Flüssiger Wasserstoff!

Noch einmal betrachtete er die Karte. Der Kältetank befand sich in der Gemeinschaftsgarage des kleinen Wohngebäudes und grenzte direkt an die Außenmauer.

»Hinterhältige Mörder!« Ein Gedankenfeuerwerk explodierte in grellbunten Ängsten. Seine Beine verselbstständigten sich und wenige Augenblicke später rannte er durch die dunklen Korridore. Er hastete so schnell durch das Schattendunkel, dass die Bewegungsmelder kaum Zeit fanden mit ihm schrittzuhalten. Er zerrte an der Schattengrenze und ließ Licht und Dunkel hinter sich. Ein Schattenriss, der durch die Gänge streifte.

»Wenn sie den Wasserstofftank sprengen, bleibt nichts von dem Häuschen übrig«, erkannte Henry und beschleunigte immer weiter. Vielleicht hatte der Kringel auf der Zeichnung nichts zu bedeuten? Vielleicht! Er brauchte Gewissheit.

Lautstark trampelte er über die Gehwegplatten der kleinen Allee und steuerte auf das bedrohte Pantheon zu. Die vierstöckige Villa besaß den gleichen antiken Architekturstil wie alle anderen Gebäude auf dem Campus, lag jedoch ein Stück abseits der großen Plätze und strahlte einen besonderen Glanz aus. Ein gepflegter Garten mit Inseln voller Chrysanthemen und Dahlien schmückte das herrschaftliche Anwesen wie bunter Steinbesatz ein edles Collier. Ein goldenes Tor bildete die Schließe zur lebendigen Kostbarkeit der Phönix Initiative. Die Außenmauern des Campus wurden gut bewacht, doch an eine Bedrohung aus dem innersten Kreis schien niemand gedacht zu haben. Henry machte sich nicht die Mühe irgendwelcher Heimlichtuerei. Vor dem Eingangstor reckte er den Kopf in die Höhe und zeigte jeder Kamera, die er sehen konnte, die natürliche Fassade seiner Visitenkarte. Zur akustischen Bekräftigung rief er: »Henry Meyer. Es handelt sich um einen Notfall. Macht das Tor auf!«

Selbstverständlich hatte ihn die Sicherheits-KI längst erkannt. Oder ihn niemals aus den Augen gelassen. Sie schien gut gelaunt. Das vergitterte Tor schwang klackernd zur Seite. Henry machte eine dankende Geste in die Luft und betrat das luxuriöse Grundstück. Die Tempel-Champions hatten es vor drei Monaten als eine Art Wohngemeinschaft bezogen. Soweit er wusste, waren nur noch Vesta und Venus anwesend. Die übrigen Teammitglieder waren, einer nach dem anderen, abgereist und im Abstand von einigen Tagen durch die Zeit gesprungen. Zuletzt hatte Mercurius sein Reiseticket bekommen. Ob sein Zeitsprung gelungen war, blieb ungewiss.

Bereits nach wenigen Schritten stand Henry vor einem gigantischen Granitblock, der vorgab, eine Garage zu sein. Die Größe des Unterstellplatzes ließ auf Fahrzeuge mit den Maßen von Panzern oder Autokränen schließen. Als hätte die mondäne Stadtvilla ein monströses Furunkel, hing das granitverkleidete Anhängsel an seiner Seite. Die Rolltore waren fest verschlossen und reagierten weder auf Henrys Anwesenheit noch auf seine dilettantischen Versuche, sie anzuheben. Zu seiner Erleichterung fand er eine unverschlossene Seitentür, die ihm Zutritt gewährte. Kühles Weiß flutete aus den Deckenstrahlern. Es erhellte zehn Stellplätze, die mit bunten Rollern und Bikes besetzt waren. Alle Fahrzeuge steckten in ihren Ladestationen und summten leise, wie ein Schwarm Bienen im Obstbaum. Halbhohe Trennwände warfen lange Schatten. Zwei schmale Kammern mit Werkzeug und Hausrat blieben im Dunkeln. Ein oranges Blinken auf dem Boden vor einem schwarzlackierten Motorrad stand im Kontrast zum leuchtenden Grün der anderen Ladestandanzeigen. Das pfirsichfarbene Funkeln erregte Henrys Aufmerksamkeit. Gespannt wie eine Feder schlich er zum Leuchtfeuer der letzten Ladebox, jederzeit auf einen Angriff oder Hinterhalt gefasst. Doch niemand stürzte sich auf ihn. Weder Axt noch

Messer fuhren auf ihn nieder. Stattdessen fand er eine helle Abdeckplane auf dem Boden neben dem Bike ausgebreitet. Im ersten Augenblick bildete er sich ein, unter der Folie die Konturen eines weiteren Rollers zu erkennen. Doch dann zitterte die Haube und Henry wusste sofort, was er darunter entdecken würde. Seine Kehle schnürte sich zusammen, als er sich langsam nach vorne beugte, um die unwillkommene Überraschung freizulegen.

»Leichentuch oder Rettungsdecke?«, fragte seine innere Stimme und hielt gleichsam wie er die Luft an. Mit einem Ruck zog er an der Plane. Das Mädchen, das vor ihm auf dem Boden lag, zierte ein schönes rundliches Gesicht. Ihre dunklen Augen starrten Henry entsetzt an. Sie besaß lange schwarze Haare, kräftige Hüften, schlanke Finger und einen Schraubenzieher der kleinsten Sorte, der merklich deplatziert in ihrer linken Schulter steckte. Das Werkzeug war bis zum Griff eingedrungen und erinnerte Henry an eine übergroße Akupunkturnadel, die amateurhaft zwischen den Schulterblättern gesetzt worden war. Das Adrenalin rauschte durch seinen Körper, als er sich neben sie kniete und behutsam ihren Hals berührte. Sie lag starr wie ein verschrecktes Reh und stierte in das Deckenlicht.

»Lily Mason. Ähh… Venus, kannst du mich hören?«, versuchte Henry Kontakt herzustellen. Schaumiger Speichel tropfte aus ihrem Mundwinkel.

»Venus, du bist verletzt. Verstehst du mich?« Ganz sacht berührte er ihre Schulter. Ein Stöhnen und Zittern wie ein Erdbeben fuhr durch ihren Körper.

»J-j-ja ich weiß… Gi…Gi…Gift«, sagte sie mit brüchiger Stimme. »Ich… ich kann mich nicht be…bewegen. Es-s-s waren z-z-zwei. Mein K-K-Kopf…und dann S-S-Schulter… Ich habe…nicht gesehen. Würde V-V-Vesta?«, murmelte die verwundete Göttin so leise, dass Henry sie kaum verstehen konnte.

»Schon gut. Wir reden später. Ich hole erstmal Hilfe«, sagte Henry und wollte einen Notruf aktivieren.

»N-Nein! Nein!«, krächzte die Verwundete und zappelte wie ein Fisch an Land. »Verdammt, sie erstickt!«, dachte Henry, als das besudelte Mädchen mit Röcheln anfing und hustend pfützenweise Blut und Schleim erbrach. Hastig aktivierte er das Notsignal seines Armbandcomputers.

»Alles ist gut. Ich habe die Kontrolle!«, redete er sich ein, während seine akustische Stimme sagte: »In spätestens drei Minuten ist das halbe Krankenhaus hier, um dir zu helfen. Die finden sicher ein Gegenmittel.« Er wiederholte es zweimal. Mehr, um sich selbst zu beruhigen, als das sterbende Mädchen.

»Nein. Nein!«, presste Venus immer noch hustend hervor. Es dauerte eine hilflose Ewigkeit, bevor ihr Anfall abebbte und sie in der Lage war weitere Worte herauszupressen.

»S-S-Sie wollen… i-i-ich Hi-Hilfe ho-ho-le… B-Bombe!« Henry wich zurück. War das der Tag der bösen Überraschungen. Wieder begann es, in seinem Kopf zu rattern, und er setzte die Bruchstücke zusammen, die Venus ihm vor die Füße gespuckt hatte.

Die verletzte Göttin ist der Köder! Viele leitende Köpfe der Akademie und Dutzende Schaulustige werden auf das Gelände pilgern. Der explodierende Wasserstofftank ist der Hammer, um sie alle zu zermalmen. Rasch erhob er sich und sah sich suchend um. Verfluchte Falle! Wo ist der Zünder? Henry rief sich den Bauplan des Gebäudes vor Augen. Der rechteckige Tank war an der Außenwand im vorderen Teil der Garage eingezeichnet gewesen. Er lenkte seinen Blick in die entsprechende Richtung. Ein mannshoher Kasten mit mehreren Armaturen ragte gleich neben dem linken Eingangstor in die Höhe. Henry überwand die Distanz mit einem Sprung. Eilig suchte er mit Augen und Händen, bis ihm ein breites Metallrohr auffiel, das von der Rückwand des Blocks in den Boden führte. Das seitlich befestigte Gebilde erkannte er auf Anhieb, auch wenn er diese Bauart bisher nur in Filmen gesehen hatte. Gelbliche Knete mit Digitalanzeige – Plastiksprengstoff. Henry ballte die Fäuste und biss sich auf den Arm. Warum hatte er nur alles im Alleingang machen wollen. Er war Sportlehrer, der gelegentlich Nachtwächter spielte. Er hatte keine Ahnung von Bombenentschärfung. Sein normaler Menschenverstand riet ihm, dringend Abstand zu nehmen. Er sollte so weit wie möglich rennen. Doch das hätte für viele andere den Tod bedeutet und das verwundete und vergiftete Mädchen konnte er nicht einfach wegschleifen. Kalter Schweiß bedeckte seine Stirn. Was sollte er tun? Was konnte er tun? Ratlos und unsicher gaffte er auf die kleine Sprengladung. Sein Herz pochte lauter als jede Schlagbohrmaschine. Sekunden vergingen, ohne dass Henry zu einer Bewegung in der Lage gewesen wäre. Endlich traf er eine Entscheidung.

Er verabschiedete sich von der Welt, während er entschlossen aber zitternd die Hand ausstreckte. Behutsam griff er mit Daumen und Zeigefinger nach der elektronischen Zündvorrichtung, die lose in der zähen Sprengmasse steckte. Einatmen. Was bedeuteten schon vier zusätzliche Tage Leben?! Ausatmen. Mit einem Ruck riss er Zündapparat samt Zünddrähten aus dem Sprengstoff. Ein Donnern erklang und Henrys Hand wurde taub.

Hatte es ihm die Hand abgesprengt? Verwirrt starrte er auf seine schmerzenden Finger. Dann begriff er. Seine Bewegung war zu schwungvoll geraten und er hatte mit der Rückhand das Mauerwerk getroffen. Zwei Knöchelchen bluteten. Doch was noch wichtiger war. Er lebte! Es blieben vier weitere Tage! Wie ein erschöpfter Marathonläufer schleppte er sich zurück zu Venus und rutschte an der Wand neben ihr zu Boden.

»Wir leben!«, sagte er voll echter Erleichterung, auch wenn sein Körper ächzte. Es dauerte einen Moment, bis ihm klar wurde, mit wem er gerade sprach. »Ich meine… ich habe die Bombe deaktiviert. Ich habe einfach den Zünder rausgezogen.« Henry schluckte und rieb die verletzte Hand an seiner Hose. »Halte noch ein paar Sekunden durch. Gleich wird Hilfe kommen«, ermunterte er das Mädchen, ebenso wie sich selbst.

»Weißt du, ich hatte eigentlich angenommen, du wärst die fiese Angreiferin, die mit Opus Ultimum unter einer Decke steckt.« Er plapperte munter auf die junge Frau ein, mit der Absicht sie bei Bewusstsein zu halten. Während er sprach, zog er ihre Arme und Beine ein wenig zurecht, so dass sie in einer stabilen Seitenlage kauerte. Ihr Speichel floss nun ungehemmt aus den schlaffen Mundwinkeln wie ein leckender Wassersack. Die leichten Zuckungen waren einer beginnenden Paralyse gewichen.

»Ich habe eine Schlangenmaske und einen Untersuchungsbericht gefunden. Beides stammt aus dem Zimmer des toten Schülers Dimitri. Und auf beidem ist deine DNA drauf.« Henry streichelte behutsam ihre Hand. Das Mädchen blinzelte ihn aus verklebten Augenlidern hervor an, gab jedoch kein weiteres Lebenszeichen. »Na ja…«, fuhr Henry fort, »und da habe ich angenommen, du würdest zu den bösen Buben gehören und wärst in die ganze Angelegenheit verwickelt. Wenn du wieder fit bist, könntest du mir bei einigen Puzzlestücken helfen.« Venus kniff die Augen zusammen und hauchte die Worte mehr, als dass sie sie sprach. Das vormals gepresste Flüstern hatte sich in eine leiernde Tonbandaufnahme verwandelt.

»IIchhh biinnn… keinnn… bööserrr Bube. Mmeine Mutterr… ist bei… Opuss Ultimummm… ich niiichtt.« Jedes Wort war eine Spur langsamer. Henry nickte und drückte weiter ihre Hand. »Ist Vesta oder jemand anderes da?«, fragte er, da ihm plötzlich einfiel, dass auch andere im Haus verwundet sein könnten. Er musste jetzt seine Ohrmuschel direkt vor ihren Mund halten, um ihr Wispern zu verstehen.

»Neiinn… Foort… Zeit… IIIch glauube siiie war…«

»Uiu uiu uiu…!« Anschwellendes Sirenengeheul verkündete die nahende Rettung.

»Was ist mit Vesta? Was wolltest du mir sagen?« Henry rief jetzt lauter, um die Signalhörner zu übertönen. »Venus? Venus? Lily!«

25. Dezember 160 – Einen Tag nach dem Zusammenbruch

Zitternd erwachte Diana. Ein schrecklicher Albtraum hielt sie gefangen. Eine wunderschöne Seeschlange hatte sie in die Tiefe eines Eismeeres gezogen und über Stunden mit ihr gespielt wie ein Orca mit einer winzigen Robbe. Endlich war sie entkommen. Doch auch diese Welt begrüßte sie kaum weniger boshaft. Ihr Kopf platzte. Ihre Muskeln rissen. Ihr Magen krampfte. Ihr Blut kochte. Jetzt. In diesem Augenblick. Als wäre das alles nicht genug, drängte sich qualmverpestete Luft in ihre Lungen, als hätte ein wütender Dämon sie beatmet. Sein beißender Odem warf sie zurück ins Dasein und trieb ihr salzige Tränen in die Augen. Durch den brennenden Schleier erkannte sie ein schwelendes Kohlebecken, dessen blasse Glut im großen Schild zu ihren Füßen schimmerte. Der qualmende Dämonenschlund war eingebettet in einen zahnlosen, kohlschwarzen Rachen, der Diana mehr verängstigte als ihr abstürzender Gleiter. Der karge, kreisrunde Raum mit seinen rußgeschwärzten Balken und angegrauten Fellen wirkte ebenso einladend wie ein Festungskerker. Außer einer grob geschnitzten Bank, einigen Töpfen und Pfannen und anderem ärmlichen Hausrat schien die Hütte leer und verlassen. Diana hatte keine Kraft, sich zu wundern oder Fragen zu stellen. Sie benötigte das bisschen Kraft, das ihr geblieben war, um sich aufzurichten und Nase und Mund mit einem kleinen Tuch zu bedecken. Bei dieser Gelegenheit bemerkte sie, dass sie vollständig bekleidet war und man ihr nichts abgenommen hatte. Kein Wunder angesichts ihrer durch und durch verdreckten Kleidung. Sie sah aus, als wäre sie kopfüber in eine Wildschweinsuhle gesprungen, um anschließend in einem Laubhaufen abzutrocknen.

»Um diese Camouflage beneidet mich jeder Scharfschütze, Cas«, sagte Diana, bevor ihr einfiel, dass die vertraute Stimme verstummt war. Ein schabender Hustenreiz überkam sie. Ihr Trinkschlauch war leer. Keuchend sah sie sich nach etwas Flüssigkeit um. Eine Schüssel Milch stand unweit zu ihren

Füßen. Diana bückte sich und verschlang die weiße Flüssigkeit in einem Zug. Die Brühe schmeckte wie verweste Ziege. Gurgelnd erbrach Diana das vergorene Getränk. Graue Rinnsale liefen ihr an Kinn und Hals herab. Ihre Tarnung hatte weitere Sprenkel erhalten. Ein neuerlicher Hustenanfall warf sie zurück auf das Lager aus Tierfellen und Stroh. Auf dem Rücken liegend erkannte sie eine kleine Luke im Dach. Schwerfällig rappelte sie sich wieder hoch und drückte die Holzklappe weit auf. Dann ließ sie sich zurück auf ihr Lager sinken und verharrte teilnahmslos in einer Art Dämmerzustand, bis sich der trübe Nebel verzogen hatte. Als hätte jemand am Objektiv gedreht, wurde das Bild endlich scharf, und Diana konnte die Konturen und Schattierungen im Raum erkennen. Zu ihrer Überraschung bemerkte sie, dass sie doch nicht allein war. Auf der gegenüberliegenden Seite neben einer zwergenhaften Eingangstür fläzte ein schnarchender Hund, als läge er im prächtigsten Palast der Erde. Er war groß und besaß zottiges grauschwarzes Fell. Diana kannte seine Rasse nicht. Er schien alt und verdreckt, aber gesund und gutmütig.

»Na Großväterchen, weder als Rauchmelder noch als Wachhund taugst du besonders viel«, meinte Diana freundlich, während sie sich ihm und dem Ausgang näherte. Zumindest im zweiten Punkt irrte sie. Denn schon nach drei Schritten öffnete der Schwarze die Augen, zwinkerte und bellte wie ein strenger Hütehund. Es klang ruhig und friedfertig wie die Begrüßung eines unerwarteten Gastes, ließ sie aber dennoch zurückweichen. Sein Rufen hielt an und schon nach wenigen Sekunden antwortete eine kratzige Stimme vor der Tür. Erst jetzt wurde Diana bewusst, wie dünn die Bretter ihres Verschlags waren. Zwei Gestalten zwängten sich durch die niedrige Tür. Diana identifizierte sie als Mann und Frau, da eines der Geschöpfe keinen Bart besaß. Sicher war sie sich jedoch nicht. Denn beide Wesen waren vom Scheitel bis zur Zehe mit Ruß und Teer bedeckt. Nur das weiß ihrer Augen strahlte hell aus der Schwärze hervor. »Lebendige

Kohlestücke«, dachte Diana gleichsam fasziniert und entsetzt. Die fantastischen Kreaturen blieben stumm und setzten sich neben ihren vierbeinigen Wächter. Sie schienen zu frieren und ihre Augen zeigten Angst und Verunsicherung. Hatten sie aus Furcht vor der Hütte ausgeharrt? Oder waren sie gerade bei der Arbeit? Diana war schwindlig und sie war durstig. Sie wollte keine Zeit mit Argwohn und Zweifeln verschwenden. Sie musste klarstellen, dass sie eine nette und dankbare Verwundete war und keine verletzte Bärin. Mit der gewinnendsten Stimme, die sie fertigbrachte, sprach sie die Fabelwesen an, als wäre sie eine höfliche Lotteriemitarbeiterin, die eine freudige Botschaft hatte.

»Ich schätze mal, ihr zwei habt mich draußen aufgelesen und hierher gebracht. Ich danke euch dafür. Ihr habt mein Leben gerettet«, begann sie und lächelte wie die Wintersonne. Die zerlumpten Gestalten verrieten durch kein Zeichen, ob sie Diana verstanden hatten. Endlich fragte das Wesen mit Bart: »Wer bist du?« Eine berechtigte Frage, fand Diana, und eine ziemlich verzwickte dazu. Sie war es leid, vorzugeben eine olympische Göttin zu sein. Ihre Maskerade hatte solange funktioniert, wie sie mit ihrer überlegenen Technik protzen konnte. Doch davon war nichts geblieben. Jetzt war sie besudelt mit Milch, Dreck und Blut. Ihre Haare klebten und rochen wie modriger Seetang. Und sie fühlte sich stark genug, ein Gerangel gegen einen Zweijährigen zu verlieren. Wie konnte sie da vorgeben, eine Göttin zu sein? Doch was war die Alternative? Sollte sie den hilfsbereiten Waldbewohnern offen die Wahrheit sagen? Etwa so: Hallo, ich bin ein nettes Mädchen und komme zweitausend Jahre aus der Zukunft, um euch ungebildeten Hinterwäldlern etwas Zivilisation zu bringen. Denn nur so können wir einen Asteroideneinschlag in der Zukunft verhindern. Na, wie wär's mit einer Stunde Physiknachhilfe? Absurd. Da könnte sie wohl gleich rufen: »Kommt her und steinigt mich. Ich bin geisteskrank.« Also lügen. Wieder einmal.

»Was glaubt ihr denn, wer ich bin? Und wer seid ihr?«, fragte Diana laut und mit fester Stimme, in der Hoffnung, sich vorläufig um eine eindeutige Antwort herummogeln zu können. Die Hausherren zuckten merklich zusammen und Diana bereute schon ihre forsche Gegenfrage. Sie hatte nicht die Absicht, die beiden weiter einzuschüchtern.

»Ich bin niemand – nur ein unbedeutender Köhler«, sagte der schwarzgemaserte Mann mit gesenktem Kopf. »Das ist meine Frau. Wir gehen hier im Wald unserem Handwerk nach. Wir sind keine klugen Leute. Wir bleiben bei unserem Meiler. Wir kennen die Welt der Götter und Geister nicht gut. Doch wir sehen, dass du nicht aus der Welt der Menschen stammst.«

Diana sah ihn neugierig an. Sie war gespannt, für welchen Geist oder Dämon er sie hielt. Mit etwas anderem rechnete sie angesichts ihres Erscheinungsbildes nicht.

»Nun, wie kommst du darauf, dass ich nicht zur Menschenwelt gehöre?« Der Köhler rutschte unbehaglich auf seinen Knien hin und her. Er schien angestrengt zu überlegen, wie weit er mit seiner Antwort gehen konnte. Diana wusste, wie rachsüchtig und misslaunig die römischen Götter zuweilen auftraten, und bewunderte die diplomatische Ausdrucksweise des einfachen Mannes, der womöglich um seine Gesundheit fürchtete.

»Verzeiht uns unsere Unwissenheit. Wir sehen eure edle kriegerische Herkunft unter dem Kleid aus Erde, das ihr tragt. Wir sehen den Glanz eurer Zähne und den Stahl eures Schildes. Ihr habt euch jedoch vortrefflich maskiert, dass wir einfachen Leute dies nur schwer erkennen mögen. Wir sind einfache Leute, ganz einfache Leute. Wir kennen nur so wenig von der Welt und ihren Wundern.« Er beugte sein Haupt tief auf die Erde und gebot seiner Frau mit einem rüden Stoß das Gleiche zu tun. Die Matrone des Hauses schien weit weniger unterwürfig und willfährig als ihr Mann zu sein und funkelte Diana böse an, während sie widerstrebend den Kopf neigte.

Gesunde, gerade Zähne und ein hübscher Schild und schon zählt man zu den Göttern oder Halbgöttern, dachte Diana amüsiert. Sie winkte ihnen lässig zu.

»Ihr braucht euch nicht zu verneigen. Ihr habt mich gerettet und mir hier Zuflucht gewährt. Ich bin euer Gast und schulde euch Respekt und Dankbarkeit.« Während die Augen der Frau misstrauische Zustimmung signalisierten, fiel es dem Herrn des Hauses schwerer, sich von seiner frommen Demut zu befreien. Er kniete immer noch, als er die Mixtur aus Blut, Milch und Erde auf ihrem Anzug anglotzte und ängstlich fragte: »Was ist euch Schreckliches widerfahren?« Diana überlegte.

Sie konnte schlecht sagen: »Eine verräterische Schlampe und eine Schlange, von der ich annahm, sie hätte Gefühle für mich, haben meinen Arsch mit einer Bombe vom Himmel geholt und mich durch den halben Wald gejagt. Nebenbei habe ich noch ein wenig mit einem Bären gekuschelt und etwas Rafting gemacht. Cool was?« Nein. Das klang nicht sehr überzeugend. Wenn die Realität verrückter war als die griechisch-römische Mythologie, lief irgendetwas schief.

»Ähm, ich habe den Drachen Elon, den Sohn des Ladon, in einer Höhle bei Thessaloniki aufgeschreckt«, log Diana, dass sich die verkohlten Balken bogen. »Das geflügelte Ungeheuer ist mir bis in dieses Gebirge gefolgt und hat mich von meinem fliegenden Streitwagen geschleudert. Ich konnte es verwunden, doch es ist mir noch immer auf den Fersen. Bitte gewährt mir etwas Ruhe, Speis und Trank, dann werde ich euch schon morgen wieder verlassen und zurück in den Kampf gegen das Scheusal ziehen.« Der Patron hing an ihren Lippen, die Donna an ihrer Hüfte. »Es ist uns eine Ehre und unser tiefster Wunsch euch mit allem zu bewirten, was wir besitzen«, versicherte er großmütig, während sie kleingeistig auf Dianas schlanke Figur glotzte.

»Ich werde dein krummes Kohlemännchen schon nicht verführen«, dachte Diana genervt, während sie sich schweigend auf das angekündigte Festmahl freute.

Leider bewegte sich das kulinarische Angebot der Köhler auf ähnlichem Niveau wie die vergorene Ziegenmilch, die sie bereits erbrochen hatte. Immerhin hatten sie sauberes Wasser und ein rauchiges Fladenbrot, das die größten Löcher in ihrem Magen stopfte. Nach dem Essen erfuhr sie einiges über die hiesige Gemeinschaft der Köhler und bekam eine Wegbeschreibung zum nächstgelegenen Außenposten der Zivilisation. Ein Dutzend Kohlenbrenner lebte auf den umliegenden Bergen. Mit der Holzkohle, die sie in ihren Meilern erzeugten, versorgten sie die Schmieden von Florentia und Caesena sowie umliegende Garnisonen. Ihr Leben war so voller Entbehrungen, dass es üblicherweise nicht lange währte. Diana erzählte ihrerseits von einigen wahren Ereignissen der letzten Wochen und von allerhand Märchen und Hirngespinsten, die ihr zunehmend leichter über die Lippen kamen. Nach einer gefühlten Ewigkeit ließen ihre Gastgeber von ihr ab und Diana brauchte keine fünf Minuten, um in einen tiefen Schlaf zu fallen. Wie lange er währte, wusste sie nicht.

Die Sonne stand schon tief, als ein lautes Sirren sie weckte. Noch in der grauen Traumwelt zwischen Schlafen und Wachen glaubte sie sich belagert von einem Schwarm gigantischer Wespen. Erst der helle Schrei des Köhlers, der einem Eunuchen Konkurrenz gemacht hätte, riss sie aus dem Zwielicht.

»Elon! Der Drache ist da«, rief er voller Panik. Auch seine Frau schien ernsthaft geschockt und hielt sich krampfhaft nicht an ihrem Mann, sondern am alten Wachhund fest. Letzterer unterstützte das furiose Crescendo aus Dröhnen und Schreien mit einem beherzten Bellen. Diana rappelte sich auf, warf sich den Schild über den Rücken und griff nach ihrem Bogen. Ihre übrigen Habseligkeiten hatte sie nicht ausgepackt. Mit der freien Hand zeigte Diana auf eine braungeschwitzte Ledermütze und zwei mit Riemen versehene Felle.

»Kann ich euch um die Mütze und die zwei Felle bitten?«, brüllte sie. Wenn ihre Gastgeber sie verstanden hatten, ließen sie es sich nicht anmerken. Diana zuckte mit den Schultern, setzte die abgewetzte Mütze auf und knotete die Felle um Brust und Hüfte. Weil sie die Habe der hilfsbereiten Köhler nicht noch weiter plündern wollte und ein schlechtes Gewissen hatte, sie in Panik und Armut zurückzulassen, legte Diana ihren Bogen vor die Füße des Rüden. Sie konnte nur hoffen, dass ihr edler Jagdbogen nicht als Hundeknochen verkam. Der Gold- und Silberbeschlag ihrer Waffe war mehr wert als aller Besitz der Waldbewohner. Zudem hatte Diana gerade keine Verwendung mehr für ihn. Ohne Pfeile war er nicht zu gebrauchen. Und bei einer Hatz durch das Unterholz behinderte der Bogen sie nur.

»Lebt wohl«, flüsterte sie, als sie den Verschlag hinter sich schloss und in den aschebedeckten Schnee trat. Sie hatte keine Augen für den umliegenden Meilerplatz und spähte stattdessen in den leicht bewölkten Himmel. »Die Wespe kommt herunter, um mich zu stechen«, dachte Diana entrückt. Sie beobachtete Vestas Streitwagen, der seine Rotoren waagerecht gedreht hatte und im Schwebeflug über der Hütte kreiste. Das kleine Wandelflugzeug befand sich nun im Flugmodus eines Hubschraubers und versuchte, auf einer angrenzenden Lichtung zu landen. Diana wartete nicht ab, ob es ihm gelingen würde, und humpelte ohne ein Ziel in die nächstgelegenen Büsche. Ihr kaputter Fuß schmerzte und bot ihr kaum Stabilität. Doch sie musste, soweit es ging, in den Wald eindringen und sich im Dickicht verbergen. In einem Kampf konnte sie nicht bestehen. Ihr waren nur ihr schwerer Schild und ihr kurzes Jagdmesser geblieben. Das war leider unnützer Krempel im tödlichen Wettkampf mit Handfeuerwaffen. Das Kreischen der Rotoren wurde leiser. Diana verspürte ein Kribbeln im Rücken, drehte sich aber nicht um. Sie wusste, dass ihr kaum eine Chance blieb, zu entkommen. Ohne sich um etwaige Spuren im frischen Neuschnee zu kümmern, stapfte sie durch das Unterholz. Panik und Entsetzen wirbelten durch ihre Gedanken wie das Schneegestöber zu ihren Füßen. Die Angst war kälter als der frostige Winterwald und jagte sie unbarmherziger als ihre menschlichen Verfolger.

Der Wald hatte sich gegen sie verschworen. Dünne Äste peitschten ihr ins Gesicht, alte Zweige zerrten an ihren Fellen, krumme Wurzeln versuchten sie zu Fall zu bringen. Immer wieder stolperte sie, fing sich und krabbelte einige Meter auf Händen und Füßen. Schon nach kurzer Zeit brannte ihre

Lunge und Diana schwitzte, als wäre das weiße Pulver unter ihren Schuhen heißer Wüstensand. Diana verfluchte ihren krampfenden, brennenden, sengenden Körper. Er bereitete ihr solche Qualen, dass sie sich kurzzeitig einen harzigen Ast zwischen die Zähne stecken musste, um nicht unkontrolliert herumzubrüllen. Ein glatter Stein drängte sich unter ihren Stiefel und brachte ihr linkes Bein zum Einknicken. Diana schlug hart mit dem Brustkasten auf eine stumpfe Kante. Ihre Rippen knackten. Alle Luft wurde aus ihrer Lunge gepresst. Benommen wälzte sie sich auf dem Boden, wodurch sie abstrakte Figuren in den Schnee zeichnete. Spitze Eissplitter zerkratzten ihr Gesicht und Diana verfluchte nun auch die hinterhältige Stiefschwester des Wassers.

Sterben. Einfach Sterben. Früher oder später war es eh vorbei. Sie hatte keine Kraft mehr, um aufzustehen. Es war sinnlos. Sie hatte nichts mehr. Sie war ein Käfer auf dem Rücken, dem man Beine und Fühler ausgerissen hatte. Es ging nicht mehr. Sie konnte nicht weiter.

Ein leises Surren strich wie ein Windhauch durch die Bäume. Diana hob den Kopf aus den kalten Kissen und blinzelte in die Kronen. Zwei hässliche Insekten schwirrten und tanzten hoch über ihrem geschundenen Körper. Diana krallte die Finger um einen faustgroßen Brocken unter dem Schnee und katapultierte ihren Körper in die Höhe. Noch während sie wie eine Sprungfeder nach oben schnellte, schleuderte sie den großen Kiesel in den Himmel.

»Ihr verfluchten Ungeheuer!«, brüllte sie rasend vor Wut. Die beiden Drohnen wichen wie flinke Fliegen aus. Das Geschoss flog vorbei und die kleinere der beiden, die Hornisse, begann wenige Meter über ihrem Kopf wie ihre wildgewordene Namensgeberin zu rotieren.

In diesem Moment erkannte Diana das Wesen der Flucht. Es war die unausweichliche, unausgleichbare Unterlegenheit, die den Flüchtenden davonrennen ließ. Sie wandte sich um und versuchte nicht noch einmal, die Drohnen loszuwerden.

»Sie sollen mich ablenken. Ich darf mich nicht aufhalten lassen«, schärfte sie sich selbst ein. Wie ein sturer Büffel begann sie durch das Buschwerk zu stapfen. Schritt für Schritt, einer nach dem anderen. Langsam, schwach, aber kontinuierlich pflügte sie durch das Unterholz. Ein Fluss kreuzte ihren Weg, als sie das Gefühl hatte, sie käme nun endlich voran. Ohne innezuhalten, marschierte Diana zum Wasser. Der starke Niederschlag der letzten Wochen hatte den Pegel sichtbar gehoben, obwohl der größte Teil des Elements noch gefroren auf der Landschaft lag. Sie wagte nicht, die Strömung zu durchqueren, und folgte stattdessen dem Flusslauf.

»Bist du der Freund, der mich gestern getragen hat?«, fragte Diana das reißende Gewässer. Der Fluss antwortete mit einem dumpfen Rauschen. Der steinige Weg entlang des Flussufers war noch beschwerlicher als ihr Pfad durchs Unterholz. Verzweifelt hielt sie nach einer Möglichkeit zum Queren Ausschau. Sie hatte das Gefühl, das Flussbett würde sich vertiefen, je länger sie der Strömung folgte. Doch es gab keinen Weg zurück. Ihr blieb nur, vorwärts zu stolpern und zu hoffen.

Ein Knall durchbrach die Monotonie des Rauschens und ein strahlend roter Komet flog in die Höhe. Die pulsierende Signalkugel erhellte den dämmerdunklen Himmel und färbte Schnee und Fluss blutrot. Diana erkannte die Konturen ihrer Jäger. Sie waren nur wenige hundert Schritte entfernt. Panik drohte ihr wie eine Henkersschlinge die Luft abzuschnüren. Verzweifelt riss sie ihr Messer aus der Scheide, um den flauen Knoten zu durchtrennen und sich selbst Mut zu spenden. Verbissen kämpfte sie sich weiter voran. Doch das Glück arbeitete von nun an noch hartnäckiger gegen sie. Mehr und mehr spitze Steine und abgeknicktes Astwerk lagen auf ihrem Weg. Das Rauschen ihres Blutes wurde immer lauter, während das Tageslicht zusehends schwand. Der Fluss nahm eine Biegung und Diana erkannte ihren finalen Fehler. Im Licht eines weiteren Signalfeuers sah sie den Abgrund vor sich, während sich hinter ihr die Verfolger mit schnellen Schritten näherten. Ein beeindruckender Wasserfall stürzte weniger als zwanzig Schritte vor ihr in die Tiefe. Vorsichtig kletterte Diana bis zur Abbruchkante des kleinen Felsmassivs und starrte in den Schlund vor sich. Das Wasser fiel fast 15 Meter in die Schlucht, bevor es fauchend und tosend in ein schmales Becken brandete. Der natürliche Pool war bevölkert von einem Dutzend scharfkantiger Felsen, die wie hungrige Krokodile aus dem Wasser lugten. Diana hatte auf einen Ausweg gehofft, entschied sich nun aber enttäuscht für den Rückzug. Doch ihre Verfolger hatten die letzten Sekunden genutzt, um bis auf Schussweite heranzukommen, und sie eilten ihr nun mit gezogenen Waffen entgegen. Fluchend warf sie sich hinter einem schmalen Felsblock in Deckung. Der birnenförmige Stein war kaum groß genug, ihre schlanke Figur zu decken. Fieberhaft durchwühlte Diana die Taschen ihrer verdreckten Rüstung. Irgendwo musste sich doch etwas Brauchbares finden. Trotz des lärmenden Brausens des Wasserfalls meinte sie das Knacken von Kies ganz in ihrer Nähe zu hören. Endlich fand sie etwas Nützliches. Hastig warf sie die entsicherte Gasgranate in die Richtung, in der sie ihre Gegner vermutete. Ein lauter Knall erzeugte ein vielfaches Echo und ätzender weißer Rauch breitete sich aus. Diana hörte hastige Schritte. Der Wind wehte den Nebel zu ihren Feinden. So entging Diana einem Hustenanfall, als sie schrie: »Zurück mit euch! Die nächste Granate hat kein Gas! Wenn es sein muss, jage ich uns alle in die Luft!«

Ein schlechter Bluff, fand sie. Doch aus den Augenwinkeln sah Diana die Schatten weiter zurückweichen. Dann dimmten die Mörder ihre Lampen vollends.

»Ergib dich, Verräterin!«, rief eine weibliche Stimme, kalt wie die Leere zwischen den Welten. »Vesta!«, spie Diana den Namen aus, als handele es sich um tödliches Gift. »Du hinterhältige Schlange nennst mich eine Verräterin!?« Diana wäre am liebsten aufgesprungen und hätte sie mit dem zentnerschweren Felsblock erschlagen. Vesta antwortete mit einem höhnischen Lachen: »Verstell dich nicht, Diana. Wir haben gesehen und erlebt, was du getan hast. Du kannst uns nicht länger in die Irre führen.« Diana hämmerte den Griff ihres Messers auf den nackten Stein. Kleine Splitter spritzten in alle Richtungen.

»Was ich getan habe!?«, kreischte sie wie eine Wahnsinnige. »Ihr verfluchten, hinterhältigen, selbstgerechten Mörder!« Eine neue Stimme meldete sich: »Es hat keinen Sinn, deine Taten abzustreiten. Mercurius und du, wir wissen, dass ihr unter einer Decke steckt. Ihr habt die Mission von Anfang an sabotiert. Deine Bombe war der letzte Beweis«, sagte Apoll mit Bedauern in der Stimme.

»Ich stecke mit niemandem unter einer Decke, du hirnlose, lüsterne Schildkröte!«, rief Diana empört und in Anspielung auf die Apollon-Anekdote eines antiken Schreibers. Sie erntete einen Moment irritierten Schweigens, bevor Apoll erneut ansetzte: »Ergib dich und komm mit erhobenen Händen raus. Ich verspreche dir, wir werden nicht schießen.« Hielt er sie für so beschränkt? Da könnte sie auch gleich die Klippe runterspringen… Andererseits blieb ihr kaum eine Wahl. Sie hatte alle ihre Trümpfe verspielt. Sie hatte nichts mehr, was sie zu ihrem Vorteil einsetzen könnte und ihre Finte mit der Granate musste früher oder später auffliegen. »Lass deine Waffen fallen und komm raus. Dann können wir reden«, schaltete sich nun auch Vesta ein. Ihr war nicht zu trauen. Aber Apoll würde sie doch nicht ruchlos abknallen, wenn sie friedlich vor ihm stand. Schwer zu sagen. Er hatte schon auf sie geschossen. Vielleicht ließ sich doch noch verhandeln? Wie so oft, hoffte sie mehr, als sie glaubte.

»Ich bin unbewaffnet!«, rief Diana laut und ließ ihr Messer in den matschigen Schnee fallen. Langsam richtete sie sich auf und trat aus der Deckung hervor. Apoll und Vesta aktivierten die Strahler in ihren Anzügen und illuminierten die Umgebung taghell. Diana hatte das Gefühl auf einer Konzertbühne zu stehen, als sie verkniffen in das weiße Licht blinzelte. Sie erkannte die Silhouetten ihrer beiden Verfolger. Beide hielten ihre Pistolen schussbereit, aber gesenkt und näherten sich ihr im Abstand von wenigen Metern. Vesta stand mit einem Bein im Wasser. Apoll schlich einige Schritte weiter vom Fluss entfernt durch die Büsche.

»Endlich haben wir das scheue Reh gefangen«, sagte Vesta mit unverhohlenem Hass in der Stimme. »Bleib ganz ruhig stehen, liebe Freundin.« Während sie dies sagte, hob sie langsam ihre Waffe und zielte genau auf Dianas ungeschützten Kopf. Mit aufgerissenen Augen sah Diana Vestas Finger zum Abzug wandern.

»Verfluchte Verräterin!«

26. Oktober 2134 – 18 Stunden vor dem Einschlag

»Sie ist wach. Sie können reingehen.« Henry nickte höflich, obwohl diese Information eine Selbstverständlichkeit war. Andernfalls hätte man sie gar nicht bis zum Zimmer vorgelassen. Bei seinen letzten Versuchen hatte man ihn rüde weggejagt. Nun endlich hatte der Drache in Weiß ein Einsehen und ließ ihn vor. Henry machte sich keine Illusionen. Diesmal war ihm der Zutritt nur gewährt worden, weil er in Begleitung eines gleichsam schillernden Tieres erschienen war. Señora Díaz González hatte ihn nach einigen schmeichelnden Worten seinerseits begleitet. Wäre er abermals von der Stationsschwester abgewiesen worden, hätte er sich gewaltsam Einlass verschafft. Dabei war die alte Kittelechse in ihrer aufbrausend unentspannten Art effektiver als jede Security. Zudem fehlte vom Sicherheitspersonal jede Spur, während der Drache niemals schlief.

Wie viele Mitarbeiter und Schüler hatte sich auch das Wachpersonal fast vollständig vom Campus zurückgezogen. Viele frustrierte Schüler waren bereits nach der Kür der Auserwählten fortgegangen. Manche der Verbliebenen waren zu ihren Familien gefahren, um die nächsten 18 Stunden im Kreis ihrer Lieben zu verbringen. Einige waren losgezogen, um letzte Abenteuer oder Abrechnungen zu erledigen. Ein Dutzend war ausgerastet und musste entfernt werden. Wieder andere wollten tanzend und singend in Rausch und Ekstase den Tod umarmen. Letztere bildeten große bunte Rudel, die sich in den dunklen Ecken auf dem Campus wie Fusseln in Stoffritzen sammelten. Selbst hier im Herzen der Vernunft sah man kaum noch nüchternes Personal. Die Götter in Weiß feierten ebenso panisch ausgelassen wie die übrigen Sterblichen. Während die Welt hinter der Campusmauer bereits lichterloh in Flammen stand. Nur der Drache und einige andere Sonderlinge arbeiteten unbeeindruckt weiter, als gäbe es kommendes Wochenende noch ausgiebig Zeit zum Entspannen. Henry war einer von ihnen.

Venus sah ihn aus wachen Augen an, als er mit reichlich gemischten Gefühlen und mit Señora Díaz González im Schlepptau das Zimmer betrat.

»Hallo Venus, oder soll ich ›Lily‹ sagen? Wie geht es dir?«, grüßte Henry die junge Frau. Die Angesprochene lächelte gepresst.

»Donnerschiss, mir geht es gut. Und wenn ich nicht ersetzt wurde, heiße ich immer noch Venus.« Die Señora antwortete in ihrer flinken, wasserfallartigen Sprechweise, bevor Henry überhaupt den Mund aufmachen konnte.

»Keine Sorge, meine Liebe, du wurdest nicht ersetzt. Ehrlich gesagt sind deine beiden Notfallvertretungen nicht mehr aufzufinden. Und so kurz vor dem Ende hat anscheinend niemand mehr mit deinem Ausfall gerechnet. Du bist also nach wie vor göttlich, meine Liebe.«

Die alte Leiterin des Vesta-Tempels zwinkerte ihr jovial zu und klimperte mit ihren stattlichen Ohrringen. Venus erwiderte ihr freundliches Lächeln.

»Na also, dann heiße ich wohl noch ein paar Stunden lang Venus. Habe ich denn eine Chance, meine Rolle zu spielen, oder ist der Vorhang gefallen und mein Auftritt versaut? Ich habe versucht, irgendeines von den hohen Tieren aus der Akademie-Leitung zu erreichen. Aber Bockmist. Außer der Leiterin des Diana-Tempels hat niemand reagiert.« Die scheinbare Gelassenheit, mit der sie sprach, stand in deutlichem Kontrast zu der Anspannung, die ihr Körper zeigte. Wie ein gespannter Bogen, dem der Pfeil abhandengekommen war, dachte Henry.

»Ja ja, die Akademieleitung macht sich wie immer rar«, meinte die Señora abwesend und putzte einen ihrer dicken Ringe blank.

»Dein Einsatz hängt zuerst einmal davon ab, wie fit du bist«, entgegnete Henry hart, aber ehrlich. »Ich habe lange mit der Zentrale in Deutschland gesprochen. Sie würden dich gerne durch die Zeit schleusen, falls genügend Zeit bleibt, die Schleusentore zu öffnen. Ursprünglich hättest du vor 14 Tagen springen sollen. Der Notfallplan sah vor, dass du gestern abreist. Leider hat auch das nicht geklappt. Durch die vielen Störmanöver sind wir in ziemliche Schwierigkeiten geraten. Aber wenn du bereit und gesund genug bist, könnten wir versuchen, dich umgehend nach Deutschland zu bringen.«

»Wann geht's los?«, fragte Venus und machte Anstalten aus dem Bett zu springen.

»Gleich!«, sagte Henry bestimmt und hielt sie sacht, aber nachdrücklich zurück. »Bevor es losgeht, müssen wir noch einige Dinge klären.« Venus sah ihn ungeduldig an.

»Ich habe nichts mit den Sabotagen zu tun. Ich bin nicht bei Opus Ultimum. Ey, das sollte doch inzwischen klar sein.« Henry schüttelte den Kopf, während die Señora sie interessiert musterte.

»Darüber reden wir gleich. Zuallererst muss ich wissen, wie fit du wirklich bist.« Venus verdrehte die Augen, drückte mühelos Henrys Arm zur Seite und sprang aus dem Bett, anschließend machte sie drei schnelle Schritte und nahm auf einem der Gästestühle Platz. Würdevoll warf sie ihre dunkle Haarpracht zurück und sah gespielt hochmütig auf ihre Besucher herab.

»Da haben Sie Ihre Antwort, Herr Meyer«, sagte Señora Díaz González belustigt.

»In Ordnung, wie ich sehe, hat das Gegengift seine Wirkung getan und du bist bei Kräften.« Venus nickte nur. Henry holte tief Luft und sammelte seine Gedanken, bevor er weitersprach: »Der Kontakt zur Akademieleitung ist abgerissen. Sowohl der Direktor als auch der Vizedirektor und einige andere leitende Angestellte sind nicht auffindbar. Daher haben wir, wie erwähnt, mit der Zentrale der Phönix Initiative in Deutschland gesprochen. Nach einigen Erklärungen haben wir es sogar geschafft, bis zum Vorstand vorzudringen.« Señora Díaz González nickte bejahend und präsentierte mit stolzgeschwellter Brust ihren üppigen Busen, während sie das Gesicht in heroische Falten legte. »Vermutlich gehören Direktor Alves und Vizedirektor Barra sowie einige Schüler und Angestellte zum Kreis der Verräter«, fuhr Henry fort. Das junge Mädchen schien überrascht, sagte jedoch nichts.

»So wie es aussieht, war es von Anfang an ihr Plan, uns nicht nur zu sabotieren, sondern auch ein Kuckucksei in unser Nest zu legen. Ich habe die Befürchtung, dass es ihnen gelungen sein könnte, einen oder zwei ihrer Schläfer in das Team der Götter zu schleusen.«

Erstmals sah Señora Díaz González missbilligend zu ihm herüber. Ihr funkelnder Heiligenschein lief matt an, als sie sagte: »Aber, Mr. Meyer. Wie ich vorhin schon in unserer Konferenzschaltung mit dem Vorstand sagte, ist es undenkbar, dass wir solch eine Schlange an unserer Brust genährt haben. Wir kennen doch unsere Schüler, und das schon seit Langem. Ich versichere Ihnen, wir haben größte Sorgfalt bei der Auswahl der Besten walten lassen.« Die Leiterin des Vesta-Tempels fühlte sich sichtbar in ihrer Ehre gekränkt, das erkannte Henry sehr wohl. Dennoch blieb keine Zeit mehr, um auf Befindlichkeiten und Egos Rücksicht zu nehmen. Sie hatten nur noch 18 Stunden!

»Natürlich haben die Leiterinnen und Leiter der göttlichen Tempel wunderbare Arbeit geleistet«, versuchte er es anbiedernd, »Aber wir wissen nicht, wie weit die Manipulation durch das Direktorium ging. Womöglich haben sie von Anfang an Leistungen und Ergebnisse gefälscht.« Señora Díaz González wollte widersprechen. Doch Venus war schneller:

»Wer sollen denn die Verräter im Team sein?«, fragte sie und fixierte Henry mit nadelspitzen Blicken.

»Nun ja…«, Henry wusste, dass er sich auf dünnem Eis bewegte. Nach wie vor fehlten ihm die letzten Puzzleteile und womöglich war es zu spät, sie zu finden. »Zuerst nahm ich an, du wärst bei Opus Ultimum und für zahlreiche Zwischenfälle mitverantwortlich.«

»Was ich aber nicht bin!«, knurrte Venus.

»Was du aber nicht bist!«, ergänzte auch Henry »Für möglich halte ich auch noch Diana.« Venus schüttelte vehement den Kopf und murmelte: »Neee, ausgeschlossen!«

»…Mercurius«, ergänzte Henry.

»Unwahrscheinlich«, kommentierte Venus.

»...oder Vesta«, schloss Henry mit einem verstohlenen Seitenblick auf Señora Díaz González, die wie von einer Biene gestochen zuckte und genau wie das Mädchen die Arme vor der Brust verschränkte.

»Ich gebe zu, ich weiß nicht genau, wer die Verräter sind«, gestand Henry. »Was würdest du denn vermuten? Hast du einen Angreifer erkannt?«, fragte er, um ein wenig aus der Defensive zu kommen. Venus berührte nachdenklich die angeschlagene Stelle an ihrem Kopf.

»Hm, mal nachdenken. Bis auf Mia, also Diana, kenne ich niemandem im Team genau genug, um es hundertprozentig sagen zu können. Nach Dimitris Tod hatten sich alle auf Mercurius eingeschossen. Doch letztlich haben sie eine Rolle rückwärts gemacht und Mercurius die Füße geküsst. Ich glaube also nicht, dass er ein Saboteur ist. Apoll und Vulcanus kenne ich nicht genug. Sie können jedenfalls nicht für den Angriff auf mich verantwortlich sein. Denn sie waren nicht mehr hier. Nur Vesta, die kleine süße Spinne, war noch hier und ist kurz darauf durch die Zeit abgehauen. Wenn ich es jemandem zutrauen würde, dann dem hübschen Püppchen.«

»Du meine Güte. Das sind doch alles nur wilde Fantasien. Gibt es denn irgendwelche Beweise?«, ereiferte sich Señora Díaz González. Ihre langen goldenen Fingernägel blitzten wie angriffslustige Tatzen und bohrten sich in Venus' Schulter. Vermutlich die zarteste Berührung, die man damit zuwege brachte, nahm Henry an.

»Aua! Hey, was soll das?!«, empörte sich Venus. »Ich behaupte ja nicht, dass es Vesta war. Nur, dass sie für mich am meisten Gruselpotenzial und Killercharme hat.« Venus entwand ihre Schulter der Klaue der erzürnten Señora.

Womöglich war es doch kein so guter Plan, sie mitzubringen, dachte Henry besorgt.

»Mein liebes Kindchen, wo es keine Beweise gibt, da gibt es auch keine Schuld«, belehrte sie mit frostiger Stimme.

»Na hallo, für Beweise ist es jetzt eh zu spät«, rief Venus ein wenig zu laut. Henry überlegte, wie er die beiden Damen dazu bringen konnte, die Hörner einzufahren. Doch damit machte er sich unnötig Sorgen. Díaz González machte einen Vorschlag, der bewies, dass sie nicht allein wegen ihres üppigen Christbaumschmucks zur Tempelleiterin gemacht worden war. »Schätzchen, es ist nie zu spät. Wenn wir keine Beweise haben, müssen wir eben welche suchen. Ich bin mir sicher, wenn du in der Zeit zurückreist und deine Kameraden beobachtest, wirst du wohl ziemlich schnell feststellen, wer der Saboteur ist. Oder noch besser, du wirst herausfinden, dass es keinen Verräter im Team der Phönix Initiative gibt, da wir unseren Job verstehen und nur die zuverlässigsten Aspiranten wählen!« Henry hätte die alte Dame am liebsten geküsst, denn er hatte, ohne dass sie es wusste, dem Vorstand genau den gleichen Vorschlag gemacht. Da er noch einen knappen Tag leben wollte, verkniff er sich jedoch den spontanen Impuls, ihr einen Schmatzer auf die gepuderte Wange zu geben.

»Verstehe ich das richtig? Ich soll zurückreisen und Voyeur spielen?«, fragte Venus ungläubig.

»Geheimagent oder verdeckter Ermittler fände ich treffender. Aber ja, du sollst zurückreisen und herausfinden, wer falsch spielt«, antwortete Henry.

»Egal ob Spion oder Spanner, gefährde ich damit nicht die Mission der Initiative? Die anderen werden schließlich meine Hilfe brauchen und ich liege nur faul im Busch und glotze ihnen auf den Hintern.« Señora Díaz González klackerte ungeduldig mit den goldberingten Fingern auf der metallenen Stütze des Krankenbettes.

»Kindchen, die anderen werden deine Hilfe brauchen, wenn es wirklich einen Maulwurf gibt. Und damit wirst du der Initiative mehr helfen, als ich es mir ausmalen möchte.«

Henry brummte zustimmend. »Die Zentrale hat versprochen, umgehend einen unabhängigen Sonderermittler und ein absolut loyales Team einzufliegen. Vielleicht kriegen die in den nächsten Stunden noch heraus, was mir alles entgangen ist. Dann wäre dein Geheimauftrag überflüssig. Aber du weißt selbst, was momentan da draußen los ist. Womöglich kommen sie gar nicht hier an.« Venus schwieg und stierte aus dem Fenster. Señora Díaz González seufzte schwermütig.

»Die Menschen benehmen sich wie Affen. Auf den letzten Metern scheinen sie sich zurückzuentwickeln. Als würde der nahende Tod ihre Vernunft ausradieren und nur ungezügelte Triebwesen zurücklassen. Ich habe in den vergangenen Jahren schreckliche Geschichten gehört. Geschichten, die die Seele gruseln lassen. Aber was ich in den letzten Wochen mitbekommen habe, übertrifft meine kreativsten Albträume. Es gab reihenweise Eltern, die ihre Kinder opferten, um ihren Gott um Vergebung zu bitten. Durch die Straßen marodierten Tag und Nacht Hunderte enthemmter Jugendlicher, die zum Vergnügen alles schändeten und zerschlugen, was sie in die Finger bekamen. Rachsüchtige Nachbarn steckten Häuser in Brand, um uralte Fehden wegen der Heckenhöhe zu gewinnen. Und natürlich waren da auch all die Benebelten, die der Nacht mit Umnachtung begegneten. Anarchie und Chaos allerorten.« Versonnen rieb sie ihr vergoldetes Medaillon mit dem brennenden Phönix darauf. »Man kann ja niemandem vorschreiben, wie er zu sterben hat. Aber wer im Leben seine Würde behauptet hat, braucht sie am Ende doch nicht freiwillig aufgeben.«

Henry konnte jedes ihrer Worte nachempfinden, als hätte sie aus seinem persönlichen Tagebuch vorgelesen. Dennoch war es Zeit, zum Wichtigen zurückzukehren, denn der Zeitpunkt eignete sich nicht für ausschweifendes Philosophieren.

»Egal, wie verrückt die Menschen da draußen auch gerade spielen. Egal, ob der Sonderermittler es hierher schafft und etwas herausfindet. Egal, ob du observierst oder kooperierst. Entscheidend ist, dass du es rechtzeitig zur Zeitmaschine nach Deutschland schaffst und deinen Sprung machen kannst. Wir müssen jetzt aufbrechen, um überhaupt noch eine Chance zu bekommen, dich durchzuschleusen! Der Flug dauert seine Zeit und die Zeitmaschine braucht auch eine Weile und zudem jede Menge Energie, um zu funktionieren. Es ist fraglich, ob auf dem Kontinent noch genügend Strom zur Verfügung steht.« Venus erhob sich geschmeidig und stemmte die Hände in die Hüften.

»Na dann, worauf warten wir? Los geht's!« Henry musste schmunzeln angesichts ihrer furchtlosen Art. Er wusste sofort, warum man das Mädchen trotz ihrer gesalzenen Ausdrucksweise und ihres forschen Auftretens ausgewählt hatte. Sie war eine Macherin. Bewegte Energie auf zwei Beinen.

»In Ordnung. Wir haben wirklich keine Sekunde zu verlieren. Wir begleiten dich sicher bis zum Flugfeld.« Henry öffnete den beiden Damen artig die Tür und führte sie anschließend durch die größtenteils verwaisten Korridore des kleinen Krankenhauses. »Dort wartet ein Airpaddler auf dich«, sagte er, während er gemeinsam mit der Señora voranging. »Der Pilot und die Flugbegleitung sind, laut Zentrale, 100-Prozent zuverlässig. Du brauchst nicht zu packen. Deine gesamte Ausrüstung bekommst du von der Zentrale. Sie werden noch einmal jedes Einzelteil checken und vermutlich alles austauschen. Herrn Schwarze vom Supportteam und Donna Esposito vom medizinischen Stab kennst du ja bereits von den Trainings. Sie erwarten dich vor Ort und dann geht alles…«

Plötzlich spürte Henry neben sich eine Bewegung und aus dem Augenwinkel sah er noch, wie die Señora nach hinten kippte wie ein frisch gefällter Baum. Er sprang erschrocken zur Seite und entging somit einem winzigen blauen Gelball, der knapp an seiner Schulter vorbei sauste. Henry wusste sofort, was das war. Er selbst besaß einen Taser, der eine identische Munition verwendete. Er verschoss kleine Kugeln. Sie waren denen ähnlich, wie sie beim Paintball verwendetet werden, nur mit dem Unterschied, dass sie nicht mit Pulver oder Farbe gefüllt waren, sondern mit angespitzten Kondensatoren, die sich beim Aufprall in die Haut bohrten und ihre elektrische Ladung abgaben. Henry schob sich vor Venus und presste sie hinter sich an die Wand. Dann zog er seinen eigenen Taser aus dem Holster und gab einen ungezielten Schuss in die Richtung ab, in der er den Angreifer vermutete.

»Ergeben Sie sich! Sie sind verhaftet!«, schallte es von einem Getränkeautomaten einige Meter entfernt.

Henry glotzte entgeistert auf den breiten Klotz. War das eine Verwechslung?

»Sind Sie verrückt geworden? Ich bin Lehrer und Mitarbeiter der Sicherheit. Und hier am Boden liegt die Tempelleiterin des Vesta-Tempels. Sie haben auf sie geschossen.« Ein Rascheln und Klappern war zu hören, dann ein Kichern.

»Ich weiß genau, wer ihr seid. Ihr seid alle drei verhaftet. Besonders Black Beauty, den dicken Stutenhintern kenne ich«, sagte die näselnde Stimme.

»Oh nee«, stöhnte Venus neben ihm. »Die aufgeblasene Stimme kenne ich.« Venus spähte hinter Henrys Rücken hervor. »Hey, Milàn! Kannst du nicht wie alle anderen einsamen Jungs zum Weltuntergang onanieren? Musst du hier eine von deinen kranken Shows abziehen?«

»Das ist keine Show, du Miststück!«, geiferte es blechern zu ihnen herüber. »Ihr seid alle Verräter. Die ganze Bande. Ich habe es schon immer gewusst!«

»Was faselst du da für einen Unsinn, Milàn?«, mischte sich nun Henry ein, der langsam mit erhobener Waffe zurückwich und auf den großen Kasten zielte. »Wirf deine Waffe raus und dann können wir in Ruhe reden.« Der Automat lachte scheppernd.

»Ich gehöre nicht zu den naiven Idioten, die hier die Mehrheit bilden. Ich gebe sicher nicht meinen Vorteil auf. Ihr seid hinterhältige Verbrecher. Jeder kann es lesen. Du entkommst mir nicht, Lily, ich werde dich und deinen Gorilla zur Strecke bringen! Jetzt wird abgerechnet!«

Er hat nur noch zwei Schuss, bevor er nachladen muss, überlegte Henry. Das Magazin fasste nur vier Kugeln.

»Wir haben keine Zeit für deinen Privatkrieg. Wir müssen Venus so schnell es geht zur Zeitmaschine bringen, damit sie die wahre Bedrohung bekämpfen kann!«, rief Henry und bemerkte selbst die Unruhe in seiner Stimme. Wieder wackelte der Automat, als hätte ihn jemand gekitzelt. Was trieb der Junge? Ein Rad und zwei Füße lugten hinter der Maschine hervor, waren aber blitzschnell wieder verschwunden.

»Ihr habt wohl noch nicht auf eure Armbänder geschaut. Ihr seid alle aufgeflogen. Die Meldung ging eben rum. Ihr braucht mich nicht länger zum Narren zu halten.« Henry sah verwirrt auf sein Armband, hütete sich jedoch seine Waffe zu senken und Milàns Versteck aus den Augen zu lassen. Inzwischen waren sie bis zur Gangecke zurückgewichen und gingen nun selbst hinter der Biegung in Deckung. Die Señora lag indes noch immer rücklings auf dem Boden wie eine umgekippte Schaufensterpuppe.

»Kannst du mal nachschauen, was der Spinner meint«, bat Henry, während er halb vorgebeugt zum Getränkeautomaten spähte.

»Bin schon dabei«, sagte Venus. »Behaarter Nacktmull…! Du glaubst nicht, was hier steht. Wir sind gesuchte Attentäter und Terroristen. Wir sollen für die letzten Anschläge verantwortlich sein und mehrere Mitarbeiter entführt haben. Bei denen hakt es wohl!? Du, ich und die Leiter fast aller Tempel sind nun offiziell Verräter. Unterschrieben ist der Witz von unserem geschätzten Direktor und seinem Sidekick Barra.« Henry lehnte sich zurück und sah auf Venus' Projektion.

»Das ist übel!« Er kratzte sich nachdenklich an der Stirn. »Jetzt wird uns jeder in die Quere kommen, der uns erkennt und noch nicht total besoffen ist.«

Venus zog verdutzt die Brauen hoch. »Jetzt ist die Nachricht weg. Einfach verschwunden. Eben gab es eine Einblendung von einem Phönix und dann war die Meldung fort.« Ratlos sah sie Henry an.

»Dann hat vermutlich das IT-Korps der Zentrale eingegriffen und uns den Arsch gerettet«, stellte er ebenso verwundert fest. Oder ein anderer Phönix hatte seine virtuellen Klauen im Spiel, dachte er, hütete sich jedoch, dies auszusprechen. Es gab wichtigere Probleme. Sie mussten an Milàn vorbei oder einen Umweg von 15 Minuten einlegen. Alles in ihm sträubte sich dagegen, dem jugendlichen Wichtigtuer auszuweichen, der eiskalt Señora González niedergestreckt hatte. War es nicht die beste Taktik, den Gang zu stürmen und dem Großmaul eine Ladung seiner eigenen Medizin zu verpassen? Na gut, ein letztes Mal wollte er versuchen, zu verhandeln.

»Hey Milàn, sieh doch mal auf deinen Armbandcomputer. Die Meldung war ein Fake. Die Phönix Initiative hat die Falschmeldung gelöscht. Wir sind keine Verräter, sondern Opfer der Verschwörer.« Die Stimme hinter der Metallkiste wurde schriller.

»Opfer! Ihr seid die Opfer? Ha! Dass ich nicht lache! Lily Mason hat mich in den Rollstuhl gebracht. Sie ist gewiss kein Opfer… Nein! Sie ist so schuldig, wie man nur sein kann. Und ich lasse mir meine Gerechtigkeit nicht nehmen. Niemals!« Seine Stimme hatte sich zuletzt derart in die Höhe geschraubt, dass Henry klar war, dass er hier mit Appellen an die Vernunft nicht weiter kam.

»Der ist völlig gaga«, fasste Lily treffend zusammen. Henry seufzte.

»In Ordnung. Wir machen es so: Ich sprinte, so schnell ich kann, auf den Getränkeautomaten zu und springe dagegen. Er ist nicht so massiv wie er aussieht. Ich werde ihn mit meinem Gewicht leicht umwerfen können. Entweder er kracht auf Milàn und macht ihn kampfunfähig oder der Junge muss überhastet ausweichen und dann verpasse ich ihm aus nächster Nähe einen Elektroschock für's Leben. Du rennst versetzt hinter mir und läufst gleich an Milàn vorbei, nur für den Fall, dass es mir nicht beim ersten Versuch gelingt, den Irren zu überwältigen.« Venus zog eine unzufriedene Grimasse.

»Warum gibst du mir nicht den Taser und ich schieße, wenn du den Automaten umhaust? Ich kann verdammt gut schießen, auch wenn ich die hier habe.« Sie zeigte mit dem Daumen auf ihre Brüste und legte die Stirn in Falten.

»Das ist es nicht!«, versicherte Henry. »Ein Taser mit Kondensator-Projektilen ist etwas ganz anderes als eine Pistole. Außerdem gilt: meine Waffe, meine Chance.« Er wusste, dass er chauvinistisch klang, hatte aber keine Muße, sich jetzt mit Debattieren aufzuhalten. Es blieben noch reichlich 17 Stunden. Sie mussten weiter!

»Von mir aus, großer Ritter. Dann mach halt los. Ich bin bereit«, sagte Venus, als wäre er ihr Kumpel und nicht ihr Lehrer. Sie hockte sich hin, als würde sie einen Tiefstart beim 100-Meter-Lauf hinlegen wollen. Henry nickte.

»Auf drei. Eins. Zwei. Drei!« So schnell es sein Handicap zuließ, rannte er um die Ecke, genau auf den metallenen Kasten zu. Keine 30 Meter trennten ihn von seinem Ziel. Das musste einfach klappen, sagte eine triumphierende Stimme in ihm. Doch kurz bevor er mit weit ausholenden Sprüngen schwungvoll gegen das Bollwerk donnern wollte, kippte der Getränkeautomat überraschend nach vorne um. Völlig überrumpelt von diesem Manöver stolperte Henry zur Seite und rammte gegen die Wand. Sein Körper schlug unsanft auf dem Boden auf. Seine Waffe schlitterte über den Flur. Noch bevor er sich erneut aufrappeln und nach seinem Taser greifen konnte, registrierte er zwei Blitze. Der eine hatte langes schwarzes Haar und schoss an ihm vorbei auf den Jungen im Rollstuhl zu. Aus den Augenwinkeln sah er, wie der dunkle Blitz den Jungen mit einem Ellenbogenschlag vom Rollstuhl fegte. Gleichzeitig zerplatzte eine blaue Kugel an Henrys Hüfte und ein Schmerz blitzte durch seinen Körper. Dann wurde die Welt golden und lila und er fragte sich entgeistert, warum es nicht schwarz war…

Als er wieder zu sich kam, schmerzten Hüfte, Knie und Wange. Venus hockte vor ihm und grinste ihm frech ins Gesicht. Er lag mit ausgestreckten Beinen längs auf dem Boden unmittelbar neben der Señora.

»Mist… sag mal, hast du mich gerade geschlagen?«, fragte Henry und rieb sich den schmerzenden Kiefer. Venus zuckte mit den Schultern.

»Nur eine kleine Ohrfeige zum Wachmachen. Nichts im Vergleich zu dem, was sie mit dir machen wird, wenn sie aufwacht.« Venus deutete auf die bewusstlose Tempelvorsteherin.

»Hm… Äh… Wie bitte? Ich bin noch etwas… geschockt. Bitte werde etwas deutlicher«, sagte Henry und blinzelte feine Tränen aus den Augen.

»Aber gerne«, erwiderte Venus und ihr Grinsen wuchs zu erstaunlicher Breite. »Als der große Held elegant wie ein Nilpferd gegen die Wand gedonnert ist und sich dabei als Schießscheibe anbot, habe ich die Gelegenheit genutzt, dem Widerling das zu geben, was ich ihm schuldig war: ›Eins auf die Fresse.‹ Du hast ebenfalls die Gelegenheit genutzt und dich ein wenig vertrauter mit der Señora gemacht.« Venus lachte jetzt schallend. »Bist voll auf sie drauf geplumpst. Mit dem Gesicht mitten rein in die großen Airbags. War sicher ganz weich für dich. Deinen Zahnabdruck wird die Señora aber wohl trotzdem nicht so cool finden.« Das garstige Mädchen prustete und hielt sich jetzt den Bauch vor Lachen. »Ich bin wirklich die Göttin der Liebe. Ich bringe Leute zusammen.«

Henry schüttelte sich und sah beklommen auf das tiefe Dekolleté der Tempelleiterin.

»Wie lange war ich weg?«

»Vielleicht 10 Minuten. Nicht sehr lange, aber wir müssen trotzdem weiter. Soll ich der Señora auch eine verpassen, damit sie aufwacht?«, fragte Venus unschuldig mit blitzenden Augen.

»Um ihr dann zu sagen, dass es meine Anordnung war… Nein danke. Ich habe jetzt keine Lust auf die Auseinandersetzung mit einer wütenden Leopardin. Wir ziehen sie ein Stück weg, legen ihr etwas unter den Kopf und aktivieren den Notruf. Vielleicht kommt ja noch irgendwer. Was ist mit Milàn?« Venus' Freude verflüchtigte sich.

»Ich habe dem Wicht einen Kinnhaken verpasst und ihn zur Sicherheit getasert. Seine letzten Stunden auf Erden werden nicht angenehm werden«, reimte sie grimmig. Sie zeigte auf den umgestürzten Getränkeautomaten, der erstaunlich unbeschädigt aussah. Die dicke Scheibe zierten lediglich ein paar Risse. »Ich habe ihn auf dem Kasten aufgebahrt und seinen Rollstuhl um die Ecke geschoben. Wenn er aufwacht, wird er uns erstmal keinen Ärger machen.« Henry nickte anerkennend. Die junge Göttin war etwas verrückt, hatte aber wirklich Potential. Zähneknirschend stemmte er sich auf die

Füße. Ihm wurde schwindlig und ein Fiepen zwickte ihn in den Ohren. Vorsichtig stützte er sich an der Wand ab. Er hätte bei diesem Kampf wohl doch Lily den Vortritt lassen sollen. Was man am letzten Tag seines Lebens doch noch alles lernen konnte.

»Danke, dass du auf mich gewartet hast«, sagte er und meinte es aufrichtig.

»Klar doch. Ich kann Rückendeckung gebrauchen, außerdem wollte ich schauen, ob du okay bist«, erwiderte Venus.

»Ich glaube, ich nehme den Rest der Woche frei«, entgegnete Henry. »Aber jetzt lass uns zum Flugfeld gehen. Dein Taxi wartet.«

Venus klopfte ihm freundschaftlich auf die Schulter und ging voraus. Henry humpelte vorsichtig hinterher. Wie er Humpeln hasste. Es dauerte keine halbe Stunde, bis sie das Gelände des beschaulichen Flugplatzes erreichten. Verschiedene Überwachungsdrohnen hatten hier ihr Nest und auch zwei kleine Helikopter standen bereit. Das Areal wirkte ebenso trostlos wie unscheinbar. Getrimmte Wiesen lagen neben gehärtetem Beton. Anders als bei modernen Flughäfen verfügte der Platz nicht über eine kreisrunde Landebahn, sondern nur über eine kurze gerade Asphaltpiste. Am Scheitel der Landebahn lag ein silbern glänzender Dartpfeil, ein Airpaddler. Das kleine Überschallflugzeug hatte seine Gangway ausgefahren und wartete einladend auf seine Passagiere. Lily schlenderte schweigend, wie eine entspannte Urlauberin, während Henry sich jeden Schritt abringen musste. Der Westwind schickte eine milde Böe. Die Herbstsonne ließ den schnittigen Pfeil in allen Himmelsfarben glänzen und verlieh ihm einen göttlichen Nimbus.

»Nun ist es wohl an der Zeit, Abschied zu nehmen«, meinte Henry, als sie die Stufen der Gangway erreicht hatten. Er war erleichtert, dass das Wettrennen für ihn selbst ein vorläufiges Ende hatte. Der Flieger sollte Venus in kürzester Zeit nach Deutschland bringen und den Wissenschaftlern in Greifswald würde es hoffentlich gelingen, ein letztes Mal ihren Zaubertrick aufzuführen.

»Jetzt bloß nicht heulen!«, sagte Venus und schlug ihm wie ein alter Veteran auf den Bizeps.

»Halte dich an den Plan, er ist gut«, mahnte er. Sie hatten ihn auf dem Weg noch einmal besprochen.

»Kinderspiel und Babybrei. Ich werd die Welt schon retten. Ehrensache.« Venus schnippte mit den Fingern. Dann machte sie einen militärischen Gruß und marschierte polternd die Gangway hinauf. In der Tür wartete bereits eine lächelnde Stewardess. Henry wandte sich um und fühlte das erste Mal seit Tagen so etwas wie Zufriedenheit.

Er wollte gerade den Fuß zum ersten Schritt heben, als er hinter sich einen Ruf hörte: »Verdammter Meeresgrund…!« Schnell wendete Henry und eilte die Treppe hinauf, als wäre er nie verwundet worden. Mit einem weiten Satz landete er im Inneren der Maschine. Er hätte beinahe die Flugbegleiterin umgerannt, so stürmisch fegte er hinein. Die junge Frau lächelte überrascht und drückte Henry eine Sektflasche in den Unterleib. Henry kannte sie. Das begriff er, noch bevor er bemerkte, dass es gar keine Sektflasche war, was da in seinen Magen stach, sondern ein Taser, wie er ihn heute bereits ausgiebig gekostet hatte. Gleichwohl bekam er ungewollten Nachschlag. Henry sackte schlaff zusammen, als die blaue Kugel seinen Unterleib traf. Die Schwärze hüllte ihn ein wie der Ozean einen kleinen Fisch. Trotzdem bemerkte er ein tanzendes Leuchten an der Oberfläche des Bewusstseins, als würde er von unten auf das Wasserspiel der Wellen schauen. Langsam stieg er auf und die Helligkeit nahm zu. Als er auftauchte und die Wasseroberfläche durchbrach, blendete ihn die Wirklichkeit, als hätte er zu lange in die Sonne geschaut. Er war nass. Das Wasser tropfte ihm aus Haaren und Dreitagebart.

»Aufwachen! Seien Sie doch nicht so ein Langschläfer, Herr Meyer.« Henry kannte auch diese Stimme. »Im Fegefeuer haben Sie noch genügend Zeit, um herumzuhängen.« Der kleine dicke Mann grunzte laut.

»Barra!«, rief Henry und versuchte, die Tropfen aus seinen Augen zu wischen. Doch seine Hände waren gefesselt und die kurze Anstrengung bescherte ihm einen heiß brennenden Schmerz in Kopf und Handgelenken.

»Aber, aber. Herr Meyer! Bleiben Sie ganz ruhig. Ich werde Ihnen eine bessere Sicht verschaffen. Schließlich sollen Sie auch etwas von Ihrem Abgang haben.« Die Erscheinung des kleinen Mannes hätte Henry zum Lachen gebracht, wenn er sich nicht in so einer misslichen Lage befunden hätte. Wie ein drolliger, dicker Robin Hood stand er breitbeinig vor ihm, gekleidet in einen braunen Business-Anzug, über der Schulter Köcher und Bogen. Er nahm ein kleines Tuch und wischte Henry grob das Gesicht. »Wäre doch blöd, wenn Sie Ihren eigenen Tod verschlafen würden.« Die Umrisse einer Frau erschienen in der Cockpittür hinter Barra.

»Hör auf, mit dem Essen zu spielen und alles nass zu machen. Hilf mir lieber mit dem Code. Wir sind in 15 Minuten in Reichweite ihrer Abfangraketen. Es wird Zeit, dass du deine Sicherheitsfreigabe nutzt, damit sie uns nicht im letzten Augenblick vom Himmel holen«, sagte Mrs. Bones, während sie lässig eine Taser-Pistole in der rechten Hand hielt.

»Ich spiele nicht. Und ich mache so viel nass und dreckig, wie ich will«, entgegnete Barra gereizt. »Ich sorge dafür, dass die Sünder etwas von ihrer Strafe mitbekommen. Ansonsten wäre es nämlich keine Strafe!«

Mrs. Bones gähnte demonstrativ. »Wie auch immer. Der Freigabecode wartet.« Mit dem Zeigefinger tippte sie auf eine imaginierte Uhr an ihrem Unterarm. Barra ballte die Fäuste und verdrehte die Augen, dann folgte er ihr ins Cockpit. Henry sah sich mit brummendem Schädel um. Das Innere des Flugzeugs sah weit spärlicher aus, als er es von außen erwartet hatte. Statt eines luxuriösen Jets handelte es sich eher um einen spartanisch eingerichteten Truppentransporter. Zwar gab es ein paar schmale Stuhlreihen, darüber hinaus fehlte indes jedwede Extraausstattung. Immerhin bemerkte Henry, dass er nicht allein war. Vier weitere Personen teilten sein unbequemes Schicksal. Bei ihnen allen waren die Hände und auch die Füße mit Kabelbinder gefesselt und sie selbst auf die dünn gepolsterten Sitze geschnallt worden. Zwei der vier Mitreisenden erkannte er sofort. Schräg vor ihm saß Direktor Alves, zwei Reihen neben ihm kaute Venus verbissen auf ihrer Unterlippe. Hinter Henry saßen eine junge und eine ältere Frau. Aufgrund ihrer Kleidung vermutete er, dass es sich um die eigentliche Pilotin und eine Flugbegleiterin handeln musste. Während die ältere apathisch ins Leere starrte, hatte die junge Stewardess die Augen angsterfüllt aufgerissen. Henry beugte den Oberkörper nach vorne und rief so leise, dass es geradeso über den Lärm der Triebwerke zu verstehen war: »Senhor Alves, geht es Ihnen gut?« Der Angesprochene drehte sich um, soweit es seine Fesseln zuließen.

»Ah. Sie sind es. Ich habe schon gesehen, dass man Sie hinter mir angebunden hat. Mir geht es den Umständen entsprechend. Ich bin ein wenig hungrig und durstig und die Knochen sind etwas verbeult. Unsere Gastgeber haben mich schon seit vorgestern mit allerlei Fragen und Kniffen unterhalten.« Er hustete und seine Stimme schabte wie verdorrte Äste, die aneinander reiben.

»Es tut mir leid«, entschuldigte sich Henry. »Ich bin am Ende fest davon ausgegangen, dass Sie auf der anderen Seite stehen. Sonst hätte ich mich auf die Suche nach Ihnen gemacht. Aus Ihrem Büro kamen so viele Signale, die verdächtig wirkten. Zuletzt war es die Aufforderung, mich, Venus und alle Tempelvorsteher verhaften zu lassen … Ich hätte wissen müssen, dass dies nicht von Ihnen kam.«

»Sie brauchen sich nicht zu entschuldigen. Wenn jemand für seine Blindheit um Vergebung bitten muss, dann bin ich es. Ich will mir gar nicht vorstellen, bei wie vielen Gelegenheiten mich meine geschätzte Assistentin hintergangen hat. Oh, es war ein schlauer Plan von Barra, sie mir unterzujubeln. Ich habe sie in den letzten Monaten in alles eingebunden, was es zu organisieren gab. Ich hatte keine Geheimnisse und habe ihr vollständig vertraut. Sogar meine persönliche Cloud habe ich sie verwalten lassen. Ich dummer alter Narr!« Alves schlug mit dem Hinterkopf auf seine Kopfstütze. »Ich war ein eitler Pfau, der freigiebig seine Macht teilte, um Eindruck zu schinden. Schließlich ist sie eine attraktive Frau.«

»Alte Männer!«, kommentierte Venus, die die Ohren gespitzt hatte, wenig einfühlsam und ohne Rücksicht auf die Stellung des Direktors. Henry hatte Mitleid und konnte ihn verstehen. Manchmal wollte man einfach vertrauen, um nicht verrückt zu werden.

»Was, denken Sie, haben die mit uns vor? Warum sind wir nicht längst tot?«, fragte Henry. Venus antwortete an Stelle des Direktors.

»Die wollen uns springen lassen. Das hat die kleine fette Ratte mehrfach gesagt. Es scheint ihm perverse Freude zu bereiten, uns bei 5000 Metern aus dem Flugzeug zu werfen.« Henry drehte sich bei der Vorstellung der Magen um.

»Aber die Türen gehen doch im Flug gar nicht auf. Das habe ich mal gelesen«, wandte er hoffnungsvoll ein.

»Die Türen vielleicht nicht. Aber dahinten gibt es eine große Luke. Die ist womöglich für Fallschirmspringer, nur dass wir ohne Schirm hopsen sollen.« Venus grinste, als wäre das alles ein riesiger Spaß und ein unterhaltsames Abenteuer. Vergnügt wackelte sie auf ihrem Sitz hin und her.

»Ein ganz schöner Aufwand, um uns umzubringen«, erwiderte Henry.

»Ich glaube nicht, dass sie deswegen das Flugzeug gestohlen haben. Ich schätze mal, sie wollten mich abfangen und dann mit dem Flugzeug in die Zeitmaschine brettern. So würde ich das zumindest machen. Ihr seid nur unterhaltsames Beiwerk!«

Henry verzog das Gesicht. Wahrscheinlich hatte Venus recht. »Wir müssen überlegen, was wir tun können.« Noch war nicht alles verloren.

»Warten!«, meinte Venus und schaukelte weiter auf ihrem Sitz herum wie ein hyperaktives Kind.

»Wir können nicht warten. Wir müssen etwas tun! Einen Plan machen!«, erwiderte Henry. Manchmal konnten ihre Anwandlungen kräftig nerven. Einige Dinge musste man wirklich ernst nehmen.

»Na dann, plane du mal. Ich wippe noch ein wenig.« Wieder warf sie sich auf ihrem Sitz hin und her.

»Die Stühle sind fest verankert. Die kriegst du nicht umgekippt«, wollte Henry sagen, verkniff es sich dann jedoch. Mrs. Bones erhob sich halb aus ihrem Pilotensitz und warf einen prüfenden Blick durch die geöffnete Cockpittür in die Kabine. Sie lächelte und tippte sich lässig mit dem Lauf ihrer Taser-Pistole an die Stirn. Ein makaberer Gruß, der zugleich eine Ankündigung war. Dann drehte sie sich um und verschwand wieder aus Henrys Blickfeld.

»Heimtückische Knochengeige«, fluchte Henry. Und auch Venus empörte sich über die gemeine Verräterin und zeigte dies mit einer eindeutigen Geste ihrer linken Hand. Henry grinste, bevor sein Lächeln einfror und er begriff. Die freche Göttin hatte sich von ihren Handfesseln befreit. Nun versuchte sie, den Kabelbinder an ihren Beinen zu lösen.

»Wow, mich auch!«, rief die ängstliche Flugbegleiterin hinter ihm erstaunt. Venus warf ihr einen bösen Blick zu und setzte sich kerzengerade in ihren Sitz. Mrs. Bones hatte den Ruf auch gehört und drehte sich abermals zu ihnen um.

»Ich muss mal dringend pinkeln!«, rief Venus und wackelte mit der Hüfte. Ihre Entführerin ignorierte den Einwand und drehte sich wieder um. Venus konnte sich einen weiteren Kommentar nicht verkneifen: »Hey, ich muss wirklich pissen. Ich mach mir gleich ein.« Keine Reaktion aus dem Cockpit. Venus feixte und versuchte weiter, ihre Füße aus der Fessel zu winden. Doch der Kabelbinder schnitt tief ein und sie schien über kein Hilfsmittel zu verfügen.

»Die Beine krieg ich so nicht frei. Die Handfesseln konnte ich an einer Kante auftrennen. Mit den Füßen klappt das leider nicht. Glücklicherweise habe ich schon eine andere Idee.«

»Versuch nicht, ins Cockpit zu hüpfen und Göttin zu spielen«, sagte Henry, der das verrückte Mädchen inzwischen ganz gut kannte. »Die haben dich abgeschossen, bevor du überhaupt in der Nähe bist.« Venus sah ihn an wie einen süßen Schoßhund.

»Schon gut. Schon gut. Ich mach' das schon«, sagte sie und löste ihren Sitzgurt so weit, dass es so aussah, als wäre er noch eingerastet. In Wirklichkeit jedoch gewährte er ihr volle

Bewegungsfreiheit. Dann lehnte sie sich entspannt zurück, ließ die Arme schlaff nach unten baumeln und schloss die Augen. Ihr Atem ging langsam und ruhig. Henry fragte sich, ob sie vielleicht vorhatte, ein Nickerchen zu machen. Endlich bemerkte er eine kleine Veränderung. Winzige Perlen tropften von ihrem Sitz. Ihr Schoß war nass und eine schmale Pfütze vibrierte im Sound der Turbinen. Hatte sie wirklich gerade…?

»Hey Schrumpelhexe! Hallo! Mir ist da ein kleines Malheur passiert!«, rief Venus. Sie sah ganz und gar nicht so aus, als wäre es ihr peinlich. Mrs. Bones sah übellaunig über die Schulter. »Hallllooo! Ich habe leider eingelullert. Tut mir echt leid. Ich musste ja so dringend.« Mrs Bones erhob sich und schritt langsam in die Kabine.

»Wer möchte da eine Abreibung?«, fragte sie, mehr gelangweilt als bedrohlich. Dann weiteten sich ihre Augen und ein Ausdruck echten Entsetzens legte sich auf ihr Gesicht. Ungläubig starrte sie auf Venus befleckte Hose und das Rinnsal unter ihrem Stuhl.

»Du-u-u widerliche Göre!« Es sah aus, als würde ihre Entführerin gleich in Schnappatmung verfallen. Mr. Bones kam noch näher und ging leicht in die Knie, um die Schandtat genauer zu betrachten. »So eine abartige Sauerei! Weißt du wie viele Keime…« Weiter kam sie nicht. Venus sprang mit einem gewaltigen Satz aus dem Sitz, packte die gebückte Assistentin an Kopf und Schultern und rammte ihr wie ein geübter Muay Thai Kämpfer die Knie ins Gesicht. Es knackte geräuschvoll und die Frauen gingen beide zu Boden. Während Mrs. Bones benommen liegen blieb, konnte sich Venus flink wie eine Katze ein Stück aufrichten. Sie schnappte sich den Taser, den die Verräterin fallengelassen hatte. Es folgte ein leises »Plop« und ihre Feindin zuckte besinnungslos am Boden. Rasch robbte Venus zu ihr und untersuchte Taschen und Gürtel. Bereits nach wenigen Herzschlägen fand sie ein kleines Messer, mit dem sie ihre Fußfessel löste. Dann schnellte sie zu Direktor Alves und durchschnitt mit zwei flüssigen Bewegungen Hand- und Fußfesseln. Henry war begeistert, wie elegant sich die junge Frau bewegte, obwohl sie auf den ersten Blick weit weniger athletisch wirkte als ihre ehemaligen Mitschülerinnen. Im nächsten Moment hatte sie auch ihn befreit und huschte dann weiter zu den beiden Frauen in der vorletzten Sitzreihe. Sie hatte gerade einmal dreißig Sekunden gebraucht, um Mrs. Bones auszuschalten und Senhor Alves und ihn loszuschneiden. Dabei hatte sie allerdings einigen Lärm gemacht. Es war ein Wunder, dass Barra noch nicht nachgeschaut hatte, was sie trieben.

Henry verfluchte sich für seine Gedanken, denn just in diesem Augenblick tauchte der Beschworene in der Kabinentür auf. Henry stand bereits im Gang keine 5 Meter von ihm entfernt. Unmittelbar vor ihm hatte sich auch der Direktor mit blutigen Handgelenken aus seinem Sitz erhoben. Beide Männer starrten zur Tür. Barra hielt seinen Bogen in der Hand und hatte einen Jagdpfeil angelegt. Mit einer flinken und routinierten Bewegung spannte er den Bogen und ließ den Pfeil aus der Sehne schnellen. Obwohl er kaum Kraft in seinen Schuss legte, drang die Spitze tief ein. Gut ein Zoll des Carbonschafts versank schmatzend in Senhor Alves' Brust.

Der Direktor schrie auf, röchelte und machte drei ungelenke Schritte nach vorn, bevor er in die Knie ging. Währenddessen passierten mehrere Dinge auf einmal. Barra zog einen weiteren Pfeil aus dem Köcher und wollte nun auf Henry anlegen. Er wurde jedoch durch zwei bläuliche Gelkugeln gestört, die dicht an ihm vorbei sausten. Venus hatte sich eingeschaltet, verfehlte ihn aber trotz der geringen Distanz. Barra zuckte zurück und geriet ins Stolpern. Und auch Henry war nicht wie eine Schießbudenfigur stehengeblieben, sondern an Alves vorbei genau auf Barra zugestürmt, so dass er beinahe selbst von Venus in den Rücken getroffen worden wäre. Ungebremst rannte er auf den kleineren Mann zu, der unsicher stand. Mit voller Wucht rammte er ihn gegen die Rückwand, die Cockpit und Kabine trennte. Auch für Henry selbst war der Aufschlag heftig und schmerzvoll. Doch Barra traf es deutlich härter. Kopf und Rücken knallten gegen die

Verkleidung und der Pfeil in seiner Hand schnitt ihm tief in die Rippen. Wie ein schlaffer Sack rutschte Barra die Wand herunter und verharrte stöhnend auf den Aluminiumplanken des kleinen Jets. Henry trat Barras Langbogen zur Seite und wankte einige Meter zurück. Von hinten stürzten Venus und die alte Pilotin nach vorn.

»Mann, da bist du mir ja genau vor die Kimme gestolpert«, meckerte Venus und hielt neben Henry an.

»Gern geschehen«, erwiderte er und sah sich nach dem Direktor um. Die Flugbegleiterin hockte bereits neben ihm und legte die Finger sacht auf seine Brust. Er atmete noch, jedoch flach, immer wieder unterbrochen durch starke Krämpfe. Sein ganzer Körper zuckte, als würde er unter dauernden Stromstößen leiden. Auch der wimmernde Barra begann zu zittern. Henry ahnte nichts Gutes.

»Gift!«, sagte Venus und sprach aus, was er dachte. »Es ist das gleiche Zeug, das mich beinahe getötet hätte. Die Ärzte meinten, es wäre ein exotisches Pfeilgift von irgendwelchen Fröschen im Dschungel. Keine Ahnung, wo Barra das her hat.« Henry nickte und fühlte den Puls des zuckenden Direktors.

»Gibt es ein Gegengift?«, fragte er.

»Sicher. Aber bestimmt nicht hier. Es sei denn, er hat eines.« Sie deutete auf den gefallenen Bogenschützen. Henry näherte sich vorsichtig und untersuchte den Mann, der maßgeblich für all das Leid der letzten Jahre verantwortlich war. Der Vizedirektor war bei Bewusstsein, starrte Henry jedoch mit leerem Blick entgegen. Wenn er etwas sah oder hörte, ließ er es sich nicht anmerken. Henry hätte ihn am liebsten geschüttelt und geschlagen, doch das war vergebene müh'. Er suchte gründlich und zauberte allerlei Krempel ans Tageslicht. Von einem Gegengift fand sich keine Spur. Er blickte Venus an und schüttelte den Kopf. Die trat mit dem Fuß gegen einen Sitz und fluchte laut, während die Pilotin an ihr vorbei ins Cockpit schlüpfte.

»Verdammter Donnerbalken, ich hab' ne scheiß Wut!« Sie trat erneut gegen das unschuldige Sitzmöbel. »Ich wünschte, die lägen nicht schon am Boden. Dann würde ich ihnen so richtig was auf die Fresse geben!« Henry schwieg. Sie war wahrlich eine Naturgewalt, der man nicht in die Quere kommen wollte.

»Stopp!«, brüllte eine Stimme laut wie ein Triebwerk. »Waffe runter oder dein Gehirn ist Moossalat am nächsten Baum!« Ein roter Leuchtpunkt erschien auf Vestas Helm. Jemand zielte auf die leere Nuss, erkannte Diana. Und die Stimme kannte sie doch. Das war… Lily!

Als Göttin in voller Kampfmontur trat sie aus den Büschen hervor. Sie hielt ein Gewehr im Anschlag, eines wie Diana es besaß. Hatte sie es ausgegraben?

»Nimm die Waffe runter, Arschamöbe!«, rief Venus und kam langsam näher.

»Oh, die Büffelhüfte, welche Überraschung!«, entgegnete Vesta, die ihr in puncto Beleidigungen in nichts nachstand, und drehte sich blitzschnell um. Sie zielte nun ihrerseits auf das Gesicht der Liebesgöttin und gab Diana damit die Gelegenheit, sich erneut hinter ihrem Stein zu verkriechen. »Mir scheint, du schätzt die Kräfteverhältnisse falsch ein«, sagte Vesta, während Apoll mit erhobener Waffe aus dem Unterholz kam. Auch er zielte, ebenso wie Vesta, auf Dianas beste Freundin.

»Kannst du inzwischen etwas besser zählen oder bist du immer noch so dämlich wie vor unserem Aufbruch? Es steht zwei gegen eins. Du hast keine Chance!«, rief Vesta und spielte mit ihrem Finger am Abzug. Venus schien das nicht im Mindesten zu verunsichern. Unbeeindruckt zielte sie weiterhin auf Vestas Kopf.

»Ich bin so verrückt wie immer. Vielen Dank der Nachfrage«, sagte Venus und neigte das Haupt ein winziges Stück, als wollte sie sich verbeugen. »Und das Zählen klappt wunderbar. Ich bin sechs und ihr seid zwei.«

Hoffentlich weiß Venus, was sie tut, dachte Diana und nutzte die Ablenkung, um unbemerkt in die Büsche am Waldrand zu schlüpfen. Sie kehrte Wasserfall und Klippe den Rücken und verschanzte sich 15 Meter weiter hinter einem dicken Baumstamm. Von hier hatte sie einen guten Blick auf das merkwürdige und ungleiche Duell. Die Szene erinnerte sie an einen verdrehten Alien-Film mit Westerneinflüssen. Die Außerirdischen mit ihren leuchtenden Raumanzügen standen im Kreis und bedrohten sich gegenseitig. Diana kam nicht auf den Namen des Films. Venus lachte laut auf.

»Und wenn du es mir zehn Mal vorrechnest, ich bleibe trotzdem im Vorteil. Wenn du ein paar Mal triffst, kommt vielleicht eine deiner Kugeln durch. Dieses Schätzchen hier braucht jedoch keine zwei Versuche.« Sie streichelte sanft das großkalibrige Gewehr in ihren Händen. Diana grinste. Ihre Freundin hatte immer die durchschlagendsten Argumente. »Außerdem«, fuhr Venus fort, »glaube ich nicht, dass dein treuer Wauwau dir weiter folgen wird, wenn ich ihm die Wahrheit erzähle. Stattdessen wird er dich ins Bein beißen wollen.« Sie bellte wie ein kleiner Hund.

»Du bist genauso eine Verräterin wie Diana. Behalte deine Lügen für dich!«, zischte Vesta, während sie einen halben Schritt zurückwich. Venus ging nicht darauf ein und bewegte sich stattdessen langsam auf Apoll zu, ohne ihn jedoch anzuvisieren.

»Mein lieber Apoll, weißt du eigentlich, wie sehr du der Kröte neben dir auf den Leim gegangen bist?«, fragte Venus und ging einen weiteren Schritt auf den Angesprochenen zu. Apoll hatte die ganze Zeit geschwiegen. Ihm war ihr Vordringen sichtbar unangenehm und so wich er zur Seite aus. Das bewegte Vesta dazu, ebenfalls zur Seite auszuscheren, um die Distanz zu Apoll und Venus aufrecht zu halten. Wie ein Karussell mit drei Figuren kreisten die Götter um ein unsichtbares Zentrum.

»Ich will dich nicht quälen, also mache ich es kurz. Vesta ist die Verräterin! Ich glaube, sie war bei einem Angriff auf mich beteiligt und hat mich sterbend zurückgelassen. Sie hat versucht, Mercurius umzubringen. Sie hat deinen Gleiter manipuliert und wollte dich töten. Und sie hat die Bombe gebastelt, die Diana zum Absturz gebracht hat.«

»Lächerliche Lügen!«, schrie Vesta und Diana erkannte die Wut und Panik in ihrer Stimme.

»Sie hat auch den Gladiator Lucius Germanius Aeris und viele andere Unschuldige auf dem Gewissen. Lucius hat mir erzählt, wie sie in den Kerker kam, um die Wachen anzuweisen, alle Gefangenen zu foltern«, rief Diana aus ihrem Versteck hervor.

»Schwachsinn! Das sind manipulative Märchen. Nichts davon habe ich getan!« Das Karussell drehte sich zusehends schneller. Venus war der Stern, der die anderen in ihrer Bahn vorantrieb, damit die Wahrheit, um die sie alle kreisten, ans Licht kam.

»Ich habe die Versicherung und die Vollmacht des gesamten Vorstandes der Phönix Initiative. Die Anzugträger bescheinigen mir uneingeschränkte Autorität und Vertrauenswürdigkeit. Nicht, dass ich es nötig hätte. Denn ich habe ja das hier.« Sie streichelte erneut ihr Gewehr.

»Gefälschte Dateien und ein ausgebuddeltes Gewehr sind witzlose Argumente. Wir lassen uns von dir doch nicht ins Hirn scheißen!«, rief Vesta.

»Stimmt, in deinem Hirn ist schon reichlich Mist vorhanden«, flötete Venus.

»Ich habe einige Fragen!«, meldete sich nun zum ersten Mal Apoll zu Wort.

»Lass dich ja nicht manipulieren!«, mahnte Vesta. Doch Apoll fuhr ungerührt fort: »Warum hast du dich bis heute verborgen gehalten?« Venus legte ihren bissigen Unterton ab und antwortete so sachlich wie möglich.

»Nach eurer Abreise hat es eine Reihe weiterer Zwischenfälle gegeben. Die Initiative hat geahnt, dass sie versehentlich einen Maulwurf durch die Zeit geschleust haben könnte. Da ich von den Verschwörern angegriffen und beinahe getötet wurde, hat man mir vertraut und mir den Auftrag erteilt, herauszufinden, wer der Verräter ist.«

»Und kannst du diese Geschichte beweisen?«, fragte Apoll nach einigem Zögern.

»Ich habe die Vollmachten und die Authentifizierungscodes aller Vorstandsmitglieder dabei. Deine KI wird sie erkennen und verifizieren.«

Apoll nickte, wandte aber ein: »Könnte gefälscht sein.«

Venus schnaubte. »Frag doch mal deine KI, wie einfach so eine Fälschung wäre.« Apoll schwieg und wurde langsamer, Venus passte sich seinem Tempo an.

»Okay«, sagte er nach einigen Sekunden. Vermutlich hatte ihm sein Computer ins Ohr geflüstert, wie unwahrscheinlich so ein Fake wäre. »Aber woher willst du wissen, dass Vesta die Verräterin ist und nicht Diana? Ich habe selbst gesehen, wie sie die Bombe aus ihrem Streitwagen abgeworfen hat.«

»Das kann sie nicht genau wissen!«, schaltete sich Vesta ein. »Wie blöd bist du eigentlich, Apoll? Lass dich nicht verarschen!«

Venus lachte so laut, dass es durch ihre Lautsprecher meilenweit zu hören war. »Da kann ich nur zustimmen«, erwiderte sie, »aber im Ernst: Kommt es dir nicht merkwürdig vor, dass Diana eine EMP-Bombe aus ihrem Gleiter wirft, die keine zwei Meter von ihr entfernt hochgeht. Wäre es nicht viel effektiver gewesen, das Ding einfach in Vestas Flieger einzubauen und es dann explodieren zu lassen?«

Apoll zuckte mit den Schultern: »Vielleicht ist sie einfach zu früh losgegangen!«

Diana ballte die Fäuste in ihrem Versteck. Warum wollte er sie unbedingt schuldig sprechen?

»Vielleicht«, bestätigte Venus, »darum habe ich mir den kleinen Knallfrosch genauer angesehen. Während ihr Fangen und Verstecken spielen wart, habe ich meine Drohnen nach Überresten des Sprengsatzes suchen lassen. Sie haben die Hülse gefunden und ich konnte sie untersuchen. Na ja… in Wirklichkeit hat sie die KI untersucht. Die sind schon schlau, diese neuen Computer.« Sie machte eine kleine Pause. Diana konnte es kaum erwarten, dass sie weiter sprach. »Wusstest du, dass der Sprengstoff in unseren Granaten markiert ist. Jeder hat seinen unverwechselbaren Fingerabdruck. Interessanterweise ergaben die Proben an der Hülse, dass der Sprengstoff aus deinen Granaten stammt.«

»Da siehst du es, sie hat die Granaten aus deinem abgestürzten Gleiter geborgen und eine Bombe daraus gebastelt«, rief Vesta triumphierend.

»Ich habe weiterhin herausgefunden«, übertönte Venus Vestas Stimme, »dass die Bauteile der EMP-Bombe fast ausschließlich aus Vestas Gleiter stammen. Nun ist es aber praktisch unmöglich, dass Diana diverse Teile ausbauen konnte, ohne dass Vesta oder ihre KI etwas davon bemerkt hätten. Zudem würde es für Diana viel mehr Sinn machen, ihren eigenen Streitwagen zu plündern. Folglich…«

»… ist Vesta die Verräterin!«, schrie Diana, die vor angestauter Frustration und neuer Hoffnung zu platzen drohte. Apoll nickte erneut und sagte: »Soweit, so gut, aber…«

Venus fiel ihm ins Wort: »Aber das reicht dir immer noch nicht.« Ihr Tonfall wurde zunehmend genervter. »Ist dir nicht aufgefallen, wie besessen Vesta davon war, Diana zu jagen, und wie schnell sie ihre Waffe zur Hand hatte, um auf sie zu schießen? Hattest du nicht das Gefühl, dass Vesta ständig versucht hat, Streit und Chaos zu stiften, anstatt für Ruhe und Frieden zu sorgen, so wie es ihr Job wäre? Was meinst du, warum mir die Initiative so sehr vertraut, dass sie mir dieses Gewehr mitgegeben haben? Es ist ein anderes als das von Diana. Sieh es dir genau an. Empfindest du wirklich so viel für Vesta, dass du nicht erkennst…«

»Nein!«, rief Apoll und blieb stehen, so dass auch das Karussell zum Stehen kam. »Ich wollte etwas anderes fragen!«, sagte er und senkte die Waffe ein paar Zentimeter. »Was hast du jetzt vor? Wie geht es weiter?«

Venus überlegte einen Moment. »Nun, ich würde sagen, wir entwaffnen Vesta ebenso wie Diana und dann reden wir erstmal so lange, bis alles aufgedeckt ist. Anschließend bringen wir zu Ende, was ihr angefangen habt. Wir erfüllen unsere Mission!« Apoll nickte erneut, ließ die Waffe vollends sinken und wandte sich zu Vesta um.

»Du dummer kleiner Feigling! Nimm die Waffe wieder hoch!«, blaffte ihn Vesta an und zielte unverwandt auf den

Kopf ihrer Gegnerin. »Wie kannst du dich nur so einwickeln lassen? Bist du jetzt auch noch gegen mich?«

Apoll und Venus gingen vorsichtig auf Vesta zu, als hätten sie sich abgesprochen. Die Göttin befand sich in der Defensive und wich zurück.

»Die Antwort ist simpel«, sagte Apoll und ging mit gesenkter Pistole weiter. »Sie schlägt vor zu reden, du willst töten.«

»Blödsinn! Sie will dich nur in Sicherheit wiegen, bevor sie dich von hinten abknallt!« Vestas Stimme wurde zunehmend angsterfüllter und aggressiver, während sie immer weiter zurückwich.

»Möglich!«, gab Apoll zu, »Aber mal ehrlich, gleich drei Verräter auf einmal? Venus, Mercurius und Diana!? Wäre es da nicht einfacher gewesen, die drei hätten uns andere gleich beim ersten Treffpunkt kalt gemacht, ohne Verschwörung und Heimlichtuerei? Ist es da nicht viel einleuchtender, dass du der Maulwurf bist?«

Vesta lachte gehässig.

»Wenn hier jemand ein kleiner blinder Nager ist, dann du! Also gut. Du warst sowieso mehr Last als Unterstützung. Ich hätte mich viel eher von dir trennen sollen.« Bei diesen Worten drehte sie sich leicht nach rechts und zielte nun auf Apoll. Der nahm sofort selbst die Waffe hoch und bedrohte seinerseits Vesta. Venus' Leuchtpunkt tanzte auf der Brust ihrer Gegnerin, als sie sagte: »Gib auf! Es gibt hier keinen Ausweg für dich. Wir sind keine eiskalten Killer wie du. Wirf die Pistole ins Wasser und wir werden in Ruhe beraten, was wir mit dir anstellen.«

»Sei vernünftig!«, versuchte auch Apoll zu ihr durchzudringen.

Doch Vesta machte keine Anstalten, sich zu ergeben. Die Mündung ihrer Pistole zuckte abwechselnd zwischen Venus und Apoll hin und her, als könne sie sich nicht entscheiden, auf wen sie schießen sollte. Immer weiter drängten die beiden sie zurück. Sie stand jetzt an derselben Stelle, an der Diana sich noch vor wenigen Minuten hinter einem Steinbrocken verborgen hatte. Inzwischen war auch der letzte Sonnenstrahl am Himmel verschwunden und die Nacht lag kühl und drückend über dem Tal. Das kalte Licht der hellen Lampen ließ das sprudelnde Wasser wie ein gigantisches Schaumbad erscheinen. Das Rauschen des Wasserfalls verlieh der Szene zusätzliche Dramatik, wie es sonst nur eine gute Filmmusik vermochte.

»Gehörst du wirklich zu den verrückten Ultrareligiösen?«, fragte Venus, die vermutlich ahnte, was Vesta vorhatte, als diese einen weiteren Schritt nach hinten machte. Sie stand nun keinen Meter entfernt von der Abbruchkante.

»Nein. Ich habe meine eigenen Gründe. Und ihr habt keinen Schimmer, worum es hier in Wirklichkeit geht«, antwortete sie und spähte kurz hinab in die Tiefe.

»Vesta, hör auf! Lass den Quatsch!«, rief Apoll, senkte seine Waffe und reichte ihr die Hand. Er war noch wenige Meter entfernt.

»Wir haben doch noch überhaupt nicht angefangen!«, sagte Vesta und lachte. Wieder war es ein Raubtierlachen. Sie winkelte kurz die Knie an und warf sich mit Schwung nach hinten, als wäre sie eine Hochspringerin. Noch im Sprung blitzte ihre Pistole auf. Dann war sie hinter der Klippe verschwunden. Das Echo des Knalls hallte von den Wänden der Schlucht und Diana sah mit aufgerissenen Augen, wie Apoll zusammensackte. Augenblicklich sprang sie auf und rannte die 15 Meter zu der Stelle, an der er lag. Venus hockte bereits neben ihm und untersuchte den Verräter, den Hund, den Mistkerl – Apoll – der sich doch noch auf die richtige Seite geschlagen hatte.

»Apoll, Apoll, Aquil! Geht es dir gut?«, rief Diana, noch bevor sie bei den beiden angekommen war.

»Keine Sorge«, entgegnete Venus. »Es ist nur ein Streifschuss am rechten Arm. Wirklich nichts Ernstes. Wird ihn etwas männlicher machen«, sagte sie und grinste. Dann legte sie ihr Gewehr beiseite, stand auf und nahm Diana in die Arme.

»So wie du aussiehst, brauchst du viel mehr Hilfe, mein Schatz.« Diana begann zu weinen. Breite Bäche flossen ihre Wangen entlang. Sie schluchzte laut und zitterte am ganzen Körper. Wie eine Ertrinkende klammerte sie sich an ihre Freundin. Sie rang um Atem und suchte mit den Füßen nach festem Stand, um nicht im Ozean der Emotionen unterzugehen. So viele Gefühle, die sie mit aller Macht zurückgedrängt hatte, brachen sich jetzt Bahn und wollten an die Oberfläche. Wie hatten sie ihr das antun können? Wie hatte ER ihr DAS antun können? Nichts an ihrem Körper fühlte sich mehr heil an, doch ihre Seele schien vollends verbrannt. Alles war zu Asche zerbröselt. Ihre geheimsten Träume waren zerschlagen.

Eine ganze Weile standen sie da, fest umschlungen. Diana schniefte und Venus tröstete. Sie drückte sie ganz fest und streichelte ihr mitfühlend die verklebte Wange.

Langsam, ganz langsam wurde Dianas Atem ruhiger, ihre Schluchzer leiser und schließlich lautlos. Sie merkte, wie die innere Last zusammen mit ihren Tränen Stück für Stück nach außen drang und sich dort verflüchtigte. Der Ozean beruhigte sich. Die vormals stechenden Gefühle gingen in ihm auf wie kleine Tropfen in der Weite des Meeres. Diana löste sich und sah ihrer Freundin mit verheulten Augen ins Gesicht.

»Danke!«, sagte sie nur und legte in dieses eine Wörtchen so viel Zuneigung und Dankbarkeit, wie sie nur aufbringen konnte. Ein Universum voller Worte hätte nicht ausgereicht, ihr Seelenleben auszudrücken. Nun endlich wandte sie sich Apoll zu. Er hatte sich inzwischen selbst aufgesetzt und etwas Gel auf seine frische Wunde aufgetragen. Er schwieg und sah ihr nicht in die Augen. Diana war hin und her gerissen zwischen widersprüchlichen Impulsen. Sie wollte ihn schlagen, beißen, anschreien, umarmen, würgen, küssen und die Klippen hinabstürzen.

»Wieso?« Ihre Stimme zitterte. »Wie konntest du dich nur so manipulieren lassen?« Ihr Zittern erfasste jetzt ihren ganzen Körper. Apoll sah ihr immer noch nicht ins Gesicht.

War sie ihm so egal? War er so abgebrüht? Oder war sie zu unansehnlich mit all dem Dreck und Blut? Ihre Brust bebte.

»Ihr … ihr wolltet mich töten! Und ich … ich habe geglaubt…« Es war so anstrengend, so erschöpfend es auszusprechen. »…Ich habe wirklich geglaubt, du würdest mich mögen. Wenigstens ein bisschen… Ich dachte, wir wären Freunde oder sogar mehr.«

Endlich sah er sie an. Sein Gesicht war eine Maske voll Scham und Schmerz.

»Ich wollte dich nicht töten. Nie. Ich wollte nur … nur die Mission retten…« Sein hilfloser Blick suchte das Weite.

»Die Mission retten? Du bist ein Feigling! Kannst du nicht wenigstens jetzt Farbe bekennen? Du standest vollkommen unter Vestas Einfluss. Hast du je daran gedacht, mich zu retten?« Diana wankte, doch Venus legte ihr den Arm um die Schultern und stützte sie. Apolls blasse Wangen röteten sich. Doch er schwieg.

»Ich habe dich etwas gefragt! Bist du wirklich so ein Angsthase, dass du mir nicht in die Augen sehen und antworten kannst?« Trotz funkelte in Apolls dunklen Pupillen, die sich nun auf sie hefteten. Diana merkte, wie noch größerer Zorn in ihr aufstieg.

»Was willst du von mir hören?« Wütend warf er das Desinfektionsgel auf die Erde.

»Dass es mir leidtut? Natürlich tut es mir leid! Ich würde von der Klippe springen, wenn es etwas ändern würde. Ich habe mich vollkommen in die Irre führen lassen. Ich hätte fast die Mission zunichtegemacht. Ich hätte beinahe dich verloren! Ja, ich hätte beinahe das Mädchen verloren, in das ich mich schon vor Jahren verliebt habe. Das Mädchen, das mutig und stark und stur war und Mia hieß. Aber Mia gibt es nicht mehr! Oder irre ich mich?«

Diana spürte ein Stich im Herzen. Eine Wunde, von der sie sich vielleicht nie erholen würde.

»Nein … nein, du hast recht, Mia gibt es nicht mehr«, flüsterte Diana und die letzte Kraft schien bei diesen Worten aus ihr herauszufließen. Er war der perfekte, gefühlskalte Auserwählte der Phönix Initiative. Nichts zählte mehr als die Mission. Koste es, was es wolle.

Blubbernd meldeten sich die Emotionen in ihrem Inneren wieder. Das Wasser drängte zurück an die Oberfläche. »Genug geheult für heute«, dachte Diana und gab ihrer Freundin ein Zeichen. Venus warf Apoll einen vernichtenden Blick zu und führte sie dann wie ein Kleinkind zum Wasserfall. Vorsichtig lugten sie in die Klamm vor ihnen. Das Wasser fiel gut 15 Meter herab und bildete einen schäumenden Teppich. Im Licht der Lampen funkelte das tosende Nass, als handele es sich um eine magische Welt. Glitzernde Wassertropfen flatterten durch die Luft wie emsige Glühwürmchen. Vom Grund des Beckens durchbrachen spitze Felszähne die Wasseroberfläche.

»Keine Spur von ihr«, stellte Venus nüchtern fest. »Ausgeschlossen, dass sie das überlebt hat. Selbst wenn sie sich nicht das Rückgrat gebrochen hat. Gegen diese Strömung schwimmt niemand an.« Diana fröstelte. Sie wusste nicht, was sie sich wünschen sollte. Vestas Tod oder ihre Rettung?

»Ich werde meine Hornisse losschicken, um nach ihr zu suchen. Wir werden sehen, was das bringt«, sagte Venus.

Diana hatte das Gefühl, dass sie keine Spur von Vesta finden würden und sie doch gegen alle Wahrscheinlichkeit lebte. »Es ist noch nicht vorbei!«, flüsterte ihr eine innere Stimme ins Ohr. Sie klang wie Cassandra.

09. Januar 161 – Zwei Wochen nach dem Showdown

Der Tag war schön. Die Sonne flüsterte freundliche Worte. Sie vertrieb Wolkendunst und trübe Nässe. Der Wind brauste fröhlich und Diana fühlte sich zum ersten Mal seit langer Zeit frisch und frei. Nach dem Start ihres Gleiters hatte sie einige Minuten gebraucht, die Furcht abzulegen. Zu genau erinnerte sie sich an ihren Absturz vor drei Wochen. Doch nun flog sie vergnügt wie ein junger Spatz durch die Luft, als wäre nie etwas geschehen. Es war ein Gefühl, das süchtig machen konnte.

Die Straßen und Felder unter sich hinwegfegen zu sehen, die kleinen Menschen und Tiere, die überrascht in den Himmel starren, das Kitzeln im Bauch, wenn das Flugzeug absackt – all das liebte Diana. Es gab ihr Kraft.

Ein Wasserreservoir kam in Sicht. Diana drückte den Steuerknüppel nach vorn und brach aus der Dreiecksformation aus. Ihr Gleiter legte eine steile Kurve ein und segelte dicht über die funkelnde Wasseroberfläche. Sie wäre am liebsten aufgestanden, um die Finger in das kristallklare Wasser zu tauchen. Doch sie verzichtete auf diesen Selbstmordversuch und bestaunte stattdessen die Ingenieurskunst der Römer, die ein endlos scheinendes Bauwerk geschaffen hatten. Wie eine glitzernde Haarsträhne zog sich ein Aquädukt bis zum Horizont. Ihr Weckruf hatte eine quengelige Stimme.

»Hallöchen Diana, ich habe nicht zwei Wochen lang gearbeitet, damit du jetzt mit dem Gleiter abrauschst. Zwei zerstörte Streitwagen sind wahrlich genug. Also, zurück in die Formation mit dir.« Vulcanus klang wie die schrullige alte Aufseherin aus einem Film über ein englisches Mädcheninternat. Diana schüttelte den Kopf, er hatte wirklich ein Talent zu nerven.

»Diana!«, schallte es mahnend durch ihren Helm. Sie war geneigt, ihn auf lautlos zu stellen. Dann aber überlegte sie es sich anders und stieg auf, um in die Formation zurückzukehren. Sie konnte Vulcanus für seine übervorsichtige Art nicht böse sein. Er war unendlich hilfsbereit gewesen, als es darum ging, Diana neu auszustatten. Er hatte Vestas Gleiter umprogrammiert und den Reserveanzug von Venus für sie eingerichtet. Am wichtigsten aber war, er hatte Cas aus einer Backup-Festplatte herausgeholt und sie mit dem neuen Anzug und Gleiter verbunden. Es war, als hätte er einen Flaschengeist zurück in seine angestammte Buddel gezaubert. Erst jetzt, da sie wieder ihre allwissende Souffleuse im Ohr hatte, begriff Diana, wie sehr ihr die körperlose Stimme ans Herz gewachsen war. Sie hatte ihre künstliche Freundin vermisst.

»Zeit, den Dschinn mal wieder aus der Flasche zu holen«, dachte Diana. Sie lachte, rieb drei Mal an ihrem Helm und sagte an die Sonne gewandt: »Jeannie, komm raus!«

»Was wünscht Ihr, Meisterin?«, war dann auch die gewitzte Antwort der KI.

»Wir erreichen gleich das Zentrum der Welt. Wie wäre es mit einer kleinen Stadtführung… Nur ein paar Highlights, bevor unser Theaterspiel losgeht.«

»Wie Ihr befehlt!«, blieb Cas in der Rolle, »wir nähern uns der Stadt aus nordöstlicher Richtung. Interessant ist das Hippodrom, das wir gleich überfliegen werden. In der historischen Forschung ist umstritten, ob es sich dabei um eine riesige Gartenanlage handelt oder ob das Bauwerk etwas mit Pferden zu tun hat. Denn die Römer nennen ihre Pferderennbahnen normalerweise Circus.«

Diana ließ ihren Blick aus dem Streitwagen über das Gelände schweifen. Dann sagte sie: »Aha! Also, das hier unten ist tatsächlich eine große Grünanlage. Sieht nett aus. Aber sieh mal, da ganz in der Mitte grasen ein paar Pferde. Fall gelöst! Beide wissenschaftlichen Meinungen haben jeweils ein bisschen recht«, verkündete Diana triumphierend.

»Ich liebe deine effiziente Forschung. Wenn das so weiter geht, machen wir viele ungeborene Historiker arbeitslos«, spottete Cas.

»Ach was, ich werde schon genügend Rätsel hinterlassen. Vielleicht schreibe ich ein völlig sinnfreies, dafür aber codiertes Buch, an dem sich Generationen von Wissenschaftlern die Zähne ausbeißen werden. Sie werden solange beschäftigt sein, bis irgendjemand die These aufstellt, das Buch habe gar keine Botschaft und dann geht der Hype erst richtig los.« Diana rieb sich amüsiert die Hände.

»Du bist die Kraft, die stets das Gute will und doch das Böse schafft«, entgegnete Cas trocken.

Ein Wirrwarr aus Straßen, Häusern und Plätzen kam in Sicht und Diana wurde von ihrer göttlichen Pflicht eingeholt. Ihre neue Showmasterin meldete sich begeistert über Funk und kündigte den großen Auftritt an.

»So ihr Lieben, jetzt geht's looos!« Venus grinste wie ein kleines Kind und versprühte eine Freude und Euphorie, die ansteckend war. Und dann ging es wirklich los. Zuerst hörten sie es nur ganz leise. Doch dann nahm die Lautstärke immer weiter zu. Eine zauberhafte Melodie strömte aus den Lautsprechern ihrer Streitwagen und legte sich auf die Stadt unter ihnen. Sie rauschten im Gleitflug dahin, nur wenige Meter über dem Meer aus Dächern, getragen vom Klang der Musik. Die Töne, die sie wie frische, lebensspendende Regentropfen verteilten, berauschten Diana. Ihr Lied war fesselnd und eingehend, zugleich verspielt und leicht. Sie bewunderte die Eleganz der Klänge. Dies hatten wahre Götter geschaffen, keine Teenager in Rüstungen. Sie ertappte sich, wie sie im Takt der Musik auf ihren Sitz trommelte.

»Jetzt lasst es Gold regnen!«, meldete sich Venus' Stimme erneut in ihrem Ohr. Diana griff unter ihren Sitz und zog eine kleine Schale mit Gold- und Silbermünzen hervor. Es waren nicht viele, aber es würde trotzdem mächtig Eindruck machen. Zur Musik gesellten sich funkelnde Schauer, die auf den belebten Plätzen und Straßen niedergingen. Immer noch tanzte das herrliche Lied in ihren Ohren. Wenn es die da unten so begeisterte wie sie, dann konnte man sich das restliche Feuerwerk sparen. Trotzdem ließ Vulcanus noch drei kleine Raketen in den Himmel aufsteigen, die er nur für diesen Augenblick mitgenommen hatte. Schließlich sollte die Show perfekt werden. Zwanzig Minuten lang kreisten die Götter über dem Zentrum der Stadt und verteilten Ehrfurcht und

Staunen, bevor ihre drei Streitwagen die Rotoren waagerecht stellten und in den Schwebeflug wechselten. Ihr Ziel lag im religiösen und kulturellen Herzen der Stadt. Der Kapitolinische Hügel bot längst nicht den besten Platz zum Landen. Im Gegenteil, er war eingerahmt von imposanten Säulen und kolossalen Statuen, die nur wenig Raum ließen. Trotzdem musste es dieser geschichtsträchtige Ort sein, an dem die Götter die Welt der Sterblichen betraten.

Die Rotoren wirbelten dröhnend Dreck und Staub auf. Kleine spitze Kieselsteine flogen wie Hagelkörner durch die Luft. Verschreckte Hunde jaulten auf. Die Menschen stoben auseinander und verließen in heilloser Panik ihr Kapitol. Nur wenige lugten verängstigt hinter Mauern und Ecken hervor. Diana, Venus, Apoll und Vulcanus schnappten sich ihre Insignien und kletterten aus ihren Streitwagen. Diana hatte Apolls Bogen als Dauerleihgabe erhalten. Zur dramaturgischen Untermalung zündete Venus eine weiße Rauchgranate, so dass sie nun wie aus dem Dunst einer anderen Welt in diese Gefilde wechseln konnten. Wie immer schämte sich Diana ein wenig für ihren pompösen Zirkus. Venus hingegen schien den Auftritt ebenso zu genießen, wie es Vesta getan hatte. Doch es war Apoll, der nun den Stab von Mercurius in den Händen hielt und mit übernatürlicher Stimme zum menschenleeren Platz sprach: »Römer, eure Götter sind erschienen! Tretet vor und bezeugt euren Glauben!« Dann trat er zurück und wartete.

Nichts regte sich, sie standen allein auf dem mit Tuffstein gepflasterten Areal vor dem wichtigsten Tempel des gesamten Römischen Reiches. Diana musste schmunzeln, als sie eine überdimensionale Statue von sich selbst entdeckte. Die andere hatte einen Pfeil aufgelegt, kniete und zielte schräg nach unten auf ein unbekanntes Ziel. Diana hockte sich hin und machte die Pose nach. Auch eine meisterhafte Venusstatue stand ganz in der Nähe. Sie hatte indes nur wenig Ähnlichkeit mit ihrer Freundin. Aber das würde sich schon bald ändern. Ein Jahr und sie könnte an jeder Ecke des Reiches in ihr Spiegelbild blicken.

»Sieht irgendwer eine Statue von mir?«, fragte Vulcanus. Als niemand antwortete, schnaufte er pikiert und spielte verdrossen auf seinem Tablet herum.

»Kein Wunder, dass es mit der Zivilisation bergab geht, wenn man Handwerk und Technik so geringschätzt.« Diana und Venus warfen sich vielsagende Blicke zu und lachten still. Apoll musste noch zwei Mal seinen Text aufsagen, bis endlich ein wachsender Strom von Neugierigen zu ihnen fand. Sie hatten sich auf der obersten Stufe des Jupitertempels postiert und beobachteten die zutiefst verunsicherten Menschen. Immer mehr Römer erklommen die Anhöhe. Wie Ameisen krochen sie aus allen Ritzen und Winkeln und pilgerten zu Tausenden die Via Sacra entlang hinauf zu ihren Göttern. Schließlich standen sie so dicht, dass kaum einer etwas sehen konnte. Trotzdem bemerkten die Wartenden jedes Wort und jede Geste, denn die Beschreibungen des Geschehens gingen durch die Menschenreihen wie Botschaften entlang einer Postenkette.

Endlich war die Luft so aufgeladen voller knisternder Erwartung, dass Apoll das Signal zum Anfang gab. Er hob den Stab des Mercurius in die Höhe und ein Gewitterdonner grollte über den Platz. Dann aktivierten die Olympier zeitgleich ihre Lichter und erstrahlten in hellem Glanz. Nach wenigen Augenblicken schritt eine Gesandtschaft von zwölf Personen mit feierlichem Gestus aus dem Tempelinneren. Die neun Männer und drei Frauen waren in prächtige Gewänder gehüllt und beugten demütig den Kopf, wobei sie beide Hände vor die Augen legten – gleichsam eine Geste der Frömmigkeit als auch ein Schutz vor der Strahlkraft ihrer elektrischen Sonnen. Die Sterblichen stiegen bis zur dritten Stufe hinab und blieben hier zu Füßen der Götter stehen. In den Reihen war vielfaches Gemurmel zu hören.

»Der Kaiser!« »Ich sehe Marcus Aurelius und dort, Lucius Verus!« »Da sind der Flamen Dialis und die Obervestalin.« Immer lauter wurde das Getuschel, als sich herumsprach, dass die höchsten Würdenträger des Weltenreiches auf den Tempelstufen zusammengekommen waren. Das Gemurmel verstummte, als Apoll den großen Stab auf den Marmor stieß und erneut ein künstlicher Donner über den Hügel wogte. Diana lief ein Schauer über den Rücken. Zum ersten Mal kam sie sich wirklich vor wie eine Göttin. So viele Menschen waren hier, die auf jede ihrer Bewegungen achteten. Es mussten Hunderttausende sein, die rund um die Anhöhe zusammengelaufen waren – ein Meer von Schaulustigen, das gegen die Mauern der Tempel brandete. »Jetzt bloß keine Panik verursachen«, dachte Diana beklommen. Apoll wartete, kostete die Stille aus und befand sie endlich als würdig, durchbrochen zu werden.

»Ihr habt uns gerufen! Tausend mal tausend Gebete am Tag. Tausend Jahre lang!« Mehr sagte er nicht. Der Kaiser trat vor und sank auf die Knie. Sein Kopf berührte den Stein. Halb den Göttern, halb den Menschen zugewandt rief er: »Bürger Roms! Unsere Gebete wurden erhört. Seit tausend Jahren beten wir zu den allmächtigen Göttern, sie mögen uns mit ihrer Weisheit und Vollkommenheit zur Seite stehen. So wie ich es heute mit den höchsten Priestern unseres Imperiums getan habe. Nun endlich, nach eintausend Jahren, die für sie nur ein Herzschlag sind, haben sie unsere Gebete erhört und sind herabgestiegen, uns zu führen.«

Diana hätte am liebsten die Augen verdreht angesichts eines derart klebrigen Pathos. Natürlich war jedes Wort des greisen Kaisers gelogen. Sie waren nicht hier, weil die Römer fleißig gebetet oder Antonius Pius und seine Priester heute besonders großzügig geopfert hatten. Sein Auftritt gehörte zur Show. Vulcanus hatte dem alten Herrscher in Lanuvium mitgeteilt, wann und unter welchen Umständen er anwesend sein sollte und Antonius Pius war gekommen und hatte seine Rolle ohne viel Federlesen gespielt.

Nun trat Apoll erneut vor, präsentierte den Hermesstab und aktivierte eine besonders monumentale Projektion. Ein Jupiter, der seinem steinernen Pendant auf dem Kapitolshügel in kaum etwas nachstand, erschien in den Wolken über den erstarrten Einwohnern und stieg Wolkenteppiche wie Treppenstufen herab. Diesmal trug er einen pulsierenden

Blitz in der Faust, der selbst Diana eine Heidenangst einjagte. Wie bei ihren vorherigen Darbietungen klopfte der Göttervater die Römer so butterweich, dass Diana fürchtete, am Ende nur noch eine brabbelnde Masse vorzufinden. Später erfuhr sie, dass sich mancher Bürger noch Tage später weigerte, aufzustehen und sein Gebet zu unterbrechen. Die anwesenden Götter beließen es dabei und gaben ihre letzte Nummer. Venus setzte erneut eine Rauchgranate ein und so verschwanden sie im Nebel, wie sie gekommen waren. Durch die Schwaden hindurch schlichen sie heimlich ins Innere des großen Tempels. Dem Kaiser fiel es zu, die Menschen zu beruhigen und zurück in ihren Alltag zu schicken. Eine vermutlich unlösbare Aufgabe, dachte Diana. Die fünf Olympier indes setzten sich in eine Nische des Heiligtums und stibitzten ihrem himmlischen Vater schmackhafte Opfergaben. Nun wusste alle Welt, dass sie hier waren. Hatten sie mit ihrer Ankunft so viel verändert, dass der Lauf der Weltgeschichte eine völlig neue Bahn einschlug? War das schon genug, um die Katastrophe in 2000 Jahren zu verhindern? Die Zeit würde es zeigen.

05. März 161 – Zwei Monate nach der Machtübernahme

»Jeder ist nur so viel wert wie das Ziel seines Strebens!«, sagte der zukünftige Kaiser und lächelte matt. »Mein Ziel ist nicht die Herrschaft der Herrschaft willen.« Mercurius nickte, er saß neben Diana und führte das Gespräch mit dem Mann, der später als Philosophenkaiser in die Geschichtsbücher eingehen sollte. Diana schwieg die meiste Zeit. Ohnehin war es ihr unangenehm, dass sie die persönlichen Selbstbetrachtungen von Mark Aurel kannte, obwohl jener sie noch gar nicht verfasst hatte. Sie fühlte sich, als hätte sie ein geheimes Tagebuch gelesen. Sie wollte ihn nicht manipulieren, indem sie seine eigenen Thesen und Ideen verkündete. Andererseits mussten sie einen guten Eindruck hinterlassen und nach Möglichkeit produktiv mit ihm zusammenarbeiten. Da ging es schnell, dass man genau den Gedanken aussprach, von dem man wusste, er würde auf Zustimmung stoßen.

»Das ist eine tugendhafte Einstellung!«, sagte Mercurius, der seinem Gegenüber in gewisser Weise ähnelte. »Gleichwohl wäre es möglich, dass du dich zurückgesetzt fühlst. Dass du Ärger und Zorn in dir trägst, weil du zukünftig nicht allein und unangefochten entscheiden kannst.«

Marcus Aelius Aurelius Verus, wie der nächste Kaiser mit vollem Namen hieß, stand auf und betrachtete sein Spiegelbild im klaren Wasser des Zierbrunnens. Mark Aurel war schlank und kleiner als Diana. Er trug gefütterte Seidenschuhe, eine warme Tunika und einen spitzen Bart im Gesicht, der seine schmalen weichen Züge betonte. Obwohl er bereits 40 Jahre zählte, strahlte er eine jugendliche Frische aus, wie sie es bisher bei keinem anderen Römer seines Alters gesehen hatte. Verstärkt wurde dieser Eindruck durch die Intelligenz, die in seinen Worten aufblitzte und sich in seinen Augen spiegelte.

»Es ist dumm, sich über die Welt zu ärgern. Es kümmert sie nicht. Im Übrigen bin ich dankbar für jede Erleuchtung und Leitung durch die Götter. Wie fehlbar erscheinen mir dagegen meine eigenen Ansichten«, sagte er und strich mit der Hand durchs Wasser.

»Und doch sind wir nicht ganz so, wie du es dir vorgestellt hast. Und es fällt dir schwer, die durch Recht gewonnene und Gewohnheit geübte Macht abzugeben«, bohrte Mercurius nach. »Ich gebe zu, was euch angeht, bin ich überrascht. Ihr seid weit menschlicher, als ich je zu träumen gewagt hätte. Aber ich benötige keine Allmacht, um ein sinnvolles Leben zu führen. Im Gegenteil. Man benötigt nur wenig, um ein gutes Leben zu leben. Ich bin nicht als Kaiser geboren worden. Zudem bin ich momentan weder Kaiser noch unangefochtener Nachfolger. Antonius Pius ist der Herrscher des Weltenreiches, auch wenn ihn das Alter quält. Und auch mein Bruder Lucius Aurelius Verus hat ein Anrecht, zu führen.« Mercurius nickte. Diana saß neben dem zukünftigen Kaiser und sah einer schwarzen Biene hinterher, die so früh im Jahr ihr fleißiges Werk verrichtete. Sie wandte ihren Blick ab und fixierte ihren Banknachbarn, während sie sprach: »Wir wissen, wie die Dinge stehen und wie sie kommen werden. Deshalb sind wir hier. Was deinen Adoptivvater, den Kaiser, betrifft, so empfehle ich dir dringend, seine Speisen und Getränke nach Verdorbenem zu untersuchen. Womöglich holt er sich eine ernsthafte Verstimmung, wenn er etwas Ungenießbares isst.«

Mercurius warf ihr einen interessierten Blick zu. Vermutlich war er unzufrieden mit ihrem Rat, sagte jedoch nichts und ließ sich auch zu keiner Geste hinreißen. Auch Marcus Aurelius sah überrascht aus.

»Ist das ein Orakelspruch, eine Zukunftsdeutung?«, fragte er.

»Ja, das ist es!«, entgegnete Mercurius, bevor Diana den Mund aufmachen konnte. »Das Schicksal sieht vor, dass dein Vater übermorgen stirbt. Du kannst dies aufschieben.« Mark Aurel erstarrte und sah die Götter kopfschüttelnd an.

»Alles, was uns geschieht, ist uns seit Ewigkeiten vorherbestimmt. Wie kann ich da das Schicksal betrügen?«

»Indem du die Ursache kennst, kannst du die Wirkung beeinflussen. Glaube mir, wir kennen Ursache und Wirkung zahlloser Dinge. Um ehrlich zu sein, ist dies die wahre und einzige Quelle unserer göttlichen Macht.« Mercurius zwinkerte ihm zu und wollte noch etwas ergänzen, doch in diesem Augenblick öffnete sich das vergitterte Tor. Ein schlaksiger junger Mann mit zerzauster Frisur betrat den Garten. Sein Gesicht war gerötet und seine Augenringe kündeten von schlaflosen Nächten. Ohne die farbenfrohen Krokusse und Veilchen, die gestutzten Hecken und Sträucher oder die vortrefflichen Statuetten eines Blickes zu würdigen, trampelte Vulcanus den Kiesweg entlang. Sein Kiefer knirschte wie der Split unter seinen Sohlen.

»Ihr habt nicht auf meine Sprachnachrichten reagiert, dabei habe ich sie als extrem wichtig markiert«, begann er das Gespräch ohne jede Begrüßung. Diana sah zu Mercurius. Sie bewunderte ihn dafür, wie leicht es ihm fiel, keine Miene zu verziehen. »Glaubt ihr, ich schicke euch zum Spaß Nachrichten?«

»Nein, zur Folter!«, wollte Diana schon erwidern, verkniff es sich dann aber. Vulcanus' Sprachnachrichten zeichneten sich durch drei Kriterien aus: enorme Länge, heftiges Gejammer und massig Eigenlob. Und selbstverständlich waren alle seine Botschaften mit der höchsten Prioritätsstufe versehen. Im Ergebnis hörte sich niemand seine Sprachnachrichten an. Nur gelegentlich ärgerte sie Cassandra damit, die Nachrichten zu hören und inhaltlich zusammenzufassen – eine Tätigkeit, die selbst der KI aus irgendeinem Grund unangenehm war.

»Denkt ihr, ich habe die Zeit, euch alle Fortschritte und Probleme persönlich vorzutragen?«, meckerte Vulcanus weiter. »Während ihr hier plaudert, habe ich die Einführung von acht neuen Erfindungen zu überwachen! Und das nur in dieser Woche. Brille, Draht, Fernrohr, Fruchtwechselwirtschaft, Gabel, Mikroskop, Papier, Porzellan! Und da bin ich gerade mal bei P angelangt. Bei P!« Ohne sie anzusehen, ging er vor dem Brunnen auf und ab und schnatterte wie eine aufgeschreckte Gans.

»Und dann die Tiberdämme. Es wird allerhöchste Zeit, dass die Deiche gebaut werden. Habt ihr euch die veränderten Pläne angesehen? Eine Frechheit! Irgendein besserwisserischer Ädil hat in meine technische Zeichnung gepfuscht. Als hätte dieser Einfaltspinsel auch nur eine Nussschale voll Ahnung von fundamentalen Funktionen. Mit einem Rechenschieber Murmeln verschieben kann man wohl kaum Mathematik nennen.«

Mercurius räusperte sich und stand auf.

»Ähm, Vulcanus, wir sind nicht allein. Bitte beruhige dich.« Bewusst stellte er sich Vulcanus in den Weg, so dass dieser gezwungen war, stehen zu bleiben und sich umzusehen.

»Schon gut. Schon gut. Dabei habe ich ja noch nicht einmal von den Pockenimpfungen angefangen. Die werden wir schließlich bald brauchen, wenn …«

»Vulcanus!«, sagte Mercurius erneut und legte ihm gleichsam beruhigend wie zügelnd die Hand auf die Schulter. »Wie wäre es, wenn du dich erst einmal hinsetzt und unseren Gastgeber begrüßt?«

Er schnaufte und ließ sich dann auf eine Bank sinken. Das Sitzmöbel war niedrig und schmal, Vulcanus' Beine sperrig und lang. In der Folge ragten seine spitz angewinkelten Knie beinahe bis zu den Ohren.

»Hallo«, grüßte er, ohne jemanden in die Augen zu sehen. »Man, das Ding ist aber wirklich für Zwerge gebaut«, beschwerte er sich und sah verdrossen zu Mark Aurel. Dann fiel ihm auf, dass der zukünftige Kaiser zwei Köpfe kleiner war als er und ergänzte: »Oh! Hähä… Tut mir leid. Also, ich wollte jetzt nicht darauf hinaus, dass du so winzig bist.«

Diana und Mercurius stöhnten auf. Mark Aurel betrachtete Vulcanus mit offenem Mund. Dann kicherte er vergnügt wie ein Kind.

»Ein Gott, der die Wahrheit stets auf der Zunge trägt. Was kann sich ein Philosoph Besseres wünschen?«

Vulcanus schien für den Bruchteil einer Sekunde peinlich berührt zu sein. Dann jedoch gewann sein unerschütterlicher Pragmatismus die Oberhand.

»Es ist gut, dass ich dich hier treffe«, sagte er zum designierten Kaiser, »es gibt ein neues Hygienekonzept für die Legion, das ich gerne mit dir durchgehen würde.« Diana spürte, wie ihre Beine aufspringen und davonlaufen wollten. Ein lautes Quietschen am Eingang hielt sie zurück. Venus trat durch das Tor, hinter ihr lief Lucius Verus in polierter Legionärsrüstung.

»Hallooo!«, flötete Venus schon von Weitem. »Na, in welches Fettnäpfchen ist Vulcanus diesmal getreten?«, fragte sie fröhlich. »Wenn ich in eure Gesichter sehe, war es ein elefantenarschgroßes.«

»Niemand ist irgendwo reingetreten!«, grummelte Vulcanus. Lucius Verus verbeugte sich vor den Olympiern und grüßte seinen Adoptivbruder. Mark Aurel grüßte förmlich zurück.

»Nach echter Bruderliebe sieht das aber nicht aus«, dachte Diana und rückte ein wenig zur Seite, damit sich ihre Freundin zu ihr setzen konnte. Die Göttin der Liebe entschied sich jedoch, zu stehen. Sie hatte eine geschäftsmäßige Miene aufgesetzt, die sie nur dann zeigte, wenn es wirklich bedeutsame Dinge zu verhandeln gab. Alle spürten die Anspannung und Unruhe, die in der Luft lag.

»Es gibt zwei wichtige Nachrichten, die ich mit euch besprechen will.«

Wie es sich für eine gebildete Römerin gehörte, machte Venus eine lange Kunstpause, die niemand unterbrach, bevor sie endlich und mit Befriedigung sagte: »Lucius Verus hat mir eben eine Botschaft von der Nordgrenze übergeben, die mich sehr beunruhigt.« Sie wandte sich zu ihrem grimmig dreinblickenden Begleiter. »Bitte, seid so lieb und wiederholt die Nachricht für die hier Anwesenden!«, bat sie den Mann, der in ihrer ursprünglichen Zeitlinie als Mitkaiser neben Mark Aurel für die Verteidigung des Imperiums verantwortlich gewesen war.

»Heute Morgen ist ein Hilfegesuch über mehrere Ränge bis zu mir vorgedrungen. Es wurde von drei Kommandanten unterzeichnet, die Kastelle an der Nordgrenze des Reichs befehligen. Die Offiziere berichten von einem massiven Vordringen germanischer Stämme. Es ist die Rede von einem großangelegten Überfall der Markomannen und Hermunduren. Sie sollen in ihrer Heimat von Dämonen heimgesucht worden sein und versuchen nun, aus ihren Wäldern zu fliehen. Sie wollen unser Territorium, weil sie glauben, wir seien schwach und unser Leben einfach. Angeblich ist bereits eines der Kastelle gefallen und kleinere Verbände marodieren nun durch das Hinterland. Über die Zahl und Kampfkraft des Feindes können sie nicht verlässlich Auskunft geben. Die Kommandanten behaupten, an der Grenze wären zehn Legionen des Feindes aufmarschiert. Das halte ich jedoch für maßlos übertrieben.« Ein Moment düsteren Schweigens legte sich über den Garten. Mercurius war der Erste, der sprach.

»Das kommt ungelegen … und ich fürchte, die Angaben sind nicht übertrieben … im Gegenteil. Wir wussten, dass dieser Sturm kommen würde. Allerdings sollte er erst in sechs Jahren aufziehen. So bleibt uns kaum Zeit, technologische Neuerungen in der Legion einzuführen.« Diana hieb so wütend auf ihre Armlehne, dass Mark Aurel erschrocken zurückzuckte.

»Das ist Vestas Schuld! Ihre verrückte Ballerei bei der Befreiung Apolls hat diese Welle ins Rollen gebracht.«

»Das war vermutlich der Auslöser, wenn auch nicht die Ursache«, bestätigte Venus, die breitbeinig wie ein kecker Offizier neben Lucius Verus stand. »Und da wir gerade bei der blutsaugenden Pilzmücke sind, interessiert euch wahrscheinlich auch eine Nachricht, die uns aus dem Osten erreicht hat.«

Diana stöhnte: »Oh nein, nicht noch mehr schlechte Neuigkeiten.«

»Ich fürchte doch«, entgegnete Venus. »Einige Kaufmänner haben sich beim Präfekten der Stadt Neronia in der Provinz Armenia gemeldet. Angeblich stießen sie vor knapp drei

Wochen auf eine junge Schönheitsgöttin, die ihr Gesicht mit Blut wäscht und eine große Schar von Anhängern um sich versammelt hat. Sie soll mit ihrem Tross in das Partherreich gezogen sein.«

Diana sprang auf: »Vesta! Ich hab's gewusst!« Venus machte eine beschwichtigende Geste.

»Immer mit der Ruhe, mein Schmetterling. Es handelt sich lediglich um die Geschichte einiger Händler. Vielleicht hat denen die Höhensonne die Platte verbrannt. Oder vielleicht hat eine Prostituierte einen Trupp Verehrer gesammelt. Nirgendwo taucht der Name Vesta auf.«

»Es wäre allerdings ein cleverer Schachzug nach Osten zu gehen, denn die Parther bereiten eine Invasion vor. Da käme ihnen die Hilfe sicherlich gelegen«, meinte Mercurius.

Vulcanus schüttelte vehement den Kopf. »Ich habe mir als neutrale und objektive Partei eure gesamten Aufzeichnungen zu Vestas Verschwinden angeschaut und meine eigenen Berechnungen gemacht. Mit 82-prozentiger Wahrscheinlichkeit ist Vesta bereits beim Sturz von der Klippe ums Leben gekommen. Anschließend der Strömung des Flusses zu entkommen, ist beinahe ebenso unwahrscheinlich. Vesta muss tot sein!«

Diana lachte bitter: »Ich fürchte, Vesta selbst ist da anderer Ansicht. Die nutzt ihre Chancen, selbst wenn die Wetten gegen sie stehen.«

»Immerhin besitzen wir fast ihre gesamte Ausrüstung. Die Schlange muss sich ihr Gift gut einteilen«, meinte Mercurius. Jetzt war es an Diana, vor dem Brunnen auf und ab zu gehen. »Ich muss ins Reich der Parther und den Gerüchten nachgehen. Wir können Vesta nicht einfach frei durch die Weltgeschichte ziehen lassen. Ihr wisst, welchen Schaden sie anrichten kann.« Vulcanus schüttelte abermals den Kopf, jetzt noch heftiger.

»Das wäre eine unnötige Ressourcenverschwendung für eine unsichere Phantomjagd. Hier in Rom gibt es genug zu tun!« Diana wollte ihm am liebsten eine Ladung Wasser ins Gesicht spritzen. Er sollte endlich aufhören, so einen Dampf zu erzählen. Doch die Gemüter kühlten ab, bevor sie überhaupt zu kochen begannen, als sich unerwartet Mark Aurel einschaltete.

»Verzeiht, ich will mich nicht in einen Zwist der Götter einmischen, wahrlich nicht! Aber für mich Sterblichen liegt die Priorität bei der Verteidigung meines Reiches, das – wie ich so eben erfahren habe – gleichermaßen von Norden als auch von Osten bedroht wird. Ich bitte Euch in aller Form und Herzlichkeit, helft uns! Helft uns, unser Leben und unser Eigentum zu schützen. Kämpft mit uns!«

Venus klatschte anerkennend. Diana befürchtete schon, sie würde dem zukünftigen Kaiser kameradschaftlich auf die Schulter boxen. Stattdessen sagte Venus: »Hoppla, da hat aber einer dicke Keimzellen. Du hast recht, wir sollten überlegen, wie wir mit den Bedrohungen umgehen wollen. Ich denke, wir sollten jemanden nach Norden und nach Osten entsenden, der sich vor Ort die Lage anschaut und das Kommando übernimmt.«

»Ich gehe nach Osten!«, rief Diana so schnell und so laut, als würde sie an einer Quizshow teilnehmen. »Ich schaue mir an, wie die Angriffspläne der Parther aussehen, und halte gleichzeitig die Augen offen. Vielleicht finde ich eine Spur von Vesta. Lucius Verus soll mir mit drei Legionen folgen. Wir werden sie umgehend brauchen!« Sie hatte energisch und kompromisslos gesprochen. Es war bewundernswert, wie wenig sich Mark Aurel durch ihre Worte einschüchtern ließ, als er anfügte: »Ihr seid eine Göttin, es steht mir nicht zu, Euch zu verbessern. Ihr könnt über meinen Bruder verfügen, wie es Euch beliebt. Dennoch biete ich Euch an, mich an seiner Statt zu entsenden.«

Venus, Diana, Vulcanus und Mercurius schüttelten beinahe synchron den Kopf. Mark Aurel sah sie verwirrt an, fragte jedoch nicht nach. Seine militärischen Misserfolge waren legendär, selbst wenn er sie noch nicht verantwortet hatte.

»Lucius Verus wird gehen. Du wirst in Rom gebraucht!«, stellte Mercurius unmissverständlich klar. »Und ich ziehe nach

Norden und vergnüge mich ein wenig mit den Germanen«, ergänzte er.

»In Ordnung. Vulcanus und ich bleiben hier und geben euch so viel Rückendeckung, wie wir können. Was Apoll macht, muss er selbst entscheiden, wenn er von seinem Ausflug zurück ist«, sagte Venus.

»Das klingt nach einem Plan«, ergänzte Diana und ging in Gedanken bereits ihre Reise in den Orient durch. Die Feinplanung würde noch Stunden dauern, doch der Anfang war gemacht. Spätestens übermorgen wollte sie aufbrechen. Das Abenteuer war noch nicht zu Ende, die Geschichte noch nicht geschrieben. Es ging gerade erst los. Und diesmal war sie nicht die Verfolgte, nicht das Opfer. Sie war die Göttin der Jagd!

27. Oktober 2134 - Epilog

»Es ist gemütlich hier in deiner Arbeiterklause«, sagte Henry und ließ sich in die bequemen Kissen der breiten Bank fallen. »Und der Blick von deinem Balkon ist ein echter Seelenimbiss. Bei klarem Wetter kann man bestimmt bis zum Meer sehen.« Sein Großvater lächelte und schenkte sich und seinem Gast ein Glas des besten Brandys ein.

»Das Apartment ist klein. Aber der Ausblick ist zugegebener Maßen… akzeptabel. Nur um diese Uhrzeit ist kaum etwas zu erkennen. Selbst die Stadt ist zappenduster.« Es war so früh am Morgen, dass die meisten Menschen es Nacht nannten. Der Mond stand hoch und die Sterne funkelten in bunten Farben im Licht vergangener Zeiten. Der Nachtwind trug ein reiches Potpourri der Düfte an Henrys Nase. Das markante Aroma von Cannabis und Tabak überdeckte den Dunst der Gassen, der in ebensolchen Schwaden bis zu ihrem Stockwerk zog. Er stand in Konkurrenz zum Geruch gebratener Zwiebeln, der seinen Magen unangenehm kitzelte und ihn an die anstrengenden letzten Tage erinnerte. Auch seine eigenen Ausdünstungen erzählten von den vergangenen Strapazen.

Der Professor erhob sein Glas. »Zum Wohl!«

Henry folgte der höflichen Aufforderung und spülte die Gerüche der Nacht mit wenigen Tropfen Weinbrand fort.

»Der Timer im Internet behauptet, wir haben noch 6 Minuten und 13 Sekunden«, sagte Henry und starrte gebannt auf die Digitalanzeige seines kleinen Ringcomputers.

»Hm… dann wird es wohl stimmen. Wird ein großes Feuerwerk.«, brummte sein Großvater. Sein Blick folgte dem kreisenden Brandy in seinem Glas, hinab bis zum Grund des kleinen Strudels, den er selbst erzeugte.

»Wusstest du, dass die Zeit für Kleinkinder viel langsamer vergeht als für Erwachsene. Sie können nur schwer einschätzen, was vorgestern, morgen oder 3 Stunden genau bedeuten. Für sie können sich 6 Minuten wie eine Ewigkeit anfühlen«, sagte Henry. Er streckte die Arme aus und lehnte sich nach hinten. Der frische Nachtwind pfiff ihm um die Nase.

»Das glaube ich kaum«, erwiderte der Professor in seiner knarzigen Art. »Sechs Minuten sind auch für Kinder schnell um. Vor allem für die Kinder, die gerade in ein schönes Spiel vertieft sind.«

Der alte Mann schüttelte sich, so dass der Brandy hohe Wellen schlug. Dann schwiegen sie einen Moment.

»Es sind noch 5 Minuten«, sagte Henry und nahm selbst einen Schluck aus seinem Glas. Auch er zitterte. Auch er hatte Angst.

»Wusstest du, dass es kein Synonym für das Wort Zeit gibt?«, wechselte sein Großvater das Thema. »Es gibt Fremdworte und Einteilungen, Formelzeichen und Teilbedeutungen, aber kein Synonym.« Henry legte die Stirn in Falten und zupfte an einem seiner Nasenhaare.

»Also, das glaube ich nicht. Es gibt bestimmt Worte mit gleichem Bedeutungsumfang, sie fallen uns nur nicht ein.« Der Professor schüttelte resolut den Kopf.

»Beim Jupiter, du kannst deinem Großvater ruhig mal etwas glauben. Es gibt kein adäquates Synonym für Zeit, nur Teilerklärungen oder Fremdworte.« Natürlich glaubte Henry dem lieben Alten nicht. Das wäre ja auch zu schön.

»Ich schaue mal nach, was die KI sagt. Die kennt alle Wörterbücher dieser Welt«, sagte Henry und tippte eilig den gesuchten Begriff in das holografische Display seines Ringcomputers.

»Es lädt«, meinte er einen Augenblick später und tippte unbefriedigt auf seinen kleinen Bildschirm. »Wahrscheinlich ist das Netz völlig überlastet, oder das Signal gestört. Ein Wunder, dass überhaupt noch etwas geht, bei dem Aufruhr überall. Es wird spannend, ob wir die Antwort noch rechtzeitig erfahren.« Der Professor grunzte nur abfällig und blickte schweigend auf die Szenerie vor ihnen. Auf den Balkonen der umliegenden Apartments hatten sich zahlreiche Menschen versammelt, die genau wie Henry und Thomas in den nächtlichen Himmel starrten. Vereinzelte Feuerbälle zogen ihre Bahnen über das Himmelstuch und woben gespenstige Muster in den Stoff. Dann und wann war ein Grollen in der Ferne zu hören. Ein neuer Mond zog von Osten her auf. Er war ein wenig größer als der alte und mehr kantig als rund. Anders als ihr langjähriger Trabant gab sich der Besucher nicht mit der Größe einer Münze zufrieden. Er wollte mehr. Er wollte wachsen. Und er wuchs. Wie ein dunkles Geschwür wucherte er am Himmel. Immer größer wurde der Asteroid. Das Raunen auf den Balkonen nahm zu. Im Nachbarhaus hatte sich eine kleine Gruppe von Menschen zum Gebet versammelt. Ein Chor dünner Stimmen verkündete »Finis Coronat Opus!« Und andere Weisheiten. Henry schüttelte nur den Kopf.

Vor dem Gebäude grölte und tanzte eine Bande berauschter Jugendlicher. Ein Waisenjunge schlug die Scheiben eines Geschäfts ein. Aus einer Wohnung gegenüber kam heiseres Lachen. Zwei Kinderstimmen schrien in der Etage unter ihnen. Lautes lustvolles Stöhnen und klatschende Geräusche drangen von der Dachterrasse herüber. Die Klänge des nahenden Ungeheuers bildeten ein Echo der Banalität menschlichen Lebens. Und doch hatte der Sound dieser möglichen Apokalypse auch etwas Bewegendes. Er war so viel mehr als Stille.

Von ihrem Logenplatz aus beobachteten Großvater und Enkel den letzten Akt dieses großen Schauspiels. Die meiste Zeit schwiegen sie. Es stand nichts zwischen ihnen, also standen sie still. Der dunkle Titan wuchs schneller und schneller. Der Asteroid bedeckte nun einen großen Teil des Firmaments.

»Jetzt geht's zügig«, sagte Thomas und klammerte sich am Geländer fest. Seine Fingerknöchel wurden weiß, so sehr hatte er sich verkrallt. »Hast du bemerkt, wie das Monster aussieht?«, fragte der Alte.

Henry nickte. Es war unübersehbar. Die Form des Asteroiden ließ kaum eine andere Assoziation zu. Sie blickten in ein gigantisches Schlangenmaul. Kalter Schweiß schlich sich auf Henrys Stirn. Er spürte die Furcht wie ein spurloses Leben.

»Gleich geht es los. Alles ist gut. Wir sind bereit. Das muss ein Happy End haben«, sagte er zu sich selbst.

Henrys Computer vibrierte schwach. Seine Suchanfrage hatte die KI doch noch erreicht. »Die KI hat geantwortet«, teilte er seinem Großvater mit. Dann starrte er gebannt auf sein Display und schwieg. Die Luft begann zu flirren und zu brausen. Allmählich erhob sich ein tosendes Pfeifen, als wäre der Himmel eine gigantische Teekanne. Die Venusstatue auf dem großen Marktplatz wankte. »Na und? Gibt es ein Synonym der Zeit?«, rief der Professor. Der Boden fing an zu beben. Staub und winzige Steinsplitter wirbelten durch die Luft. Henry brüllte: »Die KI sagt: Angst und Bewusstsein.«

ENDE

Nachwort

Liebe Leserinnen und Leser,
das Abenteuer um die Auserwählten der Phönix Initiative ist noch nicht vorbei. Im zweiten Band verfolgen Diana und Apoll zusammen mit ihrem ganz und gar ungöttlichen Führer Jonathan die Spur Vestas durch den Orient und treffen schließlich auf das mächtige Reich der Parther.
Sie reisen inkognito und haben nicht nur mit ihren eigenen Gefühlen und der Feindseligkeit ihrer Umwelt zu kämpfen, sondern müssen auch stets darauf achten, wie nachhaltig jede ihrer Entscheidungen das Leben der einfachen Menschen und ihren eigenen Weg beeinflusst. Die übrigen Götter versuchen derweil das Römische Reich gegen innere Intrigen und äußere Feinde zu verteidigen.

Wenn Sie mögen, finden Sie eine kostenlose Leseprobe der ersten Kapitel auf meiner Homepage: www.tillmartin.de
Hier gibt es auch einige Hintergründe und Informationen zum historischen Rahmen der Handlung.

Darüber hinaus freue ich mich stets über Feedback, im besten Falle in Form einer Rezension, zum Beispiel bei Amazon. Seien Sie versichert, ich lese sämtliche Rückmeldungen und nehme Lob und Kritik dankbar an. Ich versuche aus jeder Rezension etwas für mein nächstes Buchprojekt mitzunehmen, denn ich möchte keine Romane für meine Schublade schreiben, sondern Geschichten, die gelesen werden wollen.

Natürlich finden Sie mich unter meinem Autorennamen auch in den einschlägigen sozialen Medien. Ich freue mich über Ihren Besuch.

Valete!
T. Martin

Über den Autor

Till Martin hat zwei Jahrzehnte lang Ideen gesammelt, mit Worten experimentiert und unvollendete Schreibprojekte gehortet, bevor er mit »Die Phönix Initiative – Das Synonym der Zeit« 2021 seinen Debütroman veröffentlicht hat. Mit seinem ersten Roman hat er bewusst ein Projekt umgesetzt, das die Themen Geschichte, Schule und Technologie in den Fokus rückt. Denn mit diesen hat er täglich zu tun. Beruflich unterrichtet er seit knapp zehn Jahren die Fächer Politik, Geschichte und Technik/Computer (Informatik) an einem internationalen Gymnasium in der Nähe von Leipzig. Er ist verheiratet und hat zwei Söhne, die spannende Geschichten lieben.

—

Printed in Poland
by Amazon Fulfillment
Poland Sp. z o.o., Wrocław

72809722R00284